HEYNE <

Das Buch

Seit Jahrhunderten liegen der Staatenbund und das magische Reich Ischara miteinander im Krieg. Conndur, König aller Könige und Herrscher über den Bund, strebt seit Langem den Frieden mit den Ischaranern an, der allerdings immer wieder von Intrigen an seinem eigenen Hof verhindert wird. Eines Tages macht sein Sohn Adan bei einem Ausritt in die Wüste eine Entdeckung, die den Lauf der Dinge grundlegend verändern soll: Die Wreth, ein seit Langem verloren geglaubtes Volk, sind zurückgekehrt, und sie verfolgen ihre ganz eigenen, geheimnisvollen - und nicht immer friedlichen - Absichten. Doch damit nicht genug: Tief unter dem gewaltigen Drachengrat-Gebirge schläft seit Äonen der riesige Drache Ossus, eine Kreatur so mächtig und böse, dass weder Menschen noch Magier noch Wreth ihm etwas entgegenzusetzen haben. Und nun, ausgerechnet in der Stunde, in der alte Feindschaften aufbrechen und neue Bündnisse geschmiedet werden, ist Ossus erwacht ...

Der Autor

Kevin J. Anderson, geboren 1962, studierte Physik und ist einer der meistgelesenen Science-Fiction-Autoren unserer Zeit. Er wurde durch seine *Star Wars*-Romane und -Anthologien international bekannt. Seine High-Tech-Thriller und *Akte X*-Romane stürmen in den USA die Bestsellerlisten. Zusammen mit seiner Ehefrau Rebecca Moesta verfasste er die Romanreihe um die *Young Jedi Knights*. Zuletzt ist von ihm die gefeierte *Saga der Sieben Sonnen* erschienen. Außerdem schreibt er gemeinsam mit Frank Herberts Sohn Brian dessen großen *Wüstenplanet*-Zyklus fort. *Auf den Schwingen des Drachen* ist der Auftakt zu einer epischen Fantasy-Saga.

KEVIN J. ANDERSON

AUF DEN SCHWINGEN DES DRACHEN

Roman

Aus dem Amerikanischen übersetzt
von Michael Siefener

WILHELM HEYNE VERLAG
MÜNCHEN

Titel der Originalausgabe
SPINE OF THE DRAGON

MIX
Papier aus verantwortungsvollen Quellen
FSC® C014496
FSC www.fsc.org

Verlagsgruppe Random House FSC® N001967

Deutsche Erstausgabe 08/2020
Redaktion: Joern Rauser

Printed in Germany
Umschlaggestaltung: Das Illustrat, München
Umschlagillustration: Kerem Beyit
Karten: Bryan G. McWhirter
Satz: KompetenzCenter, Mönchengladbach
Druck und Bindung: GGP Media GmbH, Pößneck

ISBN: 978-3-453-32071-0
www.heyne.de

Dieses Buch widme ich dem gesamten Stamm der Superstars Writing Seminars für seine Unterstützung und seinen Eifer. Lernen und Kreativität sind keine Einbahnstraße, und während der letzten zehn Jahre hat die Arbeit mit euch mein Leben so farbenfroh gemacht, wie es meine fiktiven Welten nur sein können.

DER STAATENBUND
BAKALSEE
OSTERRA
FELLSTAFF
CADES BOLLWERK
NORTERRA
BLAUWASSER
DRACHENGRAT
MIRRABAY
EBENE DES SCHWARZEN GLASES
CONVERA
YETH
SCHARRDORF
FLUSSMUND
BERG VADA
SUDERRA
WINDHAUPT
BANNRIYA
DER SCHMELZOFEN
BGM

ISCHARA
INSEL FULCOR
SEREPOL
ISCHIKI
RASSAH
SALIMBU
MORMOSA
TARIZAH
DHABBAN
KHOSUN
PRIRARI
DARKHA
SISTRALTA
JANHARI
TAMBURDIN
LAND DER HETHRREN
BG01

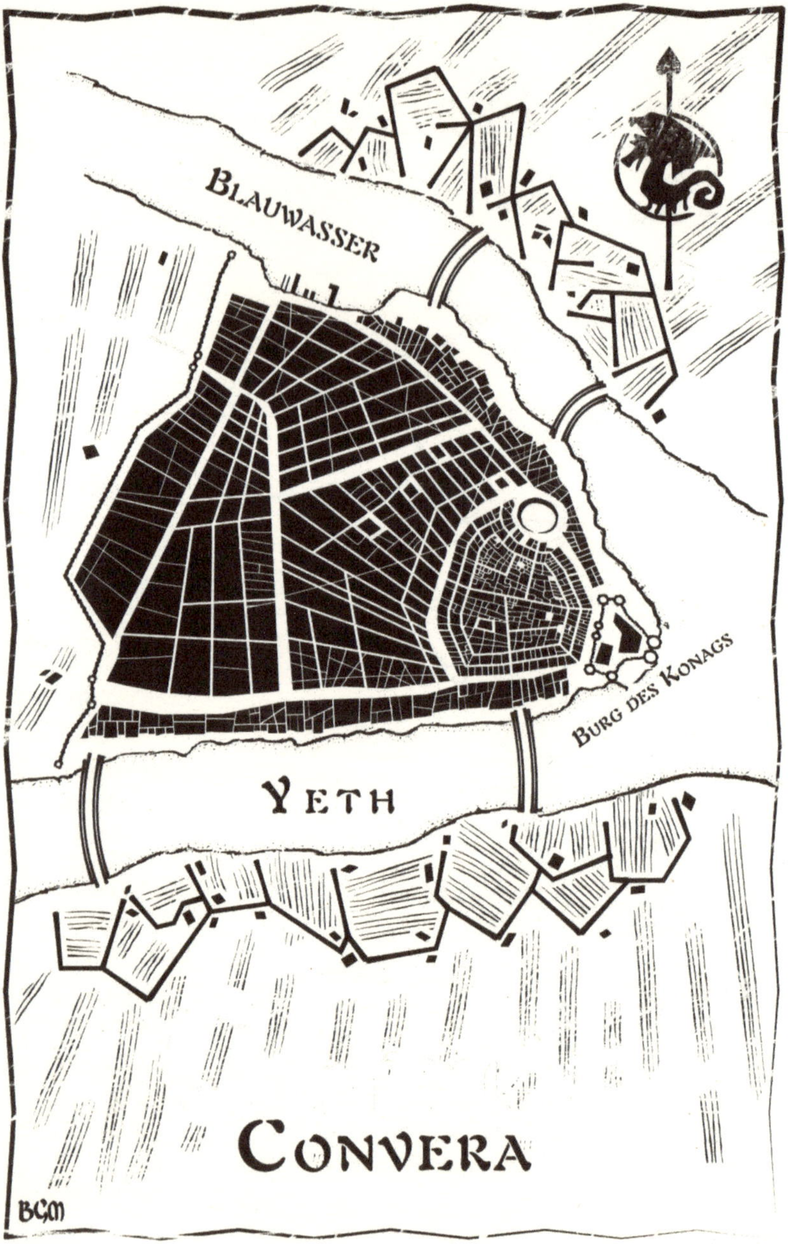

Blauwasser
Burg des Konags
Yeth
Convera
BGM

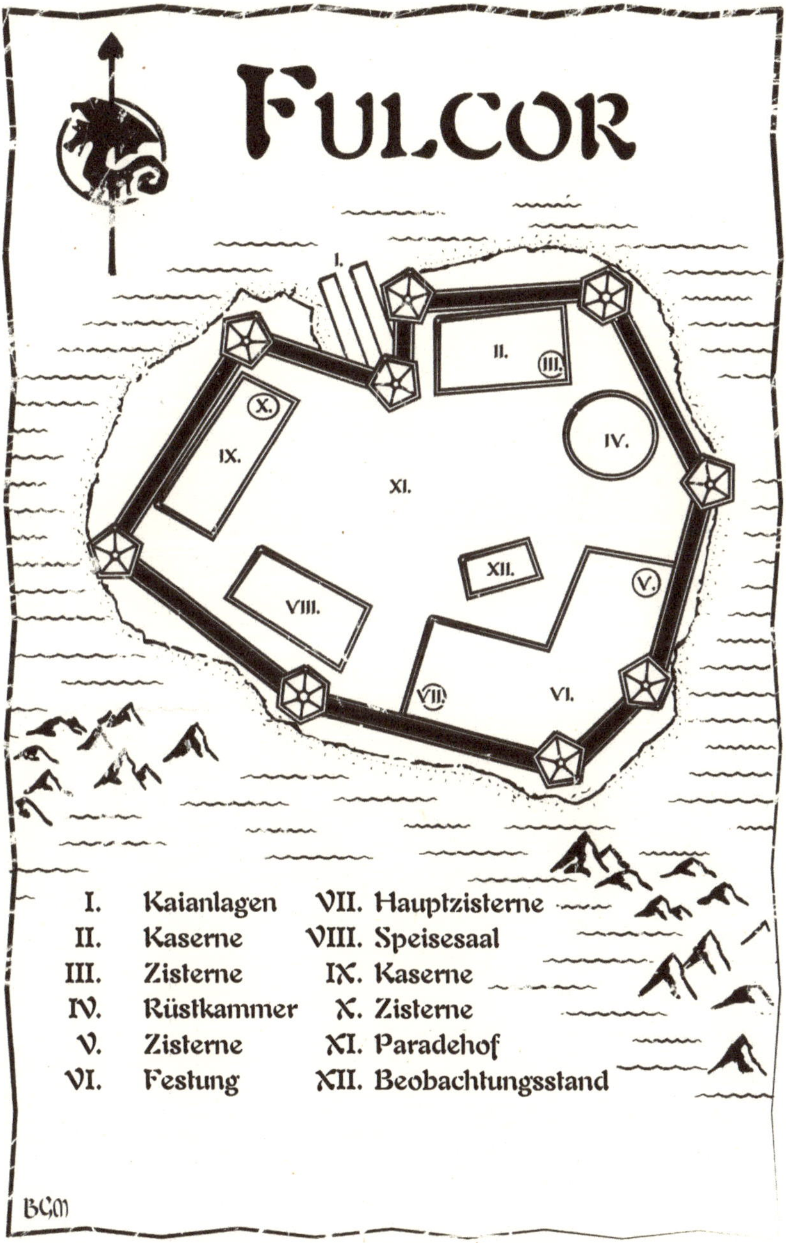
Fulcor
I.
II.
III.
IV.
V.
VI.
VII.
VIII.
IX.
X.
XI.
XII.
I. Kaianlagen
II. Kaserne
III. Zisterne
IV. Rüstkammer
V. Zisterne
VI. Festung
VII. Hauptzisterne
VIII. Speisesaal
IX. Kaserne
X. Zisterne
XI. Paradehof
XII. Beobachtungsstand
BGM

1

Wie ein lebendiges Wesen wogte der große Sandsturm über die Berge im Grenzgebiet. Braun und voller Wut stieg er immer höher in den Himmel hinauf, während er sich von Westen der Hauptstadt Bannriya näherte. In deren Mitte flatterten und peitschten auf den hohen Sandsteintürmen der Burg gelbe und rote Flaggen im anschwellenden Wind.

Im Schutz der Stadtmauern huschten die Menschen durch die Straßen. Gewürzhändler deckten ihre Körbe voller Zimtrinde, klobiger Kurkumawurzeln und getrocknetem Pfeffer ab und zogen sie ins Innere ihrer Läden. Wirte rollten die Baldachine aus Leinwand zusammen und banden sie fest. Straßenköche trugen ihre Tische in die Schuppen. Mütter riefen ihre Kinder herein, und das Schlagen von Fensterländen, die rasch geschlossen wurden, hallte durch die unteren Gassen.

Adan Sternenfall, der junge König von Suderra, stand allein auf dem Turm der Burg von Bannriya und sah zu, wie sich seine große und prächtige Stadt auf den Sturm vorbereitete. »Es wird schlimm werden«, flüsterte er sich selbst zu. »Furchtbar.« Die starke Burg war auf einer Anhöhe innerhalb der großen ummauerten Stadt errichtet worden, und böige Windstöße umwirbelten den höchsten Turm.

Er liebte es, in klaren Nächten auf dieser Aussichtsplattform zu stehen und die Sterne zu betrachten, doch nun sah er nur die dichter werdende trübe Finsternis am Himmel. Die herannahenden Wolken trieben wie Rauch umher, als wären sie von irgendeiner gigantischen Macht aus der Wüste tief im Westen aufgewirbelt worden. Angesichts eines solchen Unwetters zerrann seine Königsmacht zur Bedeutungslosigkeit. Er vermutete, dass die ganze Gewalt des Sturms in etwa zwei Stunden über sie hereinbrechen würde.

Adan schob sich einige rotbraune Haarsträhnen aus der hohen Stirn, aber die Böen trieben sie sofort wieder zurück. Das hübsche Gesicht und das rundliche Kinn wurden von einem rostbraunen Spitzbart geschmückt, während die blauen Augen für einen König jung wirkten und von Neugier und Barmherzigkeit zeugten.

Adan regierte zwar erst seit drei Jahren, doch Bannriya selbst war schon vor fast zweitausend Jahren erbaut worden, und seitdem hatte die Hauptstadt zahlreiche Stürme durchlitten. Die Menschen wussten also, wie sie Schutz suchen und den Sturm überstehen konnten, und hinterher kamen sie dann immer mit ihren Besen hervor und fegten die Bürgersteige und die Treppen, die zu den Haustüren hochführten, und sie schüttelten die Banner aus, für die diese uralte Stadt berühmt war.

Aber er war entschieden, seine Untertanen nicht sich selbst und ihren Sorgen zu überlassen. Als er den Thron von Suderra bestiegen hatte, das eines der drei Königreiche des Staatenbundes war, hatte er versprochen, eine andere Art von König zu sein. Während er auf das Labyrinth der Straßen unter sich blickte, sann er darüber nach, wie hier zu helfen wäre. Er wollte seinem Volk zeigen, dass er nicht zu den verbitterten, überheblichen Königen oder zu den korrupten Regenten gehörte, an die die Suderraner so lange schon gewöhnt waren.

Unerwartet wurde hinter ihm die Tür zur Burg geöffnet, und seine Frau Penda trat auf die Aussichtsplattform. Sie war schlank und geschmeidig und hatte große braune Augen, die sogar noch dunkler waren als ihr üppiges brünettes Haar. Ihr herzförmiges Gesicht und ihre selbstsicheren Bewegungen waren für die wilden Utauk-Stämme typisch – dabei handelte es sich um die nomadisierenden Händler-Clans, die durch den Staatenbund zogen.

»Ich habe den Sturm sogar innerhalb der Burg gespürt, mein

Sternenfall.« Sie trat neben ihn und betrachtete die noch ferne, aber rasch näher kommende Staubwolke. Aus Gewohnheit zeichnete sie einen Kreis über ihrem Herzen. »*Cra*, dieser Sturm ist mächtig!« Der große Reptilienvogel auf ihrer Schulter sträubte die Federn und hielt sich an einem ledernen Schutzpolster fest, damit er das Gleichgewicht nicht verlor.

Mit ihren einundzwanzig Jahren war Penda zwei Jahre jünger als Adan, aber auf ihren Reisen mit den Utauk-Karawanen hatte sie mehr von der Welt gesehen als er. Adan redete sich oft ein, er habe seine exotische Frau gezähmt, doch vermutlich war eher sie es, die ihn gezähmt hatte. Das war ihm auch ganz recht. Sie war keine kriecherische Prinzessin und würde nie zu einer solchen werden - genauso wollte er es. Seit zwei Jahren waren sie verheiratet, und noch immer hatte seine Liebe zu ihr nichts von ihrer Frische und Neuartigkeit verloren. Und Penda vergötterte ihn - daran hegte er keinen Zweifel.

Pendas mutwilliger Schlingel von einem Ska war so groß wie ein Falke, hatte smaragdgrüne Schuppen am Leib, ein blassgrünes Gefieder und Facettenaugen wie eine Motte. Ein dünnes Band war um seinen schuppigen Hals geschlungen und in der Mitte mit einem Diamanten geschmückt. Nur die Utauk waren in der Lage, diese fliegenden Geschöpfe zu halten und sich um sie zu kümmern, und einige Besitzer, zu denen auch Penda gehörte, hatten eine deutliche Herzensverbindung zu ihren Tieren und waren in der Lage, Gefühle mit ihnen zu teilen. Hochmütig neigte der Ska den Kopf von der einen Seite zur anderen, als erwartete er, dass Adan etwas gegen den Sturm unternehmen würde.

»Ganz ruhig, Xar.« Penda tätschelte die Seite des schmalen Ska-Gesichts, dann drehte sie sich zu Adan um. »Ich habe schon viele Sandstürme überstanden, die draußen in den Bergen an unseren Zelten gezerrt haben, aber das hier ist mehr als bloß ein Sturm. Er fühlt sich anders an ... nicht natürlich.« Sie versteifte sich und unterdrückte ein unwillkürliches Zittern.

Über ihnen flatterte ein gelbes Banner und zerrte an seinem Pfosten. Der Staub, den Adan einatmete, roch bitter und wies eine seltsame Beimischung von Holzrauch auf. »Es ist doch nur ein Sturm. Was sonst sollte es sein?«

Penda schloss die Augen, als könnte sie den Sturm deutlicher wahrnehmen, wenn sie ihn nicht betrachtete. Xar regte sich auf ihrer Schulter und erspürte die Welt für sie. »Er wurde tief im Schmelzofen erschaffen. Vielleicht ist er ein ... ein Vorbote.« Sie riss die Augen auf und sah wieder zu den Bergen hinüber. Der Reptilienvogel gab einen summenden Laut von sich, der nicht ganz ein Knurren war, dann vergrub er das Gesicht in ihrem dichten Haar, als wollte er sich darin verstecken. »Skas sind besonders feinfühlig, was solche Dinge angeht.«

»Genau wie du.« Adan drückte ihre Schulter, und sie trat näher an ihn heran und lehnte sich gegen ihn. Er vertraute den Gefühlen seiner Frau, denn er wusste, dass die Utauk eine besondere Nähe zu den schwachen Überresten von Magie besaßen, die noch im Land verblieben waren. »Die Stadt bereitet sich schon vor, aber wir sollten die Zeit nutzen, um den Bewohnern beizustehen. Ich rufe die Bannergarde, und wir reiten von Haus zu Haus und bieten unsere Hilfe an.«

Gerade als sie sich umdrehten und nach unten gehen wollten, stürmte ein breitschultriger Mann mit sauber gestutztem dunklem Bart durch die Tür, die zu der Aussichtsplattform führte. »Was tust du noch hier oben, mein liebes Herz? *Cra*, geh nach drinnen!« Hale Orr, Pendas Vater, schwenkte den schon lange verheilten Stumpf seiner linken Hand. Er trug purpurrote und schwarze Seide, ein lockeres, über dem Bauch mit einer Schärpe zusammengebundenes Wams und eine sackartige Hose. Einer seiner Schneidezähne bestand aus Gold, die anderen strahlten weiß. »Als wir in den Zelten gelebt haben, hätte eine solche Staubwolke Angst in unsere Herzen gesenkt.«

»Dann sei froh, dass du das Nomadenleben aufgegeben hast und mit uns in die Burg gezogen bist, Vater Orr«, sagte Adan. »Hinter den Mauern sind wir in Sicherheit, aber ich möchte noch rasch auf Patrouille durch die Stadt reiten, bevor der Sturm auf uns trifft.«

»Aber du kannst doch nichts gegen ihn ausrichten«, schnaubte Hale. »Bleib lieber drinnen und beschütze meine Tochter.«

Penda ergriff den Arm des Königs. »Ich werde mit meinem Sternenfall reiten. Los geht's!«

Der ältere Mann gab einen verärgerten Laut von sich, aber Adan sagte in mitfühlendem Ton: »Weißt du, du wirst sie nicht davon abhalten können.«

Rasch zog Hale einen Kreis um sein Herz und murmelte erzürnt: »Der Anfang ist das Ende ist der Anfang.« Dann folgte er den beiden nach drinnen und verriegelte die Holztür hinter ihnen.

Adan sagte: »Penda und ich, wir werden zusammen mit der Bannergarde nach draußen gehen. Die Leute sollen sehen, dass wir uns um sie kümmern.« Sein Vater, der Konag des gesamten Staatenbundes, König aller Könige, hatte ihn sein ganzes Leben lang auf solche Situationen vorbereitet. »Für sie bin ich noch neu hier.«

Hale stapfte vor ihnen die Treppe hinunter. »Wenn ihr nach draußen geht, sollte ich mich hier drinnen ans Werk machen. Die Burg wird zwar nicht wie ein Zelt wegfliegen, aber es gibt eine Menge Spalten und Ritzen, die der Sturm leicht finden könnte. Die Stadtbewohner wissen nicht immer, wie man ein Bauwerk am besten sichert.«

Während Xar sich bemühte, auf Pendas Schulter das Gleichgewicht nicht zu verlieren, stiegen sie in den Hauptteil der Festung hinunter, in dem sich die Diener abmühten, die äußeren Fensterläden vorzulegen und das vergitterte Glas von innen abzudecken. Sie stopften Stoff in die Spalten und lauschten auf jedes Pfeifen eines verirrten Luftzuges.

Adans elfjähriger Knappe, ein übereifriger Junge namens Hom, eilte herbei. Sein lockiges Haar war zerzaust, und das Hemd saß schief. »Sire, wie kann ich helfen? Soll ich Euch die Pantoffeln bringen? Etwas Tee zum Sturm? Oder ...«

Adan hob die Hand. »Der Sturm ist noch nicht hier, Hom, und wir haben da draußen einiges zu erledigen. Sei versichert, dass ich dir noch genug zu tun geben werde.« Hom Santis, der jüngere

Sohn eines der kürzlich abgesetzten Regenten, strengte sich regelmäßig an, seine Verlässlichkeit zu beweisen. Jeden Tag folgte der Knappe Adan und versuchte, alle Bedürfnisse seines Herrn und Meisters im Voraus zu erahnen. Dabei schien er aber nicht zu begreifen, dass der König auch hin und wieder ein wenig Ruhe und Zurückgezogenheit brauchte. Andauernd machte er sich Notizen über Adans bevorzugte Speisen, über seine Lieblingsfarben und -kleider. Der Junge war so eifrig, dass Adan sich vorgenommen hatte, ihm irgendwann eine Stelle im Ministerium für Finanzen oder Handel zu verschaffen.

Hale Orr legte seinen langen Arm um Homs Schulter. »Komm, Junge, du kannst mir dabei helfen, diesen Leuten zu zeigen, wie man eine Burg auf den Sturm vorbereitet.«

Penda wollte ihren Ska nicht noch nervöser machen, indem sie ihn mit nach draußen nahm. Darum setzte sie Xar auf seiner Stange im Speisesaal ab und begleitete Adan zu den Ställen, wo ihre Pferde schon gesattelt waren und die Bannergarde bereitstand. Ein magerer junger Soldat von fünfzehn Jahren führte zwei Fuchsstuten für den König und die Königin herbei. Der junge Gardist, in dem Adan Homs Bruder Seenan erkannte, hatte genauso störrische Haare, die teilweise von einem Helm aus Leder und Stahl bedeckt waren. »Hab sie für Euch vorbereitet, Sire. Die Nachricht kam, und wir wollten keine Zeit verlieren.«

Der junge Gardist half ihm in den Sattel, während sich Penda mit der Anmut einer Tänzerin auf ihre Stute schwang. Die beiden Pferde führten eine Gruppe von zwölf Bannergardisten an. »Uns bleibt nicht viel Zeit, Sire. Die Straßen sind schon ziemlich leer geworden, und wir möchten doch gewiss hinter verschlossenen Türen sein, wenn der Sturm auf uns trifft.«

Mit den Knien trieb Penda ihre Stute zu einem Trab an, und die ganze Gruppe setzte sich in Bewegung. Die Pferdehufe klapperten auf dem Kopfsteinpflaster der Straßen, die sich von der hoch gelegenen Burg weg wanden. Als sie unter dem großen Torbogen hindurchritten, warf Adan einen Blick auf die Statue eines alten Wreth-Königs, die symbolisch vom Sockel gestoßen worden war und nun auf dem Boden vor der Burg lag. Die Schöpferrasse ähnelte jener der Menschen, doch sie wirkte auf den Bildwerken, die noch von ihr existierten, hochmütiger und unnahbarer; diese Wesen wiesen große mandelförmige Augen, ein spitzes Kinn, eine hohe Stirn und eine breite Brust auf. Die Statue war als Trophäe aus einer der zerstörten Wreth-Städte mitgenommen worden, die noch immer die Landschaft sprenkelten, obwohl schon so viele Jahrhunderte seit ihrem Untergang verstrichen waren.

Bannriya war die erste Stadt gewesen, die nach den verheerenden Wreth-Kriegen vor zweitausend Jahren von menschlichen Überlebenden erbaut worden war. Trotzig hatten sie Banner aufgezogen und mit ihnen ihre Unabhängigkeit von der Schöpferrasse verkündet. Die Wreth waren nun schon lange verschwunden und kaum mehr als eine Legende. Geduldig hatten die Menschen das verwüstete Land nach dem furchtbaren magischen Konflikt wiederaufgebaut. Sie hatten Häuser und Städte errichtet, nicht länger als Sklaven einer uralten Rasse, sondern als ein freies Volk.

Auch wenn sich Adan in seiner Rolle als König noch immer wie ein Neuling vorkam, spürte er doch das Gewicht der Geschichte überall um ihn herum.

In den oberen Stockwerken der Stadthäuser, die aus Ziegeln und Holz bestanden, legten die Bewohner die Läden vor die Fenster. Eine Frau in einer Schürze nagelte einen Deckel auf ein halbvolles Regenfass, sodass kein Sand hineingelangen konnte. Zwei Jungen schoben einen Karren gegen die Wand ihres Hauses und kippten ihn um, damit er nicht davonrollte. Sogar diesen großen Sturm schienen sie lässig zu nehmen.

Adan und seine Eskorte boten ihre Unterstützung all jenen an, die sie brauchten. Sie stiegen ab und halfen den Ladenbesitzern mit ihren Fässern, Getreidesäcken und aufgerollten Teppichen. Hoffnungsvolle Töpfer senkten lauthals die Preise für ihre Waren, auch wenn sich die Straßen rasch leerten; einer versuchte sogar, mit König Adan zu feilschen.

Penda saß auf ihrer Fuchsstute und richtete die Aufmerksamkeit von einem Gebäude zum nächsten, als könnte sie spüren, welches am verwundbarsten war. Sie entdeckte eine Utauk-Familie, die aus fünf Personen bestand – Reisende aus einer kleinen Karawane, die ihre Zelte in einer schmalen Gasse aufgeschlagen hatten und dort zusammen mit ihren Pferden Schutz suchten. Adan zügelte sein Pferd und sprach die Utauk an. »Ihr dürft auf keinen Fall im Freien bleiben. Habt ihr keinen besseren Ort, an dem ihr den Sturm überstehen könnt?«

Der Anführer der kleinen Gruppe, ein Mann mit verfilztem weißem Haar und einem flauschigen grauen Bart, trat in geduckter Haltung an sein Pferd heran. »Hier ist es besser als draußen in den Bergen. Die Mauern werden uns ausreichend schützen.« Er blickte zu Penda hinauf und erkannte das Purpurrot und Schwarz ihres Stammes. »Wir sind erst gestern in die Stadt gekommen.«

Penda wandte sich an einen der Gardisten. »Bringt sie zu den Stallungen im nächsten Häuserblock; dort können sie mit ihren Tieren bleiben. Für sie ist das ein besserer Ort als die Straße.«

Bevor der Anführer der Gruppe etwas einwenden konnte, fügte Adan hinzu: »Wir werden den Eigentümer der Stallungen entschädigen, sollte er Einwände geltend machen.«

Penda zeichnete mit dem Finger einen Kreis in die Luft, und der Anführer antwortete mit der gleichen Geste. Die Utauk sammelten ihr Gepäck und ihre Besitztümer ein, bedankten sich für diese Unterstützung und eilten davon.

Seenan zeigte in den Himmel, der die bedrohliche Färbung eines Blutergusses angenommen hatte. »Sire, wir müssen jetzt wirklich zurückreiten.« Schon trieb Sand durch die Luft.

Adan blickte die Straße hinunter und beobachtete, wie die letzten Bewohner in ihre Häuser huschten und auch dort die Läden vor die Fenster gelegt wurden. Er nickte. »Wir haben fürs Erste getan, was wir konnten.«

Penda wendete ihre Fuchsstute und warf einen Blick zurück auf ihren Gemahl. »Ich reite mit dir um die Wette, Sternenfall! Die Bannergarde findet den Rückweg allein.« Sie galoppierte davon, und Adan jagte ihr durch die Straßen nach und auf das Burgtor zu.

Der König und die Königin betraten den Speisesaal und klopften sich den Staub von den Kleidern. Wimpel mit dem Symbol der offenen Hand des Staatenbundes und das Banner von Suderra – eine Flagge innerhalb einer Flagge – hingen an den Wänden. Pendas Ska hockte auf einer Stange hinter ihrem Stuhl und nickte voller Aufregung, als fragte er sich, warum sie ihn so lange allein gelassen hatte.

Die Burg hatte man so sorgfältig wie möglich auf den Sturm vorbereitet; die Fenster waren abgedeckt und Stoff war in jede Öffnung gestopft worden. Penda fuhr sich mit den Fingern durch die langen, dunklen Haare und wischte die vom Wind zerzausten Strähnen zurück. »Anscheinend hat mein Vater seine Pflicht ernst genommen.«

»Das habe ich allerdings, meine Liebe.« Hale wählte einen Sitz an der langen Banketttafel. Der Knappe neben ihm wirkte erschöpft. »Und der junge Hom ist mir eine große Hilfe gewesen.«

Der Junge sagte entschuldigend: »Es gibt zwar kein formelles Abendessen, Sire, aber wir haben Brot und kaltes Geflügel. Es sei denn, Ihr wollt lieber ...«

»Ein kleines Mahl ist völlig in Ordnung, Hom«, erwiderte Adan. »Und du darfst dich gern zu uns gesellen. Hol dir einen eigenen Teller. Während des Sturms gibt es keinen Grund für Förmlichkeiten.« Der verwirrte Knappe zögerte, und der König scheuchte ihn weg, damit er endlich die Speisen holte.

Als das Mahl auf Platten serviert wurde, sah Hale Penda und Adan an, und dabei glitzerte es in seinen Augen. »In einer Nacht wie dieser sollten sich junge Paare aneinander kuscheln und vielleicht sogar ein Sturmkind zeugen.«

Penda legte sich die Hand auf den Bauch. »Bei uns ist schon ein Sohn oder eine Tochter unterwegs.« Es zeigte sich zwar noch nichts, aber sie war bereits im dritten Monat schwanger. »Eins nach dem anderen, Vater.«

»Ein wenig Übung schadet nichts, mein liebes Herz. Das habe ich deiner Mutter immer gesagt.«

Während des Mahls kamen noch mehr Diener in den großen

Saal und warteten dem König und der Königin auf; außerdem sehnten sie sich angesichts des tobenden Sturms vor den Fenstern nach Gesellschaft. Hom war so schüchtern, dass er sich nicht an den Gesprächen beteiligte. Lieber nahm er einen Armvoll Holz und legte die Scheite sorgfältig in das Kaminfeuer.

Plötzlich sprang der Wind draußen auf wie eine wütende Macht, die versuchte, sich den Weg in die Burg zu erkämpfen. Mit einem seufzenden Laut fuhr die Luft durch den Kamin und zog die Flammen hoch, sodass sie wie ein zuckender Schleier wirkten. Hom ächzte überrascht auf, als das Feuer flackerte, und ließ das Scheit, das er noch in der Hand hielt, auf die Kohlen fallen. Funken wirbelten wie niedergehende Sternschnuppen empor, und ein Schwall aus Staub und Asche fuhr auf die Flammen nieder und hätte sie beinahe ausgelöscht.

Bevor Hom aufspringen konnte, drängte ein weiterer staubgesättigter Windstoß gegen die Außenläden des Seitenfensters und zerbrach den Riegel. Der linke Laden wurde aufgerissen und schlug mit einem Geräusch gegen die Steinmauer, das wie das Knallen einer Peitsche klang. Eines der rautenförmigen Gläser des inneren Fensters löste sich aus der Verankerung und fiel zu Boden.

Hale Orr und Adan rannten gleichzeitig zu dem Fenster, während der Lärm des Sturms mächtig anschwoll. »Holt Lappen und Lumpen und verstopft das Loch! Holt irgendetwas!«, rief Adan. Eine Frau zog rasch das Leinentuch von einem Tisch an der Seite des Saals und hielt es ihm hin. Hale nahm es mit unsicheren Fingern, während Adan es in das Loch im Fenster stopfte.

Draußen schlug der aufgesprungene Laden immer wieder gegen die Wand und wurde vom Sturm durchgeschüttelt, als handele es sich um eine Ratte im Maul einer Katze. Einige weitere Glasrauten in dem verwundbar gewordenen Fenster klapperten und lösten sich.

Adan sah seinen Schwiegervater an. »Wenn wir den Laden nicht sichern, wird bald das ganze Fenster herausfallen.«

Hale nickte. »Wir werden schnell sein müssen, Sternenfall.«

»Das werde ich.« Er öffnete den Riegel des Glasfensters, das sofort nach innen aufsprang, sodass er es kaum packen konnte, bevor alle weiteren Glasstücke zersprangen. Hale bemühte sich, ihn zu unterstützen.

Adan lehnte sich über den Sims hinaus in den Sturm und griff nach dem klappernden Laden. Seine Finger rutschten ab, also streckte er sie erneut aus. Es war, als versuchte er, ein wildes Pferd einzufangen. Schließlich aber gelang es ihm, den Rand zu packen, und er zog den Laden auf das Fenster zu.

Dabei hatte er die Gelegenheit, für einen Augenblick nach draußen zu schauen, und er konnte den braunen, rauchigen Sturm wahrnehmen, wie er durch die Straßen von Bannriya tobte und an den uralten Mauern entlangscheuerte. Auch andere Fensterläden ächzten unter dem Angriff von Sand und Wind. Dachschindeln flogen umher wie Löwenzahnsamen und prallten gegen die Mauern. Der Sandsturm fegte vorbei, und einen Moment lang glaubte er das zu sehen, was Penda gespürt hatte: etwas Dunkles, Polterndes, Unheilverkündendes.

Er zog den Laden ganz zu und sperrte damit den Sturm aus. »Schnell, sichert ihn!« Hastig wickelten Hale und der Knappe eine Schnur um den Riegel. Der hölzerne Fensterladen knirschte und ächzte, als der Wind gegen ihn drückte und an seiner Oberfläche kratzte.

Unter einem Seufzen schloss Adan sanft auch das innere Bleiglas. Xar flatterte auf seiner Stange mit den Flügeln, als erkenne er huldvoll an, dass sich der König um ein unangenehmes Problem gekümmert hatte. Penda schob ihrem Gemahl die zerzausten Haare aus dem Gesicht und küsste ihn auf die Stirn. In den Speisesaal kehrte wieder Ruhe ein.

Hom wirkte verwundert und wurde schamrot. Mit seiner gesunden Hand wischte sich Hale Orr den Staub von der Kleidung. »Und jetzt sollten wir uns darum kümmern, was wir uns zum Nachtisch genehmigen.«

In der Morgendämmerung ließ der Sturm endlich nach. Adan und Penda hatten sich während der Nacht aneinander festgehalten, und keiner von beiden hatte bei dem heulenden Sturm schlafen können. Als der Tag anbrach, fegten letzte Staubreste durch die Straßen wie das Lagergefolge nach einer großen Schlacht.

Adan stand früh auf und wollte sofort sehen, wie es der Stadt ergangen war. Er zog sich eine Leinenhose und ein Seidenhemd an. Penda gesellte sich zu ihm, während ihr Ska auf dem Schulterpolster das Gleichgewicht zu halten versuchte. Hom eilte herein und war enttäuscht, als er den König bereits vollkommen angekleidet vorfand. Er wirkte, als hätte er nicht einen einzigen Augenblick geschlafen. »Frühstück, Sire?«

»Noch nicht, Hom.« Rasch verließ Adan sein Gemach, während Penda an seiner Seite blieb.

In der Haupthalle entfernten die Diener den Schutz vor den Fenstern und öffneten die Läden, sodass der helle Sonnenschein durch das Bleiglas dringen konnte. Einige Bedienstete zogen das große Burgtor auf, hinter dem eine feine Kaskade aus Staub wogte.

Adan begab sich nach draußen und stellte erleichtert fest, dass er keine abgerissenen Dächer oder eingestürzten Häuser sah; allerdings waren viele Türeingänge von Sandwehen versperrt. »Jetzt wird aufgeräumt.«

Geschäftsleute traten vor ihre Läden, schätzten ihre Schäden ein und fegten den angehäuften Sand mit Strohbesen weg. Kinder stapften durch die pulverigen Hügel, wirbelten dabei Staubwolken auf und hinterließen ihre Fußabdrücke.

Hale Orr gesellte sich zu Adan und Penda und wischte sich mit seinem Stumpf den Staub von der Stirn. »*Cra*, ich bin froh, dass wir nicht draußen in einem Zelt gesteckt haben. Alles hätte viel schlimmer sein können.«

Plötzlich drangen Rufe von den Wachttürmen auf der äußeren Stadtmauer herbei, die in Richtung der westlichen Berge lagen. Seenan und ein weiterer Bannergardist rannten den Hügel zur Burg hinauf und wateten dabei durch hohe Sandwehen. Ihre Gesichter waren mit Staub überzogen. Seenan rief: »Sire – Fremde! Das sind Besucher, wie ich sie noch nie gesehen habe!«

»Der Sturm hat sie hergebracht«, sagte der zweite Gardist.

»Dann sollten wir sie begrüßen«, meinte Adan.

Nachdem sie in den Burgställen rasch ihre Pferde gesattelt hatten, ritten Adan und seine Gefährten zusammen mit Penda die sandbedeckte Straße hinunter. Xar flog über ihnen dahin, zog einen Kreis und ließ sich wieder auf Pendas Schulter nieder. Sie beugte sich zu dem Reptilienvogel vor und streichelte ihn.

Dann erreichten sie die äußere Stadtmauer. Bewaffnete Wächter schauten nervös von den Wachttürmen hoch über dem Tor herunter, das noch geschlossen und verriegelt war. Adan ritt auf es zu und gab das Zeichen zum Öffnen des Tores. »Ist das etwa unsere Art, Besucher zu begrüßen? Wenn sie durch den Sturm geritten sind, brauchen sie vermutlich Hilfe.«

»Wie Ihr befehlt, Sire«, rief einer der Turmwächter.

Neugierig zügelte Penda ihr Pferd neben Adan. Der junge Gardist Seenan wirkte besorgt, doch er hielt sein Pferd zurück und sagte nichts. Hale saß still, aber aufmerksam im Sattel.

Einige Wächter arbeiteten an den Kurbeln, die von zwei Männern gleichzeitig bedient werden mussten, und wickelten Seile um die riesigen Räder, während das Klacken von Sperrvorrichtungen ertönte. Die gewaltigen Torflügel schwangen auf, und die sandbedeckten Angeln ächzten. König Adans Pferd scheute und schnaubte.

Vor der Stadt warteten etwa hundert Gestalten, gekleidet in Schuppen und lohfarbenes Leder. Auf den ersten Blick wirkten sie wie Menschen, aber es handelte sich um andere Wesen. Sie waren groß und kantig und hatten eine dunkelbraune Haut und Topasaugen, die seitlich in langen Spitzen ausliefen. Ihre langen, wilden Haare glitzerten in einem blassen Gelb, als seien sie aus Gold und Knochen gewebt, und sie waren mit gewundenem Metall geschmückt, das im grellen Morgenlicht gleißte. Obwohl sie zusammen mit dem Sturm eingetroffen waren, wirkten sie allesamt makellos.

Die Fremden ritten auf stämmigen zweibeinigen eidechsenartigen Kreaturen mit großen Köpfen und gelben Augen. Adan erinnerte sich an seinen Geschichtsunterricht und an die Zeichnungen, die er in alten Berichten gesehen hatte, und so wusste er, dass es sich bei diesen Kreaturen, die Augas genannt wurden, um Last- und Reittiere handelte, die Wüstenreptilien nachgebildet waren. Drei dieser schuppigen Wesen stapften nun vor, während ihre Reiter Adan gebieterisch ansahen. Er konnte nicht glauben, was der Sturm zu ihnen gebracht hatte.

Ein Vorbote, hatte Penda gesagt.

Die Wreth, jene uralte Rasse, die die Menschen als ihre Sklaven erschaffen hatte, waren seit zweitausend Jahren nicht mehr gesehen worden. Jedermann hatte geglaubt, dass sie sich schon vor langer Zeit gegenseitig ausgelöscht hatten.

Doch nun war eine Hundertschaft von ihnen aus der Wüste bis hierher gekommen und wartete vor seiner Stadt. Weil sie etwas von ihm wollten.

2

Die gestreiften Segel des ischaranischen Kriegsschiffes spannten sich gegen die magisch gewirkte Brise, die es auf die Küste Osterras zutrieb, des östlichsten der drei Königreiche im Staatenbund.

Ungeduldig verkrallte Hohepriester Klovus die Hände in das vom Salz verwitterte Holz des Bugs und sah zu, wie das Schiff durch das Wasser pflügte. Er betrachtete die Eisenfaust des Rammbocks, der dem Schiff vorausstrebte und bereit war, die gottlosen Osterraner zu zerschmettern.

Der Ausguck rief vom Hauptmast herunter: »Küste voraus! Wir werden Mirrabay in etwa einer Stunde erreichen.«

»Wenn wir noch auf Kurs sind«, murmelte der Kapitän auf dem Mitteldeck, wo er hin und her lief, bereit zur Schlacht.

»Wir sind auf Kurs«, bestätigte Klovus so laut, dass die ganze Besatzung ihn hören konnte. »Der Gottling führt uns sicher zu unserem Ziel.«

Als oberster Hohepriester von Ischara oblag es ihm, die Energien der Seemänner und Soldaten zu konzentrieren. Ihr Glaube war stark, weil der Gottling tief unten im Frachtraum stark war, und wenn Klovus ihn auf das nichts ahnende Fischerdorf losließ, würden sie dessen Macht sehen. Feindesblut würde fließen, und Flammen und Rauch würden in den Himmel steigen - wie der Jubel auf einem Fest. Er verspürte Erregung und rief der erwartungsvollen Mannschaft - hundert abgehärtete Männer und Frauen, die es nach Raub und Plünderung gelüstete - zu: »Gürtet eure Schwerter um und holt euch eure Schilde. Erwartet nicht, dass der Gottling das Kämpfen für euch übernimmt!«

Die Seeleute, die leichte Hanfhosen und grob gewebte Hemden trugen, eilten zu den Rüstkammern des Schiffes. Der Erste Maat schloss die Türen auf und gab Krummschwerter, Dolche und Keulen aus Eisenholz aus. Sie waren drei Tage auf See gewesen, hatten in der Nacht heimlich die Segel im Hafen von Serepol gesetzt - in dem festen Entschluss, das Ufer des Staatenbundes zu erreichen. Klovus hatte mit ihnen allen gebetet und sie um sich versammelt. Jedes einzelne Mitglied der Mannschaft war hungrig und für den Krieg gerüstet.

Auch der Gottling war hungrig.

Der herbeigerufene Wind schob das Kriegsschiff an, und rasch kam die Küste näher. Vor ihnen lag die müde alte Welt - der Kontinent, den die Ischaraner schon vor langer Zeit nach den verheerenden Wreth-Kriegen verlassen hatten. Sein tapferes Volk hatte die neue Welt für sich beansprucht: jungfräuliches Land, das vor Magie glitzerte, so ganz anders als die ausgelaugte und verdorbene Erde des Staatenbundes.

Eifrige Matrosen liefen über das Deck, gürteten sich Schwerter um, befestigten lederne Rüstungen an ihren Oberkörpern, steckten sich Dolche in die Stiefel, probierten Helme aus und tauschten sie untereinander, bis sie einen fanden, der ihnen passte. Klovus stand in seinem dunkelblauen Kaftan da und betastete das goldene Symbol seines Rangs, das ihm um den Hals hing. Er nickte aufmunternd und war froh, den Ausdruck der Entschlossenheit in den Gesichtern der Matrosen zu sehen; im Hass auf den Feind bissen sie die Zähne zusammen.

Auch wenn die beiden Kontinente seit dem Vertrag, der vor dreißig Jahren von der Empra Iluris und Konag Cronin unterzeichnet worden war, in brüchigem Frieden miteinander lebten, war doch in die Herzen kein Frieden eingekehrt. Klovus und die anderen zwölf Bezirkspriester hatten ihren Anhängern nie erlaubt, dies zu vergessen, auch wenn ihre eigene Empra es nicht verstand. Dieser Überfall würde die Glut und den Eifer der Gläubigen wiedererwecken und ihr Blut in Wallung bringen.

Das massige Kriegsschiff näherte sich einer geschützten Bucht, in der örtliche Fischerboote ihre Netze in dem ruhigen Wasser ausgeworfen hatten. Diese Boote kämpften gegen die launischen Böen, während das ischaranische Schiff von Magie angetrieben wurde und auf pfeilgeradem Kurs mühelos dahinglitt.

Der Hohepriester drehte dem Hafendorf, das dem Untergang geweiht war, den Rücken zu und erhob seine Stimme. »Wir schlagen schnell zu! Setzt das Dorf in Brand, tötet so viele wie möglich und nehmt die Übrigen als Geiseln. Dann werden wir wieder nach Hause segeln, getragen von den Chören ihres Kummers.«

»Höre uns, rette uns«, sang die Mannschaft, aber es klang eher wie ein Jubelgeheul als wie ein Gebet.

Auch der Gottling hörte sie. Unter den Bohlen des Decks spürte Klovus die brodelnde Macht der gewaltigen, rastlosen Gottheit, die im Lastenraum verborgen war und darauf wartete, entfesselt zu werden.

Klovus zog die Schärpe um seinen starken Bauch enger und kratzte sich an der glatten Wange, wobei er das Öl auf seiner Haut spürte. Im Vorgriff auf den Sieg hatte er sich den Kopf und das runde Gesicht mit einem rasiermesserscharfen Dolch geschoren. Er wollte nicht zerzaust, sondern beeindruckend aussehen ... aber er vermutete, dass sich Mirrabay an kaum etwas anderes als an den Gottling erinnern würde, sobald dieser den Ort angriff.

Das Kriegsschiff flog voran, zog weiße Gischt hinter sich her, segelte an den Fischerbooten vorbei, die sich ängstlich verzogen und den Angreifern zu entkommen versuchten. Klovus wünschte, dass diese Elenden die Zerstörung ihrer Häuser und das Abschlachten ihrer Familien zu sehen bekamen. Keiner von ihnen würde rechtzeitig das Ufer erreichen können.

Einige Dorfbewohner hatten das ischaranische Schiff mit seinen auffallenden roten und weißen Segeln und dem Rammbock am Bug bereits erblickt. Sie wussten gewiss, dass dieses Schiff nicht zur Flotte des Staatenbundes gehörte, sondern ein Eroberschiff aus der neuen Welt war.

Empra Iluris behauptete, dass keiner der Kontinente einen

offenen Krieg wünschte, aber die provozierenden Überfälle wurden weitergeführt, mit oder ohne ihr Wissen. Scharmützel wie dieses hielten die Wunden offen und den Schmerz frisch. Der Gottling, den Klovus mitgebracht hatte - eine untergeordnete Wesenheit aus dem Hafentempel in Serepol - würde den drei Königreichen klarmachen, dass sie niemals auf einen Sieg hoffen durften.

Auf der Reise von Ischara bis zu diesem Ort hatten sich die Seeleute die Arme geritzt und gemeinsam immer wieder frisches Blut in eine glasierte Tonurne gespritzt. Als die Urne voll war, hatte Klovus sie mit Wachs versiegelt und eine Spur Magie bemüht, damit das Blut für das Opfer kurz vor der Schlacht frisch blieb. Nun, da sich das Schiff Mirrabay näherte, war die Zeit gekommen.

»Ich bringe die Opfergabe dar, so wie ihr eure Kriegerherzen darbringt«, rief Klovus. »Sprecht eure Gebete, dann werde ich das Blut dazugeben.«

Die bewaffneten Seeleute erhoben die Stimmen zu einem lauten Bittgesang. »Höre uns, rette uns!« Diese Worte, die so oft in den Tempeln gesprochen wurden, nutzten die Macht des Glaubens, um die Gottlinge zu stärken, die von den Gläubigen selbst geschaffen worden waren. Die Magie, die im Land steckte, ließ ihren Glauben sichtbar werden, und nun war der Hohepriester in der Lage, ihn zu beherrschen und zielgerichtet einzusetzen.

Zwei Matrosen trugen die mit Blut gefüllte Urne in die Mitte des Decks, wo Klovus neben einer kleinen geöffneten Luke im Boden wartete. Sie war mit Gold überzogen, und die Ränder der Planken waren nach unten gebogen, damit jeder verirrte Blutstropfen, der für das Opfer bestimmt war, seinen Weg in den Schiffsrumpf fand. »Unser Gottling trinkt ausgiebig und zieht Kraft aus eurem Glauben.«

»Höre uns, rette uns.«

Unter ihrem Gesang kippte Klovus die Urne und goss das gesammelte Blut durch die Öffnung in den Laderaum darunter. Der rastlose Gottling regte sich und verzehrte all die Wut und den Zorn, die von den ischaranischen Gläubigen ausgegossen worden waren. Klovus spürte, wie die Gegenwart des Wesens stärker wurde.

Der magische Wind frischte auf, und das ischaranische Kriegsschiff flog auf die Küste zu. Auf dem Land vor ihnen flackerten Signalfeuer auf, und Wächter riefen Mirrabay zu den Waffen. Laute Glocken ertönten. Die Bewohner rannten umher, einige griffen zu den Waffen, andere flohen.

Als das Kriegsschiff an den Fischerbooten und Frachtschiffen vorbeisegelte, die nahe der Küste vor Anker lagen, schossen ischaranische Bogenschützen Feuerpfeile ab, und die schutzlosen Boote verbrannten. Klovus sah voller Genuss zu, wie ihre Segel in Brand gerieten und die Besatzungen auf der Flucht vor den Flammen über Bord sprangen. Viele würden ertrinken, bevor sie das Ufer erreicht hatten.

Schon das Verursachen von Schmerzen bei den gottlosen Menschen des Staatenbundes war ein hinreichender Grund für diesen Überfall, doch der Hohepriester hatte noch anderes im Sinn. Er wollte der Empra Iluris die Macht und Wirksamkeit ihrer Gottlinge beweisen und ihr zeigen, wozu sogar dieser kleine, den sie da mit sich führten, in der Lage war. Die Frau zögerte und war stur, was Klovus zur Verzweiflung brachte, aber er würde es gewiss schaffen, sie zu überzeugen.

Nach dem Blutopfer schwollen die Planken des Schiffes an und knirschten und ächzten, während unten im Laderaum die Macht zunahm. Der Hohepriester würde den Gottling bald entfesseln müssen, damit er nicht das ganze Schiff zerstörte.

Er eilte über das Deck zur Reling und blickte am Rumpf entlang. Die hölzernen Luken waren geschlossen und versiegelten den Frachtraum, aber sie konnten rasch geöffnet werden. Er rief nach den Seeleuten. »Packt die Seile! Macht euch bereit, die Riegel wegzuziehen.«

Der ungeduldige Gottling kämpfte gegen seine Fesseln an und versuchte sich zu befreien. In einer der Planken am Rumpf zeigte sich bereits ein Riss.

»Beeilt euch! Lasst den Gottling heraus. Er soll seine Arbeit tun.«

»Höre uns, rette uns.« Die Seeleute ächzten, als sie rasch und heftig an den Seilen zogen und die Riegel lösten, sodass die Luken geöffnet werden konnten. Klovus stieß ein Keuchen aus.

In einem Schwall aus Dampf und Gischt brach der eingekerkerte Gottling hervor. Nur zum Teil bestand er aus Materie. Wie eine gallertartige, glitzernde, unaufhaltbare Macht quoll er aus den Öffnungen und schlug um sich, während er sich in eine vollständig körperliche Form zu bringen versuchte: ein beängstigendes Ungeheuer als Flüssigkeit und Glauben.

Das Kriegsschiff schwankte unter dem Aufruhr, als würde es einen Seufzer der Erleichterung ausstoßen, und der befreite Gottling wogte in den Hafen hinein und tobte wie ein brodelnder Sturm auf die wehrlosen Einwohner von Mirrabay zu.

»Geh«, flüsterte Klovus - und dies war kein Gebet, sondern die Ermunterung an einen Freund. »Geh und richte göttliche Verwüstung an.«

3

Für ihn hielt Mirrabay dunkle und quälende Erinnerungen bereit. Utho war hierhergereist, weil er sich seinen eigenen Dämonen stellen wollte, doch nun, da die abscheulichen Ischaraner eingetroffen waren, würden Blut, Tod und Schmerz von Neuem kommen. Noch immer wollte er sie für das töten, was sie vor so vielen Jahren seiner Frau und seinen Töchtern angetan hatten. Wenigstens war er nun hier und konnte Widerstand leisten.

Utho vom Riff, einer der Elite-Bravas, war groß, schlank und muskulös, und er trug sein stahlgraues Haar knapp geschoren. Als ein grimmiger und unvergleichlicher Kämpfer war er die rechte Hand von Konag Conndur. Uthos breites, glatt rasiertes Gesicht wies hohe, vorstehende Wangenknochen auf; seine Augen waren schmal und leicht mandelförmig, was auf ein Wreth-Halbblut hinwies. Als Brava trug er natürlich einen schwarzen Brustpanzer sowie eine schwarze Hose, beides aus Leder, dazu schwarze Stiefel, ein schützendes Kettenhemd und einen schwarzen Mantel, der ebenfalls mit feinen Kettengliedern eingefasst war. Seine Erscheinung vermochte zu beeindrucken.

Als er sah, wie sich das feindliche Kriegsschiff Mirrabay näherte, wurde sein Gesicht zu einer Maske der wütenden Herausforderung. Der Anblick der roten und weißen Segel trieb ihn zur Tat an. »Bleibt und kämpft!« Er lief auf den Kai hinaus, und seine Stiefel donnerten über die hölzernen Planken. »Ihr wisst, was diese Tiere tun werden!«

Das Dorf wehrte sich. Geschmeidige Jungen mit Fackeln in den Händen kletterten auf die Türme zu beiden Seiten der Bucht und entzündeten Signalfeuer. Der Wind trieb Rauchwolken in die Luft, die entlang der Küste meilenweit zu sehen waren, aber Utho wusste, dass der Feind zuschlagen, alles niederbrennen und töten und sich dann zurückziehen würde, noch bevor ein anderer Ort Verstärkungstruppen entsenden konnte.

Ständig drohten ischaranische Überfälle, aber die Küstenorte konnten niemals wirklich darauf vorbereitet sein - nicht auf so etwas. Im Herzen waren sie Fischer und Dörfler, nicht aber unbarmherzige Krieger. Sie waren keine Bravas, wie er einer war.

Utho dachte an seine Frau Mareka und ihre beiden Mädchen, die von den Ischaranern abgeschlachtet worden waren, während er im Krieg gewesen war - damals, vor dreißig Jahren. Aber heute war er hier. Er und sein Gefährte, ein junger Brava namens Onder, bedeuteten die einzige Hoffnung für diese Menschen.

Die Verteidiger des Ortes rannten in ihre Häuser und holten die Speere und Piken von den Wänden, die Bögen und Pfeile, die sie zum Jagen benutzten, und auch die Schwerter, die sich schon seit Generationen in ihren Familien befanden. Mütter küssten ihre Männer zum Abschied und flohen mit ihren Kindern in die Berge, während andere Frauen zurückblieben und um ihren Ort kämpften.

Die Ischaraner würden angreifen, sobald sie in Schussweite kamen.

Onder, der andere Brava, der als neuer Paladin an diesem Abschnitt der Küste diente, trat am Ende des Kais neben Utho. Er hatte sandblonde Haare und ein rosiges Gesicht, das wie frisch gescheuert wirkte, und auch er wies die charakteristischen Merkmale eines Wreth-Halbblutes auf. Obwohl nur wenig älter als zwanzig Jahre, war Onder doch schon ein guter Kämpfer und Vollstrecker; er war mit vielen Waffen vertraut und in einem der abgelegenen Brava-Ausbildungsdörfer aufgewachsen. Utho hatte schon einige Übungskämpfe mit ihm ausgefochten, aber er bezweifelte, dass sein Gefährte je einem leibhaftigen ischaranischen Feind gegenübergestanden hatte.

Vom Ende des Kais aus beobachtete Onder zusammen mit

Utho das herannahende Schiff. Unerwartete Furcht flackerte in seinem Gesicht auf, aber er vertrieb sie sofort wieder. »Werden wir in der Lage sein, gegen sie zu kämpfen?«

Daran hegte Utho keinen Zweifel. »Wir sind Bravas. Es liegt uns im Blut, und es ist unsere Bestimmung, den Staatenbund zu verteidigen.« Die Dorfbewohner beeilten sich, behelfsmäßige Barrikaden auf den Straßen zu errichten; trotz ihres Schreckens wirkten sie bitter entschlossen. Diese Menschen erinnerten sich daran, wie Mirrabay vor Jahrzehnten niedergebrannt worden war. Einige ältere Kämpfer trugen noch ihre Narben aus dieser Niederlage, und jeder kannte die entsetzlichen Geschichten. Als er sah, wie sie sich zusammenrissen und ihren Ängsten gegenübertraten, war Utho stolz auf sie.

»Sie sind tapfer«, sagte er mit leiser Stimme zu Onder, »aber sie hassen die Ischaraner nicht annähernd so sehr wie ich.« Er reckte die Schulter. »Bist du bereit?«

Onder biss die Zähne zusammen und nickte.

Das ischaranische Schiff stürmte wie ein wilder Stier in den Hafen. Die Seitenluken waren geöffnet, und etwas Ungeheuerliches glitzerte und regte sich dahinter. Als das gierige Ding aus dem Schiffsrumpf hervordrang und in die Bucht strömte, hielt Utho den Atem an. Er keuchte, konnte es nicht glauben. »Die Bastarde haben einen Gottling mitgebracht! An *unseren* Strand!«

Das entfesselte Wesen schwoll an und wirbelte umher, ein Sturm aus Wasser, Schatten und leibhaftig gewordener Wut. Seine Gestalt veränderte sich, verdichtete sich zur Andeutung eines knurrenden menschlichen Gesichts mit zotteligem Bart, zerzausten Haaren und brennenden Augen - dabei saß es auf einem komplexen Körper, der nun durch das Wasser pflügte.

Die Dorfbewohner schrien entsetzt auf, und Utho hörte das Klappern weggeworfener Waffen. Obwohl sich viele Verteidiger zusammenrissen und an Ort und Stelle blieben, bezweifelte er, dass sie diesem Feind standhalten konnten. Er gab Onder ein Zeichen. »Wir werden unsere Rammer brauchen.«

Der nickte grimmig. »Das dachte ich mir schon.«

Beide Männer holten ihre goldenen Reife hervor, die an ihrem Gürtel befestigt und mit uralten Wreth-Symbolen geschmückt waren. Utho spürte in dem unnatürlich warmen Metall die Macht dieser Waffe, die nur ein Brava einsetzen konnte. Mit der linken Hand schob er sich den goldenen Reif über das rechte Handgelenk und drückte ihn zusammen, bis er ganz fest saß. Scharfe Metallzacken an den Innenrändern des Reifs bissen ihm ins Fleisch. Die Stacheln drangen tief ein, tranken gierig sein Blut und aktivierten die Macht der alten Waffe, die durch die Wreth-Magie in seinem Brava-Blut geweckt wurde. Als er die Hand hob, rann purpurrote Flüssigkeit an seinem Unterarm entlang, und dann entzündete er mit Magie eine Flammenkorona um den Rammer.

Mit einem Brüllen *drückte* Utho, und die Flamme wurde heller. Seine Magie nährte das Feuer und dehnte es zu einem lodernden Ball, der seine Hand umschloss. Er streckte die Finger aus, und die Flamme wurde zu einer klingenartigen Peitsche, die so lang war wie sein Arm. Er hielt das Feuer hoch, und es leuchtete dem herandrängenden Feind entgegen. Am Ende des Kais trotzte er dem Kriegsschiff und dem entfesselten Gottling.

Auch Onder legte sich den goldenen Reif um das Handgelenk, zog eigenes Blut hervor und entzündete seine Fackel damit. Beide standen mit hoch erhobenen feurigen Händen da und waren bereit, Mirrabay mit ihrer brennenden Wut zu verteidigen.

Unbeirrt wogte der Gottling auf sie zu und spuckte dabei hohe Wasserfontänen aus. Raue Wellen kippten Fischerboote um, rollten auf das Ufer zu und zerschmetterten die größeren Schiffe, die am Kai vertäut gelegen hatten. Die tobende Gottheit erhob sich aus dem Wasser und sprang auf den Kai und die beiden brennenden Rammer zu.

Utho erkannte, wie verletzbar er und Onder waren. »Wir können hier nicht kämpfen!« Er rannte mit seinem Gefährten zurück ans Ufer, als der Gottling gegen den Kai prallte und die Planken und Pfeiler in alle Richtungen schleuderte. Das bösartige Wesen floss weiter heran, versenkte dabei jedes einzelne Boot und zerstörte die Vorratsbaracken und Bootshäuser.

Als Utho festen Boden erreicht hatte, hielt er seinen entflammten Rammer hoch und stellte sich der heranbrandenden Kreatur entgegen. Er verspürte eine Zuckung atavistischer Angst, trieb sie aber zurück. Onder neben ihm wirkte entsetzt. Die Hand des jungen Mannes loderte hell, und die Flammenzungen hatten sich zu einer brennenden Peitsche verdreht.

Diese Kreatur erschien unnatürlich. Der Gottling war ein Wesen, das sie nicht verstanden; eine Macht, die nicht blutete. Utho wusste nicht einmal, ob sie sterblich war. Aber er war ein Brava, und er bemühte seine Magie und verstärkte seine Feuerpeitsche. Er rief Onder etwas zu und rannte unmittelbar auf die halb körperliche Wesenheit zu, die gerade dabei war, die Räucherkammern und Hafenbaracken zu zerstören und dabei die Holzsplitter hoch in die Luft warf. Und schließlich setzte sie das Dorf in Brand.

Draußen auf dem Wasser war das ischaranische Kriegsschiff so nahe herangekommen, dass die feindlichen Soldaten damit begannen, in die Ladeboote zu steigen und ans Ufer zu rudern. Sie erhoben ihre Krummschwerter und schrien Beleidigungen und Drohungen, während sie das Hafendorf angriffen. Aber der ungeheuerliche Gottling erledigte den größten Teil der Arbeit für sie.

Die Kreatur wand sich und nährte sich von den wilden Gefühlen, während sie gemeinsam mit den heulenden Winden durch die Luft fuhr. Ein Ruderboot wurde hochgeschleudert und ging dort nieder, wo Utho stand. Es gelang ihm gerade noch, aus dem Weg zu springen. Dem Feind stellte er sich breitbeinig entgegen und schlug mit seinem Rammer aus. »Halt!«

Mit einem Knall schleuderte er magisches Feuer der brodelnden Wesenheit entgegen. Sie streckte Arme und Tentakel aus flüssigem Dampf aus, aber der lodernde Rammer durchschnitt sie mit zischenden Geräuschen. Der Gottling zuckte. Utho schrie: »Ich glaube nicht an dich, du Scheusal!«

In ihrer neuen Welt besaßen die Ischaraner eine gewisse verdorbene Macht – es war die Möglichkeit, eigene Gottlinge als

Gebilde blinden Glaubens zu erschaffen, die ihre Vorstellungskraft für sie zur Wirklichkeit werden ließ. Aber doch nicht hier im Staatenbund, nicht hier in Mirrabay - so etwas gehörte nicht an diese Ufer.

Utho kämpfte gegen den Gottling und schlug mit seinem brennenden Rammer aus. Die Feuerpeitsche schoss aus seiner Hand und verwandelte die einzelnen Elemente der Gottheit in Dampf und Gischt. Aber der Gottling setzte sich neu zusammen und drängte weiter auf ihn zu.

»Onder!«, rief er. »Hilf mir!«

Der andere Brava stand wie eine Statue da, hatte die Hand gehoben, und sein Rammer flackerte, während er das Geschöpf gebannt anstarrte.

Der Gottling prallte mit seinem halbstofflichen Körper gegen Utho und stieß ihn beiseite, als wäre er nur Spreu im Wind. Er schlug mit seiner Feuerhand zu, aber die lodernde Peitsche verursachte bei dem Wesen keinen bleibenden Schaden. Voller Wildheit raste es wieder auf ihn zu und warf ihn kopfüber in die Luft.

Uthos schwerer Mantel und sein Kettenhemd boten ihm kaum Schutz, als er auf die Holzschindeln eines Hausdaches prallte. Für einen Augenblick verlor er das Bewusstsein, dann glitt er langsam von dem Dach herunter, während er sich darum bemühte, die Kontrolle über seinen Körper wiederzuerlangen. Er spürte den Schmerz zahlloser Verletzungen, während er rutschte und kullerte. Und als er über den Rand kippte, gelang es ihm gerade noch, sich an einer Regenrinne festzuhalten und seinen Sturz zu verhindern.

Als er sich festhielt und versuchte, wieder ganz zu Sinnen zu kommen, sah er Onder auf der Straße unter sich, nicht weit von der tobenden halbkörperlichen Kreatur entfernt. Der jüngere Brava drehte sich um und rannte davon; er floh von den Dorfbewohnern fort, die sich nun zusammenrotteten.

Utho verstand zunächst nicht, was er sah, und konnte es nicht glauben, dann aber spürte er, wie sich sein Herz in schwarzer Enttäuschung zusammenschnürte.

Der Gottling brandete wie ein Hurrikan gegen ein weiteres Lagerhaus, stieß die Mauern um, warf lange Planken in die Luft, riss Stützbalken entzwei. Fischernetze, die zum Ausbessern aufgehängt worden waren, flatterten wie gewaltige Spinnennetze umher und landeten schließlich in einem Haufen übereinander. Unter einem Ausbruch von Energie drang das Wesen tiefer in das Dorf ein und setzte Hausdächer in Brand. Das Feuer sprang von Gebäude zu Gebäude, während sich die Wesenheit weiter austobte.

Utho war von seinem feigen Gefährten angewidert. Er selbst wollte nicht aufgeben. Also ließ er die Regenrinne los, sprang schwer auf die Straße und hielt die Knie gebeugt, während sich sein gepanzerter Mantel um ihn ausbreitete. Schmerz, der von gebrochenen Rippen und einer Wunde am Kopf herrührte, flackerte auf, aber Utho schob ihn beiseite und kümmerte sich nicht um seine eigene Sicherheit. Noch war der Kampf nicht vorbei. Der Rammer schmiegte sich weiterhin um sein Handgelenk, auch wenn die magische Flamme erloschen war, als er kurz das Bewusstsein verloren hatte. Das Blut tropfte noch immer von den goldenen Stacheln, und er ergriff das Metallband und rief das Feuer seines Wreth-Erbes zu sich. Die Hand brach in reinigendes Feuer aus.

Auf den Straßen kämpfte das Volk von Mirrabay gegen Formationen von ischaranischen Soldaten, die aus ihren Landungsbooten geklettert waren und hinter dem rasenden Gottling an Land liefen. Mit ihren Fackeln rannten die Angreifer von Haus zu Haus und setzten weitere Gebäude in Flammen. Sie stießen mit Fischern, Schiffszimmerern und Ladenbesitzern zusammen, töteten viele, schlugen andere mit Keulen bewusstlos, steckten sie in Netze und schleiften sie zurück zu den Landungsbooten. Bei dem Gedanken an das, was sie mit den Gefangenen anstellen würden, wurde Utho übel.

Als er an seine Frau dachte, die in einer ähnlichen Lage gesteckt hatte, legte sich ein roter Nebel vor sein Blickfeld. Er wusste, dass Mareka sich gewehrt und in dem Versuch, ihre Töchter zu beschützen, viele Angreifer getötet hatte. Wenigstens waren sie gestorben, statt weggeschleppt und vergewaltigt, versklavt oder - schlimmer noch - dem Gottling geopfert zu werden.

Es gab einen guten Grund, warum die Bravas den Ischaranern schon vor Jahrhunderten den Rachekrieg erklärt hatten ...

Die rasende Gottheit fuhr mit ihren Wütereien fort, stieß den Glockenturm um, und der laut hallende Ruf zu den Waffen ging im Brüllen und Klirren unter. Dann fegte die Gottheit durch die Straßen und riss Mirrabays Erinnerungsschrein ein, in dem die Namen all derer verzeichnet gewesen waren, die je in diesem Ort gelebt hatten - einschließlich der Namen von Mareka und den Mädchen.

Nun, da ihn sein feiger Gefährte im Stich gelassen hatte, musste Utho allein kämpfen. Er rannte hinter dem Gottling her und fachte seinen Rammer zu einem grellen Lodern an. Die Angreifer hatten sich in den Straßen zerstreut und waren mit ihren eigenen Kämpfen beschäftigt. Ischaranische Soldaten lagen leblos in den Gassen, zusammen mit vielen toten Einwohnern. Ein einsamer Brava konnte zwar Dutzende Feinde gleichzeitig besiegen, aber Utho wusste, dass der Gottling die weitaus größere Bedrohung darstellte.

Er forderte das Wesen abermals heraus und sandte sein Rammer-Feuer durch den Körper, der kaum noch Widerstand bot. Der zügellose Zorn des Gottlings hatte diesen schon ein wenig erschöpft und geschwächt, und Uthos aufgefrischte Wut fügte ihm weiteren Schaden zu. Die Ungeheuerlichkeit wurde kleiner, war weniger fest und dicht. Sobald ein Gottling die Ufer seines eigenen Kontinents verlassen hatte, stand ihm seine angestammte Magie, aus der er Kraft ziehen konnte, nicht mehr zur Verfügung. Utho wusste, dass die Ischaraner die Macht des Wesens nicht mehr mit weiteren Gebeten und Opfern stärken konnten.

Das tobende Wesen schien mit der Schneise der Zerstörung, die es durch den Hafenort gelegt hatte, zufrieden zu sein, und so zog es in einem Kreis zurück zum Ufer. Bald würde es in die Sicherheit des ischaranischen Kriegsschiffs zurückkehren müssen.

Die Monstrosität streckte sich aus, brachte einen der Wachttürme zum Einsturz, und das Leuchtfeuer fiel in die Bucht. Nun verblasste das Wesen allmählich, als wüsste es, dass es nicht in dieses Land gehörte.

Der Gottling zog sich zurück und entschlüpfte Utho, aber der Brava wollte Blut sehen - er wollte seinen eigenen Rachekrieg führen. Also richtete er seine Wut auf die verbliebenen feindlichen Soldaten. Aus den zahlreichen Waffen an seinem Gürtel wählte er ein Kampfmesser aus und stärkte gleichzeitig die Feuerpeitsche seines Rammers. Während Mirrabay um ihn herum brannte, stürzte er sich in das Getümmel eines konventionellen Kampfes und beachtete dabei die Schmerzen seiner Verletzungen nicht. Er fällte fünf ischaranische Soldaten, aber sein Triumph verursachte ihm keine Freude.

Utho bahnte sich einen Weg zu den rauchenden, zersplitterten Kaianlagen, bei denen die Überreste zerstörter Boote im Wasser um das feindliche Schiff herum trieben. Nun, da der magische Wind abgeflaut war, hingen die rot gestreiften Segel schlaff herunter. Im Bug des Kriegsschiffes stand ein untersetzter, kahlköpfiger Hohepriester in einem mitternachtsblauen Kaftan und beobachtete den Aufruhr aus sicherer Entfernung.

Der Hohepriester schlug einen Gong und rief damit die Ischaraner zurück an Bord. Der helle metallische Klang übertönte sogar die Schreie der Verwundeten und das Aufeinanderprallen der Schwerter. Bald sprangen auch noch die letzten Angreifer in das Landungsboot und ruderten auf das Kriegsschiff zu. Mindestens zehn Gefangene aus Mirrabay waren schon an Bord gebracht worden.

Der Gottling reagierte wie ein Haustier, das zum Essen gerufen wurde. Er sprang ins Wasser und wogte auf das ischaranische Kriegsschiff zu. Auch wenn das Wesen noch immer beängstigend wirkte, war es doch eindeutig wesentlich kleiner geworden. Es floss durch die offenen Seitenluken in den Laderaum und hinterließ trübe, aufgewühlte Trümmer.

Wie sehr sich die Dorfbewohner auch kämpferisch für die Verteidigung ihrer Häuser einsetzten und wie viele Feinde sie auch töteten, es reichte nie aus. Utho vom Riff löschte sein Feuer und betrachtete die Verwüstungen um sich herum. Die Hälfte des Ortes war zerstört worden und brannte nun, zahllose Leichen lagen auf den Straßen, und die Verwundeten starben in den Pfützen ihres eigenen Blutes.

Er unterdrückte ein Schluchzen. So musste dieser Ort vor einigen Jahrzehnten schon einmal ausgesehen haben ... als Utho nicht da gewesen war, um seine Familie zu schützen.

Tiere!

4

Als sich Elliel dem Bergarbeiterort namens Scharrdorf in den Drachengrat-Bergen näherte, blieb sie kurz stehen und überdachte ihre Möglichkeiten. Für sie - als eine in Ungnade gefallene Brava - stellte sich stets die Frage, ob sie den Menschen aus dem Weg gehen oder ihre Gesellschaft suchen sollte. Würde man sie willkommen heißen oder verfluchen? Auch wenn sie nicht mehr die auffällige schwarze Uniform trug, stand ihr das Wreth-Erbe doch deutlich erkennbar ins Gesicht geschrieben: die mandelförmigen grünen Augen. Würden die Leute in diesem Dorf wissen, wer sie war, und würde es ihnen gleichgültig sein oder nicht? Nicht einmal sie selbst wusste wirklich, wer sie war.

Wenn sie in den Spiegel schaute, erkannte Elliel, dass sie eine schöne Frau war, auch wenn ihr eigenes Gesicht sie immer wieder erstaunte. Da sie ihre Erinnerungen verloren hatte, ahnte sie niemals, was sie von ihrem Spiegelbild zu erwarten hatte. Sie hatte doch gewiss schon immer so ausgesehen? Sie war groß, hatte feste Brüste, eine schmale Taille und geschwungene Hüften, die die Aufmerksamkeit der Männer auf sich zogen - genau wie die wohlgeformten Muskeln und die Kampfreflexe, mit denen sie jede ungewollte Aufmerksamkeit abwehrte. Sie trug ihr Haar, das die Farbe von verbranntem Zimt hatte - viel länger, als es einer typischen Brava zukam. Aber schließlich war sie auch keine typische Brava.

Zum Glück verstanden die meisten Menschen die Tätowierung auf ihrem Gesicht nicht.

Seit Elliel ihre Vergangenheit verloren hatte, machte sie keine

Pläne mehr. Scharrdorf schien so gut wie jeder andere Ort zu sein. Sie reckte die Schultern und schritt über die Schotterstraße auf die Häuser zu.

Die zerklüfteten Gipfel um sie herum waren selbst nach dem langen Sommer noch mit altem Schnee bedeckt. Die Bergkette trug einen passenden Namen, denn sie zog sich wie ein Rückgrat durch das Gebiet des Staatenbundes, und die schroffen Kämme erinnerten an den gewaltigen Drachen Ossus, der angeblich in den Tiefen der Welt begraben lag. Der kegelförmige Vada ragte hoch über Scharrdorf auf und stieß gelegentlich eine weiße Rauchwolke aus - der Legende zufolge handelte es sich dabei um das Schnauben des rastlosen Drachen im Innern der Erde. Der Ort war für seine reichen Minen bekannt, in denen Gold, Silber und Kupfer sowie Drachenblut-Rubine und jene Diamanten abgebaut wurden, die man Muttertränen nannte.

Elliel nahm an, dass in den Minen Bergarbeiter gebraucht wurden. Sie wollte nach Arbeit fragen, im Austausch gegen Essen und Unterkunft. Wie lange sie hierbleiben würde, wusste sie nicht. Jeder Tag war wie eine neue Frage für sie.

Ein glucksender Bach ergoss sich über die bewaldeten Bergflanken und trieb das Rad einer Mühle am Rande des Ortes an. Süßer blauer Holzrauch stieg von den Hütten entlang der Hauptstraße und in der Nähe der Minen auf, die sich in den Vada bohrten.

Als sie Scharrdorf betrat, bemerkte sie einen Versammlungsplatz mit leeren Buden, die auf einen Wochenmarkt für Kunsthandwerk und landwirtschaftliche Erzeugnisse hindeuteten. Sie sah ein gut gepflegtes Holzgebäude mit geschnitzten Türbalken, dessen Türen offen standen und das leer war - der Erinnerungsschrein des Ortes. Ein anderes, größeres Gebäude schien eine Herberge zu sein.

Sie hatte zahllose Nächte auf der Straße verbracht oder im Wald gezeltet. Das Alleinsein war ihr lieber als die unsichere Gesellschaft von Fremden. Ihre graue, staubige Kleidung war die eines gewöhnlichen Reisenden: Leinenhose, feste Lederstiefel, ein ungefärbtes Flachshemd und ein grober Wollmantel, der auch als Decke diente, wenn sie eine brauchte.

Der Rammer an ihrer Seite - den sie sich um das Handgelenk gelegt hätte, wenn sie noch Reste von Magie besessen hätte - lenkte jedoch oft die Aufmerksamkeit anderer auf sich. Der goldene Reif war eher eine Erinnerung für sie selbst als eine Bedrohung für jemand anderen, da sie ihn nicht mehr benutzen konnte. Die Narben an ihrem Handgelenk zeugten von vergeblichen Versuchen.

Hier an der Westgrenze von Osterra, vier Tagesreisen von der Hauptstadt Convera entfernt, kannten und respektierten die Menschen noch die Bravas, auch wenn sie nur selten in Erscheinung traten. Viele Bravas waren unabhängige Paladine und boten ihre Dienste Orten oder ganzen Bezirken an, während sich andere mit einzelnen Lords verbanden.

Elliel hob die Hand und betastete ihre Wange. Sie wusste, dass das Zeichen noch da war: die Rune des Vergessens. Auch wenn der stechende Schmerz von Uthos Tätowierungsnadeln schon lange vergangen sein mochte, bedrückte sie doch noch immer das Wissen um ihr Verbrechen. Sie konnte sich nicht an die Einzelheiten erinnern, aber sie wusste, was sie getan hatte. Es stand in dem zerfransten und oft gelesenen Brief, der in ihrem Hemd steckte. Sie schaffte es nicht, die verhasste Botschaft wegzuwerfen ...

Elliel erregte einige Aufmerksamkeit, als sie die Straße entlangschlenderte, teils weil sie eine Frau war, die allein unterwegs war, teils auch wegen ihrer Haltung, die große Stärke andeutete. Obwohl die Bewohner nicht ausgesprochen unfreundlich wirkten, war sie die Erste, die ein Lächeln schenkte. »Könntest du mir sagen, wo ich den Vorsteher der Mine finde? Ich möchte hier arbeiten.«

Eine Mutter saß vor einer der Hütten und flickte einen alten Rock, während ihre Kinder umherliefen und Hühner jagten. Sie machte eine Bewegung mit ihrem Kinn. »Hallis ist in dem Haus da hinten, neben dem mittleren Minenschacht.« Elliel erkannte einige dunkle Öffnungen, die in den Berghang am Ende des Dorfes gebohrt worden waren, und ein Haus aus Holz und Stein unmittelbar neben dem größten Tunnel.

Hallis, der Vorsteher der Mine, war ein gedrungener, harter Mann mit starken Muskeln an Armen und Hals. Er saß in dem kleinen Gebäude und schrieb gerade mit einem Bleistift Zahlen in ein Rechnungsbuch. An der hölzernen Wand hingen Karten der Tunnels mit Hinweisen auf die einzelnen Metalle und Edelsteine, die in jedem von ihnen gefunden worden waren.

Als Elliel eintrat, legte Hallis die Ellbogen auf die Tischplatte und sah sie abschätzend an. Ohne sich vorzustellen, erklärte sie: »Ich möchte in den Minen arbeiten.«

Interessiert und überrascht zugleich sah er sie an. »Stark genug wirkst du ja. Aber warum sollte ich dich einstellen?«

»Weil ich eine gute Arbeiterin bin«, sagte Elliel.

Er zuckte mit den Achseln und wandte sich einer Seite in seinem Rechnungsbuch zu, die mit lauter Namen gefüllt war. »Das hört sich gut an. Wer bist du? Woher kommst du?«

»Ich heiße Elliel, und das ist ungefähr das Einzige, was ich weiß.« Sie berührte das Zeichen auf ihrer Wange. »Ich habe keine Vergangenheit, aber ich bin fest entschlossen, mir eine Zukunft zu gestalten.«

Hallis starrte sie an, als könnte er durch sie hindurchsehen. »Du bist also eine Brava?«

»Das war ich. Nun bin ich nur noch Elliel. Andere Bravas haben mein Vermächtnis ausgelöscht.«

Der Minenaufseher beäugte sie misstrauisch. »Dann musst du etwas Schreckliches getan haben.«

»Das muss ich wohl. Ich weiß noch, was sie mir gesagt haben, und ich vermute, dass die Geschichte stimmt.«

Hallis runzelte die Stirn. »Ich kann keine gefährliche Verbrecherin einstellen. Vorher muss ich wissen, was du getan hast.«

Sie richtete sich vor seinem Schreibtisch auf. »Ich werde es dir erzählen. Ein einziges Mal. Und wenn du mich dann einstellst, verspreche ich dir, dass du es nie bereuen wirst.« Sie steckte die Hand in ihr Hemd, berührte das gefaltete Blatt Papier, das über ihrem Herzen ruhte, und berichtete aus der Erinnerung, was sie wusste.

Elliel erinnerte sich deutlich an den Tag, an dem sie in unauffälliger Kleidung und mit ein wenig Geld in einer Börse neben sich sowie dem Rammer an ihrem Gürtel aufgewacht war. Es war der Augenblick, in dem ihr neues Leben ganz plötzlich begonnen hatte. Alles davor war leer.

Sie hatte sich im hinteren Teil eines offenen Wagens wiedergefunden, war nass und unterkühlt gewesen und hatte eine durchtränkte Decke eng um sich gelegt. Der Regen strömte aus dem grau gelockten Himmel, während der Wagen auf einen unbekannten Ort zuratterte. Sie sah sich um und erkannte, dass sie zwischen schmutzigen Kartoffelsäcken kauerte, die nun glitschig vor Schlamm waren.

Vor ihr auf dem Bock der einfachen Kutsche saß der Fahrer, der einen weichen, breitkrempigen Hut trug. Der Regen prasselte auf das Leder und tropfte über den Rand auf die Schultern. Er blickte starr vor sich und hielt die Zügel fest in den Händen.

Sie beugte sich auf der Ladepritsche vor. »Wo sind wir?«

Der Fahrer drehte sich um und sah sie an. Sein Backenbart war eine Mischung aus Schwarz und Grau auf seinem ledrigen Gesicht. Als er sie unsicher angrinste, sah sie, dass ihm ein Schneidezahn fehlte. »Man hat mir gesagt, dass du aufwachen wirst, bevor wir den Ort da vorn erreichen. Dorthin soll ich dich bringen.« Als er nickte, tropfte noch mehr Regen von der Krempe seines Hutes. »Der Brava-Mann hat gesagt, dass du allein unterwegs bist.«

Weitere Fragen wollte er nicht beantworten. Er hielt sein müdes altes Pferd am Rande des Ortes an und befahl ihr, von der Ladepritsche zu klettern. Sie wusste nicht, wer sie war. Sie wusste nur, dass sie Elliel hieß. Sie betastete ihre Wange und entdeckte dort einen stechenden Schmerz. »Was ist das?«

»Ich kann dir sagen, dass es nicht besonders gut aussieht«, meinte der Fahrer. »Scheint mir eine magische Rune zu sein, aber von solchen Dingen habe ich keine Ahnung.«

Sie stellte ihm weitere Fragen, doch er fuhr mit seiner Ladung Kartoffeln einfach nur schweigend in den Ort hinein. Elliel floh aus dem Regen in eine Taverne, in der die Leute sie anstarrten. Sie wollte nur den Regen hier abwarten und eine Weile nachdenken. Der Wirt sagte ihr, sie solle sich eine Scheune suchen und zwischen den Tieren trocknen, aber sie fand die wenigen Münzen, die man ihr gelassen hatte, bezahlte für eine Schale mit Brühe und setzte sich vor den Kamin.

Und nun entdeckte sie den Brief von Utho, in dem beschrieben wurde, was sie getan hatte und dass sie von ihm für schuldig befunden worden war.

Als umherziehende Brava hatte Elliel in Bauerndörfern der nördlichen Bezirke von Osterra gedient. Eines Tages war sie, angetrieben von hohem Fieber, in einen Blutrausch verfallen. Sie hatte ihren Rammer entzündet und war in eine Schule gestürmt, in der sie sechzehn Mädchen und Jungen mitsamt ihrem Lehrer getötet hatte.

Dem Brief zufolge hatte Elliel, als sie nach dem Fieberrausch wieder zu sich gekommen war, verzweifelt versucht, sich das Leben zu nehmen, doch der große Brava Utho hatte sie gerade noch rechtzeitig erreicht. Er hatte sie gepackt, entwaffnet und höchstpersönlich das Urteil verkündet. Elliel hatte es hingenommen und zugelassen, dass er ihr die Rune des Vergessens ins Gesicht tätowierte und damit ihr Vermächtnis tilgte.

An jenem regnerischen Tag hatte sie vor dem warmen Feuer in der Taverne gesessen und den vernichtenden Bericht wieder und wieder gelesen, Uthos verdammende Worte in sich aufgenommen und versucht, sich an einen einzigen Augenblick des Geschehens zu erinnern. Sie hatte den Brief zerknüllen und ins Feuer werfen wollen, es aber nicht gewagt. Dieses Dokument war alles, was sie aus ihrer Vergangenheit besaß. Sie musste es behalten ...

Als sie nun vor dem Schreibtisch des Minenaufsehers stand und den Mann ansah, sagte Elliel: »Von diesem Augenblick an habe ich mein Leben selbst in die Hand genommen. Ich bin durch den ganzen Staatenbund gewandert und halte mich nun schon seit einer Weile im Drachengrat-Gebirge auf. Ich habe es geschafft, recht und schlecht zu überleben.«

Sie hatte in den Orten Arbeit gefunden, manchmal nur für einen oder zwei Tage, manchmal auch für einen Monat oder mehr. Gelegentlich hatte sie ihre Dienste als Kämpferin oder Personenschützerin angeboten, weil sie eine ehemalige Brava war. Aber sie ging dieser Arbeit aus dem Weg, soweit es möglich war, denn sie befürchtete, wieder in ihre Raserei zu verfallen. Was würde geschehen, wenn sie erneut die Kontrolle verlor? Wer würde sich gegen sie verteidigen können, wenn sie noch einmal Amok lief?

Sechzehn kleine Mädchen und Jungen, alle gestorben, mitsamt ihrem Lehrer ...

»Ich bin stark und habe nichts gegen harte Arbeit einzuwenden, Meister«, sagte sie.

»Ich möchte den Brief selbst lesen«, sagte Hallis. »Ich weiß, dass du ihn noch besitzt.«

Sie widersetzte sich nicht und gab ihm das Blatt. Er blinzelte die Wörter an und zog die buschigen Brauen zusammen, während er die Stirn noch stärker runzelte. Sein Gesicht war voller Fragen und Zweifel, als er ihr den Brief zurückgab.

»Ich erinnere mich wirklich an nichts von alldem«, beharrte sie. Sie besaß weder die Kraft noch das Verlangen zu lügen.

»Bravas werden allgemein als ehrenwert betrachtet«, sagte er. »Also musst du wenigstens noch einen Funken Ehre in dir haben. Geht es dir jetzt wieder gut?«

»Seit dem Tag, an dem ich in diesem Wagen aufgewacht bin, war ich nicht mehr ... krank.«

Er beugte sich schwer über seinen kleinen Schreibtisch, und das Holz knirschte. »Wenn du mir auch nur den kleinsten Grund gibst oder das geringste Anzeichen von Instabilität zeigst, werde ich dich entlassen. Unten in den Minen ist jeder auf den anderen angewiesen.«

»Sie werden sich auf mich verlassen können, so wie ich mich auf sie verlassen werde.«

Er nickte und schrieb ihren Namen in sein Buch.

5

Als Adan den Wreth gegenüberstand, die aus dem Sandsturm gekommen waren, zwang er sich, vor diesen fremdartigen Wesen die Schultern zu recken und den Rücken durchzudrücken. Ich bin König Adan Sternenfall. Er musste stark sein - für sein Volk.

Die Wreth hatten die Menschheit erschaffen und dann mit ihren endlosen Kriegen, in denen sie sich gegenseitig fast vernichtet und den legendären Drachen zu töten versucht hatten, die Welt beinahe entzweigerissen. Sie waren vor Tausenden von Jahren verschwunden, und ihre plötzliche Wiederkehr konnte nichts Gutes bedeuten.

Als sich das Schweigen vor dem Tor der uralten befestigten Stadt dahinzog, regten sich die reptilienartigen Reittiere, und schwarze Zungen zuckten aus ihren weiten Mäulern. Die königliche Frau auf dem größten Auga betrachtete den jungen Herrscher mit Augen von der Farbe geborstenen Bernsteins. Ihre langen gelben Haare wurden von einem metallischen Schimmer gefleckt. Mit dem rechten Arm hielt sie einen dreieckigen grünen Schild, der wie die Schuppe einer gewaltigen Reptilienbestie wirkte.

Die unheimlichen Wreth saßen aufrecht und wie versteinert da; ihre braunen Lederrüstungen waren von Schuppen überzogen. Sie trugen zahlreiche scharfe Waffen: lange Speere, deren Schäfte zu engen Spiralen gedreht waren, weiße Messer, die aus kristallisiertem Knochen zu bestehen schienen, und Splitter aus öligem schwarzem Obsidian. Einige Wreth, bei denen es sich offenbar um eine andere Kaste handelte, waren unbewaffnet, hatten sich die Häupter geschoren, und ihre Gesichter waren runzlig und verwittert. Sie trugen schwere Roben aus braunem Leder, in das gewundene Zaubermuster geprägt waren.

Penda und ihr Vater befanden sich dicht hinter Adan und wurden von nervösen Gardisten flankiert. Pendas Ska krächzte beunruhigt, versteckte sich hinter ihrem Hals und spähte vorsichtig über ihren Kopf hinweg.

Adan trat einen Schritt auf die Besucher zu und sagte mit fester und ruhiger Stimme: »Ich bin der König von Suderra.« Die goldene Frau schien noch auf etwas anderes von ihm zu warten. Vor langer Zeit hatten die Wreth stets verlangt, dass sich die unterwürfigen Menschen vor ihnen verneigten, aber Adan trat ihnen als ihresgleichen gegenüber, was diese Frau zu verwirren schien. »Und ich habe Geschichtskenntnisse. Ihr seid Wreth?«

Die Frau antwortete: »Wir wussten nicht, dass wir vergessen worden sind. Ich bin Königin Voo von den Sandwreth, und wir kommen aus der tiefen Wüste.« In ihrer wohlklingenden Stimme schwang eine gewisse Belustigung mit. »Wir möchten sehen, was ihr in unserer Abwesenheit mit dem Land gemacht habt, denn wir könnten euch vielleicht wieder brauchen.«

Trotz des warmen Sonnenscheins bekam Adan eine Gänsehaut. All die Geschichten und Legenden, die er kannte, stiegen vor seinem inneren Auge auf. Er blieb standhaft. »Es ist zweitausend Jahre her. Wir haben überlebt und dabei geholfen, das Land wiederherzustellen, nachdem Ihr die Welt beinahe zerstört hattet.«

Voo klang wehmutsvoll. »Und doch hat es die Zeiten überdauert.« Sie schwang ein langes, unbekleidetes Bein über den Rücken der Eidechsenkreatur und sprang auf die staubige Straße. »Ich bin froh, dass wir euch gefunden haben. Wir haben viel zu besprechen - eure Rasse und die unsere.« Sie deutete auf die dicken Sandsteinmauern, auf Bannriyas überfüllte Häuser und die hohen Türme. Die farbenfrohen Flaggen waren nach dem Sturm bereits wieder gehisst worden, auch wenn noch viele Dächer repariert werden mussten. »Ihr herrscht also über diesen Ort? Ihr habt ihn euch zusammengezimmert?«

»Meine Vorfahren haben ihn vor langer Zeit erbaut, nach den Kriegen. Unsere Art hat hier die schwierigsten Zeiten überstanden.«

»Bemerkenswert.« Ihre bernsteinfarbenen Augen glitzerten. »Geleitet uns in eure Stadt, damit wir eine Angelegenheit von äußerster Bedeutsamkeit besprechen können. Eure Welt steht abermals kurz vor tiefgreifenden Veränderungen, und wir müssen euch ein Angebot machen. Ein wichtiges.«

Auch die beiden Reiter neben ihr stiegen ab: ein großer, anmaßend wirkender Wreth, der dem Aussehen nach Voos Bruder sein konnte, und ein kahlköpfiger älterer Mann mit tief eingegrabenen Runzeln im Gesicht und einer geprägten Lederrobe. Hinter ihnen glitten fünf weitere Sandwreth von ihren Augas.

Penda ergriff die Hand ihres Gemahls, was ihm eine unvergleichliche Kraft verlieh. Neben ihm stehend sagte sie mit klarer und deutlicher Stimme: »Wir heißen die Wreth für ein offenes Gespräch willkommen, nicht aber Eure ganze Armee.« Sie deutete auf die etwa hundert bewaffneten Krieger und ihre reptilienartigen Reittiere. »Sie müssen außerhalb unserer Mauern bleiben.«

»Unsere ganze Armee?« Voo warf einen raschen Blick zu den zahlreichen Sandwreth auf ihren stämmigen Augas hinüber. »Aber das ist doch nur eine kleine Ehrengarde! Früher sind unsere Armeen wie die Heuschrecken über das Land ausgeschwärmt und haben mit den Frostwreth gekämpft.« Sie seufzte enttäuscht. »Wenn Ihr Euch schon wegen dieser kleinen Gruppe Sorgen macht, seid Ihr für uns vielleicht doch keine Hilfe.«

Hilfe? Adans Gedanken wirbelten durcheinander. Die Wreth brauchten Hilfe? Er hatte keine solche angeboten, und die Wreth durften von den Menschen auch kaum einen Gefallen erwarten. Doch in seiner Eigenschaft als König musste er die Delegation empfangen und in Erfahrung bringen, was diese Wesen beabsichtigten und warum sie nach so langer Zeit zurückgekehrt waren. »Ihr könnt einige Abgesandte zu einem Gespräch auf die Burg schicken, aber wir würden es als eine Geste des guten Willens betrachten, wenn Ihr Eure gesamte Ehrengarde vor den Toren lasst, wie klein sie Eurer Meinung nach auch sein mag.«

Voo stand vor ihrem Auga; ihr schien es gleichgültig zu sein. »Ich nehme meinen Bruder Quo und fünf Wreth-Magier mit; der Rest wird hier warten.« Sie blickte an den Sandsteinmauern hoch und fügte in überheblichem Tonfall hinzu: »Es ist ja nicht so, als könnten Eure Verteidigungsanlagen sie aufhalten, wenn sie sich Zutritt verschaffen wollen.«

Der Ska auf Pendas Schulter gab ein Geräusch von sich, das erstaunlich grob klang, aber die Wreth beachteten ihn gar nicht.

Adan erkannte, dass es dumm wäre, auf einer noch kleineren Gruppe zu bestehen, und so führte er die Königin und ihre Begleiter durch das hohe Tor in die Stadt hinein, während Penda und Hale Orr rechts und links von ihm gingen. Offenbar waren es die Wreth nicht gewohnt, hinter jemandem herzugehen, aber sie fügten sich darein, dem König und der Königin in einer Prozession zur Burg zu folgen. Die Wreth sahen sich neugierig um, als wollten sie Bannriya beurteilen und einschätzen.

Adan erklärte: »Der Sandsturm ist durch unsere Straßen und über unsere Häuser gefegt. Wir haben gerade erst mit dem Aufräumen begonnen.«

»Sand ist ein Rohstoff, so wie alles andere auf der Welt auch«, sagte die Wreth-Königin. Sie deutete auf die Wreth-Magier, die daraufhin ihre bronzefarbenen Hände bewegten und Windböen erschufen, die den Staub von den Straßen und den Schutt von den Häusern und Türeingängen wegtrieben - es war die Arbeit mehrerer Tage.

Penda sprach die Magier an. »Wir danken Euch, auch wenn wir es selbst geschafft hätten - mit ein wenig Zeit.«

»Natürlich hättet Ihr das.« Voos Stimme hatte einen deutlich singenden Tonfall. »In körperlicher Arbeit sind die Menschen immer gut gewesen.«

Ein erbostes Zischen von Xar verdeckte den Klang von Adans scharf eingezogenem Atem. Penda brachte den Ska zum Schweigen, und der König zwang sich, die Beleidigung nicht weiter zu beachten - fürs Erste wenigstens. Diese merkwürdigen Wreth waren offensichtlich ungewöhnlich mächtig, aber sie waren nicht notwendigerweise Feinde. Er konnte es sich nicht leisten, sie allzu schnell gegen sich aufzubringen. Er spürte, dass hier sehr viel auf dem Spiel stand.

Die Bewohner beobachteten die Prozession von Türeingängen und Fenstern aus. Eine Truppe bewaffneter Bannergardisten folgte der Gruppe in dichter Formation, aber Adan bezweifelte, dass sie die Sandwreth beeindrucken konnten.

Vor etlichen Jahrtausenden war die ältere Rasse von ihrem Gott Kur erschaffen und gesegnet worden, der einer der vielen Götter war, die zahllose Welten ins Leben gerufen hatten. Dies war die erste Welt, deren Urheber Kur gewesen war, und er liebte sie, aber gerade weil es seine erste war, wies sie viele Fehler auf. Er übertrug den Wreth die Aufgabe, die Welt von allem Bösen zu säubern, das sich in dem großen Drachen Ossus manifestierte, und dann versprach er zurückzukehren, seine auserwählten Wreth bei sich aufzunehmen und die Welt in vollkommener Gestalt neu zu erschaffen.

Aber die Wreth zerbrachen in zwei große Gruppen, die über die Frage in Streit gerieten, welche von ihnen Kurs Auserwählte waren. Mithilfe ihrer eigenen Magie versuchten sie sich als Götter einzusetzen und erschufen die Menschen als Arbeiter und Zuchtsklaven, die sie unbarmherzig ausbeuteten, sowie als Fußsoldaten für ihre andauernden Kriege. Es folgten Tausende Jahre des Kampfes, an dessen Ende sich die Überreste der beiden Wreth-Gruppen in das Vergessen zurückzogen, und die Menschen mussten in der entstandenen Wüste überleben, der die ganze Magie entzogen worden war.

Jeder Mensch kannte die Geschichte über den Ursprung seiner Art und konnte überall in der Landschaft die verstreuten Ruinen der einstmals so großen und stolzen Wreth-Städte sehen. Aber nachdem so viel Zeit vergangen war und die menschliche Zivilisation im Staatenbund inzwischen blühte und gedieh, schenkte der unsichtbar gewordenen Rasse und ihrem seit langer Zeit verschwundenen Gott niemand mehr größere Aufmerksamkeit. Adan konnte sich nicht vorstellen, warum die Sandwreth plötzlich wieder aus dem Vergessen aufgetaucht waren, es sei denn sie hatten vor, Schwierigkeiten zu machen.

Eure Welt steht abermals kurz vor tiefgreifenden Veränderungen, hatte Voo gesagt. War das eine Drohung? Oder ein Versprechen?

Adan haderte mit seiner Pflicht als König. Er mochte zwar kein blutrünstiger Mann sein, aber zur Verteidigung seines Volkes würde er alles tun. Allerdings würde er es wohl kaum wagen, ihren eigenen Schöpfern den Krieg zu erklären.

Wir müssen euch ein Angebot machen. Ein wichtiges.

König Adan Sternenfall wollte sie anhören und dann eine Entscheidung treffen.

Die Prozession erreichte die Burg in der Mitte der Stadt. Als sie vor dem steinernen Eingangstor standen, warf der Bruder der Königin einen Blick auf die umgestoßene Statue, die daneben lag, und zeigte ein seltsam neugieriges Lächeln. »Sieh nur, Schwester. Sie besitzen noch Erinnerungen an uns.«

Voo runzelte die Stirn, als sie die verwitterte Skulptur betrachtete. »Er war des Erinnerns nicht wert. Ich bin überrascht, dass sie ihn aufbewahrt haben.«

Adan wusste, dass die Statue vor vielen Generationen von einem seiner Vorgänger hergebracht worden war. »Aber niemand erinnert sich an seine Bedeutung«, sagte er und bat seine Gäste eilig, die Burg von Bannriya zu betreten.

Drinnen geleitete er sie nicht in den Thronsaal, sondern in das Verhandlungszimmer. Er hatte keine Ahnung, wie Königin Voo reagieren würde, wenn er sie von seinem hohen Thronpodest aus ansprach.

Die Königin, ihr Bruder Quo und die fünf Wreth-Magier versammelten sich um den Tisch und wirkten so, als fänden sie ihn und den ganzen Raum niedlich. Pendas dunkle Augen blitzten vor kaum verhohlener Besorgnis. Es war, als spürten sie und ihr Ska etwas Unheilvolles, und Adan hätte nur zu gern gewusst, was sie vermutete. Sie setzten sich nebeneinander, und Voo wählte den Stuhl auf Adans anderer Seite, als stünde dieser Platz ihr zu.

Voo richtete den Blick ihrer bernsteinfarbenen Augen auf den

König und sprach mit einer Stimme, in der Belustigung und die Schärfe eines Rasiermessers mitklangen. »Adan Sternenfall ... *König* Adan, wir sind beeindruckt von dem, was die Menschen während unserer Abwesenheit erreicht haben. Wir hatten erwartet, nur einige armselige Überreste von Euch vorzufinden. Ich wusste nicht, dass die Menschen eine solche Unabhängigkeit und Zielstrebigkeit besitzen! Eure Art scheint mir erstaunlich stark zu sein. Nun, da wir uns erholt haben und aus unserem langen Zauberschlaf erwacht sind, wünschen wir zu erfahren, wie es Euch in der Zwischenzeit ergangen ist, wie viele Städte Ihr erbaut habt und wie groß Eure Bevölkerung geworden ist. Wir fühlen uns ... verantwortlich.«

»Warum?«, fragte Penda taktlos.

Die Wreth-Königin nahm jedoch keinen Anstoß an dieser Frage. Ihre Antwort schreckte die anderen auf, als würde sich plötzlich die Axt des Henkers senken. »Weil die letzte Schlacht zum Erwecken des Drachen bevorsteht und wir darauf hoffen, dass Ihr Euch mit uns gegen die bösartigen Frostwreth verbünden werdet.«

Vor Entsetzen ließ eine der Dienerinnen ihr Tablett mit Keksen fallen.

Adan antwortete langsam, aber bestimmt und würzte seine Worte mit wachsendem Zorn. »Eure Kriege haben vor Tausenden von Jahren großen Schaden angerichtet, aber das Land hat sich während unserer Herrschaft erholt. Der Staatenbund lebt in Frieden unter der Regierung meines Vaters, dem Konag. Wir haben kein Interesse daran, je wieder an Euren Kriegen teilzunehmen.«

»Aber der *wahre* Krieg ist doch noch gar nicht vorbei. Das wird er erst dann sein, wenn wir die Abkömmlinge von Suth besiegt haben«, sagte Voo. »Die Frostwreth werden aus dem Norden einfallen, und wenn sie das tun, wird Euer Land plattgeklopft werden wie ein Stück Metall zwischen Hammer und Amboss.«

Adan spürte, wie sein Gesicht brannte, aber er sagte gelassen: »Wenn Ihr hergekommen seid, um Drohungen auszustoßen, dann seid Ihr und Euer Volk in Bannriya nicht willkommen.«

Der Krieger Quo schnaubte verächtlich. »Der Krieg wird stattfinden, ob Ihr uns nun willkommen heißt oder nicht. Aber wenigstens bringt meine Schwester Euch Hoffnung.«

Voo nickte. »Ich biete dir an, dich mit uns zusammenzuschließen, König Adan Sternenfall. Ihr Menschen habt keine Götter, die über Euch wachen, so wie es bei uns der Fall ist. Dennoch könntet Ihr euch als nützliche Verbündete gegen unsere Feinde erweisen. Ich biete Euch unseren Schutz an.« Sie lächelte noch einmal. »Es wäre in Eurem Interesse, diesen Schutz anzunehmen.«

6

Der Herbsthimmel war blau, und die verfärbten Espenblätter tauchten die Hügel um die nördliche Stadt Fellstaff in eine honiggoldene Farbe. Auch wenn Kollanan, der König von Norterra, die Jahreszeiten genau kannte, hatte ihn das warme Wetter doch dazu verführt, die notwendigen Ausbesserungen am Dach der festungsartigen Burg hinauszuschieben. Doch er und die Zimmerleute mussten die Arbeit noch vor dem Winter hinter sich bringen, und heute war ein geeigneter Tag dafür.

Der König hockte mit bloßem Oberkörper, nur mit einer Hose und Stiefeln bekleidet, hoch auf dem steilen Dach. Mit seinen breiten Schultern, den starken Muskeln und dem flachen Bauch sah er mindestens ein Jahrzehnt jünger aus als die fünfzig Jahre, die er in Wirklichkeit zählte. Er genoss die Sonne auf dem nackten Rücken, hob den Hammer und nagelte die geteerten Schindeln an die Dachbalken.

Das Stakkato der Hämmer gefiel ihm; darin lag Musik. Er würde seinen Leuten niemals etwas befehlen, das er nicht selbst zu tun bereit war, und undichte Dächer hasste er einfach. Nun würde es in der Festung während des ganzen Winters und bis in den regnerischen Frühling hinein warm und trocken bleiben.

Er hockte hoch über der dicht bevölkerten Stadt, und der Anblick von Fellstaffs gewundenen Straßen und offenen Marktplätzen verlieh ihm ein Gefühl der Ruhe und Zufriedenheit. Koll fühlte sich zu Hause. Er war der König all dessen, was er von hier aus sehen konnte; sein Reich erstreckte sich von den schneebedeckten Bergen und großen Seen im Norden bis zu den dicht bewaldeten Hügeln, die in Richtung Suderra lagen, und den Feldern im Osten sowie den verstreuten Wreth-Ruinen auf der Ebene.

Er summte sich etwas vor und strich mit der Hand über seinen dichten Bart, der stärker mit Grau gesprenkelt war, als es ihm gefiel. Trotz der kühlen Luft spürte er das Prickeln von Schweiß in seinen dunklen Haaren - doch es war guter Schweiß, der nicht vom Töten, sondern von ehrlicher Arbeit herrührte. Er war nicht mehr in der Armee des Staatenbundes, und der Krieg gegen Ischara war schon lange vorbei. Dies war nun sein Leben, und er war der König, der er sein wollte - kein Schlachtenkommandant, sondern ein väterlicher Verwalter. Er zog einen weiteren Nagel zwischen seinen Lippen hervor, setzte ihn gegen eine Schindel, schlug zu und spürte den Aufprall - kein Kriegshammer, sondern ein Zimmermannshammer.

In den letzten Jahrzehnten, während des Krieges, als er und sein Bruder Conndur in den Kampf gegen die Ischaraner gezogen waren, hatte man ihn Kollanan den Hammer genannt, was seiner Lieblingswaffe geschuldet war. Diesen Spitznamen fand er immer noch sehr passend, denn er liebte es, Dinge zu erbauen. Sein Kriegshammer hingegen hing an der Wand seines Arbeitszimmers, und dort würde er auch bleiben.

Vor dreißig Jahren war er mit einer Braut - seiner Kriegsbeute - in den Staatenbund zurückgekehrt, aber er hatte nie mit seinen Kämpfen in Ischara geprahlt. Er hatte den Krieg an den Gestaden jenes anderen Kontinents zurückgelassen und nach seiner Rückkehr dafür gesorgt, dass die Geschichten ausschließlich Conndur zum Helden hatten, der Konag des Staatenbundes werden würde. Koll hatte sich mit seiner Königin Tafira in das ferne Königreich im Norden zurückgezogen, wo er in Frieden herrschte.

Er und sein Bruder waren enge Freunde. In ihrer Jugend hatten er und Conn blauäugig vom Ruhm und vom Sieg im Kampf geträumt. Keiner von ihnen hatte auch nur über die Konsequenzen eines Krieges nachgedacht, und nun war es Conndurs Aufgabe als Konag, das Schicksal der drei Königreiche im Auge zu behalten. Koll neidete ihm diese Verantwortung nicht. Er selbst hatte mehr als genug, worum er sich kümmern musste: seine Untertanen, seine Vasallen-Lords, die Ernte, die Minen, die Straßen ... und seine Frau, seine Tochter und deren beiden Enkel, die in einem Dorf im Norden lebten. Es war ein gutes Leben. Zwar nicht leicht, aber befriedigend.

Die Dachluke öffnete sich, und eine elegante Gestalt trat heraus. Mit ihrem schwarzen Haar und den wundervollen Rundungen entsprach Tafira der Erscheinung einer Göttin - sofern die Wreth-Götter den Menschen je Aufmerksamkeit geschenkt hätten. »Das frühe Abendessen ist fertig, mein Gemahl. Deine Anwesenheit ist erforderlich, da ich nicht allein speisen will.« Seine Frau hatte eine tiefe, rauchige Stimme, in der noch immer eine Andeutung des ischaranischen Akzents lag, auch wenn sie schon seit dreißig Jahren hier lebte.

Die anderen Arbeiter auf dem Dach kicherten. Koll hängte den Hammer an seinen Gürtel und balancierte geschickt auf dem steilen Schindeldach. »Ihr habt gehört, wie die Herrscherin des Reiches ihren Befehl gegeben hat. Ich bin der Hammer, aber ich muss mich dem Nagel beugen.« Er spreizte die Hände. »Oder mich den Konsequenzen stellen.«

Unter seinen Stiefeln knirschten die Leitersprossen, als er hinter Tafira nach unten stieg. Als sie allein in den Schatten waren, roch er die Gewürze, die seine Gemahlin umgaben. »Du hast etwas sehr Schmackhaftes gekocht.«

Er beugte sich zu ihr und wollte sie küssen, doch sie scheuchte ihn fort. »Zieh dir ein Hemd an. Du schwitzt wie ein Pferd!«

»Es gibt keine Pferde auf Hausdächern.« Er zog sie an sich heran. »Bisher hat dir das nie was ausgemacht.«

»Es macht mir dann etwas aus, wenn ich es will.« Sie löste sich mit einem Lächeln von ihm, und er sah sie bewundernd an und schüttelte den Kopf über sein Glück. Tafira stellte jede Frau, die halb so alt war wie sie, in den Schatten. Sie war wirklich die kostbarste Beute aus diesem schrecklichen Krieg gewesen.

Die Dienerschaft des Hauses trug das frühe Abendessen auf, eine der wenigen ischaranischen Traditionen, die seine Gemahlin beibehalten hatte. Obwohl Burg Fellstaff durchaus fähige Köche beherbergte, beaufsichtigte Tafira sie in der Küche höchstpersönlich, weil nur sie die richtige Dosierung der teuren importierten Gewürze kannte. Ihre ischaranischen Speisen waren anders als das in Norterra übliche Wildbret, Lamm, Fisch und Wurzelgemüse, und ihre Rezepte waren das Einzige, das sie an ihrer Heimat noch schätzte - abgesehen von einer kleinen Statue, die einen untergeordneten Gottling aus ihrem Heimatdorf darstellte. Tafira dachte nicht gern an ihr Leben dort zurück, was nicht verwunderlich war, da ihr eigenes Volk versucht hatte, sie zu töten.

Während des Krieges hatten Kollanan und die Armee des Staatenbundes mehr als ein Jahr in jenem Land verbracht und waren von Dorf zu Dorf gezogen. Sie hatten große Gebiete des ischaranischen Reiches erobert, obwohl ihre umherstreifende Armee nicht groß und mächtig genug war, diese Gebiete zu halten. Monatelang hatten Kolls Truppen angegriffen und sich wieder zurückgezogen, dann anderswo zugeschlagen und auf diese Weise die Ischaraner in einem Zustand beständiger Angst und Nervosität gehalten.

Da die Menschen im Staatenbund keine Götter anbeteten, denen sie gefallen mussten, bestand das höchste Ziel eines jeden darin, ein langes Leben zu führen und ein großartiges Vermächtnis zu hinterlassen. Seine Taten waren das, was von ihm übrig blieb. Die Soldaten waren mit heroischem Herzen zum Angriff auf Ischara losgesegelt, aber das unablässige Plündern, der Hass und die Ferne der Heimat hatten die Männer verändert. Sogar Koll der Hammer war abgestumpft.

Einige seiner Soldaten waren vor Blutdurst verrückt geworden; ihre Herzen hatten sich statt mit Erbarmen mit Gift gefüllt. Er hatte zusehen müssen, wie tapfere Männer und gute Freunde zu Ungeheuern wurden. Als er einmal von einer Patrouille zurückgeritten war, stieß er auf Teile seiner Truppen, die gerade ein ischaranisches Dorf namens Sarcen plünderten. Seine Soldaten hatten eine leichte Beute erwartet, die Häuser in Brand gesteckt, die Kinder unter ihren Pferden totgetrampelt und die alten Frauen mit ihren Schwertern zerhackt. In ihrem Entsetzen hatten die Einwohner von Sarcen nicht einmal ihren schwachen örtlichen Gottling aus seinem Schlaf geweckt. Aber Kollanan war mitten unter sie geprescht, hatte seinen Kriegshammer über dem Kopf geschwungen und seinen eigenen Männern befohlen, damit aufzuhören. Er war gezwungen gewesen, zwei von seinen außer Kontrolle geratenen Kommandanten zu töten. Damals hatte er auch eine junge Frau aus dem Dorf gerettet – Tafira.

Drei Jahrzehnte später sah sie noch immer so unwiderstehlich aus wie an dem Tag, an dem er sie auf sein Pferd gesetzt hatte und mit ihr von den rauchenden Ruinen Sarcens weggeritten war.

Nachdem er sich gewaschen hatte, zog Kollanan ein feines Baumwollhemd an, begab sich in das Gesellschaftszimmer und goss sich ein Glas trockenen suderranischen Weins ein, während er darauf wartete, dass das Abendessen aufgetragen wurde.

Ein muskulöser blonder Mann betrat den Raum so leise wie eine Katze. Das Gesicht des Bravas war kantig und wettergegerbt; seine Züge waren flach, die Wangenknochen hoch, und er wies die vertrauten Mandelaugen auf. Dabei trug er die traditionellen schwarzen Lederstiefel, dazu Lederhose und Wams, und das Kettenhemd war wie feinde Seide über seinem Brustkorb drapiert. An seinem Gürtel hingen eine Auswahl verschiedener Waffen und auch der goldene Rammer-Reif. Allerdings hatte Lasis seinen mit Kettengliedern verbrämten Mantel abgelegt, den er in der Burg gewiss nicht benötigen würde. In seiner Wachsamkeit allerdings würde er niemals nachlassen.

Geschäftsmäßig streckte er ein Bündel Papiere vor. »Hier habe ich die monatlichen Berichte aus allen acht Bezirken, Sire, einschließlich der Ernteerwartungen, einem Bericht der Baumwollpflanzer im Südosten, die sich über einen Grenzstreit mit Suderra beschweren, und des Vorschlags hinsichtlich eines abgegrenzten Waldbereichs für die Holzfäller, damit unser Vorrat an Feuerholz für den Winter aufgestockt werden kann.«

Koll nahm die Berichte entgegen und warf einen Blick auf die Zahlen, die ihm seine Vasallen-Lords übermittelten. »Hatten wir nicht ein reiches Kohlenflöz in den Westbezirken entdeckt? Können die Dörfer nicht mit Kohle heizen?«

»Die meisten bevorzugen frisches Holz, Sire - genau wie ich«, sagte Lasis verschnupft. »Den Gestank von Kohlen schätze ich gar nicht.«

Fünf Jahre nach der Beendigung des ischaranischen Krieges, als sich Kollanan in sein Königreich zurückgezogen hatte, um hier fortan in Frieden zu leben, war der junge Brava nach Fellstaff gekommen und hatte seine Dienste angeboten. Lasis hatte gesagt, ihm gefalle die Vorstellung eines Königs, der sich vom Kampf zurückgezogen hatte, um sein Leben der Landwirtschaft und nicht dem Krieg zu widmen. »Ich mag Konflikte auch nicht«, hatte er gesagt.

Koll erinnerte sich an jenen Tag - und an sein Misstrauen über diese Aussage. »Das scheint mir eine zweifelhafte Qualifikation für einen Brava zu sein«, hatte er geantwortet. »Hast du Angst zu kämpfen?«

Lasis war deswegen nicht beleidigt gewesen. »Ich bin kein Feigling, aber Ihr werdet meine Kraft brauchen, wenn Ihr wahren Frieden in Norterra haben wollt. Die einzige Möglichkeit, diesen Frieden zu erreichen, bietet jemand wie ich, der sich in Eure Dienste stellt. Ich werde dafür sorgen, dass es geschieht.«

Seitdem hatte Lasis die meiste Zeit in der Burg von Fellstaff gedient, war aber auch als Paladin durch die acht Bezirke gezogen und hatte geholfen, wo er konnte, und Menschen gerettet, wann er konnte, oder - falls er sie nicht mehr hatte retten können - wenigstens Gerechtigkeit geübt.

Weil der Brava seine Arbeit so gut gemacht hatte, und weil König Kollanan so umsichtig herrschte, stellte Lasis bald fest, dass er nicht sonderlich viel gebraucht wurde. Mit der Erlaubnis des Königs ritt er oft in eigener Sache aus. Einmal war es ihm gelungen, während des ersten Jahres der Regierung von König Adan in Suderra einen Attentatsversuch zu vereiteln, als einer der abgesetzten Regenten die Macht wiedererlangen wollte. Lasis weigerte sich später, Kollanan die Einzelheiten über das zu berichten, was er in dem Königreich im Süden getan hatte. »Das Ergebnis ist alles, was zählt, Sire.« Koll hatte das hingenommen.

Nun saß Koll in seinem Sessel, las in den Dokumenten und nickte zustimmend, als Tafira zum Essen rief. »Soll sich doch Konag Conndur mit Politik, Steuern und Geschichte herumplagen. Meinem kleinen Reich geht es gut genug.«

Er setzte sich neben Tafira an den Kopf des großen Tisches. Sie servierte geschmorten Hirsch, in mundgerechte Happen geschnitten, dazu Nudeln, eine braune Sauce und Pfefferflocken, die auf der Zunge wie Feuer prickelten. Beim Essen warf sie mehrfach einen Blick auf die leeren Stühle am Tisch. »Ich wünschte, Jhaqi und ihr Gemahl würden uns besuchen. Es ist schon so lange her, dass wir Neuigkeiten von ihnen und von Bakalsee gehört haben.«

Mit einem wissenden Lächeln wandte sich Koll seiner Frau zu. »Du möchtest unsere Enkel sehen.« Er spülte den Geschmack der Gewürze mit einem Schluck Wein herunter. »Aber es sollten wirklich mehr Nachrichten aus dem Norden zu uns kommen. Es ist fast zwei Wochen her, seit wir etwas aus ihrem Ort gehört haben.«

»Sollen wir einen Boten aussenden? Nächste Woche ist Tomkos Geburtstag. Wir sollten Geschenke schicken.«

»Er wird fünf, nicht wahr?«

»Vier. Birk ist fünf. Du verlierst den Überblick, mein Gemahl.«

»Nur weil ich so glücklich mit dir bin, meine Geliebte.« Sie nahm das Kompliment hin, als stünde es ihr selbstverständlich zu. Er fasste einen Entschluss. »Ich werde selbst morgen dorthin reiten, falls sich das Wetter hält. Ich habe ein paar neue Spielzeuge für die Jungen geschnitzt, und ich werde sie persönlich überreichen.«

Lasis beendete sein Mahl. »Ich werde Euch begleiten, Sire, zu Eurem Schutz.«

»In meinem eigenen Königreich benötige ich keinen Schutz«, wandte Koll ein, obwohl er wusste, dass der Brava nur seine Pflicht tat. »Es sind doch bloß drei Tage, und ich habe diesen Weg schon viele Male genommen.«

Er wollte seiner Frau keine Sorgen bereiten, aber nun, da er darüber nachdachte, musste er zugeben, dass das lange Schweigen ihrer Tochter - und das Ausbleiben jeglicher Nachrichten von Bakalsee - durchaus Anlass zur Sorge gab. Koll musste herausfinden, was dort los war.

7

Während sich der geschwächte Gottling im Frachtraum zusammenkauerte, beobachtete Hohepriester Klovus an Deck des absegelnden Kriegsschiffes den schwarzen Rauch, der von dem brennenden Dorf aufstieg. Vor Triumph schwoll sein Herz an, als sich die Segel in dem magischen Wind blähten, der das Schiff ostwärts trieb - zurück nach Hause.

Klovus verlor keine Zeit. Noch bevor das osterranische Ufer in der Ferne verschwand, rief er die gefesselten Gefangenen zusammen, die sie aus Mirrabay entführt hatten. Sie würden jetzt ihren Zweck erfüllen, denn der Gottling musste regeneriert werden. Einige der gottlosen Männer und Frauen wehrten sich und spuckten aus, während andere so mutlos waren, dass sie nicht einmal mehr stehen konnten. Er zerrte sie alle vor die goldene Luke. Ihr Blut war schwach, aber schwach war nach all den Anstrengungen auch der Gottling. So fern der magisch aufgeladenen Gestade von Ischara schwand er dahin, auch wenn der Glaube der Seeleute noch immer stark war. Klovus musste darauf achten, dass sie die Schwäche nicht bemerkten.

Die Soldaten hielten einen Gefangenen nach dem anderen über die offene Luke, und der Hohepriester schlitzte ihnen die Kehle auf, sodass ihr Blut in den Laderaum floss. Wenn die Körper leer waren, wurden sie über Bord geworfen. Sie hatten dem Gottling würdig gedient.

»Höre uns, rette uns!«, sang die Mannschaft bei jedem ausblutenden Opfer.

Ihr Blut nährte den Gottling, aber seine Energie verblieb auf einem bestimmten Stand, sodass Klovus ihn weiterhin beherrschen konnte. Er kannte dieses Wesen gut, denn er hatte sich schon um es gekümmert, als er noch ein Ur-Priester im Hafentempel gewesen war, bevor er an den Haupttempel in Serepol berufen und später zum Hohepriester von ganz Ischara ernannt wurde.

Als alle Gefangenen aufgebraucht waren, spürte Klovus, dass sich der Gottling gefestigt hatte. Klovus betrachtete den Ärmel seines Kaftans und bemerkte einen dunklen Blutfleck im Stoff. Er kratzte mit dem Fingernagel daran herum, aber der Fleck saß tief im Gewebe. Später würde er das Kleidungsstück verbrennen müssen, denn nun war es mit dem Blut der Gottlosen besudelt.

Da die Magie wieder stärker geworden war, würde die Heimreise schnell und sicher erfolgen, aber der Hohepriester wusste, dass er sich seiner nächsten Schlacht gegenübersah, sobald er vor die Empra trat. Sie war mit seinen Plänen nicht einverstanden und hatte diesen Angriff auch nicht sanktioniert. Eigentlich zog sie den Frieden der Macht vor ...

Während der ruhigen Reise versorgten die ischaranischen Soldaten ihre Wunden auf dem Deck. Drei Ärzte vernähten die schlimmsten Verletzungen aus den Kämpfen in Mirrabay. Viele davon hatte ihnen der wilde Brava-Mann zugefügt. Vierundzwanzig Soldaten waren bei dem Angriff gestorben, aber das Küstendorf hatte zusätzlich zu den zehn Opfern, die soeben dargebracht worden waren, Hunderte verloren, was dem Gottling zu verdanken war.

Unten im Frachtraum erholte er sich allmählich. Durch seine Sandalen spürte Klovus die Energie, die in den Deckplanken pulsierte. Der Kapitän hatte die Ruhepause dazu genutzt, seiner Besatzung zu befehlen, die Luken und deren Verschlüsse an Deck und am Rumpf zu überprüfen und sich zu vergewissern, dass der Gottling sicher verwahrt war. Der Kapitän war ein zwar frommer, aber auch vernünftiger Mann, und sie alle wussten, wozu dieses Wesen in der Lage war, wenn es ausbrechen sollte. Daher wollten sie es in einem schwachen, aber zufriedenen Zustand halten.

Klovus machte sich hingegen keine großen Sorgen wegen des

Gottlings. Er hatte sich den Gehorsam des Wesens erkauft und wusste, dass er es beherrschen konnte, auch wenn das den Seeleuten nicht bekannt war. Klovus nutzte seine symbiotische Beziehung zu dem Gottling und die ihm innewohnende Kraft, um ihn zu beruhigen und zu nähren. Schon immer hatte Klovus das starke Band zu allen Gottlingen in sich gespürt. Er war ihr wahrer Sprecher und Abgesandter.

Die Gottheit hatte ihren Zorn auf angemessene Weise ausgetobt, und nun durfte sie so lange schlafen, bis sie wieder benötigt wurde. Wenn das Kriegsschiff nach Serepol zurückgekehrt war, würde Klovus den Gottling zurück in seinen Heimattempel bringen und ihn hinter der magischen Tür wegsperren. Er war nicht Serepols größter Gottling – Klovus hätte niemals den ganzen Schutz von der Hauptstadt abgezogen, wie groß seine Meinungsverschiedenheiten mit der Empra auch sein mochten.

Während sie dahinsegelten, trat der Kapitän auf ihn zu. Sein ärmelloses Hanfhemd stand über der behaarten Brust offen, und er hatte sich ein weißes Stirntuch umgebunden. »Seid Ihr zufrieden mit dem Überfall, Hohepriester?«

»Der Gottling hat seine Macht unter Beweis gestellt, und die Bewohner von Mirrabay werden uns niemals vergessen. Die Geschichten darüber werden durch alle drei Königreiche wandern. Jeder wird sich vor dem fürchten, was wir tun können.« *Vielleicht sogar die Empra ...*

Der Kapitän runzelte die Stirn und beugte sich näher zu ihm. »Habt Ihr keine Angst, dass Konag Conndur zurückschlagen könnte? Für das, was wir getan haben, wird er Rache an Ischara nehmen wollen.«

»Wenn er es versucht, wird er vernichtet werden.« Klovus hoffte tatsächlich, dass der Staatenbund reagieren möge, denn dann musste Empra Iluris ihre Rolle endlich ernst nehmen. »Sie haben keine Götter. Sie können nichts gegen uns ausrichten.«

Der Kapitän warf einen raschen Blick auf die Luke im Deck. »Ich vermag zu spüren, dass der Gottling trotz der Opfer noch schwach ist. Er hat bei dem Angriff auf das Dorf so viel Kraft verbraucht, dass die Besatzung besorgt ist. Wir hätten mehr Gefangene als Opfergaben mitnehmen sollen.«

Klovus verbarg seinen Abscheu. »Das verdorbene Blut solcher Menschen ist keine gute Nahrung für den Gottling.« Außerdem wollte er nicht, dass das Wesen zu wild und ungebärdig wurde, bevor er es wieder in seinem Tempel versiegeln konnte. »Habt keine Angst. Der Gottling wird für eine sichere Reise sorgen. Wir werden gewiss bald zu Hause sein.«

Dem Kapitän war offenbar noch immer unbehaglich zumute. »Und was, wenn wir in einen Sturm geraten? Morgen segeln wir an der Insel Fulcor vorbei. Was, wenn die dortige Garnison des Staatenbundes Kriegsschiffe auf uns hetzt?« Er senkte die Stimme, damit ihn die anderen Seeleute nicht hören konnten. »Ist der Gottling in seinem gegenwärtigen Zustand stark genug, uns zu beschützen?«

Klovus befürchtete, die Gottheit könnte ohne den Anker ihres Heimattempels zu der Einsicht gelangen, dass Freiheit eine gute Sache war, aber er würde das Gleichgewicht aufrechterhalten. »Unsere Seeleute können ihm mehr Blut anbieten, wenn sie es wünschen. Sie sollten den Gottling aus unserer Reise nähren. Habt keine Angst.«

»Höre uns und rette uns.« Der Kapitän nickte und lächelte erleichtert. »Ich habe keine Angst, denn ich kann schon jetzt seine Stärke spüren.« Er schob sein Stirntuch zurecht und ging auf die Suche nach freiwilligen Blutspendern.

Jeder der dreizehn Bezirke in Ischara besaß seinen eigenen obersten Gottling, der in einem Tempel lebte und von einem Hohepriester beaufsichtigt wurde, doch auch die einzelnen Städte und Dörfer hatten ihre schwächeren Gottlinge, die von den Gläubigen erschaffen und ernährt wurden. Die Magie, die in der neuen Welt eingewurzelt war, destillierte diesen Glauben in ein materielles Wesen - in einen Gottling, der mit der Kraft all jener Menschen aufgeladen war, die an ihn glaubten. Wenn sie diese Manifestation sahen, stärkte es ihren Glauben, der wiederum den Gottling stärkte. Die meisten Ischaraner verstanden die Einzelheiten nicht und stellten sie auch nicht infrage, aber die Gottlinge bildeten die Stimmung und auch die Art eines jeden Bezirks und seiner Einwohner ab.

Ischara war ein makelloser und noch unberührter Kontinent, besiedelt von ehrgeizigen, frommen Auswanderern, die vor mehr als tausend Jahren die zerstörte alte Welt verlassen hatten. Das Land des alten Kontinents trug - wie ein ausgefranster Waschlappen - noch immer die Wunden der Wreth-Kriege und enthielt nur noch wenig Magie. Die Menschen des Staatenbundes waren zu schwach für die Erschaffung eigener Gottlinge.

Doch der Glaube und die Frömmigkeit der ischaranischen Siedler hatten sich, verstärkt durch die Magie in ihrer neuen Heimat, zu etwas Großem und Wunderbarem herausgebildet. Mit diesem Überfall hatte Klovus bewiesen, wozu selbst ein kleinerer Gottling in der Lage war, auch wenn er sich weit von seinem Zuhause entfernt befand. Dieser Beweis verschaffte ihm die Möglichkeit, vor der Empra darauf zu beharren, den Magnifica-Tempel in Serepol weiterzubauen. Wenn er fertig war, würde die Magnifica das wundervollste Gebäude sein, das die Menschheit je errichtet hatte, und den mächtigsten Gottling beherbergen, der sich jemals manifestiert hatte ... falls die sture Empra sich entschließen konnte, ihn zu vollenden.

Als die damals noch sehr junge Iluris vor drei Jahrzehnten den Thron bestiegen hatte, hatte sie den Bau des Tempels eingestellt, sehr zum Ärger der Hohepriester. Zuerst nutzte sie den Krieg gegen den Staatenbund als Ausrede, und seitdem hatte sie immer neue Einwände vorgebracht. Sie war schon immer schwierig gewesen ...

Am zweiten Tag der Heimreise wurde die See kabbelig. Dies deutete auf einen drohenden Sturm hin, und Klovus beschloss, dass es nun klug sei, den Gottling zu stärken. Freiwillige stellten sich vor die goldene Luke, und ein Messer wurde von Hand zu Hand weitergereicht. Die Matrosen schlitzten sich die Unterarme auf und sammelten für das göttliche Wesen Blut.

Klovus führte ihre Gebete an. »Höre uns, rette uns.«

»Höre uns, rette uns.«

Er bemerkte, wie sich die Ärzte mit leiser Stimme besorgt unterhielten, als sie sich um einen schwer verwundeten Soldaten kümmerten, der zuckend und hustend auf dem Deck lag. Sie knieten über ihm; ihre Kleidung war mit seinem Blut besudelt. Sie hatten Leinenstreifen um eine tiefe Schwertwunde in seiner Seite gewickelt, aber die Bandage war bereits blutdurchtränkt. Klovus wusste, dass der Mann seine letzten Atemzüge tat.

Der Hohepriester verließ die Sammelluke und nahm der Reihe von Soldaten, die sich die Unterarme ritzten, das Messer weg. »Ich brauche es.« Mit der feuchten Klinge in der Hand trat er über den Sterbenden. In seinem blauen Kaftan ragte er hoch über dem verblutenden Soldaten auf, der die verkrümmte Hand nach ihm ausstreckte. Klovus fragte die Ärzte leise: »Gibt es keine Hoffnung?«

Sie verneinten.

Der Verwundete hob den Kopf. Obwohl er kaum mehr etwas sehen konnte, bohrte sich sein Blick in die Augen des Priesters. »Übergebt mich an den Gottling. Bitte«, würgte er heraus.

Genau das hatte Klovus gehofft. Hätte der Mann es nicht von selbst angeboten, Klovus wäre aus eigenem Antrieb tätig geworden. Er sagte zu dem sterbenden Soldaten: »Du bist ein tapferer Mann und wirst ein würdiges Opfer sein.« Er rief den Matrosen zu, die vor der Luke standen: »Helft mir, ihn zu tragen. Schnell! Wenn wir es nicht tun, bevor er stirbt, ist die stärkste Macht verschwendet.«

Der Verletzte ächzte, als sie ihn hochhoben. »Vorsichtig«, flüsterte einer der Matrosen. »Sanft.«

»Wir haben nicht die Zeit, sanft zu sein«, sagte Klovus. »Das Blut eines Toten ist ein minderwertiges Opfer. Beeilt euch.«

Also stellten die Matrosen Schnelligkeit über Sanftheit und schleppten den Mann zur Luke. Die blutdurchtränkte Bandage hatten sie ihm vorher abgenommen. Als der Hohepriester den Sterbenden dann an den Schultern hochriss und in eine stehende Position brachte, wichen die Seeleute zurück.

Der Soldat gurgelte und zuckte. Klovus packte sein verfilztes

Haar, riss ihm den Kopf zurück und hielt ihn über die goldene Luke. Mit einer raschen Bewegung des Opfermessers schlitzte Klovus ihm die Kehle auf, und der Mann blutete sein verbliebenes rotes Leben in die Öffnung hinein. »Höre uns, rette uns.«

Der Gottling nahm das Blut, die Magie und die Kraft in sich auf. Das ganze Schiff schien mit der Freude des Wesens über dieses unerwartete Festmahl zu brummen und zu pulsieren. Klovus betrachtete seine klebrigen Finger, als der Mann zusammensackte. Klovus hielt die weit aufklaffende Kehle unmittelbar über die Öffnung, damit kein einziger Tropfen verschwendet wurde, bis der Soldat nichts mehr zu geben hatte.

Als der Körper schließlich vollkommen ausgetrocknet war, sagte Klovus: »Er hat alles gegeben, was er hatte. Der Gottling schätzt dieses Opfer sehr.«

Die Soldaten jubelten, als sie spürten, wie die Kraft zu ihrem Schiff zurückkehrte, verströmt von der Gottheit unter ihnen. Das Kriegsschiff glitt nun schneller durch das offene Meer auf Ischara zu, und der Hohepriester roch statt des hartnäckigen Blutgestanks nur noch die würzige Salzluft und den Duft des Sieges.

8

Vom höchsten Turm ihres Palastes aus betrachtete Empra Iluris den geschäftigen Hafen von Serepol, der Hauptstadt Ischaras. Zahllose Fischerboote, Handelsschiffe und bewaffnete Patrouillenboote sprenkelten das Wasser, aber noch immer war nichts von dem Kriegsschiff zu sehen, das unter Hohepriester Klovus' Kommando stand.

Der verdammte Narr versucht tatsächlich einen Krieg anzuzetteln!

Sie hatte ihren treuen Falkenwächtern befohlen, sie unverzüglich zu benachrichtigen, sobald dieses Schurkenschiff in ischaranische Gewässer zurückkehrte. Am liebsten hätte sie dem Hohepriester für das, was er getan hatte, jedes Glied einzeln aus dem Leibe gerissen, aber politische Belange verboten dies leider. Angesichts der Flammen der Begeisterung, die Klovus im Volk angefacht hatte, würde man ihn vielleicht sogar als Held willkommen heißen. Ihre Herrschaft zeichnete sich durch Jahrzehnte des Friedens aus, was sie als eine große Leistung betrachtete, aber einige Ischaraner wünschten sich lieber den Krieg als den Wohlstand, den sie dem Land gebracht hatte.

Klovus' Provokationen waren in der Lage, alles zu ruinieren, wofür sie so hart gearbeitet hatte. Iluris war die Empra von Ischara - die Herrscherin über alle dreizehn Bezirke, alle Hohepriester und alle Untertanen, aber die Hohepriester kontrollierten die Gottlinge, was ihnen eine direktere Form der Macht verlieh. Offiziell waren sie zur Treue gegenüber dem Thron verpflichtet, aber das hielt Klovus nicht davon ab, alles zu tun, was er wollte. *Verdammt sei er!*

Iluris hatte diesen provozierenden Angriff nicht angeordnet, doch der Hohepriester hatte ihn trotzdem ausgeführt, angeblich zum Besten Ischaras. Wenn er siegreich zurückkehrte, würde die Empra nicht in der Lage sein, ihn öffentlich zu bestrafen ... aber durfte sie als Herrscherin Ischaras darauf hoffen, dass der Überfall *misslang*? Sie befand sich in einer unmöglichen Lage.

Doch allmählich war es an der Zeit, diesen ehrgeizigen Mann in die Schranken zu weisen. Sie musste seinen unseligen Sieg kleinreden. Natürlich würde das vorsichtig und sanft geschehen ... und nur zum Besten Ischaras. Dafür würde sie unvertraute Wege beschreiten müssen.

Während die treue Falkenwache draußen im Korridor patrouillierte und für ihre Sicherheit sorgte, lief Iluris in ihren Turmgemächern auf und ab. Sie war siebenundvierzig Jahre alt, hatte aschblondes Haar, und ihr Gesicht war trotz der jahrzehntelangen Herrschaft und dreier wertloser Gemahle noch immer glatt. Sie war erfahren und klug, und Klovus, der zehn Jahre jünger war als sie, konnte ihr nicht wirklich gefährlich werden.

Sie sah aus dem gegenüberliegenden Fenster auf das Herz ihrer Stadt. Ihr Blick wurde vom Tempelbezirk angezogen, in dem sich gewaltige Fundamente und halbhohe Mauern ausbreiteten, die ein ganzes Stadtviertel hätten umschließen können. Das erste Stockwerk war teilweise fertiggestellt, und die Hohepriester träumten davon, zehn weitere daraufzusetzen, sollte Iluris den Weiterbau je genehmigen. Aber der Hauptgottling von Serepol war schon jetzt ungeheuer mächtig, und sie fragte sich, was eine solche Machtkonzentration bei dieser Wesenheit anrichten mochte. Wozu brauchten die Hohepriester einen so starken Gottling? Waren sie sich überhaupt sicher, dass sie ihn beherrschen konnten, sobald der Tempel erbaut war?

Die Magnifica war seit fast einem halben Jahrhundert der Traum der Priesterkaste. Die Arbeiten daran hatten während der Herrschaft ihres Vaters, des Emprirs Daka begonnen. Arbeitsbrigaden hatten Straße nach Straße dem Erdboden gleichgemacht und die Fundamente aus gewaltigen Steinblöcken gelegt. Jeder Bezirk des Landes hatte Material, Geld oder Arbeitskräfte beigesteuert.

Sogar im frühen Stadium hatte der Tempel Ehrfurcht und Stolz erregt, und die Hohepriester waren von ihrer eigenen Bedeutung ganz eingenommen gewesen. Die Magnifica würde den höchsten Serepol-Gottling – den *Ischara*-Gottling – beherbergen und zum mächtigsten Wesen der ganzen Welt machen.

Als die junge Iluris aber nach dem Tod ihres Vaters den Thron bestieg, war sie klug genug, die Gefahren und Konsequenzen dieses Plans zu erkennen. Sie nutze den Krieg mit dem Staatenbund als scheinbaren Grund für die Einstellung der Arbeiten an der Magnifica und vereitelte damit die Bestrebungen der Hohepriester. Die gewaltigen Fundamente und der erste Stock dienten fortan als behelfsmäßiger Tempel für den Gottling von Serepol. Die Baumaterialien stapelten sich noch immer hoch; sie hätten ausgereicht, um eine ganze Kleinstadt zu errichten und warteten darauf, endlich zu vernünftigen Zwecken verwendet zu werden.

Als der Krieg gegen den Staatenbund geendet hatte, war Klovus ein Junge von sieben Jahren gewesen. Der Magnifica-Tempel war fast während seines ganzen Lebens eine stillgelegte Baustelle gewesen. Er hatte bei den Zeremonien als Akolyth gedient und eine echte Verbundenheit mit den Gottlingen gezeigt, was ihm dabei half, in der Hierarchie rasch aufzusteigen. Als Hohepriester beherrschte er die Magie ein wenig, aber üblicherweise ließ er die Gottlinge für sich arbeiten.

Iluris besaß keine eigenen erkennbaren magischen Fähigkeiten, obwohl sie aus einer alten und hochangesehenen Familie abstammte. Sollten die Hohepriester je beschließen, sich ihr entgegenzustellen oder sogar ein Attentat auf sie zu verüben, wusste sie nicht, ob sie dies überleben würde, und so musste sich Iluris auf ihre eigene Weise schützen. Ihre Falkengarde, die sie ihre Adoptivsöhne nannte, würde ihr Leben zum Schutz der Empra hingeben, und sie selbst besaß gewisse andere Fähigkeiten sowie ein großes politisches Geschick.

Sie warf wieder einmal einen Blick aus dem hoch gelegenen Fenster, das auf den Hafen hinausschaute. Noch immer war nichts von dem Kriegsschiff zu sehen ...

Aufgrund ihrer Stellung als Empra machte sie sich viele Sorgen um Ischaras Zukunft. Trotz ihrer drei Ehen war sie kinderlos geblieben, und seit Jahren hatte sie keinen Mann mehr zum Gemahl genommen, denn sie sah wenig Sinn darin, in ihrem Alter noch einmal zu heiraten. Wenn sie ohne einen Erben starb, würden die Hohepriester irgendeine Marionette auf den Thron setzen, die ihnen erlaubte, den Magnifica-Tempel fertigzustellen und ihren Gottlingen außerordentliche Macht zu verleihen.

Sie war fest entschlossen, nicht zu versagen, denn das war sie sich selbst und ihrem Volk schuldig. Die Ischaraner hatten keinen weiteren korrupten Anführer verdient.

Iluris trat dicht an das offene Turmfenster heran und sah auf den Burghof hinunter, der schwindelnd tief unter ihr lag. Sie legte die Hände auf den von der Sonne gewärmten Steinsims und beobachtete die winzigen Gestalten dort unten. So ein langer Weg ...

Dies war der Turm, dies war das Fenster, aus dem sie ihren Vater gestoßen hatte, und so war sie im Alter von siebzehn Jahren Empra geworden.

Emprir Daka war ein harter und liebloser Mann gewesen, der zwei Gemahlinnen getötet hatte - nicht mit einer Klinge oder mit Gift, sondern durch andauernden seelischen Missbrauch. Iluris war die Tochter von Dakas zweiter Frau, und nachdem er seine Gemahlin vernichtet hatte, war seine Tochter zu seinem nächsten Ziel geworden.

Seine Frauen hatten dem Emprir drei Töchter geschenkt, aber zwei von ihnen waren bereits in früher Kindheit gestorben, und Iluris hatte nur überlebt, weil sie jeden einzelnen Tag von Kindermädchen, Dienerinnen und Wächtern beschützt und umsorgt worden war - nicht aufgrund eines Befehls von Emprir Daka, sondern aus eigenem Antrieb. Erst später erkannte Iluris, dass die Dienerschaft sie beschützt hatte, weil allgemein bekannt gewesen war, dass die anderen beiden Töchter nicht durch Unfälle zu Tode gekommen waren. Obwohl sich Daka damit abgefunden hatte, Iluris als seine Erbin einzusetzen, bestrafte er sie einfach nur deswegen, weil sie kein Mann war. Aber irgendwann benutzte er sie, gerade weil sie eine Frau war.

Als ihre Monatsblutungen im Alter von dreizehn Jahren einsetzten, teilten die Ratgeber bei Hofe dem Emprir mit, dass Iluris zur Frau geworden war und als heiratsfähig betrachtet werden konnte. Daka nahm die Neuigkeit jedoch in einem anderem Verständnis auf. Da seine Frauen tot waren, machte er es sich von nun an zur Gewohnheit, in der Nacht das Gemach seiner Tochter aufzusuchen. Er verriegelte die Tür, zwang sich ihr auf und sagte ihr, dies sei ein Teil ihrer Ausbildung zur Empra.

Sie wehrte sich zwar, aber er war stärker, nicht nur körperlich, denn schließlich hatte er die Befehlsgewalt. Einmal brachte er seine Leibgarde mit und befahl den Männern, sie anzubinden und dann zuzusehen, wie er sie vergewaltigte. Schluchzend und kreischend lag sie da, aber die Gardisten unternahmen nichts.

Als sie zu den Priestern ging und sie anflehte, ihrem Vater Einhalt zu gebieten, teilten ihr diese lediglich mit, sie könne sich dem Willen der Gottlinge nicht widersetzen. Sie fragte sich, was das für ein »Wille« sein mochte. Trotz ihrer Bitten gaben sie Emprir Daka die Erlaubnis, mit seinen Vergewaltigungen fortzufahren. Das hatte Iluris den Hohepriestern nie vergeben.

Als Daka eines Nachts zu ihr kam, war sie bereit. Sie hatte eine Nadel mit einem Betäubungsmittel neben ihrem Bett versteckt, und als ihr Vater auf ihr lag und sein Gewicht und heißer Atem sie niederzwangen, schwor sie sich, dass dies das letzte Mal sein würde. Sie packte die Nadel und ritzte ihn damit an der Schulter. Er war so von seiner Leidenschaft und Erregung weggerissen, dass er den Kratzer nicht einmal bemerkte.

Das Betäubungsmittel wirkte rasch und ließ ihn träge und teilnahmslos werden. Iluris lockte ihn zum Fenster hoch droben im Turmgemach. Als er nackt und schwitzend in dem schwachen Licht der Kohlenpfannen dort stand, versetzte ihm Iluris einen Stoß. Er kippte aus dem hoch gelegenen Fenster, fiel mit einem leisen Stöhnen und prallte auf die Pflastersteine.

Als die Garde heranstürmte, gefolgt von den verblüfften Priestern, vergoss Iluris Tränen und konnte gut verbergen, dass es Freudentränen waren. »Er ist zu mir gekommen, weil er mir einen Gutenachtkuss geben wollte, aber er hatte offenbar zu viel Wein getrunken. Und dann hat er das Gleichgewicht verloren.« Sie atmete tief ein. »Ein großer Verlust für Ischara.«

Auf diese Weise war sie kurz nach dem Beginn des Krieges gegen den Staatenbund zur Empra geworden, und dieser Krieg endete kurz darauf. Während der Jahre ihrer Herrschaft führte Iluris Ischara zu Wohlstand, auch wenn der Groll gegen die alte Welt blieb. Ihre Sorge galt den dreizehn Bezirken, den Städten, den Menschen und den Schulen. Sie wollte Ischara zu einer besseren Heimstatt für die Menschheit machen, als es die geschundene alte Welt war, die ihr Volk vor so langer Zeit verlassen hatte.

Aber jetzt hatte Klovus, dieser Narr, ohne ihren Segen oder ihre Erlaubnis einen provozierenden Angriff durchgeführt, auf den Konag Conndur reagieren musste. Der Hohepriester hatte den Gottling aus dem Hafentempel von Serepol genommen und war mit einer ihm treu ergebenen - und betrogenen - Mannschaft in finsterster Nacht in See gestochen. Am nächsten Morgen hatte ihr dann ein Priesterkurier die Botschaft gebracht, nachdem das Kriegsschiff schon lange abgesegelt war und sie Klovus nicht mehr aufhalten konnte.

Nun musste Iluris einen Weg finden, sich durchzusetzen und den Hohepriester in die Schranken zu verweisen. Sie schaute wieder auf den Hafen hinaus, sah aber noch immer nichts von dem Kriegsschiff. Es konnte noch einige Tage dauern, und selbst wenn die Segel am Horizont gesichtet wurden, würde das Schiff erst viele Stunden später in den Hafen einlaufen, sodass ihr noch genug Zeit zum Handeln blieb.

Die härteste Bestrafung, die sie Klovus auferlegen konnte, wäre die Entfernung des aufgestapelten Baumaterials und der Werkzeuge vom Platz des Magnifica-Tempels. Sie lächelte. In den letzten Jahren hatten die Priester still und leise weiteres Material herbeigebracht und zwischen den ausgedehnten Fundamenten gestapelt. Es war genug, um das Projekt ernsthaft weiterzuführen, sobald sie glaubten, Iluris' Widerstand überwunden zu haben. So viele wertvolle Rohstoffe!

Iluris beschloss, davon so viel wie möglich im Namen Ischaras zu beschlagnahmen und das Holz und die Steinquader, die von den Priestern bezahlt worden waren, zum Bau von Schulen zu benutzen, damit die Menschen Schreiben und Rechnen lernten. Der Rest sollte zur Verbesserung der Straßen eingesetzt werden, damit der Handel zwischen den einzelnen Bezirken verstärkt wurde.

Ja, das war großartig. Ihr Land würde weiter und weiter gedeihen.

Ihr Traum war es, Ischaras Reichtum zu wahren. Sie würde genau das tun, was für ihr Volk das Beste war. Ganz gleichgültig, was der Hohepriester Klovus beabsichtigte - das Letzte, was sie jetzt brauchte, war ein offener Krieg mit dem Staatenbund.

9

Blitze zuckten, und der Donner grollte, als tobte eine Art natürliche Schlacht am Himmel, und dann setzte spätabendlicher Platzregen ein. Schartige weiß-blaue Pfeile tanzten zwischen den Wolken über der Burg von Convera, die hoch auf einer Felszunge über dem Zusammenfluss der zwei Ströme lag.

Der Regen prasselte gegen die bleiverglasten Fenster in Konag Conndurs Bibliothek, aber ein Feuer aus gut abgelagerter Eiche im Kamin sorgte für Wärme und eine angenehme Atmosphäre.

Vorhin hatte Conndur noch eine Gruppe von Abgesandten, Lords und erfolgreichen Geschäftsleuten aus Osterra zum Abendessen empfangen. Der Konag war der Meinung, dass Diplomatie besser in einer entspannten Umgebung gedieh, insbesondere wenn sie vom Duft gewürzten Lammbratens durchzogen war. Abgesehen von kleineren Grenzstreitigkeiten und Steuerfragen hatten die drei Königreiche Osterra, Suderra und Norterra seit vielen Jahrhunderten friedlich nebeneinander existiert. Die offene Hand war als Symbol für den Staatenbund gut gewählt.

Während des Mahls hatte Conn eine Handelsbeziehung zwischen einem Mann, dem eine große Schafherde gehörte, und einem Lord hergestellt, dessen Spinnerinnen nicht viel zu tun hatten und der die Wolle also dringend brauchte. Lord Cade, aus dem rauen nördlichsten Bezirk, zeigte einen Sack vollkommener Salzwasserperlen und beschrieb eingehend, wie seine tapferen Taucher sie aus tiefen, gefährlichen Strömungen hervorgeholt hatten.

Prinz Mandan, Conns älterer Sohn, hatte auch an dem Mahl

teilgenommen, weil Conn darauf bestanden hatte, dass der Prinz in die Regierungsgeschäfte eingeführt wurde. Adan, sein jüngerer Sohn, war der König von Suderra und beim Volk wohlgelitten – wie anders war es bei seinen Vorgängern gewesen! Doch mit Mandan hatte sein Vater noch größere Pläne, denn er sollte der nächste Konag des Staatenbundes werden. Der Prinz war in Geographie und Mathematik sowie in Kultur- und Kunstgeschichte unterrichtet worden, aber er besaß keinen Instinkt für die *Leute*, für Allianzen, Verpflichtungen, Freundschaften und Feindschaften. Mandan war keineswegs auf den Thron vorbereitet und schien auch nicht besonders erpicht auf ihn zu sein. Er hatte nie die Fähigkeiten gezeigt, die Adan besaß, aber mit seinen fünfundzwanzig Jahren war der Prinz schon älter, als Conndur es gewesen war, als er Konag geworden war.

Nach dem Essen verabschiedete sich Mandan so schnell aus dem Gespräch, wie es ihm nur möglich war, und eilte unter dem Hinweis, er wolle an eigenen Gedichten arbeiten, in seine Gemächer. Die Gäste wünschten ihm eine gute Nacht. Nur Conn wusste, dass sein Sohn Angst vor dem Gewittersturm hatte, der sich draußen zusammenbraute. Der junge Mann hatte Stürme schon immer gehasst …

Als die Gäste gegangen waren, genoss Konag Conndur die Stille der Stunden vor Mitternacht, während der Regen einsetzte. Er saß in seinem Sessel vor dem Kaminfeuer und las in einem Buch, das die Taten früherer Konags verzeichnete. Die Widmung lautete: *Langes Leben und ein großes Vermächtnis*. Das war das Höchste, worauf ein Mensch hoffen durfte, denn die Menschheit war lediglich eine zweitrangige Schöpfung. Die Wreth hatten die Menschen als Diener erschaffen und ihnen keine Seele und keinen Platz im Jenseits gegeben. Sie mussten ihre Spuren in *diesem* Leben hinterlassen und dafür sorgen, dass ihr Vermächtnis so lange wie möglich in der Erinnerung der anderen blieb. Ihre Taten waren das, was sie unsterblich machte.

Conn überflog die Geschichten vor seinen Augen und wusste, dass all die Namen auch im großen Erinnerungsschrein in der

Stadt Convera verzeichnet waren. Die Männer und Frauen in dieser Chronik hatten es geschafft, ein Vermächtnis zu hinterlassen, und er hoffte, dass sein eigenes Vermächtnis neben dem seiner Vorfahren bestehen konnte, wenn auch einmal seine Chronik geschrieben werden würde.

Die Fenster erzitterten unter einem gewaltigen Donnerschlag, und der Regen rauschte. Er war froh, nicht auf einem Feldzug zu sein und in einem nassen Zelt schlafen zu müssen, durch dessen Nähte das Wasser tropfte. Das war etwas für junge und närrische Männer. Doch die Regenwolken verhinderten leider, dass er hoch zur Plattform auf dem Dach steigen und von dort aus die Sterne betrachten konnte, was er früher gern zusammen mit Adan getan hatte. Aber seit Adan vor drei Jahren den Thron von Suderra bestiegen hatte, kam es nur noch selten zu solch innigen Momenten.

Immer wieder hatte Conn versucht, seinem anderen Sohn die Sternbilder zu erklären, aber Prinz Mandan empfand keinerlei Erstaunen über das Licht dieser anderen Welten, die die uralten Wreth-Götter erschaffen hatten. Mit einem Seufzer schloss der Konag das Geschichtsbuch und lehnte sich in seinem Sessel zurück. Wenn doch nur Adan der Erstgeborene gewesen wäre ...

Conndur war selbst ein zweitgeborener Sohn, der nie erwartet hatte, Konag zu werden. Eigentlich hätte sein Bruder Bolam, der Erstgeborene, dieses Amt übernehmen sollen. Als Thronfolger war Bolam in der Staatsführung ausgebildet worden, hatte Strategiespiele und die Künste studiert und war ein allgemein geachteter junger Mann mit vielen Interessen, großer Intelligenz, besonnenem Charakter und einer Gabe zur Verhandlungsführung gewesen. Bolam hätte einen großartigen Konag abgegeben.

Nach dem Ausbruch des Krieges gegen Ischara hatte ihr Vater, Konag Cronin, seine beiden jüngeren Söhne Conndur und Kollanan als Anführer zweier Expeditionscorps ausgesandt. Conn der Tapfere und Koll der Hammer hatten mehr als ein Jahr lang Scharmützel in ganz Ischara angeführt. Während die beiden im Krieg kämpften, war Prinz Bolam in der Burg von Convera geblieben, jederzeit sicher und behütet ... und ausgerechnet dort hatte er sich ein Fieber zugezogen und war gestorben.

Konag Cronin war am Boden zerstört gewesen und hatte jedes Interesse an dem Krieg verloren. Nachdem der Leichnam seines ältesten Sohnes von den Flammen des Scheiterhaufens verzehrt worden und ganz Convera mit schwarzem Trauerkrepp geschmückt worden war, hatte Cronin jedes Kriegsschiff im Staatenbund beansprucht und auch Passagierschiffe, die entlang der Küste segelten, sowie schnelle Utauk-Handelsschiffe der atemberaubenden Flotte hinzugefügt. Sie segelte über den Ozean und nahm Kurs auf den Hafen von Serepol.

Doch anstatt die ischaranische Hauptstadt aus Rache in Schutt und Asche zu legen, hatte Cronin zuvor eine Botschaft an die junge Empra Iluris geschickt und sie darin um ein Ende des Krieges gebeten. In seiner tiefen Trauer wollte er nichts anderes mehr, als seine beiden ihm verbliebenen Söhne sicher nach Hause zu bringen, und die gigantische Flotte segelte schließlich mit allen Soldaten an Bord wieder ab.

Der Krieg wurde zwar nicht offiziell beendet, aber der Staatenbund zog sich zurück. Koll der Hammer nahm den Thron von Norterra an, wohin er sich mit seiner ischaranischen Braut zurückzog und vom Krieg Abschied nahm.

Niedergeschlagen bereitete Konag Cronin seinen zweitgeborenen Sohn als seinen Nachfolger vor, und Conndur der Tapfere wurde zwei Jahre später gekrönt.

Ein langes Leben und ein großartiges Vermächtnis.

Als Conndur vor sich hinbrütete und im Hintergrund der Regen prasselte, wurde plötzlich die Tür des Arbeitszimmers aufgeworfen, und ein großer, schwarz gekleideter Mann trat ein. Sein Mantel war tropfnass, er zog die Kapuze zurück und schüttelte sich den Regen aus dem Gesicht. Das stahlgraue Haar klebte ihm am Kopf.

Aufgeschreckt sprang Conn aus seinem Sessel hoch. »Utho! Du musst in diesem Sturm eine schreckliche Reise hinter dir haben.«

Ohne eine Erwiderung, aber voller Worte, die er unbedingt loswerden wollte, zog sich Utho die Handschuhe aus und hängte seinen mit Kettengliedern verbrämten Mantel an einen Haken neben dem lodernden Feuer. Er trug die Last schrecklicher Neuigkeiten, und der Konag bereitete sich darauf vor, sie anzuhören. »Was ist los, Utho? Sag es mir.«

»Es geht um Mirrabay, Sire. Ich ... ich habe mein Bestes getan.«

»Das tust du immer, alter Freund.« Conn achtete nicht auf das Regenwasser, das von der dunklen Lederkleidung des Bravas auf den gefliesten Boden tropfte.

Als wäre ein Riegel beiseitegeschoben worden, der Uthos Worte zurückgehalten hatte, brach es aus ihm hervor: »Diese ischaranischen Tiere haben mit einem Kriegsschiff angegriffen und ...« Die Worte schienen sich in seinem Mund querzustellen. Er gab ein seltsames Geräusch von sich. »Sie haben einen *Gottling* mitgebracht, Sire. Sie haben ihn an unserem Ufer entfesselt. Diese Abscheulichkeit hat Hunderte Menschen zu Tode gebracht, Feuer entzündet, Häuser zerstört, und dann sind ischaranische Soldaten an Land gegangen und haben den Rest erledigt.«

Conn taumelte. »Aber du hast sie vertrieben? Du hast den Gottling besiegt?«

»Wir haben hart gekämpft, aber der Schaden ist so groß. Ich glaube nicht, dass der Gottling lange an unseren Ufern hätte überleben können, aber als sie auf ihr Schiff zurückgekehrt sind, haben sie etliche Gefangene mitgenommen.« Sein dunkler Blick wirkte gehetzt. »Vermutlich haben sie ihn mit den Gefangenen genährt.«

Conn erinnerte sich daran, dass Uthos Familie während des letzten Krieges bei einem der frühen Angriffe getötet worden war. Ja, es ist in Mirrabay gewesen. »Ich werde Truppen dorthin schicken, die beim Wiederaufbau helfen, und wir werden unsere Verteidigungsmaßnahmen verstärken, damit die Ischaraner dort nicht noch einmal zuschlagen können.«

Der grimmige Brava wandte sich zur Seite. »Das wird nicht reichen, Sire. Wir müssen ihren Angriff mit einem Gegenschlag beantworten. Wir müssen unsere Flotte nach Ischara schicken und ihnen *wehtun*. Sendet die Schiffe aus, die bei der Fulcor vor Anker liegen.« Sein breites Gesicht zeugte von Entschlossenheit. »Wir könnten doch noch mehr tun, als die Ischaraner bloß zu bestrafen. Wir könnten sie ein für allemal auslöschen. Wir könnten ihren Kontinent an uns bringen und dort unsere eigenen Kolonien errichten. Schließlich haben wir es verdient. Dort sollte die Heimat der Bravas sein.«

Hinter ihm knisterte und knallte das Feuer laut, als ein grüner, mit Saft gefüllter Ast in Flammen aufging.

Conn versuchte, seine Gedanken zu beruhigen und wie ein Herrscher zu wirken. »Ein offener Krieg? Der Staatenbund hat seine Lektion vor dreißig Jahren wieder einmal gelernt, wie schon so oft in der Vergangenheit. Beim Blute der Ahnen, wir dürfen uns nicht hinreißen lassen! Was genau ist in Mirrabay geschehen? War es ein richtiger militärischer Angriff, oder haben da heißblütige Schurken auf eigene Rechnung gehandelt? Wissen wir, dass Empra Iluris diesen Überfall sanktioniert hat? Das klingt nämlich gar nicht nach ihr.«

»Sire, sie hatten einen Gottling *dabei*«, wiederholte Utho.

Tief beunruhigt lief Conn auf und ab. »Die Vorfahren dieser Menschen sind vor langer Zeit von hier ausgewandert und haben sich auf dem anderen Kontinent eine neue Heimat geschaffen, während wir hier in den Ruinen wohnen geblieben sind. Warum hassen sie uns so? Und warum hassen wir sie so?« Auch wenn man ihm schon viele Gründe dafür genannt hatte, war er doch nie in der Lage gewesen, die Antwort vollkommen zu *verstehen*.

Als Utho nah vor dem Feuer stand, dampfte seine Kleidung. »Weil sie Tiere sind, Sire. Weil sie Magie und Einbildung zur Erschaffung ihrer eigenen Götter benutzen - und weil wir keine haben.«

Conndur senkte die Stimme. »Ist das ein ausreichender Grund für einen Krieg zwischen zwei Kontinenten?«

Der Brava starrte ihn an, als sei die Antwort offensichtlich.

Draußen vor den Fenstern zuckte ein blendender Blitz auf, und der Donner hallte mit einer solchen Wildheit, dass es die

Steinmauern der Burg erschütterte. Als das Grollen abebbte, ertönte ein verwirrender Laut aus den persönlichen Gemächern des Prinzen Mandan auf der anderen Seite des breiten Korridors. Hinter der schweren Tür stieß der Prinz einen Schrei des Entsetzens aus.

10

Unter einem klaren Himmel, der kein Anzeichen des furchtbaren Sandsturms mehr zeigte, verließen die Sandwreth Bannriya auf ihren schwerfälligen Augas und ritten auf die ferne Wüste zu. Sie ließen König Adan mit vielen bedeutsamen Fragen und wichtigen, noch zu fällenden Entscheidungen zurück.

Lange Zeit hatte er sich auf die Ansichten seiner Frau und seines Schwiegervaters verlassen, doch nun rief er seine Vassallen-Lords, Ratgeber, Handelsbeauftragten, Diplomaten und Militärexperten zusammen. Der junge Hom verfasste das Protokoll und bemühte sich, all die Vorschläge und Argumente aufzuschreiben, die von den versammelten Würdenträgern vorgebracht wurden. Niemand hatte Antworten hinsichtlich der Wreth, denn nur wenige hatten sich in ihrem Leben je mit solchen Fragen beschäftigt.

Noch vor wenigen Jahren waren ihre größten Sorgen die zunehmenden Unruhen und ein möglicher Bürgerkrieg in Suderra gewesen, als der Kinderkönig Bullton vom Thron gestoßen und die korrupten Ratgeber in die Verbannung geschickt worden waren, nachdem man Adan Sternenfall als neuen König ausgerufen hatte. Niemand hatte erwartet oder gewollt, dass die strenge Schöpferrasse je zurückkehrte.

Der reich verzierte Thronstuhl war zu unbequem für Adan, und so lief er im Raum auf und ab. »Warum sind die Wreth jetzt, nach zweitausend Jahren, zurückgekommen? Haben sie sich die ganze Zeit hindurch versteckt? Wollten sie sich erholen und neue Kraft schöpfen?«

Penda sah ihn an. »Sie sind wieder da, weil sie einen Krieg vorhersehen, der die Welt erneuern wird.«

»*Cra*, vielleicht haben sie vor, den Krieg selbst anzuzetteln«, murmelte Hale. »Ihr kennt doch die Legenden. Sie müssen nur den begrabenen Drachen wecken und töten, und dann wird Kur zurückkehren, seine Auserwählten retten und die Welt neu erschaffen.«

»Ich sehe nicht, wie das den Menschen in irgendeiner Weise nützen sollte«, flüsterte Adan.

»Wir werden verlieren, gleichgültig welche Seite gewinnt«, sagte Lady Yllop, eine korpulente Witwe mittleren Alters, die ihrem Bezirk äußerst wirksam voranstand.

»Warum wollen uns die Sandwreth als Verbündete haben?«, fragte Adan. »Was können wir ihnen geben? Ihr habt doch alle gesehen, wie sie einen Sandsturm heraufbeschworen haben.«

Skeptisch zog Penda ihre Brauen zusammen. Xar flatterte auf seiner Stange mit den Flügeln, beugte sich vor und betrachtete die Anwesenden mit seinen prismatischen Augen, als wollte er jedem einzelnen Wort widersprechen. Auf einem Schemel neben dem grünen Ska saß Hom und schaute zu dem Wesen hoch, dann schrieb er weiter und folgte angestrengt der Konversation.

Hale Orr schlug mit seiner gesunden Hand auf die Tischplatte. »Vielleicht könnten sich die Utauk-Stämme in die Wüste vorwagen und nachsehen, was die Wreth da draußen im Schmelzofen getan hatten. Wir könnten so tun, als wollten wir Handelsbeziehungen mit ihnen aufnehmen, was vielleicht sogar der Wahrheit entspricht.«

»Ihr könnt gern eine Expedition dorthin schicken, aber dann solltet Ihr nicht erwarten, Eure Leute wiederzusehen«, erklärte Lord Buroni, der über einen der größeren Bezirke herrschte. Er war wegen eines Weinfestes nach Bannriya gekommen und hatte seine Abreise aufgrund des Sturms verschoben. »Niemand kehrt aus dem Schmelzofen zurück.«

»Es sei denn, die Sandwreth helfen uns«, betonte Adan, aber die Worte klangen in seinen Ohren hohl. »Königin Voo hat keine

Drohungen ausgesprochen, sondern uns nur vor der Katastrophe gewarnt, die uns bevorstehen könnte. Sie wollte bloß reden.«

»So wie eine Spinne der Fliege, die vor ihrem Netz brummt, nicht droht«, sagte Penda und zeichnete einen Kreis über ihrem Herzen. »Die Wreth verursachen ein ungutes Gefühl bei mir. *Cra*, sie sind wie ... eine Gänsehaut in meinem Kopf.« Sie zitterte unter etwas, das sie spürte, aber nicht benennen konnte. Xar wand sich auf seiner Stange und nahm Pendas Gefühle durch die tiefe beiderseitige Beziehung auf.

»Wir können schließlich nicht gegen eine ganze Art in den Krieg ziehen, insbesondere nicht gegen die Wreth«, sagte Lord Adoc, ein Kriegsveteran aus dem Bergbezirk. »Wir wissen zwar nicht, was Legende und was Tatsache ist, aber wir wissen, dass ihre letzten Kriege das Land verwüstet haben. Wir haben zweitausend Jahre damit verbracht, es wieder zu heilen, und die Landschaft ist noch immer mit ihren Ruinenstädten übersät.« Seine versteinerte Miene zeugte von Trotz. »Dieses Land gehört uns, Sire, und ich bin nicht gerade scharf darauf, es ihnen zurückzugeben. Die Wreth haben uns erschaffen. Betrachten sie sich noch immer als unsere Herren?«

»Was ist, wenn sie es tun?«, fragte Adan. Es war eine beunruhigende Möglichkeit. »Was könnten wir dagegen unternehmen?«

Der Himmel stand voller Sterne, als Adan auf die hoch gelegene offene Plattform trat, aber heute Nacht schenkte ihm das Universum keinen Frieden. In zahllosen Nächten hatte er zahllose Stunden damit verbracht, nach Mustern im Himmel zu forschen und seinen Gedanken freien Lauf zu lassen. Er war zufrieden mit der Welt und seinem Platz darin gewesen, denn er herrschte zusammen mit der Frau, die er liebte, über Suderra, und ihr erstes Kind würde bald auf die Welt kommen. Er war hier der neue, unverbrauchte König - ein Herrscher, der in seinem Herzen wusste, dass er für seine Untertanen das Richtige tat.

Als er in der Burg von Convera zum Prinzen erzogen worden war, hatten er und sein Vater oft auf einer ähnlichen Aussichtsplattform gestanden und nach Meteorschauern Ausschau gehalten. *Sternenfall.* Sein eigener Name erinnerte ihn an diese Zeiten. Hier im südlichen Königreich machte er präzise Aufzeichnungen über die Sternbilder und verfasste regelmäßig Briefe an seinen Vater, in denen er die Unterschiede der örtlichen Konstellationen zu jenen in Osterra darlegte. Doch nun würde er einen ganz anders lautenden Brief schreiben müssen. Einen Warnbrief. Konag Conndur musste über die Rückkehr der Wreth in Kenntnis gesetzt werden.

»Ziehst du es etwa vor, die Nacht hier draußen allein statt an einem freundlicheren Ort in meiner Gesellschaft zu verbringen?« Penda trat in die Dunkelheit hinaus und gesellte sich zu ihm, während Xar auf ihrer Schulter hockte. Nun, da die Wreth abgereist waren, schien der Ska wieder ruhiger zu sein. Penda trug ein lockeres weißes Gewand, ein bequemes Nachthemd, das aufgrund seiner Schlichtheit nur umso betörender wirkte. »Komm in unsere Gemächer, Sternenfall.«

»Selbst die Sterne können einem solchen Angebot nichts entgegensetzen.« Er küsste sie auf die Wange und nahm seine Lippen nicht gleich wieder weg. Er roch den Duft von Lavendel und Salbei aus der Seife, die sie benutzte. »Glaubst du, unser Kind wäre empört, wenn wir uns lieben?«

Penda ergriff seinen Arm. »Das Kind sollte sich daran gewöhnen. Bisher hat uns das nicht abgehalten.«

Der Ska streckte die Schwingen aus, um das Gleichgewicht auf ihrer Schulter halten zu können, und sah Adan anklagend an. Der König lachte. »O Xar, ich muss dir sehr dankbar sein. Wärest du nicht gewesen, hätten Penda und ich nie zueinander gefunden.«

Der Reptilienvogel schnaubte verächtlich und machte sich daran, die langen grünen Federn zu putzen.

»Er war es nicht allein«, sagte Penda mit einem Lächeln und kraulte den Ska unter den Facettenaugen. »Aber er hat seine Rolle dabei gespielt.«

Kurz nachdem er unter allgemeinem Beifall den Thron von Suderra bestiegen hatte, hatte sich Adan der Menge gezeigt und eine Rede vor ihr gehalten. Er hatte die Bewohner von Suderra, die sich zur Feier versammelt hatten, beruhigt und sich ihnen an einem besonders sonnigen, hellen Tag gezeigt. Der junge König hatte einen Umhang mit hohem Kragen getragen, dazu eine Brokatweste und einen goldenen Anhänger, der ihm an einer dünnen Kette um den Hals hing. Während er die Menschen von seinem erhöhten Podest aus angesprochen hatte, hatte er die Arme unter ihrem Applaus und Jubel ausgebreitet, und das Sonnenlicht hatte sich in dem Anhänger gespiegelt. Adan hatte das Kinn gehoben, glücklich gelächelt und darauf gewartet, dass sich die Menge beruhigte.

Da war ein wilder Ska mit grünen Schuppen herbeigeflogen und hatte ihn gestört. Als der König überrascht zurückgetaumelt war, hatte Xar den hellen Gegenstand an seinem Hals gepackt und war mit seiner Beute davongeflogen, wobei er im Triumph gurgelnde und klickende Geräusche gemacht hatte. Adan hatte in den Himmel gestarrt und den Wagemut des Reptilienvogels nicht glauben können. Die Menge hatte vor Entsetzen aufgekeucht, und Rufe erhoben sich, als der Ska davonflog. Einige bekundeten, dies sei ein schlechtes Omen.

Aber Adan hatte laut gelacht; es war ein ehrliches Geräusch gewesen, das sofort die allgemeine Spannung aufgelöst hatte. »Ich mag der neue Herrscher Suderras sein«, hatte er gesagt und dabei in den Himmel gezeigt, »aber es scheint, dass die Skas die Rolle der Rebellen übernehmen werden.«

Die Menge hatte ebenfalls gelacht - Kichern wurde zum lauten Gebrüll der Erleichterung. Er hatte die Feierlichkeiten des Tages fortgesetzt, ohne den Zwischenfall noch einmal zu erwähnen.

König Adan hatte geglaubt, den Anhänger für immer verloren zu haben, aber am nächsten Tag war eine junge Tochter aus den Utauk-Stämmen am Burgtor vorstellig geworden und hatte ihn zu sprechen begehrt. Auf einem Polster an ihrer Schulter hockte ein Ska, dessen Flügel mit einem Riemen zusammengebunden waren. Der Reptilienvogel wand sich und war eindeutig äußerst wütend.

Aber Adan sah nichts anderes als die junge Frau. Sie hatte lange, dunkelbraune Haare, die ihr über die Schultern fielen, und dunkle Augen, die ihn an den Nachthimmel erinnerten. Die vollen Lippen hatte sie zu einer Linie der Ernsthaftigkeit zusammengekniffen. Sofort fragte sich Adan, wie sie wohl mit einem aufrichtigen Lächeln aussehen würden. Als die junge Utauk-Frau vor ihm stand und sich seinen neugierigen Blicken aussetzte, streckte sie ihre übereinander gelegten Hände aus, öffnete sie und enthüllte den goldenen Anhänger, den er am vergangenen Tag verloren hatte.

»Mein Ska hat ihn Euch abgenommen, Sire. Er ist gierig und schwer zu beherrschen.« Adan warf einen Blick auf den geschuppten Vogel, während die junge Frau reumütig die dunklen Augen abwendete.

»Ich habe gehört, dass das bei Skas oft vorkommt«, sagte Adan. »Wie heißt du?«

»Ich bin Penda Orr«, sagte sie mit leiser Stimme, die ihren Stolz jedoch nicht zu verbergen vermochte. »Ich bin die Tochter von Hale Orr aus den Utauk-Stämmen. Wir stehlen nicht.« Sie warf ihrem Ska einen bösen Blick zu. »Xar muss das noch lernen.«

Fasziniert stand der König von seinem Thron auf, schritt die Marmorstufen hinunter und nahm den Anhänger aus ihren offenen Händen entgegen. Er hielt ihn hoch, ließ ihn an seiner Goldkette schwingen, und sofort richtete der Ska seine Facettenaugen darauf. »Ich danke dir dafür, dass du ihn mir zurückgebracht hast, Penda Orr. Das hatte ich nicht erwartet. Du kannst dankbar sein, dass wir unter meiner Herrschaft Diebe nicht mehr hinrichten.« Er steckte den Anhänger ein, und da kam ihm eine Idee. Er wollte mehr über diese junge Frau wissen und sagte mit ernster Stimme: »Aber sie müssen bestraft werden. Bist du nicht auch dieser Meinung?«

»Ihr seid der König, und es ist Euer Vorrecht, Sire.« Dann schwieg Penda und versteifte sich, während Adan hin und her ging. Xar schüttelte die Federn. Schließlich fügte sie hinzu: »Ich habe eine Herzensverbindung zu meinem Ska, daher fühle ich mich ebenfalls schuldig. Welche Art von Bestrafung schlagt Ihr vor?«

Er lächelte. Sie schien in Verhandlungen eintreten zu wollen, was bei den Utauk-Stämmen nicht ungewöhnlich war.

Adan fuhr sich mit dem Finger über die Lippen und sagte: »Der Anhänger wurde zurückgegeben, also glaube ich, dass in diesem Fall eine Einkerkerung ausreicht. Für eine Woche.«

»Eine Einkerkerung, Sire?«, fragte Penda. Der Ska gab summende und klickende Geräusche von sich.

Adan fiel ein, dass sein Vorgänger, König Syrus, Falken für die Jagd gehalten hatte, und so befahl er, einen Käfig aus den Lagerräumen der Burg herbeizubringen. »Wir werden deinen Ska hier in meinem Thronsaal behalten, wo er als Dieb ausgestellt wird. Vielleicht werden die anderen Skas daraus lernen, dass man mich nicht verärgern sollte.« Hoffentlich verstand Penda, dass dies nur eine Neckerei war.

Sie lächelte ihn unsicher an und wusste nicht recht, was er meinte. »Ich bin sicher, dass Xar seine Lektion lernen wird.« Mit den Fingern beschrieb sie einen Kreis über ihrem Herzen.

Obwohl Xar brummte und sich wand, zwang Penda ihn in den Käfig und schloss die Tür. Dann schwenkte sie den Finger vor ihrem Haustier. »*Cra*, es geschieht dir recht für das, was du getan hast. Du hast unseren neuen König bestohlen!«

Adan fand Penda Orr bezaubernd, und so fuhr er mit gespielter Ernsthaftigkeit fort: »Aber das ist noch nicht alles. Leider habe ich keine Erfahrung mit der Pflege eines Skas, und deshalb muss ich darauf beharren, dass du dich um den Gefangenen kümmerst, bis seine Haftstrafe abgelaufen ist. Bleibe hier bei uns in der Burg.«

Sein Plan ging vollkommen auf, und die wunderschöne junge Frau leistete ihm während der Woche der Gefangennahme Gesellschaft. Da sie sich irgendwie die Zeit vertreiben musste, nahm Penda ihre Mahlzeiten zusammen mit Adan ein, und sie unterhielten sich miteinander. Sie brachte ihm die Glücksspiele der Utauk bei, die sie regelmäßig gewann, während er ihr osterranische Spiele zeigte, die er als Prinz in Convera gelernt hatte. Ihre Gesellschaft war ihm ausgesprochen angenehm und wurde schnell zum schönsten Teil des Tages.

Da Penda so viele Tage bei ihm bleiben musste, verpasste sie den Aufbruch der Karawane ihres Vaters. Der große Konvoi aus Familien und Waren machte sich ohne sie auf den Weg ins Gebirge, und so ergab sich Penda in ihr Schicksal, in Bannriya bleiben zu müssen, bis die Stämme zur Hauptstadt zurückkehrten.

Doch da Adan der König war, fand er Abhilfe für ihre missliche Lage. Als Xars Gefängnisstrafe vorüber war, stellte er ein Expeditionskorps zusammen. Mit Penda und ihrem Ska ritten sie schnell aus und holten die langsamere Karawane schließlich ein. Sehr zu Hale Orrs Freude lieferte Adan die stolze junge Frau bei ihrem Vater ab.

Erst später erfuhr Adan, das Penda ihren Ska dazu abgerichtet hatte, den Anhänger zu stehlen, damit sie eine Gelegenheit erhielt, den König zu treffen. Was für ein tückischer Plan! Aber wie könnte er es ihr verübeln angesichts der Tatsache, dass ihre Romanze so wundervoll gediehen war? Er hätte es nicht besser planen können, selbst wenn er es versucht hätte.

Und nun befanden sich die beiden in ihren Gemächern, die Kerzen brannten sanft und verströmten den süßen Duft von Bienenwachs, und sie waren in einem langsamen Tanz des gegenseitigen Entkleidens gefangen und achteten auf jede Berührung von Stoff, von seidigem Haar, von warmer Haut. Sie küssten sich heftig, tauschten ihren warmen Atem aus und beeilten sich nicht.

Xar döste auf einer Stange an der Wand vor sich hin und genoss ihre Gefühle der Zufriedenheit nach den beiden vorangegangenen angespannten Tagen.

Adan berührte Pendas Schulter, küsste ihr Ohr, strich ihr über die Haare, und mit seinen Fingerspitzen nahm er jede wispernde Empfindung in sich auf. Er zog ihr das weiche weiße Nachtgewand aus, und sie half ihm dabei, sich seines lockeren Hemdes zu entledigen. Kein Wort wurde dabei gesprochen. Gemeinsam legten sie sich auf das Bett. Penda schnurrte, als er sie über dem

Herzen küsste und dann ehrerbietig die schwache Schwellung ihres goldenen Bauches betastete, durch die sich das Baby allmählich zeigte.

Er küsste sie abermals und liebkoste ihre Haut mit seiner Handfläche; er streichelte sie überall, während sie näher und näher zusammenrückten. Sie schlang sich um ihn, hielt ihn fest, und ihre Leidenschaft nahm noch zu, während er langsam und sanft in sie eindrang.

Sie umarmten sich und bewegten sich in einem vollkommenen Duett, bis sie erschöpft und erhitzt waren. Fast eine ganze Stunde hatte Adan die Wreth und den Krieg vergessen können, der vielleicht die Vernichtung der Welt bedeutete.

Danach hielt Penda ihn fest und flüsterte ihm ins Ohr: »Sternenfall, du bist wahrhaft ein guter Herrscher, ein ebenso guter Gemahl und ein wundervoller Liebhaber.« Allmählich fiel er in den Schlaf und hörte kaum mehr ihre letzten traurigen, dahingeflüsterten Worte: »Aber es gibt so vieles, was du nicht weißt.«

11

Am nächsten Morgen bereitete sich Kollanan darauf vor, nach Norden zu reiten und seine Tochter sowie seine Enkel zu besuchen. Er zog die Satteldecke auf seinem dunklen Kriegspferd fest, einen stämmigen Wallach namens Heißsporn, und arretierte auch die Steigbügel.

Ein Utauk-Händler erschien im Hof; die Satteltaschen seines Ponys waren zum Bersten mit Ware gefüllt. Koll erkannte den kahlköpfigen Händler. »Darga, es wurde Zeit, dass du endlich zurück nach Fellstaff kommst! Tafira behauptet, unsere Speisekammern seien fast leer.«

Dargas gerundete Wangen waren von der Morgenkälte gerötet. Er band die Zügel seines Ponys um einen Pfosten neben dem ruhelosen Kriegspferd. »Ich habe eine große Ladung Gewürze dabei, Sire! Teuer und selten. Ich hoffe, die Lady wird mir einen guten Preis dafür bezahlen.«

»Täte sie es nicht, würdest du gewiss nicht immer wieder zu uns zurückkommen.«

Der Utauk lachte. »*Cra*, das ist wahr!«

Königin Tafira trat aus der Festung; sie trug eine bestickte Tagesrobe, die mit geflecktem Pelz besetzt war. »Hast du Kümmelsamen mitgebracht? Und Feuercurry-Blätter? Und schwarze Senfkörner?«

»Ein wenig von allem, Mylady.« Der Utauk öffnete einige Beutel und zeigte ihr Pulver und getrocknete Wurzeln. Selbst aus der Entfernung von einigen Fuß nahm Koll die vermischten Düfte wahr; einige waren durchdringend, andere bitter, wieder andere süß. Nun hielt der Händler ein kleines Paket in seinen stummeligen Fingern. »Roter und gelber Pfeffer, genug, um Eure Augen zum Weinen zu bringen. Das reinigt die Tränenkanäle, damit Ihr nie wieder heulen müsst.« Er wühlte weiter in seinen Waren herum. »Mazis, Nelken und Muskat für Eure Kuchen, und sogar ein paar blaue Mohnsamen.«

Tafira nahm noch einige andere Beutel in Augenschein, holte ein kleines Päckchen hervor, öffnete es und roch daran. »Safran? Echter Safran?«

»Allerdings, und dazu noch Zimtrinde, gerollt und getrocknet. Alles unter großen Mühen und sehr teuer erworben.«

Sie schenkte ihm einen wissenden Blick. »Das meiste davon kommt aus Ischara. Hast du mit den Gewürzbauern aus den Urwäldern des Janhari-Bezirks Handel getrieben? Hast du sie auf einem Markt in Serepol gekauft?« Sie senkte die Stimme und fuhr in warnendem Tonfall fort: »Oder ist das alles auf ischaranischen Schiffen während der Überfälle durch die Marine des Staatenbundes konfisziert worden?«

Darga malte einen Kreis über seinem Herzen. »Die Utauk-Händler sind neutral, und wir gehen überall dorthin, wohin wir gehen wollen. Ich kann nicht den Ursprung eines jeden Päckchens benennen, Mylady.«

Tafira runzelte die Stirn. »Ich möchte wissen, ob sie einen Nachgeschmack von Blut haben und durch Piraterie erworben wurden.«

Dargas Miene wurde hart. »Meint Ihr damit das Blut von Männern aus dem Staatenbund? Oder Blut aus Ischara? Auf beiden Seiten ist genug davon vergossen worden. Die Utauk sehen alles.«

Das stellte Tafira nicht infrage. Sie wandte den Blick ab, während sie die Beutel beiseitestellte, die sie kaufen wollte. »In beiden Fällen verdirbt es den Geschmack.«

Der Brava Lasis verließ die Festung, schenkte dem feilschenden Händler keine Beachtung und begab sich unverzüglich zu seinem König. Er trug seine übliche Lederkleidung sowie einen Reisemantel, und der goldene Rammer-Reif sowie ein Kampfmesser hingen an seinem Gürtel. »Ich bin bereit, mit Euch zu reiten, Sire. Wir beide werden genauso schnell sein wie ein Mann allein.«

Koll klopfte gegen das Schwert an seiner Seite. »Die Straße nach Norden ist breit und gar nicht einsam, auch wenn wir seit einiger Zeit nichts mehr aus Bakalsee gehört haben. Bleibe bei Tafira und hilf ihr bei den Schlachten des Haushaltes.«

Der Brava schien nicht überzeugt zu sein, aber er verneigte sich vor seinem Herrn. »Wie Ihr wollt, Sire. Ich weiß, dass Ihr die Reise schon oft gemacht habt, und ich habe viele Jahre damit verbracht, die Gesetzlosen von dort zu verscheuchen. Die Straßen sind sicher.« Er zeigte ein ganz schwaches Lächeln. »Ihr seid vollkommen in der Lage, selbst auf Euch aufzupassen.«

Koll beugte sich zu ihm vor und sagte: »Du dienst mir gut, Lasis, aber manchmal muss ein Mann auch allein sein. Ich möchte meinen eigenen Gedanken nachhängen.«

Der Utauk-Händler verabschiedete sich mit einem Lächeln, und Tafira hatte nun genügend Gewürzvorräte für einige Monate. Koll sagte seiner Frau Lebewohl, schlang die muskulösen Arme um ihre Hüfte und drückte sie eng an sich. Sie tadelte ihn: »Ich bin kein dummes romantisches Mädchen mehr!«

»So sehe ich dich aber immer noch, meine Geliebte.« Er küsste sie, dann schwang er sich auf das schwarze Schlachtross und preschte vom Burghof. »Verändere dich bloß nicht!«

Heißsporn galoppierte dahin, als sei er stolz, auf eine große Reise zu gehen. Koll ließ die Burg hinter sich und ritt durch Fellstaff. Die mächtigen Verteidigungsmauern, von denen die Stadt umschlossen war, bestanden aus Feldsteinen und fein gemeißelten Blocks, die aus den Wreth-Ruinen geholt worden waren. Er winkte den Wächtern zu, als er durch das Nordtor ritt und die Hauptstraße in Richtung der fernen Berge nahm. Die Wälder zeigten noch immer das üppige Gold und Rot der Espen und Ahorne, doch schon in wenigen Wochen würden die Blätter fallen und die Bäume kahl werden.

Kollanan genoss die Schönheit um ihn herum und dachte nicht mehr an den alten Krieg mit Ischara, sondern an sein Land und sein Volk. Er dachte auch an seine Tochter Jhaqi, die inzwischen von einem draufgängerischen Wildfang zu einer feinen jungen

Frau herangewachsen war und den Ortsvorsteher von Bakalsee geheiratet hatte, einen ruhigen und fürsorglichen Mann namens Gannon, der allerdings etwas zu stolz auf seinen prächtigen Schnurrbart war. Ihre beiden Söhne Tomko und Birk waren reizende und schwungvolle Enkel; oft luden sie andere Kinder aus dem Ort zum Spielen nach Hause ein und sorgten dabei für mehr Verwirrung, als ihre Mutter bewältigen konnte.

Koll hatte geschnitzte Holztiere als Geschenke für die Kinder im Gepäck: einen Fuchs, eine gefleckte Katze, einen Bären und eine Forelle. Es gefiel ihm, neue Tiere zu schnitzen, während die Kinder ihm mit verzückter Miene zusahen. Er erinnerte sich daran, wie er sich einmal ein Stück weiches Kiefernholz gegen das Ohr gehalten und gesagt hatte: »Hört mal, da ist ein Tier drin! Ich glaube, es ist ein Schwein. Ich sollte es herauslassen.« Dann hatte er das Holz mit seinem Jagdmesser beschnitzt, Späne aus blassem Holz auf den Boden geschnippt, während er die Ecken und die Rundungen glättete - und am Ende war ein kleines Schwein entstanden. Es hatte Tomko so sehr gefallen, dass Koll gezwungen gewesen war, ein zweites zu schnitzen, damit sich Birk nicht übergangen fühlte.

Bakalsee war ein hübsches Dorf an den Ufern eines Bergsees, der von zerklüfteten Gipfeln eingerahmt war. Das Wasser war tief und blau und von Felsen umringt; es gab nur wenig Sandstrand. Wenn der Herbst einsetzte, holten die Fischer große Fänge ein, die für die Wintermonate geräuchert oder gepökelt wurden. Jäger brachten Hirsche aus dem Wald mit, und Holzfäller schlugen Scheite für jede Hütte sowie eine zusätzliche Ration für das Haus des Dorfvorstehers. Es war jedes Jahr dasselbe, beruhigend folgte der Ablauf der Überlieferung. Die Utauk hatten ein Sprichwort: *Der Anfang ist das Ende ist der Anfang*.

Koll vermutete, dass Jhaqi und ihre Familie wegen des Wechsels der Jahreszeit so viel zu tun hatten, dass sie keine Besuche machen konnten, aber ihr Schweigen machte ihm trotzdem Sorgen. Gewiss waren doch andere Reisende oder Händler von Bakalsee nach Fellstaff gekommen! Fellstaff war eine recht große

Stadt, und vielleicht waren sie ihm entgangen. Er war so sehr damit beschäftigt gewesen, das Dach der Festung zu reparieren und neue Regale für Tafiras Treibhaus zu bauen.

Zwei Tage später näherte er sich den Bergen, die Bakalsee umgaben. Der Himmel wurde eisengrau, und die Temperatur fiel. Weißer Atemdunst kräuselte sich aus Kolls Nase, und er zog seinen pelzverbrämten Mantel enger um die Schultern und kauerte sich über das Pferd, damit er ein wenig von dessen Wärme abbekam. Koll hörte, wie sich die Kiefern im Wind aneinander rieben, während ihre Nadeln Geheimnisse wisperten.

Als er auf der höchsten Stelle einer Erhebung ankam, von der aus er auf den See und das Dorf am gegenüberliegenden Ufer blicken konnte, gewahrte Kollanan eine vollkommene Katastrophe.

Weiße Flocken tanzten im Wind; es war Schnee, der vom Ufer aufgewirbelt wurde, während weitere Schneeschleier von den zerklüfteten Bergen dahinter hereinwehten. Trotz des erstaunlich warmen Herbstes war der See vollständig zugefroren; seine Oberfläche bestand aus festem grauem Eis. Das Dorf war in Weiß gehüllt und wirkte, als sei es von einem arktischen Steinmetz in Gips gestaltet worden. Er sah keine Fischerboote, bemerkte keinerlei Bewegung im ganzen Ort. Erstarrte Rinnsale aus Schnee und Eis verstopften die Straßen.

Seine Schlachtfeldinstinkte wurden wach, also gab er seinem Pferd die Sporen und trieb es vorwärts. Je näher er an das Dorf herankam, desto kälter wurde es.

Koll ritt immer schneller. Er atmete schwer, und seine Lunge brannte vor Kälte. Das große Schlachtross preschte durch den treibenden Schnee; die Hufe klapperten auf dem seltsamen Eis, das die Straße bedeckte. Er gelangte zu der ersten, mit Schnee überzogenen Hütte am Rande der Ortschaft. In der geöffneten Tür lag der gefrorene Leichnam einer Frau in einer Schürze, die mit Eis bedeckt war. Neben einem niedergebeugten, vom Eis umschlossenen Apfelbaum im Hof sah er die vom Schnee umschmiegten Umrisse zweier lebloser Kinder und ihres Hundes.

Mit großen Augen ritt Koll weiter. Er berührte das Schwert an seiner Seite; nie hätte er geglaubt, es auf dieser schlichten Reise benutzen zu müssen. Er wollte den Namen seiner Tochter rufen, aber sein Instinkt riet ihm zu schweigen. Er ritt in das stille Dorf ein, sah weitere Tote auf den Straßen, die offenbar bei ihren alltäglichen Verrichtungen überrascht worden waren. Viele waren mit Schnee überzogen, andere so steif gefroren, dass sie wie Statuen wirkten.

Speerartige Eiszapfen hingen von Regenrinnen und Fensterbänken herab. Der Glockenturm des Ortes war in Frost gehüllt. Windböen jammerten durch offene Fenster. Diese Leute waren an einem Tag überrascht worden, der eigentlich ein warmer Herbsttag hätte sein sollen. Kolls Herz fühlte sich so erfroren an wie der ganze Ort. Das unruhige Pferd trabte auf den Dorfplatz zu, und Kolls Grauen nahm weiter zu.

Die Tür im Haus des Dorfvorstehers stand weit offen. Gestalten lagen im Hof: zwei größere wie die einer Frau und eines Mannes, und zwei kleinere, allesamt gnädig mit einem Laken aus Schnee bedeckt, das nur wenig Haut und vereistes Haar zeigte. Koll konnte die versteinerten Gesichter nicht erkennen, aber er bemerkte eine kleine Hand, die aus einem Schneehaufen hervorragte - die bläulich-weißen Finger waren um ein hölzernes Spielzeug geschlossen: um ein allzu vertrautes kleines Schweinchen.

Ein Schrei wallte in ihm auf. Sein Blickfeld verschwamm - nicht nur wegen des Schnees.

Heißsporn schnaubte vor Angst. Koll zog an den Zügeln und wirbelte das Kriegspferd herum. Nun sah er die großen Gestalten, die ihn beobachteten, während sie neben dem Glockenturm hervortraten. Die Fremden hatten lange Haare von der Farbe schmutzigen Schnees und mandelförmige wasserblaue Augen. Ihre grauen und blauen Rüstungen waren mit silbernen Schuppen geschmückt. Sie trugen Speere, Messer und Schwerter, deren Klingen aus Obsidian und Eis bestanden, während die langen Griffe zu engen Spiralen ausgezogen waren.

Mit der einen behandschuhten Hand packte Koll die Zügel fester, während er mit der freien Hand seinen perlgesäumten Mantel zurückschlug und den Griff seines Schwertes berührte. Das Kriegspferd schnaubte und blieb stehen.

Koll rief trotzig: »Was für eine Art von Dämonen seid ihr bloß?« Angesichts der Vernichtung des ganzen Dorfes hegte er keinen Zweifel daran, dass es für ihn zu einem Kampf um Leben und Tod kommen würde.

Der Anführer der Krieger, ein Mann mit fließendem elfenbeinfarbenem Haar, verzog die blassgrauen Lippen zu einem Lächeln und zeigte dabei scharfe, regelmäßige Zähne. »Also, wir sind die Wreth. Wir sind eure Erschaffer, eure Herren.«

»Ich habe keinen Herrn. Ich bin der König von Norterra.«

Der Wreth-Krieger schien das lustig zu finden. »Oh, ihr habt jetzt Könige?«

Die Fremden kamen näher heran. Jeder einzelne von ihnen war größer als Koll. Ihre Arme waren entblößt und zeigten bleiche Haut, aber die Kälte schien ihnen nichts auszumachen. Die Metallplatten auf ihren Rüstungen glitzerten vor Frost. In der Nähe standen monströse Reittiere; es waren zottelige Kreaturen, die wie Pferde mit langem, weißem Fell wirkten, aber ihre Augen brannten, und statt der Hufe hatten sie breite Pfoten.

Schnaubend machte Heißsporn einige Schritte nach hinten. Der Anführer der Wreth schlenderte auf Koll zu. »Ich bin Rokk, der Oberkrieger von Königin Onn. Wir sind zurückgekehrt, weil wir das beanspruchen, was uns gehört, und da haben wir dieses überraschend idyllische Dorf gefunden.«

Rokk betrachtete die gefrorenen Leichen – die schneeverkrusteten Gestalten von Jhaqi und ihrem Gemahl und dann auch jene, bei denen es sich um Kolls geliebte Enkel handeln musste. »Vielleicht hätten wir mehr Menschen als Arbeiter leben lassen sollen. Das war wohl eine Fehleinschätzung, denn wir werden sie in der kommenden Zeit brauchen. Ah, es ist so lange her, dass die Wreth menschliche Sklaven hatten, und deshalb haben wir vergessen, was wir mit ihnen tun müssen. Und weil die Magie des Landes so schwach ist, können wir auch keine neuen erschaffen.

Unsere Versuche waren ...« - er schnaubte verächtlich - »... unbefriedigend.«

Koll riss sich die Worte aus der Kehle. »Ihr habt sie umgebracht! Meine Tochter, meine Enkelsöhne - jeden in Bakalsee.«

»Sie waren uns im Weg.« Rokk zuckte die Achseln. »Das ganze Dorf war uns im Weg, denn wir haben Besseres mit diesem Ort vor. Noch mehr Wreth werden mit Baumaterialien und Waffen aus dem Norden kommen.« Er spießte Koll mit dem Blick seiner eisblauen Augen auf. »Wir müssen Festungsanlagen errichten und uns auf die kommende Auseinandersetzung vorbereiten - den letzten Krieg gegen die Sandwreth.«

Das Kriegspferd scheute und schlitterte rückwärts. Die Wreth-Krieger schienen dies lustig zu finden, aber Koll erkannte die Gelegenheit und nahm sie wahr. Er gab dem Pferd die Sporen und schrie auf. Heißsporn galoppierte auf einer Seitenstraße davon und brach durch die hohen Schneewehen.

Koll wusste, dass er keine andere Wahl hatte, als zu entkommen und zurück nach Fellstaff zu eilen, denn er musste im ganzen Königreich Alarm schlagen und seine Armeen zusammenrufen. Entsetzt galoppierte das Schlachtross dahin, und Koll hielt sich mit der einen Hand an ihm fest, während er mit der anderen den Griff seines Schwertes packte. Sein Mantel peitschte wild hinter ihm her.

Jeden Augenblick erwartete er, dass die Frostwreth eine Mauer der Kälte erschufen, die ihn umgeben und so steinhart einfrieren würde wie den Rest des Dorfes. Aber er entkam. Anscheinend empfanden ihn Rokk und seine Wreth-Gefährten nicht als Bedrohung, und ihnen war gleichgültig, was er nun wusste.

Wie ein Wahnsinniger ritt Koll von Bakalsee und der erstickenden Umklammerung des Eises fort. Er dachte nur noch an seine Tochter und deren Gemahl, an die beiden Jungen, an das vernichtete Dorf. *Der letzte Krieg ...*

Während er über die gefrorene Straße ritt, nahm die unheimliche Kälte in der Luft zu und machte die Tränen auf Kolls Gesicht zu eisigen Spuren.

12

Als der Donner wieder krachte, kreischte Prinz Mandan auf.

Mit den Reflexen eines Bravas stürzte sich Utho den Korridor hinunter, war so schnell wie ein Pfeil, der von einem Langbogen abgeschossen worden war. Er ergriff seinen Rammer und war bereit, sich den Reif um das Handgelenk zu legen und die magische Flamme zu entzünden. »Mein Prinz!« Während er lief, warf er einen Blick zurück auf Conndur. »Ich werde ihn beschützen, Sire.«

Conn folgte ihm, aber nicht so schnell, denn er hatte schon eine Vermutung, was hier geschah. »Du kannst ihn nicht vor einem lauten Knall und einem Blitz schützen.«

Draußen blitzte es schon wieder, und ein weiteres verängstigtes Jammern drang aus dem Zimmer des Prinzen. Zwei Nachtdiener eilten ebenfalls durch die Korridore; die Schreie hatten sie aufgeschreckt.

Conndur wusste, dass Utho überreagierte und damit der Schwäche seines Sohnes Vorschub leistete - und das auch noch vor den Augen der Dienerschaft. Mit raschen Schritten bewegte er sich den Gang entlang und zog sich den pelzverbrämten Mantel enger um die Schultern, sodass er auch wirklich wie der Konag wirkte, der er doch war. Das äußere Erscheinungsbild war wichtig, und Respekt musste sich verdient werden. Wie sollte das Volk des Staatenbundes einen Anführer verehren, der unter jedem Donnerschlag zusammenzuckte? Wie froh er war, dass Lord Cade und die anderen wichtigen Besucher den Prinzen nicht so gesehen hatten.

Mandan war ein empfindsamer junger Mann, der sich mit Malen und Lesen beschäftigte, Karten der drei Königreiche studierte und große Kenntnisse über Geschichte, über die legendären Wreth-Kriege und die Errichtung der menschlichen Zivilisation besaß. Conn liebte seinen Sohn und Erben, aber er wünschte, der junge Mann wäre stärker. Adan hätte sich niemals vor einem Blitz versteckt.

Utho erreichte die Tür als Erster, warf sie auf und stürmte ins Zimmer. Conn folgte ihm einen Augenblick später, aber genau wie er erwartet hatte, gab es keinen Angreifer und keine Gefahr.

Ein schwaches Feuer im Kamin beleuchtete ein großes Bett mit vier Pfosten, die aus dunklem Holz geschnitzt waren, und die Matratze war mit Steppdecken überzogen. Karten der drei Königreiche hingen an der Wand, zusammen mit kleineren Landkarten einzelner Bezirke sowie einer detailgetreuen Karte von Convera beim Zusammenfluss der beiden Ströme, die alle Straßen der Unterstadt, die beiden Bezirke am Fluss und die Straßen zeigte, die den Hügel zur Burg hinaufführten.

Im Zimmer roch es nach Terpentin und Öl. Eine Staffelei war im Arbeitsbereich neben einem Tisch aufgestellt worden, auf dem etliche Gefäße mit Ölfarben standen, außerdem lagen dort eine Palette mit hellen Farbklecksen und zahlreiche Pinsel. Das Gemälde des Prinzen war fast vollendet; es handelte sich um das Portrait einer lieblichen jungen Frau - auch wenn das Bild nur wenig von ihrer Schönheit vermittelte. Mandan war von der letzten heiratsfähigen Tochter, die ihm zugeführt worden war, nicht sonderlich beeindruckt gewesen. Einen scharfen Kontrast dazu bildete das Gemälde, das seine Mutter Maire mit langen roten Haarlocken, ovalem Gesicht, vollen Lippen und einer Haut wie aus Alabaster darstellte und über dem Bett des Prinzen hing. Auf diesem Gemälde war sie weitaus hübscher, als sie es im Leben je gewesen war.

Mandan kauerte auf dem Boden neben dem Bett und hielt einige Laken fest, so wie ein Ertrinkender ein Rettungsseil ergreift, das ihm vom Boot aus zugeworfen wurde. Der Regen prasselte gegen die Fenster, und der Wind pfiff durch einen Schlitz im Rahmen.

Prinz Mandan von den Farben hatte ein schmales Gesicht, haselnussbraune Augen, sorgfältig geschnittenes braunes Haar und wirkte zerknittert vom Schlaf. Gegenwärtig zeigte sich in seiner Miene ein vollendetes Elend. Utho beugte sich über ihn und wirkte dabei beherrschend und mächtig. »Ihr seid in Sicherheit, mein Prinz. Ich bin hier. Ich werde Euch beschützen.«

Conndur zwang sich zu einem ausdruckslosen Gesicht, damit ihm die Enttäuschung nicht anzumerken war, und betrat das Zimmer. Das hier war die Arbeit eines Vaters, aber nun war es der Brava, der den Jungen hätschelte. Den *Jungen*? Conn seufzte, denn er sollte seinen Sohn besser nicht mehr so nennen. Er war fünfundzwanzig Jahre alt! Schon längst hätte Mandan heiraten, mehrere Kinder zeugen und seinen Erben aufziehen sollen - so, wie Conndur es gezwungenermaßen getan hatte. Pflicht war Pflicht. Er betrachtete das idealisierte Portrait Maires über dem Bett seines Sohns.

»Eine ischaranische Armee mit einem wilden Gottling wäre etwas, das man fürchten muss«, sagte er. »Ein wenig Blitz und Donner sind es nicht. Du bist in der Burg sicher, Sohn. Nichts kann dir hier etwas antun.«

Mandan blinzelte, als würde er seinen eigenen Vater nicht erkennen. »Irgendetwas kann immer passieren. Sogar meine Mutter war hier nicht sicher.« Er drückte das Gesicht gegen den breiten Brustpanzer des Bravas. Utho hielt ihn mit stahlhartem Arm, bot Stärke an, ermunterte damit aber nur zur Schwäche.

»Das war vor langer Zeit, mein Prinz«, sagte Utho ruhig. »Das hier ist nur ein Sturm.« Zum Zeichen seines Entgegenkommens fügte er noch hinzu: »Ich werde bei Euch bleiben.« Er senkte die Stimme, als spreche er mit sich selbst. »Ich war nicht zur Stelle, als meine eigene Familie mich gebraucht hat, aber ich kann jetzt an Eurer Seite sein.« Utho schaute zum Konag hoch und schenkte ihm einen seltsam durchdringenden Blick. »Der Angriff auf Mirrabay hat all diese Wunden wieder aufgerissen, Sire.«

Conn spürte einen Stich im Herzen; er bedauerte weniger seinen Sohn als seinen treuen Brava. Er sagte, als wäre Mandan nicht im Raum: »Du hast mein Mitgefühl, alter Freund, aber du darfst den Prinzen nicht verweichlichen lassen. Der zukünftige Konag muss stark sein. Er sollte sich seinen Ängsten stellen. Wir müssen ihn stark machen.«

Utho sah den Konag mit seinen mandelförmigen Augen an, bewegte sich aber nicht von der Seite des Prinzen. »Ich werde meine ganze Aufmerksamkeit darauf richten und seine Ausbildung überdenken, Sire, aber nicht heute Nacht. Nächte wie diese erinnern ihn daran, wie er seine Mutter verloren hat.«

Der junge Mandan war derjenige gewesen, der Lady Maires kalten, leblosen Körper gefunden hatte, nachdem sie Selbstmord begangen hatte.

Conn verschränkte die Hände hinter dem Rücken und verbarg damit seine zuckenden Finger, während er das Gemälde über dem Bett des Prinzen betrachtete. »Maire ist schon vor langer Zeit von uns gegangen. Ihr Name ist im Erinnerungsschrein verzeichnet, und wir werden ihr Vermächtnis niemals vergessen. Das ist alles, was wir tun können.«

»Ich vermisse sie«, bemerkte Mandan mit leiser Stimme.

»Das tun wir alle.« In Conns Fall war dies zumindest teilweise eine Lüge. Nachdem sein älterer Bruder an einem Fieber gestorben war und Konag Cronin die Truppen des Staatenbundes aus dem Krieg gegen Ischara abgezogen hatte, war der junge Conndur zum neuen Thronerben geworden.

Nach dem unerwarteten Tod seines ältesten Sohnes hatte Konag Cronin Conn ermuntert, so schnell wie möglich zu heiraten und eine Familie zu gründen. Nach der Begutachtung der Kandidatinnen und etlichen Ermahnungen von Ratgebern, die weder Liebe noch Verträglichkeit zwischen den beiden Parteien in ihre Rechnung einbezogen hatten, hatte Conn eine große, milchhäutige Frau namens Maire auserwählt. Sie hatte welliges rotes Haar und die Augen eines Rehs. Er hatte sie durchaus gemocht.

»Vergeude keine Zeit«, hatte ihm sein Vater in einem Gespräch unter vier Augen von Mann zu Mann gesagt. Seit Conn aus dem ischaranischen Krieg zurückgekehrt war, hatte er die tiefe Trauer im Blick des alten Konags gesehen, die den Eindruck machte, als könnte er noch immer nicht glauben, dass er seinen großartigen Erben an etwas so Dummes und Launenhaftes wie eine Krankheit verloren hatte. »Das Leben ist kurz.«

Sobald sie verheiratet waren, hatten sich Conndur und Maire an die Arbeit gemacht, Erben zu zeugen, und aus der körperlichen Liebe wurde schon bald eine Pflicht. Nach einem Jahr hatte Maire Mandan geboren, und der alte Konag Cronin hatte seinem Sohn vor Erleichterung auf die Schulter geklopft.

Zwei Jahre später wurde Adan geboren, und im folgenden Jahr kam unter einem Schwall von Blut, Krämpfen und Schmerz eine totgeborene Tochter auf die Welt. Der schnelle Verlust dieser Tochter *brach* dann Maire. Fast einen ganzen Tag beharrte sie darauf, das tote Baby in den Armen zu halten, bevor die Hebammen ihr den in Stoffe gewickelten Leichnam abnahmen, um ihn zu begraben.

Danach mied Maire Conndurs Bett und umsorgte ihren Erstgeborenen auf übertriebene Weise. Sie verbrachte ihre Tage nur noch mit dem jungen Prinzen, sang ihm vor und lehrte ihn Poesie. Aber Mandans wahre Begabung lag im Zeichnen und Malen. Conndur hatte sein Bestes versucht, einen guten Vater abzugeben. Er hatte den Prinzen zum Reiten und Jagen mitgenommen, hatte ihn Bogenschießen und die Grundlagen des Schwertkampfes gelehrt. Ein zukünftiger Konag hatte alles zu lernen, was ein Konag wissen musste.

Obwohl Maire noch jung genug gewesen war, weitere Kinder zur Welt zu bringen, teilte Conndur doch nie wieder das Bett mit ihr. Sie hatte ihn mit ihrer kalten Verbitterung vertrieben. Wie viel Zeit sie auch mit ihrem Lieblingssohn verbrachte, es war offensichtlich nie genug. Maire zog sich in die Schutzzone des blauen Mohns zurück und behauptete, die Medizin betäube den Schmerz in ihrem Herzen und verdränge die dunklen Erinnerungen in ihrem Kopf.

Eines Nachts hatte der verängstigte Mandan während eines wilden Gewitters den Schutz und Trost seiner Mutter gesucht. Als sie nicht auf sein Klopfen an der Tür reagierte, hatte er ihr Zimmer betreten. In den Blitzen, deren Licht durch die Fenster zuckte, sah er sie auf dem Bett liegen, mit offenen und glasigen Augen, aufgerissenem Mund und weißer Haut. Er umklammerte den Leichnam seiner Mutter, jammerte und schüttelte sie. Und dann küsste er sie.

Der Konag wusste genauso gut wie die meisten anderen am Hof, dass Maire eine tödliche Dosis Mohnmilch zu sich genommen hatte, aber die offiziellen Boten verbreiteten die Nachricht, die Königin sei an einer »Schlafkrankheit« gestorben. Conndur beharrte darauf, dass dies auch in ihr Vermächtnis geschrieben wurde, und sogar Mandan glaubte es schließlich. Aber seit jener Nacht war der Prinz nie wieder ganz richtig im Kopf gewesen.

Und jetzt, in einer weiteren stürmischen Nacht, sah der Konag zu, wie Utho den jungen Mann in den Armen hielt und ihn beruhigte. Er wusste, dass der Brava eine tiefe Verbindung zu Mandan besaß, aber nun hatte Conndur genug. »Komm, alter Freund, du musst noch deinen Bericht über den ischaranischen Angriff auf Mirrabay schreiben.«

Bei der Erinnerung an diesen blutigen Überfall zuckte ein Ausdruck der Wut über Uthos Gesicht. »Die Ereignisse werden sich durch eine kurze Verzögerung gewiss nicht ändern, Sire. Ich komme zu Euch in die Bibliothek, sobald ich mich vergewissert habe, dass der Prinz schläft.«

Utho blieb bei Mandan, und obwohl die Stärke des Bravas den Prinzen beruhigte, dauerte es lange, bis er nicht mehr schluchzte. »Ich werde Euch beschützen, das schwöre ich«, sagte Utho.

Der Prinz sah ihn mit geschwollenen roten Augen an. »Du hast nur geschworen, meinen Vater zu beschützen. Ich bin nicht der Konag.«

Utho strich ihm über das zerzauste Haar. »Die Bravas haben geschworen, dieses Land zu beschützen, wer immer sein Konag ist. Ihr werdet eines Tages Konag sein, und dann wird meine ganze Treue Euch gehören.«

13

Als das Kriegsschiff wieder in den Hafen von Serepol einfuhr, eilten die Anführer der Falkenwächter zu Empra Iluris und setzten sie darüber in Kenntnis, aber sie erkannte, dass es schon zu spät war. Hohepriester Klovus hatte seine Ur-Priester bereits vorbereitet. Sie sammelten eine Menschenmenge, die das Schiff und die Mannschaft mit großem Jubel begrüßte. In der Nähe des Hafentempels, der Heimat des kleineren Gottlings, der an dem Überfall teilgenommen hatte, wurde überraschend ein Fest gefeiert.

»Danke, Kaptani«, sagte sie. »Klovus wird behaupten, einen großen Sieg über den Staatenbund errungen zu haben. Uns bleibt nichts anderes übrig, als unsere Unterstützung vorzugaukeln.«

Kaptani Vos neigte den Kopf. »Es tut mir leid, Mutter.« Der Hauptmann ihrer Wache hatte eine dunkle Haut, und seine sauber rasierten Wangen waren eingeölt und glatt.

Doch sie hatte ihren eigenen Sieg – von einer etwas anderen Art. »Sind die Baumaterialien aus dem Magnifica-Tempel schon umverteilt worden?«

Vos nickte. »Die meisten, Mutter. Die große Masse wird an die beiden neuen Schulen und ein Straßenbauvorhaben gehen, und von dem Rest werden Dutzende Eigenheime profitieren.«

Sie lächelte ihn zufrieden an. »Dann haben auch wir etwas Gutes getan.«

Iluris hörte siegreiches Trommeln aus den überfüllten Gebäuden; es legte sich über die Schindeldächer und die gekalkten Häuser. Ischaras scharlachrote Banner wurden auf den Türmen gehisst; sie zeigten ein wachsames Auge in der Mitte einer symbolischen Sonne - eine Erinnerung daran, dass die Gottlinge über die neue Welt wachten. Klovus und die Soldaten, die den Angriff überlebt hatten, wurden als Helden gefeiert, auch wenn ihre Tat wieder in einen offenen Krieg münden konnte.

Iluris kniff die Lippen zusammen. »Hole mir unverzüglich den Hohepriester her.« Sie würde diese Schlacht nicht ganz und gar verlieren.

Iluris wartete in ihrem Thronsaal auf Klovus. Sie trug ein prächtiges Seidenkleid mit Goldstickerei und zarte Seidenpantoffeln, die mit Juwelencabochons besetzt waren. Die Falten ihres Kleides raschelten bei jeder Bewegung; der purpurne, orangefarbene und grüne Stoff war kunstvoll um sie herum drapiert. Überdies trug sie ein Juwelenhalsband und einen Kopfschmuck. Die Empra war großartig anzuschauen.

Eine Stunde später erschien der Hohepriester mit einem Gefolge gewandeter Ur-Priester. Er trug einen dunkelblauen, mit Purpur eingefassten Kaftan. Der Stoff war gesteppt, damit er noch beeindruckender wirkte. Der Kopf und die runden Wangen waren frisch rasiert, und die Haut schimmerte vor Öl und Parfum.

Sobald er durch die Tür in den Thronsaal trat, erhob sich Iluris von ihrem erhöhten Sitz, ging einige Schritte auf ihn zu und sah ihn an. In dem widerhallenden Saal standen Skulpturen der wichtigsten Gottlinge, die die dreizehn Bezirke beschützten. »Ihr habt Euch viel Zeit gelassen, Hohepriester. Ich hatte Euch doch gebeten, unverzüglich zu mir zu kommen.« Die Falkenwächter standen in ihren goldenen Uniformen zu beiden Seiten des Thronpodestes. Sie hatten die reich verzierten Helme aufgesetzt, und scharlachfarbene Umhänge hingen um ihre Schultern. »Wie ich sehe, habt Ihr die Gelegenheit gefunden, zu baden und Eure Kleidung zu wechseln - während ich auf Euch gewartet habe.«

Sein selbstgerechtes Grinsen verblasste. Er faltete die Finger über dem Bauch und senkte den Blick, um respektvoll zu erscheinen. »Ich wollte Euch nicht beleidigen, Euer Exzellenz. Ich habe nach dem Schiff und dem Blut aus der Schlacht gestunken. Es wäre unhöflich gewesen, in diesem Zustand vor Euch zu treten.«

»Mir sind Schweiß und Dreck nicht unbekannt, Hohepriester.« Sie ging zurück zu ihrem Thron. »Es wäre mir lieber, Ihr befolgtet meine Befehle, anstatt Euch um Eure Hygiene zu kümmern.«

Er verneigte sich noch tiefer, aber es war deutlich zu sehen, dass er vor Zufriedenheit schier platzte. »Meine aufrichtigste Entschuldigung, Euer Exzellenz. Ich war so vollkommen von unseren erregenden Neuigkeiten gefangen genommen. Wie Ihr sehen könnt, feiern die Leute schon!« Er machte eine ausladende Bewegung hinter sich, als wollte er nicht nur Serepol, sondern den ganzen Kontinent Ischara umfassen. »Gewiss versteht Ihr die Bedeutung dieses Tages. Wir haben eine Ortschaft an der gottlosen Küste angegriffen und Tod und Trauer zurückgelassen, während unsere eigenen Verluste geringfügig waren.« Er grinste wieder.

Ihr Kammerherr Nerev, ein großer, mürrischer und stiller Mann, stand vor einem Schreibtisch, auf dem sich ein Tintenfässchen und ein Stapel Papier befanden. Er war bereit, falls seine Dienste benötigt wurden.

»Und das Beste ist«, fuhr Klovus fort, »dass unser Gottling seine gewaltige Kraft unter Beweis gestellt hat. Dabei ist er nur ein kleinerer Gottling aus dem Hafentempel. Stellt Euch vor, was wir mit stärkeren Gottlingen aus den Haupttempeln erreichen könnten. Wir wären in der Lage, den Staatenbund ein für allemal auszulöschen.«

»Und warum sollte das meinem Volk nützen?« Die Empra hielt ihre Verärgerung im Zaum. »Die alte Welt ist müde und schwach, in Mitleidenschaft gezogen durch die Kriege des Altertums – und ihre Magie ist fast völlig verschwunden. Warum sollten wir dieses Land begehren? Warum ist es ischaranisches Blut wert, während wir hier noch so viel zu tun haben?«

Klovus wirkte verwirrt, als sei die Antwort offenkundig, auch wenn er sie nicht aussprechen konnte.

Iluris fuhr fort: »Wir haben unseren eigenen makellosen Kontinent, gefüllt mit Magie und ebenso gefüllt mit Rohstoffen. Unter meiner Herrschaft ist Ischara gut gediehen, und die Bewohner sind zufrieden. Die Gottlinge spiegeln die Stimmung der Menschen wider, und sie sind zumeist wohlwollend und ruhig. Warum wollt Ihr das ändern?«

Er machte ein verkniffenes Gesicht. »Zufriedene Gottlinge sind schwache Gottlinge. Wenn die Bevölkerung nachlässig wird, könnte sie auf den Gedanken kommen, dass ihr Opfer nicht mehr notwendig ist. Aber bei meinem Überfall hat der Hafen-Gottling deutlich unter Beweis gestellt, wie notwendig er und seinesgleichen sind.« Seine runden Wangen röteten sich.

»Euer gesamter Angriff ist unnötig gewesen! Ihr erschafft einen Konflikt, damit er sich immer weiter fortsetzt, und das können wir nicht brauchen.« Sie zeigte mit einem lackierten Fingernagel auf ihn. Die Falkenwächter und Kammerherr Nerev beobachteten das Geschehen im Thronraum in unbehaglichem Schweigen. »Klovus, ich habe diesen Angriff nicht autorisiert. Ihr habt nicht um Erlaubnis gebeten, *mein* Schiff zu nehmen und *meine* Soldaten in eine Schlacht zu führen.«

Einige der Ur-Priester waren besorgt, als sie diese offene Anklage hörten, während andere weiterhin eine Miene des Entzückens zeigten. Trotz des Tadels sagte der Hohepriester in einem so freundlichen Ton, als sei er vollkommen unschuldig: »Wie Ihr sehen könnt, hat sich alles zum Besten gewendet - wir haben einen einzigartigen und uneingeschränkten Sieg für Ischara errungen. Die Menschen werden in Eurem Namen feiern und ihre Opfer an die Gottlinge vervielfachen. So haben wir beide etwas davon. Wie könnte jemand anderer Meinung sein?«

Iluris nahm wieder auf dem großen, reich verzierten Thronsessel Platz und betrachtete Klovus schweigend. Sie gab ihm nicht die Erlaubnis, sich zurückzuziehen. Ihr harter Blick schwankte nicht.

Unruhig schaute er zum Thron hinauf, und endlich zeigte sich auf seinem Gesicht eine Andeutung von Sorge und Ängstlichkeit. »Euer Exzellenz, wir haben Euch stets verehrt, so wie wir auch Emprir Daka vor Euch und all die anderen in der langen Reihe der Herrscher verehrt haben. Jeder Hohepriester, jeder Ur-Priester, Priester und Akolyth ist Euch treu ergeben. Wir wünschen uns nichts anderes als das Wohl unseres Volkes und den Sieg über unsere Feinde. Mit diesem glorreichen Angriff hatte ich Euch endlich davon zu überzeugen gehofft, wie wichtig die Gottlinge für unsere Zukunft sind. Sie festigen den Glauben des Volkes, schützen uns vor den Stürmen und bewahren uns vor feindlichen Angriffen.« Seine Worte wurden drängender. »Aber unsere große Vision ist zu lange nicht mehr verfolgt worden. Vor einem halben Jahrhundert hat Euer Vater damit begonnen, den Magnifica-Tempel zu erbauen. Ischaras Hauptgottling ist stark, kann sein volles Potenzial aber nicht erreichen, solange der Tempel unvollendet bleibt. Serepol wird die Heimat des stärksten Gottlings sein, der sich je auf der Welt manifestiert hat.«

Iluris runzelte die Stirn und wartete, bis er Luft holen musste. Dann sagte sie: »Und welchem Zweck sollte ein so gewaltiger Gottling dienen? Unser Land blüht und gedeiht, und unser Volk ist stark. Welchen Bedrohungen sieht sich Ischara gegenüber, die den Einsatz einer so gigantischen Energie erfordern könnten?«

Klovus geriet ins Stottern. »Also ... nun ... da ist natürlich der gottlose Staatenbund! Gegen diesen Feind müssen wir stark sein. Deshalb müssen wir den Magnifica-Tempel weiterbauen, damit unser Gottling wachsen kann und zu dem mächtigen Beschützer wird, den Ischara braucht.«

Sie hob die Brauen. »Ach? Habt Ihr nicht gerade damit geprahlt, dass Ihr mit einem einzigen Kriegsschiff und einem geringeren Gottling eine ganze Ortschaft vernichtet habt? Ist das nicht der Grund, warum meine Stadt nun feiert?« In ihren goldgefleckten Augen blitzte es. Von draußen drang der Lärm der jubelnden Menge herein.

»Nun ja ... man kann sich nie sicher sein. Was ist, wenn der gottlose Konag und sein Volk in ihrem müden alten Land ein wenig Magie wiederentdeckten? Ihre Armeen sind in Ischara eingefallen, als Ihr kaum siebzehn Jahre alt wart, und so etwas darf nie wieder geschehen. Die einzige Möglichkeit, uns selbst zu verteidigen, besteht darin, unseren Gottling so stark zu machen, dass sich niemand mehr gegen uns behaupten kann.« Er trat an den Rand des Thronpodestes. »Der Magnifica-Tempel muss vollendet werden. Das Volk ist bereit!« In seinen Augen lag eine große Bitte, seine Stimme klang besorgt, aber sie sah das Rasiermesser hinter seiner Fassade und die glimmende Wut darüber, dass sie nicht *das* tun wollte, was er von ihr forderte und ihm dadurch den Einfluss verweigerte, nach dem es ihn so gelüstete.

Klovus senkte die Stimme. »Euer Volk will es, Exzellenz. Wir sehen es bei der Anbetung - jeden Tag und in jedem Bezirk. Eure Untertanen sind bereit, weitere Bautätigkeiten zu unternehmen.«

Sie richtete ihren bestickten Seidenrock und klopfte mit einem juwelenbesetzten Pantoffel gegen den anderen. »Leider braucht Ischara anderes dringender, aber ich stimme mit Euch darin überein, dass das Volk auf weitere Bautätigkeiten vorbereitet ist. Während Ihr Euren Überfall durchgeführt habt, habe ich das Baumaterial, das auf dem Gelände des unfertigen Magnifica-Tempels lagerte, umverteilt, damit es dem ischaranischen Volk besser dienen kann. Da wir nicht bereit sind, die Arbeiten am Tempel in absehbarer Zeit wieder aufzunehmen, werden die Werkzeuge und Steine dazu eingesetzt werden, Straßen und Häuser und Schulen zu bauen.« Sie lächelte. »Die Menschen sind dankbar für das, was Ihr für sie getan habt, und ich bin mir sicher, dass der Gottling zufrieden ist.«

Klovus hätte beinahe die Beherrschung verloren. »Aber ... Ihr hattet kein Recht dazu!«

»Der Tempel existiert zum Besten des Volkes, so wie Ihr es mir bei zahlreichen Gelegenheiten gesagt habt. Wir beide haben das gleiche Ziel. Wir wollen, dass Ischara stark bleibt, aber ich bin die Empra, und ich entscheide, ob wir in den Krieg ziehen oder nicht.« Sie erhob sich von ihrem Thron, glitt die Stufen hinunter und ergriff seinen Arm. »Kommt mit mir hinaus auf den Balkon, Hohepriester. Wir werden eine Ansprache an das versammelte Volk halten und ihm von Eurem großen Sieg in Mirrabay berichten. Dabei werdet Ihr den Beifall für Eure großzügige Spende des

Baumaterials erhalten. Aber damit wird es dann enden.« Sie schenkte ihm ein scharfes Lächeln. »Seid Ihr nicht auch der Meinung, dass wir zusammen stärker sind?«

Klovus erkannte, dass es das Beste war, Solidarität mit Empra Iluris zu zeigen, aber trotz seines erzwungenen Lächelns wusste sie, dass er nicht im Entferntesten an eine Zusammenarbeit mit ihr dachte.

14

Auch wenn die Arbeit in den Minen von Scharrdorf hart war, fand Elliel doch Frieden darin. Sie hatte ihre Spitzhacke und ihre Schaufel und dazu einen Kübel, in dem sie den Schutt zu den größeren Karren brachte. Das Schimmern des Laternenlichts und die Wärme in den feuchten Gängen wirkten tröstlich und beruhigend auf sie. Manchmal wurde behauptet, die Feuer tief im Vada seien der Atem des schlafenden Drachen Ossus, aber das war gewiss nur ein Mythos. Doch immer wenn sie Luft holte, roch sie den Schwefel.

Als Brava besaß sie große körperliche Kraft, doch nun benutzte sie diese nicht in der Schlacht, sondern schlug mit der Spitzhacke auf das Innere des Berges ein und riss Löcher in den Fels. Die Minenarbeiter von Scharrdorf gruben sich schon seit Jahrhunderten durch den Berg und folgten den Erzadern wie Termiten, die sich durch verfaultes Holz fressen. In der kurzen Zeit, die sie hier verbracht hatte, waren Elliel die kernigen und aufrichtigen Dorfbewohner ans Herz gewachsen, und auch diese hatten allmählich Zutrauen zu ihr gefasst. Der Ort könnte tatsächlich eine gewisse Zeit lang zu ihrer Heimat werden.

Elliel arbeitete allein in einem Abschnitt der Tunnel und musste daher keine Fragen nach ihrer Person beantworten. Hier unten war sie in der Lage, ihre Gedanken in einer dumpfen Stille zu versenken. Nachdem sie in ihrem neuen Leben aufgewacht und ihr Vermächtnis verschwunden war, hatte sie den verdammenden Brief akzeptiert, der von Utho geschrieben worden war. Seitdem war Elliel von Ort zu Ort gezogen, und manchmal hatte sie vor sich selbst zugegeben, dass sie auf der Flucht war. Sie hatte die armen Kinder und ihren Lehrer getötet, und sie wollte so weit entfernt wie möglich von dem Ort sein, an dem sie dieses Verbrechen begangen hatte. Sie erinnerte sich an zwei Winter, also musste ihre Tat mindestens zwei Jahre her sein.

Ihre erste Erinnerung war die an ihr Erwachen auf der Pritsche eines Wagens. Es hatte geregnet, und sie hatten sich in gebirgigem Gelände befunden, irgendwo in einem der nordöstlichen Bezirke. Aber die Dörfer sahen allesamt ziemlich gleich aus. Sie hatte nicht nach ihren Namen gefragt. Irgendeine Kraft hatte sie vorwärtsgetrieben, weiter, immer weiter.

Irgendwo hinter ihr hatte sie die dunkelste aller Tragödien zurückgelassen. Sie hatte es nicht gewagt, den Ort des scheußlichen Verbrechens noch einmal zu besuchen, denn sie wollte auf keinen Fall die Wut der Bewohner entfachen, die gewiss nie über das Dahinmetzeln ihrer Kinder hinweggekommen waren. Vielleicht würden sie Uthos Bestrafung als ungenügend betrachten ...

Auf ihren Reisen durch das zerklüftete Berggebiet hatte sie jedem Klatsch und Tratsch zugehört, weil sie befürchtete, jemand könnte Geschichten über eine mörderische Brava-Frau erzählen. Bisher waren keine Gerüchte darüber an ihre Ohren gedrungen. Doch nun schien Scharrdorf der richtige Ort für sie zu sein, und Elliel gab sich ganz ihrer Arbeit hin. Mehr brauchte sie gegenwärtig nicht.

Sie hieb weitere Brocken aus dem Gestein und suchte nach glitzernden Quarzadern in den Bruchstücken, nach dem grünlichen Braun von Kupfererz und nach dem Gleißen von Gold. Doch was sie sah, war nur rauer Fels. Sie schaufelte den Schutt in ihren Eimer und hob erneut ihre Spitzhacke.

Nach jeder Schicht hieß sie den Schmerz der wunden Muskeln willkommen. In ihrem früheren, untergegangenen Leben als Brava hatte sie gewiss ein schweres Schwert geschwungen oder ihren feuerspeienden Rammer eingesetzt, aber dieser Schmerz der Erschöpfung war weitaus besser, weil er von der ehrlichen Arbeit des Tages herrührte. Er hatte nichts mit dem Abschlachten von Kindern zu tun.

Aus den anderen Tunneln hörte Elliel das schnelle Hacken der übrigen Arbeiter, die auf den Fels einhieben und nach Gold, Silber und Diamanten suchten. Eine besondere Kostbarkeit waren die Rubine, die so dunkel und farbenprächtig waren, dass sie als das Blut des verwundeten Ossus angesehen wurden, das sich während seines langen Schlafes zu Edelsteinen verfestigt hatte.

Als Elliel in dem flackernden Laternenschein arbeitete, konnte sie die Minenarbeiter verstehen, die dabei ihren Fantasien freien Lauf ließen. In der Taverne, in der die müden Bergleute ihr am Ort gebrautes Bier tranken, Karten spielten und redeten, hatte sie viele unheimliche Geschichten gehört. Shauvon, der Wirt, hörte ihnen beständig zu, während er durch den Schankraum lief, und verdrehte dabei die Augen.

Elliel hatte einen kleinen Raum in der Taverne gemietet, und abends entspannte sie sich an einem Tisch, den sie ganz für sich allein hatte. Sie sah, wie die Bergleute sie anstarrten, dann allzu rasch den Kopf wieder wegdrehten und sich leise miteinander unterhielten. Eine schöne junge Frau knapp über zwanzig, allein, sollte eigentlich ganz andere Reaktionen hervorrufen.

Sie hatte den Minenvorsteher Hallis gebeten, ihre Geschichte für sich zu behalten, aber sie wusste, dass sein Versprechen keinen Wert besaß. Inzwischen kannten alle ihre tragische Geschichte, ihre Scham und die Bedeutung der Tätowierung auf ihrem Gesicht. Irgendwann würden sie Elliel vermutlich akzeptieren, und wenn nicht, dann würde sie eben weiterwandern, wie schon so oft zuvor. Sie spürte bei den anderen allerdings keine Feindseligkeit oder Abneigung. Insbesondere die Bergleute, mit denen sie enger zusammenarbeitete, schienen immer sanfter zu werden.

Hier war sie nicht Elliel, die in Ungnade gefallene Brava, sondern die Minenfrau Elliel. Für die Arbeiter von Scharrdorf bedeuteten ein langes Leben und ein großartiges Vermächtnis nichts anderes als ein bequemes Heim und Kinder, die weiterlebten, wenn man selbst nicht mehr da war. Elliel beneidete sie um diese einfachen Ziele und wusste, dass sie selbst niemals ein solches Leben würde führen können ...

Den ersten Tag hatte Hallis damit verbracht, sie in den Minen herumzuführen. Er kannte jeden Tunnel, jeden Seitenschacht und jede Sackgasse, ohne dass er dazu eine Karte hätte bemühen müssen. Der Minenvorsteher hatte offensichtlich in seinen jüngeren Tagen viel Zeit damit verbracht, Arbeitermannschaften anzuführen, aber wegen seiner steif gewordenen Muskeln und den schmerzenden Gelenken war er nicht mehr in der Lage, diese anstrengende Arbeit zu verrichten. Doch er erinnerte sich wohl noch gut an jene Zeit.

Während sie durch die Tunnel schritten, erklärte er ihr die unterschiedlichen Felsarten und zeigte ihr, wie sie Silber, Eisen, Kupfer, Zinn, Blei und auch den pulverigen gelben Schwefel erkennen konnte, der Hautkrankheiten heilte und aus dem außerdem Zündhölzer für die Laternen hergestellt wurden.

Der Minenvorsteher hob seine Laterne an, damit er ihr Gesicht sah, und bemerkte, dass sie überwältigt war. »Du kannst auch einfach nur deine Spitzhacke schwingen und dort den Felsen aufbrechen, wo es dir die anderen Arbeiter sagen. Wir fahren die Erträge in Karren hinaus und sortieren sie erst später.«

»Das werde ich wohl schaffen.« Sie schenkte ihm ein dünnes Lächeln. »Und die Drachenblutrubine? Wie kann ich sie finden?«

»Diese Edelsteine sind höchst kostbar. Sie werden dich finden, wenn du Glück hast.«

Während jeder Schicht teilten sich die Arbeiter in den engen Tunnels auf und hieben überall dort auf den Fels ein, wo genug Platz war, um eine Hacke zu schwingen. Heute begleitete Elliel die Minenarbeiter Klenner und Upwin. Keiner der beiden hatte etwas dagegen, mit einer Frau zusammenzuarbeiten, insbesondere nicht mehr, seit sie Elliel dabei gesehen hatten. Sie machten zwar Witze, nicht aber auf Elliels Kosten, und bald schon hatte sie die zwei ins Herz geschlossen. Sie hörte die beiden Männer in angrenzenden Schächten, wie sie hämmerten und den Schutt in die Kübel schaufelten, die sie dann zu dem Karren in dem breiteren Tunnel brachten.

Elliel vergaß die Zeit. Ihre Schicht war dann vorüber, wenn die

Kerze in ihrer Laterne zu drei Vierteln heruntergebrannt war, und bis dahin verlor sie sich in ihrer Arbeit. Sie spürte, wie die Spitzhacke in das Felsgestein eindrang, und ein feiner, scharfer Regen aus Bruchstücken traf ihre Stirn und ihre Wangen. Der zerbröckelnde Fels gab mit verblüffender Leichtigkeit nach.

Plötzlich schoss eine heiße rote Flüssigkeit wie aus einer geplatzten Ader auf sie zu. Mit den Reflexen einer Brava sprang sie zur Seite. Die dampfende purpurfarbene Flüssigkeit härtete an der Luft aus und gerann zu kristallinen Tropfen. Rubine klirrten zu Boden, von denen jeder so groß wie ein Daumennagel war. Verwundert bückte sich Elliel und hob die Edelsteine auf. Sie waren noch warm in ihrer Hand. »Klenner, Upwin! Kommt doch her und seht euch das an!«

Da sie so selten sprach, kamen die beiden Arbeiter sofort herbeigelaufen und starrten verblüfft auf die Edelsteine in ihrer Hand. »Bei meinen Ahnen!«, sagte Klenner. »Das ist eine reiche Beute. Du wirst einen ganzen Jahresbonus von Hallis bekommen.«

Upwin trat vor die Felswand, an der sie gearbeitet hatte. Mit dem Fuß schob er den Schutt beiseite, hielt seine Laterne hoch und drückte das Gesicht gegen die raue Wand. »Tritt zurück. Da könnte noch mehr sein.«

Elliel machte mit ihren Edelsteinen Platz und überließ Upwin die Wand. Er weitete den Spalt, fand aber nur noch mehr Fels und keine heiße Flüssigkeit.

»Es war flüssig, als ich es mit der Hacke getroffen habe«, sagte sie, »wie rotes Wasser.«

»Das ist gewiss Drachenblut gewesen«, erklärte Klenner. »Du hast es gefunden, und jetzt bist du gesegnet. Heute Abend wird es im Dorf ein Fest geben. So etwas passiert nicht gerade häufig.«

Elliel hoffte, dass die Bewohner ihr gegenüber noch ein wenig sanfter würden. Aber bevor sie etwas sagen konnte, spürte sie eine Erschütterung in den Wänden und dem Boden des Schachts. Ein lautes Grollen fuhr durch den Berg. Die beiden Arbeiter zuckten entsetzt zurück. »Lauft weg! Das Beben wird noch schlimmer werden.«

Als das Rumpeln und Zittern zunahm, hasteten die drei aus dem kleinen Tunnel und rannten weiter, den breiten Zugangsschacht entlang. Felsbrocken lösten sich aus der Decke und drohten die Fliehenden lebendig zu begraben. Doch bevor Elliel ein Dutzend Schritte gemacht hatte, nahm das Beben wieder ab, und die Felsmauern standen erneut still. Elliel hörte nur noch ihr eigenes schweres Atmen, und das Blut pochte laut in ihren Ohren. Die beiden Männer blickten sich rasch um und entspannten sich allmählich. »Es ist vorbei«, sagte Klenner.

»Das war nur ein kleines Beben«, sagte Upwin und sah Elliel an. »Das passiert, wenn man tief im Drachengrat buddelt. Eines Tages werden wir Ossus an der falschen Stelle piksen.«

Elliel hielt nicht viel von diesen Geschichten. »Der Drache hat nur Albträume von dem lange vergangenen Krieg, der ihn fast umgebracht hätte.«

»Du weißt, was passiert, wenn Ossus erwacht.« Klenner schien es ausgesprochen ernst zu meinen. »Es ist das Ende der Welt!«

»Dann sollten wir ihn besser nicht wecken.« Elliel steckte sich die Handvoll Rubine in die Tasche.

15

Utho vom Riff hatte neun Bravas zu einem dunklen und geheimen Treffpunkt im Flussviertel von Convera gerufen, weil sie sich einer unangenehmen Sache widmen mussten. Es bedeutete, dass sie einen der Ihren verlieren würden, aber nach dem, was Onder in Mirrabay getan hatte, blieb den Bravas keine andere Wahl.

Der Ort der Zusammenkunft war ein kleiner Erinnerungsschrein in der Unterstadt auf der Seite des Flusses Yeth. Im Gegensatz zu dem gigantischen Schrein im Herzen der Stadt hatte dieses Holzgebäude nur die Größe eines Ladens. Aber es diente der hiesigen Bevölkerung als ein Ort, an dem sie die Namen und kurzen Vermächtnisse all ihrer verstorbenen Lieben aufzeichneten.

Nachdem der alte Vermächtnishüter die Türen für die Nacht abgesperrt hatte, würden Utho und seine Elite-Bravas hier sicher und ungestört sein. Es war lange her, dass sie einem der Ihren zuletzt etwas so Schreckliches angetan hatten. Utho war vor mehr als zwei Jahren aus ganz anderen Gründen mit Elliel so verfahren, aber niemand bezweifelte, dass Onder seine Bestrafung verdiente.

Zwei weitere Bravas warteten in den Schatten einer nahen Gasse und waren in ihrer dunklen Kleidung so gut wie unsichtbar. Als Utho herankam, traten sie vor. Er nickte ihnen schweigend zu, während er die Tür mit einem Schlüssel aufschloss und so weit öffnete, dass sie alle den Schrein betreten konnten, wo sie nur so viele Kerzen entzündeten, dass sie ihre Umgebung erkannten. Die Dielenbretter knarrten unter ihren Stiefeln. Zwei weitere Bravas trafen ein, und zu fünft leerten sie den Tisch, an dem die

Besucher die Namen ihrer Ahnen und die Aufzeichnungen ihrer Vermächtnisse zu lesen pflegten.

»Bist du sicher, dass Onder kommen wird?«, fragte Klea, eine muskulöse Frau mittleren Alters, die in den Diensten des Lords eines Bezirks südlich vom Zusammenfluss stand.

»Er ist ein Brava. Er ist seinem Ehrenkodex und seinem Erbe verpflichtet.« *Noch.*

Bei diesem Gedanken drehte sich Utho der Magen um. Es waren so wenige Bravas übrig geblieben - Halbblute, die von Menschen und Wreth abstammten. Die Blutlinie der Wreth war während vieler Generationen verwässert worden, aber die Bravas versuchten dies durch eine harte und gnadenlose Ausbildung wettzumachen. Wegen ihrer Kühnheit in der Schlacht waren die Bravas äußerst gefragt. Die meisten stellten sich in den Dienst eines Lords oder eines mächtigen Kaufmanns. Einer der unbedeutenderen Lords behauptete sogar, vier Bravas zu beschäftigen - nicht weil er so großen Schutz brauchte, sondern weil er seine Bedeutung vergrößern wollte.

Mehr als ein Jahrtausend nach den Wreth-Kriegen waren die halbblütigen Abkömmlinge der Wreth und der Menschen über den Ozean gesegelt und hatten sich in Ischara eine neue Heimat geschaffen. Sie hatten die neue Welt besiedelt, eine Kolonie gebildet und ein neues Leben begonnen. Aber vorher hatten sich bereits andere Menschenflüchtlinge in Ischara niedergelassen, und sie fürchteten die Bravas. Die Ischaraner töteten die Neuankömmlinge mit Hilfe schrecklicher Gottlinge, die kein Brava je zuvor gesehen hatte. Nur einer von zehn Aussiedlern konnte entkommen und in die alte Welt zurückkehren, wo sie dem Staatenbund auf ewig ihre Treue schworen. Danach entwickelten die Bravas einen ungemein strengen Ehrenkodex. Er war ihr Sicherheitsnetz, ihre Rüstung, und nun war er auch ihre Verpflichtung.

»Sag uns, was in Mirrabay geschehen ist«, bat Gant, ein barscher, brutaler Brava, der in den dunkelsten Schatten des Erinnerungsschreins saß. »Was hat Onder getan?«

»Er wird seine Geschichte selbst erzählen, sobald er eingetroffen ist«, sagte Utho. »Das ist ein Teil seiner Bestrafung.«

Die Gruppe nahm Platz und wartete. Klea stand wieder auf, ging zu einem Regal im hinteren Bereich, holte eine weitere Kerze und entzündete sie. Drei andere rückten an sie heran, aber keiner sagte etwas.

Schließlich traf Onder ein. In seiner schwarzen Kleidung wirkte er bleicher als gewöhnlich. Sein kurzes, sandfarbenes Haar war zerzaust, und die Schatten um seine Augen waren so dunkel, dass sie nicht mehr durch das schwache Kerzenlicht erklärt werden konnten. Die anderen Bravas erhoben sich nicht, sie verweigerten dem jungen Feigling jedes Zeichen von Respekt.

Klea sagte: »Wir sind froh, dass du gekommen bist, Onder.«

»Eigentlich sind wir zwar gar nicht froh«, bemerkte Utho, »aber wir erkennen die Notwendigkeit an.«

Mit hängendem Kopf trat der junge Brava in den Raum hinein und schloss die hölzerne Tür hinter sich. Während sich die neun anderen zu ihm umdrehten, stellte er sich an das untere Ende des Tisches. Seine Arme hingen schlaff an den Seiten herab; er wirkte wie eine Vogelscheuche, die ganz aus Scham zusammengeschustert war.

Utho sprach die Versammelten an. »Ein Brava ist etwas Seltenes, und wir achten jedes Mitglied unserer Art. Wir halten unsere Blutlinie stark. Wir bilden uns an abgesonderten Orten aus, bevor wir es wagen, dem Staatenbund zu dienen.

Aber was wir noch höher schätzen, ist unser Ehrenkodex. Ohne dieses Herzstück sind wir überhaupt nichts. Du, Onder, besitzt dieses Herzstück nicht mehr. Nach der heutigen Nacht wirst du kein Brava mehr sein.«

Der junge Mann zitterte.

»Wir sind hier, weil wir dich tadeln und aus unserer Gemeinschaft ausschließen müssen. Jeder im Staatenbund wird erfahren, dass du dein Volk und deine Ehre verraten hast.«

Onders Lippen zuckten, aber er sagte nichts.

»Erzähl uns von Mirrabay«, forderte Gant mit barscher Stimme.

»Wir müssen verstehen, was du getan und warum du versagt hast.«

Onder sagte: »Ich bin ein Paladin gewesen, der sich frei an der Küste entlang bewegte. Ich habe gegen Banditen gekämpft und Dörfer beschützt. Ich habe eine Familie gerettet, als ein Fluss über die Ufer getreten ist und ihr Haus weggespült hat. Ich ...«

»Hast du geschworen, Mirrabay zu beschützen?«, fragte Klea.

Onder zögerte, dann nickte er. »Mirrabay und andere Orte. Ich bin dorthin gegangen, weil ich mich mit Utho treffen wollte. Er und ich, wir kommen aus demselben Ausbildungslager der Bravas, und wir hatten denselben Lehrmeister.« Ein klagender Unterton in seiner Stimme schien um Mitleid zu betteln, aber Utho empfand keines für ihn. »Ich war da, als die Ischaraner kamen.«

»Und hatte Utho geschworen, Mirrabay zu beschützen?«, drängte ihn ein anderer Brava, ein Mann namens Bron. »War er an den Ort gebunden?«

»Nein, er besuchte ihn im Auftrag des Konags und sammelte Informationen für einen Bericht. Als der Angriff begann, glaubten wir, die Ischaraner besiegen zu können. Wir entzündeten unsere Rammer und waren bereit, uns ihnen entgegenzuwerfen, aber ...« Seine Stimme brach. »Sie hatten einen Gottling bei sich, so wie jener, der Valaera vor so langer Zeit zerstört hat.« Die Bravas am Tisch sprachen leise miteinander, sahen dabei aber den bleichen Mann unverwandt an. »Als das Wesen angriff, war es so groß und mächtig. Und es ...«

Utho unterbrach ihn. »Er floh in Panik und ließ die Bewohner ohne Schutz und Verteidigung zurück. Ein Brava mit einem Rammer ist zehn gewöhnliche Kämpfer wert. Ihre Häuser verbrannten. Die Bewohner wurden abgeschlachtet, genau wie vor dreißig Jahren.«

Onder schaute auf seine Hände herunter und faltete sie fest. Der Kerzenschein tauchte sein Gesicht in tiefe Schatten. »Aber ein Gottling hat einmal eine ganze Brava-Kolonie ausgelöscht! Was konnten wir beide schon gegen ihn ausrichten? Er hätte uns getötet. Ich wäre gestorben, hätte ich ihm Widerstand geleistet.«

»Du hättest im Kampf sterben sollen«, fuhr Bron ihn an.

»Ich habe gegen ihn gekämpft, und ich habe überlebt«, sagte Utho.

»Ich wünschte, ich hätte gekämpft«, ächzte Onder. »Ich wünschte, ich wäre gestorben. Aber das kann ich jetzt nicht mehr ändern.«

»Wir können es.« Utho nickte ernst. »Mit diesem einen Akt der Feigheit hast du dein Vermächtnis ausgelöscht, und wir sind hier, weil wir diese Tat vollenden wollen.«

Onder schluckte schwer. »Und ich bin hier, um mich eurem Urteil zu unterwerfen.«

Klea trommelte mit den Fingerspitzen auf der Tischplatte. »Bist du sicher, dass das notwendig ist, Utho? Er ist jung, sein Blut ist stark. Es ist seit Jahren nicht mehr gemacht worden. Nicht seit Elliel ...«

»Elliels Verbrechen war so groß, dass ich es allein gemacht habe«, sagte Utho. »Aber hier, in Convera, habe ich euch alle zusammengerufen. Gibt es einen einzigen Brava unter uns, der nicht die Meinung hegt, dass unser Vorgehen zwingend nötig ist?« Er sah sich am Tisch um, blickte in ein Gesicht nach dem anderen.

Onder wartete mit hoffnungsvoller Miene, aber kein Brava sagte etwas zu seiner Verteidigung. Utho hatte gewusst, dass sie es nicht tun würden. Der Entehrte ließ die Schultern hängen.

Utho holte ein in Leder gewickeltes Päckchen aus seinem lockeren Wams und entrollte es auf dem Tisch. Es enthielt eine Anzahl von Nadeln und zwei kleine Tintenfläschchen - eines rot und eines schwarz. Als Onder sie sah, stieß er ein leises Jammern aus.

»Dein Vermächtnis ist verloren, und es wird vergessen werden«, sagte Utho. »Wir alle, die wir hier sind, werden uns an dein Verbrechen der Feigheit erinnern, aber du wirst es nicht tun. Alles, was du bis zu diesem Zeitpunkt gewesen bist und was dich ausgemacht hat - jede Erinnerung, jede Tat - wird ausgelöscht werden.«

Die anderen standen auf, die Stuhlbeine kratzten über den Boden. Während Utho die Nadeln herausnahm, sagte er: »Bindet seine Arme fest. Er soll allein am Tisch sitzen.« Zwei Bravas packten Onder an den Ellbogen und drückten ihn auf den großen, festen Stuhl am Ende des Tisches; dann banden sie ihm die Handgelenke zusammen. Er leistete keinen Widerstand, aber seine Augen waren voller Tränen.

Utho hielt die Nadeln hoch und öffnete die Tintenfläschchen. »Ich werde die Rune des Vergessens so in dein Gesicht zeichnen, dass alle sie sehen können. Der Spruch wird in deiner Haut sein und sich bis zu deinem Geist vorarbeiten.« Er beugte sich dem Gesicht des jungen Mannes entgegen und wischte mit dem Handrücken eine Träne ab, die an Onders Wange herablief. Als die Haut ganz trocken war, tauchte Utho eine der langen Nadeln in die schwarze Tinte, durchstieß damit die Haut des jungen Mannes und warf allmählich ein verschlungenes Muster darüber, was mehr als eine Stunde dauerte.

Bald schmerzten seine Handgelenke von den immer gleichen Bewegungen, und seine Finger wurden taub. Er grub das Muster in Onders Wange ein und erschuf damit einen magischen Bann, der seine Kraft aus Onders Wreth-Blut zog.

Nun weinte der entehrte Brava bitterlich. Utho wechselte zur roten Farbe, beachtete die Tränen nicht weiter und fuhr damit fort, die Tätowierung auszuführen. Die Zeugen blieben still und stumm, während Utho sein Werk vollendete.

Klea nahm ein weißes Blatt Papier und verzeichnete darauf in allen Einzelheiten die Geschichte von Onders Feigheit. Als sie damit fertig war, faltete sie das Papier zusammen und steckte es in die Hemdtasche des jungen Mannes. »Irgendwann in der Zukunft wirst du dieses Blatt finden und lesen, was du getan hast. Dann weißt du zwar, was mit dir geschehen ist, aber du wirst dich nie daran erinnern können. Das ist kein Segen. Dein ganzes Vermächtnis ist untergegangen.«

Onder kämpfte zwar nicht gegen seine Fesseln an, aber seine Schultern bebten doch. Er schien völlig vernichtet zu sein.

»Diese Bestrafung wird nur in den seltensten und unverzeihlichsten Fällen angewandt.« Utho tauchte die Nadel erneut in die rote Tinte und beugte sich zu ihm vor. »Wenn ich diese Linie beende, wird die Rune des Vergessens wirken. Du wirst kein Brava mehr sein. Wir werden dir deinen Mantel und deine Rüstung wegnehmen; du wirst nur noch deine Kleidung am Leib und den Rammer behalten, aber du wirst fortan ein leeres Gefäß sein und lediglich eine vage Ahnung von dem besitzen, was du verloren hast.«

Er verband die magischen Linien der Tätowierung, und Onders blasse Haut erglühte. Die Tinte rauchte, als würde sie ihm das Gewebe wegbrennen, und der junge Mann versteifte sich. Sein Gesicht wurde schlaff. Utho trat zurück und betrachtete seine Arbeit, dann nickte er. Genauso hatte er es mit Elliel gemacht.

Die Bravas nahmen ihre Rammer-Reife von den Gürteln, und während Onder ein undeutliches Murmeln von sich gab, legten sie sich die Reife um die Handgelenke. Das Blut quoll auf, und mit ihrem inneren Zorn entzündeten sie die Flammen, die sogleich ihre Hände verschluckten. Gemeinsam standen die neun Brava-Zeugen mit lodernden Fäusten da, die den engen Schrein der Erinnerung mit Licht erfüllten.

Auf seinem Stuhl schaute Onder hoch und blinzelte. Nun kämpfte er gegen seine Fesseln an. »Was ist geschehen? Wer seid ihr?« Er sah sich um, starrte die flammenden Rammer und die Bravas an. »Wer bin *ich?*«

»Du bist niemand«, sagte Utho. »Nicht mehr.«

Gemeinsam löschten die Bravas ihr Feuer und nahmen dem entehrten Mann die Fesseln ab. Später, wenn Onder das Blatt Papier in seinem Hemd finden würde, konnte er es wieder und wieder lesen. Und das war alles, was er je über seine Vergangenheit wissen würde.

16

Hale Orr ging durch die Straßen von Bannriya. Seine Fröhlichkeit war lediglich eine Maske, hinter der er seine wahren Gedanken verbarg. Dies war kein gewöhnlicher Tag. Die Sandwreth hatten einen Schatten über die Stadt gelegt.

Er trug eine locker sitzende, kastanienbraune Tunika, die ihm bis über die Hüften reichte und mit dem Kreissymbol bestickt war. *Der Anfang ist das Ende ist der Anfang.*

In der alten ummauerten Stadt waren die Menschen noch damit beschäftigt, nach dem Sandsturm Fenster und Dächer zu reparieren. Hufschmiede beschlugen Pferde, Stellmacher richteten Wagen und Karren, Schmiede hämmerten einen scharfen, metallenen Rhythmus in die Luft. Gemüsehändler feilschten mit Bauern um bessere Preise für deren Winterkürbisse, Karotten und Kartoffeln, die sie aus dem fruchtbaren Vorgebirge auf den Markt gebracht hatten. Hale plauderte mit einigen Kaufleuten und kostete von Pasteten und gebratenen Maisklößen an Ständen in der Umgebung des großen Basars.

In den Jahren, seit Adan den Thron von den unbeliebten Regenten und dem begriffsstutzigen Kinderkönig Bullton übernommen hatte, war die Stimmung in der Stadt besser geworden, der Handel hatte zugenommen, und die Utauk-Gruppen kamen öfter her. Heute wollte er mit dem Anführer der Karawane sprechen, die soeben aus der Ebene eingetroffen war.

Ihre Ponys und Pferde waren bei den Wassertrögen angebunden, und die Menschen lagerten auf den Straßen und dem Platz. Die Utauk konnten sich zwar Zimmer in den besten Herbergen leisten, aber sie zogen es vor, draußen zu schlafen, wo sie sich frei fühlten. Diese Gruppe würde nicht lange innerhalb der Stadtmauern von Bannriya bleiben, und Hale wollte so schnell wie möglich erfahren, welche Neuigkeiten sie mitgebracht hatten.

Die Packtiere trugen Beutel mit süßen Rosinen, zusammengerollte Baumwollstoffe aus dem Süden, Scheffel mit Nüssen aus einem Dorf, das den passenden Namen Walnüss trug, Fässer mit Apfelwein und Säcke mit gerösteten Kürbissamen. Auf dem Hauptplatz des Basars hatten die Utauk einen hellen Seidenpavillon für den Karawanenmeister und seine Familie errichtet. Kinder planschten in den Wassertrögen und Brunnen.

In jüngeren Jahren hatte Hale viele Karawanen und Seereisen angeführt, aber jetzt war er dank Pendas Ehe und dem erwarteten Enkel damit zufrieden, in Bannriya zu bleiben. *Cra*, er verweichlichte allmählich!

Er trat vor den grünen Pavillon des Karawanenmeisters Melik, schob die Zeltklappe beiseite und begrüßte den bärtigen, langsam sprechenden Anführer. Melik war ein breitschultriger Mann, zum zweiten Mal verheiratet und ausgesprochen glücklich mit seinem Leben. Er bedeutete seinem Besucher, sich auf das Kissen neben ihm zu setzen, und bot ihm starken Tee an.

Hale ließ sich nieder und nahm den Tee dankbar entgegen. »Hattet Ihr eine gute Reise durch das Land?«

Melik zeichnete einen Kreis über seinem Herzen. »Jede Reise ist gut gewesen, wenn wir mit unbeschädigter Ware am Ziel ankommen.«

Hale fragte mit vorsichtiger Neugier: »Hast du etwas beobachtet, das des Erwähnens wert wäre?« Die Utauk besaßen ein weit verzweigtes, unvergleichliches Netz aus Informanten, die niemandem außer ihnen selbst zur Verfügung standen.

»Das habe ich.« Melik nahm einen großen Schluck Tee. »Wie ich hörte, habt Ihr hier in Bannriya auch einiges erlebt. Wreth aus der Vergangenheit? Ist das wirklich wahr?«

»*Cra*, ich habe sie mit eigenen Augen gesehen.« Hale gab ein wenig Honig in seinen Tee, als könnte dies die Bitternis seiner

Worte mildern. »Hundert von ihnen sind hinter einem Sandsturm her geritten. Wer weiß, wie viele von ihnen noch da draußen im Schmelzofen geblieben sind?«

»Zu viele«, brummte Melik. »Wir haben die Zeichen am Himmel gesehen. Unsere Skas sind über das Land geflogen und haben es abgesucht, und als wir die Bilder in ihren Muttertränen-Halsbändern betrachtet haben, waren wir sehr besorgt. In den Bergen im Südwesten haben wir Banden gesehen, die wir nicht identifizieren konnten. Es könnten Wreth-Späher gewesen sein.« Er trank seinen Tee mit einem lauten Schlürfen aus und schenkte sich eine weitere Tasse ein.

Hale stützte seinen Handstumpf auf den Schoß und spielte das gewohnte Konversationsspiel. »Was habt Ihr sonst noch gesehen?«

»Eine ganze Menge. Wir haben unsere Augen überall, wir sammeln Berichte, und die Ska sammeln Bilder. Ich werde dir eine vollständige Kopie aller Dokumente für Shella din Orr geben.«

Hale setzte seine leere Teetasse auf dem niedrigen Tisch ab. »Teilt euer Wissen mit allen Stämmen, denen Ihr begegnet, auch wenn unsere große Versammlung bald stattfinden wird. Ich habe auch einen Bericht für Euch, den Ihr weitergeben solltet.«

Hale reichte ihm ein verschlüsseltes Dokument in ihrer gemeinsamen Geheimsprache. Es war eine Zusammenfassung der Neuigkeiten, die in der letzten Zeit in und um Bannriya gesammelt worden waren, einschließlich zahlreicher bemerkenswerter Details über edle und reiche Familien, die diese als privat und nur ihnen bekannt betrachtet hatten. Im Austausch dafür reichte ihm Melik einen dicken Stapel dicht beschriebener Blätter entgegen; es handelte sich um Berichte über die Orte und Personen, die der Karawane begegnet waren, über Möglichkeiten, die in Erwägung gezogen werden sollten, über Warnungen vor gewissen, nicht vertrauenswürdigen Individuen, sowie eine Handvoll Muttertränen-Diamanten mit den gespeicherten Bildern, die die Skas gesehen hatten.

Nachdem er den Pavillon verlassen hatte, lächelte Hale breit, aber innerlich fühlte er sich schlechter denn je. Während er sich von dem Chaos des Basars entfernte, trat ein dunkelhäutiges Mädchen in schmutzigen, immer wieder geflickten Kleidern auf ihn zu. »Denkst du daran, wieder mit einer Karawane zu ziehen, Vater? Du bist doch schon viel zu lange in dieser steinernen Stadt.« Sie bewegte sich mit katzenartiger Anmut. »Du darfst die Art der Utauk nicht vergessen!«

Hale stieß ein lautes Lachen aus, als er das Waisenmädchen erkannte. »Glik! Reist du jetzt mit Meliks Karawane?«

Das Mädchen gab ein höhnisches Schnauben von sich. »Nur in den letzten drei Tagen. Karawanen sind zu überfüllt und zu laut, und außerdem stinken sie. Du weißt, dass ich meine eigenen Wege gehe. Davor bin ich fast einen ganzen Monat allein unterwegs gewesen.«

»Wir haben uns Sorgen um dich gemacht.«

Sie gab ein rohes Geräusch von sich. »Ich bin sowohl innerhalb als auch außerhalb des Kreises. Ich finde stets meinen Platz.« Glik schloss die Augen und beschrieb einen Kreis um ihr Herz. »Der Anfang ist das Ende ist der Anfang. Und ich bin irgendwo in der Mitte.«

Gliks ernstes Gesicht war mit Ruß verschmiert, während ihr ungleichmäßig geschorenes dunkles Haar so verfilzt erschien, dass es einem Vogel als Nest hätte dienen können. »Du siehst aus, als würdest du nichts gegen eine gute Mahlzeit einwenden«, sagte Hale. »Komm mit mir zur Burg, und wir geben dir etwas zu essen.«

Glik folgte ihm und schweifte dabei stets nach links und nach rechts ab, weil sie gerade Linien zu langweilig fand. »Aber nur, wenn ich mich vorher nicht waschen muss. Ich bin ein Teil der Erde.«

Hale betrachtete ihr ungepflegtes Erscheinungsbild. »Du siehst aus, als würdest du die Hälfte der Erde an deinem Leib tragen. Die Köche werden sich über den Dreck beschweren, der ihnen ins Essen fällt. Du musst dich ein wenig säubern.«

Glik war zwölf oder dreizehn Jahre alt, soweit er wusste. Sie war nicht Hales eigenes Kind, sondern eine Adoptivtochter. Alle Utauk hießen das Waisenmädchen willkommen, das in den einzelnen

Gemeinschaften ein und aus ging und stets nach etwas suchte. Glik war viel empfänglicher als die meisten Utauk, nämlich für Kreise und Zeichen in der Natur und für bedeutungsschwere Träume, die nicht immer eine klare Botschaft übermittelten.

Gemeinsam gingen sie die breite Straße entlang, auf der zwei Männer das gebrochene Rad eines Wagens reparierten, während ein traurig wirkender Esel danebenstand. Helle Flaggen flatterten auf dem Dach eines reich verzierten Erinnerungsschreins im Herzen der alten Stadt.

Hale dachte an den unheilverkündenden Bericht, den er soeben von Melik erhalten hatte, und fragte Glik: »Was hast du da draußen gesehen? Hat das Land zu dir gesprochen?« Er wischte ihr einen Fleck aus getrocknetem Dreck von der Wange.

Glik begab sich oft allein auf die Suche nach Visionen und kehrte erst dann zurück, wenn sie auch tatsächlich etwas zu berichten hatte, oder wenn sie sich nach menschlicher Gesellschaft sehnte, was nicht oft der Fall war. Als sie ihm antwortete, machte sie ein gequältes Gesicht. Ihre Augen waren rot gerändert, als hätte sie schlecht und wenig geschlafen oder viel geweint. »Ich habe eine ganze Menge gesehen.«

Hale wurde ernst. »Berichte mir davon.«

»Ich bin zu den fernen südlichen Bergen gewandert und habe den Rand der Wüste erforscht. Ich habe zwei Tage draußen in den rotfelsigen Schluchten verbracht, bevor mir das Wasser ausgegangen ist und ich zurückkehren musste. Ich habe sogar einen Blick auf den Schmelzofen erhascht.«

Er dachte an den Sandsturm und die Sandwreth, die plötzlich aus den Tiefen der Wüste aufgetaucht waren. »Besser du als ich.«

»In den bewaldeten Berghängen oberhalb der Wüste sind einige Bäume mit Sand überzogen. Kleine Siedlungen - ein oder zwei Bauernhäuser oder sogar ein ganzes winziges Dorf - wurden verschluckt, als wären sie nie dagewesen.« Sie sah Hale mit ihren dunklen Augen an. »Die Menschen sind *fort*. Dort gibt es nur noch Staub und Sand und sonst gar nichts mehr!«

Hale murmelte einen Fluch. »Kannst du mir die Bilder zeigen?

Die Muttertränen deines Ska wird sie aufgezeichnet haben, wie ich annehme.« Plötzlich wusste er, was hier nicht stimmte. »Wo ist Ori? Befindet er sich auf einem Erkundungsflug?«

Das Mädchen wirkte wie eine Blume, die in einer plötzlichen Dürre die Blüte hängen ließ. »Nein, er ist… verschwunden. Ich habe ihn auf der letzten Reise verloren. Er war alt geworden, aber ich hatte geglaubt, dass unsere Herzensverbindung noch immer stark war.« Trauer quoll in Glik auf und hüllte sie ein. Mit zitternder Hand zog sie einen weiteren Kreis über ihre Brust. »Ori hat mich verlassen, ist davongeflogen, und damit ist unsere Verbindung abgerissen.« Tränen traten in ihre geröteten Augen. Mit gebrochener Stimme flüsterte sie: »Der Anfang ist das Ende ist der Anfang.«

»Der Anfang ist das Ende ist der Anfang«, wiederholte Hale und legte den Arm um ihre knochigen Schultern. Er hielt sie lange fest. »Sag mir, was passiert ist, wenn du kannst.«

Ältere Skas verließen oft ihre Herren und Herrinnen und flogen davon, um allein zu sterben. Das Mädchen hatte sich mit Ori verbunden, als der Reptilienvogel bereits ausgewachsen und Glik zehn Jahre alt gewesen war, aber die beiden hatten sich viel näher gestanden, als es üblich war.

Das Mädchen holte tief Luft, nahm ihren ganzen Mut zusammen und erzählte ihre Geschichte. »Ori ist in den Sandsturm hineingeflogen. Ich konnte ihn noch sehen, er war nur ein Fleck hoch oben in den Wolken, und dort hat ihn der Wind erwischt. Ich habe geschrien, er solle zurückkommen. Ich habe die Angst in seinem Geist gespürt, aber dann habe ich deutlich bemerkt, dass da noch etwas anderes war. Ich konnte ihn nicht mehr kontrollieren. Ich habe an der Herzensverbindung gezogen, mit aller Kraft, aber ich wusste… ich wusste, dass er sich entschieden hatte, mich zu verlassen.« Gliks Stimme versagte.

»Ich wollte hinter ihm herlaufen, aber der Sturm hat auch mich erwischt. Ich musste zwischen ein paar Felsen Schutz suchen, doch ich habe weiter nach ihm gerufen und meine Gedanken zu ihm geschickt. Er hat jedoch nicht geantwortet. Ich habe Stunden damit verbracht, in den pfeifenden Wind hineinzuhorchen, und dann habe ich von dem peitschenden Sand geträumt, und von dem heulenden Sturm und von *Schwingen* ... von riesigen schwarzen Schwingen.« Nun hatten ihre Augen einen glasigen, fernen Blick angenommen. »Ich habe überlebt und mich ausgegraben, aber Ori ist nicht zurückgekommen. Ich habe seine Gedanken verloren. Jetzt klafft ein Loch in mir - Leere.«

»Manchmal verlässt uns das Utauk-Glück.« Zum Beweis dessen hob Hale seinen Armstumpf.

Auch wenn das Land während der verheerenden Kriege des Altertums viel von seiner Magie verloren hatte, konnten die Utauk noch immer auf ihr starkes Glück als auf eine verfeinerte Form von Restmagie zurückgreifen. Sie konnten ihre Lage dadurch ein wenig verbessern und ihrem Schicksal eine gewisse Richtung geben, so wie ein Fisch einen Köder im Fluss bemerkt, und die Würfel in die richtige Stellung rollen lassen oder den Pfeil eines Feindes gerade so weit ablenken, dass er kein lebenswichtiges Organ trifft.

Aber das Glück der Utauk war launenhaft und unzuverlässig. Hale hatte seine linke Hand in einem Messerkampf verloren, als er noch jung gewesen war. Entweder hatte ihn damals das Utauk-Glück verlassen, oder sein Gegner hatte mehr Glück gehabt als er selbst. Es war ein tiefer Schnitt gewesen, und sein Rivale hatte sich als Sieger ausgerufen, während Hale das blutende Handgelenk bandagiert hatte. Während der nächsten Tage hatte sich die Wunde entzündet und war brandig geworden, und am Ende war er gezwungen gewesen, seine Großmutter zu bitten, ihm die Hand abzuhacken.

Mit dem glatten Ende seines Stumpfes berührte Hale Gliks Schulter. »Du wirst einen neuen Ska finden, Kind. Einige Stämme verkaufen sie. Ich könnte mich bei den Karawanen für dich umhören.«

»Nichts kann Ori ersetzen«, sagte Glik und wirkte verloren. »Er hat geholfen, meine Träume zu lenken, damit die Nachtmahre nicht allzu schlimm werden.«

Die beiden stiegen die Treppe zum Außentor der Burg hoch, das mit den Flaggen Suderras geschmückt war, und Penda eilte heraus und hieß sie willkommen. Ihr grüner Ska saß auf ihrer Schulter. »Glik, du bist wieder hier!«

Das Mädchen trat vor und streichelte Xars langen, schuppigen Schnabel. »Ich komme immer zurück, Schwester.« Sie schüttelte den Kopf und schnaubte. »Verheiratet und schwanger! Du hast doch wohl nicht deinen Wunsch aufgegeben, die ganze Welt zu sehen, oder? Komm und erforsche sie mit mir.«

Xar flatterte mit den Flügeln, klickte und summte, als wollte er damit sagen, dass *er* gern mitkommen und die Welt erforschen wollte. Penda strich sich über den Bauch. »Meine Tage des Reisens sind noch nicht vorbei.«

Glik streichelte die Federn des Reptilienvogels. »Was für ein wunderschöner Ska.«

Bei diesem Kompliment plusterte sich Xar auf, aber Penda machte ein langes Gesicht. Sie spürte, dass etwas nicht stimmte. »Ori?«

»Verloren in einem Sandsturm«, erklärte Hale anstelle von Glik.

»Es war mehr als nur der Sturm«, bemerkte Glik. »Ori hat unsere Verbindung gekappt und mich verlassen. Immer haben wir unsere Visionen geteilt. Ich bin mir zwar nicht ganz sicher, aber ich glaube, er hat mich vor etwas schützen wollen.«

Penda strich ihrer Adoptivschwester über die zerzausten Haare. »Das tut mir so leid.«

Peinlich berührt wechselte Glik das Thema und warf Hale einen raschen Blick zu. »Ich möchte jetzt etwas zu essen haben. Du hast es mir versprochen.«

»Zuerst musst du dich waschen«, sagte Penda, worauf das Mädchen eine Grimasse zog. »Und während du isst, muss ich unter vier Augen mit meinem Vater reden.«

Hale fragte sich, ob sie eine weitere seltsame Vorahnung erfahren hatte. »Natürlich, meine Liebste. Wir gehen in meine Gemächer; dort kann ich mich setzen und ausruhen.«

Penda schnaubte verächtlich. »Ausruhen? Bist du nicht der Mann, der vier Tage lang gewandert ist, ohne zu schlafen, als er meiner Mutter den Hof gemacht hat?«

»So lautet die Geschichte. Alanna war es wert.«

Nachdem Glik mit einigen Dienern davongegangen war, geleitete Hale seine Tochter hinter ihnen her zu seinen Privatgemächern. Auch in dieser Burg hatte er seine Zimmer zu einer Art *Widerspiegelung der Vergangenheit* gestaltet, indem er die Steinmauern und die Decke mit Stoffen verhüllt und Weihrauchpfannen an Ketten aufgehängt hatte, sodass er sich fühlen konnte, als befände er sich in einem prächtigen Utauk-Zelt. Inzwischen genoss er allerdings den warmen Kamin, die trockenen Laken und Decken sowie das feste Dach über seinem Kopf. Er vermisste es nicht, endlos mit den Karawanen zu reisen, Lager im Gebirge aufzuschlagen oder an Deck eines Kaufmannsschiffes zu stehen, aber er kümmerte sich noch immer darum, was die Stämme taten, was sie sahen und was sie wussten. In Anbetracht der unheilvollen Vorzeichen, die sein Volk bemerkt hatte, war das Netz der Informanten und Informationen wichtiger denn je.

Nachdem Penda ihren Ska auf eine Stange neben der Tür gesetzt hatte, nahm sie auf Hales Bett Platz. Er kannte seine Tochter gut genug, und so entgingen ihm die Sorgenfalten auf ihrer Stirn und der Kummer in ihren Augen nicht. »Also, mein liebes Herz, was willst du von mir?«

»Ich habe lange darüber nachgedacht.« Sie griff in eine Tasche ihres gebauschten Rocks und holte einen honigfarbenen Bernstein hervor, der in Golddraht eingefasst war. »Diesen Anhänger hast du mir vor vielen Jahren geschenkt. Bei allem, was gegenwärtig in der Welt geschieht, und auch wegen des Kindes, das in mir heranwächst, scheint es mir an der Zeit, ihn dir zurückzugeben.«

Hale erinnerte sich gut an den Tag seines Versprechens - an den Tag, an dem sie zur Frau geworden war. Er hatte ihr erklärt, was von ihr als Tochter eines bekannten Utauk-Häuptlings erwartet wurde. Er hatte ihr die Träume eingepflanzt, ihr Glück und ein großes Vermächtnis versprochen. Aber als sie ihm nun den Bernstein entgegenhielt, schreckte er zurück. »Wir wollen nicht zu voreilig sein, mein liebes Herz. Ich bin dein Vater, und ich werde dich immer lieben. Aber das hier kann nur ein einziges Mal beansprucht werden.«

»Ja, und dieses eine Mal ist *jetzt*. Ich habe es meinem Sternenfall versprochen.«

Hale blieb zögerlich. Der Talisman war ein Versprechen zwischen Vater und Tochter, ein Symbol. Sie konnte es dazu verwenden, von ihm einen Gefallen einzufordern, gleichgültig worum es sich dabei handelte. Die Utak-Stämme nahmen so etwas nicht auf die leichte Schulter.

»Ich bin fest entschlossen«, sagte sie.

»Du bist immer fest entschlossen.« Er strich ihr mit seiner gesunden Hand über die Stirn. »Deine Schönheit übertrifft sogar die deiner Mutter. Adan Sternenfall war in dem Augenblick verloren, in dem du ihn für dich haben wolltest.«

»Du glaubst noch immer, dass das alles eine Intrige war«, sagte Penda traurig.

»Es war eine Intrige, wie immer du jetzt darüber denken magst. Wir haben es damals genau besprochen – dass du ihn finden, anlocken und verführen würdest. Du hast das getan, worum ich dich gebeten habe, mein liebes Herz. Du hast sogar noch mehr getan als nur dies. Ich hätte nie geglaubt, dass du so erfolgreich sein wirst.«

»Du hast mir beigebracht, nichts zu tun, was ich nicht tun will. Es war *meine* Entscheidung, Adan zu heiraten. Ich liebe ihn.«

Er nahm den Bernsteinanhänger von seiner Tochter entgegen, seufzte und machte es sich inmitten seiner Kissen bequem. Dann schloss er die Finger um den Anhänger und rollte ihn auf der Handfläche hin und her. »Worauf willst du deinen Wunsch verwenden?«

»Es ist für mich und meinen Gemahl.« Sie zögerte. »Und für ganz Suderra.«

»Das muss ein ziemlich großer Wunsch sein.«

Sie verschränkte die Arme vor der Brust. »So wie ich nun ein Teil dieses Landes bin, verheiratet mit seinem König und verbunden mit der langen Reihe seiner Ahnen, ist mein Gemahl auch ein Teil der Utauk-Stämme geworden, indem er mich geheiratet hat.« Sie sah ihren Vater widerspenstig an. »Oder willst du das leugnen?«

»Ich finde keinen Fehler in deiner Logik.«

Penda kniete sich neben ihn und war wieder ganz die süße Tochter aus seiner Erinnerung. Sie faltete die Hände über dem Bernstein in seiner Hand und zwang ihn, den Anhänger festzuhalten. »Wenn die Wreth zurückkehren, darf es keine Geheimnisse mehr geben. Überhaupt keine. Wir müssen es tun, Vater.« Der Blick ihrer braunen Augen traf ihn, und sie presste den Bernstein noch fester in seine Handfläche. »Ich möchte, dass du meinem Sternenfall alles erzählst.«

17

Obwohl Empra Iluris den Weiterbau des Magnifica-Tempels hinausgezögert hatte, hatten die Hohepriester die Arbeiten jahrzehntelang heimlich im Untergrund weitergeführt. Aus diesem Grund war der Tempel schon viel größer, als jeder Außenstehende vermuten konnte. Treue Akolythen hatten unterirdische Kammern und Gewölbe für Ischaras mächtigsten Gottling geschaffen. Sie würden niemals zulassen, dass er schwach wurde.

Die verborgenen Kammern wurden auch für andere geheime Aktivitäten genutzt. Gegenwärtig war der Blick des Hohepriesters Klovus fest auf einige Männer gerichtet, die sich in diesen unterirdischen Räumen gegenseitig umzubringen versuchten. Seine Aufmerksamkeit ließ keine Sekunde nach.

Die sechs Kämpfer waren barfuß und bis zur Hüfte nackt. Schweiß und Öl machten ihre goldbraune Haut glatt. Sie trugen keine Waffen - zumindest nicht in diesem Abschnitt ihrer Ausbildung. Kein Schwarzer Aal benötigte mehr als seinen Körper, um einen anderen zu töten oder zu verletzen. Jeder dieser Elite-Attentäter war eine lebendige Waffe.

Klovus beobachtete die Anwärter und schätzte sie ab. Die unterirdische Ausbildungskammer hallte von dem Anprall von Fleisch auf Fleisch wider, und ebenso von den harten Schlägen gegen Muskeln, von erschöpftem Atmen und dem Zischen, das durch zusammengebissene Zähne drang. Aber nie war ein Ausdruck des Schmerzes zu hören. Er nickte, während seine Blicke den raschen Bewegungen folgten. Diese Duelle wurden unter den fünfzig Besten ausgetragen, und inzwischen waren nur noch dreißig übrig – und diese hier waren fast für den uneingeschränkten Dienst bereit.

Klovus war nicht leicht zu beeindrucken, aber er kannte die Fähigkeiten dieser Mordmaschinen, und mit dem, was er sah, war er zufrieden. *Schwarze Aale.* Gestalt gewordene Albträume, schnell wie Schatten und so tödlich wie ein Gerücht. Unter den einfachen Leuten waren sie nur als geflüsterte Geschichten bekannt. Niemand außer den Hohepriestern hatte je einen Schwarzen Aal gesehen, und selbst ihre Opfer bemerkten sie in der Regel nicht.

Einmal hatte Empra Iluris Klovus nach diesen mysteriösen Attentätern gefragt. »Sagt mir, Hohepriester, existieren die Schwarzen Aale wirklich?« Sie konnte so süß und entgegenkommend sein, was ihm verdeutlichte, wie stark ihre Allianz hätte sein können, aber er wusste, dass sie seine Visionen für Ischara nicht teilte.

Klovus hatte mit einem Blick der Unschuld und Neugier erwidert: »Schwarze Aale, Exzellenz? Woher kennt Ihr denn diesen Namen?«

»Weil die Leute gern reden.« Sie bedrängte ihn weiter: »Existieren sie?«

Er machte eine ausladende Handbewegung, und seine zahlreichen Ringe blitzten auf. »Die Leute erfinden Geschichten, mit denen sie ihr armseliges und schwieriges Leben verschönern.«

»Ja, das tun sie ... und manchmal haben sie auch recht mit dem, was sie sagen.« Sie schenkte ihm ein süßes, aber vergiftetes Lächeln und fuhr fort: »Existieren die Schwarzen Aale?«

Klovus erinnerte sich an eine abschätzige Bemerkung, die Iluris einmal über die Gottlinge gemacht hatte, und so antwortete er schließlich mit einem unterwürfigen Lächeln: »Wenn Ihr an sie glaubt, Empra, und wenn das Volk an sie glaubt, dann *müssen* sie doch in irgendeiner Weise existieren.«

Natürlich gab es die Schwarzen Aale wirklich, und sie standen unter Klovus' Herrschaft.

In den Gewölben unter der unvollendeten Magnifica griffen

die sechs Kandidaten in einem Wirbel aus Schlägen mit den Fäusten, Ellbogen, Knien, Füßen und Schultern an. Jeder Kämpfer verteidigte sich auf vollkommene Art. Diese Schüler folgten keinen Regeln, da es auch im wirklichen Kampf keine Regeln gab. Es ging um Leben und Tod, um Bestehen oder Versagen. Jeder Schwarze Aal hatte das Ziel, alle anderen zu besiegen. Manchmal griffen sie einzeln an, manchmal bildeten sie fließende Allianzen, vier gegen zwei, oder drei gegen einen. Sie würden erst dann aufhören zu kämpfen, wenn einer der sechs besiegt oder tot war, aber sie waren allesamt gleichermaßen stark.

Gegenwärtig setzte keiner von ihnen Magie ein, aber die Schwarzen Aale besaßen die Fähigkeit, Feuer auszustoßen und Teile ihrer Haut hart wie Eisen zu machen, sodass kein Schwert sie durchdringen konnte. Andererseits waren sie in der Lage, ihre Haut so weich wie Ton werden zu lassen und ihren Körper umzugestalten. Durch ungeheure Konzentration war es ihnen möglich, ihr Erscheinungsbild völlig zu verändern und die Gestalt einer anderen Person anzunehmen. Wenn List, körperliche Kraft und tödliche Waffen nicht mehr ausreichten, war diese Fähigkeit sehr nützlich.

Die Schwarzen Aale hatten sich von Kindheit an verpflichtet, den Hohepriestern und den Gottlingen zu dienen. *Ihm* zu dienen. Wenn nur jede Person in Ischara so hingebungsvoll wäre ...

Die Steinwände der Kammer waren mit Darstellungen der beängstigenden und auch der wohlwollenden Aspekte des Hauptgottlings von Serepol geschmückt. Klovus betrachtete sie kurz und spürte die Macht, die sich hier konzentrierte.

Die meisten Ischaraner konnten die Gottlinge in ihren Tempeln spüren, aber einige besaßen eine große Nähe zu diesen Wesenheiten. Das waren die Menschen, die sich zum Dienst in der Priesterschaft hingezogen fühlten, sodass sie in der Lage waren, mit der Gegenwart des Gottlings unmittelbar zu kommunizieren.

Klovus hatte die Anziehungskraft der Gottlinge in sich verspürt, seit er Akolyth war, und nach den Opferungen bemerkte er stets, wie sich die Macht erneuerte und der Glaube der Menschen sich verkörperte. Er war vom Akolythen zum Priester und dann zum Ur-Priester aufgestiegen. Er hatte den Tempel des Hafen-Gottlings geleitet und war später zum Hohepriester des Bezirks Serepol berufen worden. Und schließlich, seinen Gaben und seinem Ehrgeiz entsprechend, war er wegen seiner besonderen Verbindung zum Hauptgottling von Serepol zum obersten Hohepriester von ganz Ischara geworden.

Damit das Land und die Kultur überlebten, musste jeder Untertan Opfer bringen. Alle wussten das, und Hohepriester Klovus war der Empfänger aller frommen Gaben. Er war ein energischer Mann in einer sehr wichtigen Position, und er hatte seine ureigenen Bedürfnisse und Begierden.

Bittstellerinnen boten ihre warmen Körper dar und gaben sich durch ihn dem Gottling von Serepol hin. Klovus hatte zahlreiche Geliebte und erhielt mehr Bitten, als selbst er bewältigen konnte. Klovus hasste es, die Eifrigen zu enttäuschen, denn das erschien dem Gottling gegenüber respektlos. Jeder hatte als Opfer das zu geben, was er geben konnte.

Einige dieser Frauen, insbesondere die jungen, waren nervös und weinerlich, und ihre Körper zitterten unter ihm. Manche waren auch verbittert und missgünstig, vor allem junge Ehefrauen, die ihren traurigen Männern treu ergeben waren, allerdings aus Verzweiflung unbedingt dafür sorgen wollten, dass ihre Gebete erhört wurden. Klovus versicherte diesen von Schuldgefühlen geplagten Gemahlinnen, dass die Liebe für einen Gottling etwas völlig anderes war als die Liebe zu einem Gemahl, auch wenn es der gleiche körperliche Akt zu sein schien. Tatsächlich bevorzugte Klovus die Zögerlichen, denn wenn sich diese Frauen ihm hingaben, wusste er, dass ihnen die Tat etwas bedeutete und ihr Opfer aufrichtig war.

Andere verhielten sich wie Huren, stürzten sich mit wildem Enthusiasmus auf ihn und benutzten ihre Hände und Münder auf Weisen, die ihn stets aufs Neue überraschten. Wenn sie ihre vollkommene Hingabe bewiesen hatten, segnete Klovus sie und versprach, alles in seiner Macht Stehende zu tun, damit ihre

Bitten erhört wurden, obwohl der Gottling oft auf subtile und unfassliche Weise wirkte.

Auch zarte Knaben erhielt er als Opfergaben. Zwar waren solche Vergnügungen nicht nach seinem Geschmack, aber er empfand es als nicht gerecht, sie zu verschmähen. Die Leute boten das dar, was sie hatten, und manche Familien hatten nur ihre Knaben. Er erinnerte sich an das erste Mal, als ihm ein wütender Vater seinen zitternden und trübäugigen Sohn gegeben hatte, der nicht älter als neun Jahre gewesen war. »Nehmt ihn und verfahrt mit ihm nach Eurem Willen, dann gebt uns Euren Segen.« Als Klovus versucht hatte, ihn beiseitezuschieben, hatte ihn der Vater mit Feuer in den Augen angeblickt. »Wer seid Ihr, dass Ihr unsere Hingabe und unser Opfer an den Gottling infrage stellt? Sind wir etwa verdammungswürdig, bloß weil wir keine Tochter haben, die für Euch die Beine spreizen kann?«

Klovus hatte die Wahrheit dieser Bemerkung erkannt und sich in Erinnerung gerufen, dass er der Abgesandte des Gottlings und es nicht seine Aufgabe war, ein Opfer zu bewerten oder abzulehnen. Das war es, was die Menschen glaubten. Was aber, wenn der Gottling gerade dieses Opfer begehrte?

Der Vater hatte den Jungen grob nach vorn gestoßen. »Ich habe ihn schon für Euch vorbereitet. Er weiß, was er zu tun hat.«

Und der Junge wusste es.

Ein Opfer konnte viele Formen annehmen, aber wenn es den Gottling stärken wollte, dann musste es auch als Opfer *empfunden* werden.

Er suhlte sich in solchen körperlichen Freuden, aber zur Ausübung seiner Macht in Ischara benötigte er andere Werkzeuge. Wie zum Beispiel die Schwarzen Aale.

Der Kader der Attentäter wurde unter seiner Führung ausgebildet. Diese sechs waren einige der fähigsten, aber unter den Tempeln in den einzelnen Bezirken wurden stets neue Rekruten geprüft. Kinder wurden von der Straße geholt, in den Dienst gepresst und mussten buchstäblich durchs Feuer gehen. Kaum einer von zehnen überlebte den ersten Teil der Ausbildung.

Wenn die Männer gegeneinander kämpften, versuchte Klovus die Schwarzen Aale nicht als Einzelne zu sehen, denn dabei starben so viele von ihnen. Dennoch kannte er in dieser ausgezeichneten Gruppe einen mit Namen. Er hieß Zaha und war vermutlich der Beste von allen. Zaha hatte dichtes schwarzes Haar und buschige dunkle Brauen, die er mithilfe seiner Tarnmagie leicht verändern konnte. Er kämpfte gerade gegen die anderen fünf, nicht als ihr Kommandant, sondern als Einzelkämpfer.

Nun formierten sich die Schwarzen Aale zu drei Kampfgruppen. Zaha und sein Gegner schienen - sobald sie ihre Schläge austauschten - gleichermaßen geschickt zu sein. Doch auch eine so bemerkenswerte Schnelligkeit und Geschicklichkeit konnte nach einer halben Stunde ein wenig langweilig werden.

Dann machte Zahas Gegner einen Fehler, und Zaha versetzte ihm einen harten Faustschlag ins Gesicht. Die Nase des Gegners brach mit einem deutlich hörbaren Krachen. Mit rasenden Schlägen trieb Zaha den anderen auf zwei weitere Kämpfer zu. Sie wurden unterbrochen, stürzten sich auf den neuen Gegner und schlossen sich dann sogleich gegen den Schwächeren zusammen. Klovus erinnerte sich, dass der Verletzte Vek hieß.

Die drei prallten aufeinander und warfen Vek auf den harten Steinboden. Der Mann blutete bereits stark aus der verletzten Nase, aber er hob die Hände rasch zur Verteidigung. Einer der anderen Schwarzen Aale packte Veks Arm, drehte ihn um und brach ihn am Ellbogen.

Selbst jetzt gab Vek noch keinen Laut des Schmerzes von sich. Der zweite Kämpfer drosch mit seinen Fäusten auf Veks Rippen und die Nierengegend ein. Zaha packte den Mann bei den Ohren, riss seinen Kopf hoch und brach ihm unter scharfem Knacken das Genick.

Erschöpft standen die drei auf und betrachteten ihr Werk. Der tote Attentäter lag ausgestreckt auf dem Boden; sein Gesicht war mit einem breiten Fleck aus scharlachrotem Blut bedeckt. Auch das andere Paar stellte seinen Kampf ein, und die verbliebenen Schwarzen Aale drehten sich zu Klovus um.

Vek war jahrelang ausgebildet worden, und es erschien wie eine Verschwendung, aber er selbst hatte die Notwendigkeit anerkannt, dass die Elitegruppe nur die Besten der Besten enthalten durfte. Durch die Ausbildung wurde der Spreu vom Weizen getrennt, und dieser Schwarze Aal hatte versagt. Wenn der eine fort war, konnten die anderen voranschreiten.

Zaha warf einen Blick auf seine blutigen Fingerknöchel und wischte sie an dem Tuch ab, das ihm um die Hüfte hing. »Wir sind Schwarze Aale«, sagte er mit tiefer, toter Stimme. »Wenn wir getötet werden können, sollten wir auch getötet werden.«

»Ihr habt einen der Euren verloren«, sagte Klovus, »aber der Rest von Euch ist besser geworden. Holt Euch neue Anwärter aus den anderen Gruppen und härtet sie so rasch wie möglich ab. Ich weiß nicht, wie schnell ich Eure Dienste brauchen werde.«

Sehr schnell, falls Empra Iluris weiterhin Schwierigkeiten machte.

Er verließ die Untergeschosse des Magnifica-Tempels und beschloss, ein Opfer von den hübschen weiblichen Bittstellern anzunehmen, die ihn am Abend aufsuchen würden.

18

Das entsetzte schwarze Kriegspferd galoppierte über die Waldwege, rannte vor der unnatürlich bitteren Kälte davon. Kollanan hatte sich zwischen den tiefhängenden silbrigen Kiefernzweigen dicht über Heißsporns Hals gebeugt und drängte ihn nun zu noch größerer Schnelligkeit. Doch als er nichts mehr von den zotteligen weißen Tieren der Verfolger hörte, erkannte er, dass die Wreth ihm die Flucht erlaubt hatten. Sie betrachteten ihn nicht als eine wesentliche Bedrohung.

Seine Tränen waren schon lange getrocknet, aber sein Herz wurde von Unglauben, Trauer und Wut verzehrt. Koll klammerte sich an das erschöpfte Pferd und starrte auf ferne Erinnerungen, in denen das nun für immer verstummte Lachen von Tomko und Birk noch umherschwirrte. Er dachte daran, wie die Jungen mit ihren Holztieren gespielt und sich so gebalgt hatten, wie junge Brüder es zu tun pflegten, nur um kurz darauf ihre Fehde bereits wieder vergessen zu haben. Jhaqi hatte sie stets dafür bestraft, aber auf eine freundliche, geduldige Weise. Ihr Gemahl Gannon war ein ruhiger Mann gewesen - zu ruhig, dachte Koll, denn nicht einmal während der Sitzungen des Dorfrates war er wütend geworden.

Er fragte sich, was sie geglaubt hatten, als der bösartige Eissturm über den Ort hinweggefegt war und jeden Einwohner von Bakalsee getötet hatte. Nur weil sie alle *im Weg gestanden* hatten.

Das Kriegspferd trug ihn nach Hause. Koll verlor jedes Zeitgefühl. Er war in Eile, und doch fürchtete er sich davor, Tafira berichten zu müssen, was er gesehen hatte. All diese armen, guten Menschen ...

Wenn er seine Enkel besuchte, nahm er sie regelmäßig mit zum Ufer des tiefen Sees und saß mit ihnen auf dem hölzernen Bootsanleger. Fischer ruderten hinaus und suchten nach den größten Fischen, während Koll und seine Enkelsöhne ihre Angelleinen ins Wasser senkten und die Barsche fingen, die unterhalb des Anlegers umherschwammen. Tomko und Birk waren faszinierter davon gewesen, die fetten Würmer auf die Angelhaken zu spießen, als tatsächlich einen Fisch zu fangen. Wenn sich die Leine spannte, musste er ihnen helfen, den Fang einzuholen. Und am Abend genossen sie dann ein köstliches, wenn auch spärliches Mahl aus den kleinen Fischen, die sie geangelt hatten.

Während er seine Tränen wieder wegblinzelte, bemerkte Kollanan überrascht, dass er bereits die hohen Gebäude und die Stadtmauern von Fellstaff vor sich sah. Das Tor stand weit offen, und die graue festungsartige Burg erhob sich auf dem Hügel in der Stadt, der am besten zu verteidigen war. Im Licht des hellen Tages sah er die neuen Winterschindeln auf dem Dach des Haupttraktes. Er ritt durch das Nordtor, war im Sattel zusammengesackt. Die Wächter erkannten ihn, aber Koll brachte es nicht fertig, ihren Gruß zu erwidern. Als sie sein düsteres Gesicht sahen, schwankten ihre Stimmen, und er ritt geradewegs zur Burg. Es war spät am Nachmittag, aber er wusste nicht, welcher Tag es war.

Heißsporn kannte seinen Heimweg gut und trottete in den Burghof, wo ein Stalljunge auf ihn zulief und die Zügel packte. Koll rutschte vom Sattel und stand auf unsicheren Beinen. Er war so lange geritten, dass er kaum die Knie durchdrücken konnte.

Tafira kam aus der Burgküche; sie hatte sich das üppige schwarze Haar mit einem roten Band zusammengebunden. »Ich heiße dich zu jeder Zeit willkommen, mein Gemahl.« Sie trat an ihn heran, wollte ihn schon küssen, dann aber erstarrte sie, als sie in seinen Augen und seinem langen Gesicht las. »Nein ...«

Zwei Küchendiener blieben mit großen Augen in der Tür stehen, aber Koll konnte nur noch an seine Frau denken. Er öffnete den Mund und versuchte etwas zu sagen, aber die Kehle war ihm von den unaussprechlichen Neuigkeiten zugefroren. Stattdessen breitete er bloß die Arme aus und zog sie an sich heran. Er legte das bärtige Kinn auf ihre Schulter und schluchzte.

Koll brauchte einen ganzen Pokal Wein und eine halbe Stunde, bis er Tafira die ganze Geschichte erzählt hatte. Immer wieder blieben ihm die Worte im Hals stecken. »Alles erfroren ... jeder im Ort. Schneewehen auf den Straßen, und der ganze See ... festes Eis. Die Menschen waren hilflos ausgeliefert - ihnen blieb nicht einmal Zeit zu verstehen, was mit ihnen geschah.«

Tafira lockte die Einzelheiten aus ihm heraus, aber er war sich nicht sicher, ob er diese befremdliche Kälte angemessen beschreiben konnte, oder die unheilvollen und erschreckenden Frostwreth und die kleine erfrorene Hand, die sich um das geschnitzte Holzschwein geschlossen hatte.

Als Lasis den Bericht hörte, wurde er wütend und kam schließlich zu einem Entschluss. Wie er in seiner vollen ledernen Montur dastand, mit dem feinen Kettenhemd und dem schwarzen Mantel, wirkte der Brava bereit, es mit einer ganzen Rasse aufzunehmen. »Ich hätte Euch begleiten sollen, Sire. Zusammen hätten wir gegen diese Wreth kämpfen können. Mit meiner Brava-Magie und meinem Rammer ...«

»Wir wären getötet worden.« Koll spürte eine große Leere in seinem Herzen. »Und Jhaqi und ihre Familie hätte das auch nicht wieder lebendig gemacht. Jetzt wissen wir es wenigstens.«

Lasis blieb standhaft und war bereit, alles zu tun, was getan werden musste. »Wie sollen wir darauf reagieren? Sammeln wir eine Armee und reiten nach Norden, nach Bakalsee?« Auch wenn er selbst ein Wreth-Halbblut war, so stand doch die Loyalität dieses Mannes zu Kollanan und Norterra ganz außer Frage.

»Glaube mir, wir werden unsere Rache bekommen«, sagte Koll. »Aber jetzt bin ich müde bis in die Knochen ...«

Die schweigende und entsetzte Tafira führte ihn in ihr gemeinsames Schlafgemach, denn nun wollten beide niemand anderen mehr sehen. Während der ganzen Nacht lagen sie nebeneinander im Bett, hielten sich fest und wärmten sich gegenseitig, und fanden doch nur wenig Trost.

In der Öffentlichkeit zeigte Tafira oft eine gewisse Gefühlskälte und errichtete eine unsichtbare Mauer um sich herum, die sie nur für wenige Personen einriss. Aber nun drängte sie sich zitternd gegen ihn, und er hielt sie in seinen Armen. Er log ihr vor, dass alles in Ordnung kommen würde, denn er wusste, dass sie nun beruhigende Worte hören musste. Doch Koll glaubte selbst nicht an das, was er da sagte.

Als Tafira endlich einschlief, machte er sich aus ihrer Umarmung los und stellte sich nackt vor das Feuer. Nachdem er die verglühenden Kohlen lange angestarrt hatte, zog er sich eine pelzverbrämte Robe an und verließ leise den Raum.

In seinem Arbeitszimmer war der Kamin dunkel und kalt, und weiße Atemwölkchen kräuselten sich aus Kolls Mund und Nase in die eisige Luft. Er entzündete einige Kerzen auf seinem Schreibtisch, holte Papier und Tinte hervor und mühte sich ab, die schrecklichen Dinge, die er gesehen hatte, aufzuschreiben. Er ergriff die Feder, starrte auf das Tintenfass und zwang die Sätze einen nach dem anderen aus sich heraus. Heute Nacht musste er eine größere Anzahl wichtiger Briefe schreiben.

Der erste wendete sich an seinen Bruder, den Konag. Wenn das stimmte, was die zerstörerischen Frostwreth behauptet hatten, dann stand dem Staatenbund ein großer Krieg bevor. Als Koll zu schreiben begann, kleckste er mit der Tinte, denn seine Finger waren noch immer kalt und steif. Er kratzte einige Worte auf das Papier und setzte dann von Neuem an. Die Tintenflecke sahen wie schwarze Tränen aus, und die Wörter waren nicht besser. In einer stockenden und verschlungenen Erzählung berichtete er von den Ereignissen und ließ nichts aus. Conndur musste alles wissen, aber wie würde er reagieren? Würde er alle Armeen der drei Königreiche auf einen Krieg vorbereiten, wie ihn die Welt noch nie gesehen hatte?

Ja, das war es, was Koll wollte.

Nachdem er den Brief an seinen Bruder versiegelt hatte, schob er weitere Blätter zurecht und schrieb kürzere Briefe an seine Vasallen-Lords. Morgen würden er und Lasis viele Stunden damit verbringen, Strategien und Möglichkeiten zu besprechen. Er hoffte, dass der Brava mehr als nur Legenden über die alten Wreth zu erzählen wusste.

Koll betrachtete die Wand über dem Kamin, an der sein alter Kriegshammer hing, und er hoffte, ihn nie wieder benutzen zu müssen. *Koll der Hammer* ... Wenn der Frostwreth Rokk nun vor ihm stünde, würde er die große stumpfe Waffe gegen ihn schwingen und dieses böse Gesicht zerschmettern.

Er verfasste Briefe an die acht Bezirke Norterras und befahl seinen Lords, sich vorzubereiten und zur Sicherheit die eigenen Burgen zu befestigen. Er ermunterte sie, die Mauern der Wreth-Ruinen einzureißen und mit den Steinen ihre Festungen zu verstärken. Das erschien ihm passend.

Nun standen sie alle einem neuen Feind gegenüber - einem Feind, den sie niemals erwartet hätten.

Sobald Kollanan das Schlafzimmer verlassen hatte, setzte sich Tafira im Bett auf. Sie hatte nicht geschlafen, sondern nur still dagelegen, und ihr Atem war so sanft wie die Berührung einer Feder gewesen. Um ihres Gemahls willen hatte sie ihre Tränen unterdrückt, aber nun, da er gegangen war, flossen sie, und Tafira wischte sie nicht weg. In ihrem Heimatort Sarcen glaubten die Menschen, dass Tränen die Traurigkeit aus dem Körper spülten. Aber Tafira fühlte sich nicht gereinigt, wie viel sie auch weinen mochte.

Auf einem Regal neben dem Bett stand eine Statuette aus Ton, nicht größer als ihre Hand. Es war die Nachbildung eines Frosches mit Menschenhänden und einem Schild auf der Schulter - der Gottling aus dem kleinen Tempel in Sarcen. Seine Gestalt war den Sommerfröschen nachgebildet, die nach jedem Regen dröhnende, fröhliche Musik machten. Die Dorfbewohner von Sarcen hatten dem Frosch-Gottling einen Tempel errichtet und baten ihn um Fröhlichkeit und eine gute Ernte.

Viele ischaranische Orte besaßen ähnliche schlichte Tempel und örtliche Gottlinge, die schwächer als die Wesen in jedem Haupttempel eines Bezirks waren. Da die Zeiten ruhig waren und es keine Notfälle gab, hatten die Bewohner ihren Tempel nicht mehr gepflegt, und der Frosch-Gottling war schwach geworden, denn er hatte nur wenige Gebete und Opfer erhalten.

So war ihr Heimatort unvorbereitet gewesen, als die Angreifer des Staatenbundes über ihn hergefallen waren. Die Bewohner waren in Panik geraten und hatten versucht, ihren lethargischen Gottling aufzuwecken, aber dazu war eine große Menge Blut nötig. So ergriffen sie das junge Mädchen Tafira und wählten es als Opfer aus, zumal es für die Gemeinschaft entbehrlich war.

Tafira war unter den Bewohnern von Sarcen als die Bastardtochter eines reichen Bauern verschrien. Seine Geliebte, ihre Mutter, war im Kindbett gestorben, und obwohl der Bauer seine Tochter anerkannt und adoptiert hatte, war sie von seiner Frau als dauernde Erinnerung an die Untreue ihres Mannes abgelehnt worden. Als Tafiras Vater gestorben war, hatte er ihr nichts hinterlassen. Und nun, da die Menschen von Sarcen ein Opfer für ihren Tempel brauchten, hatte ihre Stiefmutter sie ohne jedes Zögern hingegeben.

Trotz ihrer niederen Geburt war Tafira im Ort bei vielen beliebt gewesen, und ihre Freunde widersetzten sich der Wahl, aber die plündernden Soldaten rückten immer näher. Die Bewohner von Sarcen, die voller Geschichten über den Blutdurst und die Brutalität der Truppen des Staatenbundes waren, stimmten schließlich zu, Tafira zu opfern, aber die Feinde trafen ein, bevor sie zur Tat schreiten konnten, und der Gottling von Sarcen war aus diesem Grund nicht in der Lage, sein Volk zu beschützen.

Am Ende war der wahre Beschützer des Ortes Kollanan selbst gewesen, denn er hatte die Blutraserei seiner Soldaten in den Griff bekommen, und große Teile von Sarcen blieben unbeschädigt. Aber Tafira konnte nicht länger bei denjenigen bleiben, die sie hatten opfern wollen, und so rettete Koll sie aus ihrem eigenen Dorf und nahm die zitternde junge Frau mit sich.

Schon seit Jahrzehnten war sie hier in Norterra anerkannt. Kollanan hatte ihr erlaubt, Erinnerungen an ihr ischaranisches Erbe mitzunehmen, und er hatte nichts dagegen, dass sie die Statuette des Frosch-Gottlings als Zeichen ihres früheren Lebens mitgenommen hatte. Hier in der alten Welt hatte kein Gottling Macht, und sie hatte ohnehin nicht an diesen Frosch-Gottling geglaubt. Wenn sie ihn nun ansah, war er nichts weiter als ein Dekorationsobjekt für sie - eine Erinnerung daran, dass er keinerlei Macht besaß und weder sie noch ihre Tochter oder ihre Enkel beschützen konnte. Hier in Norterra war dieses Wesen nutzlos gegen die Frostwreth. Es hätte sie niemals verteidigt und konnte ihre geliebte Familie auch nicht zu ihr zurückbringen.

Bevor sie sich davon abhalten konnte, schleuderte Tafira die Tonfigur gegen die Feldsteinwand, die den Kamin umgab. Die Statuette des Frosches zerbarst zu pulverartigen Fragmenten.

19

In der unberührten Schneewüste jenseits der Grenzen von Norterra erhob sich der Palast der Frostwreth wie ein natürlicher Auswuchs aus einem Gletscher. Die labyrinthischen Mauern waren aus Eisblöcken errichtet worden, deren Wasser so schnell geronnen war, dass sich noch Schimmer uralten Sonnenlichts in ihm zeigten.

Der Schneesturm umpeitschte die Türme und pfiff eine hypnotische Musik durch die absichtlich angebrachten Löcher und die Zinnen. Der Palast war selbst eine Stadt, ein Gewirr aus Gemächern und mächtigen Versammlungssälen. Die Magier hatten sich des gewaltigen Vorrates an Eis bemächtigt und schufen den Gletscher um, so wie es für sie nötig war, außerdem erweiterten sie die äußeren Mauern beständig, gestalteten sie um und erhöhten sie. Gebäude aus Eis und Stein entstanden am Rande, während immer mehr Frostwreth aus ihrem langen, regelmäßig wiederkehrenden Winterschlaf aufwachten.

Nun, da alle edlen Frostwreth aus dem magischen Schlummer geweckt worden waren, hatte sich ihre Rasse erneuert. Die Herrscherkaste besaß die größten Gemächer in den Türmen, während den Magiern reich geschmückte Laboratorien in den Tiefen des Eises zugewiesen worden waren. Wreth-Krieger übten und kämpften auf den Schneefeldern und sehnten sich nach dem Tag, an dem sie im letzten Krieg endlich dem wirklichen Feind gegenüberstünden. Sie würden die Sandwreth auslöschen und dann den Drachen Ossus erwecken. Schließlich würde Kur zurückkehren und die Welt neu erschaffen, mit ihnen als seinen Auserwählten.

Königin Onn saß im schimmernden Thronsaal auf ihrem eisharten Sessel und klopfte mit langen Fingern auf die durchscheinenden Armlehnen. Einer der scharfen Nägel schnitzte eine Rille in das Eis und holte einen Frostspan heraus, der sich in der kalten Luft auflöste. Ihre Haut war bleich, ihr Haar weiß und üppig. Es hing bis zur Hüfte herab, denn während der Jahrhunderte des magischen Erholungsschlafs war es weiter gewachsen, wenn auch langsam. Ihre blassen Augen waren nur ein wenig dunkler als reines Wasser, und ihr Lächeln zeigte auch dann nur wenig Wärme, als sie ihren Liebhaber begrüßte.

Oberkrieger Rokk trat in einer glitzernden Rüstung und mit Stiefeln vor sie, die mit dichtem weißem Fell von den gewaltigen Bären gesäumt waren, die die Kinder der Frostwreth zum Zeitvertreib töteten. Ein Kristallmesser hing an seiner Hüfte, doch seinen langen, zu einer Spirale gedrehten Speer hatte er bei der gewölbten Eingangstür zum Thronsaal zurückgelassen.

Auch als er sich verneigte, hielt er den Blick seiner blauen Augen auf sie gerichtet. Dies war eher ein Necken als ein Zeichen von Trotz. »Ich bin froh, hier zu sein, meine Königin. Nach den unerträglichen Ländern im Süden fühle ich mich in der klaren, weißen Kälte endlich wieder zu Hause.« Er nahm eine lockere Haltung ein. »Ich weiß, dass die Kriegsvorbereitungen nötig sind, aber lieber wäre ich an Eurer Seite.«

»Du bist schon immer träge und nachlässig gewesen, Rokk«, sagte sie.

Er wirkte empört. »Ich warte immer nur auf den passenden Zeitpunkt.« Er schob sich die blassen Haare hinter die Schultern. »Meine Spähermannschaft ist von den kalten Bergen zum Rand des Hauptkontinents hinabgestiegen. Wir haben einen fernen Brückenkopf in Bakalsee eingerichtet, aber dann kam es zu einer menschlichen Verseuchung. In den Tausenden von Jahren, seit wir sie verlassen haben, ist es der Menschheit gelungen, eine eigene Existenz ohne uns aufzubauen.«

Sie hob die bleichen Brauen. »Einige von ihnen haben die Kriege überlebt? Wie tüchtig.«

Rokk kam näher, auch wenn sie ihn dazu nicht aufgefordert

hatte. »Sie haben viele grobe Gebäude errichtet, aber wir sind leicht mit ihnen fertig geworden. Ich habe den Magier Eres dort zurückgelassen, damit er zusammen mit unseren Wreth-Arbeitern eine neue Festung aus Eis, Holz und Stein baut.«

Onn dachte nach. »Ich vermute, dass die Überlebenden abgehärtet sind. Ihr habt sie getötet, nicht wahr? Ihr hättet sie lieber fangen und einziehen sollen, dann könnten sie uns ein weiteres Mal dienen. Wir hätten sie zur Arbeit pressen sollen, so wie in den früheren Zeiten. Die Menschen waren viel besser als die unbeholfenen Drohnen, die wir jetzt haben.«

Rokk schnaubte verächtlich. »Das erschien uns zu aufwändig. So haben wir einfach den ganzen Ort ausgelöscht. Sie waren steif gefroren, bevor sie wussten, wie ihnen geschieht, aber es gibt noch viele andere von ihnen, falls Ihr beschließen solltet, dass wir sie unbedingt brauchen, meine Königin. Ein Mann erschien dort und wollte Nachforschungen anstellen, nachdem wir den Ort vernichtet hatten. Er hat sogar gewagt, sich als König zu bezeichnen.« Er lachte.

»Sie ahmen uns nach«, sagte Onn. »Das bedeutet, dass sie sich noch an die Majestät des Wreth-Reiches erinnern, bevor es auseinandergerissen wurde.«

Der Krieger hielt inne und lächelte. »Aber ich habe ein Kind für Euch mitgebracht, weil ich glaubte, Ihr könntet neugierig sein. Es ist ein kleiner Junge. Ich bin mit ihm hierher geritten.«

»Was soll ich denn mit einem kleinen Kind anfangen?«

Er zuckte die Achseln. »Werft es in den Schnee und seht zu, wie es erfriert, wenn es das ist, was Ihr wollt. Er ist mein Geschenk für Euch. Nachdem wir ihn aufgewärmt hatten, sagte er, sein Name sei Birk. Er hat so sehr gezittert, dass er uns sonst kaum etwas erzählen konnte.«

Sie seufzte. »Bring ihn her; ich werde ihn mir ansehen.« Als Rokk seinen Befehl in die Eiskorridore brüllte, fuhr sich Onn mit den Fingerspitzen über die bleichen Lippen.

Zwei Wreth-Krieger traten mit einem sehr kleinen Menschen zwischen ihnen ein. Es war ein Junge von kaum mehr als fünf

Jahren, der sich in eine schwere Decke schmiegte, die über ihn gelegt worden war. Das Kind hatte einen dunklen Haarschopf, und seine Augen waren rot gerändert. Die Krieger trieben ihn über den Eisboden voran.

Onn betrachtete ihn neugierig und fragte sich, ob er wusste, dass er sich vor ihr verneigen musste. »Er wirkt sehr schwach. Ich bin erstaunt, dass er die Reise hierher überlebt hat.«

»Die Menschen sind zäher, als ich es erwartet hatte«, sagte Rokk. »Aber ich hätte wirklich einen älteren mitbringen sollen. Dieser Junge kann Euch gar nichts sagen.«

Onn dachte nach. »Andererseits ist er wie ein unbeschriebenes Blatt, und das könnte etwas wert sein. Vielleicht ist er lernfähig.« Sie sagte mit lauter, scharfer Stimme: »Junge! Weißt du, wo du bist?«

Der Junge schniefte, aber dann fand er die innere Stärke, den Kopf zu schütteln.

»Wie lautet dein Name?«

Er zitterte kurz, bevor er antwortete. »Birk. Das kommt von einem Baum ... schön, mit weißer Rinde.« Er zog die Decke enger um seine Schultern und fand die Kraft, einige Schritte weiter zu schlurfen.

»Hier wirst du eine ganze Menge Weiß sehen.« Onn deutete auf eine Ecke des Thronpodestes. »Setz dich dorthin, während ich entscheide, was mit dir geschehen soll. Ich hoffe, dass ich dich interessant genug finden werde, um dich zu behalten.«

Als das Kind langsam zu der Stufe ging, stieg Rokk auf das Podest und stellte sich nahe vor den gefrorenen Thron. An der Wand hinter ihm hing ein scharfer Speer, ein Überbleibsel aus lange vergangenen Zeiten. Die stachelige Spitze war mit dem altem Blut des Drachen überkrustet, dem ihre Urgroßmutter Dar in wildem Kampf eine Wunde beigebracht hatte. Onn beabsichtigte, diesen Speer zu benutzen, sobald Ossus wieder aus den Tiefen der Berge auftauchte.

Rokk sagte: »Ich habe das getan, worum Ihr mich gebeten habt, liebliche Onn. Ich habe meine Treue zu Euch bewiesen, und nun solltet Ihr mir Eure Dankbarkeit zeigen. Es wird eine genüssliche Erfahrung für uns beide sein.« Er kam näher.

Onn hatte kein Interesse an seinen Aufmerksamkeiten. Sie strich über die feine Narbe auf ihrer linken Wange, die von einer Wunde herrührte, die ihre verräterische Kusine Voo ihr vor langer Zeit beigebracht hatte. »Wir haben Tausende von Jahren darauf gewartet. Wir müssen unsere Pläne ernsthaft verfolgen.« Ohne Rokk weiter zu beachten, warf sie einen raschen Blick auf den zusammengekauerten Jungen. »Sieh mir zu, Birk. Du wirst jetzt etwas von deiner Geschichte erfahren.«

Sie machte eine Handbewegung, und der spiegelglatte Boden des Thronsaals kräuselte sich. Sie ließ das Eis sich verwandeln, als wäre es weiches Wachs, und bildete daraus Gestalten der alten Wreth-Legenden. Der Junge beobachtete das Geschehen fasziniert und mit tränenverquollenen Augen. »Unser Gott Kur hat ganz deutliche Anweisungen über das hinterlassen, was wir tun müssen, bevor wir gerettet werden können.«

Der Umriss eines gewaltigen Reptilienhauptes erhob sich aus dem Eisboden, zuckte und öffnete seine Kiefer, die mit scharfen Zähnen besetzt waren, dann versank es wieder in dem gekräuselten Teich. Birk wich so weit wie möglich zurück, bis er den Rand des kalten, starren Thronsessels erreicht hatte.

»Sobald wir uns seiner als wert erwiesen haben, indem wir den Drachen töten, werden wir - und nicht die Sandwreth - seine auserwählten Geschöpfe sein und mit ihm in einer neuen, vollkommenen Welt leben.« Aus dem Eis formte sie den Kopf und die Schultern eines wunderschönen Mannes mit hinreißenden Gesichtszügen, wie sie nur eine Gottheit tragen konnte: Das war Kur, der Gott, der diese Welt gestaltet und die Wreth erschaffen hatte. Sie hätte ihn so gern berührt und ihn befriedigt. »Wir haben sehr lange gewartet.«

Onn hatte jahrhundertelang immer wieder geschlafen und sich sowie die Obersten der Wreth in einen magischen Schlummer versetzt, der sie praktisch unsterblich machte. Auch die großen Krieger und Magier waren in eine Starre verfallen, aber sie erwachten häufiger, bauten an ihrem wiederbelebten Reich weiter und verstärkten es dabei.

Die Königin erwachte nur alle hundert oder zweihundert Jahre und sah nach, wie ihr Volk gedieh und ob die erschöpfte Magie des Landes zurückgekehrt war. Zweitausend Jahre lang war sie enttäuscht worden, aber nun hatten sich die Frostwreth beinahe erholt. Zweifellos verhielt es sich bei ihren Rivalen aus der Wüste nicht anders. Onn wartete ungeduldig auf den Krieg, der alles beenden würde, damit Kur zurückkommen konnte.

Birk kauerte sich zusammen und zog sich die Decke enger um die Schultern. Sie fuhr das Kind an, weil seine Aufmerksamkeit zu schwinden schien; schließlich hatte sie seit einiger Zeit nichts mehr gesagt. »Sieh genau hin, Junge, damit du es verstehst! Ich werde ganz vorn beginnen.« Sie hob ihr spitzes Kinn und schaute auf die Eiswände, in denen ein Regenbogen gefangen war. Jeder Wreth kannte die Geschichte.

»Früher einmal hat es viele Götter gegeben, und sie erschufen viele Welten, eine für jeden Stern am Himmel, aber dies hier war die erste Welt, die Kur erschuf, und sie gefiel ihm sehr. Er ließ die Wreth entstehen, damit sie das Land besiedelten, und er war dem, was er geschaffen hatte, besonders zugetan. Die anderen Götter tadelten ihn, weil sie ihre eigenen Schöpfungen als entbehrlich ansahen, doch Kur liebte uns einfach zu sehr.«

Der Krieger lehnte sich gegen die Seite ihres Throns und strich über Onns Haare. Sie gab sich weiterhin mit ihren Eisfiguren ab, die sie aus dem Boden aufsteigen ließ, und erzählte die Geschichte wie in einem Marionettentheater. Neben die Eisgestalt Kurs stellte sie eine verblüffend schöne Wreth-Frau.

»Und die, die er am meisten liebte, war Suth, meine Ahnin.« Onn lächelte wehmütig. »Wie hätte er es auch verhindern können? Sie war die vollkommenste Frau, die er jemals geschaffen hatte. Suths Schönheit musste an die einer Gottheit herankommen, wenn sie einen Gott interessieren konnte. Kur nahm sie als seine Geliebte und zeigte ihr eine Leidenschaft, die die Wreth bisher nicht gekannt hatten.«

In Rokks Augen glitzerte es. »Sie ist nicht so schön wie Ihr.«

Onn beachtete ihn nicht. Manchmal freute sie seine Beharrlichkeit, manchmal ärgerte sie sich darüber. Stattdessen konzentrierte sie sich ganz auf die Statue ihrer großen Ahnin, der Stammmutter aller Frostwreth. Sie veränderte Suths Nase ein wenig, setzte die Wangenknochen höher an und machte das Kinn zierlicher.

Der kleine Junge schien nicht viel zu verstehen, doch das hatte sie auch nicht erwartet. Sie kniff die Lippen zusammen und runzelte die Stirn. »Schließlich, aus welchem Grund auch immer, nahm sich Kur eine andere Geliebte: Raan, Suths jüngere Schwester.« Mit abgehackten, übertriebenen Bewegungen gestaltete sie eine zweite Frau, deren Schönheit jener von Suth gleichkam. Königin Onns Gesicht verzerrte sich in plötzlicher Wut. »Raan versuchte, den Gott von ihrer Schwester wegzulocken. Eifersucht führte zu Gewalt.«

Onn drehte die Hand, bog die langen Finger, und Raans gefrorenes Gesicht verschwamm und zersplitterte in kleine Bruchstücke, die über den Boden klirrten. Rokk lachte freudig auf, während Birk ein Keuchen ausstieß.

»Kur sagte, solange beide Frauen seine Liebe beanspruchten, konnte ihn keine als ihr Eigentum ansehen, doch an ihren Handlungen erkannte er seinen Irrtum. Er war ein junger, idealistischer Gott, und seine erste Welt war mit einem Makel behaftet, die einen grundlegenden Makel in ihm selbst widerspiegelte – die dunklen Gefühle: Hass, Zorn, Eifersucht, Gewalt. Kurs eigene Fehler wurden offenbar, und sie verstärkten sich noch durch die Wreth, die er erschaffen hatte.

Also entfernte Kur die dunklen Regungen aus seinem Inneren, und aus ihnen formte er den großen Drachen Ossus, der alle Fehler des Gottes in sich trug, all die Dunkelheit und all das Gift. Auf diese Weise gereinigt, hätte Kur seine Welt auslöschen und eine bessere erschaffen können, aber seine Schöpfungen waren ihm zu lieb und wert ... vor allem Suth.« Onn schürzte die Lippen. »Und auch Raan, wie ich vermute. Also hat er ihnen die Möglichkeit der Wiedergutmachung eingeräumt.«

Birk sah zu ihr hoch und blinzelte. Onn schlug die Beine übereinander.

»Die Welt konnte niemals vollkommen sein, solange all sein Zorn und seine Gewalt noch existierten, selbst dann nicht, als sie in Ossus personifiziert waren. Aber falls es seinen Kindern, den Wreth gelingen sollte, den Drachen im Herzen der Welt zu töten, würde er sie in ein neues Paradies mitnehmen.«

Rokk schlenderte vor den Thron, setzte sich zu ihren Füßen, lehnte sich gegen ihre Beine und betrachtete das Spektakel der Figuren.

»Und dann schied Kur aus dieser Welt. Er wurde schon seit vielen Tausend Jahren nicht mehr gesehen.« Der Junge blickte unverwandt die Skulpturen an, die aus dem Boden heraufwuchsen. »Die Wreth teilten sich in zwei Parteien auf: in jene, die Suth folgte, und in die andere, die Raan folgte. Der Hass der Sandwreth auf uns war genauso gefährlich und giftig wie das Böse, das in Ossus verkörpert ist. Die Anhänger Raans wollten uns vernichten, um Kur für sich allein haben zu können. Sie wollten das Paradies mit niemandem teilen.«

Sie stieß den Atem aus, und Wölkchen aus kaltem Dampf kräuselten sich vor ihrem Mund. Birk beobachtete sie fasziniert, als hätte sie die Rauchringe zu seiner Belustigung geblasen.

Bevor Onn ihre große Geschichte beenden konnte, betrat eine kleine Gestalt den Thronsaal. Es war eine der stillen Drohnen, die sich um die Wreth kümmerten. Sie erschien grauhäutig und menschenähnlich, doch das Gesicht wirkte platt und armselig gestaltet. Die Drohnen waren traurige Imitationen der menschlichen Rasse, vor Jahrtausenden von den Wreth erschaffen, damals, als ihre Macht am stärksten gewesen war. Doch weil die Magie des Landes fast völlig ausgetrocknet war, hatten Onn und ihre Magier nichts mehr bilden können, was so hoch entwickelt war wie die Menschen. Diese Drohnen waren das Beste, wozu die Wreth noch in der Lage gewesen waren.

Aber vielleicht konnte sie von diesem Menschenkind, das frierend und hungrig in ihrer Nähe saß, noch etwas lernen.

Die Drohne trat gehorsam näher. Sie trug ein Tablett mit gefüllten Speiseschüsseln, die sie der Königin und dem Hauptkrieger Rokk darbot.

»Ich vermute, dass du hungrig bist«, bemerkte Onn zu ihm.

»Mich hungert nach Eurer Liebe, meine Königin.« Rokk sprang auf die Beine und nahm der Drohne das Tablett ab. »Aber wir können gern zuerst essen.« Er angelte sich einige gewürzte fleischige Flechten aus seiner Schüssel, die in den Spalten der Gletscher wuchsen.

»Füttere den Jungen«, sagte sie. »Wenn er überleben soll, muss er essen. Da du dir die Mühe gemacht hast, ihn zu retten, wollen wir in Erfahrung bringen, ob er uns nützlich sein kann.«

»Ich soll ihn füttern?«, fragte der Krieger ungläubig und fuhr dann die Drohne an: »Füttere ihn!«

Die Drohne übergab Birk eine der Schüsseln. Der Junge starrte zunächst das Essen an, als wäre es eine Falle, dann aber fiel er mit Heißhunger darüber her.

Die graue Figur zog sich still über den gefrorenen Boden zurück und mied die durchscheinenden Gestalten von Suth und Kur, die aus dem Eis hervorwuchsen.

Onn folgte der Drohne mit ihren Blicken. Sie diente angemessen, so wie all die anderen, aber die Drohnen waren austauschbar. Als sie die Mitte des Zimmers erreicht hatte, wirkte Onn ihre Magie, formte das Eis, und das Haupt des Drachen stieg leise hinter der Drohne auf und öffnete sein Maul mit den spitzen Eiszähnen.

Birk ließ seine Schüssel fallen. Die Drohne drehte sich entsetzt um, als die Ossus-Gestalt auf sie niederfuhr und sie verschluckte; dann nahm der Drache die Drohne mit sich in das Eis des Bodens, als wäre es ein tiefer See. Er verschwand unter der spiegelglatten Oberfläche.

Onn musste kichern, während sie alle anderen Gestalten zusammenschmolz, bis nur noch ein einziger ruhiger Teich übrig war, der rasch gefror. Sie sah Birk an. »Hat dir das gefallen? Hast du deine erste Geschichtslektion gelernt?« Die Augen des Jungen waren geweitet, und er schien nicht zu wissen, welche Antwort sie erwartete. Sie erklärte: »Wenn wir die Sandwreth, die Töchter Raans ausgelöscht und Ossus getötet haben, damit das Böse und die Gewalt aus der Welt verschwinden, wird Kur zurückkehren und uns mit in sein Paradies nehmen.«

»Aber das könnte noch eine lange Zeit dauern«, sagte Rokk.

»Dann sollten wir sofort anfangen. Kur wird erst dann zurückkehren, wenn wir seine Befehle ausgeführt haben.« Sie senkte ihre Stimme zu einem Flüstern; es hörte sich an wie der kalte Wind, der seine Musik an den Türmen des gefrorenen Palastes spielte. »Oh, Kur muss ein vollendeter Liebhaber sein ...«

Rokk streichelte ihren Arm. »In der Zwischenzeit habt Ihr mich, liebliche Königin.«

»Ein armseliger Ersatz.«

Birk schniefte erneut, und da sagte sie ihm, er solle still sein. Er zog die Decke noch enger um sich, kauerte sich zusammen und wartete.

Rokk küsste ihre Wange und fuhr mit der Zungenspitze an der Narbe entlang, die ihre Kusine ihr zugefügt hatte. »Ich werde mein Bestes geben, liebliche Königin.« Er war überhaupt nicht mehr interessiert an der Geschichte und den Legenden, und nach wenigen Augenblicken war Onn es ebenfalls nicht mehr.

20

Lange nach Einbruch der Dunkelheit stand Konag Conndur unter dem beruhigenden Strahlen der Sterne. Seit dem schweren Gewitter waren zwei Tage vergangen, und einige Pfützen waren noch auf der Aussichtsplattform der Burg von Convera zurückgeblieben. Die Sterne glitzerten wie Eisstücke. Normalerweise fühlte er sich hier oben erfrischt und bekam einen klaren Kopf, aber heute Nacht waren seine Gedanken schwer, als er in dem Himmel über sich nach Antworten suchte. Die Sterne waren helle Lichter, die von anderen Welten kündeten - das angebliche Paradies, das von den Wreth-Göttern erschaffen worden war. Conn wusste nicht, ob er diese alten Geschichten glauben sollte.

Er lehnte sich auf der gepolsterten Bank zurück, legte die Arme an die Seiten und starrte nach oben. Ihm wurde schwindlig, und er fühlte sich, als fiele er in den Himmel. Der Sitz neben ihm blieb leer. Immer wenn er Mandan mit nach hier oben nahm, beschwerte sich der Prinz entweder über die Kälte oder über die späte Stunde, oder über die Zeitverschwendung. Adan hingegen hatte Conns Begeisterung für die Sterne stets geteilt.

Er lächelte, als er sich an eine bestimmte dunkle Nacht erinnerte. Adan war gerade fünfzehn Jahre alt gewesen. Die beiden hatten viele Stunden in freundschaftlichem Schweigen damit verbracht, einen Meteor-Schauer zu beobachten. Weiße und orangefarbene Streifen hatten den Himmel zerrissen und sich dann aufgelöst. Ein besonders heller Flammenschweif war von einem schrillen Pfeifen und einem knallenden Geräusch begleitet worden, bevor er wieder verschwunden war. Kurz darauf hatte sich

Adan für seinen Beinamen entschieden - Sternenfall - und hatte ihn nie wieder geändert.

Nachdem sein Sohn zum König von Suderra geworden und ans andere Ende des Staatenbundes gezogen war, schrieben sie sich häufig Briefe, die voll waren von Wundern und allen möglichen Zeugnissen der Vorstellungskraft.

Aber der Brief, den Conndur heute erhalten hatte, steckte voller beunruhigender und verblüffender Neuigkeiten.

Warum war die alte Rasse nach Jahrtausenden aus den Tiefen der Wüste zurückgekehrt? *Sandwreth. Königin Voo.* Namen und Ereignisse aus den halb vergessenen Kriegen waren zu Bestandteilen von Kindergeschichten geworden. Die Wreth hatten sich bei dem Versuch, den mythischen Drachen - und sich gegenseitig - zu töten, beinahe selbst ausgelöscht. Sie hatten Ossus verwundet und ihn unter die Erde getrieben, dann hatten sie sich gegenseitig fast bis zur völligen Vernichtung bekämpft. Die überlebenden Menschen hatten in den darauffolgenden zweitausend Jahren das Land umgestaltet, und niemand hatte sich vorgestellt, die Wreth könnten je wieder zurückkehren.

Adan hätte eine solche Geschichte niemals frei erfunden. Er hatte noch nie unberechtigt Alarm geschlagen und zuckte auch nicht vor Donner und Blitz zurück ... Seinem Brief zufolge hatte die Königin der Sandwreth geraten, dass sich die menschliche Rasse auf einen großen Krieg vorbereiten sollte, und sie hatte sogar die Möglichkeit einer Allianz angedeutet. Hundert Wreth waren nach Bannriya gekommen. Gab es noch mehr von ihnen? Wie ernst war diese Krise?

Doch warum sollte sich Conndur, der Konag des Staatenbundes, über Legenden und unbestimmte Warnungen, die vom anderen Ende des Landes ausgingen, Sorgen machen, wenn Osterra doch eher von den Ischaranern und ihren mächtigen Gottlingen angegriffen wurde? Erst vor zwei Nächten hatte Utho von dem schändlichen Überfall auf Mirrabay geschrieben. Es war der jüngste einer Reihe von Zwischenfällen auf See, von Kriegsschiff-Sichtungen durch die Garnison auf Fulcor und von Verlusten unschuldiger Handelsschiffe und Fischerboote des Staatenbundes, die spurlos verschwunden waren. Die wahre Bedrohung war offensichtlich.

Conndur konnte die Wut seiner Vasallen-Lords kaum mehr unter Kontrolle halten, und die Menschen an der Küste hatten Angst vor weiteren Überfällen. Lord Cade tobte wegen der Gefahr für seine Untertanen hoch droben an der Nordküste und hatte bereits sein persönliches, aus dem Sandperlenhandel stammendes Vermögen dazu eingesetzt, eine private Armee aufzustellen.

Aber ... Wreth? Conn fand den Bericht seines Sohnes faszinierend. Als Konag sollte er sich mit den Abgesandten der Wreth treffen, falls sie je zurückkommen sollten. Doch zuerst musste er Mirrabay wiederaufbauen und gegen weitere ischaranische Angriffe verteidigen.

Wreth! Was das wohl bedeuten mochte?

Die Burg von Convera stand auf einem keilförmigen Felsen oberhalb des Zusammenflusses zweier großer Ströme. Der Blauwasser kam aus Norterra und war breit und tief, sodass Barken und Lastkähne weite Strecken auf ihm zurücklegen konnten. Der wildere Yeth entsprang im Drachengrat-Gebirge, der zerklüfteten Grenze zwischen Osterra und den beiden anderen Königreichen im Staatenbund.

Die Stadt war von fruchtbarem Acker- und Weideland umgeben; zunächst war sie entlang der beiden Flussläufe erbaut worden und füllte nun auch das Gebiet zwischen ihnen aus. Der gut zu verteidigende Felsen, der von den beiden Flüssen eingerahmt wurde, ragte an seiner Spitze mehr als zweihundert Fuß in die Höhe, und die Flanken fielen steil bis zum Wasser ab.

Die Burg erhob sich schon seit mehr als tausend Jahren über der stets wachsenden Stadt. Ein Gewirr aus Tunneln und Gewölben durchzog die Anhöhe unterhalb der Burg; sie dienten als Lagerräume, Kerkerzellen und Rüstkammern. Utho kannte einige Geheimverliese, die dunkleren Zwecken dienten, und eines Tages würde er sie vielleicht Prinz Mandan zeigen, sofern es nötig werden sollte. Aber nicht heute. Er hatte Conndur versprochen, dass er den jungen Mann mit der harten Wirklichkeit des Herrschens und des Kriegshandwerks bekannt machen werde.

Utho führte den widerstrebenden Prinzen durch die gewundenen Gänge innerhalb des Felsens. Der große Brava trug eine Fackel und musste sich ducken, um nicht gegen die niedrigen Decken zu stoßen, während Mandan eine kleine Laterne mitgenommen hatte. Er reagierte unwirsch auf diese unangenehme Ablenkung. »Warum müssen wir uns all diese gelagerten Waffen ansehen? Wir haben sie seit vielen Jahren nicht mehr benutzt, und nichts hat sich in der Zwischenzeit verändert.«

»Die politische Lage wandelt sich andauernd. Die Ischaraner sind immer dort draußen und wollen uns jederzeit töten. Erinnert Euch an Mirrabay. Glaubt nie, dass Verteidigungsanlagen so stark sind, wie sie erscheinen. Ich habe geschworen, Euch und den Staatenbund zu beschützen, aber das schaffe ich nicht allein. Wenn Ihr ein guter Konag werden wollt, müsst Ihr das hier sehen - und lernen.«

Als die Decke an einer Abzweigung noch niedriger wurde, zog Mandan den Kopf ein. »Ich wollte heute mein neues Gemälde vollenden. Es stellt Lady Surri dar, eine weitere Frau, mit der ich verheiratet werden soll.« Gleichgültig runzelte er die Stirn.

Utho nickte ernst. »Ich verstehe, mein Prinz. Manchmal ruft uns die Liebe, und manchmal ruft uns die Pflicht.« Er hatte Mareka, seine Menschenfrau, wirklich und wahrhaft geliebt, aber er hatte auch die Verantwortung gehabt, die Brava-Blutlinie stark zu halten. »Fleisch, Blut und Herz sind verschiedene Dinge. Wir tun unser Bestes, damit alle drei zufrieden sind.«

Mandan nahm das, was sein Lehrer zu sagen hatte, widerstrebend hin. »Eines Tages werde ich mich entscheiden.« Utho fasste dies als Herausforderung auf, dem Prinzen beizubringen, wie er Prioritäten zu setzen hätte. Plötzlich lächelte der junge Mann, als ihm eine Idee kam. »Vielleicht würde es helfen, wenn ich Mirrabay und den Gottling male, damit die anderen das Grauen sehen können, das die Ischaraner über uns bringen. Wenn du mir die

Szene in allen Einzelheiten beschreibst, all das Blut und Sterben, kann ich es in einem Bild einfangen. Ich kann dafür sorgen, dass jedermann Angst vor den Ischaranern hat.« Nun klang er eifrig und interessiert. »Ich habe noch nie ein richtiges Schlachtfeld gesehen.«

»Dafür solltet Ihr dankbar sein. Früher ist es in Mirrabay wunderschön gewesen ...« Er erinnerte sich, wie es war, wenn die Sonne aus dem Meer im Osten aufstieg, und wenn sich das Licht in helle Strahlen auffächerte und von den Häusern widergespiegelt wurde. Er hielt sich kurz an dieser schönen Erinnerung fest, dann schob er sie beiseite. Die Ischaraner würden dieses Bild nicht zerstören. »Wir müssen bereit sein, wenn diese Tiere hierher zum Zusammenfluss kommen.«

Mandan schluckte, als hätte er diese Möglichkeit noch nie in Betracht gezogen.

Utho blieb vor einer schweren Tür stehen, holte einen eisernen Schlüssel aus der Tasche und drehte ihn im Schloss um. »Wenn wir je angegriffen werden, mein Prinz, müsst Ihr wissen, welche Waffen dem Staatenbund zur Verfügung stehen. Es könnte sein, dass Ihr höchstpersönlich eine Eurer Armeen anführen müsst.« Er streckte seine Fackel vor und trat in eine große Kammer mit rauen Wänden, deren Decke von Säulen getragen wurde, die sich in regelmäßigen Abständen zueinander aus dem Boden erhoben. »Allein dieser Raum enthält genug Stahl, um eine ganze Armee auszurüsten.« Das gelbe Licht spiegelte sich in zahllosen Metallklingen wider, die vom Alter angelaufen waren. »Fünfhundert Schwerter hier und tausend weitere in anderen Kammern innerhalb dieses Felsens. Außerdem besitzen wir befestigte Lagerräume überall in der Stadt.«

Nun war Mandans widerwilliges Interesse doch geweckt, und er folgte Utho. Er hielt seine Laterne hoch, blieb stehen und betrachtete eine Vorrichtung, in der zehn Piken aufrecht standen. »Das alles sind Überbleibsel aus dem Krieg meines Vaters, nicht wahr?«

»Ja, die tausend Schiffe haben diese Waffen nach Bolams Tod

aus Ischara mitgebracht, und vermutlich haben sie noch einmal so viele in den Leichen ihrer Feinde zurückgelassen.« Utho spürte, wie ihm die Wut den Brustkorb zusammenschnürte, aber eine gewisse Befriedigung konnte er nicht verhehlen. Er stöberte in einem Fass voller Waffenteile herum und nahm sich vor, dafür zu sorgen, dass sie gereinigt, gerichtet und geordnet wurden. »Wir haben Helme und Schilde, Speere, Streitkolben und Kriegsäxte. In anderen Kammern befinden sich Tausende gefiederte Pfeile und Armbrustbolzen, Langbögen und Armbrüste.«

Mandan hob eine der schweren Waffen an. »Und einen Kriegshammer, wie mein Onkel Kollanan ihn benutzt hat.«

»Jede Waffe besitzt einen genauen Namen, dient einem besonderen Zweck und erfordert eine spezielle Ausbildung. Ihr müsst all das lernen, und ich werde es Euch beibringen. Ich werde Euch abhärten.« Mandan war überwältigt und sah ihn erstaunt an, während Utho gelassen hinzufügte: »Aber nicht alles gleichzeitig. Wir werden mit ganz einfachen Dingen anfangen.« Er führte den Prinzen aus der Rüstkammer und schloss die Tür hinter ihnen. »Kommt mit zum Aussichtspunkt. Ich werde Euch im Überblick zeigen, wie Convera verteidigt werden kann.«

Utho begab sich an die Flanke des Felsens zu einem großen, vergitterten Fenster, von dem aus sie am Steilhang entlang auf die Flüsse tief unter ihnen blicken konnten. Mandan zerrte an den Gitterstäben und war gefesselt vom Anblick der Tiefe. »Soll dieses Gitter Feinde abhalten? Keiner kann vom Fluss aus hier hochklettern.«

Utho wusste, dass jeder Brava in der Lage sein würde, eine solche Steilwand zu erklimmen, sofern es nötig war. »Es gibt dreißig weitere Öffnungen an den Seiten des Felsens, die beide Flüsse überblicken. Von hier aus können die Verteidiger Steine werfen, Pfeile verschießen und Feuer auf jedes feindliche Schiff herabregnen lassen, das sich vom Meer aus über einen der Flüsse nähert.« Seine Nasenflügel bebten, als er tief einatmete. »An dem Tag, an dem ich ischaranische Schiffe auf dem Fluss segeln sehe, weiß ich, dass wir Bravas den Staatenbund enttäuscht haben.« Er berührte den goldenen Reif an seiner Seite und fuhr mit dem Finger über die scharfen Stacheln, die das Blut herauszogen.

Mandan bemerkte seine Bewegung. »Ihr würdet uns mit euren Rammern beschützen. Du würdest mich retten.«

Utho nahm das Metallband, das mit magischen Runen bedeckt war, von seinem Gürtel und hielt es Mandan entgegen. »Ein Brava sollte seinen Rammer nur im schlimmsten Fall einsetzen.« Der Prinz machte große Augen, aber er hatte Angst, den Reif zu berühren. »Wir sind hier allein, mein Prinz. Ich werde Euch zeigen, was wir tun können. Selbst ein Brava holt das Feuer nicht leichtfertig hervor.«

Er legte sich den goldenen Reif um das Handgelenk und schob ihn zusammen, bis er ganz festsaß. Ein Band aus dunkelroten Blutstropfen bildete sich unter den scharfen goldenen Zähnen, und ein Flammenkreis entzündete sich um den Rand herum, genährt von Uthos Magie und der Wut in seinem Blut.

Als Mandan zurückwich, verstärkte Utho seinen Zorn, und die Flamme wuchs und bedeckte seine Hand, während er die Finger ausstreckte. Sie war weitaus heller als die Fackel, die er in das Tunnellabyrinth mitgenommen hatte.

»Viele Menschen besitzen Wreth-Blut in unterschiedlicher Konzentration. Unsere Schöpfer haben sich menschliche Geliebte genommen, insbesondere in den späteren Jahren des Krieges, als sie immer mehr Kämpfer benötigten. Nach den vielen Jahrhunderten weiß in unseren Ländern kaum mehr jemand, dass Wreth-Blut in ihren Adern fließt.«

»Aber die Bravas wissen es«, sagte Mandan.

»Wir bleiben so rein wie möglich; wir sind Halbblute, die noch genauso stark sind, wie es unsere erste Generation war. Die Bravas können ein wenig von der Wreth-Magie einsetzen – insbesondere dies hier.«

Utho hob die Hand und sah zu, wie die helle Flamme die Luft versengte. »Die Götter haben die Wreth erschaffen, und die Wreth haben die Menschen erschaffen, aber uns gegenüber haben sie sich nie als wohlwollend erzeigt. Wir waren unbedeutend für sie, aber sie sind schon lange verschwunden. Nun sind wir allein, mein Prinz. Wir leben unser eigenes Leben und hinterlassen unser eigenes Vermächtnis.« Der Rammer wurde heller, und die Flamme streckte sich aus. »Wir erschaffen keine abscheulichen Gottheiten, wie es die Ischaraner tun. Unsere Art besitzt bereits alles, was sie braucht.«

Die verdichtete Energie war schwer zu kontrollieren, und die Feuerklinge wurde länger. Er steckte die flammende Hand zwischen den Gittern hindurch, sodass der Rammer an der offenen Luft zucken und peitschen konnte.

Utho konzentrierte sich ganz auf seinen Hass gegen die Ischaraner, die seine Familie getötet und die Geschichte der Welt befleckt hatten. Er dehnte das Feuer zu einer brennenden Peitsche, die in der freien Luft knisterte. Tief unter ihm zogen Boote auf dem Blauwasser ihre Bahn, und er sah winzige Gestalten an Deck, die zu ihm hoch zeigten.

Mandan war tapfer genug, die Hand auszustrecken und seinen Arm zu berühren. Die gefährliche Waffe faszinierte ihn. »Warum brauchen wir so etwas, wenn sich der Staatenbund nicht im Krieg befindet?«

Utho kam wieder zu sich, und die Rammerklinge zog sich in den flackernden Ring zurück, der den Reif umgab. Er löschte die Flamme, öffnete den Rammer und nahm ihn vom Handgelenk. Das Blut tropfte noch aus den kleinen Wunden. »Wir mögen uns gegenwärtig im Frieden befinden, aber Ihr könnt darauf vertrauen, dass es nicht immer so bleiben wird.«

21

Als Hohepriester Klovus um ein Treffen mit der Empra zur Erörterung von Ischaras Zukunft bat, erkannte Iluris, dass er eine gut besuchte Konferenz im Thronsaal des Palastes erwartete, weil er sich zur Schau stellen wollte. Er wollte von Adligen und Höflingen umgeben sein, von hohen Angehörigen der Priesterschaft und Hunderten Zuschauern. Er weidete sich an der Aufmerksamkeit, die ihm solche Ereignisse verschafften.

Stattdessen reagierte Iluris auf den übereifrigen Priester mit einem wohlwollenden Lächeln und sagte zu seinem Abgesandten: »Ich will sofort mit ihm reden. Sage Klovus, dass er sich zu mir in den Garten gesellen soll, wo wir uns an den Blumen erfreuen und ungestört reden können - nur wir beide. Die Kakteen stehen bald in voller Blüte.«

Als Oberhaupt der Hohepriester war Klovus der mächtigste Mann in den dreizehn Bezirken, und deshalb musste sie vorsichtig mit ihm umgehen. Seine Herrschaft über die Tempel-Gottlinge machte ihn zu einer Macht, mit der sie rechnen musste, und zu einem nützlichen Verbündeten ... wenn er sich denn bloß entschließen könnte, ihr Verbündeter zu sein. Seine beiden Vorgänger hatten sich mit ihrem Platz begnügt und sie als die politische Herrscherin von Ischara anerkannt, und auch Klovus musste die wahre Hierarchie akzeptieren. Er durfte nicht glauben, die Empra stehe stets zu seiner Verfügung, und er durfte auf keinen Fall Ischara in einen Krieg hineinziehen, nur weil er mit seinen Gottlingen prahlen wollte.

Der Abgesandte zögerte und spielte mit seinem Rang-Amulett,

das ihm an einer Kette um den Hals hing. »Jetzt gleich, Exzellenz? Wäre vielleicht ein förmlicheres Treffen möglich?«

Iluris schenkte dem Unbehagen des Boten keinerlei Beachtung und erhob sich von ihrem Thron. »Warum sollte man sich in einem dunklen Zimmer verstecken, wenn man diesen wunderbaren Tag auch im Garten genießen kann?« Sie richtete ihren leichten Kopfschmuck und entließ den Abgesandten. »Schick ihn sofort her. Mein Terminplan ist sehr voll.«

Nachdem der Mann aus dem Thronsaal gehastet war, begab sie sich nach draußen in den weitläufigen Palastgarten, der so geschickt angelegt war, dass er wie ein Stück wilder Natur wirkte. Kaptani Vos und zwei weitere Falkenwächter folgten ihr; ihre Rüstungen aus Leder und Stahl knirschten, und ihre roten Umhänge reichten ihnen bis zu den Schenkeln. Sie bedeuteten eine beständige und beruhigende Präsenz, aber Iluris nahm ihre Adoptivsöhne nicht als selbstverständlich hin. Die Falkenwächter wussten, dass Iluris ihre Freiräume schätzte und Zeit zum Nachdenken und zur Konzentration brauchte.

Überall im Garten standen Schnitzwerke auf niedrigen Sockeln. Einige wirkten erschreckend, andere herzerwärmend – es waren künstlerische Darstellungen der Hauptgottlinge aus den dreizehn Bezirken. Iluris roch den herben Duft der Hibiskusblüten, die so hell waren, dass sie wie ein Ruf in der Wildnis wirkten. Eilande aus Seerosen sprenkelten kleine Teiche, deren Oberflächen sich kräuselten, als die Goldfische ihre endlosen Kreise zogen.

Iluris folgte den kiesbestreuten Pfaden und kam zu ihrem Garten aus stachligen Kakteen, die aus den trockenen Gebieten tief im Osten herbeigeholt worden waren, insbesondere aus den Hochwüsten des Bezirks von Rassah. Honigbienen erforschten Kaktusblüten, die so groß wie Iluris' Hände waren.

Zwanzig Fuß hoch über Sand und Felsen stand eine Wasseruhr, die hier völlig fehl am Platze wirkte. Sie war vor drei Generationen errichtet worden und funktionierte noch immer mit großer Genauigkeit. Wasser aus einem Reservoir am oberen Ende rann in stetigem Fluss in gestaffelte Zylinder hinein, hob schwimmende

Scheiben an, die das Wasser allmählich in untere Gefäße kippten, Minute für Minute, Stunde für Stunde. Pünktlich um Mitternacht waren alle Gefäße leer und wurden neu gefüllt, sodass die Uhr einen weiteren Tag abmessen konnte. Iluris lauschte dem herabrinnenden Wasser, dem beruhigenden Strömen der niemals sich ändernden Zeit.

Einer der Falkenwächter räusperte sich respektvoll und lenkte ihre Aufmerksamkeit auf den herannahenden Besucher. In seinem dunkelblauen Kaftan kam Klovus prustend und gehetzt auf sie zu. Er streckte die dicklichen Hände aus und zeigte all seine Ringe, als könnten sie Iluris beeindrucken. »Empra! Ich bin Eurem Ruf sofort gefolgt.« Er lächelte höflich, aber sein Blick blieb darunter hart.

»Ich habe Euch nicht gerufen.«

Er zögerte. »Ah, aber mir wurde gesagt, ich soll zu Euch in den Garten kommen.«

Sie wollte sich nicht mit ihm streiten. »Euer Bote sagte, Ihr wolltet mit mir über die Zukunft Ischaras sprechen. Das ist zwar eine ernste, aber nicht besonders genaue Bitte.«

Seine knappe Verbeugung reichte nicht aus, ihn demütig wirken zu lassen. »Ich denke an die Zukunft, Exzellenz, so wie es alle Ischaraner tun sollten. Wenn ich im Tempel zu unserem mächtigen Gottling bete und die Opfer überwache, die seine Macht erhalten, spüre ich das Gewicht der Zukunft stärker als jeder andere auf meinen Schultern.«

»Nicht stärker, als ich es spüre«, sagte Iluris.

Klovus wirkte verlegen. »Ihr wisst, was ich meine, Exzellenz.«

»Das weiß ich für gewöhnlich schon, Hohepriester.« Einer der kleinen Zylinder der Wasseruhr war voll, kippte um und ergoss sich mit lautem Geplätscher in den Stundenzylinder.

»Ihr regiert seit drei Jahrzehnten, und Ihr habt uns zum Wohlstand geführt. Dafür beglückwünsche ich Euch. Seit dem Ende des Krieges gegen den gottlosen Staatenbund herrscht Frieden in unserem Land. In jedem Tempel des Bezirks zeigen sich unsere Gottlinge mit dem Glauben der Menschen zufrieden, der vielleicht sogar stärker geworden ist.« Er senkte die Stimme. »Aber solange der Magnifica-Tempel unvollendet ist ...«

Sie schnitt ihm das Wort ab. »Wenn Ihr dieses Thema wieder anführen wollt, könnt Ihr gehen. Ich habe meine Meinung nicht geändert, und ich werde sie auch nicht ändern. Der Gottling ist bereits mächtig, und in diesen Zeiten der Zufriedenheit ist er wohlwollend. Wenn aber die Magnifica vollendet wird, dann wird er vermutlich so stark werden, dass selbst Ihr ihn nicht mehr beherrschen könnt.«

»Meine Verbindung zu den Gottlingen ist schon immer sehr eng gewesen, Euer Exzellenz. Ich verstehe sie, und es geht mir nur darum, dass ihre Wünsche erfüllt werden, da sie uns so sehr helfen ...« Klovus rang die Hände und räusperte sich. »Aber ich möchte heute nicht mit Euch über den Weiterbau des Tempels reden. Ich möchte vielmehr mit Euch besprechen, wie wir über Eure Herrschaft hinaus planen können. Das ist eine wichtige Frage für Ischara.«

Eine Dienerin näherte sich ihnen mit einem Tablett, auf dem sich eine reich verzierte Silberkanne und zwei Gläser mit hellgrünen Minzblättern darin sowie ein Teller mit Dattelkeksen befanden. Iluris setzte sich auf eine Steinbank und richtete ihre Röcke, während sich Klovus auf das andere Ende der Bank setzte, obwohl dort kaum mehr Platz für ihn war. Die Dienerin stellte das Tablett zwischen sie und goss kochendes Zuckerwasser in jedes Glas.

»Danke, Exzellenz«, sagte Klovus, ohne die Dienerin anzusehen. Dann endlich beschloss er, den Blick zu heben. »Und du sollst gesegnet sein, mein Kind. Der Gottling weiß um deine Dienste für uns alle.« Nachdem die junge Frau errötet davongehuscht war, nahm er einen der Dattelkekse. »Ich will offen sein.«

»Damit hattet Ihr noch nie Schwierigkeiten.«

»Ihr habt keinen Erben. Solltet Ihr sterben, würde unter normalen Umständen Euer Gemahl Euren Platz als Herrscher einnehmen, aber da all Eure Gemahle tot sind und Ihr kinderlos geblieben seid ...«

»Kein Grund, verlegen zu werden. Ich bin mir der Tatsache vollkommen bewusst, dass ich keine Kinder habe. Keiner meiner drei Ehemänner hat es je geschafft, mich zu schwängern. Oft waren sie so betrunken, dass sie nicht einmal die einfachsten biologischen Aufgaben ausführen konnten.« Sie nahm selbst einen der Kekse.

Allerdings hatten all ihre Ehemänner zahlreiche Kinder mit ihren Geliebten in der Stadt gezeugt, sodass sie nicht deren schwachen Samen dafür verantwortlich machen konnte. Da sie überdies während der vier Jahre, in denen ihr Vater sie regelmäßig vergewaltigt hatte, nie schwanger geworden war, hatte Iluris schon seit Langem vermutet, dass sie wohl unfruchtbar sein musste. Ein vierter Gemahl würde dieses Problem also auch nicht aus der Welt schaffen, außerdem war sie schon eine Spät-Vierzigerin und daher gewiss zu alt für Nachwuchs.

Klovus verneigte sich. »Aus diesem Grund müssen wir andere Antworten in Erwägung ziehen. Ihr und ich, wir sind nicht immer einer Meinung gewesen, aber Ihr wisst, dass meine ganze Treue Ischara gilt. Ich möchte zu Eurem Partner werden. Was könnte wirksamer und segensreicher sein als eine starke Allianz zwischen der Empra und dem obersten Hohepriester? Was könnte natürlicher sein?«

Sie wusste nicht, was er damit andeuten wollte. »Aber sind wir denn nicht längst schon Verbündete? Zum Besten Ischaras?«

»Ich dachte eher an ein förmlicheres Arrangement. Ich habe lange und angestrengt darüber nachgedacht und glaube, dass es das Beste für unser Land wäre, wenn Ihr mich heiratet und die Macht in Ischara zusammenfasst.« Als Iluris ihn ungläubig anblinzelte, fuhr er rasch fort: »Auf diese Weise würde die Herrschaft gefestigt bleiben, was auch immer geschieht, und wir beide sind gewiss in unserer Liebe zu Ischara vereint.«

Iluris beherrschte ihr Mienenspiel, damit sie ihn nicht der Lächerlichkeit preisgab. »Ihr seid zehn Jahre jünger als ich, Klovus. Man könnte mir vorwerfen, dass ich ein Kind eheliche.« Er lachte, aber sie redete mit harter Stimme weiter, während ihr

Blick an seiner stämmigen Gestalt auf und ab fuhr. »Trotzdem könnte es sein, dass ich Euch überlebe. Ihr könntet Euch einmal zu ausgiebig von den Opfertellern bedienen, und das könnte Euch schlecht bekommen.«

Auch wenn er sie entrüstet ansah, leugnete er es nicht. »Ich schlage mich nur aus tiefster Pflichterfüllung und Opferwilligkeit als Euren Gemahl vor. Sollte ich Euch nicht gefallen, wählt Ihr einfach einen anderen Hohepriester zu meinem Nachfolger.« Er stieß die Worte unter so viel Mühe heraus, wie jemand sie aufwendet, um eine wilde Katze in einen kleinen Korb zu stecken.

»In der Tat gibt es viele attraktive Hohepriester«, sann sie nach, und seine Wangen röteten sich. Das Wasser plätscherte weiterhin in der Uhr. Einer der vollen Zylinder kippte langsam und ergoss seinen Inhalt in das nächsttiefere Becken. Sie beschloss, ihn nicht weiter zu quälen. »Es mag Euch überraschen, Klovus, aber ich betrachte Euch nicht als Feind. Mein Leben habe ich einem starken Ischara geweiht und einer friedvollen und gedeihlichen Zukunft zum Besten des Volkes. Gemeinsam könnten wir so vieles erreichen. Daher stimme ich Euch grundsätzlich zu.«

Er hatte einen weiteren Dattelkeks genommen; seine Hand erstarrte auf halbem Weg zum Mund. »Wirklich?«

»Es ist tatsächlich höchste Zeit, dass ich mir ernsthaft Gedanken über meinen Nachfolger mache. Ischara hat ein Recht darauf zu wissen, wer die nächste Empra oder der nächste Emprir sein wird, wenn ich nicht mehr da bin. Wir sollten stets auf unseren Tod vorbereitet sein. Als mein lieber Vater aus dem Fenster gestürzt ist, geschah das ziemlich unerwartet.«

Als Klovus grinste, erkannte sie zum ersten Mal, wie ein wirklich aufrichtiges Lächeln bei ihm aussah. »Ich würde mich höchst geehrt fühlen, Exzellenz, wenn Ihr beschließen würdet, mit mir an Eurer Seite zu herrschen.«

»So weit wollen wir gar nicht gehen, Klovus.« Sie kannte seinen Ehrgeiz so gut, dass sie genau wusste, wie sie ihm einen Dämpfer versetzen konnte. »Ich hege keine Bedenken gegen eine Ehe aus politischen Gründen, aber ich würde meinen Nachfolger gern *auswählen.* Es muss die Person sein, die am besten dazu geeignet ist, Ischara zu führen. Es sollte jemand mit großem Wissen sein, mit dem passenden Temperament und einer enormen Anpassungsfähigkeit - um seine starke Persönlichkeit gar nicht erst zu nennen -, der oder die unser Land sowohl in Zeiten des Wohlstands als auch in Zeiten der Krise zu führen imstande ist. Wir hatten einen jahrzehntelangen Frieden, aber vermutlich wird er nicht ewig halten. Meinen Nachfolger unter den besten Kandidaten persönlich auszusuchen, scheint mir eine weitaus bessere Methode zu sein, als darauf zu vertrauen, dass ein Schleimpfropfen die richtige Stelle zwischen meinen Beinen trifft.«

Ihre drastischen Worte entsetzten Klovus, aber sie fuhr fort. »Für eine solche Wahl sollte eine möglichst große Gruppe von Kandidaten gebildet werden. Kammerherr Nerev wird die erforderlichen Qualitäten aufschreiben, die ein Anführer oder eine Anführerin haben muss, und die Liste im ganzen Land verteilen.« Sie sah ihn über den Rand des Teeglases hinweg an. »Und dann werden wir jemanden finden. Ihr Hohepriester seid herzlich eingeladen, Euch zu bewerben. Ich möchte jedem gegenüber gerecht sein.«

Klovus glitt von der Bank und stellte sich vor sie. Sein Gesicht war rot vor Wut. »Was wollt Ihr damit sagen? Dass sich jedermann für ein so ehrenvolles Amt vorschlagen darf?«

»Warum sollen nicht alle Ischaranerinnen und Ischaraner die Möglichkeit dazu erhalten? Sie müssen mich nur davon überzeugen, dass sie es verdient haben, der nächste Führer oder die nächste Führerin zu sein, und sie müssen meine Ziele für die Zukunft Ischaras verinnerlicht haben.«

Sie lächelte, als sie über die Möglichkeiten nachdachte, die sie hier eröffneten. »Wir werden großartige Turniere ausrichten, sodass die Kandidaten ihre Kraft und Schnelligkeit unter Beweis stellen können, aber es wird auch wissenschaftliche Prüfungen geben. Wir werden große Redner und erfolgreiche Stadtoberhäupter kennenlernen. Auch einige Hohepriester könnten qualifiziert sein. Ich werde kein Vorurteil gegen sie hegen.« Nun war Klovus ganz bleich, aber sie sprach weiter, denn sie hatte sich entschieden. »Das wird ganz Ischara vereinigen. Ich freue mich darauf, das Beste zu entdecken, was unser Volk zu bieten hat.«

Sie aß ihren Dattelkeks auf und tätschelte Klovus' dicke, beringte Hand. »Seht Ihr, wir können uns einigen. Ihr werdet mich nicht immer und ewig am Hals haben.«

22

Adan schaute in seinem Schreibzimmer auf. Hier wurde er nicht gern bei der Arbeit unterbrochen, auch wenn sein Knappe Hom oft hereinkam und ihn fragte, ob er etwas wünsche oder benötige. Misstrauisch sah er Penda und ihren Vater an und war überzeugt davon, dass sie ihm ein Geheimnis vorenthielten.

»Habt ihr beiden euch gegen mich verbündet?«, fragte er. »Ich kann es an euren Gesichtern ablesen.«

Pendas Lächeln verblasste. Trotz seines leichtfertigen Tonfalls wurde sie ernst. »Nicht *gegen* dich, mein Sternenfall. Es ist sehr wichtig.«

Hale Orr trat vor. Er trug die traditionelle Kleidung der Nomaden - aus roter und schwarzer Seide. So schien es, als wollte er sogleich mit einer Karawane davonziehen. »Die Rückkehr der Sandwreth ändert einiges. Meine Tochter beharrt darauf, dass du mit uns zu den Lagern in den Bergen reist und an unserer großen Zusammenkunft teilnimmst.«

»Ich muss dir etwas zeigen«, sagte Penda mit ernster Stimme. »Es ist das geheime Herz der Utauk.«

Besorgt schaute Adan auf die Dokumente vor sich; sie stellten die alltägliche, aber notwendige Arbeit für das Königreich dar. »In die Berge reiten? Einfach so? Für wie viele Tage? Ich darf meine Pflichten nicht vernachlässigen.« Nach so vielen Jahren unter einem schlechten Herrscher und korrupten Regenten hatte sich Adan geschworen, dass er das Volk nie wieder im Stich lassen würde.

»Du bist auch der König der Utauk-Stämme in Suderra«, betonte Hale. »Was wir dir anbieten, haben wir noch nie mit einem Außenstehenden geteilt.«

Er wusste, dass keiner der beiden eine solche Bitte leichtfertig äußern würde, und erhob sich hinter seinem Schreibtisch. »Wir packen und brechen so schnell wie möglich auf.« Adan blickte tief in Pendas dunkle Augen und suchte nach einem Hinweis auf das, was sie und ihr Vater beabsichtigten. »Ist das eine Art Feier, wie bei unserer Hochzeit? Ich habe die Tage bei eurem Volk damals sehr genossen.«

Penda strich ihm über die Wange. »Nein, das hier ist viel wichtiger, aber auf andere Weise.«

Adan dachte an die überwältigenden Vorbereitungen für das Hochzeitsfest vor zwei Jahren. Sein Vater war mit einem großen Gefolge nach Bannriya gekommen, und sein Onkel, Kollanan der Hammer, war aus dem Norden angereist. Die ganze Stadt war in die Farben der förmlichen Zeremonien des Staatenbundes getaucht gewesen, und Penda hatte Adan mitten aus den langwierigen Feierlichkeiten herausgeholt. In den Bergen jenseits der Stadtmauern hatten die Utauk-Stämme ihre eigene Feier abgehalten.

Karawanen aus ganz Suderra waren im Vorgebirge zu einem farbenprächtigen Lager zusammengekommen; Tausende von Menschen waren das gewesen. Die Zahl hatte Adan verblüfft. »Ich wusste gar nicht, dass es auf der Welt so viele Utauk gibt.«

Hale Orr, sein zukünftiger Schwiegervater, hatte die Brauen hochgezogen. »*Cra*, was hast du denn erwartet? Ich bin bei den Stämmen durchaus eine wichtige Person, und meine Tochter ist es ebenfalls.« Rasch zeichnete er einen Kreis um sein Herz.

Als Adan das gewaltige Lager erblickte, befürchtete er, dass ein so großer Zustrom an Menschen zusätzlich zu all den Gästen aus dem Staatenbund Bannriyas Mittel erschöpften, aber die Stämme konnten für sich selbst sorgen und blieben außerhalb der Stadtmauern.

In der Mitte des Festlagers war ein hellgelber Pavillon errichtet worden, den Hale stolz als Hochzeitszelt ausgewiesen hatte. Die offizielle Hochzeit würde erst in vier Tagen stattfinden, doch die Utauk-Stämme hatten darauf beharrt, dass Penda Orr zuerst hier verheiratet werden musste.

Nachdem er und Penda sich unter den Sternen und zum Jubel der Menge sowie zu den Trommeln und Pfeifen der Musik die Ehe versprochen hatten, verkündeten die Utauk sie als Mann und Frau und zeichneten einen Kreis auf ihre Stirnen. »Der Anfang ist das Ende ist der Anfang.« Adan fühlte sich glücklicher als je zuvor in seinem Leben.

Schließlich ritten sie zu der offiziellen Feier zurück, und Konag Conndur verheiratete sie förmlich in einer weitaus gemächlicheren Zeremonie vor den Vasallen-Lords aus allen fünfzehn suderranischen Bezirken. Weder Adan noch Penda verrieten etwas über die wahre Hochzeitsnacht in dem gelben Pavillon im Herzen des Utauk-Lagers ...

Doch als Adan nun ihre ernsten Gesichter sah, wusste er, dass die Utauk kein Fest planten.

Die drei ritten ohne Eskorte aus den Stallungen der Burg, sehr zum Missfallen der Bannergarde. Penda hatte ihren Ska mitgenommen, der auf ihrer Schulter balancierte und die Reise genoss. Manchmal flog er davon, zog hohe Kreise und betrachtete die Landschaft unter sich, dann kehrte er zurück. Der Diamant in Xars Halsband, Muttertränc genannt, war wie eine Linse, die alles, was der Ska auf seinem Flug sah, aufzeichnete. Der Reptilienvogel nahm weitaus mehr wahr, als es den Menschen mit ihren unvollkommenen Augen möglich war.

Sie ritten unter den großen Kiefern her, die im sanften Wind seufzten und die Luft mit einem harzigen Duft erfüllten. An den fernen Bergflanken hatten Gruppen von Birken, Ahornen und Eichen begonnen, sich mit dem Nahen des Herbstes zu verfärben. Die Reiter verließen die Hauptstraße und folgten schmalen Wildpfaden. Aber Adan bemerkte rasch, dass diese Pfade häufig genommen wurden. Puderblauer Mohn wuchs im Unterholz und schien die Route zu markieren. Während die Pferde ihren Weg nahmen, öffnete Hale mit seiner gesunden Hand einen Beutel an seiner Hüfte, nahm einige schwarze Samenkörner heraus und verstreute sie auf dem Boden. Er warf einen Blick zurück zu Adan. »Das ist eine der kleinen Einzelheiten, die du wissen solltest, Adan Sternenfall. Wir hinterlassen viele geheime Botschaften in der Welt. Wenn du blauen Mohn siehst, weißt du, dass Utauk hier entlanggekommen sind.«

Penda fügte hinzu: »Für alle anderen sehen sie einfach nur wie Wildblumen aus.«

Adan bemerkte weitere Mohnblumen, die einen schwachen, gewundenen Pfad säumten. »Das ist mir nie zuvor aufgefallen.«

»Den meisten ergeht es wie dir«, sagte Hale.

Sie lagerten auf einer lieblichen Lichtung unter hoch aufragenden Eichen, und den ganzen nächsten Tag hindurch ritten sie schnell und bewegten sich tiefer ins Gebirge hinein. Sie gelangten zu Orten, die Adan auf seinen skizzenhaften Karten von Suderra noch nie bemerkt hatte. So große Teile seines Reiches waren wild, kaum besiedelt oder sogar unerforscht.

Nachdem sie der Spur der blauen Mohnblumen lange gefolgt waren, führte Hale sie am dritten Tag in ein breites Tal, und Adan hörte den Lärm aus den tausend Zelten, von den planlos abgestellten Wagen und den Koppeln für das Vieh eher, als dass er all das sah. Es waren zehnmal so viele Utauk, wie zu seiner Hochzeit mit Penda gekommen waren.

Hale lehnte sich auf seinem Pferd zurück. »Das hier ist eine Versammlung unserer Herzstämme, die immer in Zeiten einer Krise einberufen wird.«

Aus dem Sattel heraus griff Penda zu Adan hinüber und packte seine Hand. »Die Welt hat Geheimnisse, Sternenfall, und es ist an der Zeit, dass du sie kennenlernst. Die Utauk sammeln Geheimnisse.«

Adan nahm das alles in sich auf, aber es war, als wollte er einen ganzen Fluss austrinken. Trotz des scheinbaren Chaos bemerkte er schnell, dass das Lager in Wirklichkeit gut organisiert war. Das Vieh befand sich weit von dem Fluss entfernt, der sich durch das

Tal schlängelte, sodass die Tiere das Wasser nicht verunreinigten. Die einzelnen Familien hatten ihre Zelte zusammengestellt und zeigten ihre Clan-Farben. Herdfeuer erfüllten die Luft mit dunstigem Rauch.

Kinder ließen Drachen steigen, die aus farbigem Papier und Birkenzweigen bestanden. Sie rannten zwischen den Zelten umher und zerrten an ihren Seilen, während Skas aufstiegen und die Drachen als Beute und auch als Spielzeuge betrachteten. Zahlreiche Utauk hielten sich die Reptilienvögel als Haustiere; einige saßen auf Schultern, andere hockten auf Stangen vor den Zelten. Xar breitete seine grünen Schwingen aus und zischte und klickte zur Begrüßung der anderen Skas.

Nachdem sie ihre Pferde an einen Baum in der Mitte des Lagers gebunden hatten, übernahm Hale die Führung. Er begrüßte jeden, dem sie begegneten, und viele kannte er beim Namen. Nur wenige schienen Adan zu kennen, oder falls sie doch bemerkt haben sollten, dass er der König war, dann schien es ihnen egal zu sein. Der Lärm, das Gelächter und der Wirbelwind der Gesichter machten ihn benommen. Adan fragte sich, worauf er sich da eingelassen hatte.

Penda ergriff ihn am Arm. »Die Utauk versuchen, das Leben mit Fröhlichkeit zu betrachten, aber du solltest den Ernst dieser Versammlung nicht verkennen, mein Sternenfall.«

Hale blieb stehen. »Wenn es um die Angelegenheiten der Utauk geht, erzählen wir dir für gewöhnlich nur das, was du unbedingt wissen musst.«

»Muss ich denn als König nicht alles wissen?«

Penda stieß ihren Vater mit dem Ellbogen an, bevor er darauf antworten konnte. »Ja, natürlich.«

»Meine Tochter hat mich um einen Gefallen gebeten«, sagte Hale. »Auch wenn es mich zuerst überrascht hat, stimme ich ihr nun zu. Alle Menschen müssen sich Sorgen wegen der Wreth machen. Ich bringe euch zur Matriarchin unserer Clans. Es ist höchste Zeit, dass du Shella din Orr kennenlernst.«

Penda stellte ihm ein Mädchen mit schmutzigen Kleidern und

ungekämmten Haaren vor, das auf sie zulief. »Das ist Glik, meine Ziehschwester. Sie kümmert sich gewöhnlich um sich selbst, aber wann immer sie etwas braucht, darf sie mich darum bitten.«

»Vielleicht brauche ich deinen Ska«, sagte sie und zeigte mit dem Finger auf den grünen Reptilienvogel, der auf Pendas Schulter hockte. »Ich vermisse Ori so sehr.«

Der Ska klickte ungehalten, stieg in die Luft und zog seine Kreise über dem Lager. »Xar steht in einer Herzensverbindung zu mir«, sagte Penda. »Du wirst dir einen eigenen Ska suchen müssen.«

»Du wirst schon sehen, das werde ich auch tun. Ich habe davon geträumt. Ich möchte keinen zahmen Ska von einem Händler haben. Ich werde einen neuen Ska aus einem Ei aufziehen, das ich in einem der Berghorste finden werde. Auf diese Weise wird meine Herzensverbindung zu ihm stärker sein.« Sie zeichnete einen Kreis auf ihre Brust und stapfte entschlossen davon.

Während sich die Familien zum Essen niederließen, führte Hale Adan und Penda zum Hauptpavillon, an dem dekorative Quasten herabhingen, die so lang wie Pferdeschweife waren. »Wir werden mit meiner Großmutter speisen. Sie möchte mit euch sprechen.«

Das geräumige Zelt wurde von Kerzen und Laternen erhellt und war mit Seidenbehängen, dicken Kissen und reich verzierten hölzernen Truhen und Regalen geschmückt. Es brannte ein orangefarbenes Feuer, und Kohlenpfannen beleuchteten das Zelt noch zusätzlich; der Rauch kräuselte sich durch ein Loch in der Spitze des Zeltes.

Obwohl er selbst immerhin der König von Suderra war, spürte Adan, dass er sich nun in Gegenwart einer außerordentlich bedeutenden Persönlichkeit befand. Auf einem Teppich, der aus zahllosen Farben gewebt war, saß eine uralte, in sich zusammengesunkene Frau. Ihre Haut war runzlig wie die Rinde einer knorrigen Eiche, aber in ihren Augen glitzerten Funken der Klugheit. Der verwitterte Mund verzog sich zu einem Lächeln und zeigte, dass sie trotz ihres hohen Alters noch mindestens drei Zähne hatte.

Hale verneigte sich tief. »Das ist Shella din Orr, die Matriarchin aller Stämme.«

»Und Hale Orr ist mein Enkel«, sagte die Frau mit heiserer Stimme. »Einer von etwa tausend. Es ist so schwer, den Überblick zu behalten. Meine eigenen Kinder haben sich bei der Fortpflanzung selbst übertroffen.«

Penda ergriff Adans Hand und führte ihn vorwärts. »Dies hier ist Adan Sternenfall, der König von Suderra und Sohn des Konags Conndur in Convera.« Sie begegnete dem Blick der alten Frau. »Er ist nun mein Gemahl und der Vater des Kindes, das uns geboren wird. Daher ist er einer von uns.«

Shella nickte. Ihr grauweißes Haar lag dünn wie Spinnweben um den Schädel. »Ja, einer von uns.« Sie klopfte neben sich auf den vielfarbigen Teppich. »Setz dich neben mich, junger König. Und deine Frau auch. Ich erinnere mich an Penda ... so ein süßes Mädchen.« Ihr Grinsen wurde breiter, und ein vierter Zahn zeigte sich im hinteren Bereich des Gaumens. »Sie scheint gut geheiratet zu haben.«

»Allerdings«, sagte Penda mit einem Lächeln.

»Genau wie ich«, fügte Adan hinzu. »Ich fühle mich geehrt, mit Euch zusammenkommen zu dürfen, Shella din Orr.« Er setzte sich auf eines der Kissen und betrachtete die kräftigen Muster der Fäden in dem Teppich.

Die Matriarchin fuhr mit einem langen, harten Fingernagel über das Gewebe. »Jeder Faden, jede Farbe stellt eine andere Utauk-Familie dar. Sie alle sind miteinander verbunden und bilden ein wunderbares Muster, das schwer zu erkennen ist, wenn man es nicht jahrelang studiert. Obwohl mein Augenlicht schwindet, sehe ich den Teppich gern an und denke nach ... und entscheide. Die Welt sieht sich nun vielen Schwierigkeiten gegenüber, und ich beneide diejenigen nicht, die lange genug leben werden und sich ihnen stellen müssen.« In ihren Worten schwang ein unheilverkündender Unterton mit.

Adan bewunderte das verschlungene Muster des Teppichs. »Vielen Dank dafür, dass Ihr mich willkommen heißt, Matriarchin. Soll ich Euch so nennen?«

»Nenn mich Mutter. Jeder tut das.«

Adan erinnerte sich an Lady Maire, seine eigene Mutter, die vor vielen Jahren an einer Schlafkrankheit gestorben war. Er konnte sich nicht daran erinnern, sie je glücklich gesehen zu haben. »Eure Stämme erstaunen mich, Mutter ... all diese Familien.« Er zog die Knie auf dem Kissen an. »Ich werde mich gern mit all jenen Utauk treffen, deren Wunsch es ist, sich mir vorzustellen.«

»Du bist hier, weil deine Frau verlangt hat, dass wir unsere Geheimnisse mit dir teilen«, sagte Shella din Orr. »Sie hat eine Schuld eingefordert, die beglichen werden musste.«

»Und warum hat sie das verlangt?«

»Weil sie möchte, dass du weißt, was wir wissen, damit du als König deines Volkes die richtigen Entscheidungen treffen kannst. Es gibt vieles, das wir teilen können und müssen.«

Die alte Frau klatschte in die Hände und stieß einen hohen, schrillen Pfiff aus. Die Zeltklappe wurde beiseite geschoben, und drei breitschultrige Utauk-Männer traten ein und warteten auf Anweisungen. »Geht zum Bibliothekszelt und bringt mir die Bücher. Es ist Zeit, dem König ein klein wenig von dem zu zeigen, was wir wissen.«

Kurze Zeit darauf kehrten die Männer mit weiteren zehn Helfern zurück. Sie alle trugen ledergebundene Bücher und eingewickelte Schriftrollen. Die ersten legten sie auf den Tisch neben den Kohlenpfannen, die weiteren stapelten sie auf dem Boden des Zelts. Der Berg des Wissens wuchs mit jeder Minute an und war bald schon doppelt so umfangreich wie die Bibliothek in der Burg von Bannriya. »Nehmt Ihr sie immer mit, wenn Ihr reist?«

»Es sind Bücher. Sie sind wichtig«, sagte Shella. »Sie enthalten Informationen, die von den Utauk seit dem Ende der Wreth-Kriege gesammelt wurden. Dies ist unser Herzlager, und wir haben mehrere Wagen voller Bücher, aber jede Utauk-Karawane, jeder Clan und jedes Lager hat eine eigene Bibliothek. Unser Informationsnetzwerk ist mit Tausenden und Abertausenden von Beobachtern verbunden, und sie alle machen Aufzeichnungen und teilen mit uns das, was sie erfahren.« Nachlässig deutete sie auf die Bücher. »Wähle eines aus. Jedes einzelne erfüllt seinen Zweck.«

Adan nahm einen Band vom nächsten Stapel und hielt ihn der alten Frau hin, aber sie nahm ihn nicht entgegen. »Schlag ihn auf. Irgendeine Seite.«

Er blätterte zur Mitte, wo er detailgetreue Karten, Zahlenreihen und Diagramme fand. Er entdeckte Listen von Orten, Namen von Menschen sowie außerordentlich genaue Karten von Flüssen und Seen, von Felsformationen, Tälern, Straßen und unbekannten Bergpässen.

»Niemand weiß mehr über die drei Königreiche als die Stämme der Utauk«, sagte die alte Frau.

Adan versuchte zu begreifen, was all dies bedeutete. Auch in der Burg befanden sich Landkarten, aber sie waren längst nicht so detailliert. Weder die Bibliotheken in Bannriya und in der Burg zu Convera noch jene in den Erinnerungsschreinen kamen dem hier gleich. Er blickte von den Bücherstapeln auf. »Sind diese Informationen genau? Und neu?«

»Mein lieber Junge, wir sammeln all diese Einzelheiten schon seit fast zweitausend Jahren.« Shella nickte, als wäre sie persönlich anwesend gewesen, als die erste Seite geschrieben worden war. »Wir behalten den Überblick über alle Städte und Dörfer, mit denen wir Handel treiben, und über unsere Kunden auf dem Land - eine Familie hier, ein Lager dort - und sogar über die abgeschiedenen Ausbildungslager der Bravas.« Der Blick ihrer matten grauen Augen wurde schärfer. »Und einige Ortschaften sind verschwunden. Dörfer sind nicht mehr da, sind einfach ausgelöscht worden.«

Einer ihrer stämmigen Verwandten unterbrach sie: »Sollen wir auch die Muttertränen holen?«

»Natürlich sollt ihr das!«, platzte es aus Hale hervor. »*Cra*, sie sind der interessanteste Teil.«

Xar ließ die Schwingen auf Pendas Schultern flattern, hob und senkte den schuppigen Kopf und bemühte sich, den Diamanten an seinem eigenen Halsband vorzuzeigen.

Als die Zeltklappe wieder beiseitegeschoben wurde, traten die kräftigen Männer mit einer schweren Truhe ein. Keuchend stellten sie diese vor Shellas knotigen Knien auf dem vielfarbigen Teppich ab. Die alte Frau öffnete den festen Deckel und enthüllte zahllose Diamanten, von denen jeder so groß war wie Adans Daumennagel. Jeder lag in seinem eigenen kleinen, mit Stoff ausgekleideten Fach. Alle Muttertränen waren auf erstaunlich winzigen Papierstreifen mit feiner Handschrift bezeichnet.

Shella wählte einen von diesen aus und betrachtete ihn eingehend. »Diese Diamanten zeichnen die Landschaft der Welt auf: alle Reiche, jeden Baum, jeden Fels. Es sind so viele Einzelheiten - überwältigend!« Sie nahm einen weiteren auf und blinzelte seine Facetten an. »Es braucht einige Zeit, wenn man das finden will, was man sucht, aber alles ist hier.«

Adan beugte sich vor. Die Facetten der Muttertränen spiegelten schwache Regenbögen wider, die die Bilder andeuteten, die in ihnen gespeichert waren. »Stammen sie von den Skas? Sind es Bilder, die von ihren Halsbändern aufgenommen wurden?«

»Schon seit vielen Jahrhunderten«, bestätigte Shella. »Wenn du das Dorf Radbruch vor sechshundert Jahren sehen willst - wir haben es.« Sie schnalzte mit der Zunge. »Allerdings wüsste ich nicht, warum du es sehen wolltest.«

Er sah rasch zu dem grünen Reptilienvogel hinüber, der auf der Schulter seiner Frau hockte. »Du bist also nicht der einzige Spion, Xar? Skas beobachten die ganze Welt?«

Mit seinen Facettenaugen sah Xar den König an, als ob er stolz auf das sei, was er geleistet hatte.

Penda sagte: »Skas sehen Dinge, die wir nicht sehen können, und die Utauk reisen auch dorthin, wohin die meisten Menschen nicht kommen. Dieses Vermächtnis unserer Stämme enthält die ganze Welt und ihre Geschichte.«

»Aber die Zeiten ändern sich, und wir hatten es schon vermutet, lange bevor die Sandwreth aus dem Sturm kamen«, sagte Hale. »Deshalb hat mich meine liebe Tochter davon überzeugen können, dass es gut ist, dich in das Utauk-Geheimnis einzuweihen. Die Berichte, die wir erhalten haben, die verschwundenen Städte und Dörfer, die aus ihren Häusern geflohenen Familien ...« Er durchstöberte die Schmuckstücke mit seiner gesunden Hand, zog eines heraus und hielt es hoch.

Das schimmernde Bild vor ihnen zeigte Bergdörfer im westlichen Suderra. Adan erkannte die Gegend. Er sah ungepflegte Obstgärten, schwer von reifen Früchten, nicht abgeerntete Felder, umherstreifende Schafe und Kühe.

»Ich sehe keine Menschen«, sagte Adan.

»Genau!«, mischte sich Penda ein. »Nachdem uns die Skas darauf aufmerksam gemacht hatten, haben wir eine Händlergruppe dorthin geschickt, aber sie haben keine Anzeichen von der Bevölkerung gefunden, nur ein paar verlassene Gebäude voller Staub und Mäuse.« Sie durchwühlte die Steine und holte einen anderen hervor, während Hale die ersten Bilder auflöste und den Diamanten wieder an seinen Platz legte.

Die Matriarchin zeigte neue Bilder: Holzhütten tief in einem dichten Kiefernwald, alle genauso leer und still. »Das war das Zuhause der Bravas«, sagte sie. »Eines ihrer Ausbildungslager. Auch hier sind alle verschwunden.«

Adan sah zu Penda hinüber, die sich zutiefst besorgt zeigte. »Ich habe dir gesagt, dass mich meine Träume sehr beunruhigen, Sternenfall.«

Adan sah sich in dem Zelt voller Bücherstapel um. Er hatte nicht gewusst, dass ein solcher Schatz an Wissen überhaupt existierte, aber nun fürchtete er sich vor dem, was dieses Wissen ihm enthüllen mochte.

Shella din Orr packte sein Handgelenk mit einer knorrigen Faust und verlangte seine ganze Aufmerksamkeit. »Etwas geschieht, und die Utauk fürchten es sehr.«

23

Elliels Körper schmerzte von einem weiteren Tagwerk in der Mine, und sie entspannte sich im Schankraum der Taverne bei einem Krug des örtlichen Biers, auch wenn sie kaum etwas davon spürte. Die Bravas konnten große Mengen von Alkohol und Drogen vertragen, denn ihr Wreth-Blut verschaffte ihnen stets einen klaren Kopf und schnelle Reaktionen, auch wenn sie es nicht wollten.

Elliel hatte eine bedeutende Sonderentlohnung erhalten, weil sie die Drachenblut-Rubine gefunden hatte, aber da ihre Bedürfnisse bescheiden waren, hatte sie Hallis gebeten, das meiste davon unter den anderen Bergarbeitern zu verteilen. Upwin und Klenner erhielten eine zusätzliche Silbermünze, weil sie dabei gewesen waren, als Elliel auf die rote Flüssigkeit gestoßen war. Diese Großzügigkeit hatte ihr großen Dank von Seiten der Dorfbevölkerung eingebracht, aber Elliel ging es nicht darum, sich Freundschaft zu erkaufen. Wer wollte sie schon zum Freund haben angesichts dessen, was sie getan hatte?

Sie saß allein an einem kleinen Tisch und aß geistesabwesend zu Abend. Shauvon hatte ihr eine gut gewürzte Lammwurst und ein Stück Weißkäse auf einem Holzbrettchen gebracht, obwohl sie nicht darum gebeten hatte. Der freundliche Wirt und seine Frau passten gut auf sie auf.

Sie beobachtete, wie sich die anderen Dorfbewohner zu ihren üblichen Zusammenkünften trafen. Upwin lachte mit seinen Freunden und war in ein Spiel mit Steinwürfeln vertieft. Zwei Bergarbeiter saßen mit ihren Frauen und einer ganzen Reihe von Kindern bei einem Familienessen in der Taverne. Die Kinder starrten Elliel immer wieder an und flüsterten sich irgendetwas zu, als handelte es sich bei ihr um eine fremdartige Kreatur. Aber ihre Mütter ermahnten sie zu schweigen und zogen sie zurück.

Elliel dachte an die zwei Jahre ihrer Wanderschaft. Seit sie zu ihrem neuen Leben erwacht war, hatte sie große Teile Osterras bereist und kaum darauf geachtet, wohin sie sich begab. Sie wusste nicht genau, wo sie die Kinder getötet hatte, und sie hatte auch nie versucht, es herauszufinden.

Bravas wurden stets gesucht, auch solche, die unehrenhaft entlassen worden waren. Für einige Zeit hatte sie sich bei einem ehrgeizigen Kaufmann als Leibwächterin verdingt. Sie wollte ihr Vermächtnis neu schreiben und Gutes tun, aber bald hatte sie bemerkt, dass der Kaufmann sie zum Eintreiben seiner Schulden benutzen wollte. Sie sollte Arme brechen, Feuer legen und auf jede mögliche Weise ausstehende Zahlungen einsammeln. Nach einem Monat hatten Elliels Unbehagen und Scham die Schmerzgrenze erreicht.

Der Kaufmann hatte sie zu einem Bauern geschickt, der ihm aufgrund eines Darlehens ein Viertel seiner Ernte schuldete. Er hatte Elliel angewiesen, eine Fackel mitzunehmen und den Mann vor die Wahl zu stellen, entweder zu zahlen oder Verbrennungen im Gesicht davonzutragen. Das waren seine einzigen Möglichkeiten. Aber als sie das erschrockene Gesicht des Bauern sah, als sie seine Frau und die vier Kinder sah, kehrte sie ihm den Rücken zu und ging davon. An jenem Tag hatte sie die Verbindung zu dem Kaufmann durchtrennt.

Er war entsetzlich wütend gewesen. »Bravas müssen den Befehlen der Meister gehorchen, mit denen sie sich verbunden haben!«

Doch sie hatte ihn daraufhin nur angesehen und gesagt: »Wie Ihr mir schon so oft gesagt habt: Ich bin keine Brava mehr.«

Froh darüber, sich dieser Verpflichtung entledigt zu haben, war sie monatelang umhergezogen und hatte Arbeit gesucht, die sich nicht auf ihre Kampfkraft stützte. Nachdem sie Scharrdorf gefunden hatte, gefiel es ihr immer besser, eine Bergarbeiterin zu sein.

Sie sah sich im Schankraum um, betrachtete die Holztische und das Feuer im Kamin und lauschte dem Summen und Brummen der Stimmen. Diese Menschen kannten einander und entspannten sich nach der langen Schicht zusammen mit ihren Kameraden. An einem Tisch vor einer der Steinwände teilten sich zwei Liebende eine Kartoffelpastete. Sie beugten sich zueinander, unterhielten sich leise, und ihre Blicke sagten mehr als Worte. Ihre Hände berührten sich, sie hielten einander fest, als wollten sie sich damit ihrer gegenseitigen Zuneigung versichern.

Elliel beobachtete sie und wurde dabei von Fragen nach sich selbst bestürmt. Hatte sie je Liebe erfahren? Sie war jung und hübsch. Hatte sie je einen jungen Mann bei einem verschwiegenen Stelldichein in den Schatten geküsst, hatte sie gekichert und ihn berührt? Hatte sie jemandem ihr Herz gegeben? War sie verheiratet gewesen, mit einem Menschen oder einem anderen Halbblut-Brava? Oder war sie noch Jungfrau? Elliel wusste es nicht.

Sie saß allein an ihrem Tisch, krümmte die Finger, streckte sie wieder aus und starrte ihre Handflächen an, als könnte sie in den Linien geheime Antworten finden. Der kleine Finger der rechten Hand war verkürzt; die Spitze war über dem untersten Knöchel abgeschnitten, aber es war nur eine glatte Narbe übrig geblieben. Hatte ein Tier sie abgebissen? Oder war der Frost hineingefahren? Oder war das Glied einem Messerkampf zum Opfer gefallen?

Sie sah die drei Kinder an, die unter dem Tisch um die Röcke ihrer Mutter krabbelten, während die Familie aß. Hatte Elliel Kinder? Kälte durchschoss sie wie ein Blitz aus Eis. Was war, wenn sie ihre eigenen Kinder getötet hatte? Was, wenn ihr Sohn oder ihre Tochter unter den Opfern in jenem Schulhaus gewesen waren?

Sie betastete den goldenen Reif an ihrer Seite – das Metall mit den verschlungenen Zaubersymbolen und den scharfen Zähnen. Nur Bravas trugen einen Rammer; es war eine seltene Waffe, aber Elliel besaß nicht mehr das Wissen und die Macht, sie in Flammen zu setzen. Diese Unfähigkeit erinnerte sie an das, was sie gewesen war und – vor allem – was sie *getan* hatte.

Sie nahm den Rammer vom Gürtel und legte ihn auf den

Tisch. Das Gold wirkte angelaufen, die Symbole schienen sie zu verspotten. Sie drehte den Reif im matten Licht des Schankraums hin und her und sann dem nach, was sie wohl getan hatte und welches Vermächtnis sie hinterlassen hätte, wenn es ihr nicht von Utho weggenommen worden wäre.

Sie hakte den Rammer wieder an den Gürtel und verließ die Taverne. Upwin rief hinter ihr her: »Noch einmal vielen Dank für die Sonderzahlung, Elliel! Morgen werden wir noch mehr Rubine finden!« Sie nickte beiläufig und warf ihr langes, dunkelrotes Haar in den Nacken.

An dem stillen Abend stieg Rauch von einigen Kaminen hoch in die Luft, und ein schwaches, orangefarbenes Glimmen schimmerte an der Spitze des Vada, in der eine Spalte das Feuer im Innern des Berges enthüllte. Sie blieb vor dem Erinnerungsschrein des Ortes stehen, der so groß wie ein Wohnhaus und aus dunklem Holz und sorgsam zusammengefügten Steinen erbaut war. Die Tür stand offen; jedermann war willkommen, der eines Lebens gedenken wollte, das schon lange vergangen war.

Sie trat ein und sah die Regale mit den Büchern, in denen die Namen der Familien aus Scharrdorf verzeichnet waren, die Mütter und Kinder, die Ehefrauen, Ehemänner, die Bergarbeiter, die bei Einstürzen von Stollen gestorben waren, die jungen Menschen, die weggezogen waren und in der Fremde ihr Glück machen wollten. Sie alle waren hier zu finden; an sie wurde erinnert. Die Leute von Scharrdorf verzeichneten jeden, von totgeborenen Babys bis zu Menschen, die so alt geworden waren, dass sie nicht mehr gewusst hatten, in welchem Jahr sie geboren worden waren. Im Schrein roch es nach Leder, altem Papier und Staub. Aber wenigstens existierten diese Aufzeichnungen, während Elliel von ihrer eigenen Geschichte gar nichts wusste außer der schrecklichen Tat, die sie ihr Vermächtnis gekostet hatte.

Mit bittersüßen Gedanken kehrte sie in die Taverne zurück, die sie durch die Hintertür betrat. Shauvons Frau arbeitete in der Küche, säuberte die Holzteller und weichte die Becher in einer Spülschüssel ein. Das orangefarbene Haar der Frau war fast vollständig ergraut, und sie hatte es unter eine graue Haube gesteckt. »Elliel! Hilfst du mir beim Abwasch?«

Sie half gern - sie war froh, dazu *eingeladen* zu werden - und arbeitete in angenehmem Schweigen neben der Frau, bis alle Teller und Schüsseln gescheuert und die Becher ausgeseift waren. Als sie damit fertig waren, begab sich Elliel auf ihr Zimmer. Hinter sich schloss sie die Tür, entzündete ihre Lampe und drehte den Docht herunter, denn sie benötigte kein helles Licht. Sie zog sich aus, nahm ihren Gürtel ab, legte ihn beiseite und schälte sich aus ihrem Leinenwams, das sie stets bei der Arbeit trug. Sie hob den Stoff über ihren Kopf und legte das Kleidungsstück sauber gefaltet auf den Stuhl. Dann trat sie an die Lampe heran. Das orangefarbene Licht badete ihre nackte Haut, und sie fuhr sich mit den Händen über Arme und Brust.

Dünne Narben und dicke Wülste bildeten Foltermuster auf ihrem Körper. Unter halb des Busens ertastete sie eine kreuzförmige Narbe, die sich unter ihren Fingerspitzen hart anfühlte, als ob jemand sie dort mit der Spitze eines Dolches geritzt hätte. Mit beiden Händen umfasste sie ihre Brüste, schloss die Augen und fragte sich, ob je ein Liebhaber dies getan hatte. An ihren Armen bildete sich eine Gänsehaut.

Langsam strich sie mit ihren Fingern über den glatten Bauch und hielt bei der langen, dicken Narbe inne, die sich von der rechten Flanke bis dicht über den Bauchnabel erstreckte, wo sie plötzlich endete. Offensichtlich war es ein tiefer Schnitt gewesen; eigentlich hätte eine solche Wunde tödlich sein müssen. Aber sie hatte überlebt. Sie spürte ein Aufzucken des Schmerzes in dieser lange vergessenen Verletzung.

Sie versuchte sich als Brava in einer Schlacht vorzustellen, wie sie ein Schwert oder ein Messer verwendet oder ihren Rammer während eines wilden Kampfes entzündet hatte. Eine wächserne Stelle an ihrem linken Oberarm war offensichtlich eine Verbrennung. Wie mochte es dazu gekommen sein? Jede dieser Narben hatte eine Geschichte, und alle waren aus ihrem Vermächtnis gestrichen worden.

Als Elliel versucht hatte, ein Schwert zu halten, hatte es sich für ihre Muskeln richtig angefühlt, und ihre Reflexe waren gut eingeübt. Instinktiv hatte sie gewusst, was sie zu tun hatte. Sie musste eine geschickte und erschreckende, sehr gut ausgebildete Kriegerin gewesen sein. Die Erinnerungen mochten verschwunden sein, aber die Kampftechniken waren noch immer tief in ihr verwurzelt.

Elliels Finger spielten über ihren Bauch, berührten sanft die straffe Haut, und sie trat näher an den Lampenschein heran. Sie sah genau hin, fand aber keine Dehnfalten, die hätten andeuten können, dass sie einmal ein Kind geboren hatte. Und wenn doch? Hatte sie dann das Kind fortgegeben?

Tränen erfüllten ihre grünen Augen. Wie sehr sie auch nach einer Antwort begehrte, sie würde sie nie erhalten.

Sie blies die Lampe aus.

24

Der Haupterinnerungsschrein von Convera ragte sieben Stockwerke in die Höhe und war aus Marmorblöcken erbaut, sodass das Gebäude im Sonnenlicht wie die frische, helle Erinnerung an eine geliebte Person erstrahlte. Der Schrein war das größte derartige Gebäude im ganzen Staatenbund, doch nicht einmal dieses Bauwerk war in der Lage, die ganze Geschichte der Errungenschaften widerzuspiegeln, die die Menschheit aus eigener Kraft vollbracht hatte. Das dachte zumindest Schadri, und sie hatte schon oft darüber nachgedacht.

Jedes Mal, bevor die junge Frau summend und lächelnd das riesige Gebäude betrat, um darin ihrem Tagwerk nachzugehen, blieb sie stehen und bewunderte die großartigen Statuen, die die offene Tür flankierten. Es waren zwei gewaltige Löwen der Erinnerung. Der Löwe zur Linken brüllte den Ruhm der Leben heraus, die im Innern aufbewahrt wurden, während der Löwe zur Rechten grüblerischer wirkte und über die Vermächtnisse nachsann, die hier aufgezeichnet lagen.

Schadri begrüßte die schweigenden Löwen so wie jeden Tag, dann machte sie sich daran, das Innere des enormen Gebäudes zu betreten. Sie war von kräftiger Statur und hatte glatte braune Haare, die zu einem Mittelscheitel gekämmt waren und ihr ausdrucksloses Gesicht einrahmten. Der Umstand, dass es ihr erlaubt war, jeden Tag im Erinnerungsschrein zu arbeiten, verlieh ihren Schritten etwas Federndes und zauberte ein Lächeln auf ihre Lippen. Ihr sechzehnter Geschenktag war vor zwei Monaten gewesen, und sie hatte ihn gefeiert, indem sie eine ganze Stunde länger gelesen hatte.

Oft zog sie ihre dichten Augenbrauen zusammen, wenn sie an die Fragen dachte, die sie beantwortet haben wollte. Ihr Körper war ein wenig stämmig, nicht gerade fett, eher muskulös; sie stammte aus einer Familie von Arbeitern, und sie trug rote Flickenröcke, deren Färbung inzwischen eine rostige Tönung angenommen hatte, und doch waren sie sauber und bequem. Stickereien, Bänder, Spitze oder anderer Tand waren nicht wichtig für sie, denn das Letzte, was sie wollte, war, wahrgenommen zu werden. Schadri erfreute sich an ihrer Gelehrsamkeit, und ihre starke Neugier machte sie glücklicher, als es die Aufmerksamkeit eines schäkernden Jungen jemals hätte tun können.

So vieles zu lernen, so vieles zu studieren! Der Schrein war ein Schatz von Namen und Geschichten; jedes Stockwerk beherbergte große Archivräume voller hölzerner Regale. Schadri kannte dieses Labyrinth nur zu gut, und immer wenn sie um eine Ecke bog, erregte etwas anderes ihr Interesse. Sie kannte die Vermächtnishüter und Gelehrten im Erinnerungsschrein, aber viele von ihnen gingen ihren hartnäckigen Fragen aus dem Weg, insbesondere die Hauptvermächtnishüterin Vicolia.

Als sie noch ein junges Mädchen gewesen war, hatte Schadris Vater bereits Anfälle von Verzweiflung über die Neugier seiner kleinen Tochter erlitten. »Ich betreibe bloß eine Sägemühle! Warum sollte ich Antworten auf all deine Fragen wissen?« Doch im Erinnerungsschrein befand sie sich wenigstens unter Gleichgesinnten. Die Vermächtnishüter, bei denen es sich zumeist um Frauen handelte, hatten ihr Leben der Bewahrung von Geschichten, Vermächtnissen und Namen all jener gewidmet, die je in Convera gelebt hatten.

Sie betrat den kühlen, beeindruckenden Schrein und hörte das ehrerbietige Flüstern von Besuchern, Forschern und neugierigen Familienangehörigen. Sie besprachen sich mit den Vermächtnishütern, deren Aufgabe es war zu wissen, wo jeder Name eines noch so fernen Verwandten zu finden war. Schadri genoss es, die Gesichter der Besucher zu beobachten, wenn sie die Aufzeichnungen über eine geliebte Person fanden.

In die Marmorwände waren säuberlich die Namen mit den Daten von Geburt und Tod in zahllosen Reihen eingemeißelt. Schadri passierte mit raschen Schritten einen Vater, der vor einer Wand stand und die Hand eines lockigen Mädchens hielt. Mit dem Finger fuhr er die Buchstaben eines Frauennamens im Marmor nach. War dies vielleicht *seine* Frau? »Da ist sie, damit wir uns an sie erinnern.« Seine Lippen zitterten, und das Mädchen machte große Augen und nickte langsam.

»Langes Leben und ein großes Vermächtnis«, sagte Schadri zu ihnen, als sie an den beiden vorbeiging. Dann blieb sie stehen und ließ sich von ihrer Neugier fortreißen. »Wie war sie? Erzählt mir von ihr. Hat sie gern Musik gehört? Was hat sie am liebsten gegessen?«

Die Augen des Mannes umwölkten sich, als er von seiner ersten Frau erzählte - wie sie Honig und Brot mit Sonnenblumenkernen gemacht hatte, dem nichts anderes gleichkam, wie sie Scherzreime erfunden und sie ihrer kleinen Tochter beigebracht hatte. Als er das sagte, sang das Mädchen einen dieser Reime, an den es sich erinnerte.

Schadri ging weiter, summte sich den Reim vor und überließ die beiden wieder ihren Erinnerungen. Sie stieg die Steintreppe hoch und betrachtete dabei die eingravierten Namen, Reihe um Reihe um Reihe. Als sie den nächsten Absatz erreichte, hielt sie inne und bewunderte einen Namen, der in kühnen, eine Armspanne großen Lettern in den Marmor gemeißelt war. Der Mann hatte eine gewaltige Summe bezahlt, damit sein Name der hervorstechendste im ganzen Schrein war. MYRIAN BRUNT. Schadri blies sich eine lose braune Haarsträhne aus dem Gesicht. Jeder in Convera kannte diesen Namen, obwohl der Mann schon seit vielen Jahrhunderten tot war, aber es war kein *wahres* Vermächtnis, denn niemand wusste mehr zu sagen, wer Myrian Brunt gewesen war oder was er getan hatte. Nur sein Name war noch bekannt.

Wann immer ihre Pflichten es erlaubten, nahm Schadri ein Buch aus den Regalen und studierte die darin aufgezeichneten Leben und die Leistungen zahlloser Generationen. Es freute sie, was die Menschen alles geschafft hatten, nachdem sie von ihren Schöpfern im Stich gelassen worden waren. Sie glaubte nicht, dass die Wreth jemals der Wissenschaft oder der Geschichte große Aufmerksamkeit geschenkt hatten. Die Menschen aber zeichneten alles auf ... nun, zumindest die Menschen, die so waren wie sie selbst.

Eltern bezahlten dafür, dass die Namen ihrer Neugeborenen in den Archiven niedergeschrieben wurden, aber die wichtigste Arbeit der Vermächtnishüter bestand darin, für die Hinterbliebenen eine Denkschrift über eine verstorbene Person zu verfassen. Ausgebildete Chronisten schrieben kurze Biographien für das gewaltige Archiv nieder. Gegen eine Gebühr meißelten sie den Namen in eine der Steinwände des Schreins, und gegen eine geringere Gebühr verzeichneten sie ihn in feiner Kalligraphie in einem der Bücher.

Langes Leben und ein großes Vermächtnis ... Was für ein wunderbarer Segen! Jeder Mensch verdiente es, dass man sich an ihn erinnerte, und Schadri tat ihr Bestes, sich an alle zu erinnern, denn schließlich hatten die Menschen keine Götter, die über sie wachten. Dennoch hatte sich ihr Volk gut geschlagen, wie sie fand.

Vor langen Holztischen standen Bänke für die vielen Gelehrten. Es war ein heller Tag, und die Fenster waren geöffnet, damit das Sonnenlicht hereinfallen konnte. Diejenigen, die am Abend und in der Nacht lesen wollten, erhielten Kerzen und Lampen. Sie selbst gehörte auch zu diesen Personen. Die Vermächtnishüter waren es gewöhnt, sie zu allen möglichen Tages- und Nachtzeiten zu sehen.

Im hinteren Bereich des Raumes zeichnete eine Gruppe von Gelehrten gerade einen weit verzweigten Stammbaum auf, deren einzelne Äste die Heiraten, Kinder und Stiefkinder anzeigten. In roter Tinte waren die bekannten Wreth-Blutlinien nachgezeichnet, die Abkömmlinge von Halbbluten und Bastardkinder, die geboren worden waren, als die uralte Rasse sich menschliche Geliebte genommen hatte.

Für Schadri waren diese miteinander verwobenen Abstammungslinien wie die Wurzeln von Bäumen in einem gigantischen Wald. Sie selbst war nur ein winziger Zweig … und dieser Zweig würde abbrechen, es sei denn, sie heiratete und bekam Kinder. Vermutlich war das etwas, das sie zu einem späteren Zeitpunkt unternehmen musste, wenn sie älter war. Aber jetzt schüchterte sie die meisten Jungen ein, wenn sie diesen mit Fragen nach ihrer Arbeit, nach ihrer Lehrlingsstellung und ihrem Handwerk oder ihren kaufmännischen Tätigkeiten auf die Nerven ging.

Auf dem Weg zu ihrer Arbeit in einem der oberen Geschosse nahm sie einige Bücher von einem Besuchertisch mit und stellte sie dort in die Regale, wo sie hingehörten.

Die oberste Vermächtnishüterin betrat den Raum und spießte Schadri mit einem missbilligenden Blick auf. Vicolia, eine strenge und überhebliche Frau, zog aus ihrer herausgehobenen Stellung ein übertriebenes Gefühl von Wichtigkeit. »Warum verschwendest du deine Zeit mit diesen Büchern? Das ist nicht deine Aufgabe.«

Sanft drückte Schadri gegen den Rücken eines Buches, damit es nicht über die anderen im Regal hinausragte. »Sie wurden draußen von einem Besucher auf dem Tisch liegen gelassen. Ich habe sie dorthin gestellt, wo sie hingehören.«

»Das ist nicht deine Aufgabe«, sagte sie verärgert. »Jetzt muss ein richtiger Vermächtnishüter dafür sorgen, dass nichts durcheinandergerät.«

»Hier ist überhaupt nichts durcheinandergeraten«, sagte Schadri. »Ich weiß, was ich tue.«

»Wie kannst du dir dessen sicher sein? Das ist der Grund, warum wir es keinen unqualifizierten Leuten erlauben, die Aufzeichnungen anzufassen.« Vicolia sprach mit leiser Stimme, damit die Besucher nicht gestört wurden. »Schadri, dein Verhalten wird allmählich lästig. Ich habe es während der letzten Monate geduldet – und ich bewundere auch deine Hingabe an das Studium, aber ich möchte doch, dass du deine Zeit auf deine eigentliche Arbeit verwendest. Im obersten Stockwerk findest du deine

Kübel mit Wasser und die Scheuerbürsten. Du hast sie gestern Abend dort zurückgelassen, weil du mit deiner Arbeit nicht fertig geworden bist.«

»Ja, Herrin.« Schadri senkte den Blick und versuchte an ihr vorbeizuhuschen. Sie erinnerte sich daran, dass sie sich gestern tatsächlich hatte ablenken lassen, bevor sie ihre Aufgabe ganz vollendet hatte.

»Wenn du dort oben die Fenster geputzt hast, machst du dich im nächsttieferen Stockwerk an die Arbeit. Die Regale des Hauptarchivs müssen abgestaubt werden, und die Kellergeschosse benötigen eine gründlichere Säuberung als gewöhnlich. Kümmere dich darum.«

»Ja, Herrin«, sagte Schadri.

»Unsere letzte Putzkraft hat sich nicht so leicht ablenken lassen«, murmelte Vicolia. »Störe die Besucher nicht, wenn du deinen Pflichten nachgehst.«

Schadri begab sich nach oben. Sie fürchtete sich vor dem vielen Putzen und Scheuern, das vor ihr lag, aber wenigstens würde sie unter Büchern sein und in Gesellschaft der Namen in den Wänden und der Menschheitsgeschichte, die sie umgab.

25

Als Adan unter den Sternen im Utauk-Lager zu schlafen versuchte, legte sich Pendas Arm locker über seine Brust, während sie sich auf der weichen Decke sanft an ihn schmiegte. Xar hockte auf einem niedrigen Gebüsch in der Nähe. Der Reptilienvogel schnarchte und schnaubte im Schlaf.

Die Luft war frisch, und Adan roch den Duft von Lagerfeuern und hörte die leise Musik eines Saiteninstruments, das wohl eher zur Meditation als zum Vergnügen gespielt wurde. Er schmeckte noch immer das stark gewürzte Mahl, das er in Shella din Orrs Zelt zu sich genommen hatte.

Hellwach strich er über Pendas lange dunkle Haare und genoss ihre Schönheit im Sternenlicht, während sie schlief. Er dachte über das große Vertrauen nach, das sie und ihr Vater ihm entgegengebracht hatten, indem sie ihn in die Geheimnisse der Utauk eingeweiht und ihm deren unglaublichen Schatz an Wissen gezeigt hatten. Überdies hatte er von dem Netz von Spionen erfahren, das bisher von allen unbemerkt geblieben war.

Einige Utauk-Reisende hatten über rätselhafte Gerüchte aus dem Norden berichtet; vielleicht handelte es sich um weitere Manifestationen der Wreth. Anderer Wreth? Waren sie die Todfeinde, vor denen Königin Voo gewarnt hatte? Adan fragte sich, ob König Kollanan von den Vorgängen in Norterra beunruhigt war. Der junge Mann hatte seinem Vater schon von den Sandwreth geschrieben und ihre unheilverkündenden Neuigkeiten weitergegeben, aber auch Onkel Koll sollte gewarnt werden. Was war, wenn diese anderen Wreth bereits aus der Eiswüste hervorgekommen waren und nun Norterra angreifen wollten?

Als er wach dalag, spürte er die Kälte und nahm die Gefahr sehr ernst. Er beschloss, keine Zeit zu verlieren und selbst nach Norden zu reiten, sodass er Kollanan von Angesicht zu Angesicht Bericht erstatten konnte. Er würde Fellstaff in fünf Tagen erreichen, wenn die Utauk ihm den schnellsten Weg von hier aus zeigten. Das wäre viel besser, als vorher nach Bannriya zurückzukehren, ein Expeditionskorps auszustatten, Briefe zu schreiben und Boten auszusenden. Er würde einfach nach Norden gehen. Irgendwie hatte er das Gefühl, die Utauk würden seine Entscheidung gut finden.

An ihrem regelmäßigen Atem erkannte er, dass Penda sich im Tiefschlaf befand; sie fühlte sich in seiner Gegenwart und bei ihrem eigenen Volk sicher. Adan schaute zu den Sternen hoch und sah einen schwachen gelben Streifen - eine Sternschnuppe. Er dachte an die Zeiten, als er zusammen mit seinem Vater auf der Aussichtsplattform der Burg zu Convera den Himmel betrachtet und über die vielen Welten nachgedacht hatte, die die Wreth-Götter erschaffen hatten.

Seit einigen Tausend Jahren hatten die Menschen den vom Krieg zerrissenen Kontinent für sich beansprucht und besiedelt; sie hatten die natürliche Schönheit zurückgeholt, auch wenn die Magie stark geschwächt war. Aber was war, wenn nun die Sandwreth aus der Wüste und die Frostwreth aus dem Norden herbeikamen und ihr Land zurückforderten? Was war, wenn sie die Menschheit ein weiteres Mal versklaven wollten, so wie sie es schon einmal getan hatten? Voo hatte die Möglichkeit einer Allianz angedeutet, aber konnte er ihr vertrauen?

Adan musste etwas gegen diese rätselhafte Gefahr unternehmen ... und nicht nur er. Er würde so bald wie möglich mit Kollanan sprechen. Er lag da und betrachtete die Sterne, aber er zog keinen Trost daraus, so wie es für gewöhnlich der Fall war.

Bei Sonnenaufgang belebte sich das Lager der Utauk. Herdfeuer wurden entzündet und erhitzten das Wasser für den morgendlichen Tee. Shellas Neffen kochten einen Kessel voller Haferbrei, der mit Honig gesüßt war, und Hale Orr füllte drei Schalen damit, die er irgendwie balancierte. Eine bot er Adan an, eine andere seiner Tochter. Der ältere Mann hatte geschwollene Augen; Adan vermutete, dass auch er nicht viel geschlafen hatte. Hales kerzengerade Haltung und sein fester Gesichtsausdruck ließen den Schluss zu, dass er für sich eine Entscheidung getroffen hatte.

»Ich darf nicht länger herumsitzen, bis meine Knochen ganz steif geworden sind, mein liebes Herz«, sagte er zu Penda in schuldbewusstem Tonfall. »Auch wenn ich die Bequemlichkeit meiner Gemächer in der Burg zu Bannriya sehr schätze, kann ich nicht die Augen vor dem verschließen, was gegenwärtig in der Welt vorgeht. Dazu ist es zu wichtig. Anscheinend habe ich mein Vermächtnis noch nicht vollendet.«

Penda hielt ihre Schale mit Haferbrei in den Händen, aß aber nicht davon. »Was willst du damit sagen?«

»Ich muss eine Reise machen. Nach den Gesprächen vom gestrigen Abend ist mir klar geworden, dass zu viele Fragen unbeantwortet geblieben sind. *Cra*, ich kann meinen Teil dazu beitragen. Ich bin noch kein alter Mann, und ich glaube, ich habe noch Kraft zu einer oder zwei Reisen.« Er drückte seine Schale mit dem linken Unterarm gegen die Brust, tauchte einen Holzlöffel in den Brei und aß ein wenig. »Ich werde nach Ischara gehen. Ich suche mir ein Handelsschiff der Utauk und buche eine Passage.« Er dachte nach. »Bei dem Rang meiner Familie wird man mich vielleicht sogar zum Handelskapitän eines Schiffes machen.«

Adan wusste, dass die Utauk auf ihren Reisen Immunität genossen, auch wenn es große Spannungen zwischen dem Staatenbund und der Neuen Welt gab. »Warum nach Ischara? Was erwartest du dort zu finden?«

»Ich möchte in Erfahrung bringen, ob es in diesem Land ebenfalls Gerüchte über die Wreth gibt. Vielleicht finde ich Hinweise darauf, dass diese alte Rasse auch in der Neuen Welt erschienen ist. Wir müssen es wissen.«

»Die Wreth waren nie ein Teil Ischaras«, sagte Adan. »Sie haben auf unserem Kontinent gekämpft.«

»Und ihn beinahe vernichtet«, sagte Penda und wechselte den Tonfall, als ihr ein Gedanke kam. »*Cra*, die Magie ist in der Neuen Welt noch stark! Was sollte die Wreth davon abhalten, dorthin zu gehen?«

»Wir müssen es in Erfahrung bringen.« Hale Orr scharrte mit der Stiefelspitze über den Boden und bohrte ein kleines Loch. »Ich werde zurückkehren und alles berichten, was ich gehört und gesehen habe.«

»Und du wirst es auch Sternenfall berichten, denn er gehört zu uns, zu unserer Familie und zu unserem Teppich.«

»So wie wir es vereinbart haben, mein liebes Herz.«

Adan hielt die Schale mit beiden Händen fest. Der gekochte Haferbrei und der Honig dufteten köstlich. Er gestand: »Ich habe in der letzten Nacht eine ähnliche Entscheidung für mich selbst getroffen. Auch ich werde auf eine Reise gehen. Ich werde von hier aufbrechen und hoffe, dass einige Utauk mit mir reiten werden.«

Penda drehte sich überrascht zu ihm um. »Und wohin willst du reisen?« Xar flatterte mit den Flügeln und gurgelte; es klang, als wollte er, dass Adan sofort aufbrach, damit er diesen Kerl endlich los war.

»Ich reite nach Norden und warne König Kollanan vor den Wreth. Wenn die Frostwreth tatsächlich so schrecklich sind, wie Königin Voo gesagt hat, dann muss er es wissen.«

Hale wandte ein: »Ich würde Königin Voo nicht trauen. Vergiss nicht, was die Wreth - und zwar *alle* Wreth - uns in der Vergangenheit angetan haben. Sie haben uns erschaffen und als Spielfiguren missbraucht. Sie haben mit uns geschlafen, uns versklavt und versucht, die Welt zu vernichten. Kein Utauk - überhaupt kein *Mensch* - sollte jemals ihre Rückkehr feiern.«

Adan nickte. »Darin stimme ich mit dir überein.«

Ein belustigtes Funkeln leuchtete durch die Sorge in den Augen des älteren Mannes. »Dann ist mein Schwiegersohn ein weiser Mensch.«

Penda wartete noch immer auf eine Erklärung. »Das ist eine

lange Reise. Willst du mich mitnehmen, ohne mich vorher gefragt zu haben?«

»Nein, du sollst nach Bannriya zurückkehren. Während meiner Abwesenheit musst du dich um die Bevölkerung dort kümmern. Darin bist du sehr geschickt.«

Penda schien nicht besonders glücklich darüber zu sein. »Du willst mich nach Hause schicken, damit ich das Reich allein führe?«

Ihr Vater kicherte. »Das schaffst du sogar mit geschlossenen Augen.«

»Natürlich, aber ich habe ihm nicht die Erlaubnis zu seiner Reise gegeben.« Sie richtete sich auf und sah Adan an. Der Ska ließ die Schwingen kreisen, als wollte er ihr versichern, dass er zumindest nicht vorhatte, sie zu verlassen. Ihre Miene wurde sanfter, und sie senkte die Stimme. »Aber ich habe geträumt, du seiest weit entfernt, und darum habe ich - als ich aufgewacht bin - gewusst, dass du fortgehst. Ich ahnte bloß nicht, warum und wohin du reist. Ich werde dich vermissen, mein Sternenfall.«

Es schmerzte ihn, und er umarmte sie. »Ich verspreche, dass ich schnell zurückkommen werde. Warum sollte ich dich je verlassen wollen?«

»Ja, warum?«, fragte sie. »Sorge dafür, dass du zur Geburt unseres Kindes wieder zu Hause bist.« Sie warf ihrem Vater einen raschen Blick zu. »Und du auch.«

»Das ist ein Versprechen, das ich zu halten beabsichtige«, sagte Adan.

»Ich ebenfalls«, meinte Hale. »Der Anfang ist das Ende ist der Anfang.«

26

In den sonnenerhellten Gemächern der Burg von Convera vollendete der Prinz das Portraitgemälde einer der vielen möglichen Bräute, die ihm dargeboten wurden. Wieder einmal war Conndur verwirrt und beunruhigt von dem, was er sah. Aber er wusste nicht, wie er seine Gefühle zum Ausdruck bringen sollte. Er und sein älterer Sohn waren seit Lady Maires Tod nicht mehr in der Lage, sich gegenseitig zu verstehen.

Mandan schien mit seiner Arbeit zufrieden zu sein, auch wenn sie äußerst verstörend wirkte. Nun, da er das Portrait vollendet hatte, signierte er es mit einem schmalen Pinsel und greller weißer Farbe. *Mandan von den Farben.* Wenn er malte, benutzte er nie den Titel des Prinzen. Er war dann nichts als ein Künstler, und Conn musste zugeben, dass sein Sohn Talent besaß. Das idealisierte Portrait seiner Mutter, das über Mandans Bett hing, bewies es.

Der junge Mann trat mit einem kritischen Lächeln zurück. »Glaubst du nicht auch, dass ich Lady Surri recht gut getroffen habe, Vater?« Er schien auf Lob erpicht zu sein, aber in seiner Stimme lag auch eine Spur von Spott.

»Jedermann würde Lady Surri sofort erkennen, keine Frage«, stimmte ihm Conn in einem bemüht wertfreien Tonfall zu. Er war sich genauso sicher, dass die edlen Eltern diese Abkonterfeiung nicht sonderlich schätzen würden. Es war nichts Bestimmtes an diesem Bild, das man bemängeln konnte, und er wusste nicht recht, warum es ihn so verwirrte.

Mandan hatte Surri der Wirklichkeit gemäß mit schmalem Gesicht, blauen Augen, kecker Nase und welligem braunem Haar dargestellt, das ihr bis auf die Schultern reichte. Tatsächlich hatte sie rosafarbene Bänder im Haar getragen, als ihr Vater sie am Hof vorgestellt hatte, und ihren Hals hatte eine Kette mit Salzwasserperlen geschmückt, die ihr von ihrem Nachbarn, Lord Cade, geschenkt worden war. Surri hatte tatsächlich Sommersprossen auf den Wangen, aber in Mandans Bild wirkten sie wie Schmutzflecke auf ihrer hellen Haut. Die kleine Warze hoch auf der linken Wange erschien hier weitaus größer und dunkler, als sie tatsächlich war. Und die Lippen sollten eigentlich ein zufriedenes Lächeln ausdrücken, aber irgendwie wirkten sie verzerrt. Ihre Züge schienen ein klein wenig *falsch*.

Conndur hatte Surri für recht schön gehalten, als er ihr zum ersten Mal begegnet war, aber offensichtlich war der Prinz keineswegs beeindruckt von ihr. »Du betrachtest sie also nicht als mögliche Gemahlin?«

»Ich fürchte nicht, Vater.« Mandan seufzte und legte Pinsel und Farben beiseite. »Es hat keine Funken geschlagen, und ich habe ihre Gesellschaft langweilig und ermüdend gefunden. Sie ist nicht die richtige Frau für mich.«

Er warf einen Blick zurück auf das Portrait von Maire mit ihrem üppigen roten Haar, der blassen Haut und dem beschützenden Ausdruck ihrer meergrünen Augen. Als er sie geheiratet hatte, hatte Conn die Schönheit dieser Frau wahrgenommen, und er hatte den Schmerz über ihren Verlust - ihren Selbstmord - durchaus gespürt. Aber Mandan betrachtete seine Mutter als eine so vollkommene Frau, wie man sie sich gar nicht vorstellen konnte, und deshalb würde keine Braut je dem Vergleich mit ihr standhalten.

Conn enttäuschte es immer mehr, wie wählerisch sein Sohn war. Unwillkürlich musste Conn an seine eigene arrangierte Heirat mit Maire denken. Auch ihre Verbindung hatte keine Funken geschlagen. »Eines Tages wirst du Konag sein, Mandan«, sagte er mit einer Spur von Verbitterung in der Stimme. »Du brauchst eine Königin. Wähle unter denen, die dir angeboten werden, eine aus, die für dich erträglich ist.«

»Das hast du mir schon hundertmal gesagt, und Utho ist ebenfalls der Meinung. Ich bin aber noch nicht bereit, den Gedanken der wahren Liebe aufzugeben.« Mandan betrachtete das Portrait, das er soeben vollendet hatte, und seufzte erneut. »Lady Surri wird enttäuscht sein, ebenso wie ihre Eltern, und deswegen werde ich ihnen dieses Portrait als Dank für ihre Erwägungen schenken.« Er trat zurück und verschränkte die Hände hinter dem Rücken. »Es ist ein Zeichen großer Ehrerbietung, dass sie ihre eigene Tochter darbieten wollen. Damit sollten wir zufrieden sein.«

Den Eltern des Mädchens würde er das Portrait in einer ausufernden Zeremonie überreichen, und sie würden sich verpflichtet fühlen, ihm einen Ehrenplatz zu geben, denn schließlich handelte es sich hier um das Geschenk des Prinzen, auch wenn die Darstellung eher eine stille Beleidigung war. Wie all seine anderen Bilder auch.

Conn blieb nur die Hoffnung, dass der Prinz irgendwann eine der Heiratskandidatinnen akzeptieren würde, obwohl er bisher nie bemerkt hatte, dass sein Sohn Interesse an einer Romanze oder an körperlichen Freuden zeigte. Er bevorzugte seine Kunst und die Musik. Doch früher oder später würde die Heirat des Prinzen - und die Zeugung von Erben - zu einer drängenden Notwendigkeit werden.

Als er an seine eigene Jugend dachte, musste Conn lächeln. Er und Koll hatten die vielen willigen jungen Frauen nicht verschmäht, die unbedingt ein wenig Zeit mit den Söhnen des Konags verbringen wollten. Während Bolam auf den Thron vorbereit wurde, waren Koll und Conn in ganz Convera für ihre Heldentaten vor dem Krieg bekannt gewesen.

Er versuchte es auf andere Weise. »Du hast doch gesehen, wie glücklich dein Bruder ist, und wie sehr ihm die Ehe gefällt. Sie erwarten schon ihr erstes Kind. Aber nicht Adan ist mein Erstgeborener, sondern du bist es, und ich erwarte von dir, dass du mir Enkel schenkst. Suderra liegt so weit entfernt, dass ich das Baby nicht angemessen verwöhnen kann, sobald Penda es zur Welt gebracht hat.«

»Ja, die Ehe bekommt Adan gut«, stimmte der Prinz zu, aber seine Stimme klang unbeteiligt.

Conn wusste, dass er keine bessere Antwort erhalten würde, und so wandte er sich wieder dem Thema zu, wegen dem er hergekommen war. »Ich habe nach dem Überfall Truppen und Vorräte nach Mirrabay geschickt. An dem Ort muss vieles neu erbaut werden. Das ist eine der Aufgaben eines Herrschers.«

Mandan nickte ernst. »Wenn sich eine Tragödie ereignet, sollte sich ein Konag stets um das Volk kümmern.« Der Prinz sprach die richtigen Worte, aber ohne dabei ein Gefühl zu zeigen; es war, als wiederholte er nur etwas, das er auswendig gelernt hatte. Dann wurde seine Stimme härter. »Insbesondere wenn es sich um die Auswirkungen eines ischaranischen Angriffs handelt. Sie sind Tiere.«

Conn erkannte, dass Utho mit dem Prinzen gesprochen hatte. Der Hass des Bravas auf die Ischaraner grenzte an Besessenheit, auch wenn er dafür einen guten Grund hatte. Er fuhr fort: »Überdies werde ich Wagen mit Nahrung dorthin schicken, denn die Aufbauarbeiten werden nicht vor dem Winter abgeschlossen sein, und die Stürme können sehr harsch werden.«

Mandan trat vor die Karte von Osterra an der Wand. Der Prinz hatte Landkarten schon immer geliebt, wenn auch eher wegen der Kunst als wegen der Geographie. Er fuhr mit dem Fingernagel über den kleinen Fleck, der den Hafenort Mirrabay bezeichnete. »Ich weiß, wo es liegt. Ein Konag muss das ganze Land kennen, über das er herrscht, und er muss auch die Geschichte und Kultur seines Volkes kennen.« Als er die Stirn runzelte, nahm sein Gesicht einen unerwartet ernsten Ausdruck an. »Ich weiß, dass ich nicht so bin wie du, Vater. Es gefällt dir nicht, dass ich mehr Zeit mit der Kunst als mit meiner militärischen Ausbildung verbringe, aber mein kulturelles Wissen macht mich zu einem starken und nachdenklichen Mann. Ist das für einen Konag nicht ebenfalls wichtig?« Er schien sich wahrhaft darum zu bemühen, seinem Vater zu gefallen.

Conn dachte nach. »Ja, das muss ich anerkennen. Mein Bruder

Bolam war ein guter Musiker und spielte mehrere Instrumente. Seine bemerkenswerten Kompositionen befinden sich noch immer in unserer Musikbibliothek. Ich habe ihm seine künstlerischen Interessen niemals vorgeworfen - und ich werfe sie auch dir nicht vor, aber du darfst darüber nicht die Kunst des Regierens und Kämpfens vernachlässigen. Sollte ein neuer Krieg kommen, musst du bereit sein, mehr zu tun als nur zu malen. Deswegen habe ich Utho gebeten, dich eingehender auszubilden.«

Der junge Mann wurde bleich. »Ich ... das verstehe ich. Aber ich freue mich nicht auf den Krieg, gleichgültig was Utho sagt.«

»Die Gründe für einen Krieg kann man nicht immer vorhersehen. Manchmal bleibt einem keine Wahl. Du erinnerst dich sicherlich an die Geschichte von Königin Kresca.«

Die Zerstörungen nach den Wreth-Kriegen hatten zu Jahrhunderten des Elends und der Gewalt geführt, zu Kampf und Verzweiflung. Die Menschen hatten in den Trümmern überlebt, ohne ihre Schöpfer und ohne Götter. Manche hatten versucht, jeden umzubringen, der sie bedrohte, während andere sich bemüht hatten, die Zivilisation neu zu errichten - eine *menschliche* Zivilisation. Die Menschen wollten einen Anführer haben. Jemand sollte sie anleiten und ihnen dort helfen, wo sie es nötig hatten.

Und diese Person war eine große Königin namens Kresca gewesen. Sie hatte ein Königreich in Osterra errichtet und beim Zusammenfluss der beiden Ströme eine erste Festung erbaut. Ihr Volk war wohlgenährt und gesund gewesen, was nach so vielen Jahrhunderten der Entbehrung ungewöhnlich gewesen war. Krescas Bauern hatten ganze Landstriche bewässert und große Felder angelegt, statt sich nur um kleine Parzellen zu kümmern, die eine oder zwei Familien zu ernähren vermochten. Auf diese Weise ernteten sie so viel Getreide, dass es in mageren Zeiten für eine ganze Stadt ausreichte. Und im Verteidigungsfall war sie in der Lage, eine große Armee aufzustellen.

Natürlich wollten die rivalisierenden Könige im Norden und Süden ebenfalls das bekommen, was Krescas Volk besaß. Sie schlossen ihre Kräfte zusammen und beabsichtigten eine Invasion durchzuführen, aber Königin Krescas Volk verteidigte heftig das, was es aufgebaut hatte. Sie erklärte der angreifenden Armee persönlich, dass der Feind zunächst einmal genug Vorräte haben würde, wenn er ihr Land und ihre Felder eroberte, aber gleichzeitig würde er den Grund für die Existenz dieser Vorräte vernichten. Verstanden die Angreifer denn nicht, warum ihr Volk so wohlgenährt und stark war?

Während sich die drei Armeen auf eine schreckliche Schlacht vorbereiteten, begab sich Kresca zu den beiden gegnerischen Anführern. Sie stellte sich vor diese und fragte sie, ob sie Angst hätten. Sie lachten und sagten, sie hätten keine Angst vor ihr. Sie entgegnete: »Nicht vor mir - vor der *Wahrheit*. Ich will Frieden, weil es uns im Frieden allesamt gut ergeht. Wir können euch zeigen, wie ihr die alten Schlachtfelder bestellen, das Land bewässern und euer Volk ernähren könnt. Dann ist es für euch nicht mehr nötig, das haben zu wollen, was wir haben, denn ihr werdet selbst über großartige Reiche herrschen.«

Nach einer Unterredung mit ihren mächtigen Ratgebern stimmten die anderen Könige zu. Kresca wurde zur ersten Konag, und die neuen Königreiche von Norterra und Suderra wurden unabhängig, waren aber fortan ein Teil des Staatenbundes, und zwar »so lange, wie unsere Länder gedeihen«. Die Jahrhunderte vergingen, der Wohlstand wuchs, und die Menschen eroberten sich die Welt zurück, die von der alten Rasse aufgegeben worden war.

»Sind die Gründe für einen Krieg stets nachvollziehbar?«, fragte Mandan. »Was ist mit dem Krieg vor dreißig Jahren? Niemand scheint den genauen Grund für ihn zu kennen.«

»Ich bin aber sicher, dass es einen gab«, murmelte Conn, auch wenn er ihn nicht benennen konnte. »Mein Vater wird eingehend darüber nachgedacht haben, bevor er meinen Bruder und mich zum Kampf über das Meer geschickt hat.«

»Prinz Bolam war sein Erstgeborener, und er ist nicht in den Krieg gezogen«, betonte Mandan. »Könnte ich nicht einfach Adan und Onkel Kollanan aussenden, sollte es erneut zu einem Krieg kommen? Warum muss ich das Kämpfen erlernen?«

Conndur runzelte die Stirn. »Das wäre kein angemessenes Verhalten für einen wahren Konag.«

Mandan bedrängte ihn weiter: »Konag Cronin hat statt Bolam euch beide geschickt. Du sagst immer wieder, dass er einen großartigen Anführer abgegeben hätte.«

Conn seufzte. »Manchmal stellst du zu viele Fragen, aber es sind nicht die richtigen.« Unerwartet schenkte er Mandan eine kurze Umarmung, was sie beide überraschte. »Ich werde dir helfen, wo ich kann, mein Sohn. Wir werden Anführer sein, und wir werden das Beste für den Staatenbund tun. Gemeinsam.«

Der erstaunte Prinz zitterte, als er seinen Vater umarmte, dann trennten sie sich verlegen. Conndur verließ rasch das Zimmer, während sich Mandan wieder vor das Portrait stellte und langsam nickte.

27

Als Brava, der ein Band mit dem Konag eingegangen war, verließ Utho Convera oft und reiste in andere Bezirke, traf sich mit Adligen oder informierte sich über die geheimen Salzperlen-Operationen im fernen Nordosten. Aber manchmal musste er auch die Heimreise antreten und seine andere Pflicht als Brava erfüllen.

Während der Jahrhunderte hatten sich die Halbblute in unbezeichneten Ansiedlungen niedergelassen, die kein blutrünstiger Eindringling aus Ischara je finden konnte, falls der Staatenbund überfallen werden sollte. Die Bravas hatten geschworen, dass sie sich nie wieder alle an einem Ort aufhalten würden, wo sie ohne große Schwierigkeiten niedergemetzelt werden konnten, so wie es ihrer hoffnungsvollen Kolonie vor langer Zeit schon einmal ergangen war. Als Utho auf seinem Rotfuchs durch den Wald ritt, spürte er den beständigen Hass in sich kochen, wie ein Feuer in einem Ofen. Aber er dämpfte ihn, beherrschte ihn.

Er ritt den Pfad entlang, roch den Duft der Eichen und des Immergrüns und schließlich - als er zu den ersten Holzhütten kam - auch den Holzrauch. Die Ansiedlung der Bravas bestand aus nur zwanzig Gebäuden; es waren bequeme Blockhäuser mit kleinen Gemüsegärten und hölzernen Rinnen, die das Wasser von den Bergflüssen abzweigten. Utho hörte, wie Kinder auf dem offenen Platz mit ihren Holzschwertern übten.

Ein alter Lehrer stand bei ihnen und rief ihnen Aufmunterungen und Kritik zu. Vier Brava-Kinder, drei Jungen und ein Mädchen, kämpften gegeneinander; es war sowohl Spiel als auch todernstes Kräftemessen. Ihr Lehrer trug kein Hemd; er hatte den

Kopf und die Wangen sauber geschoren, und sein schlanker Körper stellte eine solche Masse aus Muskeln dar, dass er wie ein Schnitzwerk aus Treibholz wirkte.

Das Mädchen schlug mit der breiten Seite der Klinge zu und traf einen der Jungen an der Schulter. »Tot!«, rief sie.

»Auch mit *einem* Arm kann ich noch kämpfen!«

»Ja, das könntest du«, sagte der alte Lehrer. »Und du wirst es müssen.« Als er das herannahende Pferd hörte, hellte sich seine Miene auf, und er lächelte, als er den Reiter erkannte. »Utho! Ist die Zeit für deine Rückkehr schon gekommen?«

»Ich habe gehört, dass diese Kinder einen besseren Ausbilder brauchen, Onzu.«

Der alte Mann höhnte: »Für dich bin ich jedenfalls gut genug gewesen.«

Utho stieg ab und band sein Pferd an einen Baum. »In den kommenden Zeiten werden sie vielleicht besser sein müssen als ich.« Seine Miene verdüsterte sich. »Die Ischaraner haben schon wieder Mirrabay überfallen. Wenn Konag Conndur auf die Stimme der Vernunft hört, werden wir uns bald im Krieg mit unserem Feind befinden.«

Onzu strahlte. »Dann bringst du gute Nachrichten.«

»Nichts, was Mirrabay betrifft, kann eine gute Nachricht sein«, sagte Utho und wurde wieder ernst. »Nicht diesmal, und nicht letztes Mal.«

»Der Schmerz treibt uns voran, denn wir Bravas ertragen es nicht, in die Vergangenheit zu schauen.«

Utho schüttelte den Kopf. »Wir müssen uns an die Vergangenheit erinnern, denn das, was die Ischaraner Valaera angetan haben, darf sich nie wiederholen und niemals vergessen werden.«

»Das wird es auch nicht. Aus diesem Grund halten wir die Brava-Blutlinie rein. Aus diesem Grund sind wir allzeit bereit.« Der alte Onzu befahl den Kindern weiterzukämpfen und begrüßte Utho mit einem Händedruck. Gemeinsam begaben sie sich zu seiner Blockhütte. »Bist du hier, weil du mich besuchen willst? Oder bist du gekommen, um deine Pflicht zu erfüllen?«

»Ich erfüllte immer meine Pflicht«, entgegnete Utho.

Der alte Mann grinste. »Das wird Cheth freuen. Sie ist gestern angereist, und ich glaube, sie hatte sich darum gesorgt, dass ich der Einzige sein könnte, der das Bett mit ihr teilt.«

»Du übernimmst diese Pflicht allzu oft«, sagte Utho. »Viele Brava-Kinder haben deine Augen und deine Nase.«

Onzu schnalzte mit der Zunge. »Ich diene, wenn ich gerufen werde.«

»So wie auch ich.« Utho folgte dem Mann am Garten vorbei.

Nicht weit vom Garten des Brava-Lehrers entfernt stand die geschnitzte Figur eines Brava in alter Kleidung. Es war Olan, der zuversichtliche Anführer der ersten Kolonie, die er in Ischara zu errichten versucht hatte. Als sie an der Statue vorbeigingen, streckte Utho die Hand aus, berührte sanft das geschnitzte Gesicht und dachte an die Träume des lange Verstorbenen. Wenn Olan Erfolg gehabt hätte, würden die Brava nun auf ihrem eigenen Kontinent leben und gedeihen ...

Onzu bemerkte sein Interesse. »Die Ischaraner greifen uns noch immer an, und wir schwören noch immer, sie zu töten. Bezahlen spätere Generationen für die Verbrechen ihrer Ahnen?« Er schüttelte den Kopf. »Das muss ein Ende finden.«

Utho war aber nicht überzeugt. »Vielleicht werden sie nach tausend Generationen genug für das bezahlt haben, was sie uns angetan haben. Aber noch ist es nicht soweit.«

Vor elf Jahrhunderten hatten viele Bravas beschlossen, die alte Welt zu verlassen und das gelobte Land zu suchen, in dem sie eine Kolonie gründen wollten. Angeführt von dem visionären Olan bauten sie eine Flotte, die sie über das Meer in die Neue Welt tief im Osten bringen sollte. Zahlreiche Entdecker hatten vor ihnen bereits die Ufer von Ischara erblickt, hatten üppige Wälder, fruchtbare Ebenen und eine Handvoll Ansiedlungen vorgefunden, die von den ersten Menschen nach dem Ende der Wreth-Kriege dort errichtet worden waren. An Bord der engen Schiffe verließen tausend Brava-Kolonisten die alte, waidwunde Welt und segelten davon.

Als sie an den neuen Ufern ankamen, zogen sie ihre Schiffe auf den Strand herauf und wollten niemals wieder zurückschauen. Die Pioniere fällten Bäume, brachen Steine und errichteten eine vollständige Kolonie, die sie Valaera nannten. Sie pflanzten Getreide an, sie jagten, sie vergrößerten ihre Ansiedlung.

Bald wurden sie vom ischaranischen Volk entdeckt, das sie mit großem Misstrauen behandelte. Den Einheimischen gefielen diese Fremden, diese Eindringlinge nicht - besonders deshalb nicht, weil die Bravas den schrecklichen Wreth aus der Vergangenheit glichen. Die hoffnungsfrohen Pioniere unterschätzten den Hass und die Angst der Ischaraner. Sie waren Bravas, und sie waren sicher, dass sie sich wirkungsvoll verteidigen konnten.

Aber nicht gegen einen Gottling.

Eines Nachts ritten die Ischaraner herbei, umzingelten Valaera und entfesselten eine ihrer Abscheulichkeiten, die daraufhin die ganze Kolonie vernichtete. Von den ursprünglich tausend Brava-Pionieren wurden bei diesem Angriff über siebenhundert getötet. Der Rest wurde, angeführt von dem schwer verwundeten Olan, zum Meer getrieben. Dort bemächtigten sie sich einiger ihrer alten Schiffe, die sie damals an Land gezogen hatten, und stachen in See.

Nach ihrer Heimkehr in den Staatenbund hielt nur der Hass sie noch lebendig. Die Bravas waren zu einer neuen Art von Kampftruppe abgehärtet worden. Olan verbreitete in allen drei Königreichen die Nachricht vom Verrat der Ischaraner, und die zurückgekehrten Bravas schworen, den Staatenbund zu verteidigen. Doch unter ihresgleichen gab die Halbblut-Rasse von Generation zu Generation die Versicherung weiter, dass es eines Tages einen Rachekrieg geben würde.

Da die Blutlinie der Wreth bei den Menschen allmählich verschwand, da die Abkömmlinge der beiden immer mehr Kinder hatten, schworen sich die reinen Bravas, niemals schwächer zu werden, damit ihre Magie nicht verblasste.

Einige Bravas aber ließen sich mit Menschen ein und gründeten Familien. Utho hatte dies getan. Seine Liebe hatte ihn selbst überrascht, als er Mareka begegnet war, die nur einen Tropfen Wreth-Blut in sich hatte. Und doch war sie für ihn etwas ganz Besonderes gewesen, etwas Ähnliches wie seine Töchter. Vor mehr als dreißig Jahren war er gebeten worden, die Insel Fulcor gegen einen möglichen Überfall der Ischaraner zu sichern, und aufgrund des Eides, den er dem Konag geschworen hatte, konnte er sich dieser Bitte nicht entziehen. Utho verabschiedete sich von seiner Familie in Mirrabay und segelte zu der Inselgarnison ab. Seine Frau und seine Töchter blieben ungeschützt zurück ...

Die geschichtlichen Ereignisse verlangten es bereits, dass den Ischaranern niemals für das vergeben werden durfte, was sie der Valaera-Kolonie angetan hatten, und nachdem sie auch noch Uthos Familie in Mirrabay umgebracht hatten, würde sein Herz ihnen ebenfalls niemals vergeben ...

Zur Erhaltung der eigenen Art waren alle Bravas verpflichtet, ein oder mehr Kinder mit einem oder einer anderen reinblütigen Brava zu zeugen, sodass der Anteil des Wreth-Blutes von Generation zu Generation gleichblieb. Für Utho war dies eine gefühllose Sache. Er hatte Mareka geliebt und ihr all seine Liebe geschenkt, sodass nichts mehr in ihm war - aber er blieb natürlich noch zeugungsfähig.

Den ganzen Nachmittag unterhielt er sich mit Onzu im Haus des alten Mannes, teilte seine Neuigkeiten mit ihm und schwelgte in Erinnerungen. Als Utho vor die Tür trat, sah er dort eine Brava-Frau stehen. Sie hatte die Arme vor der Brust verschränkt und wartete. Sie war groß, wohlproportioniert, ungefähr fünfunddreißig Jahre alt. Cheth hatte ein langes Gesicht und kurz geschnittenes, aschbraunes Haar. Sie betrachtete ihn, als er vor der Tür stand. »Du wirst wohl ausreichen. In den nächsten drei Tagen kommt für mich die beste Zeit der Empfängnis.«

Die Brava-Kinder, die aus solchen Vereinigungen geboren wurden, blieben in den Siedlungen, wo sie aufwuchsen und ausgebildet wurden. Ihre Lehrer waren abgehärtete Krieger; manchmal waren sie geduldig, manchmal auch unbarmherzig. Onzu war ein wenig von beidem. Auch Utho war hier aufgewachsen und ausgebildet worden; er hatte sich mit anderen Brava-Kindern angefreundet, bevor er sich auf den Weg gemacht hatte, sein langes Vermächtnis zu schaffen.

Die nächsten drei Tage würde er mit Cheth verbringen, und dann würde er nach Convera und zu seiner Arbeit für den Konag zurückkehren. Während die Nachmittagssonne zwischen den Bäumen hindurch schien und die Kinder ihre harte Ausbildung fortführten, folgte Utho der Frau in das Gästehaus und schloss die Tür, sodass er und Cheth ihre Brava-Pflichten erfüllen konnten.

28

Spät am Abend betrat Kaptani Vos die Turmgemächer der Empra Iluris. Sie waren ein abgeschiedener Ort für eine private und persönliche Zeremonie. In seinen Augen glitzerte es. Der Anführer der Falkenwächter wirkte mit seinem eingekerbten Kinn und den hohen Wangenknochen grob und gefährlich, was noch stärker durch die schiefe Nase hervorgehoben wurde, die er sich bei einem Übungskampf in seiner Jugend gebrochen hatte.

Iluris stand von ihrem Sofa auf, als der Kaptani eintrat. Sie hatte seine Ankunft erwartet. Im Gegensatz zu ihren vielen unangenehmen Aufgaben wärmte ihr diese Pflicht das Herz. Von allem, was sie während ihrer Regierungszeit erreicht hatte, waren die Falkenwächter vermutlich ihre beste Errungenschaft.

Vos stand in seiner vollen Uniform vor ihr, mit goldenem Brustpanzer, rotem Umhang, goldenen Armreifen, festen Stiefeln, Beinschienen und einem Schwert an der Seite. Jedes einzelne Element seiner Ausrüstung wirkte sauber und poliert, sodass er sich seiner Empra zeigen konnte, aber in ihren eigenen Gemächern gab sich Iluris weitaus weniger förmlich. Sie hatte ihren Juwelenschmuck angelegt und sich in einer bequemen Robe bei einem süßen Kräutertee und einer Schale mit säuerlichen Beeren entspannt. Ihre Falkenwächter begriffen, dass sie eine Frau war, eine Person, eine Mutter - *ihre* Mutter. Ihre Elitetruppe, ihre Adoptivsöhne durften sie so sehen, wie niemand sonst sie zu Gesicht bekam, und deswegen liebten sie Iluris. Sie durften wissen, wer sie in Wirklichkeit war, und sie würden ihr Leben für die Empra geben.

Kaptani Vos streckte die linke Hand aus und hielt ihr drei Ringe entgegen, von denen jeder wie der Kopf eines Falken geformt war. Er selbst trug einen ähnlichen Ring am Finger. »Ihr werdet mit den drei neuen Kandidaten zufrieden sein, Mutter. Ich habe sie selbst geprüft, und ich möchte sie einstellen, bevor Ihr mit Eurer Suche nach einem Nachfolger beginnt. Ich bin zuversichtlich, dass sie sich unter den Besten befinden werden.«

»Du bist mein Bester, Vos«, sagte sie. »Aber ich liebe euch alle gleichermaßen.«

Er war im zehnten Jahr von Iluris' Herrschaft zu ihr gebracht worden, als die Falkenwache gebildet wurde. Die Elitegarde schuf sich ihre Ränge und Traditionen und betrachtete sich als wichtigstes Element zur Verteidigung der Empra. Sie vertraute den heimtückischen Politikern nicht und hielt nichts von Hinterhalt und Verrat, wozu ihr Vater ausdrücklich ermuntert hatte. Die junge Empra benötigte ihren eigenen Schutz durch eine Sondereinheit, die ihr treu ergeben war.

Vos war ein junger Mann aus einer großen Familie gewesen, die zu viele Münder hatte stopfen müssen, und so war er an die ischaranische Armee verkauft worden. Sechs Monate später war jedoch die Grippe durch Serepol geschwappt und hatte den Rest seiner Familie getötet. Nur Vos war übrig geblieben, ein Waisenknabe, der außer der ischaranischen Armee niemanden hatte. Iluris hatte ihn persönlich adoptiert. Sie hatte keine eigenen Nachkommen, aber alle Falkenwächter waren ihre Ersatzkinder. Jeder war etwas ganz Besonderes für sie.

Nun deutete Vos hinter sich in den Korridor, der vom Fackelschein erhellt wurde. Drei weitere junge Männer in Uniformen, die der von Vos glichen, traten ein, aber ihre Umhänge waren von einem dunkleren Braun, das die Blutflecken nicht so deutlich zeigte, wenn die Rekruten während der harten Übungskämpfe verletzt wurden.

Iluris kam ihnen zur Begrüßung entgegen, und die drei nervösen jungen Männer wandten den Blick ab. Neckisch schalt Iluris sie: »Seht mich gefälligst an! Ihr dürft von meiner Gegenwart nicht überwältigt sein, denn dann seid ihr nicht in der Lage, mich zu beschützen.«

Der junge Mann in der Mitte trat vor. »Wir werden Euch beschützen, Exzellenz. Das haben wir versprochen. So werden wir Euch dienen.«

»Das ist die richtige Antwort«, sagte sie absichtlich beiläufig. Sobald sie zu vollwertigen Falkenwächtern geworden waren, würden diese jungen Männer noch viel Zeit in steifer Förmlichkeit und mit durchgedrücktem Rücken und eng an die Flanken gelegten Armen in ihrem Thronsaal verbringen. »Teilt mir eure Namen mit.«

Kaptani Vos kam hervor und wollte die Kandidaten vorstellen, aber Iluris schnitt ihm das Wort ab. »Sie können für sich selbst sprechen.«

Der mittlere Mann sprach zuerst. »Ich bin Cyril, und ich freue mich sehr, auserwählt worden zu sein. Ich werde Euch niemals enttäuschen, Exzellenz.«

Der zweite Mann stellte sich als Nedd vor, und der dritte hieß Boro. »Sie werden eine feine Ergänzung meiner Familie sein«, sagte sie. Sie betrachtete jedes Gesicht, las in ihren Augen, sah darin Stolz und nervösen Ehrgeiz. »Ihr habt keine eigenen Familien?«

Die drei jungen Männer schüttelten die Köpfe. »Allesamt Waisen«, bestätigte Vos.

»Sie sind keine Waisen mehr«, sagte Iluris mit einem Lächeln. »Jetzt gehören sie zu unserer Familie.«

Sie nahm die drei goldenen Ringe von Vos entgegen und steckte Cyril den ersten an den Finger. Er ballte sofort die Faust, als wollte er dafür sorgen, dass der Ring niemals abfallen konnte. Genauso verfuhr sie mit Boro und Nedd. Alle drei sahen mit tränenvollen Augen zu ihr auf.

»Nun habe ich drei neue Söhne, die den Frieden und Wohlstand von Ischara garantieren«, sagte sie. Iluris zweifelte nicht daran, dass sie furchtlose Kämpfer waren und ihr Leben für sie hingeben würden. Sie gehörten Iluris vollkommen.

Sie öffnete die Arme weit und wartete. Die neuen Falkenwächter zögerten, doch Vos stieß sie an. Sie kamen vor, und Iluris zog sie gemeinsam in ihre Umarmung. »Nach dem heutigen Abend dürft ihr mich Mutter nennen, denn nun seid ihr ein Teil meiner Familie.«

29

Während der Gottling von Serepol in dem unvollendeten Magnifica-Tempel schmorte, ging Klovus dort zur Anbetung, wo er früher einmal Ur-Priester gewesen war. Der Tempel am Hafen beherbergte den kleineren Gottling, der Mirrabay angegriffen hatte. Überdies war er ein guter Ort für Klovus, um später am Abend das geheime Treffen mit den anderen Hohepriestern der einzelnen Bezirke abzuhalten.

Bei Sonnenuntergang versammelten sich die Fischer, Hafenarbeiter, Träger, Wirte und das Personal der Bordelle, um dem Gottling ihren Dank zu spenden. »Höre uns, rette uns«, sangen sie. Der Tempel des Hafengottlings hatte einen Turm, der so hoch wie der Hauptmast eines Schiffes war, und seine Balken waren mit hypnotischen, geschwungenen Mustern verziert, die an Wind und Wellen erinnerten. Schindeln aus Keramik bedeckten die Fassade und zeigten die Abzeichen Serepols.

Klovus und eine Gruppe von Abgesandten, die er ausgewählt hatte, gesellten sich zu den Betenden, als im Tempel die Messingglocken geläutet wurden und jedermann etwas opferte, das für ihn von Wert war. Klovus hatte seinen kostbarsten Kaftan angezogen und trug Goldketten um den Hals sowie feine Reifen an den Handgelenken und ein mit Juwelen besetztes Schattenglas-Amulett, das so groß wie seine Handfläche war. Als oberster Hohepriester wurde er beinahe so sehr verehrt wie der Gottling selbst.

In dem großen Tempelraum stand ein Altar aus poliertem Granit vor der magischen Tür, die den Gottling einsperrte. Der neue Ur-Priester des Hafentempels, ein ehemaliger Fischer namens Xion, stand vor dem Altar. »Hohepriester Klovus, wir fühlen uns geehrt, dass Ihr Euch wieder zu uns gesellt. Ich bin so stolz, dass unser Gottling im Kampf gegen die Gottlosen helfen konnte. Höre uns, rette uns.«

Klovus nickte. »Höre uns, rette uns.« Alles schien in bester Ordnung zu sein.

Die Menschen zeigten ihren Glauben und brachten ihre größten Kostbarkeiten als Opfergaben dar. Einige hatten bandagierte Hände und trugen Krüge mit dunklem Blut, das sie dem Gottling zum Trank darreichen wollten. Andere brachten praktische Gaben von Speisen, frischem Fisch und gebackenem Brot für die Priester. Einige Frauen sahen Klovus mit scheuem und gleichzeitig herausforderndem Blick an. Doch solche Freuden mussten warten, denn in den unterirdischen Gewölben des Hafentempels hatte er noch Wichtiges zu tun. Das war der wahre Grund, warum er dieses Ritual angesetzt hatte. Es war die geeignete Ablenkung.

Ur-Priester Xion und seine Helfer gossen die Opfergabe des Blutes in einen goldenen Trog hinter dem Altar. Die rote Flüssigkeit schwappte durch die magische Tür. Das Regenbogenlicht des dahinter gefangenen Gottlings wurde blitzartig heller, und die Gläubigen keuchten ehrfürchtig auf. Ihr Glaube wurde immer dann stärker, wenn sie die Macht ihres Beschützers sahen, und wenn ihr Glaube zunahm, dann nahm auch die Macht des Gottlings zu.

Alle Gottlinge Ischaras waren durch ein schwaches Netz der Magie miteinander verbunden, die den Kontinent durchtränkte, und es hatte seinen Ursprung in dieser Stadt, in der sich nach den Wreth-Kriegen die ersten menschlichen Siedler niedergelassen hatten. Im Gegensatz zu den meisten Menschen verstand Klovus die rätselhafte Quelle ihrer Macht. Die der Neuen Welt anhaftende Magie erschuf einen Kreislauf aus Glauben und Beweis, denn die Gottlinge würden ohne den Glauben der Menschen nicht existieren, und der sichtbare Beweis für die Existenz der Gottlinge war der Glaube, der wiederum die Gottlinge stärkte.

Auch Klovus spürte die Energie in sich und die besondere Verbundenheit mit diesen Wesenheiten, die er schon immer gefühlt hatte. Sie waren wirklich da und auch mächtig, selbst wenn sie nur durch Einbildungskraft und Magie geschaffen worden waren. Wenn die Magnifica vollendet werden konnte, würde ganz Ischara eine zentrale Schutzgottheit unter Klovus' Führung besitzen, und keine Macht der Welt würde sich dagegen behaupten können. Empra Iluris hatte somit durchaus einen guten Grund, besorgt zu sein. Klovus war sich sicher, dass er diesen Gottling beherrschen konnte, egal wie machtvoll er war ...

Klovus sprach zu den Versammelten im Hafentempel und führte die Zeremonie für Xion fort, der seine Rolle gern an ihn abtrat. »Euer Gottling erfreut sich an Eurem Glauben. Er hat unseren gottlosen Feinden jenseits des Meeres großen Schaden zugefügt, und nun ist er heimgekehrt und beschützt wieder den Hafen von Serepol - so lange, wie ihr an ihn glaubt.«

»Höre uns, rette uns!« Der Gottling schien hinter der magischen Tür zufrieden zu sein, und Klovus spürte sein warmes Glühen.

Nachdem alle Opfergaben angenommen worden waren, segnete Klovus die Menge und schickte sie nach Hause. Dann überraschte er den örtlichen Ur-Priester, indem er auch ihn entließ. »Ich benötige deinen Tempel heute Abend, Ur-Priester. Sorge dafür, dass wir nicht gestört werden.«

Xion wirkte abwehrend und unwillig und warf einen raschen Blick auf die magische Tür, als befürchtete er, Klovus könnte ihm den Gottling wieder wegnehmen, aber der oberste Hohepriester machte eine Geste der Ungeduld. »Darum geht es uns nicht. Dein Gottling wird hier ungestört bleiben.«

Erleichtert verneigte sich Xion. »Danke, Hohepriester. Danke für diese Ehre. Mein Tempel ist der Eure. Höre uns, rette uns.«

»Ja, ja. Höre uns, rette uns.«

Als der Tempel schließlich leer und die Nacht hereingebrochen war, erteilte Klovus einige Befehle an seine Vertrauten. Sie öffneten die Geheimtür und bereiteten die unterirdischen Kammern mit den dicken Wänden vor, die er noch aus seiner Zeit als örtlicher Priester kannte. Sie entzündeten Fackeln und räumten die staubigen Gewölbe für die wahre Zusammenkunft aus.

Klovus hatte seine Einladung in ganz Ischara ausgesandt, und die anderen zwölf Hohepriester konnten es sich nicht leisten, ihr nicht zu folgen. Er hatte ihnen genügend Zeit für die Anreise aus ihren Bezirken gegeben, und sie waren so still und heimlich wie möglich in Serepol eingetroffen.

Nach Anbruch der Dunkelheit erschienen die zwölf Hohepriester verkleidet in dem Hafentempel, wo sie sogleich in die unterirdische Kammer geleitet wurden. Kleine Kohlenpfannen brannten in den Ecken und schickten süß duftenden Rauch in die Luft.

Klovus begrüßte jeden der Gäste, die sich aus ihren unscheinbaren Verkleidungen schälten. Ein großer Hohepriester mit mächtiger Stirn und tief gefurchtem Gesicht wirkte sehr verdrießlich, als er eintrat. Klovus sprach ihn an: »Hohepriester Dovic, habt herzlichen Dank für Euer Kommen. Ich weiß gut: Von Sistralta bis hierher ist es eine lange Reise.«

Dovic zog die Brauen zusammen. »Eine unglaublich lange Reise. Die Straßen waren elendiglich – ein einziger Morast im ganzen Janhari-Bezirk. Das Essen war abscheulich, und mir tut jeder Knochen im Leibe weh.« Als erinnerte er sich plötzlich, mit wem er da sprach, machte er eine höfliche kurze Verbeugung. »Es ist natürlich stets eine Ehre, nach Serepol kommen zu dürfen, Hohepriester, insbesondere wenn Ihr es seid, der uns zusammenruft.«

Klovus verbarg ein vorfreudiges Glitzern in den Augen, als er mit Dovic sprach. »Eines Tages werde ich die Gunst erwidern und eine Pilgerreise zu Eurem Bezirk unternehmen. Auch wenn Sistralta sehr weit entfernt liegt, hat es doch einen mächtigen Gottling, wie ich gehört habe.«

»Es muss einen solchen haben«, sagte Dovic. »Wegen unserer Grashügel und schlammigen Täler sehen wir uns regelmäßigen Überflutungen und Feuersbrünsten ausgesetzt, und so rufen wir unseren Gottling oft zu Hilfe.« Er warf den beiden dicken, zufrieden wirkenden Hohepriestern aus Tarizah und Rassah einen raschen Blick zu. In ihren Bezirken gab es keine Bedrohungen und Katastrophen.

Die Hohepriester unterhielten sich miteinander in der unterirdischen Steinkammer, und Spannung lag in der Luft, da sich die Männer und Frauen fragten, warum Klovus sie herbestellt hatte. Schließlich war auch die gestrenge Neré, die letzte Hohepriesterin aus dem Bezirk Tamburdin eingetroffen, der unmittelbar an die unerforschten Territorien grenzte. »Ich habe Wichtigeres zu tun, als an einem solchen Treffen teilzunehmen«, sagte sie und legte sich die festen Zöpfe über die Schultern. »Die barbarischen Hethrren haben uns mehrfach angegriffen, und unsere Mauern können sie kaum mehr zurückhalten.«

Klovus runzelte die Stirn und gab eine deutliche Antwort. »Ihr seid eine Hohepriesterin. Setzt Euren Gottling ein und löscht sie aus.«

Die harte Frau wandte den Blick ab. »Unser Gottling wird immer stärker und bösartiger, je wütender und verzweifelter das Volk wird. Er lehnt sich gegen meine Kontrolle auf. Ich befürchte, wenn ich ihn in diesem Zustand loslasse, wird er ...«

Klovus schnaubte verächtlich. »Kein Hohepriester, der einen Gottling nicht beherrschen kann, ist seines Namens wert. Lernt, die Opfer und Gebete in die richtige Richtung zu lenken, sodass der Gottling genau das tut, was Ihr von ihm verlangt.« Er beharrte darauf, dass sie sich endlich an den langen Tisch setzte, damit das Treffen beginnen konnte. »Ich habe Euch hierher gerufen, weil wir über die Empra Iluris und die Zukunft Ischaras nachdenken müssen. Ich fürchte, die Empra wird immer weniger fügsam.«

Die Hohepriester und Hohepriesterinnen murmelten untereinander, nickten dann und wirkten besorgt. Adas, der Hohepriester von Ischiki, sagte: »Wir haben von ihrer lächerlichen Bekanntmachung hinsichtlich der Suche nach einem Nachfolger gehört. Als ob das ein Spiel wäre! Will sie ein Gespött aus unserem Land machen? Zum Glück können wir Hohepriester Ischara stabil halten.«

»Wir benutzen unsere Hauptgottlinge dazu, die Ehrbarkeit der Menschen zu stärken, denen wir alle dienen«, sagte der Janhari-Hohepriester, ein alter Mann mit gebräunter Haut.

Der gebrechliche Hohepriester aus Mormosa gab ein missbilligendes Kichern von sich. »Da sie überall nach ihrem Nachfolger sucht, nehme ich an, dass die Empra Euer Heiratsangebot abgelehnt hat, Klovus?«

Einige Hohepriester grinsten hinter vorgehaltener Hand, und seine Wangen brannten. »Es war nie ein romantisches Angebot, sondern eher eine Geschäftsvereinbarung. Aber Iluris ist stur und weigert sich, Vernunft anzunehmen. Deshalb müssen wir uns eine andere Vorgehensweise überlegen.«

Eilige Schritte stiegen die Steintreppe vom Geheimgang aus herab. Ein großer Man trat ein; er war in die farblose Robe eines Mittelpriesters gekleidet. Seine Stirn war hoch, und tiefe Runzeln hatten sich in sein Gesicht eingegraben. Er blickte sich um und flüsterte atemlos: »Ich bitte um Entschuldigung, Hohepriester Klovus. Ich bin gerade erst aus Sistralta eingetroffen.« Die anderen Hohepriester schauten überrascht auf, und der Neuankömmling sah einen nach dem anderen neugierig an. »Ich bin während meiner Reise aufgehalten worden. Es ist eine sehr lange Strecke über völlig verschlammte Straßen.«

Der Neuankömmling hielt ganz plötzlich inne, als er an seinem Platz bei Tisch einen Mann bemerkte, der genauso aussah wie er selbst. »Was soll das denn?« Die anderen Hohepriester murmelten untereinander.

»Seht Ihr?« Klovus schaute von dem am Tisch sitzenden Hohepriester Dovic zu dem frisch eingetroffenen, stehenden Dovic und lächelte. »Der erste Teil unserer Vorführung ist ein großer Erfolg.«

Der sitzende Dovic reckte die Schultern, und sein Gesicht zuckte. Die Haut wogte, als würden sich alle Gesichtsmuskeln gleichzeitig verziehen. Die Stirn wurde flacher und schrumpfte zusammen, die Haare wurden dunkler, bis sie eine blau-schwarze Färbung angenommen hatten. Die Runzeln in dem langen Gesicht glätteten sich, und das Kinn floh.

»Bemerkenswert!« Klovus wandte sich an die versammelten Hohepriester. »Erlaubt mir, Euch Zaha vorzustellen, den gegenwärtigen Meisterkämpfer der Schwarzen Aale. Sie praktizieren Tarnmagie.«

Der echte Dovic stand verwirrt da. »Er war mein genaues Abbild!«

Sobald Zaha wieder sein gewöhnliches Aussehen angenommen hatte, stand er von seinem Stuhl auf. »Hohepriester Dovic, ich biete Euch meinen Platz an.«

»Die Schwarzen Aale können die Haarfarbe und auch die Tönung ihrer Haut verändern«, erklärte Klovus. »Sie beherrschen jeden ihrer Muskeln und sind in der Lage, neue Gesichtszüge auszubilden, indem sie tatsächlich ihre Haut verändern, dazu aber auch eine Spur von Glanzmagie einsetzen. Wenn sie gut genug ausgebildet sind, werden meine Schwarzen Aale das Aussehen eines jeden beliebigen Menschen annehmen können.« Er lächelte. »Und das ist eine ausgesprochen nützliche Fähigkeit.«

Die zwölf Gäste schienen verwirrt zu sein, aber einige waren eindeutig begeistert. »Wie können wir das einsetzen?«, fragte der Hohepriester von Prirari.

»Das hängt von Empra Iluris ab. Ihr ist jede Gelegenheit verschafft worden, ihre Zusage einzulösen und den Magnifica-Tempel fertigzustellen. Wir könnten die Gottlinge in jedem Bezirk stärken - nicht nur die Hauptgottlinge, sondern auch die kleineren örtlichen. Unser Volk muss weiterhin glauben, denn das ist es, was unsere Macht nährt. Das ist es auch, was Ischara stark macht.«

»Und was ist, wenn die Wünsche der Empra nicht mit den unseren übereinstimmen?«, fragte der Hohepriester von Rassah. »Sollten wir nicht auf ihren Nachfolger warten, vor allem da sie schon mit der Suche nach ihm - oder ihr - begonnen hat?«

»Wir *könnten* warten und auf das Beste hoffen.« Klovus sah den Meisterkämpfer der Schwarzen Aale an, der beeindruckend und schweigend dastand. »Oder wir denken über andere Möglichkeiten nach.«

30

Die Sandwreth bewegten sich auf einer langen Reise durch die leere äußere Wüste auf den Schmelzofen zu. In dem weichen Sand kamen ihre Augas nur langsam und mühselig voran, aber auf felsigem Untergrund waren sie wegen ihrer breiten Pfoten mit jeweils drei Krallen recht wendig. Mit Hilfe von Wreth-Magie waren diese kräftigen Reptilien zum Einsatz in der Wüste gezüchtet worden; sie waren die geeigneten Kreaturen, um eine Reise durch die Ödnis zu unternehmen.

Königin Voo war fasziniert von ihrer Begegnung mit den Menschen, mit ihrem reizenden König und der ummauerten Stadt. Nachdem sie die Berichte ihrer Späher gehört hatte, war der Wunsch in ihr geweckt worden, all das mit eigenen Augen zu sehen. Es schien unglaublich, dass die verwaisten Schöpfungen der Wreth auf den gewaltigen Schlachtfeldern Städte gebaut und Felder angelegt hatten. Unerwartet hatten diese armen Geschöpfe die Apokalypse überlebt, aber ihre Unabhängigkeit und ihr Ehrgeiz waren die noch größere Überraschung. Voo hätte sich nie vorstellen können, dass die niederen Menschen eine solche Entschlossenheit entwickeln würden, aber vielleicht hatten sie nur einen Ansporn gebraucht - eine Feuerprobe.

Sie dachte laut nach, während die Augas ihren Weg nahmen. »Als wir die Menschen erschaffen haben, haben wir ihnen möglicherweise einen größeren Funken Kraft verliehen, als uns bewusst war.«

Die Gruppe der Wreth kam an missgestalteten Felsspitzen vorbei. Voos hochnäsiger Bruder ritt neben ihr und hielt die ledernen Zügel fest, die um das breite Maul seines Augas geschlungen waren. »Ist das der Grund, warum du vor dem Ende des Krieges so viele menschliche Liebhaber hattest?«

Voo spitzte die Lippen. »Das ist nur aus Gründen der Unterhaltung geschehen, und diese Unterhaltung war äußerst dürftig. Gewiss habe ich nicht mehr als zehn oder fünfzehn von ihnen mit in mein Bett genommen. Es ist schon so lange her, dass ich mich gar nicht erinnern kann.«

»Ich fand ihre Frauen lohnenswert - sie waren so anders«, gab Quo zu. »Ich weiß nicht, ob ich von ihnen Kinder bekommen habe. Ich habe nicht darauf geachtet.«

»Die Menschen wurden zu einem bestimmten Zweck geschaffen, und den haben sie erfüllt. Nun müssen wir von vorn anfangen, und es steckt nur noch sehr wenig Magie im Land. Wir sind gezwungen, uns auf die Menschen zu verlassen, die übrig geblieben sind.« Als die Augas durch den Schatten einer Felsnadel schritten, blinzelte sie zu der blendenden Sonne hinauf. »Sie könnten ein weiteres Mal nützlich sein.«

»Was ist, wenn sie kein Bündnis mit uns eingehen wollen, meine Königin?«, fragte ihr Hauptmagier Axus. Er war ein großer, dünner Mann mit grauer Haut und riesigen Augen, und seine Haut war vollkommen haarlos. Seine braune Lederrobe hing wie eine abgestreifte Haut an ihm.

»Dann sind sie Narren. Sie werden zwischen unserer Armee und jener der Frostwreth zerrieben werden, was auch immer sie tun werden.« Ihre dünnen Lippen kräuselten sich zu einem Lächeln. »Aber wenn sie sich entscheiden, in dem kommenden Krieg unsere Verbündeten zu sein, ist dies das Beste, was ihnen überhaupt zustoßen kann. Notfalls könnten wir sie zwingen.«

»Das haben wir schon einmal getan«, sagte Axus. »Wir brauchen ihre Unterstützung nicht. Ihr macht die Sache schwieriger, als sie ist, wie wir bereits bewiesen haben.«

»Ich genieße es, und das Endergebnis wird dasselbe sein.« Während ihr Auga dahinstapfte, bildete sich Voo Umrisse in den klumpigen Felsnadeln ein. »Dieser Konflikt besteht seit dem Anbeginn unserer Zeit - seit dem Zerwürfnis zwischen Raan und

Suth.« Ihre Stimme sank zu einem heiseren Flüstern herab. »Wir haben nicht vergessen, womit es begonnen hat.«

Voo brachte ihren Auga zum Stillstand und streckte die linke Hand aus. Sie erschuf ein Bild in ihrem Geist, zeichnete es mit ihren spitzen Fingernägeln in die Luft, und die Auswirkungen zeigten sich an einer der unförmigen Felsnadeln. Steinsplitter flogen davon, und roter Staub trieb zur Erde, als sie den Felsen zum Gesicht einer schönen Frau umgestaltete. »Raan, der Unrecht geschah ... der Grund für unseren Krieg, und auch der Grund, warum Kur uns verlassen hat.«

Ihr Bruder lehnte sich im Sattel zurück und beobachtete ihr Werk kritisch. »Wie kannst du dir sicher sein, dass Raan so ausgesehen hat?«

»So hätte sie aussehen sollen.« Voo zeichnete erneut etwas in die Luft und bearbeitete eine verkrüppelte Felszinne so lange, bis ein zweites Frauengesicht in ihr erschien – fast genauso schön wie das von Raan, aber mit einem höhnischen Lächeln in ihrem steinernen Antlitz. »Niemand hat je gesagt, dass Suth nicht auch schön war. Schließlich hat Kur die beiden Schwestern wegen ihrer Schönheit ausgewählt, aber wir wissen, dass Suth in ihrem Inneren verdorben und hässlich war. Ihr schwarzes Herz zeigt sich deutlich an dem, was sie Raan und dem armen Kind angetan hat, das die Welt hätte verändern können.«

Mit einem plötzlichen Ausbruch von Magie zerschmetterte Voo Suths Gesicht. Felsbrocken zerstoben zu Staub und Schutt. Sie drehte sich zu Quo um und fragte mit erstaunlich verletzlicher Stimme: »Glaubst du, Kur wird mich, wenn er zurückkommt, genauso schön finden wie Raan?«

»Über den Geschmack eines Gottes kann ich keine Aussage treffen«, antwortete Quo und runzelte die Stirn, »und niemand sollte einen Bruder fragen, wie begehrenswert er seine Schwester findet.«

Die Augas durchquerten die äußere Wüste und zogen Staubfahnen hinter sich her. Voo wusste, was die Sandwreth zu tun hatten, bevor sie darauf hoffen durften, dass Kur zurückkam und sie rettete. Sie mussten eine Welt retten, und sie mussten eine Welt vernichten.

Als sich Kur vor langer, langer Zeit bei den Wreth in der Gestalt eines wunderbaren Mannes gezeigt hatte, hatte er die wunderschöne Suth verführt, doch schon bald fand er ihre jüngere Schwester Raan noch begehrenswerter. Als Suth wütend und eifersüchtig wurde, erwiderte Kur: »Seid ihr nicht beide meine Schöpfungen? Ich liebe und ehre euch alle. Zwingt einen Gott nicht dazu, eine Wahl zu treffen.«

Bald wurde Raan von Kur schwanger, obwohl Suth länger als sie seine Geliebte gewesen war. Suth konnte ihren giftigen Neid nicht beherrschen, und sie sah, wie sich der Drache in der Nacht bewegte. Er war das personifizierte Böse und stellte die innere Finsternis dar, von der sich Kur gereinigt hatte. Die bloße Gegenwart von Ossus verdarb die böse Suth vollkommen und verschlang sie.

Heimlich verabreichte sie ihrer Schwester ein Gift, das sie fast getötet hätte und dazu führte, dass sie ihr Kind verlor - es war halb Wreth, halb Gott gewesen. Raan überlebte den Anschlag, und als sie herausfand, dass ihre eigene Schwester dafür verantwortlich war, befahl sie ihren Kriegern, Suth aus Rache zu töten. So begannen die großen Schlachten.

Als Kur hörte, dass sein ungeborenes Kind tot war und die beiden Schwestern sich gegenseitig umzubringen versuchten, wurde seine Wut unbezwingbar. Obwohl er versucht hatte, sich selbst zu vervollkommnen, war der Drache in ihm noch immer zu stark. Kur erschien vor Suth und Raan als hoch aufragendes wütendes Gesicht. Er sagte zu ihnen, er werde die Welt neu erschaffen und seine Fehler berichtigen, aber dann befahl er den Wreth, zuerst Ossus zu vernichten und auf diese Weise alles Böse und Gewalttätige auszulöschen. Erst wenn der Drache tot sei, würde er diejenigen Wreth retten, die sich als würdig erwiesen hatten. Und dann war er verschwunden ...

Nachdem die Wreth den Drachen verwundet und tief in den Untergrund vertrieben hatten, nachdem sie das Land verwüstet und beinahe ihre eigene Rasse vernichtet hatten, waren die Wreth schließlich aus einem magischen Schlaf erwacht, der viele Jahrhunderte gedauert hatte. Voo hatte geschworen, ihre Sandwreth, die Abkömmlinge von Raans Volk, zum Sieg über die bösen Abkömmlinge von Suth zu führen.

Nach schnellem Ritt erreichte die Gruppe den Rand des Schmelzofens. Sie ritten an den verschatteten Schluchten vorbei, in denen sich die Lager ausbreiteten, die aus eingezäunten, armseligen Hütten bestanden. Die meisten Bereiche der wasserlosen Wüste waren unbewohnbar, aber mit Hilfe der letzten Reste von Magie konnten Voo und ihre Wreth jeden Ort bewohnbar machen. Viele Arbeiter und Kämpfer wären nötig, damit sie in dem Land ausschwärmen konnten, um das sich die Menschen für sie als Statthalter gekümmert hatten. Es blieb abzuwarten, ob König Adan Sternenfall mit ihnen zusammenarbeiten würde oder nicht.

Während des langen Krieges hatten ihre Armeen eine unerschöpfliche menschliche Arbeiterschar besessen, denn sie hatten einfach immer mehr Menschen erschaffen. Doch die endlosen Kriege hatten das Land verwüstet, und es war ihnen lediglich gelungen, den gewaltigen Drachen zu verwunden.

Voos Ahnin Rao hatte gegen Ossus gekämpft und die gigantische Bestie in die Enge getrieben, während eine Streitmacht von Frostwreth den Drachen gleichzeitig angegriffen hatte. In dieser blutigen Schlacht war Ossus schwer verwundet worden und hatte sich tief in der Erde versteckt, damit seine Verletzungen heilen konnten. Dabei hatte er die Landschaft zu jener zerklüfteten Formation aufgeworfen, die nun als Drachengrat-Berge bekannt war.

Ossus musste noch immer getötet werden, und die Frostwreth mussten vernichtet werden, damit Kur nicht sie, sondern die Sandwreth in die schöne neue Welt mitnahm, die er danach erschaffen würde.

Vor sich sah sie die riesige Festung aus Sand und Stein, die ihre Wreth erbaut hatten, während sie abwarteten und sich erholten. Sie spähte in die flirrende Hitze und bewunderte ihre Festung mit den glatten Türmen, den hohen Mauern und den spitzen kristallinen Zinnen.

Angeregt durch ihre Gedanken an Geschichten und Legenden, ließ sie ihre schöpferische Magie fließen und formte den Sand zu einem Bild des Drachen, der sich bewegte und schließlich wieder zu einzelnen Körnern zerfiel. Neben ihr beteiligte sich Axus auch an diesem Vergnügen; er erschuf Armeen aus Sand und führte sie mit langsamen Bewegungen gegeneinander, bis sie zu Pulver zerfielen. Mit einer Handbewegung löschte der Magier sie schließlich wieder aus.

Voo erinnerte sich an eine der letzten Schlachten. Es war die abschließende Konfrontation mit Königin Onn gewesen, als die Sandwreth-Armeen die Kämpfer der Frostwreth in den Bergen der Umgebung abgeschlachtet hatten. Voo und Onn hatten sich in den Klüften der Drachengrat-Berge duelliert, Königin gegen Königin. Onn hatte mit einem einzigen Schwertstreich einen Teil von Voos goldenen Haaren abgesäbelt, und Voo hatte sich revanchiert, indem sie das Gesicht der feindlichen Königin aufgeschlitzt hatte. Die Schlacht war immer fiebriger geworden, und die beiden Frauen - und ihre Armeen - hätten sich beinahe gegenseitig ausgelöscht.

Voos Truppen waren stark dezimiert worden, und ihre Soldaten hatten sie von den noch lebenden, verwundeten Frostwreth weggeschleift, während ihre Magier eine mächtige Barriere erschaffen hatten, hinter der ihre Königin in Sicherheit geblieben war. Am Ende der erschöpfenden Schlacht hatten sich beide Seiten zurückgezogen.

Sie hatten das ganze Land als eine rauchende Wüste zurückgelassen. Die einst so fruchtbaren Ebenen waren nun verbrannt und vergiftet, die Magie verbraucht. Nur eine Handvoll überlebender menschlicher Arbeiter kauerte sich in einigen Verstecken zusammen, wo jeder einzelne von ihnen, wie Voo vermutete, schon bald verhungern oder an Entkräftung sterben würde. Ihre übel zugerichtete Armee hatte sich in die versengte Wüste zurückgezogen, und Voo hatte sich und die anderen Abkömmlinge von

Raan in einen magischen Schlaf versetzt, der Jahrhunderte andauern würde; sie hatte nur einige Wreth-Wächter zurückgelassen, deren Aufgabe es war, die Welt im Blick zu behalten.

Nun war Voo zum letzten Mal erwacht. Sie war zum Kampf bereit.

Höhnisch streckte sie den Arm aus und machte eine schneidende Geste, und alle Sandfiguren wurden nicht nur dem Erdboden gleichgemacht, sondern in heißes Glas verwandelt, das den Wüstenboden überzog.

»Das werden wir mit der Welt machen, sobald wir gesiegt haben. Wir werden sie vernichten und dann von Neuem beginnen«, sagte sie. »Und danach wird Kur endlich zu uns zurückkehren.«

31

Die Minen von Scharrdorf rochen nach Schwefel, und Elliel schwitzte stark, während sie ihre Spitzhacke schwang und den Schutt wegräumte. Sie hatte sich durch Hunderte Fuß festen Felsens gearbeitet, war Adern mit nützlichen Erzen, kostbaren Metallen und unerwarteten Edelsteinen gefolgt. Es war eine ehrliche, harte Arbeit, die gerade so viel Konzentration von ihr erforderte, dass ihre Gedanken nicht zu gefährlichen Orten abschweiften.

Eine Person ohne Erinnerung hatte die Zeit und Gelegenheit, sich ein neues Vermächtnis zu schaffen. Hier in Scharrdorf würde sie vermutlich keine Heldentaten vollbringen, aber musste denn jedermann ein Held sein oder eine heroische Lebensgeschichte hinterlassen? Wäre es für sie nicht möglich, einfach nur normal zu sein - eine stille Person mit einem stillen Leben? Ihre Tage waren doch friedlich und wenig bemerkenswert. Das reichte aus. Sie musste keine tapfere Kriegerin sein, keine beängstigende Brava - nur Elliel.

Weil sie zufällig die Drachenblut-Rubine gefunden hatte, arbeiteten die anderen gern in ihrer Nähe und hofften darauf, dass sie noch mehr Glück hatte. Elliel aber kam sich nicht glücklich vor; sie war einfach nur fleißig und gewissenhaft. Klenner, der meistens ihr Arbeitspartner war, musste sich zu Hause erholen, weil er sich bei einem unerwarteten Bergrutsch die linke Hand verletzt hatte. Stattdessen war nun ein junger Mann namens Jandre zusammen mit ihr und Upwin im Tunnel. Sie hieß seine Gesellschaft genauso willkommen wie die eines jeden anderen.

»Ich habe eine Geschichte über die Bravas gehört«, sagte Jandre so laut, dass er über den Lärm der Spitzhacken und Schaufeln hinweg zu hören war. »Zwei reiche Adlige hatten je einen eigenen, ihnen verbundenen Brava, und beide glaubten, der Stärkere zu sein, weswegen sie ihren Männern befahlen, für sie zu kämpfen.« Er wischte sich den Schweiß von der Stirn. »Kennst du die Geschichte, Elliel?«

»Ich kenne nicht viele Geschichten über Bravas«, sagte sie und hoffte, er würde nicht weiterreden.

Doch Jandre fuhr unbeirrt fort: »Die Adligen setzten hohe Beträge auf ihre Kämpfer und schickten sie aufeinander los. Die Bravas kämpften stundenlang auf dem Marktplatz des Ortes und zogen eine große Menschenmenge an. Weitere Wetten wurden abgeschlossen. Die Bravas fügten sich schwerste Verletzungen zu, benutzten aber ihre Wreth-Magie, um die Auswirkungen gering zu halten. Kannst du Heilmagie wirken, Elliel?«

»Ich habe es nie versucht. Bisher ist es mir gelungen, schweren Verletzungen aus dem Weg zu gehen.«

»Die beiden Bravas kämpften einen ganzen Tag lang, und ihre Herren wurden immer aufgeregter und setzten immer höhere Summen auf die Kämpfer. Schließlich hielten die Gegner inne; sie waren blutig und übel zugerichtet. Statt weiterzukämpfen, stützten sie sich gegenseitig, stellten sich der Menge gegenüber hin und spuckten Blut. ›Die Bravas kämpfen zur Verteidigung des Staatenbundes‹, sagte der eine. ›Die Bravas geben ihr Leben zur Verteidigung des Konags und seines Volkes‹, sagte der andere. ›Aber wir werden nicht länger zu eurer Belustigung kämpfen.‹« Jandre grinste im Schein der Laternen. »An jenem Tag lösten beide Bravas die Verbindung zu ihren Adligen, indem sie sich auf einen höheren Ehrenkodex beriefen, und sie gingen fort, während sie sich weiterhin gegenseitig stützten.«

Elliel schwang ihre Spitzhacke und brach Stücke aus dem Felsen. »Eine gute Geschichte.«

»Glaubst du, dass sie wahr ist?«, bedrängte Jandre sie.

»Ich kann nicht beurteilen, was wahr und was falsch ist.« Sie bewegte ihre Laterne näher an den deutlich erkennbaren grünlich-braunen Streifen in der Felswand heran, der auf ein Kupferflöz hindeutete. »Wenn wir zusammenarbeiten, können wir einen ganzen Karren mit dem Kupfererz füllen und ihn nach draußen schicken.«

Die beiden Minenarbeiter kamen ihr zu Hilfe; ihre Laternen warfen hüpfende Lichtkreise in die Tunnel. Elliel hieb mit ihrer Hacke auf die Felswand ein, löste Erzstücke und warf den Schutt zu Boden, sodass Upwin und Jandre ihn in eine Schubkarre schaufeln konnten.

Doch bei ihrem nächsten Schlag brach ein großer Teil der Wand mit erstaunlicher Leichtigkeit zusammen und enthüllte dahinter ein Loch. Sie packte ihre Laterne und hielt sie hinein. Das Licht strahlte mit blendender Helligkeit zu ihr zurück; es wurde von einem ganzen Wald aus Quarzkristallen reflektiert, die die Wände einer kleinen, verborgenen Kammer überzogen. Elliel begriff nicht, was sie da sah.

»Du hast schon wieder etwas Unerwartetes gefunden«, sagte Upwin, als er sich neben sie stellte.

Jandre grinste. »Deswegen wollte ich in ihrer Nähe bleiben, auch wenn ich eigentlich auf Rubine gehofft hatte.«

Die Männer schaufelten den Schutt beiseite, während Elliel das Loch mit ihrer Spitzhacke weitete. Als weitere Teile der Wand in sich zusammenfielen, griff sie in das Loch dahinter und zog eine Handvoll milchig weißer Kristalle heraus. »Hübsch. Sind sie wertvoll?«

»Das ist bloß Quarz.«

»Manchmal findet man Quarz bei den Muttertränen«, meinte Jandre. Der eifrige junge Mann hob einen der schweren Kübel voller Gesteinsschutt an. »Wir arbeiten alle zusammen. Wenn du auf eine herausspritzende silberne Flüssigkeit triffst, wie vor Kurzem bei dem Drachenblut, dann teilen wir uns den Bonus, ja?«

»Wie du willst«, sagte Elliel. Jandre ging mit dem Kübel den Tunnel entlang, während Elliel die Öffnung zu der Quarzhöhle noch ein wenig verbreiterte.

Noch bevor sie es hörte, spürte sie, wie sich ein Grollen im Berg aufbaute. Die Kerze in ihrer Laterne flackerte, als eine verirrte Brise durch den weiten Spalt wehte, den sie soeben freigelegt hatte. Besorgt stellte Upwin seine Hacke beiseite. »Wieder ein Beben.«

Die Rufe verängstigter Bergarbeiter und das Klappern weggeworfener Werkzeuge drangen aus den angrenzenden Tunneln herbei. Der Boden zitterte, und Staub rieselte von der Decke herab. Upwin ergriff seine Laterne, ließ seine Gerätschaften stehen und rannte davon.

Ein besonders starkes Beben zerriss die Felswand vor Elliel, und Quarzkristalle flogen wie glitzernde Geschosse aus der Öffnung. Ein Teil der Decke brach ein, ein Felsblock krachte herunter, aber Elliel konnte ihm ausweichen und duckte sich. Ihre blitzschnellen Brava-Reflexe hatten eingesetzt.

Das Rumpeln innerhalb des Berges schwoll an, bis es so laut wie das Brüllen eines erwachenden Drachen war. Dampf zischte aus neuen Spalten und Rissen im Fels, und plötzlich kam ihr ein schockierender Gedanke. Was war, wenn Ossus sich tatsächlich aus dem Berg hervorgrub?

Elliel riss sich zusammen und suchte nach einem Weg ins Freie. Sie befanden sich so tief im Vada, dass sie mindestens zehn Minuten bis an die Oberfläche brauchte, selbst wenn sie mit voller Kraft rannte. Weiter hinten im Tunnel schrie Jandre auf, und seine Laterne erlosch, als etliche Tonnen Geröll auf ihn niederfielen und den jungen Arbeiter zerquetschten. Upwin hatte diesen Abschnitt des Ganges bereits hinter sich gelassen.

Der Rammer an ihrer Seite half ihr nicht, da sie ihn nicht entzünden konnte. Große Abschnitte der Felswand vor ihr brachen nach innen ein und enthüllten mehr von der natürlichen Höhle, die ganz mit den Kristallen überzogen war. Aber erstaunlicherweise befand sich dort mehr als nur Quarz. Sie sah metallisch wirkende Rippen - *künstliche* Rippen -, die wie Säulen und Bögen die Wände und die Decke abstützten. Da Elliel keinen besseren Schutzraum sah, duckte sie sich in die kleine Grotte, während die

Felsbrocken um sie herum herniederregneten. Der Schein ihrer Laterne brach sich an den kantigen Facetten des Quarzes.

Im Innern der Kammer entdeckte sie zwischen den Kristallen voller Erstaunen einen großen, bleichen Mann; er wirkte, als sei er in den Quarz gleichsam eingebettet. Reglos lag er da, entweder schlief er, oder er war tot. Sein Gesicht wirkte seltsam flach, und er hatte große, mandelförmige Augen, eine Mähne dunklen Haars und schimmernde graue Kleidung, die ihn vor dem Quarz beinahe unsichtbar werden ließ.

Die metallischen Stützbögen knirschten und bogen sich. Die Kristalldecke bekam Risse, und Splitter rieselten herab. Der Fremde sackte nach vorn, befreit von den Fesseln, die ihn gehalten haben mochten. Ein Felsblock rutschte herab und brach ihm den Oberschenkel, als wäre es ein dürrer Zweig, und Quarzkristalle zerrissen ihm die Haut.

Elliel sprang vor und versuchte den rätselhaften Mann zu retten. Vermutlich hatte sie das ihrem Brava-Instinkt zu verdanken. Sie hatte den Mann erreicht und riss ihn aus dem Schutt hervor. Er blutete, und er regte sich - er lebte offenbar und hatte Schmerzen! Seine großen Augen blinzelten, und ein leises Ächzen und Stöhnen drang zwischen seinen Lippen hervor, als sie sein gebrochenes Bein vom Schutt befreite. Sie legte sich den Arm des Mannes über die Schulter und zog ihn in den Haupttunnel, der allerdings auch keine Sicherheit bot. Das Grollen und Knirschen und Krachen nahm kein Ende.

Elliel richtete den Fremden trotz seines gebrochenen Beins auf und zog ihn mit sich, aber der Ausgang war unfassbar weit entfernt. Das Beben hielt an. Gestein brach aus der Decke, und Spalten und Risse öffneten sich überall in den Tunneln. Während sie weitertaumelte, versuchte der Fremde auf seinem gesunden Bein zu gehen, aber seine Bemühungen machten ihn kaum leichter.

Sie hatte ihre Laterne in der Höhle zurückgelassen, aber vor sich erkannte sie eine Tunnelkreuzung. In einem der Gänge rannten zwei Bergarbeiter schreiend davon, und ihre Laternen waren kleine tanzende Lichter. »Wartet!«, rief sie. »Ich brauche Hilfe!«

Aber sie warteten nicht. Wenn die Tunnel einstürzten, würde hier niemand überleben. Sie zog den Fremden weiter mit sich, umrundete zahlreiche Schutthaufen und kam schließlich zu Jandres zerschmettertem Körper. Sein Anblick trieb sie zu noch größerer Eile an. Sie wollte ihr eigenes Leben und das des Fremden retten.

Der Tunnel wurde breiter und wurde hier mit Holzbalken abgestützt, was bedeutete, dass sie nicht mehr weit vom Eingang entfernt sein konnte. Das Beben setzte sich schon seit etlichen Minuten ununterbrochen fort. Sie kämpfte sich weiter vor und fand irgendwie die unglaubliche Kraft dazu in sich.

Der dunkelhaarige Fremde stöhnte und hielt sich an ihr fest. Er öffnete die matten Augen und schien nicht zu begreifen, wo er war.

Unter einem letzten Zittern und mit einem lauten Knirschen und Krachen brach die Decke und rutschte vor Elliel langsam nach unten. Sie rannte so schnell wie möglich auf die Bruchstelle zu, obwohl sie wusste, dass sie entweder unter dem Geröll begraben oder von ihm eingeschlossen wurde. Aber sie sah keinen anderen Ausweg. Alles würde bald blockiert sein.

Als die Decke absackte, ächzte der Fremde auf und zuckte. Sie spürte, wie seine Haut prickelte. Die Luft glühte vor ihren Augen, und eine unsichtbare Kraft stieß die niedergehenden Felsbrocken zur Seite und ließ einen Weg hinaus offen.

Elliel wollte gar nicht begreifen, was gerade geschah. Sie rannte weiter und zog den Mann mit sich in den äußeren Tunnel, durch den die anderen Bergleute panisch auf den Ausgang zuliefen. Wie ein Wunder sah sie das gesegnete Sonnenlicht vor sich; es flirrte vor Felsstaub und Dampf, der aus den Schächten heraufdrang. Elliel bemerkte, dass sie weinte.

Sie gab nicht auf, sondern schleifte den Mann weiter, und er hielt sich an ihr fest. Ihre Kehle brannte vor Anstrengung, vor Schwefeldampf und Staub. Sie kämpfte sich ins Tageslicht vor und spürte eine warme Befriedigung, dass sie diesen exotischen Fremden gerettet hatte, wer oder was auch immer er sein mochte.

32

Damit König Adan so schnell wie möglich nach Norterra gelangen und den dortigen König warnen konnte, bot Shella din Orr ihm fünf reisekundige Utauk als Führer durch die Wildnis an. Die deftigen Stammesmänner waren eine gute Gesellschaft und fanden eine Route, die viel kürzer und abgeschiedener war als die Hauptstraße.

Als sie schließlich in die Sichtweite der ummauerten Stadt Fellstaff kamen, verabschiedeten sich die Utauk von ihm, und Adan ritt allein weiter. Er spürte Unheil und eine brütende graue Kühle in der Luft und dachte an Königin Voos dunkle Warnung vor den Frostwreth. Er hoffte, noch rechtzeitig angekommen zu sein.

Besorgt wirkende Arbeiter schufteten zu beiden Seiten der Straße, während die Dämmerung zunahm. Sie errichteten Barrikaden. Steinmetze zogen Wagen voller Felsbrocken zur Verstärkung der äußeren Mauern. Andere Männer erweiterten die Gräben vor der Stadtmauer. Adan fror. Offensichtlich unternahm sein Onkel militärische Vorbereitungen.

Als er das Tor hinter sich gelassen hatte und durch die Straßen von Fellstaff ritt, sah er viele schwarze Flaggen von den verzierten Steinmauern herabhängen. Der Schrein der Erinnerung, der Glockenturm und die Burg in der Mitte der Stadt schienen Trauer zu tragen. Als die Nacht herannahte, wurden in den Straßen Laternen entzündet. Er zügelte sein Pferd zu einem langsamen Gang, zog den unauffälligen Utauk-Reisemantel enger um die Schultern und atmete die kalte Luft tief ein. Niemand erkannte den König von Suderra, da er gewöhnliche Reitkleidung trug.

Als er sein Pferd vor das Burgtor lenkte, das ebenfalls schwarz verhüllt war, stellten sich ihm zwei argwöhnische Wächter entgegen. Sie trugen lederne Brustpanzer, Kettenhemden und Beinschienen. Jeder der beiden hielt einen Eschenspeer mit schartiger Eisenspitze in der Hand. Solche Waffen dienten vornehmlich zeremoniellen Zwecken, aber diese hier wirkten tödlich. Die beiden Männer schauten herausfordernd drein. »Ihr kommt spät am Abend, Herr. Wir wollten gerade das Burgtor für die Nacht schließen.«

»Dann bin ich ja gerade noch rechtzeitig eingetroffen. Ich bin König Adan Sternenfall von Suderra, und ich muss meinen Onkel in einer dringenden Angelegenheit sprechen.«

Die Wächter waren überrascht, erschraken aber nicht. Der eine schien sogar erleichtert zu sein. »Ja, ich glaube, er wird sich freuen, Euch zu sehen. Wir werden möglicherweise Suderras Hilfe brauchen.«

»Ist auch der Süden in Gefahr, Sire? Hier haben sich schreckliche Dinge ereignet. Tragödien.« Er schüttelte den Kopf.

Adan empfand ein Gefühl des Schreckens und der Dringlichkeit. »Bringt mich zu König Kollanan. Schnell!«

Im Innern der Burg warfen schwarze Fenstervorhänge unnötige Schatten in die Zimmer. Fackeln brannten in Halterungen an den Wänden, und der Geruch nach Pech und Rauch war auch nicht gerade tröstlich.

Sein legendärer Onkel empfing ihn in seinem privaten Arbeitszimmer, in dem sein berühmter Kriegshammer an der Wand über dem Kamin hing. Kollanan stand auf und begrüßte seinen Besucher. »Adan Sternenfall, wie gern würde ich dich unter anderen Umständen empfangen!« Sein für gewöhnlich sauber gestutzter Bart wirkte heute ungepflegt, und das mit grauen Strähnen durchzogene Haar zerzaust, während der Blick gequält schien. Er zog Adan in eine erstaunlich bärenhafte Umarmung. »Junger Neffe, ich bin froh, dass du hier bist. Woher hast du es gewusst?«

Adan erwiderte die Umarmung und spürte dabei die Müdigkeit in den Knochen seines Onkels und auch das Gewicht, das ihn niederdrückte. Seine Stimme klang heiser. »Ich bin mit eigenen Neuigkeiten gekommen, Onkel. Ich glaube nicht, dass wir große Freude an den Geschichten des anderen haben werden.«

»Keine Freude«, sagte da eine weibliche Stimme mit leichtem Akzent. »Wir alle schweben in schrecklicher Gefahr.«

Königin Tafira saß in einem Lehnstuhl mit hohem Rücken vor dem Feuer. Der lange graue Rock hing ihr bis zu den Pantoffeln herab, und sie hatte sich die Haare mit einem schwarzen Band zusammengebunden. »Unsere Tochter und ihre Familie sind tot, unsere beiden prächtigen Enkel wurden ermordet ...«

»Ganz Bakalsee wurde ausgelöscht«, fügte Koll mit harscher Stimme hinzu. »Ich kann kaum glauben, dass ich das sage, aber wir sind von einem Feind aus den Legenden angegriffen worden. Ich habe ihn selbst gesehen.«

»Ich weiß.« Adan schaute tief in die grauen Augen seines Onkels. »Die Wreth.«

Koll sah aus, als sei er von seinem eigenen Hammer getroffen worden. »Woher weißt du etwas über die Wreth? Sie kamen aus dem Norden, weiß und tödlich. Sie haben einen ganzen Ort verschlungen, mitsamt all den Menschen, die wir dort gekannt haben. Unsere armen ...«

Adan sagte in die traurige Stille hinein: »Unten in Suderra sind die Wreth aus der Wüste gekommen, aber sie haben uns nicht angegriffen. Ihre Königin hat mich vor einem großen bevorstehenden Krieg gewarnt und gesagt, der Staatenbund werde zwischen die Fronten geraten. Sie meinte, die Frostwreth werden aus dem Norden kommen, und deshalb bin ich so schnell wie möglich hierher geritten, um dich zu warnen.« Er schluckte und wandte den Blick ab. »Ich bin zu spät gekommen.«

»Zu spät für unsere Tochter«, sagte Kollanan, »aber das ist erst der Anfang. Überall im Reich errichten wir Verteidigungsanlagen, und ich habe einen Brief an Conndur geschickt in der Hoffnung, dass er die gesamte Armee des Staatenbundes zusammenführen wird. Meine acht Vasallen-Lords bauen Befestigungen und bereiten sich nach all den Jahrhunderten wieder auf den Krieg vor.«

Adan, König Kollanan und der Brava Lasis besprachen Strategien und Verteidigungsmaßnahmen, aber sie wussten, dass sie zunächst rasch und heimlich nach Norden reiten mussten. Koll wollte, dass sie mit eigenen Augen sahen, was die Frostwreth mit Bakalsee getan hatten. Sie würden nicht angreifen, sondern nur beobachten.

Die drei Männer ritten schnell durch goldene Wälder aus Espen und Birken, doch nach einer Tagesreise wurden die Bäume immer kahler und skelettartiger. Sie begegneten keinen Reisenden. Alle Dorfbewohner, Holzfäller, Jäger und Händler schienen die Straße zu meiden - oder sie waren allesamt bereits getötet worden.

Koll blinzelte auf seinem schwarzen Kriegspferd in den Wald aus kahlen Bäumen, der vor ihm lag und mit einigen grünen Kiefern gesprenkelt war. »Ich frage mich, wie viele andere Siedlungen bereits menschenleer oder zerstört sind. Es wäre möglich, dass sich die Frostwreth schon ausgebreitet haben.«

In der Luft lag eine solch beißende Kälte, dass die Pferde Dampf ausschnaubten. Adan kauerte sich unter einem dicken Mantel aus Bärenfell zusammen, den ihm Kollanan für die Reise geliehen hatte. Er sagte: »In Suderra ist es immer warm und trocken. An so etwas bin ich nicht gewöhnt.«

»Das ist keiner von uns«, sagte Kollanan und trieb sein Pferd wieder voran. »Es wird noch schlimmer, wenn wir in Sichtweite von Bakalsee kommen.«

Lasis saß aufrecht im Sattel; sein schwarzer Mantel hing tief herab. Geistesabwesend berührte seine Hand den Rammer an seiner Seite. »Und wenn wir die Wreth sehen.«

Koll deutete mit der behandschuhten Hand vor sich, wo die Straße eine Anhöhe hinaufführte. »Tafira und ich haben uns, wenn wir unsere Enkel besucht haben, immer darauf gefreut, diesen Grat zu überqueren.« Ihm brach die Stimme. »Von dort oben aus bietet Bakalsee einen wunderschönen Anblick. Das tiefblaue Wasser ist von dichten Kiefernwäldern umgeben, der Ort liegt dicht am Wasser, auf dem die Fischerboote fahren.«

Als die Pferde die Anhöhe erreichten, nahm Adan den weiten Blick über den See in sich auf, der unter einer Dunstschicht aus weißem Wind lag. Das Wasser war so grau wie Metall. Die Boote waren verschwunden, zerquetscht und im Eis festgefroren. Aufgrund des treibenden Schnees in der Ferne waren die Berge hinter dem See kaum zu sehen.

»Beim Blute der Ahnen«, murmelte Koll. »Diese Festung ist neu.«

Am Ufer des Sees erhob sich ein gewaltiges Bauwerk aus Stein und Eis. Mächtige Mauern, Stützpfeiler und unvollendete Türme ragten hoch auf. Arbeitertrupps bewegten sich umher wie Ameisen, und selbst aus der Entfernung konnte Adan erkennen, dass es sich nicht um Menschen handelte.

Einige Wreth benutzten Magie, um Eis aus dem See zu schneiden, große Steinblöcke zu bewegen und frisch gefällte Kiefern herbeizuschleifen. Ein großer Abschnitt des Ufers war bereits abgeholzt worden.

»Diese Festung nimmt den größten Teil des alten Dorfes ein«, erklärte Koll grimmig. Er machte sich nicht die Mühe, seine Wut und seinen Abscheu zu verbergen. Die Muskeln an seinem Kiefer zuckten. »Die Wreth sagten, wir stehen ihnen im Weg. Sie sagten, sie können sich alles nehmen, was sie haben wollen - und das haben sie nun getan.« Er atmete laut aus, und Dampf kräuselte sich vor seinem Mund. »Ich lasse mich nicht beiseite fegen, bloß weil ich *im Weg stehe*!«

Lasis richtete den Blick starr auf den Bauplatz, als wollte er berechnen, wie viele Wreth er eigenhändig töten konnte, wenn er seinen Rammer entzündete und mitten unter sie ritt, aber dann nahm er Vernunft an. »Wir werden eine große Armee aufstellen müssen, wenn wir sie vertreiben wollen. Wir brauchen alle norteranischen Kräfte und vermutlich auch die Armee des Staatenbundes. Aber dann können wir sie wegjagen.«

»Ich habe nicht die geringste Ahnung, wie man gegen sie kämpfen kann«, sagte Adan, »egal wie groß unsere Armee ist.«

Sie starrten weiterhin die Festung der Wreth an, und dann

schnaubte Kolls Kriegspferd. Da hörten sie hinter ihnen das Rascheln von Zweigen und das Knirschen von Schnee. Die drei Männer wirbelten herum und bemerkten eine Bewegung im Unterholz, als eine undeutlich sichtbare Gestalt dort Schutz suchte. Es war ein dürrer Mensch mit verfilzten Haaren, gekleidet in Fetzen und Felle.

Kollanan rief: »Wir werden dir nichts tun!«

»Es sei denn, es handelt sich um einen Wreth-Spion«, sagte Lasis und sprang hinter der Gestalt her. »Was ist, wenn man uns entdeckt hat?«

Das Rascheln in dem erfrorenen Unterholz verstummte. »Ich bin kein Spion, und ich hasse die Wreth!«

Koll wendete Heißsporn. »Komm heraus und zeige dich. Ich bin dein König, Kollanan der Hammer. Wenn du aus Norterra stammst, kennst du mich.«

Der zu allem entschlossene Brava zerrte einen schlaksigen jungen Mann aus dem Unterholz. Er war kaum älter als sechzehn Jahre. »Ich kenne meinen König!«, quiekte der Junge. »Ihr seid Lady Jhaqis Vater. Ich habe für Gannon, den Ortsvorsteher gearbeitet.«

Koll fühlte, wie ihm das Herz sank. »Du hast in Bakalsee gelebt?«

Adan sprang von seinem Pferd, nahm den schweren Pelzmantel ab und legte ihn dem elenden jungen Mann um die Schultern. »Er sieht aus, als würde er frieren – und bald verhungern.«

»B... beides«, sagte der junge Mann und zitterte. »Und mein Gesicht ist schmutzig.«

»Wie heißt du?«, fragte Kol.

»Pokel. Ich war hier draußen, als die Eiswalze kam. Ich habe die Frostwreth gesehen, und ich habe gesehen, wie der See zugefroren ist.« Er keuchte auf.

Koll sagte: »Sei leise, Junge. Sag mir, was passiert ist.« Lasis führte die Gruppe tiefer in den Schutz der Bäume auf dem Hügelkamm.

»Ich stelle meine Hasenfallen überall um den See herum auf,

aber an diesem Tag habe ich nur ... nur gefischt und auf den Felsen gesessen. Ich hatte zwei Leinen im Wasser, eine Angel in der Hand und die andere zwischen die Felsen gesteckt.« Er zog sich Adans Pelz enger um die Schultern. »Der graue Himmel sah schon nach Schnee aus, aber dann kam ein Schneesturm, wie ich ihn noch nie erlebt habe. Er ist wie eine Welle hereingeschwappt, und die Luft war so kalt, dass die Bäume darunter zerbrochen sind. Der Wind hat geheult und den Schnee vor sich hergewirbelt. Und dann ist der See eingefroren, vom anderen Ufer aus, und plötzlich bestand er ganz aus festem Eis!« Er drehte sich zu Adan um, und in seiner Stimme lag Verzweiflung. »Ich schwöre, dass ich das alles gesehen habe! Festes Eis, das sich über den See ausgebreitet hat, so schnell wie Feuer auf trockenem Gras.«

Pokel schien überrascht zu sein, dass niemand seine fantastische Geschichte anzweifelte. »Ich konnte gerade noch rechtzeitig vom Ufer fliehen, und das Eis hat die Angelleinen festgefroren. Dann kam der Schnee. Ich habe mich stundenlang zusammengekauert und versteckt, und als ich wieder hervorkam, oh ...« Seine Stimme wurde schrill. »Der Ort war gefroren. Eine solche Magie habe ich nie zuvor gesehen!«

»Und seitdem versteckst du dich hier?«, fragte Koll.

»Ich konnte doch nicht mehr nach Hause gehen!«, rief Pokel. »Was sollte ich denn tun? Ich bin zu meinen Fallen gegangen und habe drei Hasen darin gefunden. Damit hatte ich genug zu essen, und aus ihrem Fell habe ich mir Handschuhe gemacht.« Er hielt seine Hände hoch, die in warme Pelze eingewickelt waren. »Es war noch ein schöner Herbsttag, als alles begonnen hat - für eine solche Kälte war ich nicht passend gekleidet.«

Der Brava sah ihn neugierig an. »Warum bist du hiergeblieben? Warum bist du nicht zur Straße gegangen, nachdem der Ort und der See erfroren waren? Warum bist du nicht nach Süden gegangen, in Richtung Fellstaff, oder wenigstens in eines der Dörfer der Umgebung?«

Der Junge sah sich wild um. »Hier sind Frostwreth! Sie huschen durch den Wald, und sie beobachten alles ... andauernd! Woher sollte ich wissen, dass die Wreth nicht schon die ganze Welt eingefroren haben? Ich habe eine Jagdhütte gefunden, in der ich mich wärmen konnte, dort habe ich mich versteckt. Ich hatte Angst, ins Freie zu gehen. Aber dann habe ich Euch bemerkt.« Er sah von einem König zum anderen, und ein Schimmer der Hoffnung zeigte sich auf seinem Gesicht. »Seid Ihr hergekommen, um gegen die Wreth zu kämpfen? Werdet Ihr sie vertreiben?«

»Das weiß ich noch nicht, mein Junge«, sagte Koll. »Aber wir werden gewiss einen Weg finden. Das hier ist mein Königreich, und ich verspreche, dass ich dich beschützen werde. Komm mit uns dorthin, wo es warm ist.«

Der Junge zitterte. »Ja, bitte. Ich glaube ... ich glaube, ich habe genug von diesem Ort.«

Adan unterbrach ihn: »Dieser Kampf geht über unsere beiden Reiche hinaus. Der ganze Staatenbund steht auf dem Spiel. Ich habe schon an den Konag geschrieben ...«

»Ich habe meinem Bruder ebenfalls einen Brief geschickt, aber eine schriftliche Botschaft kann die Gefahr, die von den Wreth ausgeht, nicht angemessen vermitteln.« Koll sah ihn an. »Du und ich, wir müssen Conndur persönlich sprechen, Junge. Wir müssen ihm klarmachen, wie wichtig die Angelegenheit ist.«

33

Nach der Versammlung der Utauk-Stämme ritt Hale schnell zur Küste von Osterra, wo er ein Schiff zu finden hoffte. Seine Reise durch das Land war aufregend und erschöpfend, und er spürte, dass er in dem stilleren und trägeren Leben, das er seit der Hochzeit seiner Tochter mit Adan Sternenfall führte, einiges an Gewicht zugelegt hatte. Eigentlich hatte er sich von dem nomadischen Leben verabschieden und bei Penda und ihrem Gemahl bleiben wollen. Doch nun stürzte er sich wieder ins Abenteuer.

Obwohl Hale Orr in seiner farbenprächtigen Seide und auf dem Reitpferd, dessen Sattel mit Messingnägeln beschlagen war, wie jeder andere Händler auch aussah, erkannten ihn die Utauk in Windhaupt, dem südlichsten Hafen Osterras. Das Familiensymbol auf seinem Leder, die Farben Rot und Schwarz, sagten den anderen sofort, dass er der Enkel von Shella din Orr war.

Als er über den längsten Pier von Windhaupt schritt, winkte er der Mannschaft des Zweimasters *Glissand* zu, der dort vertäut war. Die Männer waren damit beschäftigt, die Waren zu verzeichnen: Häute und Pelze, Säcke mit getrockneten Winterbeeren, eingewickelt in Öltuche, sowie kleine Truhen mit Drachenblut-Rubinen und Salzperlen.

Er sprach mit dem Voyagier - diesen Titel führten die Utauk-Kapitäne, wenn sie ein Schiff befehligten -, einem Mann namens Mak Dur, der sich respektvoll vor ihm verneigte. »Wir würden uns freuen, Euch an Bord zu haben, Hale Orr. Wenn Ihr Euch zu uns gesellt, werde ich Euch in den Rang eines Handelskapitäns erheben.«

»*Cra*, es ist lange her, seit mich zuletzt jemand so genannt hat! Ich bin einverstanden, Mak Dur.« Hale zeichnete einen Kreis in die Luft, und der Voyagier tat es ihm gleich. Als Handelskapitän würde Hale nicht das Kommando über die *Glissand* haben und auch den Matrosen keine Befehle erteilen – diese Dinge verblieben im Zuständigkeitsbereich des Voyagiers –, aber immerhin bestimmte er das Ziel. »Nehmt zusätzliche Rationen an Speisen und Wasser auf, denn wir haben eine lange Reise vor uns. Statt an der Küste entlang zu segeln, werden wir uns nach Osten auf das offene Meer begeben. Unser erstes Ziel wird die Insel Fulcor sein.«

Mak Durs Blick hellte sich auf. »Ah, die Beobachtungsstation muss sowieso wieder versorgt werden, und der Konag bezahlt uns für unsere Dienste gut.«

Hale nickte, dann fuhr er fort: »Aber wir werden dort nur eine kurze Pause einlegen, bevor wir den Rest des Weges nach Ischara hinter uns bringen. Ich muss in Serepol ein paar wichtige Fragen stellen.«

Von der Mannschaft drang überraschtes Murmeln heran. Sie hatten keine Angst davor, mit dem anderen Kontinent Handel zu treiben, aber das bedeutete, dass sie ihrer Heimat länger als erwartet fern sein würden.

»Es lohnt sich für uns«, betonte der Voyagier. »Ich hatte zwei Monate lang eine Kiste mit Schattenglas im Laderaum, gut in Baumwolle verpackt, aber mir ist kein Hohepriester begegnet, dem ich sie hätte verkaufen können. Das ist die perfekte Gelegenheit dazu.«

Beim Schattenglas handelte es sich um Splitter des seltsamen schwarzen Materials, das von den alten Schlachtfeldern der Wreth geerntet wurde. Hale selbst trug ein winziges Bruchstück in seinem Ohrring. Die ischaranischen Hohepriester zahlten hohe Preise dafür, denn mit Hilfe des Schattenglases konnten sie ihre Gottlinge sehen.

Während sich die Mannschaft daranmachte, die Segel zu setzen, begaben sich Hale und der Voyagier zu einer alten Frau, die in einer baufälligen Hütte am Strand lebte. Sie saß vor einem rauchenden Feuer aus getrocknetem Seetang, vollführte einen Windzauber und zeichnete die Muster, die sie in Wind und Rauch sah, auf ein Blatt Papier. »Es wird eine gute Reise für euch sein«, sagte sie mit heiserer Stimme und reichte dem Handelskapitän das Blatt. Er betrachtete die Muster und nickte ernst.

»Das ist es immer.« Er gab ihr eine zusätzliche Silbermünze.

Die Glissand legte von Windhaupt ab, während ihr die Bewohner zum Abschied zuwinkten. Die Handelsschiffe der Utauk waren leicht von den übrigen zu unterscheiden, denn sie waren sehr breit und lagen tief im Wasser. Überdies zeigten die Leinwandsegel an den beiden Masten je einen großen Kreis in der Mitte.

Das offene Meer und der helle Sonnenschein wirkten belebend, und Hale Orr atmete die saubere Luft tief ein, bis er das Gefühl hatte, dass seine Lunge gleich platzte. Mak Dur betrachtete den Windzauber der alten Frau und ließ die Segel nach seinen Angaben setzen und wieder einholen.

Sie hielten auf Fulcor zu, jene große Felsbastion, die ein wichtiger strategischer Punkt auf halbem Weg zwischen den beiden Kontinenten war. Gegenwärtig wurde Fulcor vom Staatenbund gehalten, aber im Lauf der Geschichte hatte die Herrschaft über die steinerne Festung immer wieder hin und her gewechselt - wie das Markierungsband beim Seilziehen.

Die Utauk-Stämme waren stets neutral gewesen und hatten mit den drei Königreichen sowie mit Ischara Handel getrieben, und dabei waren sie ihrer eigenen Lebensart treu geblieben. Abgesehen von der strategischen Bedeutung war Fulcor unwichtig; lediglich die abgesonderte Lage machte die dort stationierten Soldaten zu guten Kunden. Die Schiffe des Staatenbundes schafften alles herbei, was zum Leben nötig war, während die Utauk-Händler andere Annehmlichkeiten mitbrachten, zum Beispiel Erinnerungen an die Heimat - und so waren sie immer willkommen.

Hale stellte sich in den Wind und genoss den trügerischen Frieden. Dabei dachte er an die gefährlichen Berichte, die aus dem

Informantennetz der Utauk stammten, und außerdem an das beunruhigende Eintreffen der Sandwreth. Die Ischaraner hatten ihre eigene Magie, ihre Gottlinge und Hohepriester, und aus diesem Grund war es unwahrscheinlich, dass sie ebenfalls Besuch von den alten Wreth erhalten hatten. Doch er wusste, was sie tun würden, sollte ein unerwarteter Konflikt in Suderra ausbrechen. Angesichts der Geschichten über die Angriffe auf die Küstenorte befürchtete Hale, dass die Ischaraner sich ebenfalls zum Krieg rüsteten. Sie wollten über die alte Welt herfallen, selbst wenn das unsinnig und für beide Seiten verheerend wäre.

Die nomadisierenden Utauk-Stämme hatten eine Art von Sicherheitsnetz zwischen den Dörfern und Städten gespannt und eine große Nachfrage nach importierten Waren hervorgerufen. Es war kaum bemerkt worden, wie sie damit Abhängigkeiten geschaffen hatten. Die Schiffe der Utauk bewahrten ihre Reisepläne nicht auf, und sie reichten ihre Logbücher bei keinem Hafenmeister des einen oder anderen Kontinents ein, aber sie transportieren Güter hin und her. Und der Handel war die beste Art, den Frieden zwischen Ischara und dem Staatenbund zu befördern.

Hale hatte jedoch keine Ahnung, wie er die Kosten eines Krieges mit den Wreth berechnen sollte.

Am zweiten Tag der Reise erspähte der Ausguck den grauen Felsen von Fulcor in der Ferne. Er erhob sich wie ein Berg aus dem Wasser und wurde von tobender Gischt umspült, die von den Riffen zeugte, welche die Festung auf allen Seiten umgaben.

Mak Dur blickte auf seine Karten, beleckte einen Finger und hielt ihn in den Wind. »Wir sind genau dort, wo wir sein sollten.« Er reichte Hale ein Teleskop, das mit Fokusöl gefüllt war. Mit der gesunden Hand hob Hale das Teleskop an sein Auge und bemühte sich, die Runen einzustellen. Das wirbelnde Öl ließ die ferne Insel klar und deutlich erscheinen.

Fulcor mochte karg und unwirtlich wirken, aber seine strategische Lage war bedeutend, da alle Schiffe die Insel auf der Reise zwischen den Kontinenten passieren mussten. Die hohen Klippen verschmolzen mit den grauen Steinmauern der gedrungenen und abweisenden Festung. Die Wellen brachen sich schäumend an den Riffen und schufen eine zusätzliche Verteidigungslinie.

Der Voyagier nahm das Teleskop wieder entgegen. »Wir nähern uns von Südwesten, und darum müssen wir um die Insel herumsegeln. Es gibt nur einen einzigen schmalen Hafen, der gut zu verteidigen ist und von hohen Klippen eingefasst wird, und er befindet sich an der Nordseite. Auf dieser Seite sind die Klippen gefährlicher.« Mak Dur runzelte die Stirn. »Es hat in letzter Zeit ischaranische Angriffe auf die Küste gegeben, deswegen sind die meisten Handelsschiffe der Utauk in der Nähe des Ufers geblieben. Schon seit Monaten sind wir nicht mehr so weit hinausgesegelt.«

Hale beobachtete weiterhin die Insel. Plötzlich keuchte er auf und trat näher an die Reling, als könnten diese wenigen Schritte einen Unterschied in dem machen, was er sah. »*Cra*, seht nur! Da ist ... jemand auf den Klippen!«

Hale streckte die gesunde Hand aus, griff erneut das Teleskop und richtete es auf die Festung. Er sah, wie sich schwarze Flecken von den hohen Steinmauern stürzten; es waren Gestalten, die mit den Armen ruderten und weitaus größer wirkten als kreisende Seevögel. Ja, es handelte sich tatsächlich um Männer und Frauen, die von der Festung herunterstürzten. Entweder sprangen sie aus eigenem Antrieb, oder sie wurden in die tobenden Wellen bei den Riffen gestürzt.

»Noch drei!«, Hale beobachtete sie und stellte das optische Öl schärfer ein. »Warum springen sie?« Und weitere vier Gestalten fielen über die Mauer in den Tod. Die wirbelnden Strömungen würden sie rasch wegtragen, sodass keine Leichen übrig blieben. Keine Beweise. Er hatte Angst vor dem, was hier geschah.

Der Voyagier wurde sehr ernst. »Sollen wir weitersegeln? Werden wir in Gefahr sein?«

Hale sprach mit einer Zuversicht, von der er hoffte, dass sie gerechtfertigt war. »Wir sind Utauk, und wir bringen ersehnte Waren. Wir werden immer sicher sein.« Er verstummte kurz, dann fügte er leise hinzu: »*Cra*, wir müssen in Erfahrung bringen, was dort geschieht.« Ohne es selbst zu merken, beschrieb er mit dem Finger einen Kreis in der Luft.

Während Mak Dur den Kurs anpasste, rollten die Matrosen die große dunkle Leinwand aus und sorgten dafür, dass der Utauk-Kreis deutlich sichtbar war, sodass die *Glissand* nicht von den Kriegsschiffen angegriffen wurde, die auf Fulcor stationiert waren. Auf ihrem neuen Kurs vermieden sie die gefährlichen Riffe und entfernten sich von den Blutflecken im Wasser.

34

Als die Wagenkolonne die breite Reichsstraße entlangrollte und über harte Spurrillen hüpfte, schwankte Empra Iluris im Einklang mit ihrem Gefährt. Die hohen Räder verstärkten jede Unebenheit des Weges, auch wenn die dicken Kissen sie wiederum ein wenig abfederten.

Die Kolonne der Empra wurde von Kaptani Vos und zwanzig uniformierten Falkenwächtern angeführt, die polierte Messinghelme und rote Seidenumhänge trugen, auf denen das Wappen von Iluris' Familie - *ihrer* Familie - zu sehen war. Die frisch adoptierten Wächter Cyril, Boro und Nedd hatten sich dem Zug angeschlossen, der alle Bezirke von Ischara bereisen würde. Iluris bemerkte die Dankbarkeit auf ihren Gesichtern. Freundlichkeit war eine einfache Möglichkeit, sich Loyalität zu erkaufen, ebenso wie Großzügigkeit. Auch Angst konnte dazu eingesetzt werden, aber sie war eine weitaus weniger sichere Methode.

Sie lehnte sich in ihrem Wagen zurück und sah zu, wie draußen die Landschaft vorbeizog. Hinter sich hörte sie das Klappern der Hufe, das Rattern der Räder und das Klingeln der zarten Schmuckglöckchen, das sich wie ein feiner Metallregen anhörte. Versorgungswagen und zwei weitere Kutschen fuhren am Ende der Kolonne.

Auf ihrem Weg zu der Stadt Olbo im Bezirk Dhabban nutzte Iluris eine segensreiche Stunde der Stille dazu, ihren eigenen Gedanken nachzuhängen, anstatt dem Hohepriester Klovus zuhören zu müssen. Indem er sich ihrem Zug angeschlossen hatte, glaubte er, bei ihr wieder in hoher Gunst zu stehen. Aber sie hatte seinen eigenmächtigen Überfall auf die Küste von Osterra noch nicht vergessen. Klovus schien sich in seinem Sieg zu suhlen, der Narr! Er behauptete, dass die Spannungen zwischen den Kontinenten die Gottlinge stärkten. Iluris erwartete jeden Tag einen grausamen Gegenschlag von Konag Conndur und der Marine des Staatenbundes, und dann würde Ischara gezwungen sein, darauf zu reagieren.

Iluris griff in einen kleinen Beutel zwischen den Kissen, holte eine Bittermandel heraus, biss in die pelzige grüne Nuss und genoss den scharfen Geschmack. Als sich die Kolonne vor fünf Tagen in Bewegung gesetzt hatte, war sie zunächst in einem großen Kreis um die Außenbezirke Serepols herumgefahren. Iluris hatte dem Jubel ihres Volkes zugehört und darum gebeten, sich um ihre Nachfolge zu bewerben, dann waren sie in die umliegenden Gegenden gezogen. Sie würde alle dreizehn Bezirke bereisen, das ganze Land sehen und sich vergegenwärtigen, wie gut es ihrem Volk in den Jahrzehnten des Friedens ergangen war.

Sie hatte bereits die Bezirke Ischiki und Salimbul durchquert, und nun rollte die Kolonne durch die Steppe von Dhabban, in der die Familien über die Ebenen zogen und ihre Herden - die aus Schafen und Antilopen bestanden - hüteten. So weit das Auge reichte, erstreckte sich das schmerzlich schöne grüne Gras, und die staubige Straße lag darin wie ein langes, dunkles Band. Kaptani Vos hatte verkündet, dass sie Olbo vor Sonnenuntergang erreichen würden, und Cyril ritt voraus und bereitete die Stadt vor. Es würde Feste, Spiele und Ausstellungen geben, und gewiss würden sich ihr einige Personen präsentieren und erklären, warum sie der nächste Herrscher oder die nächste Herrscherin von Ischara sein sollten.

Bisher hatte sie bemerkenswerte Anpreisungen von listigen Geschäftsleuten und alten Kommandanten gehört, die im letzten Krieg gegen den Staatenbund gekämpft hatten. Einige von ihnen hatten Iluris gefallen, aber keiner schien ganz zu passen - bisher. Doch sie war nicht in Eile. Dhabban war erst der vierte Bezirk, den sie besuchte, und es gab in Ischara so viele Menschen - so viele *gute* Menschen -, dass Iluris keinen Zweifel daran hegte, einen würdigen Nachfolger zu finden.

Der Anführer der Kolonne rief zum Halt, und Stimmen liefen an den Reihen hinauf und hinunter. Iluris schaute aus dem offenen Wagenfenster und bemerkte einen knorrigen schwarzen Baum, der von einem Blitz getroffen worden war. Wie ein Wächter stand er im Gras, die einzige sichtbare Landmarke auf der Ebene.

Kaptani Vos kam auf seinem scheckigen grauen Pferd herangeritten; Rüstung, Schärpe und Umhang waren staubig von der Straße. »Mutter, wir können den Ort schon sehen, und ich wollte Euch Bescheid sagen, falls Ihr Euch vorzubereiten gedenkt.«

»Danke, Vos.« Ihre Beine und ihr Hintern fühlten sich trotz der Kissen wund an. Seit vielen Stunden befanden sie sich auf der Straße, und Iluris musste sich unbedingt erleichtern. »Stellt bitte die Sichtblende für mich auf. Ich möchte erfrischt in Olbo einfahren.«

Ihre Falkenwächter packten einen Ballen blauer Seide aus, die sie um ein Gestell aus Pfählen wickelten, das sie zuvor in die weiche Erde gesteckt hatten. Die Empra betrat diesen Schutzraum, während sich die Männer einfach am Straßenrand erleichterten. Hohepriester Klovus hingegen begab sich dazu ins höhere Gras.

Sie war schnell fertig, und die Wächter packten die Sichtblende wieder ein und wollten weiterreiten, sobald Iluris auf den Kissen in ihrer Kutsche Platz genommen hatte. Bevor sich die Pferde und Wagen in Bewegung setzten, klopfte Nerev, ihr schlaksiger Kammerherr, höflich an die Wagentür. »Darf ich Euch bei der Einfahrt in die Stadt Gesellschaft leisten, Exzellenz? Ich würde gern die Liste der bisherigen Kandidaten mit Euch besprechen.«

Iluris wusste, dass es nun mit ihrer Ruhe vorbei war. Doch die Gegenwart ihres Kammerherrn war angenehmer als die des anstrengenden Hohepriesters, der weiterhin versuchen würde, sie von der Notwendigkeit eines Krieges zu überzeugen. »Natürlich, Nerev.«

Mit seiner Tabelle kletterte er in den Wagen, faltete die langen Beine zusammen und richtete seine rote Kammerherrenrobe. Als er die emaillierte Tür schloss, rief Iluris durch das offene Fenster:

»Kaptani, wir sollten aufbrechen. Ich möchte noch bei Tageslicht ankommen.«

Auf seinem Pferd stieß Vos einen Pfiff aus, und die Kolonne setzte sich in Bewegung. Der Wagen ratterte und klapperte die ausgefahrene Straße entlang. Weit hinten kam Hohepriester Klovus aus dem Gras hervorgeeilt und rief, man möge doch bitte auf ihn warten. Iluris beobachtete, wie einer der Versorgungswagen stehen blieb, damit sich der stämmige Priester hineinschwingen konnte.

Sie lehnte sich auf ihren Kissen zurück und wandte sich Nerev zu. Der Kammerherr strich sich über den dunklen Spitzbart und sah sich höchst konzentriert die Namen seiner Liste an. Er las einen nach dem anderen vor, und Iluris dachte nach und bat ihn schließlich, drei Namen auszustreichen. Sie war gespannt, wen sie noch finden würde, bevor sie sich entschied.

Der Marktplatz von Olbo war geräumt worden, damit den Wagen und Karren der Empra ausreichend viel Platz zur Verfügung stand. Pavillons waren errichtet worden, in denen sie sich mit den Kandidaten unterhalten konnte, die zu ihr kamen. An einem langen Holztisch im größten Pavillon speiste sie mit dem Bürgermeister der Stadt, einem schläfrig wirkenden Mann, der an so viel Umtriebigkeit gar nicht gewöhnt war. Klovus saß am anderen Ende der Tafel, sodass er sich mit dem Ortspriester und anderen wichtigen Personen Dhabbans unterhalten konnte.

Mit ihnen speisten diejenigen Viehzüchter, die die größten Herden und die meisten Mitarbeiter hatten. Ein Meisterhirte, ein Mann namens Gart, der eine Herde von zehntausend Schafen besaß, die von hundert Männern gehütet wurden, produzierte den größten Teil der Wolle für die Webstühle in den Bezirken Ischiki und Tarizah.

Gart saß neben Iluris und erläuterte ihr sein Geschäft. »Es ist ein großes Unternehmen, Exzellenz.« Der Viehzüchter genoss gerade ein Stück Lammbraten, das mit Honig bestrichen und mit Mandelsplittern gespickt war. »Das hier ist eines meiner Schafe.

Meine Herde ist ausgezeichnet, bis hinunter zu den geringsten Fleischstücken und der letzten Wollfaser. Die Führung eines solchen Unternehmens wird sich nicht gänzlich von der Arbeit eines Emprirs unterscheiden.«

Iluris aß von dem Honiglamm, das in ihrem Mund zerschmolz. »Wenn Eure Herrscherkünste so großartig sind wie dieses Mahl, dann solltet Ihr für die Aufgabe in Betracht gezogen werden«, sagte sie halb im Spaß. »Aber ich warne Euch, die Herrschaft über eine Schafsherde ist etwas anderes als die über alle dreizehn ischaranischen Bezirke und zusätzlich über die Marine und das stehende Heer als Schutz gegen die andauernde Bedrohung durch den Staatenbund, während Ihr gleichzeitig den Frieden in unserem eigenen Land bewahren müsst, damit es weiter blüht und gedeiht.«

»Das ist gewiss so, Exzellenz, aber ich bin durchaus noch lernfähig.«

Sie befahl Nerev, den Namen des Mannes in seine Liste aufzunehmen.

Nach der Mahlzeit begannen die üblichen Unterhaltungen, während sich die Zuhörer zurücklehnten und süßen, dicken Met tranken. Zwölf blökende Schafe wurden auf dem Marktplatz losgelassen und von Hunden bewacht. Die Falkenwächter der Empra schlossen die Reihen und bereiteten sich darauf vor, sie zu verteidigen. Aber der Bürgermeister sagte: »Seht einfach zu, es wird Euch gefallen.«

Drei starke junge Männer liefen mit locker gewickelten Hanfseilen zwischen die Schafe. Sie fingen eines nach dem anderen ein und banden ihnen die strampelnden Beine zusammen. Nach weniger als einer Minute lagen fünf gefesselte Tiere am Boden. Die jungen Männer machten sich über den Rest der Schafe her, wurden von den bellenden Hunden unterstützt, und bald lagen alle Schafe reglos auf dem Marktplatz. Die Bewohner lachten und applaudierten.

»Ein bemerkenswertes Geschick«, sagte Iluris.

»Und nun scheren wir sie«, sagte der kräftigste der Männer, ein über sechs Fuß großer Riese, dessen Schultern so breit wie ein ganzer Karren waren. Mit einem äußerst scharfen Messer schnitt er eine Handvoll weißer Wolle ab und reichte sie mit einer tiefen Verneigung an Iluris weiter. »Die feinste, reinste Wolle, die Ihr jemals sehen werdet, Exzellenz.«

Sie nahm das Geschenk entgegen, spürte dessen weiche Beschaffenheit in den Händen und hielt es gegen ihre Wange. Die Menge lachte noch lauter, als der Riese zwei der gefesselten Schafe anhob, eines mit jedem seiner massigen Arme, und sie sich über den Kopf hielt. »Seht Ihr, ich bin der beste Hirte, der beste Scherer und der stärkste Mann in ganz Dhabban.« Er grinste breit. »Vielleicht sollte ich der nächste Emprir sein.«

»Das ist gewiss ein guter Grund.« Iluris wandte sich an Nerev. »Du solltest den Namen des jungen Mannes verzeichnen.«

Mit einem Grinsen setzte der Riese die Schafe ab, und die anderen jungen Männer schoren sie, während die Menge johlte und rhythmisch klatschte.

Sie ließen Dhabban hinter sich und erreichten als Nächstes eine Grenzstadt an einem kleinen Fluss im Bezirk Tarizah. Zitronengärten säumten die Ufer, wo einige Bewohner große Welse aus dem Fluss angelten.

Iluris war überrascht, als sie erfuhr, dass die Einwohner keinen Kandidaten für ihre Nachfolge vorschlugen. Die Bürgermeisterin, eine ernste Frau mit kantigem Kinn, verneigte sich tief vor ihr, als müsse sie schlechte Nachrichten überbringen. »Wir hier sind gute Menschen, Exzellenz, satt und zufrieden und freundlich unseren Familien gegenüber. Wir fühlen uns geehrt, dass Ihr uns besucht, aber niemand ist geneigt, der nächste Emprir des Landes zu werden.«

Verwirrt trat Klovus vor die Bürgermeisterin. »Gewiss habt Ihr einen örtlichen Tempel? Euer Gottling beschützt Euch und gewährt Euch Schutz.«

»Wir haben einen Tempel am Ufer, und unser Gottling lebt im Fluss. Er ist zufrieden, und wir sind es genauso.«

»Ihr betet und opfert?«, fragte der Hohepriester herausfordernd. »Ihr haltet den Gottling stark für die Zeiten, in denen Ihr ihn brauchen werdet?«

»Wenn wir ihn brauchen, wird der Gottling da sein. Wir spüren ihn. Im letzten Jahr hat er uns vor einem schrecklichen Sturm beschützt, der viele Bäume im Wald umgeweht hat, aber kein einziges unserer Häuser ist beschädigt worden. Vor fünf Jahren ist ein Feuer durch das Gras der Hügel gefegt und hätte uns alle auslöschen können. Wir waren schon bereit, in unseren Booten zu fliehen, aber das Feuer hat sich einen Weg um den Ort herum gebahnt, und der Gottling hat es schließlich erstickt. Ja, wir wissen, dass er hier ist.«

Iluris sah Klovus an. »Seht Ihr, Hohepriester, genauso sollen uns die Gottlinge dienen. Ich muss den Hohepriester von Tarizah belobigen. Er hat ausgezeichnete Arbeit geleistet.«

Klovus wirkte beunruhigt. »Ja, das hat er getan. Aber der Gottling sollte so stark wie möglich sein, falls wir einmal mächtigeren Feinden als dem Regen oder dem Buschfeuer gegenüberstehen.«

Die Bürgermeisterin legte den Finger ans Kinn und dachte noch über die ursprüngliche Frage der Empra nach. »Es gibt da allerdings jemanden, mit dem Ihr sprechen solltet. Wegmann ist ein gelehrter alter Herr. Ein so weiser Mensch könnte einen ausgezeichneten Führer abgeben. Vielleicht fragt Ihr ihn?«

Einige Bewohner des Ortes fuhren mit Iluris in einem Boot den Fluss hinunter. Sie wurden von Kaptani Vos, zwei Falkenwächtern, dem Kammerherrn Nerev und dem Hohepriester Klovus begleitet. Nachdem sie an der Hütte des Einsiedlers am Ufer angekommen waren, vor dessen Tür ein kleiner Steg ins Wasser hineinführte, riefen sie ihn laut bei seinen Namen: »Wegmann!«

Der alte Mann hatte lange Haare und einen dichten grauen Bart, der sorgsam gepflegt aussah. Als ob es ein besonders schwieriges Unterfangen sei, begab er sich vorsichtig zu einem abgeschabten Armlehnstuhl am Ende des Steges, setzte sich, legte die Hände auf die Knie und beobachtete die Besucher. »Ihr seid Empra Iluris.«

»Man sagte mir, dass du ein weiser Mann bist. Ich kam in der Hoffnung hierher, mit dir über Ischara sprechen zu können.«

»Wir können über alles sprechen.« Er lächelte, und sie sah, dass er noch all seine Zähne hatte, auch wenn sie mittlerweile gelb geworden waren. Sein Alter konnte sie nicht abschätzen. »Ich habe während der Jahre viel gelesen, und es waren zahlreiche Jahre. Mein Zuhause ist angefüllt mit Büchern, und treue Reisende bringen mir jede Woche weitere Bände mit.«

»Wie viele Bücher hast du denn gelesen?«, erkundigte sich Klovus.

»Eintausendsechshundertzweiunddreißig. Ich zähle sie, seit ich ein junger Mann war.« Er lachte. »Ich kann aber nicht behaupten, dass es allesamt gute Bücher waren, und manchmal widersprechen sich die Aussagen auch, die in ihnen enthalten sind.« Er klopfte mit den Fingernägeln auf die Lehnen seines Stuhls. »Was ist bloß aus der Welt geworden, wenn man nicht mehr auf das vertrauen kann, was in den Büchern steht? Erstaunlich! Ich vermute, ich muss noch mehr Bücher lesen.«

»Erinnerst du dich an alles, was du gelesen hast?«, fragte Iluris.

»An jedes Wort. Das liegt an meiner besonderen Erinnerungsgabe.« Er tippte sich gegen die Stirn. »Manchmal ist sie jedoch auch ein Fluch.« Er sah zu ihr auf. »Denkt an Euer eigenes Leben, Exzellenz. Gibt es da nicht einiges, was Ihr vergessen möchtet?«

Blitzartig sprang das Bild von dem langen Gesicht ihres Vaters auf und von seinen zusammengebissenen Zähnen, als er sie niederdrückte und sich auf sie legte ... »Ja, da gibt es vieles. Ich bereise alle Bezirke, sehe mir ganz Ischara an und spreche mit den Leuten, weil ich einen würdigen Nachfolger finden möchte.«

»Das habe ich in einem Brief gelesen, den mir ein Reisender mitgebracht hat. Ich bin überrascht, dass Ihr Tarizah so schnell erreicht habt.«

»Wir sind hierhergekommen, weil wir mit dir sprechen wollten, Wegmann«, erklärte Kammerherr Nerev. »Du sollst nämlich ein außerordentlich weiser und dazu gebildeter Mann sein.«

Sein trockenes Lachen wurde zu einem Husten. »Oh, ich habe

kein Interesse daran, ein Land zu regieren. Ich habe meine Hütte und den Fluss und die Fische.« Er stieß einen leisen Seufzer aus. »Und auch meine Bücher. Ich bin bereits ein Emprir, wenn auch mit einem ausgesprochen kleinen Staatsgebiet.«

Iluris fand den alten Mann geradezu bezaubernd. »Wenn du ein so großes Wissen besitzt, warum möchtest du dann nicht für diese Aufgabe zur Verfügung stehen? Ich könnte darauf beharren, dass Nerev deinen Namen in seine Liste aufnimmt.«

»Er kann meinen Namen gern verzeichnen, wenn er will, aber ich würde den Posten nicht übernehmen, solltet Ihr ihn mir anbieten.«

Im Sitzen griff Wegmann nach einem langen Stock, der neben seinem Stuhl lag. An dessen Ende waren eine Leine und ein Haken befestigt. »Ihr benötigt einen weisen Emprir oder eine Empra, aber leider bin ich wohl ein wenig *zu* weise.« Er kicherte noch einmal. »Weise genug jedenfalls, um zu wissen, dass ich kein Herrscher sein möchte.« Er hob eine weitere Angel an der anderen Seite seines Stuhls auf und reichte sie Iluris. »Auch als Empra habt Ihr gewiss noch vieles zu lernen, nicht wahr? Warum angelt Ihr nicht eine Weile mit mir?«

»Das habe ich noch nie getan«, sagte sie.

»Kein Leben ist ganz vollständig, wenn man nicht wenigstens ein einziges Mal geangelt hat. Ich bestehe darauf.«

Iluris verbrachte die nächsten beiden Stunden äußerst vergnügt, auch wenn sie noch immer nicht das gefunden hatte, wonach sie eigentlich suchte.

35

Das Flussboot verließ Norterra auf dem Blauwasser. Adan stand an Deck und lehnte gegen eine Kiste mit Töpferwaren aus Radbruch, wo er und sein Onkel an Bord gegangen waren. Kollanan hatte für die Passage bezahlt, ihre Identität aber nicht enthüllt. Der Kapitän brauchte nicht zu wissen, dass sich zwei Könige auf seiner Barke befanden. Sie trugen warme Kleidung ohne Abzeichen: Wollhemden und graue Mäntel, die sie sich aus den Lagerräumen der Burg in Fellstaff besorgt hatten.

Adan und Koll waren sofort aufgebrochen, nachdem sie den verwirrten Pokel sicher in der Burg untergebracht hatten. Tafira hatte versprochen, sich um den dürren jungen Mann zu kümmern, damit er sich erholte, während die beiden Männer zur Burg in Convera aufgebrochen waren, um dort mit dem Konag zu sprechen. Adan hatte seiner Frau in Bannriya einen Brief geschrieben, damit sie wusste, was er vorhatte.

Auf dem offenen Deck beobachtete der junge König von Suderra, wie das Ufer mit trügerischer Anmut vorbeiglitt. Er betrachtete die hohen Bäume, einige Hirsche, die im Riedgras ästen, und graue Felsen, die ins Wasser hineinragten. Koll stand mit angespannten Schultern neben ihm, als könnte er das Boot durch schiere Willenskraft beschleunigen.

Beide Männer wirkten in sich gekehrt und ernst. Die Wreth waren mit ihren zerstörerischen Taten gewiss noch nicht fertig, sofern sie tatsächlich den Drachen wecken wollten. »Ich kann meinen Bruder bestimmt davon überzeugen, einen Teil der Armee nach Norterra zu schicken«, sagte Koll. »Nach deinem und meinem Bericht wird er nicht mehr in der Lage sein, die Bedrohung zu verneinen. Wir wissen, dass die Frostwreth eine Festung in Bakalsee errichten. Wie lange wird es wohl noch dauern, bis sie südwärts ziehen? Was ist, wenn sie Fellstaff angreifen? Tafira ist mit Lasis dort, aber wie könnten sie ein ganzes Reich verteidigen? Ich hätte sie nicht zurücklassen sollen.«

»Und ich habe Penda allein zu Hause gelassen.« Adan reckte die Schultern. »Ich vertraue darauf, dass sie wissen wird, was zu tun ist - ebenso wie du Tafira und deinem Brava Lasis vertraust. Wir beide tun etwas weitaus Wichtigeres. Wir müssen dem Konag ins Auge blicken und dafür sorgen, dass er die drohende Gefahr erkennt.«

Der junge König dachte an all das, was er in den letzten Wochen erlebt hatte. Er sah seinen Onkel an und sagte: »Noch vor einem Monat hätte ich nicht glücklicher sein können. Meine Frau sagte mir, dass sie unser erstes Kind erwartet. Mein Reich blühte und gedieh, die Regenten waren vertrieben worden, die Leute zeigten sich mit meiner Herrschaft zufrieden. Und jetzt ...« Er spürte das Brennen von Tränen in seinen Augen. »In was für einer Welt wird mein Kind leben? Penda und ich, wir führen unseren Sohn oder unsere Tochter möglicherweise in einen schrecklichen Krieg und vielleicht sogar geradewegs dem Ende der Welt entgegen.«

Koll sah zu, wie sich die Schatten über dem Fluss sammelten. »Meine Enkel haben diese Welt bereits verlassen. Sei mutig. Wenigstens ist für dein Kind noch nicht alles verloren.«

Das Boot legte an einer der Hauptwerften in Convera an. Stadtwächter sorgten für Ordnung, schlichteten Schlägereien und hielten Ausschau nach Dieben. Während Adan und sein Onkel von Bord gingen, winkte Koll den nächsten Wächtern zu und rief mit einer Stimme, die schon viele Armeen in der Schlacht kommandiert hatte: »Sergeant! Schick einen Boten zur Burg und sag dem Konag, dass König Kollanan und König Adan eine sofortige Audienz verlangen.«

Die Mannschaft an Bord des Bootes ließ ihre Kisten fallen und starrte die Passagiere an. Der Kapitän stemmte die Hand in die Hüfte und kicherte. »Ich dachte mir doch, dass ich Euch erkannt habe. Koll der Hammer! Ich habe Euch einmal bei einem Erntefest in Fellstaff gesehen. Und jetzt – *Ihr* auf *meinem* Boot!«

Die beiden gingen mit weiten Schritten davon und nahmen die Straße hoch zum Hügel, der den Zusammenfluss überblickte. Wächter und Neugierige sammelten sich um sie, aber die beiden Könige blieben nicht stehen und unterhielten sich mit niemandem. Ein Sergeant sagte zu dem gerüsteten Wächter neben sich: »Ich wette, sie sind hier, weil sie uns im kommenden Krieg gegen Ischara unterstützen wollen. Wir werden zurückschlagen.«

Adan war verblüfft. »Ein Krieg gegen Ischara?«

»Mirrabay wurde ausgelöscht. Die Ischaraner haben uns bereits mit einem Gottling angegriffen, und sie werden es vermutlich wieder tun.« Der Soldat kaute auf seinen Worten herum und spuckte sie aus. »Wir werden auf diesen feigen Überfall reagieren müssen. Es wird Krieg gegen Ischara geben.«

»Ich bin schon dort gewesen und habe gekämpft, und ich weiß, wie das ist«, sagte Koll mit leisem Knurren. »Wir haben andere und viel gefährlichere Neuigkeiten.«

Sie schlängelten sich an Eselskarren und spielenden Kindern vorbei, an bellenden Hunden, plaudernden Frauen, an Zimmerleuten, die neue Häuser bauten, und an Straßenarbeitern, die neue Pflastersteine einsetzten. Adan war hier aufgewachsen, und er genoss die Gerüche, Farben und Klänge seiner Heimat, die so anders als alles in Bannriya waren. Trotz der Besorgnis in seinem Herzen lächelte er die Burg über ihnen an. Er hatte sie als Prinz verlassen, und er kam als König zurück – allerdings mit Nachrichten, die den Staatenbund für immer verändern konnten.

In ihrer unscheinbaren Kleidung schritten Koll und Adan durch das Burgtor. Adlige und Höflinge huschten umher und trafen Vorbereitungen zum Empfang der Herrscher von Norterra und Suderra. Adan führte sie geradewegs zum Thronsaal seines Vaters.

Darin strömte das Sonnenlicht durch die Bleiglasfenster herein.

Konag Conndur trug einen pelzbesetzten Umhang und ein purpurfarbenes Hemd. Er befahl seinen Dienern, Speisen und Getränke zu bringen. Prinz Mandan saß nervös an einem Tisch voller Dokumente und Aktenfaszikeln, und der große Brava mit den stahlfarbenen Haaren befand sich neben ihm.

Conndur grinste und breitete die Arme aus. »Sternenfall! Koll!« Doch nach wenigen Schritten hielt er inne. Kollanans düstere Miene und die Sorgen auf Adans Gesicht verunsicherten ihn. Er schlang die Arme um Kollanans breite Schultern und klopfte ihm heftig auf den Rücken. Dann wandte er sich Adan zu. »Ich habe deine Briefe mit den Sternenkarten vom südlichen Himmel erhalten.« Er lächelte.

»Wir sind nicht wegen der Sternenkarten hier, Vater«, sagte Adan mit ernster Stimme. »Hast du auch meinen anderen Brief erhalten? Dann weißt du inzwischen, dass die Wreth zurückgekehrt sind.«

Kollanan fügte hinzu: »Es ist sogar noch schlimmer, Conn. Die Wreth wollen uns vernichten.«

»Die Wreth wollen sich *gegenseitig* vernichten, und wir befinden uns leider zwischen ihnen«, sagte Adan. »Und sie wollen den Drachen Ossus erwecken, damit er die Welt zerstört.«

Utho stand wie ein Baum neben dem Konag. Misstrauisch runzelte er die Stirn. »Wir haben Eure Briefe gelesen, aber Eure Neuigkeiten sind schwer zu glauben. Wie können die Wreth einen mythischen Drachen erwecken? Existiert er überhaupt? Diese alte Rasse ist seit zweitausend Jahren fort. Welche Bedrohung soll sie für uns noch darstellen?«

Kolls Nasenflügel bebten. »Frag die abgeschlachteten Menschen von Bakalsee, frag meine Tochter und ihren Mann … und meine Enkel.«

Adan richtete seine Aufmerksamkeit nicht auf den Brava, sondern auf seinen Vater. »Du weißt, dass keiner von uns beiden zu Phantastereien neigt, Vater. Ich habe die Wreth selbst gesehen, beide Gruppen, und ich vermute, sie wollen einen Krieg anzetteln, der vergleichbar mit den alten Schlachten ist, die beinahe die ganze Welt vernichtet hätten. Wir müssen überlegen, was wir tun können.«

Unter einem ungeduldigen Schnauben erhob sich Prinz Mandan hinter seinem Arbeitstisch. Er war der Letzte, der sie förmlich begrüßte. »Auch hier befinden wir uns in einer Krise, und wir hatten euch beiden eine Vorladung schicken wollen. Es besteht die konkrete Gefahr, dass wir bald wieder gegen Ischara Krieg führen werden, und das ist vorrangig. Der Konag möchte, dass ihr euch mit euren Vasallen-Lords in Verbindung setzt, damit sie ihre Armeen im ganzen Land aufstellen. Wir benötigen alle Kämpfer hier in Osterra, damit wir uns gegen den Feind verteidigen können, der über unsere Ufer herfällt.«

Adan konnte nicht glauben, was er da hörte, und er sah zuerst seinen Bruder und dann seinen Vater entsetzt an. »Das könnt ihr nicht ernst meinen! Die *Wreth* sind zurückgekehrt.«

Conndur warf Mandan einen tadelnden Blick zu. Ihm gefiel nicht, wie sein Sohn das Gespräch führte. »Die Ischaraner haben uns provoziert und gezielt angegriffen. Utho hat selbst gegen einen ihrer Gottlinge gekämpft.« Langsam stieß er die Luft aus. »Ich habe die Legende über den schlafenden Drachen gehört, aber niemand hat ihn je gesehen. Doch die Ischaraner haben hier und jetzt einen Gottling zu unseren Stränden geschickt. Einen *Gottling*!«

Kollanan sagte barsch: »Es ist ganz gleich, was die Ischaraner getan haben, Conn. Du musst die Lage überdenken.« Er schluckte schwer. »Die Wreth sind viel schlimmer als jeder Überfall, auch wenn er noch so lästig ist.«

Der Konag setzte sich auf den großen, reich verzierten Armlehnstuhl am Kopf des Tisches. »Es ist mehr als nur lästig, Koll. Die Ischaraner sind unsere Todfeinde. Das Volk dürstet nach Blut - und das aus gutem Grund. Ein ganzer Ort ist vernichtet worden, mehr als hundert unschuldige Einwohner wurden getötet. Während des letzten Jahres gab es fünf weitere Überfälle, und wir haben zahllose Schiffe verloren. Das dürfen wir nicht unbeachtet lassen! Die Ischaraner stellen unsere Stärke und Entschlossenheit offenbar auf die Probe. Lord Cade hat an der Nordküste viele verdächtige Schiffe im Nebel gesehen. Wachmann Osler hat die Insel Fulcor in Alarmbereitschaft versetzt und befürchtet einen Überraschungsangriff der gesamten ischaranischen Armee.«

»Dennoch«, beharrte Adan und setzte sich, *»die Wreth sind zurückgekehrt*, Vater! Beim letzten Mal haben sie den ganzen Kontinent verwüstet.« Ihm brach die Stimme. »Kollanan und ich, wir haben gesehen, was sie in Bakalsee angerichtet haben. Und ich habe Königin Voo gegenübergestanden, als sie die Bedrohung erklärte. Ich bin überzeugt, dass sie diesmal wirklich den Drachen erwecken und die Welt vernichten wollen.«

Prinz Mandan lachte, als wäre dies nicht mehr als ein kleiner Streit mit seinem jüngeren Bruder. »Den Drachen erwecken! Das ist doch bloß eine Legende.« Er sah Utho an, als wollte er sich dessen Zustimmung versichern. »Die Menschen sind jetzt die Herrscher der Welt. Niemand hat je wieder einen Wreth gesehen, seit sie damals verschwunden sind.«

»*Wir* haben sie doch gesehen«, sagte Koll barsch. Sein Blick bohrte sich in die Augen des Konags. »Ich habe es gesehen, Conn. *Ich habe es gesehen!* Die Wreth haben all die Menschen einfach dahingerafft, als wären sie nichts und würden nicht zählen. Nur weil sie im Weg waren! Und es werden noch mehr Wreth kommen.«

»Natürlich glaube ich euch beiden«, sagte Conndur mit einer Spur von Verbitterung in der Stimme. »Aber was wollen sie?«

Nach langem, unbehaglichem Schweigen erklärte Adan: »Die Königin der Sandwreth verlangt, dass wir gemeinsam mit ihr gegen ihre Feinde kämpfen. Möglicherweise brauchen wir die gesamte Armee des Staatenbundes, wenn wir dafür sorgen wollen, dass die Menschheit überlebt.«

Utho sagte: »Die Wreth haben uns erschaffen, aber sie haben uns vor Tausenden von Jahren im Stich gelassen. Weil ihre Anführer sich mit den Menschen vermischt haben, besitzen wir Bravas unsere Kräfte, und wir benutzen sie zur Verteidigung des

Staatenbundes. Und diesen haben die Ischaraner angegriffen.« Er hielt inne und richtete den Blick auf die anderen, die sich inzwischen um den Tisch geschart hatten. »Und die Ischaraner sind *wirklich da.* Wir wissen, dass sie der wahre Feind sind.«

»Wissen wir das tatsächlich?«, fragte Adan. »Nach allem, was die Wreth gesagt und getan haben?«

Mandan sagte höhnisch zu seinem jüngeren Bruder: »Suderra ist weit entfernt und muss sich keine Sorgen wegen der Ischaraner machen, und deshalb nimmst du diese Bedrohung nicht ernst. Dein Reich ist sicher, während Osterra in Gefahr schwebt. Unsere Städte könnten genauso verwüstet werden wie Mirrabay.«

Conndur berührte den Prinzen am Unterarm und brachte ihn damit zum Schweigen. »Ich kenne diese Worte schon, Mandan. Wenn ich Utho anhören will, bitte ich ihn darum, selbst zu sprechen.«

Der Prinz wurde rot. »Utho bringt mir vieles bei, und ich stimme mit ihm überein.«

Adan bemühte sich, seine Ungeduld im Zaum zu halten. Dann sah er Kollanan an, dessen Blick getrübt schien. Grimmig runzelte er die Stirn. »Ihr habt nicht das gesehen, was wir gesehen haben«, beharrte Koll.

36

Nachdem Kollanan und Adan in Richtung Convera aufgebrochen waren, fühlte sich die Burg von Fellstaff leer an. Die Echos hallten, es war kalt, und nun, da sie wusste, was sich dort draußen befand, spürte Königin Tafira die Gefahr. Obwohl die Diener in allen Haupträumen ein Feuer angezündet hatten, schien es ihr überall eisig kalt zu sein. Tafira wickelte sich in einen pelzverbrämten Umhang und schlüpfte mit den Füßen in Pantoffeln aus Kaninchenfell. Sie bezweifelte, dass ihr wieder warm würde, bevor Koll zurückkam.

Den ganzen Tag hindurch traf sie sich mit einer Reihe von Adligen, die den Anweisungen des Königs gefolgt waren und eine Aufstellung ihrer verfügbaren Kämpfer, ihrer Waffen und Rüstungen gemacht hatten - und überdies hatten sie damit begonnen, ihre Burgen zu verstärken. Die Lords Teo, Cerus und Bahlen waren von ihren fernen Bezirken herbeigeritten und mussten nun überrascht feststellen, dass der König bereits nach Convera aufgebrochen war. Sie waren voller Fragen.

»Wreth? Wirklich?«, fragte der hagere und misstrauische Cerus. »In meinem Bezirk liegen ein Dutzend Wreth-Ruinen mit zusammengefallenen Mauern und eingestürzten Türmen. Die Menschen meiden sie, aber die alte Rasse ist genauso tot wie mein eigener Großvater. Wie können sie da noch eine Bedrohung für uns darstellen?«

»Ihr seid herzlich eingeladen, nach Bakalsee zu reiten und es Euch selbst anzusehen«, sagte Tafira, »aber ich würde nicht davon ausgehen, dass Ihr zurückkehrt.«

Cerus nickte langsam und respektvoll. »Mir tut sehr leid,

was mit Eurer Tochter und ihrer Familie geschehen ist, meine Königin.«

Lord Alcock schritt im Thronsaal auf und ab. »Könnte der See nicht durch eine Naturkatastrophe zugefroren sein? Wir haben schon früher schreckliche Winter gesehen und nicht die Wreth dafür verantwortlich gemacht.«

Tafiras Stimme stellte eine andere Art von Eis dar. »Ich habe das Gesicht meines Gemahls gesehen, und mehr brauche ich nicht zu wissen. Er ist den Frostwreth begegnet und hat später einen jungen Mann gerettet, der ihnen entflohen ist, indem er sich in den Wäldern versteckt hat. Soweit wir wissen ist Pokel der einzig Überlebende aus Bakalsee. Er ist jetzt hier und hat noch immer Angst vor seinem eigenen Schatten. Ihr könnt mit ihm reden, wenn Ihr wollt.«

Lasis betrat den Thronsaal; er steckte in seiner schwarzen Lederrüstung und trug schwarze Stiefel. »Und ich habe gesehen, dass die Wreth eine große Festung am Ufer erbauen, dort wo einst das Dorf stand. Das ist nur der erste Schritt zu einer vollständigen Invasion, und wir müssen uns auf sie vorbereiten. Eure Zweifel helfen doch bloß dabei, Norterra zu schwächen.«

Obwohl Lord Teo bereit zu sein schien, mit Tafira zu debattieren, wagte er es nicht, dem Brava zu widersprechen. Er verneigte sich knapp vor Lasis. »Also gut, ich glaube Euch.« Er reichte der Königin einige Papiere entgegen, die sie nun auch von Cerus und Bahlen erhielt.

Lord Alcock wirkte besorgt. »Ein Utauk-Händler, der auf der Durchreise bei uns vorbeikam, hat etwas Ähnliches über Sandwreth erzählt, die im Süden aus einem Sandsturm herausgekommen sind. Er hätte genauso gut Geschichten über Drachen von sich geben können, wir haben ihm einfach nicht geglaubt. Beim Blute der Ahnen, das hätten wir wohl besser tun sollen.«

»Ja«, sagte Tafira. »Mein Gemahl ruft uns zu den Waffen, und wir müssen uns vorbereiten. Überdies hofft er, dass der Konag einen großen Teil der Armee des Staatenbundes zur Verteidigung Norterras und Suderras aussenden wird. Wenn wir alle zusammen kämpfen, sind wir vielleicht stark genug, diese Wreth zurückzuschlagen.«

Das Feuer im Hauptkamin loderte hoch auf und verbreitete einen sanften Duft von süßlichem Kiefernrauch. Nachdem die Lords gegangen waren, nahm der Brava in der Gegenwart der Königin Haltung an, als müsste er ihr etwas sagen. Sie lächelte ihn an. »Ich bin froh, deine Unterstützung zu besitzen, Lasis. Mein geliebter Gemahl mag zwar fort sein, aber auf deine Kraft und Stärke kann sich das Reich immer verlassen.«

»Ihr braucht meine Unterstützung gar nicht, meine Königin. Ihr selbst seid eine starke Herrscherin, und die Verteidigungsanlagen von Fellstaff werden mit jedem Tag schwerer zu überwinden sein.« Er warf einen Blick aus dem Bogenfenster, durch das blasses Sonnenlicht in den Saal fiel. »Aber an diesem Konflikt ist noch mehr ... es ist immer mehr ... so vieles, was wir nicht wissen.« Er reckte das kantige Kinn vor. »Mit Eurer Erlaubnis möchte ich ein paar Tage verreisen und Nachrichten sammeln. Ihr müsst Euch keine Sorgen um Eure Sicherheit machen. Ich werde die Vasallen-Lords anweisen, zusätzliche Wachen nach Fellstaff zu schicken, während ich weg bin.«

Obwohl er sich König Kollanans Diensten verschworen hatte, brach der Brava häufiger zu persönlichen Reisen auf und sorgte für Recht und Ordnung im Reich. Tafira hatte sich an seine Abwesenheit schon gewöhnt, aber bisher hatte sie auch noch nie eine Bedrohung ganz Norterras befürchten müssen. »Soll ich dir ein Soldatenkontingent mitgeben?«

»Nein, ich werde allein reisen.« Er berührte den Rammer an seiner Seite. »Diese Aufgabe wird am besten von einem Paladin-Brava erledigt. Ich muss herausfinden, ob der Angriff der Wreth auf Bakalsee zum Ziel hatte, so viele Menschen wie möglich zu töten, oder ob das Dorf ihnen einfach nur im Weg war.«

Tafira lehnte sich auf dem polierten Stuhl zurück. »Spielt das eine Rolle? Das macht die Menschen dort nicht wieder lebendig.«

»Es spielt durchaus eine Rolle, meine Königin. Haben wir weitere Angriffe der Wreth zu befürchten? Werden sie uns genauso überfallen, wie die Ischaraner unsere Küstenorte überfallen, nur weil sie uns so hassen? Oder betrachten uns die Wreth als unbedeutend für ihre Pläne? Wenn dem so ist, dann wäre es für uns möglicherweise das Beste, ihnen einfach aus dem Weg zu gehen.«

Tafira hielt seinem Blick lange und schweigend stand. Dann sagte sie: »Du bist immer loyal gewesen, Lasis. Ich vertraue darauf, dass du das tust, was du tun musst. Du hast meine Erlaubnis zu gehen. Kehre mit wichtigen Neuigkeiten zurück, die uns dabei helfen, uns zu retten.«

Als er vor Sonnenuntergang aufbrach, bedauerte Lasis noch immer, dass er Kollanan allein nach Bakalsee hatte ziehen lassen. Selbst in Friedenszeiten sollte kein König ohne seinen treu ergebenen Brava sein, nicht einmal Koll der Hammer.

Doch als er in die dichter werdende Dunkelheit hineinritt und sich vornahm, die ganze Nacht hindurch im Licht des Vollmondes unterwegs zu sein, dachte er darüber nach, dass auf manchen Missionen ein einzelner Mann - insbesondere ein Brava - erfolgreicher sein konnte als eine kleine Armee. Oft begab sich Lasis unbegleitet nach Norterra und kümmerte sich um den Schutz der dortigen Bevölkerung, und nie zuvor hatte er einen Gedanken daran verschwendet, ob er dazu berechtigt war.

Für seine schnelle Reise nach Bakalsee hatte er einen dunkelgrauen Hengst aus den Stallungen gewählt. Er wusste, dass dieses Tier verlässlich und stark war, aber noch wichtiger war der Umstand, dass das Fell des Tieres wie Schnee und Asche aussah und es daher gut getarnt war, wenn er versuchte, so nahe wie möglich an die Frostwreth heranzukommen.

Geistesabwesend ritt er immer weiter nach Norden und döste im Sattel. Er gab seinem Pferd den Futterbeutel und ließ es an klaren, kalten Bächen trinken, die mit abgefallenen Blättern gesprenkelt waren. Als der Hengst eine Pause brauchte, hielt Lasis für einige Stunden an und schlief ebenfalls ein wenig, bevor er wieder aufbrach.

Als er sich nach einer anstrengenden Reise schließlich dem

See im hohen Norden näherte, bremste er das Pferd zu einem vorsichtigen Schritttempo ab. Kurz nach dem Einsetzen der Morgendämmerung erreichten sie den Kamm des Hügels. Das Licht der aufgehenden Sonne wurde von dem weiten, zugefrorenen Bakalsee widergespiegelt und strömte über die hoch aufragende Festung, die die Wreth aus Stein und Eis errichtet hatten.

In der Stille des frühen Morgens konnte sich Lasis die plötzliche und unerwartete Kältewelle vorstellen, die auf den See zugebrandet sein mochte, und er konnte sich ebenfalls vorstellen, wie Kollanans Tochter Jhaqi versucht hatte, ihre beiden Jungen, die im Freien gespielt hatten, zurück ins Haus zu holen, und wie ihr Gemahl Gannon versucht hatte, sie alle zu beschützen, als das Eis den Ort verschlang...

Nun hallte Baulärm durch das hoch gelegene Tal. Das Eis knackte und brach, wenn Blöcke aus dem festen See geschlagen wurden. Sie wurden durch Magie in die Luft gehoben, an ihren Platz geschoben und mit Eis verfugt. Steine aus den Gebäuden des Dorfes verstärkten die Mauern. Die weißen Wreth waren zu Hunderten hier.

Lasis kniff die Augen zusammen und holte tief Luft. Er spürte, wie eine gewaltige Hitze in ihm brannte - ein Glimmern des Wreth-Blutes, das aus der Tiefe seiner Ahnenreihe kam. Die Bravas akzeptierten und respektierten ihre Halbblut-Abstammung. Die uralte Blutlinie gab ihnen die Magie, die es ihnen erlaubte, die Rammer zu verwenden und auch anderen Zauber einzusetzen.

Aber Lasis verehrte seine Ahnen nicht. Sie hatten ihre Schöpfungen auf schreckliche Weise missbraucht. Ihre Halbblutkinder waren nicht das Ergebnis leidenschaftlicher Romanzen oder heißer Liebe. Nein, menschliche Frauen waren aus den Reihen der Sklaven genommen, vergewaltigt und geschwängert worden. Und Wreth-Frauen hatten Menschenmänner dazu gezwungen, mit ihnen zu schlafen - oder zu sterben.

Nein, wegen seines Wreth-Erbes empfand Lasis keine große Ehre. Aber er konnte seine Kraft und seine Fähigkeiten nun gegen sie einsetzen.

Diese Gedanken hatten lange in seinem Geist verborgen gelegen, denn solche Fragen waren für ihn bisher nicht wichtig gewesen, aber nun waren die Wreth zurückgekehrt, und sie hatten all diese Menschen getötet. Als Brava hatte Lasis geschworen, den König und den Staatenbund mit seinem Leben zu schützen und ihnen zu dienen. Er musste herausfinden, welche Art von Bedrohung dieser unerwartete Feind darstellte.

Im Schutz der kahlen Bäume glitt er vom Rücken seines grauen Reittiers herunter und schritt neben ihm her. Nun erwies sich die weißlich-graue Tarnfarbe des Pferdes als äußerst hilfreich. Lasis hatte einen grauen Mantel über seine übliche schwarze Kleidung gezogen. An der rechten Hüfte trug er ein langes traditionelles Messer, und an der linken war der Rammer angehängt, auch wenn er nicht vorhatte zu kämpfen.

Im Schutz der silbernen Kiefern stiegen sie zum See hinunter. Als sie das felsige Ufer erreicht hatten, aber noch weit von der gigantischen Festung entfernt waren, legte Lasis die Zügel seines Pferdes locker um einen Ast. Mit seiner Stirn berührte er die Mähne des Tiers. »Diesen Teil muss ich allein erledigen.«

Er schlich davon, verursachte dabei kaum einen Laut. Seine schwarzen Stiefel wisperten durch den Schnee, als er dem Ufer des zugefrorenen Sees über unebenes Gelände folgte. Er schaute zwischen den Bäumen hindurch zu den Festungsmauern, die sich schwindelnd hoch am Ufer erhoben und auf den schwarzen Felsen verankert waren. Die Grundfläche bedeckte das, was einmal der Markplatz und die umliegenden Straßen gewesen waren.

Er spähte zwischen zwei Kiefern hindurch und beobachtete die Tätigkeiten. Seltsame Wesen arbeiteten auf der Baustelle; sie waren kleiner als Menschen, aber keine Wreth. Ihre Gesichter und Arme erschienen glatt, als wären sie nur teilweise aus Wachs modelliert, das zu schnell ausgehärtet war und keine Einzelheiten zeigte. War das eine andere Art von Dienern?

Große, haarlose Wreth standen in grauen und blauen Roben dazwischen: Magier. Andere Wreth in Rüstungen und mit langen, zerzausten Haaren brüllten Befehle. Wreth-Krieger. Der offensichtliche Anführer war ein schlaksiger Kämpfer, der einen weißen Speer mit langem, geschraubtem Schaft hielt. Er deutete auf die Mauern, dann auf die Arbeitsmannschaften und lenkte die Arbeiten.

Lasis kroch näher heran, hob einen Kiefernast, der schwer von Schnee herabhing, ein wenig an und schlüpfte darunter hindurch. Lockerer Schnee rieselte auf seinen grauen Mantel, und er wischte ihn rasch ab und näherte sich wieder ein wenig dem gefrorenen Ufer. Kräuselungen waren an der Oberfläche zu sehen. Das Wasser war so schnell gefroren, dass sogar die kleinen, vom Wind verursachten Wellen im Eis eingefangen worden waren.

Er beugte sich unter einem der Bäume hervor, damit er besser sehen konnte. Als er die Größe der Festung abschätzte, fragte er sich, ob dies ihre endgültige Ausdehnung war oder ob die Frostwreth sie noch erweitern würden - vielleicht um den ganzen See herum.

Die Wreth-Magier benutzten Zauberei für die schwere Arbeit; dies erklärte, warum das Bauwerk so schnell und gewaltig hatte wachsen können. Die Mannschaften benutzten schwarze geflochtene Seile, und die seltsamen Drohnen schichteten Eisblöcke auf.

Als Lasis näher kam, fiel das Morgenlicht auf einen gewaltigen Block, der gerade zur Spitze des höchsten Turms gezogen wurde. Plötzlich brach ein großer Splitter ab und fiel herunter. Wie eine Axt schlug er zwischen den Arbeitern ein und tötete einige von ihnen. Das schwarze Seil glitt ihnen aus den Händen, und der gewaltige Eisblock stürzte an der Seite des Turms herab.

Zwei Magier schrien auf, sprangen vor und hoben die Hände, als der Eisblock an der gigantischen Mauer entlangschrammte. Ihre Magie packte ihn mitten in der Luft und hielt ihn in der Schwebe. Unter einem Dampfblitz verschmolz der Block mit der Mauer und ruinierte die ansonsten vollkommene Symmetrie. Aber wenigstens war er nicht auf dem Boden aufgeschlagen.

Die Wreth-Magier brachten den Block unter höchster Konzentration zum Schmelzen. Das Wasser floss in Rinnsalen an der Turmmauer entlang und gefror sogleich zu Eiszapfen.

Lasis war von der Macht, die er miterlebt hatte, beeindruckt. Er konnte den Anführer der Kriegerschar nicht mehr sehen, obwohl der große Wreth-Mann noch vorhin vor der Menschenmenge gestanden hatte. Lasis fühlte sich wieder ungeschützt zwischen den Kiefern. Eine plötzliche, unnatürliche Kälte hinter ihm ließ die Luft klirren, und er wirbelte herum.

Drei Wreth-Krieger standen dort; sie hatten sich mit einer stillen Anmut bewegt, die der seinen weit überlegen war. »Wir haben einen Schneehasen gefunden«, sagte der Größte der Krieger. Es war derjenige, der die Arbeiter kommandiert hatte.

Lasis wich zurück und tastete mit der Hand nach dem Rammer an seiner Seite.

»Königin Onn hatte recht, Rokk«, sagte ein zweiter Krieger. »Wir hätten nicht alle Menschen in diesem kleinen Ort töten sollen. Sie wären bessere Arbeiter gewesen, als es die Drohnen sein können. Diesen hier sollten wir lebend mitnehmen.«

Rokk kniff die großen, kalten Augen zusammen. »Er ist stark, und meine Liebste Onn wird gewiss mit ihm sprechen wollen.«

Lasis nahm seinen Rammer vom Gürtel. »Ich werde nicht kampflos aufgeben.«

»Wie spaßig«, kicherte Rokk. »Dabei wollen wir gern zusehen.«

Lasis legte sich den goldenen Reif um das Handgelenk und schob die Hälften ineinander, bis sie einrasteten. Die goldenen Zähne zogen das Blut heraus und weckten die Zauberrunen. Hitze wallte in ihm auf, und eine Korona aus Licht legte sich um sein Handgelenk. Die Flammen umhüllten die Finger, wurden zu einer Kugel und streckten sich zu einer gewundenen Schnur aus. Er fuhr mit dem Arm nach links, und die Flammen schossen hervor.

Rokk lachte, sprang mit seinem langen kristallinen Speer vor und schlug mit dem Schaft gegen die Feuerpeitsche des Bravas.

Lasis riss den Arm zurück und wickelte die Flamme des Rammers um den Speer, aber der Frostwreth-Krieger zerrte heftig daran und entfesselte seine eigene Magie. Der Brava spürte, wie sich Kälte in seine Hand ergoss, doch das Feuer, das von seinem Blut genährt wurde, loderte nun umso heftiger auf. Er stärkte seine Feuerpeitsche, bis Rokks Speer rauchte und in seiner Hand zerplatzte.

Der Frostwreth-Krieger zuckte überrascht zurück und betrachtete die Splitter in seiner Hand. »Also, das war unerwartet.« Er warf die Trümmer beiseite und rief seinen Gefährten zu: »Ein umso besserer Grund, ihn als Gefangenen mitzunehmen.«

Die Wreth-Krieger umzingelten ihn, und Lasis peitschte die Luft und zog eine Linie aus Feuer vor ihnen. Sie zögerten.

Dann trat ein Magier der Frostwreth zwischen den Bäumen hervor und kam auf ihn zu. Lasis spürte zwar, wie sich in seinem Magen ein Knoten bildete, aber er gab nicht auf. Er war hergekommen, weil er sehen wollte, was die Wreth bauten. Wenigstens würde er so viele von ihnen töten, wie es ihm möglich war, und so die armen Dorfbewohner rächen, die von Eis und Angst verschluckt worden waren.

Er schlug mit dem Rammerfeuer nach den beiden Wreth-Kriegern aus, und sie blockierten es mit ihren Speeren und trieben die Flammen zurück. Lasis spreizte die Finger und teilte die Flamme in zahlreiche einzelne Fortsätze auf. Er schlug nach dem Wreth-Magier aus, denn er wusste, dass dies sein gefährlichster Feind war.

»Eres«, sagte Rokk zu dem Magier, »dieser Kerl scheint über eine bemerkenswerte Magie zu gebieten.«

»Wreth-Magie. Er muss von einem der Bastarde unserer Adligen abstammen.« Der Magier schien verblüfft zu sein. »Anscheinend haben ein paar von ihnen überlebt.«

Lasis griff mit seinen zahlreichen Feuerfortsätzen an, die wie eine Handvoll Peitschen wirkten. Die Flammen huschten über den Wreth-Magier und hinterließen rauchende Linien auf seiner blau-grauen Robe, aber dann verschwanden diese Linien wieder, und Eres kam ohne Eile näher. Der bleiche Mann streckte die offene Hand in Richtung seines Rammers aus. Die Fortsätze zogen sich sogleich zurück, welkten dahin und verblassten.

Mit der rechten Hand packte Lasis das lange Messer an seiner Hüfte und zog es, um weiterkämpfen zu können.

Der Wreth-Magier schloss die Finger über Lasis' brennender Hand, und das Rammerfeuer zuckte und flackerte.

Lasis spürte, wie pulsierende Kälte in den Rammer fuhr und dann an seinem Arm hinunter bis in die Brust kroch. Sein Blut wurde zu Eis. Obwohl er weiterzukämpfen versuchte, konnte er sich nicht mehr befreien.

Die anderen beiden Wreth-Krieger kamen hinter Lasis näher und droschen mit den gezwirbelten Schäften ihrer langen Speere auf ihn ein. Zuerst erlosch das Feuer in seiner Hand, dann erlosch sein Bewusstsein.

37

Als Schadri den großen Erinnerungsschrein von Convera verließ, wusste sie, dass sie ein ganzes Leben - hundert Leben - bei den Aufzeichnungen dort drinnen verbringen könnte, auch wenn sie nur die Namen und Vermächtnisse läse. Aber sie war nicht länger bei der Hauptvermächtnishüterin Vicolia willkommen, und sie hatte zahlreiche weitere Interessen und wollte noch vieles andere lernen, ohne bestimmte Reihenfolge.

In besonders kurzer Zeit hatte sie zahllose Vermächtnisse gelesen; sie hatte die Seiten der großen Bände liebkost und ihren Kopf mit Namen und Lebensgeschichten angefüllt. Sie liebte es, in diesem großen Haus des Wissens zu arbeiten, sei es auch nur als Putzmädchen, und einige der Vermächtnishüter ermunterten sie sogar dazu, aber die Vorsteherin hatte sie beständig daran erinnert, dass sie nicht hierhergehörte.

Zu einer anderen Zeit und in einem anderen Leben wäre Schadri vielleicht selbst Vermächtnishüterin geworden. Dann hätte sie jeden einzelnen Tag dem Sammeln, Ordnen und Aufbewahren von Vermächtnissen in dem großen Archiv widmen können, oder sie hätte den Erinnerungsschrein eines kleineren Ortes geleitet.

Aber es hätte ihre Möglichkeiten begrenzt, wenn sie eine Vermächtnishüterin geworden wäre, und nun stand es Schadri frei, alles zu tun, was sie wollte. Sie konnte etwas über Waldwirtschaft oder Minenkunde lernen, wenn es ihr gefiel, sie konnte auch die politische Geschichte des Staatenbundes studieren, oder sie forschte über die Mythologie der Wreth, über ihre Legenden und

Götter und darüber, wie sie die menschliche Rasse erschaffen hatten. Vielleicht würde sie sich die Bravas mit ihrem Ehrenkodex und ihren großartigen Fähigkeiten vornehmen. Aber erst müsste sie dazu einen von ihnen treffen ...

Schadri packte ihre Sachen und verließ den Schrein der Erinnerung, wobei sie den Vermächtnishütern mit tränenvollen Augen Lebewohl sagte. Sie erhielt ihre Bezahlung sowie ein paar Vorräte für ihre Reise und ging mit einem schweren Rucksack und in guten Wanderstiefeln davon. Summend folgte sie dem südlichen Arm des Yeth weg von Convera und auf die Drachengrat-Berge zu. Auf dem Weg würde sie Dörfer und Städte, Ackerland und Obstgärten, Handwerkerbasare, Karawanen, Wreth-Ruinen und glitzernde Wasserfälle zu sehen bekommen. Alles, was sie erfuhr, würde zu einem neuen Band in der rasch anwachsenden Bibliothek ihres Geistes werden.

Auch aus diesem Grund fand sie in der nächsten Ortschaft den zerteilten Leichnam so faszinierend.

In der Taverne eines Dorfes namens Thulgart kaufte sich Schadri mit einigen ihrer Spargroschen eine Suppe und Brot. Nachdem sie ihren schweren Rucksack vor der Tür abgesetzt hatte, wischte sie sich den Staub und Schlamm der Straße ab. Sie trug einen Mantel aus Stoffresten, eine graue Bluse und mehrere Flickenröcke übereinander, die ihr Alter und die Umrisse ihres Körpers verdeckten. Sie wollte keine Aufmerksamkeit auf sich ziehen.

Noch immer leise summend saß sie allein an einem Tisch und beobachtete die Menschen, lauschte ihren Gesprächen und war neugierig auf sie. Geschäftig notierte sie ihre Gedanken in eines der Bücher in ihrem Gepäck. Einige waren bereits vollgeschrieben, einschließlich der Ränder, aber wenn sie ihre Gedanken nicht festhielt, würde sie sie gewiss rasch vergessen, und schon dieser Gedanke bedeutete eine Tragödie für sie.

Als sich ein elegant wirkender Mann unerwartet zu ihr setzte, war sie überrascht. »Darf ich mich ein wenig mit dir unterhalten? Du siehst aus, als seiest du lange Zeit auf der Straße gewesen, und du scheinst über deine Reisen genau Buch zu führen.« Er deutete auf das offene Notizbuch, das vor ihr auf dem Tisch lag. Er war älter als ihr Vater, hatte dichtes graues Haar, ein freundliches, aber von Sorgen durchfurchtes Gesicht und eine weiße Narbe auf der Wange. Seine Augen wirkten so, als hätten sie schon vieles gesehen, und Schadri fragte sich, was es wohl gewesen sein mochte. Sie hatte noch leere Seiten in ihrem Notizbuch.

»Ich habe nichts gegen deine Gesellschaft einzuwenden, aber du wirst dir selbst etwas zu essen kaufen müssen«, sagte sie. »Meine wenigen Münzen müssen für eine lange Reise reichen.«

Der ältere Mann lächelte sie an. »Um ehrlich zu sein, ich sehe hier in Thulgart nur wenige Leute mit Büchern. Wenn du bereit bist, mir von deiner Reise zu erzählen, bezahle ich nicht nur für mein eigenes Essen, sondern auch für das deine. Ich liebe es, Geschichten von fremden Orten zu hören.«

Er wurde Schadri immer sympathischer. »Ich auch, allerdings sagen die Leute oft, dass ich zu viele Fragen stelle.«

»Es kann niemals zu viele Fragen geben!«

Plötzlich war sie froh und glücklich darüber, dass sie hier war.

Der Mann stellte sich ihr als Severn vor; er war der Arzt des Ortes. Sie zeigte ihm ihr Notizbuch und beugte sich dabei über ihre dampfende Kohlsuppe. »Ich möchte auf meiner Reise so viel wie möglich von der Welt verstehen. Es gibt noch eine ganze Menge zu sehen und zu tun. Ich mache mir über alles Notizen.«

Dr. Severn stieß ein erleichtertes Lachen aus. »Unsere Reisen folgen ähnlichen Mustern, junge Dame, denn auch ich bin ein Mann des Wissens, obwohl es sich bei mir hauptsächlich um medizinisches Wissen handelt. Ich plane, eine vollständige Karte des menschlichen Körpers zu zeichnen - mit allen Organen, Muskeln, mit der Haut und den Knochen -, und dadurch möchte ich verstehen, wie alles funktioniert und *zusammenhängt*.« Er sah sich im Schankraum der Taverne um, während die lauten Gespräche um ihn herum an- und wieder abschwollen. »Die Wreth haben uns vor langer Zeit erschaffen, und ich möchte wissen, wie sie es gemacht haben. Ich kann nur mit dem Material arbeiten, das ich zur Hand habe. Vor Kurzem bin ich in den Besitz des Körpers eines gehängten Banditen gekommen. An ihm ist noch viel Arbeit zu leisten. Manche Menschen finden so etwas beunruhigend.«

»Wissen kann beunruhigend wirken«, sagte Schadri, »aber es ist und bleibt Wissen und hat dadurch seinen eigenen Wert. Ich habe mich selbst schon oft über den menschlichen Körper gewundert.« Sie hielt sich den Zeigefinger vor die Augen, krümmte ihn, streckte ihn und betrachtete die Nagelhaut.

Er beugte sich zu ihr vor. »Wir lernen durch Forschen, und ich beabsichtige, den Leichnam eingehend zu studieren. Als mich die Dorfbewohner gefragt haben, was ich denn mit einem Leichnam vorhabe, den niemand will, habe ich ihnen gesagt, dass mir der Bandit dabei helfen wird, ein besserer Arzt zu sein.«

»Wie kann ein Toter jemanden zu einem besseren Arzt machen?« Schadri schlürfte ihre Suppe. »Er braucht doch keinen Arzt mehr.«

Severn hob die buschigen Brauen. »Wenn du eine schlimme Schnittwunde hast und ich dich nähen muss, wäre es dir doch bestimmt lieber, wenn ich das vorher an toter Haut geübt habe, oder? Wenn du dir den Arm ausgekugelt oder dir eine Bauchwunde geholt hast, fändest du es doch gewiss besser, wenn ich mein Handwerk an einem toten Verbrecher gelernt habe, sodass ich bei dir keine Fehler mache, oder?« Schadri musste ihm beipflichten, und Severn lächelte. »Aber niemand ist bereit, mir zu helfen. Die Leute hier sind einfach zu zögernd und empfindlich.«

»Zögernd und empfindlich? Ich bin mir ganz sicher, dass *ich* das nicht bin!« Ihre Aussichten wurden von Minute zu Minute interessanter. »Ich bleibe ein paar Tage hier und helfe dir. Medizinische Kenntnisse sind sehr praktisch, insbesondere wenn ich mich auf meinen Reisen selbst verarzten muss.«

Sehr zum Leidwesen ihrer Familie hatte sie schon immer eine große Neugier auf alles Mögliche gezeigt. Ihr Vater hatte eine Sägemühle an einem schnell fließenden Strom betrieben. Wenn sie ihm beim Sägen der Holzstämme zusah, hatte sie versucht, Botschaften in den Maserungen zu entschlüsseln. Schon als kleines Mädchen hatte sie ihn mit so vielen Fragen geplagt, dass er sich stets näher an die laute Säge heran begeben hatte, um ihre Worte nicht mehr hören zu müssen.

Schadri hatte vier Brüder und zwei Schwestern, denen es allesamt an Neugier mangelte. Ihre Eltern hatten sie stets zum Markttag mit in die Stadt genommen, und dort durfte sie zwischen den Buden und Ständen herumlaufen und anderen Leuten ihre Fragen stellen: wie die Töpfer ihren Ton brannten, wie die Goldschmiede ihre Metalle bearbeiteten, wie die Glasbläser ihre eigene Art von Magie aus Asche und geschmolzenem Sand erschufen.

Als sie zu einer jungen Frau herangewachsen war und keine Jungen im Dorf gefunden hatte, die ihre Neugier ertrugen, hatte Schadri ihre Heimat mit dem Segen ihrer Eltern - und unter ihren Seufzern der Erleichterung - verlassen. Sie wollte die Welt sehen und ihre eigenen Ziele verfolgen. Es schien ein naives und unschuldiges Unterfangen zu sein, ja sogar ein gefährliches, aber sie dachte nicht lange darüber nach. Auf dem Weg von Dorf zu Dorf folgte sie ihren Interessen, als wären es Trittsteine in einem klaren Bach, und nie schaute sie zurück.

Nachdem sie in der Taverne ihre Suppe gelöffelt hatte, folgte sie dem Arzt in seine kleine Klinik. Schadri und Severn arbeiteten dort bis tief in die Nacht an dem ausgebreiteten Leichnam, damit sie nicht so viel Besorgnis im Dorf auslösten. Für Schadri war diese Tätigkeit wie eine Offenbarung. Sie hatte noch nie in das Innere eines Körpers geblickt.

»Vor vielen Jahren habe ich als junger Soldat im Krieg gegen Ischara gedient«, erklärte er. »Ich bin zum Gehilfen eines Feldarztes ernannt worden und habe dabei gelernt, wie man Wunden vernäht und die Leute rettet, die noch gerettet werden können, und auch, wie man diejenigen tröstet, die sterben müssen. Ich habe neben ihnen gesessen und ihre Vermächtnisse aufgeschrieben, damit ich sie an den Erinnerungsschreinen ihrer Heimatorte abgeben konnte. Damals wuchs in mir der Wunsch, Arzt zu werden. Seit mehr als tausend Jahren steht niemandem mehr eine richtige Heilmagie zur Verfügung.«

Er schob die Bauchmuskulatur des Kadavers zur Seite und legte die Gedärme frei. Mit tastender Hand griff er hinein und schob auch sie aus dem Weg. Schadri beugte sich vor, hielt die Lampe hoch und betrachtete den rätselhaften Körper vor sich. Severn bat sie, den Einschnitt offen zu halten, sodass er mit einem breiteren Messer weitermachen konnte, und er arbeitete mit großer Sorgfalt. »Ich möchte die Gedärme nicht verletzen, denn dann haben wir einen noch viel unangenehmeren Abend.«

Der Arzt sprach weiter, während Schadri ihm half. Er schien froh zu sein, dass ihm endlich einmal jemand zuhörte. »Wenn ich nur verstehen könnte, wie der menschliche Körper in allen Einzelheiten arbeitet.« Mit blutiger Hand deutete er auf die Brust des Toten. »Als die Wreth uns erschaffen haben, müssen sie einen Plan gehabt haben, aber er erschließt sich mir einfach nicht.«

Alles, was er sagte, nahm sie in sich auf. »Haben die Wreth in ihrem Innern genauso ausgesehen wie dieser Mann hier? Was war anders an ihnen?« Sie betrachtete die purpurrote Leber und die schaumige rosafarbene Lunge. »Haben sie uns absichtlich minderwertiger gemacht, als sie selbst es sind, oder waren sie bloß unfähig?«

Severn sah sie überrascht an. »Ihr Gott hat sie erschaffen, also müssen sie uns überlegen sein. Wir sind nur nachgeordnete Schöpfungen.« Er blickte hinunter auf die miteinander verbundenen Organe – diesen rätselhaften Wald aus Blutgefäßen. »Aber ich muss gestehen, dass es trotzdem ziemlich beeindruckend ist.«

»Woher willst du *wissen*, dass uns die Wreth tatsächlich überlegen waren? Nur weil es in den Legenden heißt, Kur habe sie geschaffen?«

»Eher, weil er ihnen Seelen gegeben hat, und in all den Körpern, die ich auf dem Schlachtfeld behandelt habe, und in all den Leichen, die ich bisher untersucht habe, ist mir kein einziges Mal eine menschliche Seele begegnet.«

Schadri rang noch immer mit ihrer Frage. »Weißt du denn, wo du nachschauen musst? Oder ob du sie überhaupt erkennen würdest? Und woher weißt du, dass die Wreth Seelen hatten? Woher sollten sie es selbst gewusst haben?«

Sie bemerkte, dass ihm ihre Fragen allmählich auf die Nerven gingen, wie es so oft der Fall war. »Ich fürchte, du fragst Dinge, die mein Wissen weit übersteigen. Als Arzt muss ich pragmatischer sein. Ein Kind mit einem gebrochenen Arm will nichts über die Frage wissen, wo sich die Seele verstecken könnte.« Er nahm den Magen des Toten in beide Hände. »Wenn du hierbleibst, kann ich dir beibringen, wie du eine Verletzung heilst, eine Wunde nähst und Salbe auf eine Verbrennung aufträgst. *Das* ist ein Wissen, das ich mitteilen kann.«

Sie nickte und dachte nach. »Eine Wunde vernähen. Eine Verbrennung mit Salbe behandeln. Ich bleibe ein paar Tage bei dir und lerne so viel wie möglich. Das wird sehr lehrreich sein.«

Wie versprochen, verbrachte sie eine Woche in Thulgart. Sie half Severn mit seinen Patienten, stellte ihm eine ganze Litanei von Fragen über medizinische Pflanzen und Salben, wollte wissen, wie sie einen Bruch zu schienen hätte, wie Ausschlag behandelt wurde, was gegen verschiedene Arten von Durchfall half, wie Fieber gesenkt werden konnte, was gegen einen rauen Hals auszurichten war, wie schmerzende Glieder behandelt werden mussten und wie man am besten einen eingeschlagenen Schädel bandagieren konnte. Und so weiter und so weiter, so lange, bis dem früheren Feldarzt die Antworten ausgingen.

Schließlich geriet Schadri in eine Rastlosigkeit und wollte sich wieder auf den Weg machen. Sie entschuldigte sich bei dem Arzt, während sie ihre Vorräte, Kleider, Werkzeuge sowie ihr Notizbuch in den immer schwerer werdenden Rucksack stopfte und sich zum Aufbruch bereit machte. »Ich werde die Informationen bewahren, die du mir gegeben hast, aber ich möchte noch mehr verstehen als nur den menschlichen Körper. Ich habe bei Alchemisten, Naturhistorikern und Musikern studiert. Wusstest du, dass es sogar eine Mathematik der Musik gibt? Noch so vieles ist zu lernen ...« Sie redete schneller und schneller. »Ich möchte das Rätsel der Geschichte verstehen. Ich will wissen, warum nach den großen Kriegen so viel von der Magie verschwunden ist. Was hatten die Wreth mit unserer Rasse vor? Und dann ist da immer noch die Frage nach der Seele …«

Der Arzt stand vor seiner kleinen Klinik. »Ich fürchte, bei alledem kann ich dir nicht helfen, junge Dame. Du musst deiner Neugier folgen.«

Sie ging los und summte sich etwas vor.

38

Nachdem das Beben im Berg Vada aufgehört hatte, räumten die Arbeiter von Scharrdorf rasch die Tunnel wieder frei und suchten nach Überlebenden. Hoch droben an den Hängen erhob sich eine frische graue Rauchfahne aus einem neuen Spalt im Berg.

Verzweifelte Arbeiter trugen mehrere zerquetschte Leichen heraus, während sich Elliel um den rätselhaften Fremden aus der Quarzhöhle kümmerte. Sie hatten ihn ins Freie gebracht und auf dem Boden abgelegt, bevor sie ihn auf Verletzungen hin abtastete. Ohne etwas zu sagen, stützte sich der Mann auf die Ellbogen und blickte sich verwundert um.

Der bleiche, dunkelhaarige Mann trug einen grauen Brustpanzer aus einem unbekannten Leder mit feinen, getüpfelten Reptilienschuppen. Ein breiter schwarzer Gürtel umschlang seine Hüfte über einer silberfarbenen Hose, die nicht aus Stoff, sondern aus einem hauchzarten gewebten Metall bestand. Seine Gesichtszüge waren bezaubernd schön; sein Gesicht war so vollkommen gebildet, als hätte ein Gott es geschaffen. Die Augen huschten hin und her und zeigten ein verführerisches dunkles Blau, als bestünde die Iris aus zerstoßenen Saphiren. Seine Wreth-Merkmale waren deutlicher zu erkennen als beim Halbblut Elliel, und sie benötigte eine Weile, bis sie verstand, was das bedeutete.

Natürlich, er *war* ein Wreth.

Noch erstaunlicher war der Umstand, dass das Symbol, das ihm auf die Wange tätowiert worden war - ein Kreis mit einem Netz aus Linien und Kurven - der Rune des Vergessens, die sie selbst trug, beinahe glich.

Der Blick des schweigenden Fremden war voller Fragen und körperlicher Schmerzen. Sanft berührte sie sein Bein und fand heraus, wo es gebrochen war. »Es muss gerichtet und geschient werden«, sagte sie in der Hoffnung, dass er ihre Sprache verstand. »Es wird schmerzen.«

Er sagte nichts, bedeutete ihr aber mit einer Handbewegung, sie möge weitermachen.

Sie beugte sich über ihn - wusste, was zu tun war. Anscheinend war die Behandlung von Verletzten eine Fähigkeit, die sie nicht vergessen hatte; vielleicht gehörte sie zu ihrem Brava-Erbe. Sie legte die eine Hand auf seinen Oberschenkel und die andere dicht unter das Knie. Mit festem Griff zog sie in entgegengesetzte Richtungen, und zwar mit einer Kraft, die gewiss keiner der Bergarbeiter würde aufbringen können. Als die beiden Teile des gebrochenen Knochens weit genug voneinander entfernt waren, richtete Elliel sie und schob sie wieder zusammen.

Der Mann stieß einen zischenden Schmerzenslaut aus, dann atmete er wieder ruhig. Die Augen von der Farbe zerstoßener Saphire sahen sie dankbar an.

Elliel schiente sein Bein und benutzte dazu abgerissene Kleidungsfetzen sowie einige Holzstäbe, während sich die anderen Minenarbeiter um ihre Kameraden kümmerten. Alle waren beschäftigt und ganz auf ihre unmittelbaren Aufgaben konzentriert, sodass die abgelenkten Arbeiter zunächst annahmen, Elliel habe einen der ihren gerettet. Bald aber erkannten sie, dass sie den Mann aus dem Innern des Berges gar nicht kannten - und dass er auch nicht ganz menschlich war.

Elliel fand Upwin und war froh zu sehen, dass ihr Kumpel lebendig aus der Mine gekommen war. »Hilfst du mir, den Mann in mein Zimmer in der Herberge zu tragen? Dort kann er sich erholen.«

Upwin sah von ihr zu dem benommenen Fremden am Boden. »Wer ist er?«

»Ich weiß es nicht, aber irgendjemand muss sich schließlich um ihn kümmern.« Sie legte sich den einen Arm des Fremden über die Schulter, und Upwin ergriff den anderen. Gemeinsam hoben sie den Wreth-Mann an, und er humpelte los, wobei er darauf bedacht war, das gebrochene Bein nicht zu belasten. Sie schafften es bis zu *Shauvons Herberge* und trugen ihn an dem Wirt und seiner Frau vorbei, die beide gerade damit beschäftigt waren, Speisen für die erschöpften Bewohner des Ortes vorzubereiten.

Shauvon sah den Fremden erstaunt an und schien eine Menge Fragen an Elliel zu haben, aber als eine staubige Frau den Kopf zur Vordertür hereinsteckte und nach noch mehr heißem Wasser rief, eilte der Wirt davon.

Nachdem Elliel und Upwin den Fremden in ihr Zimmer gebracht hatten, legten sie ihn sanft auf das schmale Bett. Er streckte das gesunde Bein auf der Strohmatratze aus, und Elliel schob das gebrochene daneben. Sie holte ein Laken und deckte ihn zu, damit er es bequem hatte.

Upwin sah zuerst sie an, dann den fremden Wreth, dann die Tür, als könne es sein, dass er flüchten wollte. »Da draußen ist noch viel zu tun. Sie haben Jandre bisher nicht gefunden. Ich sollte …«

Sie fand nicht den Mut, ihm zu sagen, dass sie den zerschmetterten Leichnam seines Gefährten auf ihrer Flucht gesehen hatte. Elliel streckte die Hand aus. »Geh. Ich kümmere mich um diesen hier.«

Sie begab sich in die Küche der Taverne und holte Früchte, Brot, ein Stück Käse, einen Humpen Bier und einen Becher Wasser, dann trug sie alles auf ihr Zimmer zurück, damit ihr Patient etwas zu sich nehmen konnte.

Mit einem feuchten Tuch wischte sie ihm Stirn und Kinn ab, dann entfernte sie den Staub aus den Winkeln seiner seltsamen Augen und wusch auch die Runentätowierung an seiner Wange sauber. Nun hielt sie inne. »Wer bist du? Kannst du sprechen?«

Er runzelte die Stirn, als müsste er gegen einen unwilligen Geist ankämpfen. Schließlich drang ein Wort an die Oberfläche. »Thon.«

»Thon? Ist das dein Name? Warum bist du in dieser Höhle eingeschlossen gewesen? Wer hat dich in den Berg gebracht?«

Noch einmal runzelte er die Stirn. »Ich weiß nicht.«

Sie gab ihm ein wenig Käse und wartete, während er kaute. »Ich habe dich gerade noch rechtzeitig herausholen können. Erinnerst du dich an das Beben? Bist du davon aufgewacht?«

Er zuckte zusammen und schüttelte den Kopf. »Nein. Ist ... ist der Drache erwacht?«

Sie zog den Holzstuhl nahe an das schmale Bett heran. »Das weiß ich nicht.«

Er streckte den Finger aus, berührte Elliel an der Wange und er staunte über ihre Tätowierung, die der seinen glich. Verlegen errötete sie. »Ich bin eine Brava - *war* eine Brava. Meine Gefährten haben mich eines schrecklichen Verbrechens für schuldig befunden und mir mein Vermächtnis genommen.« Sie konnte sich gerade noch davon abhalten, das ganze Massaker zu gestehen. Er musste es schließlich nicht wissen. Elliel wünschte sich, sie wüsste es selbst nicht. »Hast du irgendein Verbrechen begangen, sodass die Wreth dein Gedächtnis getilgt und dich in diesem Gefängnis eingesperrt haben?«

Thon machte ein ausdrucksloses Gesicht. Tränen schimmerten in seinen Saphiraugen. »Ich weiß es nicht.«

Elliel bemerkte, dass sie sehr hungrig war, und so aß sie ein wenig von dem Brot und teilte die Trauben mit ihm. »Du musst dich ausruhen und erholen.« Sie stellte den Bierhumpen und den Becher mit Wasser neben sein Bett, dann holte sie eine zweite Decke aus dem Hauptraum und breitete sie auf den Holzdielen des Bodens aus. »Ich bleibe hier. Ich habe schon viele Nächte auf dem Boden verbracht. Das macht mir nichts mehr aus.«

Nachdem sie die Lampe ausgeblasen hatte und Dunkelheit das Zimmer erfüllte, schwirrten die Gedanken in ihrem Kopf umher, und ihr Körper schmerzte. Angst und Trauer über die Katastrophe wetteiferten in ihr mit dem Rätsel dieses alten Mannes. Ein Wreth! Sie spürte, wie er reglos auf dem Bett neben ihr lag. Er bewegte sich überhaupt nicht, atmete langsam und regelmäßig, aber irgendwie glaubte Elliel nicht, dass er eingeschlafen war …

Am nächsten Morgen wachte sie in der Dämmerung auf und stützte sich von dem harten Boden ab. Thon saß aufrecht im Bett und hatte die Beine über die Kante geschwungen. Mit seinen langen, schmalen Fingern rollte er die Bandage auf und entfernte die Holzstäbe, mit denen Elliel das Bein geschient hatte.

Sie warf ihre Decke beiseite und sprang auf. »Tu das nicht! Der Knochen muss erst richtig verheilen.«

»Er ist schon verheilt.« Thon erhob sich, beugte das verletzte Bein, stand ein wenig unsicher darauf. Er rieb mit der Hand über das feine Silbergewebe seiner Hose und drückte dort auf den Oberschenkel, wo der Knochen entzweigebrochen war. Dann hob er das Bein, stampfte auf und nickte. »Ja, das war es, was ich gebraucht habe. Die Magie hier ist schwach, aber sie hat ausgereicht.« Er machte einen unsicheren Schritt auf die Tür zu. »Ich möchte nach draußen gehen. Es ist so lange her, und da ist so vieles … so vieles, das ich nicht weiß.«

Elliel stellte sich neben ihn. »Ich kann dir Scharrdorf zeigen, und vielleicht ist es uns auch möglich, etwas für die Bewohner zu tun. In den Minen hat es große Verwüstungen gegeben. Ich möchte dir helfen.« Sie ergriff seinen Arm und legte ihn sich über die Schulter.

Er sah sie an, als wollte er behaupten, keine Hilfe zu benötigen, aber schließlich stützte er sich doch auf sie. Mit langsamen Schritten begaben sie sich in den Schankraum.

Dort hatten sich zahlreiche Dorfbewohner versammelt, und Shauvons Frau teilte heißen Tee und frisch gebackenes Brot aus. Hauptsächlich waren die Leute zusammengekommen, weil sie miteinander reden und ihren Kummer teilen wollten. Minenvorsteher Hallis war ebenfalls da und plante bereits die Aufräumarbeiten. Alles in allem waren neun Arbeiter bei dem Einsturz des Tunnels gestorben, und bei vier Leichen war es unmöglich, sie zu bergen. Die von Jandre gehörte dazu. Mit heiserer Stimme verkündete Hallis: »Sie sind nun eins mit dem Berg, beerdigt in einem Grab, das tiefer liegt als jedes auf dem Friedhof von Scharrdorf.« Er verkündete eine dreitägige Trauer; erst danach würde es wieder erlaubt sein, die Minen zu betreten.

Die Versammelten blickten überrascht und voller Fragen auf, als Elliel Thon zu ihnen führte. »Wo ist er her?,« wollte Hallis wissen.

»*Was* ist er?«, fragte einer der Bergarbeiter.

»Ich glaube, er ist ein Wreth«, antwortete Elliel, »aus der alten Zeit. Ich habe ihn in der Mine entdeckt.«

»Niemand hat je einen Wreth gesehen«, meinte Hallis und kam näher heran.

»Mein Name ist Thon«, sagte der Mann. »Ich kann euch nicht erklären, warum ich hier bin ... ich weiß nur, dass mich Elliel gerettet hat.« Er sah sich in dem Raum um und richtete den Blick schließlich auf die Tür. »Ich würde gern nach draußen gehen und frische Luft atmen und das Sonnenlicht auf der Haut spüren. Es ist ... so lange her.«

Elliel ging mit ihm durch den überfüllten Raum, während die Leute ihnen nachstarrten. Neben ihr fühlte sich der fremde Wreth fest und kräftig an; seine Muskeln waren glatt und hart. Seltsamerweise schien er sie genauso zu stützen, wie sie ihn stützte.

Als sie im Freien waren, drehte Thon das Gesicht zum Himmel hoch und blinzelte in die klare blaue Ferne. »Was für ein wunderbare Welt.«

Elliel betrachtete seine vollkommenen Züge, die durch die eintätowierte Rune entstellt waren. »Ich wünschte, du könntest dich erinnern.«

»Jetzt, wo ich aufgewacht bin, muss ich den Rest meiner Geschichte in Erfahrung bringen.« Er drehte sich zu ihr um. »Du sagst, dass die Wreth schon lange verschwunden sind? Vielleicht kann ich sie wiederfinden.«

»Wäre das klug – nach dem, was sie dir angetan haben?«

»Ich weiß gar nicht, was sie mir angetan haben und ob ich es verdient hatte oder nicht.«

Sie hörten ein fernes Rumpeln, und der Boden erbebte schon

wieder. Laute des Entsetzens drangen aus der Taverne, aber das Beben ließ rasch nach.

Der Wreth starrte den gekräuselten Rauch an, der aus den oberen Hängen des Vada drang. »Möglicherweise bleibt mir nicht viel Zeit.«

39

Adan und sein Onkel blieben in der Burg zu Convera und wiederholten ihren Bericht über die Wreth vor den Ratgebern des Konags und seiner Versammlung der Vasallen-Lords. Adan fürchtete, die Gespräche könnten sich im Kreise drehen.

Nach vielen ergebnislosen Diskussionen hatte Koll seinen Bruder in ein privates Gemach geschleift. Obwohl sie die schwere Holztür geschlossen hatten, hörten Adan und alle anderen in der Burg, wie sie sich anschrien. Koll hämmerte mit seiner großen Faust auf den Tisch, als wäre sie sein legendärer Kriegshammer. Ihr Streit tobte fast eine ganze Stunde, und endlich riss Kollanan die Tür wieder auf und stapfte zu seinen Gastgemächern, in denen er sich für die Nacht einsperrte.

Am nächsten Morgen traf sich ein zerknirschter Konag mit seinen beiden Gästen, während Utho wie ein steinerner Leibwächter an seiner Seite stand. »Ich glaube euch eure Geschichte«, sagte Conndur. »Natürlich glaube ich daran. Diese Wreth geben Anlass zu großer Sorge, und ich begreife den überwältigenden Schmerz deines Verlustes, Koll. Deine arme Tochter und ihre Familie ...«

Mit geringer Anteilnahme sagte der Brava: »Viele von uns haben ihre Familie an einen grausamen Feind verloren. Bakalsee war eine Tragödie, so wie auch Mirrabay, und wir wissen, dass uns die Ischaraner bald wieder angreifen werden.«

Der Konag nickte. »Sie haben einen Ort nicht weit von dieser Hauptstadt überfallen. Wir haben von zahlreichen vermissten Fischerbooten gehört, die ohne Zweifel von den Ischaranern angegriffen und versenkt worden sind. Ich kann die Armeen des

Staatenbundes nicht zum Kampf gegen die Frostwreth nach Norterra schicken, während unsere eigene Küste in Gefahr ist. Ich muss auf einen umfassenden Krieg vorbereitet sein, in dem wir uns Gottlingen gegenübersehen werden …« Er packte seinen Bruder bei den Schultern. »Du musst deine eigene Verteidigung organisieren, Koll. Das Volk von Norterra ist stark. Ich weiß, dass du es beschützen kannst.« Er wandte sich an Adan. »Die Sandwreth scheinen zugänglicher zu sein. Sternenfall, falls sie nach Bannriya zurückkehren, musst du ihnen sagen, dass ich einen Abgesandten zu ihnen schicken will, der mit ihnen sprechen soll. Wenn es uns gelingt, die Ischaraner im Zaum zu halten, werde ich sogar persönlich nach Suderra kommen.«

»Vater, wenn die drei Königreiche mitten in einen Krieg zwischen den Wreth geraten«, sagte Adan mit ruhiger Stimme, »dann werden die Angriffe der Ischaraner dagegen wie eine Wirtshausschlägerei wirken.«

Conn machte ein langes Gesicht. »Beim Blute der Ahnen, ich hoffe, dass du unrecht hast.« Er begab sich mit seinem Brava zurück zu den Räumen des Rates.

Als Adan später allein im hinteren Garten des Hofes stand und das hohe Heckenlabyrinth betrachtete, dachte er daran, wie viele Kindheitserinnerungen es bereithielt. Er war sicher, dass er seinen Vater nicht umstimmen konnte. Eine lange verschwundene Rasse, die einen ganzen Ort eingefroren hatte, und die Warnung vor einem Krieg, der das Ende der Welt bedeuten würde … das alles klang eher nach einer der wilden Geschichten, wie sie in den Tavernen erzählt wurden. Aber es war keine Lügenmär!

Verzweifelt ballte er die Fäuste und marschierte in das sauber gestutzte Labyrinth, das ihm bis über den Kopf reichte. Der Duft des Wacholders und das Zwitschern der Vögel trugen ihn in die Tage seiner Kindheit zurück, die er hier in der Burg verbracht hatte.

Er folgte dem Kiespfad bis zur ersten Abzweigung. In seiner Kindheit war das Labyrinth ein Ort großer Rätsel gewesen, und er hatte zahllose Stunden damit verbracht, es zu erforschen und sich darin zu verstecken. Manchmal war er tief in der Nacht und in vollkommener Finsternis allein durch das Labyrinth gewandert und hatte sich alle Biegungen und Abzweigungen eingeprägt.

Eine unerwartete Stimme unterbrach seine Gedanken. »Pass auf, dass du dich nicht verirrst, Bruder. Ich bezweifle, dass du den Weg noch immer kennst.« Adan war überrascht, als er Mandan in einer stillen Ecke des Labyrinths antraf. Seine braunen Haare reichten ihm bis über die Ohren, und auf seiner Stirn ruhte ein goldenes Diadem. Er trug eine rote Jacke, die mit Goldfäden durchwirkt war und große Knöpfe besaß, und die weiten Ärmel würden es unmöglich machen, an der Tafel zu speisen. »Du bist schon lange von Convera fort.«

Utho trat wie ein Wachhund hinter Mandan; sein flaches Gesicht zeigte nicht die geringste Regung. »Ich bin sicher, dass er sich daran erinnert, mein Prinz. Ihr beiden habt damals genug Zeit hier verbracht.«

»Sollen wir zusammen durch das Labyrinth laufen?«, fragte Adan in herausforderndem Tonfall. »Früher habe ich dich jedes Mal geschlagen.«

»Du hast *manchmal* gewonnen.« Der Prinz verzog die Lippen zu einem dünnen Lächeln. »Aber ich habe dich oft aus einem Versteck heraus mit Steinen beworfen.«

Adan strich über den grünen Stoff seines Wamses. »Ja, das war ein äußerst unkönigliches Verhalten von dir.« Mandan schniefte, doch was er damals getan hatte, schien ihn noch immer zu freuen.

Adan dachte an die Zeit zurück, als sie sich regelmäßig in dem verwickelten Labyrinth versteckt und versucht hatten, jeweils als Erster den Apfelbaum in der Mitte zu erreichen. Mandan hatte Löcher in die Hecken gebrochen, in denen er sich verstecken und Adan beobachten konnte, wenn er vorüberkam. Dann hatte er seinen Bruder immer mit Steinen beworfen – manchmal so heftig, dass Adan geblutet hatte. Von einem der scharfen Steine hatte Adan eine schwache weiße Narbe an der linken Schläfe zurückbehalten.

Später hatte er erfahren, dass Utho dem Prinzen Mandan beigebracht hatte, wie man sich einen Hinterhalt schaffte. »Das war Teil seiner Ausbildung«, hatte der Brava gesagt, als der wütende und blutende Adan ihn zur Rede gestellt hatte. »Jeder Kämpfer muss etwas über Strategie, Geheimhaltung und die Vorteile der Überraschung wissen, und Mandan von den Farben wird einmal der Konag sein.«

Adan hatte dies als ungerecht empfunden und überlegt, ob er zu seinem Vater laufen und darauf beharren sollte, dass Mandan bestraft wurde. Aber dann hatte er schnell erkannt, dass auch das nicht gerade einem königlichen Verhalten gleichkäme. Stattdessen hatte Adan Utho beiseite genommen und geschäftsmäßig gesagt: »Ich bin ebenfalls ein Prinz, und ich muss genauso viel von Taktik verstehen wie Mandan. Kollanan und Conndur sind gemeinsam in den Krieg gegen Ischara gezogen. Was ist, wenn Mandan und ich es eines Tages ebenfalls tun müssen?«

Der Brava hatte ernst genickt. »Es stimmt, dass Ihr für Mandan das seid, was Kollanan für Conndur ist.« Der für gewöhnlich so beherrschte Mann hatte Adan ein dünnes Lächeln geschenkt, während er über Adans Forderung nachdachte. »Ich stimme zu, dass der Prinz beide Seiten der Überraschung kennenlernen muss.«

Und Adan hatte seine Rache geplant. Er wollte die Fehde nicht zuspitzen und seinem Bruder auch keine Schmerzen zufügen, aber er wünschte ihn zu beeindrucken. Spät in der Nacht wählte Adan eine der frühen Gabelungen im Labyrinth, hob dort eine Grube von drei Fuß Tiefe aus und füllte sie mit eklig stinkenden Fäkalien, die er in den Toiletten gesammelt hatte. Als die Grube voll war, deckte er sie mit Asche und Kies ab. Es mochte nicht vollkommen gelungen sein, aber auf den ersten Blick hatte der Pfad unverändert gewirkt.

Am folgenden Tag hatte Adan seinen Bruder in das Labyrinth gelockt. Mandan war ihm kopfüber nachgejagt. Adan hatte ihn an sich herankommen lassen, und als sie die Gabelung erreicht hatten, sprang er über die abgedeckte Grube und rannte weiter.

Mandan lief hinter ihm her, ganz erfüllt von der Jagd. Ohne dass er vorher Verdacht geschöpft hatte, trat er dabei auf den weichen Kies und versank bis zur Hüfte in dem stinkenden Dreck. Mandan schrie auf, als würde er ermordet, sank dabei noch tiefer in das Loch und bespritzte sich mit den Fäkalien.

Als sich Adan nun an diese Szene erinnerte, musste er unwillkürlich grinsen. »Du riechst es immer noch ein wenig, nicht wahr?«

Mandan blickte finster drein und wusste genau, was sein Bruder meinte. »Deine Falle befand sich nicht hier, sondern in einem anderen Teil des Labyrinths.«

Adan kicherte und klopfte seinem Bruder auf die Schulter. »Das war doch nur Spaß und Spiel, genau wie dein Steinewerfen.«

Nun lachte auch Mandan, aber es wirkte gezwungen, und Adan erkannte, dass der Stachel noch immer saß. »Es ist lange her«, sagte er mit ernsterer Stimme. »Jetzt müssen wir uns über wesentlich wichtigere Dinge Gedanken machen. Als Verbündete.« Er hoffte, das würde die Miene des Prinzen aufhellen.

Mandan wandte sich von ihm ab. »Wir sollten in der Tat Verbündete sein. Ischara greift uns an, tötet unsere Einwohner, vernichtet unsere Boote. Und jetzt kommst du mit einer wilden Geschichte über ein paar Wreth.«

»Es gibt keine Regel, die besagt, dass Schwierigkeiten immer nur aufeinander folgen.« Adan streckte die Hand aus. »Wir sind nach wie vor Brüder.«

Mandan zögerte, dann ergriff er die Hand. »Natürlich sind wir noch immer Brüder.«

Als Adan in jener Nacht sah, dass der dunkle Himmel wolkenlos war, stieg er zur Aussichtsplattform hinauf. Er war keineswegs überrascht, dort auf seinen Vater zu treffen, der bereits die Sterne betrachtete. Conndur setzte sich mit einem kleinen Notizbuch neben ihn, sodass er jede neue Beobachtung sogleich aufschreiben konnte. Aber die aufgeschlagene Seite blieb leer.

Wortlos hatte sich Adan auf seinen angestammten Platz gesetzt, und die beiden Männer betrachteten das Schwert, den Hirschbock, die Burg und all die anderen Sternbilder, die ihm aus seiner Kindheit so vertraut waren. Adan wusste, dass er seinen Vater nicht erneut bitten konnte. Er durfte den Konag nicht bedrängen, er möge Truppen zum Kampf gegen die Wreth aussenden. In diesem Augenblick saßen sie bloß nebeneinander, Vater und Sohn, und teilten dasselbe Interesse.

Als er Tränen in Conndurs grauen Augen bemerkte, war er überrascht. »O Adan«, sagte er, »was ist, wenn all die Sterne fallen?«

40

Empra Iluris herrschte schon seit über dreißig Jahren, aber erst in den letzten Wochen war ihr klar geworden, wie wenig sie in dieser Zeit von Ischara gesehen hatte. Ihre Suche nach einem Nachfolger hatte sie bisher in neun der dreizehn Bezirke geführt, und ihr schwirrte der Kopf von den vielen unterschiedlichen Kulturen, den wundervollen Landschaften und faszinierenden Menschen. Iluris wünschte, sie hätte dies schon vor langer Zeit getan. Nun erst war das Land in ihr Herz eingesunken.

Als sie den Bezirk Prirari erreichten, hatte Kammerherr Nerev schon ein ganzes Buch mit den Namen möglicher Kandidaten gefüllt; überdies hatte er sorgsam ihre Fähigkeiten und auch seine eigenen Eindrücke niedergeschrieben. Er bat die Empra darum, seine Empfehlungen durchzulesen, aber sie schüttelte standhaft den Kopf. »Bis wir fertig sind, möchte ich unvoreingenommen bleiben.« Der schlaksige Mann stand verloren da, hielt seine Bücher im Arm, und sie versuchte, ihn zu beruhigen. »Da ich noch nicht gleich sterben werde, können wir unsere Wahl mit aller gebotenen Ruhe und Sorgfalt treffen.«

In der Hauptstadt von Prirari wurde das Gefolge der Empra in Häusern einquartiert, die den Platz des Haupttempels säumten, während sie selbst die obere Etage des Gebäudes der Bezirksverwaltung bezog. Diese bequemen Quartiere bildeten einen bemerkenswerten Gegensatz zu denen ihres vorherigen Halts in einer Ansiedlung am Rand des Tamburdin-Bezirks, in dem Nomaden mit ihren Antilopenherden lebten.

Als es Zeit war, den Prirari-Hohepriester aufzusuchen, gesellte sich Klovus zu ihr. Die lange Reise schien ihn ziemlich mitzunehmen. Aufgrund der teils seltsamen Speisen, der starken Wetterumschwünge und der hohen Reisegeschwindigkeit hatte er etliche Pfunde verloren, und sein dunkelblauer Kaftan hing nun lose an ihm herab.

»Ihr scheint in besserer körperlicher Verfassung denn je zu sein, Hohepriester«, bemerkte Iluris. »Wenn wir nach Hause zurückkehren, werdet Ihr ein schlanker und muskulöser Mann geworden sein.«

»Bei meinen Verdauungsbeschwerden werde ich dann vermutlich zum Skelett abgemagert sein.« Er schlurfte voran und begleitete die Empra zu den weiß gekalkten Türmen des Tempels. »Ich werde Euch dem Hohepriester von Prirari vorstellen. Erical ist ein guter Mann, hübsch, von ruhiger Art, und er war nie verheiratet. Ihr werdet Ihn mögen, Exzellenz.«

»Und zu welchem Zweck soll ich ihn mögen? Als zukünftigen Gemahl?«

Klovus spielte nervös an seinen Fingern herum. »Ich versuche, sachlich und aufrichtig zu sein, Exzellenz. Erical würde einen guten Herrscher abgeben, solltet Ihr ihn ernsthaft in Betracht ziehen.«

»Würde er diese Stellung denn wirklich innehaben wollen?« Sie wusste längst, was Klovus wollte.

»Jeder Hohepriester will nur das Beste für Ischara, und ein starker Herrscher ist das Beste für unser Land.«

»Ein blühendes und gedeihendes Ischara ist das Beste für uns alle.« Sie beschloss, seinen Vorschlag nicht gleich zu verwerfen. »Wir werden sehen, was dieser Mann zu seinen Gunsten zu sagen hat.«

Sie erreichten den hübschen weißen Tempel. Vier hoch aufstrebende Türme wirkten wie gekalkte Arme, die sich gen Himmel streckten und eine große gekachelte Kuppel umgaben, unter der sich der Hauptraum des Tempels befand. An der großen Bogentür erwartete sie ein stiller Hohepriester in einem grauen, mit Blau abgesetzten Kaftan. Sein braunes Haar war kurz geschnitten; er hatte sanfte Augen und einen hoch aufgeschossenen Körper, und er ließ die Schultern hängen, als wollte er dadurch kleiner erscheinen.

Er verneigte sich und stellte sich als Erical vor. »Der Tempel erwartet Euch, Exzellenz. Ich habe lange mit unserem weiblichen Gottling geflüstert, und ich glaube, sie wird erfreut sein, Euch zu begegnen.« Erst jetzt begrüßte er auch Klovus. »Es ist hier viel bescheidener als im Heim des großen Gottlings von Serepol, aber der Tempel ist gut gepflegt, und unser Gottling ist zufrieden.«

Iluris streckte die Hand aus und erwiderte seine höfliche Begrüßung. Sie hatte schon so viel Eifer, ja sogar Verzweiflung bei den anderen Hohepriestern erlebt und war froh, dass nicht alle gleich waren.

Der große Anbetungsraum hallte vor ihren Schritten und ihrem Geflüster wider. Gefilterter Sonnenschein drang durch die Oberlichter aus dreieckigem blauem Glas, die sich in der Kuppel über ihnen befanden. Die Hohepriester in den anderen Bezirken hatten zu Iluris' Ehren stets ein großes Schauspiel geplant, und die Massen von Betern sowie die großen Opfer sollten sie beeindrucken. Doch der Hohepriester von Prirari bevorzugte in seinem Tempel offenbar Stille und Abgeschiedenheit.

Als sie Erical fragte, sagte er: »Ich wollte, dass sich Euer Besuch hier beschaulicher gestaltet, Exzellenz. Wir in Prirari sind eher stille Menschen. Wir schätzen die Schönheit der Natur. Wir besitzen Seen und Flüsse, und an den Berghängen im Osten befinden sich zahlreiche Obstgärten. Ich hoffe, Ihr könnt so lange bleiben, dass Ihr Gelegenheit habt, unseren Käse und den Apfelwein zu kosten.«

»Darauf freue ich mich, Hohepriester«, sagte sie. »Aber zeigt mir erst einmal Euren weiblichen Gottling.«

Der ausgedehnte Anbetungsbereich unter der Kuppel war leer - mit Ausnahme von Urnen, die am Rand standen und mit Blumen bepflanzt waren. An der hinteren Wand kräuselte sich eine schimmernde silberne Wolke, die wie Wasser erschien, in dem sich graue Wolken spiegeln. Wie in den meisten größeren ischaranischen Tempeln gab es auch hier eine magische Tür, die den Gottling einsperrte und ihn so lange auf einer anderen Ebene hielt, bis er gerufen wurde.

Als sich die Besucher näherten, wurde die schimmernde Mauer heller; die mächtige Präsenz dahinter schien sie zu spüren. Der Gottling war nur dann zu sehen, wenn er zum Schutz der Stadt entfesselt wurde, und das würde heute gewiss nicht geschehen.

»Sie ist jetzt ruhig, weil wir glücklich sind und es uns gut geht«, sagte Erical. An der Steinmauer neben der schimmernden magischen Tür war eine quadratische Tafel aus Obsidian angebracht, deren Seitenlänge nicht mehr als einen Fuß betrug. Sie wirkte ölig und glatt, und ihre tiefe Färbung ging so weit über ein bloßes Schwarz hinaus, dass dieses Wort schon keine Bedeutung mehr hatte.

Die Augen des Hohepriesters glitzerten, und er sagte zu Iluris in vertraulichem Tonfall, als wäre niemand sonst zugegen: »Würdet Ihr gern durch das Schattenglasfenster schauen? Wir können sie unmittelbar in ihrer eigenen Welt beobachten.«

Iluris war neugierig geworden. »Ein Schattenglasfenster?«

Klovus trat dazwischen. »Es ist ein besonderes Material, das auf den Schlachtfeldern der Wreth in der alten Welt geerntet wird. Dieses Material besitzt besondere Eigenschaften, die es uns erlauben, Gottlinge an ihren eigenen Orten außerhalb von Raum und Zeit zu sehen.«

Ein Fenster für die Hohepriester, durch das sie die Gottlinge beobachten könnten. Iluris stand neben ihm und spähte durch das Glas. Sie hörte, wie Erical schneller atmete, und sie roch die Hitze, die von seiner Haut ausströmte. Er schien verwundert, als würde er seinen eigenen Gottling zum ersten Mal sehen. Iluris richtete den Blick auf die schimmernde schwarze Oberfläche und erkannte einen unbeschreiblichen Knoten aus Farben und Energie, Kräuselungen wie bei den Federn eines Vogels, der gerade von einem Blitz getroffen wird. Und in der Mitte floss ein einzelnes Auge. Es war, als hätte jemand die Auroras, die am Nachthimmel zu erscheinen pflegten, gesammelt und gefaltet und schließlich hinter das schwarze Glas gesteckt.

Als das seltsame Auge sie ansah, bekam die Empra eine Gänsehaut, aber sie spürte keinerlei Bedrohung, gar keine Wut, sondern nur Wohlwollen ... und eine gewaltige Macht, die von dem festen Glauben der Einwohner Priraris erhalten wurde. Fasziniert lächelte sie Hohepriester Erical an.

Klovus unterbrach diesen angenehmen Augenblick, indem er sich so nahe an sie herandrängte, dass auch er etwas sehen konnte. Er spähte in das Schattenglas und nickte. »Ein hübscher weiblicher Gottling! Ich nehme an, dass sie zu Wut angestachelt werden kann, wenn es nötig wird? Vielleicht unter Druck?«

»Es ist nur selten nötig«, sagte Erical.

Klovus hob die Brauen und wandte sich an die Empra. »Wie ich vorhin schon erwähnte, solltet Ihr Erical als möglichen Nachfolger in Betracht ziehen. Er hat das richtige Temperament, und er ist recht weise.«

Erical hatte ihm nicht zugehört, sondern konzentrierte sich ganz auf das Schattenglasfenster und bewegte die Lippen, als würde er mit der eingesperrten Gottheit sprechen.

»Ist es wirklich das, was Ihr wollt, Hohepriester?«, fragte Iluris. »Möchtet Ihr der nächste Emprir werden?«

Erical sah sie an und runzelte die Stirn, als sei ihm diese Idee noch nie gekommen. »Also, nein, Exzellenz. Ich könnte dieses Wesen hier niemals allein lassen.«

Sie war nicht überrascht.

Da sie in letzter Zeit so vielen Menschen begegnet und so weit gereist war, erbat sich Empra Iluris, an jenem Abend allein in ihren Privatgemächern im vierten Stock des Verwaltungsgebäudes speisen zu dürfen. Für den folgenden Morgen war bereits ein großes Fest geplant. Mit sanftem Lächeln sagte sie dem enttäuschten Bezirksvorsteher: »Ich möchte über alles nachdenken, was ich im schönen Prirari gesehen habe.« Klovus erklärte sich bereit, ihren Platz bei dem abendlichen Bankett einzunehmen, und Iluris erteilte ihm gern die Erlaubnis dazu. Sie hungerte geradezu nach dem Alleinsein.

Es war eine warme Nacht, und die Balkonfenster waren geöffnet. Obwohl sie allein speiste, hätten an dem Tisch, der für sie gedeckt worden war, zehn Personen Platz gefunden, und mehr als doppelt so viele wären von den aufgetragenen Gerichten satt geworden.

Auf Ericals Vorschlag hin hatte sie um eine Auswahl von Prirari-Käse gebeten. Unter anderem gab es einen gelben mit harter Rinde, einen blassen weißen Käse, der mit grau-blauen Adern durchzogen war, und einen Weichkäse mit trockenen Früchten darin. Manche Käsesorten waren geräuchert, andere waren mild, und einige schmeckten so stark, dass ihr die Tränen in die Augen traten, aber sie probierte jeden einzelnen, denn sie war sich sicher, dass die Diener den Käsemachern Bericht erstatten würden. Sie genoss zwei Arten von Apfelwein, einen trockenen und frischen, der gut zu einigen Käsesorten passte, und einen weitaus süßeren, den sie zum Nachtisch trank.

Die Diener hatten große Gefäße mit dampfendem parfümiertem Wasser herbeigeschleppt. Es war nicht wirklich ein Bad, denn das Volk von Prirari glaubte nicht an Bäder und ein vollständiges Untertauchen, aber sie wusch sich damit das Gesicht, die Arme und die Füße.

Durch die offenen Fenster hörte sie, wie unten auf dem Platz Flöten gespielt und Unterhaltungen geführt wurden, und Wasser plätscherte in einem großen Brunnen, der gleichzeitig ein Denkmal war. Die Außenmauern des Verwaltungsgebäudes waren mit Wein bedeckt, der sich an Gittern entlang rankte, und der süße Duft von blühenden Lilien schwebte in der Abendbrise.

Bisher war Iluris mit ihrer Reise zufrieden. Sie war großartigen Menschen begegnet, und sie fühlte sich weder traurig noch besorgt. Vier Bezirke waren noch zu besuchen, viele weitere Menschen mussten befragt werden, und sie wusste, dass irgendwo ein Nachfolger wartete.

Plötzlich ertönte ein Ruf ihrer Falkenwächter unter ihr. Iluris riss die Füße aus dem Bassin mit dem duftenden Wasser und suchte nach einer Waffe. Ein Attentatsversuch? Sie hatte sich von der heiteren Freundlichkeit des Hohepriesters Erical, von dem wundersamen weiblichen Gottling und dem warmherzigen Empfang in Prirari in Sicherheit wiegen lassen. Der Aufruhr war im Stockwerk unter ihr entstanden, und sie hörte von dort deutlich die Stimme des Kaptani Vos.

Iluris eilte zum Fenster, schaute hinaus und sah mit Entsetzen, wie ein drahtiges Mädchen an den Weinranken in der Höhe des Fensters unter ihr hinaufkletterte. Sie hatte große braune Augen, trug zerrissene Kleidung und kurzes dunkles Haar. Die Wächter lehnten sich aus dem Fenster, griffen nach ihr, als sie weiter kletterte, und das Mädchen trat mit dem bloßem Fuß nach ihnen aus. Sie kletterte noch schneller und grinste schelmisch. Angst schien sie keine zu haben. Einer der neuen Falkenwächter - es war der junge Nedd - hackte mit seinem Krummschwert auf die Weinranken ein und durchtrennte eine von ihnen. Das Mädchen verlor den Halt, schwang umher, packte eine benachbarte Ranke.

Einige Wächter zogen an der durchtrennten Ranke, und das Mädchen ergriff eine weitere, kletterte höher, aber das Gitter zerbrach, der Wein riss, und sie fiel. Als ihre dunklen Augen ganz kurz Iluris ansahen, wechselte ihr Blick von Entschlossenheit zu Enttäuschung.

Kaptani Vos packte den Fuß des Mädchens mit seiner gepanzerten Hand, und sie trat abermals aus, aber Vos und Nedd zogen nun gemeinsam an ihr und erwischten die ausgefransten Enden ihrer groben Hose. Sie zogen den Frechdachs auf das Fenster zu und ins Innere des Zimmers.

Die Empra eilte zur Tür ihrer Gemächer und stellte fest, dass zwei Falkenwächter mit grimmigen Minen davor standen. »Was ist unten los?«

»Ein Eindringling, Mutter, möglicherweise ein Attentäter.« Cyril schien empört zu sein und weigerte sich, sie durchzulassen.

»Ihr seid hier in Sicherheit«, sagte Boro eindringlich.

»Ich habe das Mädchen gesehen«, meinte Iluris. »Ich fand, sie sah nicht wie eine Attentäterin aus.«

Er sah sie mit ernster Miene an. »Man weiß nie, wie ein Attentäter aussieht, Mutter.«

»Ich will mit ihr sprechen. Bitte bringt mich nach unten.«

Cyril blinzelte beunruhigt. »Ist das klug? Sie könnte noch gefährlich sein.«

»Ihr seid meine Falkenwächter und ein Teil meiner Familie. Ich nehme doch an, dass Ihr mich vor einem Mädchen schützen könnt?«

Iluris drückte sich an ihnen vorbei, und die beiden jungen Wächter folgten ihr zur Treppe und dann hinunter in das nächsttiefere Stockwerk. Im Innern des Raums, in den das Mädchen gezerrt worden war, sah sie die abgerissenen grünen Ranken vor dem Fenster und auf dem Sims. Vos, Nedd und zwei weitere Falkenwächter hielten das Mädchen fest, das sich wie eine Straßenkatze wehrte. Nedd versuchte sie an den Handgelenken zu fesseln, aber sie schaffte es immer wieder, eine Hand freizubekommen und ihm ins Gesicht zu schlagen. Als das Mädchen die Empra sah, schlug sie noch wilder zu.

Iluris trat vor, und die anderen im Raum verstummten. »Du bist erwischt worden, junge Dame. Hast du wirklich geglaubt, du könntest meinen Falkenwächtern entwischen?«

»Vielleicht«, sagte das Mädchen. »Die meisten von ihnen sind unfähig.«

Diese Beleidigung ärgerte Nedd, und er packte noch fester zu, aber nun, da das Mädchen die Aufmerksamkeit der Empra hatte, wehrte es sich nicht mehr.

»Vermutlich hatte sie vor, Euch im Schlaf zu erstechen, Mutter«, sagte Kaptani Vos.

»Ich habe gar nicht geschlafen«, sagte Iluris. »Habt ihr ein Messer bei ihr gefunden?«

Der Kaptani sah die anderen Wächter an. »Wir haben sie noch nicht durchsucht.«

»Dann solltet ihr das jetzt tun.«

Rasch und grob tasteten sie die Kleidung des Mädchens ab, aber zu ihrer eigenen Verärgerung fanden sie keinerlei Waffen.

»Vielleicht hatte sie vor, mich zu Tode zu erschrecken«, sagte Iluris und verschränkte die Arme vor der Brust.

»Ich wollte bloß mit Euch sprechen«, sagte das Mädchen eindringlich. »Und ich wollte herausfinden, ob ich das schaffe.«

Iluris betrachtete sie. Sie hatte ein spitzes Kinn, hohe Wangenknochen und einen verfilzten, kurz geschnittenen Haarschopf. Die großen Augen und der dünne Körper gaben ihr ein ätherisches Aussehen. »Wie heißt du?«

»Cemi. Fragt mich nach meiner Familie oder meiner Abstammung. Sie ist nicht beeindruckend.«

»Sie hätte Euch gestört, Mutter.« Vos wirkte verlegen. »Wegen der Unruhe tut es uns leid. Wir werden sie an die Obrigkeit hier in der Stadt ausliefern.«

»Euch sollte leidtun, dass ich so nahe an die Empra herankommen konnte«, unterbrach Cemi ihn mit einem verächtlichen Schnauben. »Elitegarden! Was seid Ihr denn für Wächter, wenn Ihr mich bis auf ein paar Fuß an die Privatgemächer der Empra heran klettern lasst? Ich habe Euch den ganzen Tag beobachtet. Die Falkenwächter sind angeblich die besten und die treusten – die adoptierten Söhne der Empra! Und doch konnte ich mich über den Platz unten stehlen und bin ins Haus des Bezirksvorstehers eingedrungen. Sie haben geglaubt, ich sei eine Dienerin! Dann bin ich zu einem Fenster gegangen und nach oben geklettert.« Sie zog die Nase hoch. »Ich hätte es geschafft.«

»Hast du aber nicht«, sagte Vos. »Wir haben dich aufgehalten.«

»Erst ganz am Ende. Ich bin an fünf Reihen von Wächtern vorbeigeschlüpft.«

Iluris war sowohl neugierig als auch beeindruckt. »Und wie hast du das geschafft?«

»Mit Klugheit und Schnelligkeit«, höhnte sie.

Klovus stürzte ins Zimmer; er wirkte erhitzt. »Exzellenz, ich hörte, Ihr seid in Gefahr.«

»Sie war nie in Gefahr«, sagte Cemi, bevor jemand anderes antworten konnte. »Ich bin so weit gekommen, weil ich den Segen des Gottlings hatte. Ich habe ein Opfer im Tempel dargebracht und um eine Möglichkeit gebetet, mit der Empra sprechen zu können.«

Klovus sah das staubige Mädchen an und runzelte die Stirn. »Welche Art von würdigem Opfer kannst du schon dargebracht haben?«

»Ich habe eine Ratte gefangen. Das war alles, was ich hatte.« Sie kniff die braunen Augen zusammen und sah ihn herausfordernd an. »Habt *Ihr* je alles gegeben, was Ihr hattet, Hohepriester? Ich war immer der Meinung, dass es das ist, was die Gottlinge an einem Opfer schätzen.«

Iluris musste feststellen, dass sie kicherte. »Wie alt bist du, Mädchen?«

»Sie ist zu jung«, sagte Klovus.

»Ich bin fünfzehn«, antwortete Cemi. »Das glaube ich jedenfalls. Es ist nämlich nicht so, als würde jemand jedes Jahr meinen Geschenktag feiern.«

»Fünfzehn ... Weißt du, dass ich erst siebzehn war, als ich zur Empra von ganz Ischara gekrönt wurde?« Sie schnalzte mit der Zunge. »Mein lieber armer Vater hatte einen Unfall; er ist aus einem Turmfenster gefallen.«

»Da war er wohl ziemlich ungeschickt für einen Anführer«, meinte das Mädchen scharf, während die Wächter genauso aufkeuchten wie der Kammerherr und Hohepriester Klovus.

»Vielleicht hatte er es verdient.« Allmählich mochte Iluris die Widerborstigkeit des Mädchens. Sie wandte sich an den Hauptmann der Wache. »Sie soll nach oben gebracht werden. Ich habe viel zu viel zu essen bekommen, und so können wir zusammen speisen, und währenddessen werde ich mich mit ihr unterhalten.«

Die Männer sahen sie entsetzt an, aber Iluris bestand darauf. »Wenn sie ein Opfer dargebracht hat, nur weil sie mit mir sprechen wollte, dann wollen wir den örtlichen Gottling doch nicht beleidigen, oder?« Sie verließ das Zimmer und sagte über die Schulter hinweg: »Ich erwarte, dass das Mädchen in einer halben Stunde zu mir gebracht wird – sauber und in frischer Kleidung.«

Überrascht, aber sehr zufrieden befreite sich Cemi aus dem Griff der Wächter. »Ihr habt die Empra gehört. Badewasser und neue Kleidung!«

Iluris lächelte, während sie zur Treppe ging und Cyril und Boro ihr hastig folgten. Cemi hatte es schon fast bis in ihre Privatgemächer geschafft. Mit ein wenig Hilfe und vielleicht etwas mehr Übung hätte sie vermutlich Erfolg gehabt. Dieses Mädchen faszinierte sie. Iluris entschied, dass sie weitere Nachforschungen wert war.

41

Das Utauk-Handelsschiff fuhr in den geschützten Hafen von Fulcor ein. Ein Kriegsschiff des Staatenbundes ankerte an der Mündung der schmalen Bucht, während ein anderes weiter draußen auf dem Wasser patrouillierte. Fünf kleinere Schiffe lagen an einem Gewirr von Kais, die sich an den grauen Felsen des Ufers entlangzogen.

Während Mak Dur die *Glissand* geschickt zwischen den Riffen hindurch steuerte, hissten die Matrosen einige Flaggen mit dem deutlich erkennbaren Utauk-Kreis darauf, die ihre Absichten klarmachten. Die Patrouillenboote der Marine erlaubten ihnen zu passieren, und das Handelsschiff legte an der einzigen freien Stelle des hölzernen Kais in der Hafenbucht an. Steile Felsen versperrten den Zugang zu der Festung auf den Klippen. Eine Treppe aus Holz und Metall war an den Fels gebaut worden und führte vom Kai hoch zu einer Kluft in den Klippen, von der aus ein Weg in die ummauerte Garnison führte.

Hale betrachtete die kleineren Boote, die sich den Kai teilten, und erkannte eines aus dem Staatenbund. Vermutlich handelte es sich um ein Postschiff, oder es brachte Verpflegung. Die anderen aber waren fremd. Grimmig runzelte er die Stirn.

Das waren ischaranische Schiffe.

Die Soldaten der Garnison waren froh, das Utauk-Schiff zu sehen, denn sie wussten, dass die Händler Vorräte und Waren mitbrachten, die über die begrenzten Militärrationen hinausgingen. Wegen der Verteidigungsanlagen der Insel war es nicht leicht, die Ladung zu löschen und zur Festung auf den Klippen zu bringen. Die Seeleute mussten alles über die steile, im Zickzack führende

Treppe nach oben zu der hoch gelegenen Kluft schleppen. Diese öffnete sich zu einem Felsentunnel, der in das Innere der gut geschützten Garnison führte.

Hale zog sich frische Kleidung aus dunkelroter und schwarzer Seide an, fuhr sich mit einem Schildpattkamm durch die Haare und zupfte an seinem Schattenglas-Anhänger, was ihm hoffentlich Glück bringen würde. Er sah wie ein ehrbarer Handelskapitän aus.

Zwischen einem Mann mit einem Fass Bier auf der Schulter und einem anderen mit einem Sack getrockneter Bohnen stieg er die freiliegende Treppe nach oben. Wegen seines Rangs - und auch wegen seiner fehlenden linken Hand - war Hale nicht gebeten worden, beim Tragen der schweren Lasten zu helfen.

Am oberen Ende der Treppe traten die Händler in die tiefen, kühlen Schatten der Kluft. Sie wurden von einem dünnen Mann in einer osterranischen Militäruniform erwartet, die zerknittert und fadenscheinig wirkte. Hale hatte die Insel Fulcor seit seinen Händlertagen, also seit einem Dutzend Jahren nicht mehr betreten, und doch erkannte er den mürrischen Wachmann Osler sofort wieder. Er war der Garnisonskommandant, der schon seit vielen Jahren auf diesem Außenposten stationiert war. Osler hatte die strategisch wichtige Festung in zahlreichen Scharmützeln mit den Ischaranern stets gehalten.

Hale hob seine gesunde Hand. »Grüße, Wachmann. Ich bin der Handelskapitän der *Glissand*. Ich vertraue darauf, dass unsere Waren hier willkommen sind.«

»Erinnerungen an die Außenwelt sind immer willkommen«, sagte der Wachmann. »Zum Besten des Staatenbundes wachen wir und halten die Insel um jeden Preis, aber einige meiner Soldaten werden hin und wieder krank vor Heimweh. Eure Lieferung wird sie für eine Weile wieder glücklich machen.«

Osler machte ein langes Gesicht, als hätten ihn seine Jahre auf der freudlosen Insel ebenfalls freudlos gemacht. Sein strähniges Haar war lang und grau und hätte eine Wäsche bitter nötig gehabt, und die Wangen waren von einem grauen Stoppelbart überzogen. Nach seiner langen Stationierung auf dieser Insel und aufgrund des geringen Kontakts zur Außenwelt kümmerte sich der Wachmann nicht mehr so eingehend um sein Erscheinungsbild, wie er es im Hauptquartier des Militärs in Convera getan hätte.

Hale jedoch hielt viel auf sein Äußeres, denn er wusste, dass der Eindruck, den er machte, noch lange nach einer Begegnung anhielt. »Warum sollten wir Euer Leben nicht ein wenig angenehmer machen, wenn wir schon auf dieser Handelsroute unterwegs sind?«

Er sah sich eingehend um und achtete besonders auf die Stimmung der Soldaten, aber nichts schien ihm verdächtig zu sein. Er konnte jedoch nicht vergessen, wie all die hilflosen Körper von den hohen Mauern hinunter ins brodelnde Meer und zwischen die Klippen gestürzt worden waren ...

»Wir sind hocherfreut«, sagte Osler ohne die geringste Andeutung eines Lächelns auf seinem Gesicht. »Die schönen Dinge, die Ihr mitbringt, sind uns sehr willkommen. Ich werde die Köche anweisen, dass sie alle Reste, die wir noch haben, zu einem Festmahl verarbeiten, falls man es so nennen kann. Jetzt, wo wir neue Vorräte erhalten, müssen wir nichts mehr rationieren.«

»*Cra*, mir reicht eigentlich immer ein Festmahl aus Bohneneintopf, alten Kartoffeln und Trockenfleisch.« Er sagte es leichthin, aber sein Kopf war voller Fragen. Außerdem wollte er wissen, was es mit den unerwarteten ischaranischen Schiffen auf sich hatte, die im Hafen vor Anker lagen. Aber ein Utauk-Anführer war stets vorsichtig, wenn er Informationen sammelte.

Wachmann Osler führte ihn durch die feuchte Kluft im Felsen, die von flackernden Laternen erhellt wurde. Sie stanken nach Tran. Die Männer stiegen eine breite Steintreppe hoch und gelangten in einen offenen Hof, der von den hoch aufragenden Festungsmauern umgeben war. Zwischen ihnen sah er mehrere große Kasernen, eine Rüstkammer und einen Speisesaal. An die hintere Mauer lehnte sich das größte Gebäude: die Hauptfestung mit zwei Flügeln, deren Dächer sich über die Schutzmauern erhoben.

Die Soldaten hatten auf den Kasernen farbige Wimpel angebracht, die sie an ihr Zuhause erinnerten. Umgeben waren die Kasernen von Gärten; die sandige Erde wurde entweder mit Guano oder mit menschlichen Fäkalien gedüngt. Einige Gebäude hatten Zisternen auf dem Dach, die das Regenwasser aus den regelmäßigen Güssen einfingen.

Hale nickte zufrieden. »Es scheint, dass Ihr hier alles habt, was Ihr braucht, Wachmann.«

»Wir haben alles Notwendige, aber das reicht noch nicht, um die Soldaten glücklich zu machen. Ich weiß, dass ihr feine Kleidung mitgebracht habt, und frische Früchte und exotische Speisen, aber wenn die Nächte kalt werden und der Wind heftig vom Meer herüber bläst, brauchen wir Feuerholz und warme Decken. Habt Ihr auch so etwas dabei?«

Hale verneigte sich. »Da wir wussten, dass wir nach Fulcor kommen, haben wir diese Dinge im Hafen von Windhaupt an Bord genommen.«

Die Utauk breiteten Decken aus und legten ihre Waren in dem ummauerten Innenhof ab, wo die Soldaten um Luxusartikel, Souvenirs oder Erinnerungsstücke aus ihrer Heimat feilschen konnten. Die Anstrengungen der Vorbereitungen erinnerten Hale an eine kleine Utauk-Versammlung.

Die Garnisonssoldaten waren nicht reich, aber für jeden Urlaub in Convera erhielten sie im Voraus einen gewissen Geldbetrag. Wenn die Utauk ihre Arbeit gut machten, würden die Männer die meisten ihrer Münzen schon jetzt und hier ausgeben. Wachmann Osler war nachgiebig, was seine Männer anging, und er erlaubte sogar einigen Soldaten, die eigentlich auf Patrouille gehen sollten, herbeizukommen, damit sie nichts verpassten. Gerade waren drei Soldaten damit beschäftigt, für eine dicke vielfarbige Decke zu bieten.

Hale versuchte zu begreifen, warum diese Männer ihre Gefangenen in den sicheren Tod gestoßen hatten. Oder waren sie schon vorher hingerichtet worden?

Osler ging zwischen den Decken umher und betrachtete die

ausgelegten Waren. »Ist das alles? Euer Schiff wirkt größer. Haltet Ihr etwas zurück?«

Hale zeichnete einen Kreis in die Luft »Wir laufen auf unserer Reise noch andere Häfen an, Wachmann, aber Ihr habt den ersten Zugriff.«

Osler runzelte die Stirn, wodurch sein Gesicht noch zerfurchter wirkte. »Und wohin segelt Ihr als Nächstes? Fulcor stellt stets einem Umweg dar. Reist Ihr vielleicht zur Nordküste Osterras zurück?«

Hale antwortete mit einem beiläufigen Lächeln und einer abwertenden Geste. »Wir Utauk-Händler reisen immer dorthin, wo wir Kundschaft zu finden erwarten, aber wir verraten nichts über unsere Routen und geben keinerlei Geheimnisse preis.«

Der Wachmann blieb misstrauisch, und seine Stimme nahm eine schneidende Schärfe an, als er sagte: »Wenn Ihr nach Ischara reist, wird es Euch leidtun. Den Leuten dort kann man nicht trauen. Sie werden Euch bestehlen und ... töten.«

»Bisher hatten wir nie Schwierigkeiten mit ihnen«, sagte Hale. »Unsere Handelspartner wissen, wie man uns gerecht behandelt.«

Oslers Miene wurde noch bedrohlicher und verursachte bei Hale eine Gänsehaut. »Vielleicht tragt Ihr Waffen. Vielleicht sollte ich Eure Waren beschlagnahmen, damit sie nicht in feindliche Hände fallen.«

Hale bedachte ihn mit einem festen Blick. »Das werdet Ihr nicht tun. Die Utauk sind neutral - immer gewesen. Der Krieg ist schon seit Jahrzehnten vorbei, und ich bezweifle, dass Konag Conndur mit Eurer Hilfe einen neuen anzetteln will.«

»Vielleicht sind es die Ischaraner, die einen neuen beginnen wollen«, sagte Osler. »Wir vermuten, dass die Empra Pläne für eine Invasion der osterranischen Küste schmiedet. Wir haben einen Teil ihrer heimlichen Marine abgefangen - Schiffe, die sich zu nahe an die Insel herangewagt haben. Es war ein Akt der Aggression.«

»Meint Ihr damit die Boote, die wir unten am Kai gesehen haben?«

»Erst gestern haben wir wieder eines gefangen, und im letzten Monat sind es zwei gewesen. Die Ischaraner werden frecher und immer gefährlicher.«

Hale kannte die Kriegsschiffe der Ischaraner und wusste, dass die Boote unten im Hafen von anderer Art waren. »Für mich sehen sie eher wie zivile Schiffe aus. Vielleicht sind es Fischer.«

Osler stieß ein Lachen aus. »Das ist nur eine kluge Verkleidung. Es sind Spione. Unsere Kriegsschiffe haben sie aufgebracht und hierher geleitet. Nachdem wir den Feind an Bord befragt haben, wurden die Mannschaften abgeurteilt und hingerichtet.« Er reckte die Schultern und zeigte nicht die geringste Spur eines Schuldgefühls. »Alle Männer und Frauen an Bord weigerten sich, uns Informationen zu geben, und so haben wir sie von den Klippen gestoßen.«

Hale zwang sich, nicht erkennbar zu zittern. »Wenn Ihr keine Informationen von ihnen erhalten habt, wäre es doch möglich, dass es sich wirklich nur um Fischer und ihre Familien gehandelt hat, oder?«

Oslers Augen richteten sich auf die graue Festungsmauer, schienen aber geradewegs durch sie hindurch zu blicken. »Feinde sind Feinde.«

Hale beschloss, dass es unklug war, sich mit ihm zu streiten, aber plötzlich wollte er Fulcor so schnell wie möglich wieder verlassen.

42

Der Anfang ist das Ende ist der Anfang.

Fürs Erste hatte Glik ausreichend viele Menschen um sich gehabt. Sie hatte sich in den Utauk-Kreis eingefügt und nicht vergessen, dass sie im großen Teppich ihrer Stämme nur ein Faden unter vielen war. Aber sie war auch ein besonderer Faden, eine Waise, die eine gewaltige Utauk-Familie hatte - und gleichzeitig keine. Seit sie ihren Ska verloren hatte, war ihr Faden brüchig geworden.

Innerhalb des Kreises und auch außerhalb von ihm.

Ori war ihre Familie gewesen, ihr Partner, ihre Verbindung zum eigenen Herzen und zur Welt, und nun hatte Glik nur noch kraftlose Visionen und Albträume und wurde von Mächten getrieben, die sie genauso wenig verstand wie sich selbst. Sie brauchte einen anderen Ska, ihren eigenen Ska. Durch die Herzensverbindung würden sie die Träume gemeinsam beherrschen und deuten können.

Und dafür musste sie weit weg gehen. Allein. Wie sie es oft tat.

Shella din Orr hatte Glik ihren Segen gegeben und mit der Zunge in ihrem zahnlosen Mund geschnalzt. »Ein Mädchen in deinem Alter sollte mit den anderen spielen, ein Handwerk erlernen, mit den Jungen schäkern, eine Liebe finden.« Die alte Frau kicherte. »Aber du bist eine Sucherin. Ich habe schon immer gewusst, dass du etwas Besonderes bist.« Sie streckte einen verkrümmten Finger aus und zeichnete damit einen Kreis um Gliks Herz. »Wenn du die Welt erforschst, musst du alle Informationen, die du dabei sammelst, zu mir bringen.«

»Das werde ich.« Sie hatte sich bereits auf ihre Reise vorbereitet und ein einfaches altes Halsband gefunden, in dem eine kleine, klare Muttertráne steckte, sodass ihr neuer Reptilienvogel sofort Bilder aufzeichnen konnte. Nun musste Glik die Lebensräume der wilden Skas in den Bergen im Norden und Westen finden. Als sie Shella zum Abschied herzlich umarmte, fühlte sich der Körper der alten Frau knochig und zerbrechlich an - wie Zweige, die mit Garn umwickelt waren.

Nachdem die große Zusammenkunft der Stämme beendet war, sattelten die Utauk-Familien ihre Pferde, rollten ihre Decken ein, falteten die Zelte zusammen und spannten ihre Wagen an. Auf unterschiedlichen Routen begaben sie sich in die Berge und zerstreuten sich wie der Flaum des Löwenzahns in einem Windstoß.

Glik machte sich allein und zu Fuß auf den Weg. In ihren Träumen sah sie schlagende Flügel, Schuppen, ein facettiertes Auge. All das rief sie, und sie hörte den lange verlorenen Gesang der Skas in ihrem Herzen. Das Mädchen würde dem Sog folgen, der auf sie ausgeübt wurde, auch wenn sie nicht wusste, wohin sie unterwegs war. Auf dieser Reise würde sie nur mit ihren eigenen Augen sehen können.

Es verlangte ihr nach einem scharlachfarbenen Reptilienvogel auf ihrer Schulter; sie sehnte sich danach, die scharfkantigen Federn zu streicheln, die warmen Schuppen zu spüren und Ori unter dem langen Kinn zu kraulen.

Warum hast du mich verlassen?

Als sie Ori gefunden hatte, war der Ska verletzt gewesen und hatte sich in einem Astgewirr verfangen. Sie hatte den Reptilienvogel befreit, sich um ihn gekümmert und mit ihm verbunden. Damals war Glik noch ein Kind gewesen, aber sie hatte Ori fünf Jahre behalten - fünf vollkommene Jahre.

Mit einem Zweig zeichnete sie freihändig einen ganz runden Kreis in den Staub und machte sich auf den Weg in die suderranischen Berge. Glik hatte keine Landkarten dabei, aber sie kannte das Terrain. Aus ihren Träumen wusste sie, in welche Richtung sie sich begeben musste.

Glik überquerte eine Reihe von Hügeln, dann blieb sie stehen und starrte das Meer aus geschmolzenem Grund an. All ihre Erkundungsreisen hatten sie bisher nur ein einziges Mal zur Ebene des Schwarzen Glases gebracht. Das rätselhafte, vernarbte Tal war der Ort einer der fürchterlichsten Wreth-Schlachten auf dem Höhepunkt der schrecklichen Kriege gewesen. Die Erde war durch eine titanische Magie versengt und verwüstet worden und hatte sich auch nach zweitausend Jahren noch nicht erholt.

Den Legenden zufolge hatte sich hier einmal eine gewaltige Stadt der Wreth befunden, aber in der letzten Schlacht hatte die Schöpferrasse so viel Magie entfesselt, dass der Boden selbst geschmolzen war. Da die Wreth ihre menschlichen Sklaven als Fußsoldaten und Arbeiter benutzt hatten, mussten Tausende und Abertausende von ihnen während dieser Katastrophe gestorben sein. Vielleicht war ihr Blut in den Tümpeln des Schattenglases eingefangen, das die Überreste der Magie beherbergte.

Als sich Glik einen Weg den Hang hinunter bahnte, sah sie überrascht, dass sich blauer Mohn in der trockenen Erde selbst gepflanzt hatte. Furchtlose Utauk kamen manchmal hierher, denn sie konnten das Schattenglas an Sammler von Raritäten und insbesondere an die Hohepriester in Ischara verkaufen, die Stücke davon als Fenster zur Beobachtung ihrer Gottlinge benutzten.

Schweiß glitzerte auf ihrer Stirn, hervorgerufen durch die heiße Sonne, aber der Boden selbst war kalt, als ob alles Leben aus ihm abgeflossen sei. Der unebene Grund war mit Bruchstücken aus Obsidian gesprenkelt, der in den Farben des Regenbogens ölig schimmerte. Glik schaute auf einen unvergleichlichen Reichtum, aber sie wollte nichts anderes haben als einen Ska.

Sie beschattete die Augen mit den Händen und sah einen Lichtblitz vor der Finsternis der geschmolzenen Ebene. Es war der flatternde blauweiße Stoff eines Zeltes. »Hallo!«, rief sie, während sie sich auf das zerklüftete, geschmolzene und wieder erstarrte Terrain wagte und jeden Schritt vorsichtig setzte. Wenn sie stürzte, würde ihr das rasiermesserscharfe Glas schlimme Schnittwunden zufügen.

Sie hörte keine Antwort - nur die windumtoste Stille der leeren Ebene. Sie kletterte über einige kristallscharfe Blöcke, sah kahle Stellen am Boden, auf denen weiterer Mohn blühte, der sich hartnäckig in winzigen Erdlöchern festhielt. »Hallo!«, rief sie noch einmal.

Glik war mit Ori manchmal monatelang allein gewesen. Sie hatte wegen der Herzensverbindung keine andere Gesellschaft gebraucht und war nie einsam gewesen. Doch sie mochte es, ihre Mahlzeiten mit jemandem einzunehmen und Geschichten und Neuigkeiten auszutauschen. Innerhalb des Kreises statt außerhalb. Und dieser abgeschiedene Schürfer wollte vielleicht ebenfalls ein wenig Gesellschaft haben.

Aber das Zelt war leer. Als das Mädchen den Kopf durch die Klappe steckte, nachdem sie noch einmal gerufen hatte, sah sie nur einen Schlafsack, einige Kochtöpfe und einen Wasserschlauch. Der Stoff des Zeltes war zerschlissen, als stünde es schon lange hier. Vielleicht war der Prospektor weitergezogen und hatte seine wenigen Besitztümer zurückgelassen?

Der Wind pfiff über die verödete Ebene und schien eine vollkommene Leere vor sich herzutreiben. Plötzlich fühlte Glik sich einsam und zitterte. Sie spürte die mächtigen Überreste von Magie tief unter diesem spukhaften Schlachtfeld. So viele Personen waren hier schon gestorben, Menschen und Wreth. Hatte das geschmolzene Glas ihre Todesschreie eingefangen?

Sie entfernte sich von dem verlassenen Zelt und untersuchte die Gegend, wobei sie sich nicht die Mühe machte, in die unheimliche Stille hineinzurufen, denn sie war sich sicher, dass niemand antworten würde. Wer immer dieser Utauk-Schürfer gewesen war, er musste abgereist sein, vielleicht mit einer großen Ladung Schattenglas.

Aber warum hatte er seinen Wasserschlauch nicht mitgenommen?

Mit wachsender Unruhe folgte sie Spuren, die jemand ins Schattenglas gehauen hatte. Sie kletterte über einen Obsidianhügel und sah unter sich einen Mann - einen Menschen in grauem

Hemd, mit brauner Hose und einem roten Schal. Er lag mit dem Gesicht nach unten auf dem Schattenglas.

Erschrocken rannte Glik los, aber sie wusste, dass sie zu spät kam. Sie rutschte aus, hielt sich an einem scharfkantigen schwarzen Block fest, und das Schattenglas schnitt ihr in die Finger. Sie bluteten, und Glik bewegte sich nun mit größerer Vorsicht zu dem Körper.

Auch der Schürfer war ausgerutscht. Seine Werkzeuge lagen verstreut um ihn herum: ein Meißel, ein Hammer, eine Spitzhacke. Der scharfe Obsidian hatte die Innenseite seines Arms aufgeschlitzt und eine Arterie geöffnet. Er hatte stark geblutet, und dunkle, klebrige Lachen waren auf dem geschmolzenen Boden zusammengelaufen. Auf der leblosen Ebene des Schwarzen Glases gab es keine Aasfresser, die den Leichnam hätten verschwinden lassen können; nur ein paar hartnäckige Fliegen summten um die ausgetrocknete Haut herum. Das Gesicht des Toten zeigte einen Ausdruck der Überraschung.

Glik dachte daran, ihn zu bestatten, aber der Untergrund war viel zu hart dafür, und das Schattenglas war zu scharf. Die Obsidianblöcke waren so schwer, dass Glik sie nicht anheben konnte. Stattdessen ging sie zu dem Zelt zurück, in dem sie einige Kleidungsstücke fand, die sie in Fetzen riss. Damit verband sie ihre blutenden Finger, und überdies umwickelte sie sich die Hände zum Schutz gegen die scharfen Kanten des Steins.

In der warmen Nachmittagssonne hob sie Stücke des schwarzen Gesteins auf und legte sie in einem vollkommenen Kreis um den Toten herum. Sie arbeitete hart, denn sie wusste, dass diese Arbeit wichtig war; sie füllte die Zwischenräume aus und schloss den Leichnam in dem Kreis ein. »Der Anfang ist das Ende ist der Anfang«, sagte sie.

Als die Nacht hereinbrach, ging sie zu dem leeren Zelt zurück und machte sich dessen Schutz zunutze. Glik würde das Vermächtnis dieses Mannes nicht vergessen, soweit sie es in Erfahrung bringen konnte. Unter seinen Besitztümern fand sie auch seinen Namen. *Bhosus*. Unter den Vorräten entdeckte sie Papier und schrieb einen Bericht über alles, was sie von diesem Schürfer wusste. Zumindest war dies ein Beweis dafür, dass diese Person *gelebt* hatte, denn die Götter kümmerten sich offensichtlich nicht um sie.

Als sie in der windumtosten Stille schlief, kamen die Träume mit rauschendem Lärm zu Glik. Zahllose Stimmen drangen aus dem alten Schlachtfeld herauf, verlangten ihre Aufmerksamkeit und beharrten darauf, dass Glik sich auch an ihre Geschichten erinnerte. Es war überwältigend, ohrenbetäubend, und sie wünschte sich, Ori wäre jetzt bei ihr. Der Ska hatte immer dabei geholfen, ihre Träume und Visionen zu lenken.

Stumm bat Glik in ihrem Traum um den Schutz des Ska, und nun ertönten in ihrem Geist die Stimmen von unzähligen Skas; sie zwitscherten und kreischten, übertönten die Stimmen der Geister des Schlachtfeldes und brachten sie dazu, Glik in Ruhe zu lassen. Sie sah Tausende von Reptilienvögeln herumfliegen; sie stiegen in einem gewaltigen Schwarm auf, Flügel und Federn und Schuppen erfüllten den Himmel … und nun flogen sie alle gemeinsam auf eine Reihe schwarzer, zerklüfteter Berggipfel zu.

Am nächsten Morgen trat Glik vor das Zelt und sah, wie die Sonne auf die ferne Reihe von zerklüfteten Berggipfeln schien, die sie in ihrem Traum gesehen hatte. Sie nahm die Vorräte des Schürfers und seinen Wasserschlauch an sich und verließ die Ebene des Schwarzen Glases.

Hoch über ihr bemerkte sie winzige dunkle Flecken. Es waren Skas, die auf den Brisen ihre Kreise zogen. Ihre Horste befanden sich in den Bergen. Dorthin musste Glik gehen.

43

Der Wind machte eine wunderschöne Musik, als er vor den Kristallfenstern des Palastes der Frostwreth pfiff, begleitet vom Zischen und Kratzen des umherwirbelnden Schnees. Das schwache, graue Sonnenlicht, das die Mauer des Schneesturms durchdrang, erhellte Königin Onns glitzerndes Schlafgemach.

Sie konzentrierte sich ganz auf den Klang ihres eigenen Atmens, auf das Reiben von Fleisch gegen Fleisch und auf die Klänge der Lust, die der Mann unter ihr von sich gab. Sie empfand diese Geräusche als tröstlich und anregend. Der gefangene Brava lag rücklings auf den glatten Decken, und Schweiß glitzerte auf seiner rosigen Haut. Sie hätte jeden dieser kleinen Tropfen zu winzigen Kristallen einfrieren können, sodass sein ganzer Körper geglitzert hätte. Sie genoss es, wenn ihre Liebhaber glitzerten.

Lasis hielt die Augen geschlossen und biss die Zähne zusammen. Er hatte gegen sie angekämpft, aber natürlich hatte er verloren. Seine Gesichtszüge bewiesen, dass er Wreth-Blut in den Adern hatte. Onns Volk hatte sich damals mit ihren menschlichen Schöpfungen eingelassen; einige waren sogar so weit gegangen, sie als Geliebte zu bezeichnen. Für Onn gab es keine Liebe, nur Neugier.

Bisher war dieser hier nicht den Erwartungen gerecht geworden, die sie in ihn gesetzt hatte. Rittlings saß sie auf ihm, bewegte die Hüften, und gegen seinen Willen bewegte er sich im Einklang mit ihr. »Schon besser.« Sie fuhr mit ihrem langen Zeigefinger über seine Stirn.

Lasis kniff weiterhin die Augen zu, als würde er sich jemand anderen vorstellen. Seine Lippen kräuselten sich unwillig. Sie streichelte ihm die Wange, die Nase, gab noch mehr verführerischen Glanz ab, noch mehr von den komplexen chemischen Verbindungen und Düften, die sich in die animalische Natur des Mannes hineinfraßen. Er erbebte, konnte sich nicht widersetzen.

Onn war schon immer in der Lage gewesen, Männer zu manipulieren, egal ob es sich um Wreth oder um Menschen handelte. Aufgrund ihrer Schönheit und ihrer sexuellen Ausstrahlung musste sie nur selten Zuflucht zur Magie nehmen. Aber Lasis hatte ihr in jeder Hinsicht widerstanden, seit Rokk ihn in der Nähe der Eisfestung von Bakalsee gefunden hatte. Als Halbblut besaß der Gefangene noch Spuren von Magie, und sie fragte sich, was er damit tun konnte. Der Magier Eres hatte gesagt, er habe zwar seltsam, aber gut gekämpft.

In gewisser Weise war dieser Mann genauso faszinierend wie der kleine Junge, den Rokk von der primitiven menschlichen Ansiedlung mitgebracht hatte, aber im Gegensatz zu dem Kind konnte Onn Lasis zu einer anderen Art von Dienst an ihr zwingen.

Der Rammer des Bravas war ein bemerkenswertes Artefakt. Sie hatte gehört, wie er klappernd zu Boden gefallen war, als sie Lasis dazu gebracht hatte, sich seiner Kleidung zu entledigen. Der Gefangene hatte es versteinert und wütend ertragen müssen, dass sie um seinen nackten Körper herumging und ihn eingehend untersuchte.

»Ich hatte erwartet, stärker beeindruckt zu werden.« Sie hatte ihn berührt und die ersten Fühler ihrer Verführung ausgestreckt. Sie hatte gesehen, wie er zusammenzuckte und sich widerwillig entspannte. »Aber ich glaube, du bist hinreichend geeignet. Wir werden sehen, wie gut du bist.«

»Ich weigere mich. Ich habe meine Treue dem Staatenbund geschworen. Ich diene niemand anderem als König Kollanan dem Hammer. Ich ...«

Ungeduldig hatte Onn eine wahre Flut ihrer Magie entfesselt. Er war erbebt, hatte die Schultern zurückgeworfen, doch schließlich hatte er auf eine ganz andere Art und Weise geseufzt und gebebt. »Oh, ich glaube nicht, dass du dich weigern wirst.«

Onn hatte ihn ins Bett gebracht, hatte ihn umschmeichelt und geküsst. Lasis wirkte wie ein Automat und bemühte sich, genau das Gegenteil von dem zu tun, was sie von ihm wollte. Aber sie konnte ihn so leicht lenken, wie sie Gestalten aus Eis formen konnte. Sie spielte auf ihm wie auf einem Musikinstrument, bewegte ihn bald schneller, bald langsamer, ließ ihm ein wenig Ruhe - nur ein wenig - und trieb ihn dann wieder zur Raserei an.

Ein Wimmern von der anderen Seite des Zimmers lenkte sie gerade im Augenblick des Höhepunktes ab. Frustriert schaute sie zu dem Menschenkind hinüber, das in der Ecke saß, eingewickelt in die Decke, die sie ihm zugestanden hatte. Er hatte gesagt, sein Name sei Birk - wer nannte denn ein Kind nach einem Baum? - und er sei fünf Jahre alt, aber darüber hinaus konnte er kaum etwas Nützliches mitteilen. Er spielte gerade mit der kleinen Holzfigur eines Tiers.

Da die Wreth nur sehr selten eigene Kinder hatten, behielt Onn ihn in ihrer Nähe. Sie selbst hatte zwei Söhne geboren, und beide waren in den Kriegen vor so langer Zeit gestorben, und sie hatte eine Tochter namens Koru gehabt. Diese Tochter hatte sie aus den Augen verloren. Sie war eine ausgewachsene, mächtige Überlebende, aber Koru hatte einen anderen magischen Schlafzyklus als Onn, und so sahen sie sich nur selten.

Ein kleines Kind hingegen war etwas ganz anderes, selbst wenn es sich bloß um einen Menschenjungen handelte. Aus einem launenhaften Mutterinstinkt heraus hatte Onn beschlossen, den kleinen Birk bei sich zu behalten, denn er war noch so jung, dass er gut formbar schien. Dieser Junge war möglicherweise sogar nützlicher als eine Drohne. Er saß dort, wo sie es ihm befohlen hatte, und er sah ihr zwar zu, aber er begriff nicht, was er sah, als sie den Brava zu ihrem Liebhaber machte.

Onn beachtete das Kind nicht weiter, sondern richtete ihre Aufmerksamkeit wieder auf Lasis. Sie legte ihm die Handflächen auf die nackte Brust und wollte ihn zwingen, sich ganz ihr zu widmen. Doch er blickte zur Seite des Raumes. »Birk!«, sagte er und klang dabei höchst erstaunt. »Der Junge lebt noch!«

Onn sah noch einmal zu dem Kind hinüber und versuchte in dem blassen jungen Gesicht etwas Vertrautes zu erkennen. »Du weißt, wer er ist?« Birk wandte sich von der Aufmerksamkeit ab, die ihm zuteilwurde, und ergriff die Holzfigur, die er mitgebracht hatte, so fest, als wäre sie ein Talisman.

»Er ist ein Junge«, sagte Lasis durch seine zusammengebissenen Zähne. »Mehr nicht.«

»Wenn du seinen Namen kennst, ist da sicherlich mehr.« Sie beugte sich zu ihm hinunter und beharrte auf seiner Aufmerksamkeit. Er war überraschend stark.

»Nichts. Er ist bloß ein Junge.«

Unangekündigt betrat eine der glatthäutigen Drohnen das Gemach und lieferte ihr eine Botschaft ab. Diese neue Störung verärgerte sie, und sie knurrte das dumme Wesen an. »Was willst du?«

Die kleine Drohne besaß nicht genug Verstand, um Angst zu empfinden. »Kriegsherr Rokk möchte bald nach Bakalsee abreisen. Er plant Euch zu verführen, bevor er aufbricht.«

Onns Gesicht verzog sich vor Missvergnügen. »Er will mich andauernd verführen.« Sie schenkte Lasis - unter ihr - ein wölfisches Grinsen. Allmählich erzürnte sie sich über seine wütende Teilnahmslosigkeit. »Schick ihn her. Vielleicht brauche ich ihn doch noch.«

Die Drohne starrte sie mit kuhartigen Augen an, als sich Onn ihr zuwandte und ihre glatten kalten Brüste zeigte. Die Drohnen waren so enttäuschende Wesen. »Möchtest du uns zusehen? Oder überbringst du jetzt endlich die Botschaft, die ich dir aufgetragen habe?« Als die Drohne verharrte und über die Antwort nachzudenken schien, schrie Onn sie an: »Raus mit dir!«

Birk versuchte sich unter seiner Decke zu verstecken, und nun hatte Onn genug. »Nimm das Kind mit. Ich werde nach ihm schicken, wenn ich glaube, dass es mir hilfreich sein kann, aber erst einmal soll es in den Hütten der Drohnen wohnen. Kümmert euch gut um ihn, oder ich werde sehr wütend auf euch sein!«

Birk schaute sie einen Augenblick lang ungläubig an, dann sprang er auf die Beine. »Danke, Königin Onn!« Wenigstens hatte jemand dem Kind Manieren beigebracht.

Als Birk mit seiner Decke zu der Drohne lief, schien diese verblüfft zu sein, doch schließlich schlurften die beiden gemeinsam aus dem Zimmer.

Sie wusste, dass es sinnlos war, wütend über die stets ahnungslosen Drohnen zu sein. Es war, als würde man ein Möbelstück anschreien. Einige Frostwreth spielten sogar mit den Drohnen als Geschlechtspartner. Die meisten dieser Kreaturen waren zwar geschlechtslos, doch einige konnten auch die eine oder andere Rolle annehmen. Diese Vorstellung verursachte Onn eine Gänsehaut. Sie erniedrigte sich schon genug, indem sie mit diesem einfachen Brava brunstete. Vielleicht wäre ein willigerer Menschenmann ein besserer Kandidat für ihr Bett gewesen, aber es lag auch ein gewisser Nervenkitzel darin, diesen Mann nach ihren Wünschen tanzen zu lassen.

Lasis schaute böse zu ihr auf, und sie beugte sich zu ihm herunter und atmete kalten Dunst in sein Gesicht. »Sag mir, dass du keinen Spaß daran hast.«

Er folgte ihrer Aufforderung sofort. »Ich habe keinen Spaß daran.«

Während der anfänglichen Kriege waren die Wreth Kurs Beispiel gefolgt und hatten die Menschen als Diener erschaffen. Diese untergeordnete Rasse sah zwar wie die Wreth aus, aber ihre Angehörigen waren weniger attraktiv und schwächer, und die meisten waren nicht in der Lage, die Magie zu gebrauchen, die das Land durchwirkte. Die Menschen waren eine erfolgreiche und hartnäckige Spezies, und als Onn aus ihrem langen Zauberschlaf erwacht war, hatte sie mit Freuden gehört, dass ihre Rasse die Vernichtungskriege überlebt hatte.

Als die Wreth-Magier während der Jahrhunderte regelmäßig erwacht waren, hatten sie immer wieder versucht, weitere Menschen zu erschaffen. Königin Onn hatte ihre Bemühungen bestärkt, denn sie wusste, dass die Frostwreth Arbeiter brauchten –

und auch Kämpfer, die bereit waren zu sterben, wenn es nötig wurde. Aber die Versuche waren entmutigend gewesen, denn nach den Kriegen war die Magie im Land zu schwach geworden, und die beste Spezies, die die Magier hatten erschaffen können, waren die einfachen und unterwürfigen, aber nicht mit Vernunft begabten Drohnen gewesen. Sie waren so ungenügend.

Rokk schlenderte in ihr Schlafgemach; er trug eine harte schwarze Weste, einen grauen Umhang und eine enganliegende blaue Hose. »Ah, ich sehe, dass Ihr noch beschäftigt seid, meine Königin. Heißt das, Ihr werdet keine Zeit und Energie mehr für mich übrig haben?« Er warf sich die blonden Haare zurück.

Onn beugte sich über den Brava und verspürte blitzartig eine große Wut auf den unwilligen Mann. »Nein, ich bin fertig mit ihm. Er hat mir alles gegeben, wozu er in der Lage ist.«

Der anmaßende Krieger reckte das Kinn vor. »Und Ihr seid schon des Menschenkindes müde, das ich Euch mitgebracht habe? Soll ich ihn zurück zur Festung in Bakalsee bringen? Meine Drohnenarbeiter könnten ihn dort beaufsichtigen.«

»Ich werde darüber nachdenken«, sagte sie. »Er könnte uns als Geisel dienen. Dieser Brava hat angedeutet, dass der Junge möglicherweise wichtig ist, aber mehr wollte er mir nicht sagen.«

Rokk warf Lasis einen finsteren Blick zu. »Er macht nichts als Ärger. Ich könnte ihn für Euch foltern.«

»Das ist nicht nötig. Er war nur ein Experiment, das gescheitert ist. Ich bin fertig mit ihm.« Nachlässig fuhr sie mit ihrem rasiermesserscharfen Fingernagel über seine entblößte Kehle. Blut spritzte hervor, und Lasis schlug um sich. Er warf den Kopf zurück, und nun ergoss sich scharlachrotes Blut auf Onns nackte Gestalt; es roch stark, nass und metallisch.

Der Brava versuchte sie noch in den letzten Augenblicken seines Lebens zu packen, aber sie stieß ihn vorher aus dem Bett, und er rollte über den Boden, hörte auf, sich zu bewegen, hörte auf zu bluten. Onn war überrascht. Außer dem ersten Schwall hatte er nicht stark geblutet, und nun war er kalt und reglos.

Sie drehte sich zu Rokk um, der sich dem Bett näherte und sie mit hungrigem Blick betrachtete. Den toten Brava beachtete sie gar nicht mehr. »Die Drohnen werden ihn nach draußen in die Kälte bringen.«

Er zog seine dunkle Weste aus und warf den Umhang auf den Boden. »Es wird mir ein Vergnügen sein, Königin Onn.«

»Dein Vergnügen musst du dir erst verdienen.« Sie betrachtete die blutdurchtränkten Laken und räkelte sich auf den roten Flecken.

Rokk goss sich einen Kelch Silberwein ein und trank ihn langsam aus, während er sie betrachtete. »So viele Jahre, wenn ich erwacht war und Ihr noch im Zauberschlaf lagt, habe ich nur neben Euch gestanden und Euren Körper in seiner Ruhe bewundert, meine Königin. Es hat mich stets so erregt, dass ich jemanden finden musste, der mich befriedigt, da Ihr nicht zur Verfügung standet.«

»Und wenn ich aus dem Zauberschlaf erwacht bin, hatte ich viele Liebhaber, unter denen ich auswählen konnte«, sagte sie. »Du hättest dafür sorgen sollen, dass wir gleichzeitig erwachen.«

»Jetzt sind wir beide wach und werden wach bleiben, bis wir den Drachen erwecken«, sagte Rokk. »Bis die Welt endet und neu geschaffen wird.«

Onn winkte ihn zu sich, und er streckte sich neben ihr auf dem Bett aus, sodass sie einander berühren und das Prickeln der Magie spüren konnten, während sie beide einen Liebeszauber entfesselten und der Ekstase entgegenfieberten, die sie gemeinsam spüren würden.

»Tu deine Pflicht, Kriegsherr Rokk«, sagte die Königin. »Befriedige mich.«

44

Die bemerkenswert schnelle Heilung des Fremden konnten sich die Bewohner von Scharrdorf nur durch Magie erklären. Sie wussten, dass sich die Halbblut-Bravas schneller erholten als gewöhnliche Menschen. Das gebrochene Bein des Mannes war schon wieder zusammengewachsen, und er humpelte kaum mehr.

An Elliels Seite ging Thon unter den Einwohnern umher, faszinierte sie und verängstigte sie gleichzeitig. Der Rauch, der aus dem Gipfel des Vada aufstieg, wurde mit jedem Tag heftiger und dicker, und ein düsterer Schleier hing inzwischen über dem Drachengrat-Gebirge; es war, als würde sich Ossus allmählich regen. Jeder Atemzug schmeckte nach Schwefel.

Elliel brachte Thon zu dem kleinen Erinnerungsschrein des Ortes, wo sie ihm Aufzeichnungen über das Leben der Menschen zeigte, die seit langer Zeit mit der Geschichte des Ortes in Verbindung standen. Sie las ihm einige Namen laut vor, denn er sagte, er könne die Schrift der Menschen nicht lesen. Sein Gesicht blieb ausdruckslos.

Er dachte nach und fragte schließlich: »Würdest du mich zurück in die Mine bringen? Ich möchte gern die Kammer sehen, in der ich gefangen gehalten wurde. Vielleicht enthält sie einen Hinweis darauf, warum ich in ihr eingesperrt war.«

Besorgt erwiderte sie: »Ich weiß nicht, ob es dort schon sicher ist. Die meisten Bergarbeiter sind bisher nicht wieder hineingegangen. Einige Schächte wurden inzwischen ausgegraben und verstärkt, aber wir haben dich ganz tief im Berg gefunden.« Sie bemerkte seine seltsame Mischung aus Neugier und Verlangen.

Inzwischen hatte sie beschlossen, bei dem Wreth zu bleiben und ihm bei der Lösung seiner eigenen Rätsel zu helfen. Etwas an ihm nahm sie gefangen. »Der Tunnel ist hinter uns eingebrochen. Ich habe dich gerade noch herausschleppen können, bevor die Decke und die Wände zusammengefallen sind.«

Der Wreth zuckte mit den Achseln, als sei ein solches Hindernis für ihn bedeutungslos, und in seinen dunkelblauen Augen lag eine tiefe Bitte. »Ich würde es mir so gern ansehen.«

Einige Bergarbeiter hatten die äußeren Galerien abgestützt und säuberten gerade die Haupttunnel vom Schutt. Aber nur wenige hatten sich bisher in die tiefsten Schächte zurückgewagt. Noch immer liefen manchmal Beben durch den Berg, und der Minenvorsteher Hallis hatte die vollzähligen Mannschaften noch nicht wieder hineingeschickt.

Elliel nahm eine Laterne mit und führte Thon hinein. Sie bewegte sich überaus vorsichtig. Während sie sich einen Weg durch den Schutt bahnten, hing ein warmer, schwefliger Dunst in der Luft der Stollen. Schließlich gelangten sie zu einigen Felsbrocken, die im Weg lagen, und sie schüttelte den Kopf. »Wir können nicht über sie hinweg klettern, aber wir können auch nicht durch sie hindurch.«

Thon kniete sich hin, legte die flache Hand auf den Block und konzentrierte sich. Der Block bebte, dann zerfiel er zu kleinen Bruchstücken, die sich über den Boden ausbreiteten. Der Weg war frei. »Das ist kein Hindernis mehr.«

Sie gingen weiter den Tunnel entlang, bis weitere herabgestürzte Felsen eine neue Barriere bildeten. Wieder war sie bedeutungslos für den Wreth. Er drückte einfach die Hände auf den Felsen, und die Barriere zerfiel. Als Teile der gebrochenen, instabil gewordenen Wände einzustürzen drohten, schmierte er den Schutt, den er soeben hervorgebracht hatte, wie Mörtel auf die Wände und festigte sie auf diese Weise.

Elliel folgte den Biegungen, wählte die richtigen Abzweigungen und geleitete Thon tief in den Berg hinein, bis sie auf die mit Quarz ausgekleidete Höhle stieß, in der sie ihn gefunden hatte. Sie standen Schulter an Schulter, als er in sein Gefängnis spähte.

Lichtglimmer schossen durch den geborstenen Quarz, als wäre durch die Gegenwart des Wreth irgendeine innere Energie aktiviert worden. Ohne ein Wort zu sagen erweiterte Thon die Öffnung nur mit Hilfe seiner Hände und seiner Magie. Er suchte die Höhle ab, hob einen abgebrochenen Quarz auf und drehte ihn in der Hand hin und her. »Ich sehe hier keine Botschaft. Keine Wreth-Schriften.« Gemeinsam suchten sie die kleine Kammer ab, fanden aber nichts, was nicht hierhin gehörte, und entdeckten auch keine Antworten. Die Metallstützen in den Wänden wirkten schrecklich unpassend und schwach.

Thon war verblüfft und beunruhigt. »Jemand ... jemand hat mich einfach auf ewig hier weggesperrt, ohne eine Erklärung dafür zu hinterlassen.«

»Glaubst du, dass es eine Bestrafung war?« Unbewusst berührte sie die Tätowierung auf ihrer Wange. »Haben dich die Wreth ebenfalls deines Vermächtnisses beraubt? Oder bist du als Wächter zurückgelassen worden?«

»Vielleicht war ich hier, weil ich Ossus bewachen sollte.«

Sie wusste nicht, ob er es ernst meinte. »Falls Ossus überhaupt existiert.«

Der Wreth drehte ihr sein verblüffend schönes Gesicht zu; seine Miene war voller Fragen. »Gewiss existiert der Drache. Du hast gespürt, wie sich der Berg bewegt hat. Du hast gesehen, wie die Minen eingestürzt sind. Du hast bemerkt, wie der Rauch aus dem Berg aufsteigt.«

Diese Beweise konnte sie nicht leugnen. »Ich habe viele Fragen.«

Thon stöberte entmutigt in dem Kristallschutt herum. »Wir werden nichts finden.« Er schob Elliel aus der Höhlung und machte einige Gesten mit den Händen. Die Kristalle fielen von den Wänden der Kammer; sie bewegten sich, zogen sich zusammen und bildeten eine schartige und glitzernde Kugel, die wie ein riesiger Schneeball aussah, der die ganze Kammer ausfüllte.

Thon wich mit Elliel zurück und brachte weitere Teile der Wände zum Einsturz, sodass die Höhle auf ewig versiegelt war. »Meine Antworten werde ich draußen finden.«

Als am nächsten Morgen weitere Bergarbeiter vorsichtig zu ihrer Routine zurückkehrten, verkündete Thon, er wolle Scharrdorf verlassen. »Ich muss Antworten finden, und sie sind nicht hier. Ich werde entlang des Drachengrats zuerst nach Norden und später nach Westen gehen. Ich spüre ein Ziehen in mir, und ich glaube, dass sich die nächsten Wreth irgendwo dort befinden ... oder wenigstens einige Überreste, die ich verstehen kann.«

»Seit Tausenden von Jahren sind keine Wreth mehr gesichtet worden«, sagte Elliel. »Es gibt nur noch Halbblute wie mich.«

»Und doch bin ich hier.« Er schenkte ihr ein Lächeln, das ein Prickeln auf ihrer Haut verursachte. »Vielleicht gibt es noch mehr von uns.«

»Vielleicht sind sie nicht freundlich gesinnt, wenn sie dich für Tausende Jahre eingesperrt haben.« Sie sah ihn lange an, dann traf sie eine Entscheidung. »Ich begleite dich. Wenn du Antworten findest, kann ich vielleicht ebenfalls Antworten auf meine eigenen Fragen finden.«

Er sah sie ernst an. »Die Fragen, die sich in unseren Köpfen und in unseren Herzen befinden, unterscheiden sich vollkommen voneinander.«

»Das heißt nicht, dass wir einander nicht helfen können.«

Elliel hatte sich bei den Einwohnern von Scharrdorf wohl gefühlt - und vielleicht sogar ein wenig zu Hause. Aber sie war nicht hergekommen, um zu bleiben. Die Menschen hatten sie willkommen geheißen, und ihr hatte die Arbeit in der Mine zugesagt, aber sie hatte nie beabsichtigt, sich hier für immer niederzulassen. Dieser fremde Wreth schien ihr wichtig zu sein, und vielleicht konnte sie nun damit beginnen, ihr Vermächtnis zu erneuern.

Hallis war traurig darüber, dass sie wegging, denn sie war eine so gute Arbeiterin gewesen. Upwin und die anderen beharrten darauf, Elliel Lebewohl zu sagen, bevor sie abreiste, und der Wirt Shauvon gab eine Runde Bier für alle aus - als Abschiedsgeschenk. Thon gesellte sich im Schankraum zu den anderen. Die Leute waren noch immer erstaunt über ihn, aber sie fühlten sich durch seine Gegenwart nicht bedroht. Elliel hatte ein ähnliches Verhalten im Hinblick auf sie selbst erlebt, da sie eine Brava war, die ihres Vermächtnisses beraubt worden war.

Gesättigt mit guten Speisen und bereit für einen ruhigen Schlaf, bevor sie am Morgen aufbrechen würden, gingen sie und Thon auf ihr Zimmer. Er legte sich auf das schmale Bett, während sie wieder ihr Laken auf dem Boden ausbreitete, doch dann winkte er sie herbei. »Schlaf neben mir. Es ist bequemer.«

Sie zögerte argwöhnisch, aber ihr Puls raste, als sie ihn ansah. Eine rätselhafte magnetische Kraft umgab diesen seltsamen Mann wie ein Nebel. Wollte sie sich wirklich der Vorstellung widersetzen, mit ihm zu schlafen? Die meisten Bewohner von Scharrdorf gingen sicherlich davon aus, dass sie es längst schon miteinander trieben.

Elliel dachte wieder an ihre eigene geleerte Vergangenheit und fragte sich, ob sie eine gute Liebhaberin sein mochte, oder ob sie vollkommen unerfahren war. Aber vielleicht geschahen manche Dinge einfach instinktiv, wie ihre Reflexe im Kampf es bewiesen ...

Bevor sie zu ihm ins Bett steigen konnte, streckte sich Thon aus, rollte sich auf die Seite, wandte das Gesicht von ihr ab und überließ ihr die Hälfte des schmalen Bettes. Elliel stand lange unschlüssig da, schaute noch auf das Laken und den harten Boden, aber dann gab sie auf. Sie kroch ins Bett neben ihm, drehte sich ebenfalls um, und ihre Rücken berührten sich. Obwohl das Bett weitaus bequemer war als der Boden, dauerte es doch sehr lange, bis sie in den Schlaf fand.

Shauvon und seine Frau buken das Morgenbrot. Elliel und Thon huschten durch den Schankraum der Taverne, in der ein einzelner Mann zurückgeblieben war. Er schnarchte wie ein knurrender Bär und hatte den Kopf auf die Unterarme gelegt, die wiederum auf der Tischplatte ruhten. Der Himmel draußen war finster, nur das schwache Glimmen des Sonnenaufgangs hinter der Bergkette sickerte langsam herein.

Sie gingen vor Tagesanbruch los, denn sie wollten nicht von den Einwohnern verabschiedet werden, und folgten der Straße in Richtung der Ebene im Westen. Nach zweitägigem Fußmarsch kamen sie zu einer ungewöhnlich kleinen Siedlung, die Arnasten hieß und in der weniger als vierzig Menschen lebten. Fremde waren hier eine Seltenheit. Elliel kaufte für sie beide eine warme Mahlzeit, aber die Bewohner starrten sie so eindringlich an, dass sie noch vor Sonnenuntergang wieder aufbrachen. Sie zogen die weniger argwöhnische Einsamkeit des Waldes vor.

Vier Meilen weiter entdeckten sie ein Zeichen an einem Holzpfosten, das zu einem Seitenweg und zu heißen Quellen wies, von denen es im Drachengrat-Gebirge eine Menge gab. Nachdem Thon sie gebeten hatte, die Menschenschrift auf dem Schild zu lesen, lächelte er. »Wir werden dorthin gehen und die Energie der Welt in uns aufnehmen. Sie ist Hitze und Leben.«

Elliel wusste nicht, ob sie jemals eine heiße Quelle aufgesucht hatte.

Sie folgten dem Seitenweg und gelangten schließlich an einen etwa sechs Fuß breiten Teich, der von Felsen und gelblich verfärbten Bäumen mit herabhängenden Zweigen umgeben war. Dampf und Rauch stiegen auf und fügten der Luft einen mineralischen Geruch hinzu, der nicht ganz unangenehm war. Sie waren allein.

»Wir baden, und dann entspannen wir uns«, sagte Thon. »Wir reden miteinander.« Ohne darüber nachzudenken, zog er sein Wams aus, dann seine Stiefel und die feine Hose, und schließlich stand er nackt und muskulös vor ihr. Im letzten Licht des Tages zeigte seine bleiche Haut einen butterigen Glanz.

Elliel streifte sich das lockere Leinenhemd über den Kopf und wandte dabei Thon den Rücken zu. Er wiederum reckte und streckte sich, als wollte er dafür sorgen, dass sie ihn ansah. »Sei nicht schüchtern«, sagte er. »Die Wreth haben die Menschen erschaffen. Wir wissen, wie ihr ausseht.«

»Du weißt aber nicht, wie *ich* aussehe«, sagte sie und dachte an all die Narben auf ihrer Haut. Elliel wusste, dass sie einen wohlgestalteten Körper hatte; sie war jung und schön, aber sie konnte sich nicht erinnern, wann ihn zum letzten Mal ein Mann angesehen hatte – falls das überhaupt schon einmal geschehen war. Sie riss sich zusammen, legte ihr Hemd beiseite und öffnete die Bänder ihrer weiten Hose. »Es wird nicht besonders beeindruckend für dich sein.«

»Ich bin mir sicher, dass du ganz besonders schön bist.«

Aus irgendeinem Grund glaubte sie seinen Worten. Hinter ihrem Rücken hörte sie, wie er mit einem Platschen in den dampfenden Teich sprang. Inzwischen war sie ausgezogen und legte ihre Kleidung auf einen der Felsen. Sie hatte beabsichtigt, schnell auf den Teich zuzulaufen und sofort unterzutauchen, aber Thon beobachtete sie genau, und sie blieb stehen. Sie stellte fest, dass sie sich nicht mehr bewegen konnte. Es war keine Magie; es war kein Zauberspruch, der ihre Muskeln gepackt hielt. Mit anerkennendem Blick betrachtete er ihre Brüste, die verschiedenen Narben, die Biegung ihres Bauches, die verbrannte Stelle. Er schien das alles als einen Teil von ihr zu betrachten.

»Ich hatte recht. Du bist sehr schön.«

Als sie sich wieder bewegen konnte, schob sich Elliel die dunkelroten Haare aus dem Gesicht, glitt mit den Beinen über den Rand des Teichs und senkte sich ins Wasser hinab. Es war heiß und prickelnd, und die schwefligen Dämpfe wärmten sie und ließen sie ein wenig schwindlig werden. Unwillkürlich stieß sie einen langen Seufzer aus. »Das fühlt sich gut an.« Die Schmerzen in ihren Muskeln lösten sich auf wie Honig in heißem Tee.

Thon streckte die Arme zu beiden Seiten des Randes aus und lehnte sich zurück. »Es ist im Land noch ein wenig Magie übrig. Ich kann es hier fühlen; es ist eine Hitze, die im Wasser pulsiert.«

»Kennst du diesen Ort? Bist du schon einmal hier gewesen?«

Thon betastete seine Wange und fuhr mit den Fingern an den Runen auf ihr entlang. »Ich weiß es nicht.«

»Ich weiß es auch nicht«, sagte sie. Uthos Brief steckte in einer

Tasche ihres Hemdes. »Die Erinnerungen aus meinem alten Leben sind nicht mehr da, aber die Fähigkeiten kommen manchmal zurück.«

Sie sank tiefer im Wasser ein, bis es an ihr Kinn reichte, und massierte sich die Haut. Sie spürte die Schmerzen unter den Narben und spürte, wie sich die Fragen in ihrem Kopf erneuerten. »Ich, die Person Elliel, bin doch mehr als nur das Verbrechen, das ich begangen habe, oder? Mein Körper erinnert sich an einiges von dem, was ich einmal war. Ich bin eine begabte Schwertkämpferin. Ich habe es mit dem Bogenschießen versucht und herausgefunden, dass ich gut darin gewesen sein muss. Ich habe unter der Anleitung eines Minnesängers Musikinstrumente zu spielen versucht, aber dazu hatte ich gar keine Begabung.«

Er schien belustigt. »Du hast herauszufinden versucht, wer du bist.«

»Ja, und ich weiß es noch immer nicht.«

Sie fasste Mut und schwamm durch das Wasser, bis sie sich vor ihm befand. Elliel streckte die Beine nach unten aus und stellte fest, dass sie den weichen Schlick des Bodens mit den Zehen berühren konnte. Ihr Blick war auf die Rune an seiner Wange gerichtet. Sie hob die Hand und berührte sie zart mit der Fingerspitze. »Ich habe mein Gesicht oft genug im Spiegel gesehen. Deine Zeichnung ist anders als die meine. Hier ist eine zusätzliche Linie.«

»Das ist eine Auslöser-Rune, die es mir erlaubt, meine Erinnerungen zu öffnen, wenn ich es will.«

Diese Antwort überraschte sie. »Dazu bist du in der Lage? Warum holst du nicht einfach dein früheres Leben zurück? Dann erhältst du deine Antworten.«

»Ich glaube, es ist noch zu gefährlich.« Er runzelte die Stirn. »Es muss einen Grund geben, warum meine Erinnerungen ausgelöscht wurden. Ich wurde tief im Berg weggesperrt, und jemand hat es so eingerichtet, dass ich alles vergessen habe. Es muss wichtig sein.«

Sie sagte: »Aber wenn sie dir diesen Auslöser hinterlassen haben, liegt es doch wohl in ihrer Absicht, dass du dich erinnerst.«

»Vielleicht, aber nicht jetzt.«

Sie verstand ihn nicht und bedrängte ihn: »*Willst* du deine Erinnerungen denn nicht zurückhaben? Ich möchte es, und wenn es nur dazu dient, das Rätsel zu verstehen. Ich will wissen, warum ich das getan habe, was ich getan habe.« Sie atmete stoßweise und flüsterte, weil sie es nicht wagte, die Worte laut auszusprechen. »Ob ich das *überhaupt* getan habe, was sie mir vorgeworfen haben.«

45

In seiner schwarzen Lederrüstung und dem Umhang, der mit Kettengliedern eingefasst war, wirkte Utho weitaus schrecklicher als der Rest der osterranischen Soldateneskorte, die zur Abreise von Kollanan dem Hammer und Adan Sternenfall zusammengestellt worden war. Die Nachrichten aus Norterra und Suderra mochten beunruhigend und entmutigend sein, aber Utho war froh, dass die beiden Männer nun in ihre Reiche zurückreisten. Aufgrund der unmittelbaren Bedrohung durch die Ischaraner konnte es sich der Staatenbund nicht leisten, sich von alten Legenden ablenken zu lassen.

Als er in den Hof hinaustrat und den Reisevorbereitungen der beiden zusah, wirkte Konag Conndur traurig. Sein Bruder und sein Sohn würden jeweils eine Eskorte aus zwanzig Soldaten erhalten, und sie würden auf dem Heimweg unterschiedliche Routen durch das Drachengrat-Gebirge nehmen. Die Soldaten trugen Eisenhelme mit geschwungenem Wangenschutz, dazu Schwerter und lederne Brustpanzer, die mit der offenen Hand, dem Symbol des Staatenbundes, geschmückt waren.

Als Adan den Konag zum Abschied umarmte, flüsterte er: »Vergiss nicht, was wir vereinbart haben, Vater. Wenn Königin Voo zurückkehrt, musst du dich mit ihr treffen.«

Kollanan sagte mit barscher Stimme: »Unterschätze die Wreth nicht, Conn.«

Prinz Mandan kam zu spät; er war in kostbare purpurfarbene Seide gekleidet, als wollte er an einer wichtigen Staatszeremonie teilnehmen. Überrascht runzelte er die Stirn, als er die bewaffnete Eskorte sah. »Vierzig Soldaten, Vater? Aber was ist, wenn wir sie hier in Osterra brauchen sollten? Was ist denn, wenn die Ischaraner angreifen?«

»Sie werden angreifen«, sagte Utho mit leiser Stimme. »Früher oder später.«

Conndur entgegnete: »Wir haben genügend Kräfte zur Selbstverteidigung.«

Utho warnte: »Es ist wichtig, die wahre Gefahr zu erkennen, Sire. Die einfachen Leute dürfen nicht unter allen Betten nach Wreth suchen, während die Ischaraner jeden Augenblick Gottlinge und Kriegsschiffe zum Zusammenfluss schicken können.«

Kollanan stieg auf sein Pferd, bedachte den Brava mit einem bösen Blick und sagte in bitterem Sarkasmus: »Ja, vielleicht wollten die Frostwreth gar nichts Böses tun, als sie Bakalsee zerstört und alle Bewohner getötet haben. Ich bin sicher, mit ihrer neuen Festung verfolgen sie nur die besten Absichten.«

»Wir werden die Nachrichten über die Wreth in ganz Suderra verbreiten«, sagte Adan. Die beiden Könige wendeten ihre Pferde und wollten so schnell wie möglich den überfüllten Burghof hinter sich lassen. »Die Utauk-Stämme sind ebenfalls auf der Hut. Wenn sich etwas verändert, werden wir es wissen, und wir werden eine weitere Warnung hierherschicken. Die drei Königreiche müssen zusammenstehen.«

Conndur wirkte zutiefst besorgt. »Ihr kennt die Einzelheiten über die Kriege des Altertums. Würden uns die Wreth nicht wie Insekten beiseite wischen, sollten sie unseren Armeen tatsächlich einmal gegenüberstehen?«

»Insekten können stechen«, sagte Kollanan und trieb sein Pferd zum Trab an. Unter dem Donnern der Hufe ritt er vor der Eskorte durch das Burgtor. Adans Gruppe folgte ihm.

An jenem Nachmittag fuhr Utho mit dem notwendigen Unterricht für den Prinzen Mandan fort, auch wenn das bedeutete, dass er eine Kunststunde unterbrach. Er musste unbedingt dafür sorgen, dass der Prinz so schnell wie möglich lernte, wie man tötete.

Als Utho in der Tür zum Kunstraum stehen blieb, sah er, wie Mandan gerade versuchte, eine Schale mit alten Früchten zu malen. Einige waren verschrumpelt, andere braun und faulig oder mit grau-blauem Schimmel überzogen. Der Lehrer betrachtete die Schale mit einem Stirnrunzeln. »Erlaubt mir, frische Früchte zu holen, mein Prinz. Ein Maler sollte sich auf hübschere Gegenstände konzentrieren.«

»Ein Maler sollte die Welt zeigen, die sich um ihn herum erstreckt«, berichtigte Mandan. »Und ein Konag muss sowohl die Frische als auch die Verwesung erkennen.«

Der Lehrer schnalzte mit der Zunge. »Ihr habt natürlich recht, mein Prinz.«

Mandans Miene hellte sich auf, als er den stummen Brava in der Tür stehen sah. Der Lehrer schaute auf und bedachte ihn mit einem bösen Blick. »Wir dürfen nicht mitten im Unterricht gestört werden.«

Utho beachtete ihn gar nicht, sondern sagte: »Mein Prinz, kommt mit mir.«

Der Lehrer wollte etwas einwenden, aber Mandan setzte seine Palette bereits ab. »Uthos Unterricht ist wichtiger. Er bringt mir bei, mich wie ein Konag zu verhalten.« Der Lehrer beeilte sich, die Palette an sich zu nehmen und davonzueilen. Die Schale mit den verfaulenden Früchten ließ er zurück.

Utho reichte dem Prinzen ein einfaches Hemd. »Heute gehen wir zum Bogenschießen auf den Übungsplatz, damit ich Euch an verschiedenen Arten von Bögen ausbilden kann.«

»Ich weiß schon, wie man mit dem Bogen schießt«, sagte Mandan.

»Im Krieg müsst Ihr schießen, ohne nachzudenken und zusammenzuzucken.« Er nahm an, dass Mareka und sogar seine kleinen Töchter versucht hatten, Pfeile auf die Ischaraner zu schießen, die vergewaltigen und verbrennen und vernichten wollten, und als ihnen die Pfeile ausgegangen waren, hatten sie hoffentlich mit Stöcken und Messern weitergekämpft, bis zum letzten Atemzug …

Utho musste dafür sorgen, dass Mandan genauso gut kämpfte, wenn es nötig wurde.

Aber der Prinz war sichtlich nicht daran interessiert. »Ich gehe jeden Monat auf die Jagd. Letzte Woche habe ich einen Hirsch erlegt.«

»Ihr habt einen Hirsch *verwundet*, mein Prinz. Ich selbst habe ihm den Todesschuss gegeben.«

Es war eine scheußliche Sache gewesen. Der Pfeil des Prinzen hatte sich zwischen die Rippen des Tieres gegraben, und es war blutend durch das Unterholz gebrochen. Utho hatte es mit einem einzigen Schuss ins Herz zu Fall gebracht. Dann hatte er dem Tier die Kehle durchgeschnitten, sodass es tot war, als Mandan endlich herangekommen war.

»Wenn die Ischaraner angreifen, werdet Ihr sie nicht mit einem Gemälde abwehren können«, betonte Utho.

Mandan dachte darüber nach. »Ich werde dich und den ganzen Staatenbund anweisen, sie abzuwehren. Wenn der Feind an unsere Ufer kommt, werden sich alle drei Königreiche vereinen und ihn zurückschlagen.«

Utho war sich nicht sicher, ob Adan und Kollanan dann nicht vielleicht in den Bergen auf der Wreth-Jagd sein würden. »Würdet Ihr nicht gern selbst töten, mein Prinz?«

»Ich sollte einen Pfeil ins Herz von Empra Iluris schießen.« Er verzog die Lippen zu einer seltsamen Grimasse. »Oder ich ziele zwischen die Rippen. Dann dauert es länger, bis sie stirbt. So wie bei dem Hirsch.«

Wegen dieser unwürdigen Gefühle hätte ihn Utho eigentlich tadeln müssen, aber da sie über die Ischaraner sprachen, schien das dunkle Glitzern in Mandans Augen angemessen zu sein. »Das hätte sie verdient.«

Sie begaben sich in einen ummauerten Übungshof auf der Klippe hoch über dem Zusammenfluss. Utho hatte einen gewöhnlichen Langbogen mitgebracht, dazu eine Armbrust aus der Rüstkammer und einen Korb mit Bolzen und Pfeilen. Ballen aus altem grauem Heu waren an der einen Mauer des Hofes aufgeschichtet worden. Damit das Ziel interessanter wurde, hatte Utho einen alten Kaftan, wie ihn die ischaranischen Hohepriester trugen, aus einem ausländischen Frachter geholt, den die Marine aufgebracht hatte.

Utho hängte den Kaftan über die Ballen und drehte sich zu Mandan um. »Nehmt das hier als Euer Ziel. Ihr werdet besser treffen, wenn Ihr Euch vorstellt, dass es sich um eines der ischaranischen Tiere handelt.«

Mandan lächelte. »Oh ja, das werde ich.«

Er befahl dem Prinzen, zuerst den Langbogen einzusetzen. Als der junge Mann Schwierigkeiten hatte, ihn zu spannen, bog Utho das Holz des Bogens für ihn und hängte die Sehne ein. »Die Reichweite des Langbogens ist gewaltig. Das ist sein hauptsächlicher Vorteil. Wenn unsere Bogenschützen auf dem Schlachtfeld einer ischaranischen Armee gegenüberstehen, können sie mit ihren Langbögen aus sicherer Entfernung schießen und den Feind empfindlich treffen.«

»Wie zielt man bei einer solchen Entfernung?« Mandan hielt den Bogen hoch und zupfte an der Sehne, als wäre sie die Saite eines Instruments.

»Wenn Ihr genügend Pfeile habt, müsst Ihr nicht zielen. Ihr werdet den Feind trotzdem treffen und töten. Probiert es aus.«

Mandan nahm einen passenden Pfeil aus dem Korb, legte ihn ein und bemühte sich, die Sehne zu spannen, aber es war ziemlich schwierig. Als er schließlich den Pfeil abschoss, pfiff er durch die Luft, flog weit und klapperte gegen die Mauer.

Utho runzelte die Stirn, aber er blieb geduldig und sagte: »Hier im Übungshof müsst Ihr jedoch zielen. Ich will es Euch einmal zeigen.«

Mandan versuchte es drei weitere Male, zuerst entschlossen, dann nervös. Utho legte die Finger des jungen Mannes an die richtigen Stellen, senkte seinen Arm und zeigte ihm, wie er an der Spitze des Pfeils vorbeizielen konnte. Der dritte Pfeil traf schließlich die Heuballen, was er als Erfolg betrachtete. Utho wollten den Prinzen nicht weiter frustrieren und gab ihm einen gewöhnlichen Bogen, wie er auch bei der Jagd benutzt wurde. Mit ihm konnte Mandan weitaus besser umgehen. Er verschoss mehr Pfeile, und es gelang ihm, mit zweien davon den Kaftan zu durchbohren.

Mandan schaute zu seinem Lehrer auf. »Warum hasst du die Ischaraner so sehr?«

»Ihr kennt die Geschichte, wie sie unsere friedliche Brava-Kolonie in Valaera überfallen und einen Gottling dazu benutzt haben, meine Gefährten zu vernichten. Seitdem haben wir einen Rachefeldzug gegen sie geschworen.«

Mandan klang ungeduldig. »Ich kenne die Geschichte, Utho, aber deine Wut wirkt auf mich recht persönlich. Ich weiß, dass sie im letzten Krieg deine Familie getötet haben. Warum warst nicht bei ihr, um sie zu beschützen?« Der Prinz verschoss einen weiteren Pfeil, der wieder den alten Kaftan traf.

Utho gab ihm die Armbrust und vier Bolzen. »Weil ich eine andere Aufgabe hatte. Konag Cronin hatte mich auf Fulcor stationiert, wo ich den Soldaten bei einer möglichen Invasion beistehen sollte.«

Mandan sah die Bolzen an, nahm die Armbrust und wog sie in der Hand. »Wirst du deshalb Utho vom Riff genannt?«

»Deshalb wurde ich zu Utho vom Riff, richtig.« Seine Stimme wurde leise, während er seine Geschichte erzählte. Mandan lauschte ihm hingerissen. »Emprir Daka wollte die Insel zurückerobern, also schickte er drei von Ischaras mächtigsten Kriegsschiffen, die unseren eigenen, auf der Insel stationierten Patrouillenbooten weitaus überlegen waren.

Die ischaranischen Schiffe ankerten draußen bei den Riffen, weit jenseits der Reichweite unserer Katapulte auf den Festungsmauern. Sie blockierten die Zufahrt und vertrieben die Versorgungsschiffe. Wir konnten diese feindliche Blockade nicht erreichen, und so mussten sie nur warten, bis wir alle verhungert waren.

Wochenlang saßen wir in der Falle. Wir tranken das Wasser aus den Zisternen und aßen die Reste unserer alten Vorräte auf.« Er reckte das Kinn vor. »Wir hatten nichts mehr, und schließlich blieb uns nichts anderes übrig, als uns zu ergeben. Aber ich wollte irgendwie ihre Macht über uns brechen. Ich hatte mich zum Dienst für Konag Cronin verschworen. Dafür hatte ich doch meine Familie zurückgelassen.«

Mandan legte einen Bolzen in die Armbrust ein, spannte das Seil und machte den Abzug bereit. »Und was hast du getan?«

Utho schaute über die Mauer des Hofes hinweg in Richtung des Zusammenflusses und des fernen Meeres. »Ich habe die Kriegsschiffe ganz allein zerstört. Vom Riff aus.«

»Utho vom Riff ...« Der Prinz lächelte. »Wie ist dir das gelungen?«

»Die ischaranischen Schiffe ankerten zwar außerhalb unserer Reichweite, aber bei Ebbe erhoben sich die zerklüfteten, glitschigen Felsen der Riffe über den Wasserspiegel. Für nur eine Stunde am Tag wurden sie zu einem gefährlichen, aber begehbaren Weg.

In einer dunklen, mondlosen Nacht kletterte ich mit einem Langbogen in der Hand - mit einem solchen, wie Ihr ihn gerade benutzt habt - und mit einem Köcher voller pechgetränkter Pfeile die Klippen hinunter. Irgendwann erreichte ich den Wasserspiegel und lief über die Riffe auf das offene Meer zu. Fast wäre ich von den Wellen weggeschwemmt worden, die über die Felsen brandeten, aber ich durfte auf keinen Fall untergehen. In der Dunkelheit lief ich weiter voran, bis ich weit von der Insel entfernt ... und den vor Anker liegenden feindlichen Kriegsschiffen schon ziemlich nahe gekommen war.

Sie glaubten, dass sie in sicherer Entfernung von uns lagen. Die Ischaraner konnten mich nicht sehen, und sie erwarteten mich auch nicht. Auf einem großen Felsvorsprung fand ich eine günstige Position. Ich stellte meinen Köcher ab, legte die Sehne in den Langbogen und entzündete die erste Pfeilspitze mit einem Funken Magie. Ich kannte die Reichweite des Bogens genau, und meine Feuerpfeile trafen die Segel des nächstgelegenen ischaranischen Schiffes.

Ich entzündete alle fünfzehn Pfeile und schoss sie hintereinander ab. Alle fanden ihr Ziel. Die Flammen setzten die Segel in

Brand. Das Feuer lief die Masten hoch und breitete sich über die Decks aus. Die Männer riefen Alarm. Sie hatten keine Ahnung, woher dieser Angriff kam, denn eigentlich sollte niemand in der Lage sein, sich ihnen ungesehen zu nähern.

Ich genoss meinen Sieg nur eine Minute lang, denn die Flut setzte bereits wieder ein. Schon bedeckte das Wasser einen Teil des Wegs zur Insel, und so warf ich Köcher und Bogen ins Meer und rannte los. Meine Füße platschten durch Wasserlachen, und die Wellen rissen mich beinahe von den Felsen. Ich verlor das Gleichgewicht und stürzte in den Ozean, aber ich konnte zurückschwimmen, mich auf die Korallen retten und auf ihnen entlangwaten, bis ich es endlich zurück zur Garnison geschafft hatte.

Hinter mir brannten die feindlichen Schiffe rasch aus, während ich die Schreie der Sterbenden hörte. Aus allen drei Belagerungsschiffen wurden große Scheiterhaufen.

Ich war erschöpft und übel zugerichtet, aber immerhin hatten wir gewonnen. Die ischaranische Marine war bezwungen worden, und nun konnten unsere eigenen Kriegsschiffe die Blockade brechen und die anderen Patrouillenboote angreifen. Es war ein großer Sieg, den wir gebührend feierten. Die Garnison war gerettet.« Er blickte in die Ferne. »Ich habe ein Schiff zurück nach Osterra genommen, um Konag Cronin berichten zu können, was ich getan hatte und dass Fulcor gesichert war.«

Utho hielt inne und fühlte sich elend. Er schwieg so lange, dass Mandan ihn mit eifriger Neugier ansah. Obwohl ein Brava nur selten Gefühle zeigte, brach seine Stimme immer wieder, als er fortfuhr: »Während ich auf Fulcor stationiert war, hat ein ischaranisches Schiff den Küstenort Mirrabay ausgelöscht, in dem meine Familie gelebt hatte. Alle Einwohner wurden abgeschlachtet. Mareka, unsere Töchter ... alle waren gestorben, während ich dort draußen war, auf dem Riff.«

Der Prinz starrte ihn an; sein Gesicht war von Wut und Abscheu gerötet.

Utho fuhr ihn an: »Spielt nicht bloß mit dieser Armbrust herum! Schießt! Als würdet Ihr angegriffen!«

Verunsichert hob Mandan die Armbrust, betätigte den Abzug und verschoss seinen ersten Bolzen. Er schlug unter dem Gürtel in den Kaftan ein und hätte eine schreckliche Wunde im Bauch verursacht. Mandan spannte das Seil neu, lud und feuerte auch noch die drei anderen Bolzen ab, einen nach dem anderen. Uthos Geschichte hatte Mandans Heftigkeit gesteigert, und alle tödlichen Bolzen fanden ihr Ziel.

»Gut, mein Prinz«, sagte Utho. »Seid bereit, dasselbe zu tun, sobald Ihr einen richtigen Ischaraner seht.«

46

Als ihre Kolonne schließlich wieder auf Serepol zurollte, stieß Iluris einen langen, glücklichen Seufzer aus und schaute aus dem Fenster ihres Wagens. »Die eigene Heimatstadt ist doch immer der schönste Ort auf der ganzen Welt.«

»Ihr habt einige der Orte noch nicht gesehen, an denen ich gelebt habe.« Cemi saß neben ihr im Wagen und saugte die Einzelheiten in sich auf. Nachdem das freche Mädchen gesäubert worden war und frische Kleidung erhalten hatte, war sie von Iluris aufgefordert worden, ihr bis zum nächsten Bezirk Gesellschaft zu leisten, sehr zur Beunruhigung der Falkenwachen, des Kammerherrn Nerev und des Hohepriesters Klovus. Cemi hatte keine Familie, überhaupt keine Bindungen; es gab gar nichts, was sie in Prirari hielt, und für die Empra bedeutete sie wegen ihrer ungewöhnlichen und einfühlsamen Gedanken eine gute Gesellschaft. Auf der ganzen Reise war das Interesse des Mädchens an allen möglichen Dingen nie erlahmt.

Als die Kolonne in Serepol einfuhr, machte Kaptani Vos an deren Kopf den Weg durch die versammelte Menge frei, die die Rückkehr der Empra beobachten wollte. Cemi spähte aus dem offenen Fenster auf der anderen Seite des Wagens und bestaunte die Hauptstadt. »Dieses riesige Gebäude da hinten! Ist das der Palast?«

Iluris kicherte. »Das ist nur ein Lagerhaus, mein Kind. Der Palast ist viel größer.«

Cemi sah sie misstrauisch an und schien zu glauben, dass sie gerade zum Narren gehalten wurde. »Wirklich?«

»Die Empra würde niemals lügen.«

»Da habt Ihr mir aber etwas anderes beigebracht!« Das Mädchen kicherte und zitierte dann Iluris: »Politik, Menschenführung und Verhandlungskunst erfordern allesamt eine Spur von Wahrheit. Nur Menschen, die zu den Gottlingen in den Tempeln beten, glauben an absolute Antworten auf ihre Fragen.«

Diese Worte wärmten Iluris' Herz. »Gut, du hast mir zugehört. Ich werde dich unter meine Ratgeber aufnehmen. Deine Einsichtsfähigkeit ist oft besser als die ihre.«

Das Mädchen lehnte sich in dem schaukelnden Wagen zurück. »Das liegt daran, dass ich ein echtes Leben gelebt habe und nicht verhätschelt worden bin.«

Statt ihrer Straßenlumpen trug Cemi nun eine hübsche grüne Bluse, die mit Gold und Silber bestickt und mit kleinen Edelsteinen besetzt war. Schals bedeckten ihren Hals und das kurze braune Haar. Sie wirkte schön und sauber - und schien sich ganz und gar unwohl zu fühlen.

Die Empra sagte: »Ein verhätscheltes Leben bietet viele Vorzüge. Dein Geist besitzt die Freiheit, großartige Dinge zu entdecken, wenn du dir keine Sorgen um dein nächstes Mittagessen machen oder andauernd vor Dieben weglaufen musst.«

»Dagegen lässt sich nichts einwenden.« Sie zupfte an ihrem Seidenärmel und an den Juwelen, die auf den Stoff geklebt waren. »Aber ich würde diese Edelsteine lieber verkaufen als tragen. Worin liegt der Sinn, mit ihnen anzugeben und so hübsch auszusehen?«

Iluris lächelte. »Ein Mädchen in deinem Alter hat viele Gründe, hübsch zu sein.«

»Es sind aber nicht immer gute Gründe.«

Während die Kolonne durch die restlichen Bezirke gereist war, hatte Iluris viele Stunden in ihrem Wagen damit verbracht, ihrem neuen Mündel die Geschichte Ischaras, der Hohepriester und der Gottlinge eines jeden Bezirks zu erläutern. Sie beschrieb den alten Konflikt mit dem Staatenbund und sprach über die andauernden Verwüstungen durch die zügellosen Hethrren-Clans in den wilden Ländern südlich des Bezirks Tamburdin.

Für das junge Mädchen bedeutete dies alles eine Offenbarung. Ohne jede förmliche Ausbildung hatte sie auf der Straße gelebt, auch wenn ihr eine freundliche alte Frau vor ein paar Jahren die Grundzüge des Lesens und Schreibens beigebracht hatte. Iluris hatte den Kammerherrn Nerev damit beauftragt, Cemi während der langen Reise weiter darin auszubilden.

Nun blickte das Mädchen nach draußen, während der Wagen an den Lagerhäusern von Serepol, an den Schmieden, Holzplätzen und den großen Brennöfen in der Straße der Töpfer vorbeirollte. Steinmetze brachen mächtige Marmorblöcke in kleinere Platten. Bauern lenkten Eselkarren mit Getreidesäcken, mit Körben voller frischem Gemüse und Scheffeln mit Äpfeln.

Einer dieser Bauern eilte zwischen die Falkenwächter und erreichte die Seite des Wagens. Die Wachen brüllten ihn an, zogen ihre Schwerter und umzingelten ihn, doch der Bauer war kein Attentäter. Er streckte dem Wagenfenster nur eine blassgrüne Melone entgegen. »Für Euch, Exzellenz. Gewiss habt Ihr nie eine süßere gekostet. Meine beste!«

Sie hatte die Melone gerade entgegengenommen, als Kaptani Vos den Mann bei den Armen packte und vom Wagen wegzerrte. Als Cemi die Melone sah, leuchteten ihre Augen. »Diese Art ist köstlich und selten - ich habe einmal eine solche gestohlen. Sie heißen Abendrotmelonen. Er wollte Euch nur eine Freude machen.«

Iluris glaubte den Versicherungen des Mädchens und rief ihren treuen Wächtern zu: »Lasst ihn frei und bedankt euch in meinem Namen bei ihm. Aber wenn diese Melone so kostbar ist, dann werden wir sie ihm abkaufen. Gib ihm eine Goldmünze, Vos.«

Der Kaptani trat zurück und berührte überrascht seinen Brustpanzer. »Eine Goldmünze, Mutter? Für eine *Melone*?«

»Für *diese* Melone. Sie ist es wert.«

Der Bauer strahlte und verneigte sich. Vos gab dem Bauern eine Münze, wie es ihm befohlen worden war, und der Mann tänzelte davon. Nun hatte er eine Geschichte erlebt, die er seinen Gefährten noch in vielen Jahren erzählen konnte. Iluris sah ihm nach und dachte daran, dass sie durch den Glauben der Menschen an sie eine ähnliche Kraft und einen vergleichbaren Schutz wie die Gottlinge hatte, die beides aus den Opfern und eben auch aus dem Glauben an sie zogen. Sie fragte sich, was wohl der oberste Hohepriester von solchen Gedanken halten mochte.

Nachdem sich die Kolonne aufgrund der Störung neu zusammengestellt hatte, näherte sich der Kaptani dem Wagenfenster. »Ich entschuldige mich dafür, dass der Mann so nahe an Euch herankommen konnte, Mutter. Er hätte Euch etwas antun können.«

Iluris schürzte die Lippen. »Kaptani, bitte gib mir deinen Dolch.«

Er zog sein Messer. »Wollt Ihr Euch zur Not selbst verteidigen? In eine so große Gefahr würden wir Euch niemals bringen! Wir würden alle sterben, bevor …«

»Ich möchte mit deinem Messer diese Abendrotmelone aufschneiden. Es verlangt mich, endlich zu wissen, wie sie schmeckt.«

Während der Wagen weiterfuhr, breiteten sie und das Mädchen ein Tuch über ihre Schöße, und Cemi schnitt durch die harte Rinde und enthüllte das saftige orangefarbene Innere, das mit vielen kleinen schwarzen Samenkörnern durchsetzt war. Das Fruchtfleisch schmeckte süß, war weich und schmolz in Iluris' Mund. Cemi schnitt sich selbst ein Stück ab und beachtete den Saft nicht, der auf ihre feinen Kleider tropfte.

»Das ist köstlich.« Iluris tupfte sich den süßen Saft aus dem Mundwinkel. »Siehst du, mein liebes Mädchen, du kannst mir doch auch einiges beibringen.«

»Nicht so viel, wie Ihr mir beigebracht habt, und dafür bin ich sehr dankbar.« Cemi meinte es ohne Zweifel ernst.

»Wenn du Fragen stellst, zwingst du mich zu einer Antwort, und man erwartet von mir als Empra, dass ich auf alles eine Antwort habe.«

»Behaupten die Hohepriester nicht von sich selbst, alle Antworten zu haben?« Cemi wischte sich mit dem Ärmel über den Mund. »Ist das der Grund, aus dem sie die Gottlinge halten – zu unser aller Schutz?«

»Die Hohepriester glauben, alle Antworten zu kennen.« Iluris' Stimme wurde leiser, während der Wagen immer weiter voranrollte. »In Wahrheit aber kann niemand alle Antworten kennen.«

Schließlich bewegte sich die Kolonne durch das Herz der Hauptstadt. Die Priester kamen in ihren farbenprächtigen Kaftanen heraus, und Klovus ritt am Kopf des Zuges und winkte den Massen zu, als hätte er hier das Sagen. Als sie an den gewaltigen Grundmauern des Magnifica-Tempels vorbeirollten, riss Cemi verwundert die Augen auf. »Ist die Größe des Tempels der Grund dafür, dass der Gottling von Serepol der stärkste der Welt ist?«

»Das Bauwerk wird noch lange unvollendet bleiben. Unser Gottling ist bereits ungewöhnlich mächtig, aber sobald der Tempel fertig ist, wird er noch tausendmal stärker sein. Wer weiß, was er mit all dieser Kraft anstellen wird?«

Cemi starrte sie erstaunt an. »Mit einem solchen Beschützer wäre Ischara unbesiegbar.«

»Und was ist, wenn die Gottlinge eigene Absichten verfolgen? Oder die Hohepriester?« Iluris spürte, wie sich ihr Magen zu einem Knoten zusammenzog.

Der Rest des Ankunftstages war ein Gemenge aus Paraden und Feierlichkeiten, aus Empfängen und jubelnden Massen. Iluris ertrug dies alles und trat als geliebte Empra lächelnd vor ihr Volk. Von alldem überwältigt, rollte sich Cemi zusammen und schlief in dem Wagen ein, bevor sie den Palast erreicht hatten. Als sie erwachte, bestaunte sie sogleich die hohen Türme, die gewellten Dächer, die farbenfrohen Schindeln und die Bleiglasfenster. Cemi steckte den Kopf aus dem Wagenfenster. »Sagt mir nicht, dass das bloß ein weiteres Lagerhaus ist.«

Iluris kicherte. »Nein, das ist wirklich der Palast. Wie ich schon gesagt habe: Nichts ist so schön wie das eigene Zuhause.«

Das Mädchen schwieg lange und fragte dann mit leiser Stimme: »Und das soll jetzt auch mein Zuhause sein?«

»Solange du dich benimmst«, zog Iluris sie auf. »Ich werde dich stets unter Aufsicht halten.«

An jenem Abend bat Iluris die Köche, ihr eine kleine Mahlzeit ins Turmgemach zu bringen, aber daraus wurde natürlich ein außerordentliches Menu, von dem das meiste übrig blieb. Nachdem Iluris einige Zeit in Cemis Gesellschaft verbracht hatte, beschloss sie, die nicht verzehrten Speisen von nun an immer an die Armen verteilen zu lassen.

Das Mädchen wechselte aus der Reisekleidung in bequeme Seide und Pantoffel. Sie saß auf einem gepolsterten Stuhl an dem niedrigen Tisch und winkelte die Beine an, während sie aß.

Iluris hatte das Notizbuch des Kammerherrn Nerev mitgebracht, in dem sich die Namen all derer befanden, die als nächster Emprir oder als nächste Empra in Betracht kamen. Viele Kandidaten waren bereits ausgestrichen worden. »Ich möchte mit dir über diese Liste sprechen.«

Cemi hatte bereits während der Reise über die einzelnen Möglichkeiten nachgedacht, so wie Iluris es vorgeschlagen hatte, und sie hatte die Augen offen gehalten. »Nun, da Ihr mir so vieles beigebracht habt, verstehe ich auch, wie wichtig es ist, dass wir die beste Person für Eure Nachfolge finden.« Sie atmete tief ein. »Ich hatte immer geglaubt, die Empra sei nur eine geschniegelte Dame, die Bankette abhält und Paraden abnimmt, statt wirklich etwas zu leisten.«

Iluris reckte das Kinn vor. »Ich arbeite einigermaßen hart!«

»Mir ging es stets nur darum, einen Apfel zu stehlen und mir damit den Magen zu füllen. Dabei habe ich nicht über die Schwierigkeiten einer Regierung nachgedacht.« Cemi blätterte um und betrachtete die vielen Namen sowie die einzelnen Bemerkungen daneben. »Ich möchte Euch gern helfen, die richtige Person zu finden.«

Iluris freute sich, dass Cemis Lesekünste schon weit fortgeschritten waren und sie die krakelige Handschrift des Kammerherrn entziffern konnte. Etliche seiner Buchstaben waren verzerrt, weil er stets im rumpelnden Wagen auf den Knien schrieb.

Sie ist fünfzehn Jahre alt, dachte Iluris und versuchte sich zu erinnern, wie es sich angefühlt hatte, als sie selbst in diesem Alter gewesen war. Cemi hatte ein schwieriges Leben geführt, jeden einzelnen Tag gekämpft, aber auch die junge Iluris hatte unter dem Missbrauch durch ihren Vater schwer gelitten. Selbst ein verhätscheltes Leben war nicht immer so, wie es nach außen wirkte.

»Ich dachte, du möchtest selbst die nächste Empra sein«, neckte Iluris sie. »Hast du nicht deshalb versucht, in meine Gemächer im Haus des Bezirksvorstehers einzudringen?«

»Träume sind nur so lange gut, wie sie Träume bleiben. Die Wirklichkeit ist nicht dasselbe«, gab Cemi zu. »Niemand würde ein Mädchen von der Straße ohne adlige Abstammung und ohne Erfahrung akzeptieren. Ich bin ein Nichts.« Sie fuhr mit dem Finger über die Liste der Namen und hielt bei einigen kurz inne. »Aber wenn ich helfen kann, helfe ich gern. Ich selbst will allerdings niemals die gleiche Verantwortung tragen wie Ihr.«

Iluris schob ihre halb aufgegessene Mahlzeit beiseite und beugte sich über das Buch, sodass sie gemeinsam die Namen lesen konnten. Die Empra sagte in verschwörerischem Tonfall: »Derjenige, der Macht haben will, ist nicht derjenige, der sie bekommen sollte. In dieser Hinsicht stehst du weit oben auf der Liste der Bewerber.«

Cemi gab ein unanständiges Geräusch von sich und betrachtete noch einmal die Namen. »Ich mag einige von ihnen, und auch diese hier.« Sie blätterte um und deutete auf zahlreiche weitere Namen.

Iluris hatte eine Idee. »Dann möchte ich dir eine Aufgabe zuweisen. Sieh dir alle Namen an und sage mir, warum einer von ihnen eine bessere Wahl wäre als du. Welche Fähigkeiten haben sie, die du nicht hast?«

»Meint Ihr das ernst?«

»Sehr ernst. All diese Personen haben sich Verdienste erworben, denn sonst hätte Nerev sie nicht notiert. Sag mir also, welche Verdienste das sind. Vergleiche sie miteinander.« Ihre Stimme wurde härter. »Und sag mir, warum sie besser sind als du. Was fehlt dir?«

»Das wird aber eine lange Liste«, sagte Cemi.

»Wir haben es auch nicht eilig.« Iluris schätzte ihren Plan immer mehr. Cemi würde die Vorteile dieser Frauen und Männer herausarbeiten und damit all die Fähigkeiten benennen, die sie selbst nicht besaß. Auf diese Weise erhielt Iluris eine genaue Anweisung, worauf die Schwerpunkte von Cemis Ausbildung liegen mussten, sodass sie die bestmögliche Kandidatin und schließlich die nächste Empra von Ischara werden konnte.

47

Sechs Tage nachdem sie Dr. Severn und Thulgart verlassen hatte, entdeckte Schadri die zerfallenen Wreth-Ruinen weit draußen in einem einsamen Tal. Die uralte verlassene Stadt lag unter der niedrig stehenden Abendsonne und schien sie zu locken, während Schadri dem Ruf folgte. All die Geheimnisse, die sie dort finden konnte ...

Mit dem großen Rucksack auf den Schultern verließ sie die Hügel und schritt den Ruinen entgegen. Sie summte sich etwas vor und erfreute sich an ihrer eigenen Gesellschaft. Ihr sackartiges Hemd, der staubige Rock und der geflickte Mantel verbargen ihre untersetzte Statur und bewiesen, dass sie keine Person von Reichtum oder Macht war.

Schadri wusste, dass sich nur wenige Menschen in die alten Wreth-Städte trauten. Selbst nach so langer Zeit hielten sie diese Orte für verflucht oder zumindest für gefährlich. Schadri hingegen fand sie faszinierend - schließlich stellten sie eine Möglichkeit dar, Wissen zu erwerben, nach dem nur wenige Menschen suchten.

Als sie das Tor zu den zerfallenen Ruinen erreicht hatte, stellte sie ihr Summen ein und spürte das Gewicht des Schweigens und der Geschichte. Sie sah zahllose Fragen und noch mehr Fragen hinter diesen Fragen. Wenn niemand da war, der Fragen stellen konnte, dann fragte sie eben selbst. Sie hoffte, dass ihr diese untergegangene Wreth-Metropolis einige Antworten geben würde.

Die Ruinen waren voller Schatten und seltsamer Biegungen und Türen, die nirgendwohin führten, und außerdem gab es Brücken, die plötzlich mitten in der Luft endeten. Sie legte den

Kopf in den Nacken und betrachtete einen anmutigen Steinturm mit gebogenen Seiten, der zu einer Spitze auslief, die jedoch eingestürzt war. Splitter farbiger Kristalle - aus den Fenstern gebrochen - lagen verstreut am Boden.

Die Mauern des Turms waren mit Steingesichtern bedeckt, die von Wreth-Künstlern geschaffen, inzwischen aber durch Wind und Wetter fast völlig abgeschliffen worden waren. Jedes einzelne Gesicht zeigte die typischen mandelförmigen Augen, die hohen Wangenknochen und auch die spitzen Kinnladen der Wreth; der Ausdruck reichte vom heroischen zum entsetzten. Diese realistischen Darstellungen der lange ausgestorbenen Rasse mochten beunruhigend sein, aber gleichzeitig waren sie faszinierend.

Die moosbedeckten Überreste der hohen Mauern waren durch die Jahrhunderte von Regen und Frost aufgesprengt worden. Kannelierte, spiralförmige Säulen trugen nichts anderes mehr als Vogelnester. Sie scharrte mit der Stiefelspitze im Schutt und stellte sich diese Stadt in all ihrem Glanz und ihrer Pracht vor. Es gab so viel zu sehen! Es erschien ihr wie ein grausamer Scherz, dass sie so spät am Tag hier angekommen war.

Vor ihr erhob sich eine Mauer mit einem ornamentalen Fries, der Dutzende fein ausgeführter Gestalten zeigte. Es waren zwei Wreth-Armeen, die gegeneinander kämpften. Die Krieger trugen außergewöhnliche Rüstungen und gefährlich aussehende Speere mit spiralförmigen Schäften sowie gewundene Keulen mit Widerhaken und dreieckige geprägte Schilde. Vermutlich zeigte dieser Wandfries ein historisches Ereignis, bei dem die Abkömmlinge von Suth gegen die Nachfahren von Raan gekämpft hatten, denn diese beiden Gruppen hatten andauernd miteinander im Streit gelegen - darum, wer das Recht besaß, den Drachen zu erwecken und die Welt zu vernichten. Obwohl die Wreth ihre menschlichen Sklaven als Stoßtruppen eingesetzt hatten, sah Schadri keine Menschen auf dem Wandbild - ausschließlich Wreth mit wutverzerrten Gesichtern.

Die eine Armee ritt auf dickbeinigen Reptilien, während sich die andere mithilfe zotteliger Pferde mit Klauen statt Hufen fortbewegte. Die feindlichen Hauptmänner hielten ihre Waffen hoch erhoben. Die gemeißelte Szenerie war aufgeladen mit Gewalt.

Als Schadri einen Schritt nach vorn machte, um einen besseren Blick zu bekommen, trat sie auf eine erhabene Steinplatte und hörte ein Klicken. Ein summendes Glühen durchpulste ihren Körper. Die Wandskulpturen bewegten sich und erwachten rumpelnd zum Leben, als wären sie ein Puppentheater. Die Schlachtreihen stürmten aufeinander zu. Reptilien prallten gegen Wolfspferde. Wreth-Soldaten droschen mit ihren Schwertern aufeinander ein und stießen ihre Speere in die steinernen Gegner.

Die belebte Gewalt wurde immer schlimmer, je länger Schadri zusah, und die Schlacht gestaltete sich zunehmend schrecklich. Steinblut spitzte aus den Steingestalten. Ein Wreth-Kommandant spießte einen Feind mit einem schartigen Speer auf, machte einen Schritt nach vorn und hieb ihm den Kopf ab. Siegreich hielt er die furchtbare Trophäe hoch und drehte sich zu Schadri um. Seine grauen, versteinerten Augen schauten sie unmittelbar an.

Unter einem erstickten Keuchen taumelte sie von der Steinplatte herunter, und alle Bewegungen in dem Wandfries erstarrten. Die Gestalten nahmen nicht ihre ursprünglichen Positionen ein, sondern verblieben in den Nachwehen der schon lange vergangenen Schlacht.

Sie betrachtete das stille Tableau und kicherte. »Bemerkenswert. Davon habe ich bisher nichts gewusst.« Sie würde die Einzelheiten in ihrem Notizbuch verzeichnen, sobald sie vor ihrem Lagerfeuer saß.

Als die Dämmerung dichter wurde, summte sich Schadri wieder etwas vor und suchte nach einem Platz, an dem sie die Nacht verbringen konnte. Am nächsten Morgen wollte sie ihre Erkundigungen fortsetzen. Die meisten vernünftigen Menschen wären vor Einbruch der Dunkelheit aus diesen spukhaften Ruinen geflohen, aber Schadris Fragen waren stärker als ihre Angst.

»Der Aberglaube ist der Feind des Wissens«, rief sie sich in Erinnerung. Da sie so viel Zeit allein verbrachte, führte Schadri oft Selbstgespräche, aber sie vermied sie, sobald sie sich in einer Ortschaft befand, damit die Leute nicht glaubten, sie sei verwirrt.

Auf einem überwucherten Platz entdeckte sie eine rechteckige Plattform, die wie eine Bühne aussah, auf der es jedoch schon seit Jahrtausenden still war, und sie spürte die Gewissheit, dass dies ein guter Ort zum Schlafen sein werde. Sie schüttelte ihr sperriges Gepäck ab und war froh, diese Last los zu sein. Sie rollte die Schultern und lockerte sie, dann sammelte sie herabgefallene Zweige und trockene Blätter, mit denen sie ein knisterndes Lagerfeuer entfachte, das die Finsternis zurückdrängte. Schließlich beschloss sie, noch ein wenig Holz zu sammeln, bis sie genug hatte, um die Flammen die ganze Nacht hindurch zu nähren.

Als sie einen toten Busch zwischen den Steinplatten aus dem Boden herauszog, löste er sich mit einer Art musikalischem Klirren. Die Zweige hatten sich um ein umgestürztes Relikt gewickelt, das wie ein Baum aus Silber und Eisen wirkte. Blaue Kristallsplitter lagen verstreut in seiner Umgebung.

Nur einer der flachen, dreieckigen Kristalle war noch unversehrt; die glatte Oberfläche zeigte die Symbole der Wreth. Nachdem sie mit der flachen Hand den Schmutz abgewischt hatte, entdeckte sie auf der anderen Seite eine zweite Schicht mit Schriftzeichen. Sie hielt den faszinierenden Kristall gegen das flackernde Lagerfeuer und versuchte, die Symbole zu deuten, konnte sie aber nicht entziffern. Eines Tages würde Schadri die Sprache der Wreth erlernen.

Sie breitete ihren Mantel aus, schob sich den Rucksack so in den Rücken, dass sie sich dagegen lehnen konnte, und setzte sich dann mit untergeschlagenen Beinen vor das fröhlich knisternde Feuer. Sie sann über den dreieckigen Kristall nach, drehte ihn im Flammenschein hin und her, und dabei drängten sich ihr Fragen auf, die sie quälten und reizten.

Ihr Lagerfeuer war das einzige Licht in der uralten Stadt. Wenn sie ihrer Fantasie freien Lauf ließ, würde sie Beobachter in den Schatten sehen und Echos des untergegangenen Volkes hören, das es ihr übelnahm, dass sie hier eingedrungen war. Sollte aber ein Wreth aus einer Gruft springen und sich vor sie stellen, würde sie trotzig Antworten von ihm fordern. Wie sehr sie so etwas herbeisehnte!

Sie war müde, legte den Kopf gegen den Rucksack, schaute zu den Sternen hoch - zu all diesen anderen vollkommenen Welten, die von den Göttern der Wreth erschaffen worden waren - und stellte sich die alte Rasse vor. Was hatten die Wreth gedacht, als sie die Menschen erschaffen hatten? Als sie und Dr. Severn den Leichnam seziert hatten, waren sie verwundert über die komplizierten Organe, Muskeln und Blutgefäße gewesen und hatten nach dem Ort gesucht, an dem sich die fehlende Seele verstecken könnte. Wie vielschichtig die Menschen doch waren! Sie spürte, wie ihr Herz schlug, wie das Blut durch die Adern floss und die Luft in ihre Lunge hinein und wieder heraus strömte, und wie gleichzeitig die Gedanken in ihrem Kopf kreisten.

Doch die Menschen waren nur eine untergeordnete Art, die als Sklaven und Werkzeuge erschaffen worden waren. Weder Kur noch einer der anderen Götter auf den unzähligen Sternen schenkte den Menschen auch nur die geringste Aufmerksamkeit. Sie waren auf sich allein gestellt.

Sie legte sich die Hand auf die Brust und spürte ihren Herzschlag. Sie war lebendig, und sie war in der Lage zu denken, sie konnte sogar träumen. Was brauchte sie denn mehr? Schadri fragte sich, wie es wohl sein mochte, eine Seele zu haben ...

Diese Vorstellung erboste sie. Warum waren die Wreth überlegen? Kur hatte sie im Stich gelassen; warum also hatten sie sich als etwas Besonderes betrachtet? »Wieso habt Ihr euch anders gefühlt, als ich mich fühle?«, fragte sie laut, falls zufällig ein paar Wreth-Geister zuhören sollten. »Woher wollt Ihr wissen, dass Kur den Menschen keine Aufmerksamkeit schenkt? Nur weil wir nicht von ihm, sondern von Euch erschaffen wurden?« Sie runzelte die Stirn, zog die dunklen Brauen zusammen und senkte die Stimme zu einem Flüstern, weil die nächste Frage so unheilvoll war. »Woher wollt Ihr wissen, dass Kur überhaupt existiert?«

Sie hatte gehört, dass die Magie in Ischara noch viel stärker war als hier und die Menschen dort ihre eigenen Gottlinge erschufen. Warum konnten die Bewohner des Staatenbundes nicht ebenfalls Wesen erschaffen? Weil die Magie hier zu schwach war? Sicherlich war ihr Glaube genauso stark wie jenseits des Ozeans! Sollten die Mitglieder des Staatenbundes beschämt sein … über dieses Versagen? Oder war die »Schöpfung« etwas, zu dem auch sie in der Lage waren, wenn sie nur herausfanden, wie alles zusammenhing, und wenn sie sich ausreichend anstrengten?

Oder war es andersherum? Hatten die Ischaraner etwas Monströses und Schreckliches getan, indem sie ihre Gottlinge erschaffen hatten?

Schadris Fragen vervielfachten sich immer weiter, so wie es stets geschah, und jedes Rätsel gebar ein weiteres Rätsel. Das war es, was das Leben so faszinierend und wertvoll machte, aber jedes Fragezeichen deutete auch auf eine Leerstelle in ihrem Wissen hin, und Schadri war fest entschlossen, ihr Leben mit dem Füllen dieser Leerstellen zu verbringen.

Sie summte wieder vor sich hin, kuschelte sich in ihren Mantel und drückte den dreieckigen Kristall gegen ihre Brust. Vielleicht würden die Antworten im Traum kommen, aber eigentlich erwartete sie das nicht. Für gewöhnlich war es nicht so leicht, an Antworten heranzukommen.

Die Ruinen ragten um sie herum auf, rätselhaft zwar, aber auch … seltsam wehrhaftig. Sie würde hierbleiben und ihre eigenen Antworten finden; sie würde stöbern und so lange suchen, bis sie Erfolg hatte.

48

Felszinnen erhoben sich aus dem Sandmeer des Schmelzofens. Die steinernen Monolithen wirken wie ein Tor am Ende der grau gestreiften Berge, die hoch aus der Wüste emporragten.

Hier lebten Königin Voo und ihre Sandwreth. Die starke Hitze erinnerte sie an die versengten Schlachtfelder aus den Kriegen, nachdem sie ihrer Rivalin Onn das Gesicht aufgeschlitzt und ihre Untertanen sie unter einem Schutzschild, der von Blitzen gebildet worden war, aus dem kochenden Land weggeschleift hatten. Damals war die Magie der Welt noch so stark gewesen ...

Die Wreth-Parteien hatten sich in den Jahrhunderten des Kriegs beinahe gegenseitig vernichtet, und dieser Krieg war noch immer nicht vorbei.

Voo hoffte, dass Kur ihre Wut wahrnahm und bemerkte, wie sie und ihre Sandwreth-Gefährten genau das zu tun versuchten, was er verlangte, obwohl seine Geliebte Raan so übel behandelt worden war. Die böse Suth hatte ihre eigene Schwester vergiftet und die Welt mit ihrer Eifersucht beinahe zerrissen. Als Nachfahrin von Raan würde Königin Voo den Rachefeldzug gegen die Frostwreth, der schon seit einigen Generationen tobte, weiterführen.

Sie bewegte den dreieckigen grünen Schild an ihrem Arm. Es spielte keine Rolle, was ihre Gegner hoch droben im Norden gerade unternahmen. Die Sandwreth waren stärker, und sie würden den Drachen wecken - so wie Kur es verlangte. Es würde vielleicht noch ein wenig dauern, denn zuerst mussten sie ihre Magie auf die Probe stellen - aber es konnte keinen Zweifel daran geben, dass die Sandwreth Kurs auserwähltes Volk waren.

Zehn ihrer treuen Gefährten ritten auf Augas durch die flirrende Hitze; zu ihnen gehörten ihr Bruder Quo und der Magier Axus. Sie hatten ihre Festung aus Sand und Stein tief im Innern der Wüste verlassen und waren in Richtung des Gebirges unterwegs. Die Reptilien stapften donnernd voran und hinterließen tiefe dreizackige Eindrücke im Sand. Voo blickte zurück und betrachtete die Reihen der Spuren.

Sie alle trugen braunes Leder und goldene Schuppen und folgten der Verwerfungslinie auf der Suche nach dem Resonanzpunkt am fernen südlichen Ende der Berge. Kein Mensch war je so tief in den Schmelzofen eingedrungen, denn Menschen konnten in dieser unwirtlichen Gegend nicht überleben. Deshalb beschützte und pflegte Voo als wohlwollende Königin ihre besonderen menschlichen Diener und hielt sie unter großen Anstrengungen am Leben, damit sie arbeiten und bauen konnten. Nur wenige von ihnen starben.

Ihr Bruder ritt neben sie und blinzelte mit seinen Bernsteinaugen in die Hitzekräuselungen, hinter denen die zerklüftete Bergkette nur undeutlich zu erkennen war. »Werden wir unsere Magie hier einsetzen, Schwester? Werden wir sie vollständig entfesseln?«

Ihr Auga schleppte sich voran. »Ich möchte wissen, was wir erreichen können. Wir sollten uns die Bergkette zum Ziel nehmen und dem Drachen einen kleinen Stoß versetzen. Es ist zwar nur der erste Schritt, aber ich glaube, wir werden es schaffen, ihn in Bewegung zu bringen.«

Quos Lächeln enthüllte vollkommen gleichmäßige Zähne. Das lange Haar flatterte wie eine Tiermähne hinter ihm her. »Wir könnten diese Berge dem Erdboden gleichmachen und den Wüstenboden aufbrechen, wenn wir das wollen.«

Voo schüttelte den Kopf, und die Goldglöckchen, die in ihr Haar gewoben waren, klingelten. »Wir werden den Wüstenboden nicht aufbrechen, aber wir werden die Berge erschüttern. Unsere Magie reicht tief.«

Die Königin zügelte ihren Auga, und noch mehr Wreth-Adlige

und Magier schlossen zu ihr auf und schauten mit glitzernden Augen über den leeren Sand. Die Gruppe ritt bis zur ersten Reihe der schwarzen Felsen, die sich aus der Wüste erhoben und sich übereinander zu einem Grat auftürmten, der bis zum fernen Drachengrat-Gebirge reichte.

Alle im Land verbliebene Magie war miteinander verbunden - alle Linien der Macht, die jahrhundertelang die Wreth-Armeen gespeist hatten, während sie den Kontinent systematisch vernichtet hatten. Diese Bergkette erstreckte sich wie ein bloßliegender Nerv in den Schmelzofen hinein. Voo und ihre Gefährten würden ihn zum Schwingen bringen und das ganze Land damit zerreißen.

Als sie ihr Ziel erreicht hatten, glitt Voo anmutig aus dem harten Ledersattel. Das großäugige Tier streckte seine schwarze, gespaltene Zunge heraus. Auch die anderen Wreth stiegen ab und betrachteten zusammen mit ihrer Königin die beeindruckenden Berge. Der trockene Staub roch sauber, voller Möglichkeiten. Voo setzte ihren Drachenschuppenschild ab und kniete sich in den heißen Sand. Sie drückte die Handflächen gegen einen schief aufragenden Felsblock vulkanischen Ursprungs. Die Hitze brannte auf ihrer Haut, doch sie wischte den Schmerz mit einem einzigen Gedanken fort und sandte ihre Magie in den Stein.

»Ich spüre es. Dieser Fels reicht tief und berührt an seinem Ende den Berg, und der Berg reicht tief und berührt an seinem Ende das Herz der Welt, an dem der Drache schläft.« Sie grinste und sah Quo und die Magier und Adligen an. »Gemeinsam können wir unsere Magie wie ein Messer in dieses Herz stechen und darin umdrehen.«

Voo spürte, wie sich das Leder ihrer Kleidung an sie schmiegte; noch befanden sich Spuren von Leben und Magie darin. Ihre Stiefel und Schulterpolster bestanden aus fein geschupptem Auga-Leder, aber bei allem anderen handelte es sich um gegerbte Menschenhaut, die weich und bequem war.

Die Königin lehnte sich gegen den Felsen, breitete die Arme aus und umfasste mit ihrer Haut so viel von ihm wie möglich. Sie saugte die pulsierende Hitze, die Energie und Magie in sich auf.

Ihr Bruder tat das Gleiche; er hatte sich das Lederwams vom Leib gerissen und drückte die nackte Brust wie ein Liebhaber gegen einen anderen Felsblock.

Auch die Adligen und Magier entledigten sich ihrer Kleidungsstücke, und jedes einzelne Mitglied der Gruppe berührte den Felsen in den Tiefen der schwarzen Berge. Königin Voo legte die Wange gegen den rauen Stein und flüsterte den Magiern zu: »Ruft sie jetzt. Ruft die Magie herbei. Schickt eine Woge der Kraft tief ins Innere der Welt, berührt den bloßliegenden Nerv und weckt den schlafenden Drachen.«

Die Magier brüllten kehlige Zaubersprüche und beschworen die zerfaserten Überreste der Magie herauf. Es waren nicht mehr als bloße Fetzen, die im Boden verblieben waren, aber sie wurden nun verstärkt.

Die Kraft brandete durch Voos Rückgrat, kitzelte in ihrem Sonnengeflecht und funkelte in ihrem Herzen. Sie wärmte ihren leeren Bauch, nährte sich an ihrer Lebensquelle und kräftigte sie. Ihr Bruder lachte neben ihr, und die Magier und Adligen zeigten die gleiche freudige Erregung, während sie weitere Kräfte anzogen.

Gemeinsam bildeten sie einen Hammer und rammten ihn tief in den Felsen hinein. So riefen sie ein Beben hervor, das die Erde durchdrang. Es hallte in der ganzen Bergkette wider und brachte sie zum Schwingen. Die scharfen Scharten schüttelten große, locker liegende Felsblöcke los. Eine Geröllawine fuhr an einem der Hänge nieder und stürzte in eine Schlucht.

Königin Voo und ihre Gefährten schlugen abermals zu und schleuderten einen Hammer der Macht geradewegs in die Sanddünen. Der Sand explodierte in hoch auftreibenden Geysiren, und der Staub wirbelte umher. Der Schock setzte sich bis in die Tiefen fort.

»Wir werden bereit sein! Wir werden stark sein.« Voo ergoss ihre ganze konzentrierte Macht in den Berg. »Unsere vereinigten Kräfte werden den Drachen wecken.«

Eine letzte Welle traf die Fundamente der Berge. Die Schockwelle fuhr an ihnen entlang, unzählige Meilen weit, bis hinein in das Herz des Staatenbundes.

Erschöpft, aber in Hochstimmung glitt Voo von dem Felsen herunter und landete im weichen Sand. Ihr Körper zerschmolz vor Schweiß.

Die Wreth-Magier waren allesamt zusammengebrochen. Ihr Bruder kroch auf sie zu, bewegte sich auf Händen und Knien, hatte sie erreicht. »Sollen wir es wieder tun?«

»Das werden wir ganz sicher.« Voo umarmte ihn. »Aber nicht jetzt. Zuerst müssen wir die bösartigen Frostwreth auslöschen. Wir werden uns ein wenig Spaß für die Zeit aufsparen, wenn der richtige Krieg beginnt.«

49

Nachdem Rokk wieder zu der neuen Festung in Bakalsee abgereist war, führte Königin Onn eine Gruppe von Wreth nordwärts. Sie hatte noch etwas in den verschneiten Bergen zu erledigen.

Onn hatte sich in einen Mantel gewickelt, der mit weißem Bärenpelz verbrämt war, und saß bequem auf dem Sitz ihres Schlittens. Vier kleine, muskulöse Drohnen in zerfetzten Fellen zogen ihn durch den Schnee. Sie waren in Ketten gespannt. Ihre Stiefel mit den Nagelsohlen fanden jederzeit genug Halt, den Schlitten immer weiter nach Norden zu ziehen. Neben ihr trugen zwei weitere Schlitten Frostwreth-Magier durch die Landschaft auf einen hohen schwarzen Berg zu, der sich aus der weißen Wüste erhob.

Der Berg, den zu benennen sich Onn nicht die Mühe gemacht hatte, wurde von Tonnen aus Eis und Schnee niedergedrückt, aber es handelte sich bei ihm um einen Resonanzpunkt. Seine Knochen reichten tief in die Fundamente der Bergkette hinein, die sich weit südlich in den Kontinent hinein erstreckte und schließlich auf die Drachengrat-Berge stieß, unter denen Ossus lag. Der Drache schlummerte, war seit Jahrtausenden verborgen ... aber er befand sich nicht länger in Sicherheit, denn die Wreth waren erstarkt und bereit, ihn zu wecken.

Sie war froh, dass sie den kleinen Jungen Birk nicht mitgenommen hatte, denn das Menschenkind hätte die Anstrengungen dieser Reise niemals überlebt. Sie war sich nicht einmal sicher, ob sein zerbrechlicher Körper in Bakalsee durchhielt, wohin Rokk ihn fürs Erste bringen würde, und sie konnte auch nicht darauf vertrauen, dass die Drohnen wussten, wie sie ihn zu pflegen hatten. Sie gab ein leises Schnauben von sich und nahm sich vor, dem Jungen mehr Aufmerksamkeit zu schenken. Vielleicht sollte sie ihn zurückholen - später. Ihre Arbeit hier am schwarzen Berg war weitaus wichtiger.

Die weiße Landschaft war mit kahlen Felsen gesprenkelt. Dies war das Reich, über das Onn herrschte, ein kaltes Land mit einigen Wreth-Festungen, ummauerten Siedlungen und Zufluchtsorten, an denen sich ihr Volk in die Tiefe gegraben hatte, während sich ihre Rasse erholt hatte. In den zahlreichen Jahrhunderten des abwechselnden magischen Schlafes und des Wachens hatte Onn ihr Volk gehegt und gepflegt und dabei geholfen, Verteidigungsanlagen zu schaffen und Waffen zu schmieden. Onn dürstete nach dem Krieg und danach, die verhassten Sandwreth zu vernichten, sodass diese nicht von Kur erlöst werden konnten, wenn er zurückkehrte. Sie berührte die Narbe an ihrer Wange und erinnerte sich daran, wie sie vor langer Zeit Königin Voo beinahe getötet hatte. Diesmal würde sie siegen.

Onn spürte, wie ihr die Kälte ins Gesicht stach, als die Drohnen den Schlitten noch schneller zogen. Eiskristalle glitzerten auf dem weißen Bärenfell. Niemals würde sie den wichtigsten Befehl vergessen, den Kur seinen Kindern gegeben hatte, bevor er verschwunden war: die Vernichtung des Drachen, jener Verkörperung all dessen, was böse, hassenswert und gewalttätig war. Seine Finsternis vergiftete nicht nur die Wreth, sondern die ganze Welt. Onn war zwar noch nicht davon überzeugt, dass sie stark genug waren, den Drachen zu erwecken, aber ihr Volk wurde mit jedem Tage mächtiger.

Die Wreth-Magier in den anderen Schlitten hatten sich in dicke blaue Roben gewickelt; ihre Köpfe aber waren unbedeckt und kahl, und die tief in die Höhlen eingesunkenen Augen glitzerten eisblau und entschlossen. Die humorlosen Magier boten eine armselige Gesellschaft, aber Onn brauchte sie wegen ihrer Macht. Wenn sie ihre Magie in den schwarzen Berg einhämmerten, reichte der Widerhall vermutlich aus, die ganze Welt zum Beben zu bringen.

Taumelnd hielten die Drohnen auf dem unebenen Schnee an, und das Knirschen der Kufen erstarb in der Stille. Die bleichen, dummen Kreaturen starrten einen tiefen Spalt an, der vor ihnen gähnte. Da sie nicht in der Lage waren, diese ungeheure Schlucht mit ihren blauen Eiswänden zu überwinden, drehten sie sich mit ausdruckslosen Gesichtern ratlos zu Onn um.

Ungeduldig schwang sie sich aus dem Schlitten und schritt über den Schnee. Auch die Magier näherten sich dem Rand des schwindelerregenden Abgrunds. Als sie nichts unternahmen, fuhr Onn sie an: »Muss ich denn alles selber machen?«

»Nein, meine Königin«, sagte einer der Magier. Die vier standen dicht vor der gähnenden Tiefe, und ihre blauen Roben flatterten in einem Wind, der durch die Macht, die sie nun heraufbeschworen, geboren war. Der Schnee zitterte unter Onns Füßen, und allmählich verengte sich die Schlucht. Die Ränder knirschten aufeinander zu wie eine Tür, die sich langsam schloss.

»Wir brauchen nicht die ganze Landschaft neu zu schaffen - wir müssen nur auf die andere Seite gelangen«, schalt sie die Magier. Onn hob die Hände, rief ihre eigene Magie herbei und formte das Eis um. Das darin enthaltene Wasser schmolz und bildete die Wände des Spalts neu, als wäre es Spachtelmasse. Sie füllte den Zwischenraum an, bildete eine Eisbrücke, die so fest war, dass die Schlitten über sie hinwegfahren konnten, und kletterte wieder auf ihren Sitz. Als sie sich zwischen ihren Pelzen niedergelassen hatte, befahl sie den Drohnen weiterzumarschieren.

Das Zischen der Kufen wurde auf dem harten sauberen Eis, das sie erschaffen hatte, zu einem lauten Kratzen. Die Schlitten der Magier folgten ihr, als die Drohnen die windige Ebene auf der anderen Seite erreicht hatten. Die Männer neigten die Köpfe und vergruben sich tief in ihre Pelze.

Königin Onn beschattete die Augen und betrachtete den hoch aufragenden schwarzen Berg vor ihr. Die makellose Schicht aus Eis und Schnee, die ihn bedeckte, inspirierte Onn zu der Frage, wie die Welt wohl aussehen mochte, wenn Kur sie in vollkommener Gestalt neu erschaffen hatte. Aber Onn würde den letzten

Sieg nicht erringen, solange der Drache unter der Welt schlief, und sie wusste, dass es titanischer Anstrengungen bedurfte, Ossus zu wecken. Sie und ihre Magier mussten üben, denn schon viel zu lange waren sie träge und apathisch gewesen.

Die drei Schlitten hielten an, und die Drohnen standen erschöpft vor dem schwarzen Felsungetüm. Onn starrte den Berg an, als wäre er ein überhebliches Hindernis, das sich ihr widersetzte. Ihr elfenbeinfarbenes Haar flatterte im Wind wie ein lebendes Wesen, während sie die Hitze in ihrem Inneren und die Magie in ihrem Blut anrief. »Das müssen wir gemeinsam tun. Gemeinsam können wir die Welt erschüttern.«

Zitternd vor Kälte standen die Magier in ihren blauen Roben da. Onn schüttelte ihren Pelz ab und war nur noch in einem dünnen Seidengewand zu sehen, das kaum mehr als gewebter Wind war. »Wir müssen mit unserem Selbst die Macht berühren. Nichts darf zwischen uns und ihr stehen.« Sie zog auch noch das Gewand aus und warf es beiseite. Der Wind fing es ein, und das Kleidungsstück glitt auf ihm zum Schlitten zurück. Die Drohnen beobachteten es ohne jede Regung. Königin Onn stand nackt in der eiskalten Luft und warf den Kopf in den Nacken. Ihre Brüste waren fest, sie breitete die Hände aus und genoss die Kälte.

Auch die Wreth-Magier entledigten sich nun ihrer blauen Roben und standen nackt vor den Gletschern. Ohne ihre Kleidung wirkten sie keineswegs weniger mächtig, eher noch majestätischer als zuvor.

»So hat Kur uns erschaffen«, sagte Onn. »So müssen wir ihm zeigen, dass wir das tun, was er uns befohlen hat.«

Die Magier hoben die Arme über die Köpfe und ballten die Hände zu Fäusten. Onn stellte sich zwischen sie und hob die Hände. Als sie ebenfalls die Fäuste ballte, spürte sie, wie die Magie in ihr knisterte.

Unter ihr bebte der dicke Gletscher, als fürchtete er sich. Vereinigt riefen sie die Magie der Tiefe herbei, die sie bald umwirbelte, und vereinigt senkten sie die Fäuste, als würden sie den Boden mit unsichtbaren Hämmern bearbeiten.

Der magische Aufprall schickte eine konzentrierte Macht in das Eis und versetzte dem schwarzen Berg einen erdbebenartigen Schlag. Die Gletscher, die ihn bedeckten, regten sich, brachen und fielen vom Felsen ab. Große Schneebretter aus Blau und Weiß rutschen unter ohrenbetäubendem Lärm ins Tal und nahmen dem Berg seine Last.

Starr und steif beobachteten die Drohnen die ungeheure Gewalt, die soeben auf die Welt losgelassen worden war.

Als der Berg fast genauso nackt war wie Onn und ihre Magier, hoben sie ein weiteres Mal die Hände, ballten die Fäuste und riefen die Macht wieder herbei.

»Tiefer diesmal!«, sagte Onn. »Bis alle Berge es spüren.«

Sie senkte die Hände zu einem zweiten gewaltigen Schlag, der tief, tief in der Erde widerhallte.

Onn sah zu, wie sich die arktische Landschaft in Schockwellen aufwarf, die bis zum Horizont liefen - als hätte sie einen Stein in einen Teich geworfen. Gletscherreste rutschten von der Bergflanke und verursachten einen Lärm, der so laut wie das Brüllen eines Drachen war.

Onn lächelte.

50

Gemeinsam reisten Elliel und Thon über die Bergstraßen und kamen an Versorgungszügen, Ochsenkarren voll von Erzen und Packeseln vorbei, die einer vertrauten Route von Ort zu Ort entlang der Drachengrat-Berge folgten.

Thon folgte der Straße, die ungefähr in Richtung Norterra führte, aber er wusste nicht recht, wohin er sich begeben sollte. Elliel beobachtete oft, wie seine saphirblauen Augen mit einem verloren wirkenden, aber gleichzeitig neugierigen Blick in die Ferne starrten. Rätsel umgaben ihn wie eine Aura, und Elliel spürte deutlich, dass diesem Fremden eine große Bedeutung zukam. Wegen ihrer vergleichbaren Lage fühlten sie sich einander verbunden; beide hatten ihre Vergangenheit verloren. Sollte er vielleicht ein wichtiges Schicksal erfüllen? Wäre es möglich, dass sie sich ein eigenes Vermächtnis erschuf, mit dem sie den dunklen Fleck in ihrer Vergangenheit tilgen konnte, wenn sie an Thons Seite blieb und ihm bei seiner Suche half? Auch wenn sie nicht wie bei den anderen, denen sie gedient hatte, ein förmliches Band mit ihm eingegangen war, fühlte sie sich aufgrund ihrer Ausbildung diesem Wreth-Mann doch verpflichtet. Elliel kam sich allmählich wieder wie eine Brava vor.

Nach den heißen Quellen folgten sie zwei Tage der Bergkette. Wegen der Umrisse der spitzen Gipfel war es nicht unwahrscheinlich, dass sich die frühen Siedler Geschichten über den gewaltigen Weltendrachen erzählt hatten, der dort offenbar begraben lag. Der Vada mit seiner beständigen Rauchfahne war der höchste Gipfel in der Kette, und sein kegelförmiger Umriss ragte jeden Morgen deutlich sichtbar hinter ihnen auf, wenn Elliel einen Blick zurück auf den Weg warf, den sie bisher genommen hatten.

Sie hatte die Richtung vorgegeben, Thon stets im Auge behalten und seine Reaktionen beobachtet. Weil ihr Gefährte ein Wreth war, konnte sie seine Miene oft nicht deuten, und sein Verhalten wich von dem der Menschen ab, aber sie versuchte es trotzdem zu deuten, während sie seine Persönlichkeit allmählich kennenlernte. Obwohl sie unwiderstehlich von ihm angezogen wurde, hatte er keinen Versuch unternommen, sie zu verführen, auch wenn es dazu genügend Gelegenheiten gegeben hatte. Fand Thon sie schön, wenn er in ihre grünen Augen blickte, oder sah er sich bloß ihre Tätowierung an?

Sie war von der Rune auf seinem Gesicht genauso fasziniert, insbesondere von der Schleife, die geradezu den Verschluss seiner Erinnerungen bildete. Jemand oder etwas hatte ihn seiner Vergangenheit beraubt und tief in einer Quarzhöhle im Berg weggesperrt, und er besaß nicht einmal einen Brief, in dem seine Verfehlungen erklärt wurden, während Utho wenigstens einige Zeilen für Elliel hinterlassen hatte. Thon war ein vollständiges Rätsel.

Sie konnte nicht glauben, dass er irgendein schreckliches Verbrechen begangen hatte, das mit dem ihren vergleichbar war. Aber die Einkerkerung in einer Kristallhöhle war so außerordentlich, dass es um mehr als bloß um eine Bestrafung gehen musste. Warum war er nicht hingerichtet oder verbannt, sondern im Innern eines Berges weggesperrt worden – für die Ewigkeit? Was für ein Verbrechen mochte dazu geführt haben? Oder war es gar kein Verbrechen gewesen? Vielleicht handelte es sich gar nicht um eine Bestrafung. Was war, wenn Thon zu seinem eigenen Schutz eingeschlossen worden war? Was war, wenn man ihn zu einem bestimmten Zweck versteckt hatte? Es musste mehr an ihm sein, als auf den ersten Blick zu erkennen war, und sie war fest entschlossen, dies herauszufinden.

Wegen seiner sanften Stimme, seiner freundlichen Neugier und seinem ruhigen Verhalten war sie trotz all seiner Seltsamkeiten davon überzeugt, dass Thon ein ehrenwerter Mann war, den sie respektieren konnte. Auch sich selbst schätzte Elliel eigentlich als einen guten Menschen ein … aber sie hatte diese Kinder und ihren Lehrer getötet. Dank der Rune des Vergessens würde sie nie wissen, wieso sie in eine so ungezügelte, mörderische Wut verfallen war. Sie hatte Uthos Brief viele Male gelesen und inzwischen jedes Wort auswendig gelernt, aber es hatte ganz den Anschein, als sei er nicht über sie, sondern über eine fremde Person geschrieben worden. Es musste eine fremde Person sein!

Sie berührte ihre Wange und schritt auf dem steinigen Weg rasch aus. Neben ihr sagte Thon: »Ich bin froh über deine Gesellschaft. Wir haben eine lange Reise vor uns.«

Elliel stieg den steilen Pfad an, ohne atemlos zu werden. »Wir wissen nicht einmal, wohin wir gehen.«

Er hielt Schritt mit ihr und zeigte keinerlei Anzeichen eines Humpelns mehr, obwohl er sich erst vor wenigen Tagen das Bein gebrochen hatte. »Ja, aber ich weiß, dass unser Ziel fern ist. Ich spüre den Ruf des Ortes, an dem ich sein soll. Dort geht es entlang.« Er zeigte auf die Spitzen der Bergkette. »Vielleicht wissen wir beide am Ende unserer Reise, wer wir in Wirklichkeit sind.« Er lächelte, streckte die Hand aus und berührte Elliel. Sie spürte eine Kälte, als würde er Magie gebrauchen. Ein Schimmern schien von seinen Fingern in ihre Haut einzuprickeln.

Plötzlich zuckte er vor ihr zurück und riss den Mund auf. »Spürst du es auch?« Er griff sich an die Brust. »Es reicht tief.«

»Thon!« Sie packte ihn und hielt ihn fest, damit er nicht strauchelte. »Was ist das? Ich fühle nicht …«

Unter ihren Füßen pulsierte der Boden. Es war eine Vibration, die aus dem Herzen der Bergkette aufzusteigen schien. Sie hörte ein lauteres Geräusch, als die Gipfel erzitterten, und ein weiteres Beben warf sie auf die Knie. Starr fiel Thon neben ihr zu Boden.

Überall an dem Bergrücken entlang schwankten die silbernen Kiefern, als würden sie von einem unterirdischen Sturm durchgeschüttelt werden. Einige Bäume stürzten sogar um und glitten zusammen mit Felsgeröll und Erde den Hang herunter. Dies war unvergleichlich viel schlimmer als jedes Beben, das sie in den Minen erlebt hatte. Es wollte nicht aufhören.

Sie klammerte sich an Thon, bot ihm Trost und brauchte gleichzeitig seine Berührung. Er packte sie, und sein Gesicht verzerrte sich in schrecklichem Schmerz. »Die Welt reißt sich selbst auseinander!«

Felsen polterten die Bergflanke hinunter, in die der schmale Weg gegraben war, und Schutt und Geröll folgten ihnen. Eine Kiefer stürzte neben ihnen um, als das Beben noch stärker wurde. Elliel bemerkte, dass der Gipfel über ihnen frei von Bäumen war. Sie ergriff Thons Arm. »Schnell, dort hinauf! Da ist es sicherer.«

Sie rannten, keuchten und mühten sich, das Gleichgewicht zu behalten und auf den Beinen zu bleiben, als die Erde schaukelte, als sei sie ein wildes Pferd. Taumelnd gelangten sie zum Gipfel und befanden sich nun oberhalb der umstürzenden Bäume und talwärts fliegenden Felsbrocken. Zitternd drehten sich Elliel und Thon um und blickten zum Vada zurück.

Der gewaltige Berg war explodiert, der symmetrische Kegel abgesprengt, und eine raue, schartige Wunde war dadurch entstanden, aus der eine Fontäne aus Asche und Rauch aufstieg, die in Form eines Ambosses so hoch hinauf reichte, dass der Wind sie nicht mehr erfassen konnte.

»Der Berg ...«, sagte sie.

Mehrere Tage hindurch hatte sie die matten Kräuselungen des Rauches weit oberhalb von Scharrdorf beobachtet und sich dabei wenig gedacht. Nun aber tropfte ein Strom aus orangefarbenem Feuer zäh wie Kerzenwachs den Hang herab, und Elliel befürchtete schon, die Lava könnte das Dorf einkreisen. Wie unter einem wütenden, heftigen Husten schoss noch eine weitere Kugel aus Asche und Rauch aus dem Vada hervor.

»All die Bergarbeiter!«, rief sie. »Meine Freunde! Wenn sie in den Schächten waren ...«

Während er die unaufhörliche Eruption angestarrt hatte, war Thons blasse Haut noch weißer geworden. »Ossus wacht auf.«

Elliel packte seine Hand. »Wir müssen zurückkehren und zu

helfen versuchen. Das ist es, was eine Brava tun würde. Wir dürfen nicht einfach weglaufen.«

»Ja«, erwiderte er mit ausdrucksloser Stimme. »Wenn sich der Drache regt, müssen wir zu ihm gehen.«

51

Vom Berg oberhalb des Zusammenflusses aus wirkte es so, als stünde der Himmel in Flammen. Bei Sonnenuntergang legten sich kupferfarbene und rote Wolken über die fernen Drachengrat-Berge, und die Luft roch nach Rauch. Auf der Burgmauer beobachtete Conndur, wie die Farben intensiver wurden, und er konnte spüren, dass etwas nicht stimmte. Eine graue Rauchsäule stieg wie eine Gewitterwolke über der Bergkette auf.

Prinz Mandan stand neben ihm und sah seinen Vater fragend an. »Weißt du noch, wie die Grashügel vor zehn Jahren gebrannt haben? Durch den Rauch haben die Sonnenuntergänge genauso ausgesehen wie jetzt. Ist das ein Waldbrand?«

Conn schluckte schwer und schmeckte Asche. »Wenn das ein Waldbrand ist, dann muss halb Osterra in Flammen stehen. Offenbar ist etwas Gewaltiges geschehen.«

Zuerst hatte er den Rauch als Seltsamkeit betrachtet, dann als etwas, worüber er sich Sorgen machen musste, und nun verstärkte der Sonnenuntergang sein Gefühl des Schreckens ins Unermessliche. In den nächsten Tagen würden Reisende oder Augenzeugen aus den fernen Bergen kommen und Bericht erstatten. Er musste an die unglaublichen Warnungen von Adan und Koll denken. Was war, wenn dieses seltsame Phänomen etwas mit den Wreth und ihrer furchtbaren Magie zu tun hatte? Wenn dem so war, dann wäre die Wirkung entsetzlicher, als die eines jeden ischaranischen Angriffs auf die Küste jemals sein konnte …

Ganz in Schwarz gekleidet stieg Utho die Holzleiter zur Steinmauer hoch und gesellte sich zu dem Konag und dem Prinzen.

Grimmig blickte er nach Westen. »Das ist ein ernstes Vorzeichen, Sire.«

Der Brava schaute an sich herunter und bemerkte, wie eine blassgraue Flocke auf seinem schwarzen Ärmel landete. Er wischte sie ab, aber da sanken schon drei weitere auf ihn nieder. Neugierig nahm er eine zwischen die Fingerspitzen und zerrieb sie.

»Schneit es?«, fragte Mandan. »Es ist nicht einmal kalt.«

»Das ist kein Schnee, mein Prinz. Das ist Asche.«

Am nächsten Morgen hing der Himmel über Convera voller Wolken, die gar keine Wolken waren. Ein Ascheregen ging auf die Straßen nieder, und weißliche Flocken blieben an den Mauern, den Dächern und den Flaggen von Osterra kleben. Beunruhigte Kaufleute schüttelten ihre Markisen aus, Familien fegten vor ihren Türen und mussten gleich noch einmal fegen. Die Menschen legten sich Schals vor Mund und Nase.

Conndur und der Prinz gesellten sich zu Utho auf den Hof vor den Stallungen, wo er gerade sein Pferd sattelte. Er hatte Decken und Vorräte aufgeschnallt. Der Konag dachte an verwüstete Schlachtfelder der Wreth, an Feuerstürme aus entfesselter Magie, während sich die beiden Gruppen der uralten Wesen gegenseitig auszulöschen versuchten. Was war, wenn Adan und Koll hinsichtlich der Wreth recht hatten? Und auch, was den Drachen betraf?

Der Konag sagte: »Ich kann dir eine Militär-Eskorte mitgeben.«

»Allein bin ich schneller, Sire.« Uthos schwarzer Mantel war mit blassgrauen Schlieren verunziert. Inzwischen stank die Luft nach Schwefel und Brand, und die Asche regnete noch dichter herab.

Während sie noch im Hof standen, rannte einer der Stadtwächter mit rotem Gesicht und schwerem Atem auf sie zu. »Sire, der Yeth hat sich verändert. Ich komme gerade aus der Unterstadt. Es ist eine Katastrophe!«

Mit Utho und Mandan im Schlepptau rannte Conn wieder auf die Burgmauer und warf einen Blick auf den Fluss tief unter ihm. Für gewöhnlich strömte der Yeth rasch und klar aus den Drachengrat-Bergen, doch über Nacht hatte er sich auf dramatische

Weise verändert. Er floss nicht mehr schnell, sondern träge und zäh. Seine Wasser waren grau und braun, als seien ungezählte Tonnen von Schlamm in ihn hineingeflossen. Zersplitterte Kiefernstämme trieben wie abgebrochene Stecken in ihm mit; es waren so viele, dass sie immer wieder gegeneinanderstießen, sich verhakten und wie Rammböcke an den Ufern entlangschrammten.

Überall am Fluss versuchten Fischer und andere Bootsbesitzer, ihre Gefährte aus dem Wasser zu ziehen, während sich Geäst und Stämme an ihnen vorbeiwälzten. Eine gewaltige Kiefer, deren Zweige noch dicht mit Nadeln besät waren, scharrte wie eine gewaltige Bürste dahin und scheuerte alles weg, das ihr im Weg war; sie prallte gegen die Pfeiler schmaler Brücken, die den Fluss überspannten, und riss kleine Kais nieder.

Warnglocken läuteten in den Wachttürmen der Unterstadt. Auf der anderen Seite der Landzunge blieben die Bewohner des ruhigeren Blauwasser-Ufers nahe bei ihren Häusern. Die zähen Wasser des Yeth ergossen sich in den Bundfluss und brachten Schlamm, Erde und Asche mit.

Gerade als Utho sein Pferd bestieg und aufbrechen wollte, galoppierte eine Reitergruppe in den Hof. Auf ihren Sätteln saßen vor den Reitern verschmutzte Flüchtlinge: eine Mutter und ein Vater sowie zwei Kinder, allesamt gekleidet in Fetzen. Ihre Füße bluteten, und ihre Gesichter waren noch grauer als die Asche. Auch die Rangschärpe des Hauptmanns der Garde war mit grauem Puder überzogen. »Sire, diese Leute kommen aus dem Vorgebirge östlich des Vada.«

Der Flüchtlingsvater glitt aus dem Sattel und konnte kaum das Gleichgewicht halten, als er sich vor dem Konag verbeugte. »Sire, uns stand nur ein einziges Pferd für die ganze Familie zur Verfügung! Als der Berg in die Luft geflogen ist, sind wir alle aufgesessen und so schnell geritten, dass das Pferd darunter gestorben ist. Dann sind wir zu Fuß weitergelaufen. Bei Sonnenaufgang hatten wir endlich die Stadt erreicht.« Der Mann hustete immer stärker und konnte nicht mehr sprechen. Seine beiden Kinder schluchzten und weinten.

Conn kam näher. »Der Berg ist explodiert? Sagt mir, was ihr gesehen habt. Was ist geschehen?«

Die Mutter wischte sich mit dem Handrücken über die verkrusteten Lippen. »Der Vada ist erbebt und dann unter einem gewaltigen Feuer aufgebrochen. Die ganze Ostflanke des Berges ist verschwunden. Er ... blutet Feuer.«

»Rauch überall«, sagte der Vater.

Der Junge wirkte verblüfft und schüttelte den Kopf. »Das war der Drache! Ossus versucht, aus dem Berg auszubrechen.«

»Drachen speien Feuer«, sagte das kleine Mädchen. »Wir haben es gesehen.«

Utho wandte sich an Conndur; ohne Zweifel war er erschüttert. »Das ist unmöglich, Sire.«

»Ja, und doch ist es passiert«, beharrte der Mann. »Der Boden hat gebebt, und die Wälder sind umgestürzt.«

»Alles ist verwüstet«, bekräftigte die Frau. »Alles.«

»Das ist genau das, wovor Adan und Koll uns gewarnt haben«, sagte Conn. »Das ist es, was die Wreth vorhatten.«

Der Brava reckte das Kinn vor und wandte sich zu seinem Pferd um. »Ich werde jetzt ausreiten und mir die Sache mit eigenen Augen ansehen. Dann werde ich so schnell wie möglich zurückkehren und Bericht erstatten.«

Der Konag verspürte einen Knoten der Angst im Bauch, als er Uthos verwirrte Miene sah und erkannte, wie sehr der Brava mit seinen Überzeugungen und Glaubenssätzen kämpfte und haderte. Conn hingegen zweifelte kaum mehr. »Ich kenne deine Bedenken, alter Freund. Du sagst, dass es nicht sein kann, aber auch du kennst die Legenden, und du hast gehört, was mein Sohn und mein Bruder gesagt haben. Wenn die Wreth wirklich zurückgekehrt sind, werden sie versuchen, den Drachen unter den Bergen zu wecken, weil sie das geschworen haben. Was ist, wenn all das der Wahrheit entspricht?« Er kannte bereits die Antwort auf seine eigene Frage. Es bestand die Möglichkeit, dass sie sich dem Ende aller Dinge gegenübersahen.

Conn deutete zuerst auf den Hauptmann und dann auf die

Flüchtlinge. »Sorg dafür, dass man sich um diese armen Leute kümmert. Sie sollen Nahrung, Unterschlupf und Kleidung erhalten.« Er wusste, was er jetzt tun musste. »Reite noch nicht weg, Utho. Ich brauche mehr als nur einen Späher. Sammle Truppen, besorg Zelte, Pferde und Vorräte, damit wir ein Expeditionskorps ausstatten können.«

Er legte die Hand auf den mit Asche bedeckten Umhang, der über den Schultern seines Sohnes lag. »Mandan, du bist der Prinz. Hol deine Landkarten. Wir müssen in Erfahrung bringen, was mit unserem Reich passiert ist.« Er hustete wegen der Asche und dem Rauch in der Luft, als er atmen wollte. »Ich bin der Konag, und ich muss mich persönlich um diese Sache kümmern und in Erfahrung bringen, ob es irgendwelche Hinweise auf den großen Drachen gibt. Wir sind gewarnt worden, aber ich hatte es nicht glauben wollen.«

52

Als das Utauk-Handelsschiff in den Hafen von Serepol einlief, schickten die Ischaraner ein Lotsenboot aus, das das Schiff zu einem abgelegenen Kai führte. Der stolze Voyagier befahl seiner Mannschaft, die Segel einzuholen und sich um das Ruder zu kümmern, sodass sie den für sie vorgesehenen Liegeplatz am hinteren Ende der Bucht sanft erreichten.

Hale Orr stand in seiner prächtigen roten und schwarzen Kleidung im Bug der *Glissand* und reckte stolz das Kinn vor. Und doch war ihm unwohl zumute. Nach dem spannungsgeladenen Halt auf Fulcor wusste er nicht, was sie hier erwarten mochte. Der schlichte Utauk-Kreis auf dem Hauptsegel wies sie als neutral aus, und die Ischaraner würden wissen, dass sie eine heiß ersehnte Ladung an Bord hatten. Die meisten Ischaraner würden zwar niemals zugeben, dass sie etwas vom Staatenbund bekommen wollten, aber dessen Waren kauften sie trotzdem gern.

Mak Dur sah sich mit grimmiger Zufriedenheit in dem fremden Hafen um, während der Wind seine purpurfarbene Seidenkleidung und das lange dunkle Haar verwirbelte. Als sich das Schiff dem Kai näherte, warfen die Matrosen den stämmigen ischaranischen Hafenarbeitern die Taue zu, die sie um die Pfosten wanden und dann das Schiff gegen das Pier zogen. Die Utauk winkten der Menge zu, die sich bereits auf der Landungsbrücke eingefunden hatte und so rasch wie möglich die Waren durchstöbern wollte.

»Bringt eure Kaufleute und Kunden her!«, rief Hale. »Wir haben Schätze an Bord, aber sie werden nicht für jedermann in

Serepol reichen. Einige werden leer ausgehen! Wer mögen die Glücklichen sein?« Er erinnerte sich daran, wie er in jüngeren Jahren auf einem Handelsschiff gedient hatte. Als Enkel von Shella din Orr war er kein unbedeutender Mann bei den Stämmen, aber da die alte Frau so viele Enkel hatte, war Hale nie besonders wichtig gewesen, und so hatte er sich seine herausragende Position selbst erarbeiten müssen, indem er Großes bewirkte. So sollte es bei jedermann sein, gleichgültig welche Abstammung er besaß.

Er wartete darauf, dass die ersten Kisten mit Nahrungsmitteln, Stoffballen und Körben voller eingepackter Kinkerlitzchen über die Planke an Land gebracht und zum Kauf angeboten wurden. Die Utauk spannten Bänder, legten Decken aus und richteten ihren Markt auf dem Kai ein, anstatt mit ihren Waren in die Stadt zu gehen. Die Käufer würden zu ihnen kommen.

Hale sprang auf den Kai, begrüßte die ischaranischen Kunden, hielt aber außerdem Augen und Ohren offen, denn er war auch hier, weil er Fragen stellen und Informationen sammeln wollte. Als er zum ersten Mal nach Ischara gekommen war, war er erst zwanzig Jahre alt gewesen, dreist und voller Neugier, und er war sich sicher gewesen, dass er mit einer einzigen Reise ein ganzes Vermögen verdienen würde. Stattdessen hatte er jedoch den größten Teil seines Gewinns beim Spiel mit den örtlichen Hafenarbeitern verloren. Er hatte in einfältiger Weise auf das sprichwörtliche Utauk-Glück vertraut und noch nicht begriffen, dass auch das Glück durch kluges Täuschen und Betrügen besiegt werden konnte - und die Hafenarbeiter hatten ihn nach Strich und Faden betrogen. Sein einziges - wahres - Glück hatte darin bestanden, dass sie ihn nicht geschlagen oder gar getötet hatten, sondern zufrieden damit gewesen waren, ihm sein Geld abzunehmen.

Diesmal befand sich Hale auf einer Mission. *Der Anfang ist das Ende ist der Anfang*. Auf jeden Fall musste er in Erfahrung bringen, ob jemand in Ischara etwas von der Rückkehr der Wreth gehört hatte, möglicherweise in den weit entfernten Bezirken. Da während der Kriege der Vorzeit keine Menschen in Ischara gelebt hatten, wusste niemand, ob die Wreth auch dieses Land beeinträchtigt hatten. Aber wenn sie in Suderra zurückgekehrt waren, dann befanden sie sich vielleicht auch schon hier.

Er überlegte, wen er am besten fragen sollte. Es musste jemand sein, der Einzelheiten wusste, die verlässlicher waren als bloße Gerüchte, auch wenn selbst Gerüchte durchaus einige Nachforschungen wert sein mochten. Serepol war eine geschäftige Hafenstadt voller Kapitäne und Kaufleute sowie Matrosen, Soldaten und ungebildeter Lastenträger. Wenn hier etwas Seltsames geschehen war, dann würde gewiss jemand darüber reden wollen.

Die Kaufleute schoben ihre Waren vor die neugierige Kundschaft, die sich auf dem Pier versammelt hatte, und sie hofften, dass ihnen große Mengen abgekauft wurden. Doch als plötzlich sechs gerüstete Männer in militärischer Marschordnung herbeikamen, stob die gesamte Menge auseinander; sie trugen goldfarbene Umhänge, und ihre Mienen wirkten steinern. Einige Leute aus der Kundschaft zogen sich sogleich zurück, während andere noch um die Dinge zu feilschen versuchten, die vor ihnen zum Kauf ausgebreitet waren. Die Soldaten schenkten den Waren der Utauk kaum Aufmerksamkeit, betrachteten das Schiff dafür umso eingehender.

Der Kommandant der Garde sah von Hale zu Mak Dur hinüber und rief: »Ihr kommt aus dem Staatenbund! Wer ist euer Handelskapitän? Empra Iluris möchte mit ihm reden. Sie hat Fragen.«

Hale zog einen Kreis um sein Herz und zwang sich zu einem breiten Lächeln. »Genau wie ich.« Das war besser als erwartet. Bestimmt würde die Empra wissen, ob die Wreth auch in Ischara bereits Schwierigkeiten gemacht hatten. »Ich nehme an, dass es ein für beide Seiten nützliches Gespräch sein wird.«

Er ließ Mak Dur und die Mannschaft mit ihren Waren zurück und folgte willig den Soldaten in ihren goldfarbenen Uniformen. Sie schlossen sich um ihn zusammen und marschierten mit ihm über den Kai in die Stadt und auf den Palast zu. Vielleicht war das doch noch ein Zeichen des Glücks.

Unter der gewölbten Decke der Empfangshalle im Palast verneigte er sich tief vor Empra Iluris. »Die Utauk sind schon immer in Ischara willkommen gewesen, Exzellenz. Euer Volk kauft unsere Waren gern.«

»Ich habe nicht gesagt, dass Ihr nicht willkommen seid. Vielleicht habt Ihr ja etwas dabei, das ich erwerben möchte«, sagte Iluris. Sie war dünn und zierlich. Ihr Gesicht war hübsch, wirkte aber vor Alter und Anspannung ein wenig verhärmt, und die aschblonden Haare verschwanden größtenteils unter den Falten ihrer Kopfbedeckung. Wenn sie gewöhnliche Straßenkleidung getragen hätte, wäre sie ihm nicht weiter aufgefallen, aber hier, auf ihrem vergoldeten Thron, wirkte sie beeindruckend. Hände und Kehle glitzerten vor Juwelen. »Die Utauk sind stets gute Informationsquellen für uns gewesen.«

»Wir verkaufen eine Menge verschiedenster Dinge«, bemerkte er vorsichtig.

»Berichtet mir von den Kriegsplänen des Staatenbundes.«

Die Wachen der Empra, die an der Wand des Thronsaals standen, hatten sich seit seinem Eintreffen nicht bewegt. Er spürte, wie sie ihn beobachteten, als stelle er eine Bedrohung dar.

Die Frage überraschte ihn. »Ich kann Euch versichern, dass niemand einen Krieg will, Exzellenz. Er ist auf allen Seiten schlecht für das Geschäft. Es lässt sich besser handeln, wenn sich die Kundschaft nicht gegenseitig umbringt.«

»Ich könnte Euch die gleiche Versicherung geben, Handelskapitän. Jeder Krieg ist verheerend, und nach so vielen Jahren des Friedens beabsichtige ich keineswegs, einen zu führen.« Iluris kniff kurz die Lippen zusammen. »Aber nicht jeder in meinem Reich ist derselben Ansicht. Was ist mit der Ehre? Was ist mit Rache? Was ist mit all dem Blut, das vergossen wurde, kürzlich und in den Tiefen der Vergangenheit?«

»Blut ist ein kostbarer Saft und häufig teurer als Gold.«

Ein junges Mädchen mit kurzen dunklen Haaren betrat den Thronsaal und setzte sich ohne Umschweife neben die Empra. Sie war in farbenprächtige Stoffe gekleidet, die denen der Empra glichen, schien sich darin aber nicht recht wohlzufühlen – als ob sie eine Verkleidung wären. Hale nickte ihr höflich zu. »Ist das Eure Erbin, Exzellenz?«

Iluris schenkte ihm ein flüchtiges Lächeln, während das Mädchen errötete. »Das werden wir noch sehen. Zunächst ist Cemi hier, weil sie lernen soll, und meine Gespräche mit Euch sind ein Teil des Unterrichts.«

Die unerwartete Anwesenheit des Mädchens veränderte den Ton des Treffens. Hale beschloss, ihm seine Aufmerksamkeit zu schenken. »Und wie kann ich helfen? Was wäre für Euch nützlich und hilfreich? Ich habe auf meinen Reisen vieles gesehen. Ich höre zu und beobachte, wo immer ich hingehe.«

Iluris sagte lauter: »Private ischaranische Schiffe und Fischerboote sind von unserer Küste verschwunden. Wir vermuten, dass Marineboote aus Fulcor sie versenkt haben.«

»Oder dass sie beschlagnahmt wurden«, fügte Cemi hinzu. »Das wäre doch weniger verschwenderisch, nicht wahr?«

Ein dicklicher Mann eilte durch die Tür, umgeben von eingebildeter Wichtigkeit. Er trug einen dunkelblauen Kaftan und ein Goldmedaillon um den Hals. »Ich bitte um Entschuldigung, Exzellenz. Ich bin gleich gekommen, als ich von unserem Besucher gehört habe.« Er sah Hale an. »Ist er ein Spion?«

»Wir haben gerade damit begonnen, Verhandlungen über seine Dienste für uns zu führen, Hohepriester Klovus. Er hat mir keinen Grund für die Annahme gegeben, wir könnten Feinde sein.« Sie wandte sich wieder an Hale. »Und nun sagt uns, was Ihr über die verschwundenen Schiffe wisst, Handelskapitän.«

Verhandlungen über seine Dienste? Vorsichtig betonte Hale: »Ich habe gehört, dass es am Hof von Konag Conndur einen Aufschrei über einen kürzlich erfolgten ischaranischen Angriff gegeben hat, der einen friedlichen Hafenort verwüstet haben soll. Anscheinend spielte ein Gottling dabei eine wichtige Rolle. Es besteht die Ansicht, dass solche Überfälle nicht der beste Weg sind, den Frieden zwischen den beiden Kontinenten zu sichern.«

Iluris runzelte die Stirn, aber Hale glaubte nicht, dass ihr Missmut auf ihn gerichtet war. »Krieg und Frieden ziehen uns hin und her, und wir halten uns fest, so gut wir es vermögen«, sagte sie. »Ich kann Euch versichern, dass dieser Überfall ein gesetzloser Akt war, der von meinem Thron nicht sanktioniert wurde. Man kann Gesetze erlassen, aber den Gesetzlosen bedeuten sie nichts.« Ihre spitzen Worte schienen gerichtet an ... Klovus?

Der Hohepriester schnaubte: »Aber die Schändlichkeiten, die auf Fulcor geschehen sind, können nicht entschuldigt werden! Diese Wunde schwärt schon seit Jahrzehnten, und vielleicht ist es allmählich an der Zeit, dass wir die Insel zurückerobern. Sie gehört schließlich zum Stammland von Ischara. Unsere ersten Schiffe haben auf ihrer Reise zu diesem Kontinent dort angelegt.«

Hale richtete sich auf und sah den Hohepriester an. »Konag Conndur würde dazu sagen, dass die Insel rechtmäßig dem Staatenbund gehört.«

Iluris stützte sich schwer auf die Armlehne ihres Throns. »Es ist eine traurige Tatsache, dass die Insel Fulcor ein kahler, windumtoster Fels ist, den niemand begehren kann und der es erst recht nicht wert ist, dass man seinetwegen Blut vergießt.« Sie richtete ihren durchdringenden Blick auf Hale. »Eher bin ich am Erwerb weitergehender Informationen interessiert, Handelskapitän. Als neutraler Utauk-Kaufmann seid Ihr überall willkommen. Ihr reist weit und frei. Das macht Euch sehr wertvoll. Ich möchte Eure Augen kaufen. Ihr sollt mein Beobachter sein. Berichtet mir einfach - wann immer Ihr zurück nach Ischara kommt -, was Ihr im Staatenbund gesehen habt.«

In Versuchung geführt, lächelte er und machte den nächsten Schritt in diesem Tanz. »Ich bin froh, dass Ihr mich so offen darum bittet, Exzellenz. Das bringt mich zum wahren Grund für meine Reise nach Serepol. Ich habe tatsächlich etwas Bemerkenswertes, ja vielleicht sogar Gefährliches beobachtet. Dies könnte den Beginn unserer Geschäftsbeziehung bezeichnen. Geben und Nehmen. Meine Information ist kostenlos, aber Ihr müsst mir dafür eine Frage beantworten.«

Sie war interessiert. »Oh? Und worum geht es?«

Wieder zog er einen Kreis über seinem Herzen. »Um die Wreth. Um die uralte Rasse. Eine Gruppe von ihnen ist aus der Wüste zurückgekehrt.«

»Wreth? Lebende Wreth?«, höhnte Klovus. »Das ist unmöglich.«

Die ungefilterte Reaktion des Hohepriesters sagte Hale fast alles, was er wissen wollte. Dennoch sah er das versteinerte Gesicht der Empra eindringlich an. »Hat es Anzeichen von Wreth auch hier in Ischara gegeben, Exzellenz? Dieser Kontinent besitzt eine stärkere Magie als die alte Welt. Die Wreth könnten auch hierherkommen, um sich eine so wertvolle Quelle nutzbar zu machen.«

Klovus wollte eine Antwort geben, aber Iluris verhinderte dies: »Ich kann Euch versichern, dass ich nichts dergleichen gehört habe, Handelskapitän, und dabei habe ich gerade eine Reise durch alle Bezirke meines Reiches unternommen. Hier redet niemand über die Wreth. Sie sind Kreaturen aus der alten Welt und der fernen Vergangenheit. Für Ischara sind sie unbedeutend.«

Diese Antwort verschaffte ihm eine große Erleichterung. »Nun, Exzellenz, unsere Geschäftsbeziehung nimmt einen guten Anfang.«

Die Empra beugte sich auf ihrem Thron vor. »Ich mache mir keine Sorgen um die Wreth, sondern hatte beabsichtigt, Euch für gewöhnlichere Informationen über gewöhnlichere Dinge anzuheuern.«

Nun geriet das Gespräch in vertrautere Bahnen, was ihm sehr angenehm war. »Ich werde gern Euer Gold nehmen, Exzellenz, und Euch dafür mit Informationen versorgen, wenn Ihr nichts dagegen habt, dass ich meine Informationen über Ischara wiederum an den Konag verkaufe. Die Utauk müssen neutral bleiben. Wenn das für Euch eine annehmbare Bedingung ist, werde ich nur allzu gern meine Beobachtungen mit Euch teilen.«

Klovus lief rot an. Er öffnete den Mund, schloss ihn wieder und gab schließlich einen unhöflichen Laut von sich. »Unmöglich und lächerlich.«

Iluris lächelte nur. »Wie wäre es, wenn Ihr Konag Conndur nur die Fakten über uns hinterbringt, die ich Euch zu diesem Zweck freigebe?«

»Solange das, was ich ihm sage, der Wahrheit entspricht …«

Cemi warf ein: »Und wer entscheidet, was die Wahrheit ist?«

»In diesem Fall bin ich das«, sagte Hale und nickte ihr respektvoll zu. »Niemand sonst.«

Iluris dachte lange darüber nach. Der Hohepriester trat von einem Fuß auf den anderen, als könnte er sich kaum zurückhalten, Fragen zu stellen. Doch ein kalter Blick der Empra hinderte ihn daran. Schließlich erhob sie sich von ihrem vergoldeten Thron. »Ich danke Euch vielmals für dieses Gespräch, Handelskapitän. Das ist nicht die Art von Handel, die ich gegenwärtig abschließen möchte.«

53

Nach der langen Heimreise von Convera durch das Gebirge hatte Adan zunächst keinen anderen Wunsch als den, seine Frau zu umarmen.

Penda begrüßte ihn am Stadttor von Bannriya, als er mit seiner Eskorte aus zwanzig Soldaten herangeritten kam. Adan sah nichts anderes als die wunderschöne Utauk-Prinzessin, die er geheiratet hatte. Sie trug einen kastanienbraunen Rock mit eingestickten Blattmustern. Penda reckte sich zu ihm hoch und begrüßte ihn. Sie hob den Kopf, und er beugte sich zu ihr herunter, küsste sie und fuhr mit den Fingern durch ihr dichtes dunkles Haar. Die Soldaten der Eskorte sahen zu und lächelten.

Als er ihr die Möglichkeit gab, Luft zu holen, sagte Penda: »Ich habe Xar jeden Tag losgeschickt, damit er nach dir Ausschau hält, und deshalb wusste ich auch, dass du im Anmarsch bist. *Cra*, ich habe stundenlang gewartet, seit er dich gesehen hat! Du hättest schneller reiten können.« Adan stieg ab und nahm sie in die Arme.

Ihr Ska kreiste über ihr, dann landete er anmutig auf ihrer Schulter und schüttelte die grünen Federn aus. Anscheinend berührte es ihn nicht, dass Adan zurückgekehrt war.

»Ohne seinen König war Suderra einsam«, sagte sie, »so wie ich einsam war ohne meinen Gemahl.«

Er berührte ihren Bauch und ertastete die sanfte Kugel, in der sich ihr Baby befand. »Ein Teil von mir ist die ganze Zeit bei dir gewesen.«

»Ich möchte nicht bloß einen Teil von dir, ich möchte dich ganz haben.« Mit der Fingerspitze zeichnete sie einen Kreis über seinem Herzen.

»Und nun hast du mich.« Er ergriff ihren Arm, und gemeinsam gingen sie in die Stadt hinein, während die Pferde ihnen folgten. Seenan, der in seiner Bannergarde-Uniform prächtig aussah, führte die Eskorte zur Garnison von Bannriya, wo sie ein vorübergehendes Quartier erhalten würden.

Als sie sich wieder in der Burg befanden, erzählte Adan Penda alles, was er auf seiner langen Reise nach Fellstaff, Bakalsee, den Fluss entlang nach Convera und schließlich zurück nach Hause erlebt hatte. Der Knappe Hom war froh, sich wieder um seinen Herrn kümmern zu können, auch wenn er noch immer enttäuscht darüber war, dass der König ihn nicht mitgenommen hatte. Doch Adan schüttelte den Kopf, als er sich an den schrecklichen Überfall der Frostwreth auf Bakalsee erinnerte. »Gewiss hättest du das nicht sehen wollen, was ich sehen musste.«

Der Junge trug eine Mahlzeit für den König und die Königin in ihre Gemächer und hätte beinahe das Tablett fallen lassen, als Xar hereingeflogen kam und geschickt einen Silberlöffel stibitzte, der neben einem der Teller gelegen hatte. Zischend und klickend flog der Ska davon. »Das bringst du sofort zurück!«, rief Hom, der nicht wusste, ob er gleich die Verfolgung aufnehmen oder lieber den Rest der Mahlzeit schützen sollte.

Stolz ließ Xar den Löffel vor Penda fallen, aber sie sah den Reptilienvogel grimmig an. »Auf diese Weise machst du mir keine Freude, Xar.« Der Ska spürte Pendas Enttäuschung aufgrund der Verbindung zu ihrem Herzen und ließ den Kopf hängen, als wollte er sich entschuldigen.

Während des Essens berichtete Penda Adan von der großen Spannung überall in den Bezirken, die wegen der Berichte über die Sandwreth enstanden war. Die Vasallen-Lords waren allesamt zum Rapport erschienen, und bewaffnete örtliche Milizen waren zu den abgelegeneren Orten unterwegs, in denen es verdächtig still geworden war.

»Aber Königin Voo hat keine weitere Botschaft geschickt?«, fragte Adan. In Anbetracht der Katastrophe, die von den Frostwreth ausgelöst worden war, blieb ihm möglicherweise nichts anderes übrig, als sich wirklich mit den Sandwreth zu verbünden, damit Suderra überlebte.

Penda schüttelte den Kopf. »Sie sind wieder in der Wüste verschwunden. Es scheint, als wären sie tatsächlich bloß ein Mythos.«

Am Nachmittag begaben sich die beiden auf die Aussichtsplattform und beobachteten Bannriya sowie dessen Umgebung. Xar begleitete sie. Er landete auf einer der Zinnen und nickte heftig.

Penda ergriff Adans Hand, und sie blickten über die zahllosen Dächer hinweg. »Während du fort warst, bin ich jeden Tag hier hinaufgestiegen und habe nach dir Ausschau gehalten, aber heute Nachmittag ... Ich spüre wieder, dass etwas nicht stimmt.« Sie sah ihn mit ihren dunklen Augen an. Adan bekam eine Gänsehaut, denn er wusste, dass er die Instinkte seiner Frau nicht ignorieren durfte. »Vielleicht ist es auch nur ein weiterer Vorbote.«

Xar flatterte mit den Flügeln, richtete seinen Facettenblick auf Penda und gab einen seltsamen Laut von sich, der anders als alles war, was Adan bisher von ihm gehört hatte. Seine Frau erzitterte und wurde blass. Als ihr schwindlig wurde, nahm er sie in die Arme. »Was ist los? Was stimmt nicht?«

Sie schüttelte den Kopf, als wollte sie versuchen, ihre Gedanken zu klären. »Heller Lärm, tiefer Schatten! Innerhalb des Kreises, außerhalb des Kreises ...« Der Ska pfiff wieder, und Penda hielt sich die Hand an den Kopf und atmete heftiger.

Adan roch etwas Seltsames, Verdorbenes in der Luft, wie fauliges Fleisch und Schwefel. »Vielleicht rührt es von den Wreth her.«

Und jetzt stieg Xar mit einem durchdringenden Schrei auf und kreiste am Himmel über den Türmen der Burg von Bannriya. Penda stieß zugleich ein Keuchen aus und rollte mit den Augen, sodass er das Weiße darin sehen konnte. Es war, als würde sie nun durch Xars Augen blicken. Sie zuckte zusammen, beugte sich vor und verspürte durch die Verbindung mit dem Ska offenbar einen Schlag. Penda kniff die Augen zu, atmete schnell und flach und jammerte: »Das ist nicht richtig, Sternenfall.«

Als er sie in den Armen hielt, spürte Adan eine Spannung in

der Luft, als würde die ganze Welt erbeben. »Ist es das Baby?«, fragte er und wiegte Penda sanft hin und her. »Stimmt etwas mit ihm nicht?«

»Es ist nicht das Baby«, gab sie zurück und zitterte heftig.

Adan stützte sie und versuchte, sie auf eine der Steinbänke zu setzen, aber sie klammerte sich an seinen Arm, bis er sich nicht mehr bewegen konnte. »Ich muss sehen, Sternenfall! *Du* musst sehen.« Strähnen ihres dunklen Haars trieben vor ihrem Gesicht. Ihre Augen blieben geschlossen. »Es steckt eine gewaltige Wut und ein schreckliches Unbehagen in der Luft, in der ganzen Welt.«

Xar stieß einen weiteren seltsamen Schrei aus. Penda öffnete wieder die Augen und deutete drängend gen Osten. »Sieh, dort hinten! Der Himmel ist ...«

Er drehte sich um, und der Anblick riss ihm die Worte aus der Kehle. »Ich bin noch vor wenigen Tagen mit meiner Eskorte durch diese Berge geritten!«

Ein gewaltiger grauer Schleier hing dort über dem östlichen Horizont, wo der Drachengrat das Land durchschnitt. Ein leises Murmeln der Menschen war zu hören, die nun an den Fenstern standen und allesamt nach Osten starrten. Xar kam zurück, landete auf Pendas Schultern und vergrub seinen geschuppten Schnabel in ihren Haaren.

Wenige Augenblicke später hörte Adan ein Summen und Sirren in der Luft, als überlagerten sich zahllose raue Geräusche in einer fernen Kakophonie. In der Stadt wurde es unheilvoll still.

Hinter den bewaldeten Hügeln des Vorgebirges am westlichen Horizont segelte in der entgegengesetzten Richtung der gewaltigen grauen Wolke ein undeutlicher schwarzer Umriss dicht über den Baumwipfeln dahin. Der Schatten blieb noch für einige Augenblicke fest und zusammenhängend, dann dehnte er sich aus, wurde dunkler und größer. Riesige Fortsätze ragten nun aus ihm hervor, die an gewaltige Schwingen erinnerten. Ein gigantischer Leib und ein langer Hals waren zu erkennen, dann verschwamm die gesamte Masse, brach auseinander, zerstob und fand wieder zusammen. Bei diesem Anblick verspürte Adan eine Gänsehaut.

Penda hielt sich an ihm fest, um das Gleichgewicht nicht zu verlieren, und jammerte. Xar gab einen weiteren unverständlichen Laut von sich. Adans Blick vermochte sich nicht auf den erschreckenden Umriss zu konzentrieren, der den Himmel erfüllte und umso größer wurde, je näher er Bannriya kam. Doch der düstere Umriss löste sich auf, als er sich über die Stadt legte, und Adan erkannte, dass es nicht wirklich ein Drache war, sondern ein seltsamer Sturm aus lebendigen Kreaturen.

Penda drückte die Hände gegen die Schläfen. »Hörst du es nicht? Sie schreien! Sie kommen hierher.«

Innerhalb weniger Minuten spaltete sich die schwarze Wolke auf und zerbrach in zahllose fliegende Wesen – zu einer ungeheuerlichen Masse aus Kreaturen mit langen Schwingen. Es waren Tausende und Abertausende.

Die wilden Skas waren eingetroffen, aufgescheucht von ihren Verstecken in den Bergen. Die ungeheure Schar von Reptilienvögeln stieg wie eine Wolke aus Heuschrecken auf Bannriya herab; sie erfüllten die Luft mit ihren schwirrenden Schwingen, mit ihrem Klicken und Summen und Zischen. Entsetzt verkrallte sich Xar in Pendas Schulter.

Auf den Straßen rannten die Menschen hin und her und suchten Schutz. Mütter schrien, Wirte brüllten. Als der Lärm lauter wurde, flohen alle ins Innere der Gebäude, schlugen Türen zu, rammten die Läden vor die Fenster und klappten Markisen herunter. Es kamen immer mehr Skas; sie flatterten herum und kreischten und schwirrten.

Adan vermochte es kaum mehr auszuhalten, und dazu wusste er noch, dass seine Frau dies alles in ihrem Kopf wesentlich lauter hören musste. Penda hob die Hände und rief: »Die Wreth haben die Welt erschüttert! Sternenfall, sie versuchen jetzt wirklich, den Drachen zu wecken! Alle Skas sind schon vertrieben worden!«

Er hielt sie noch fester. Vor nur wenigen Monaten hätte er über die Vorstellung gelacht, dass der mythische Drache die schlimmsten, übelsten Teile einer göttlichen Seele in sich vereinigen könnte. Aber nun, als er die bösartige Wolke aus Rauch und Asche über den Drachengrat-Bergen aufsteigen sah, und diesen unheilvollen Schwarm zahlloser wilder Skas beobachten musste, hatte er allmählich den Eindruck, dass jede Legende wahr sein konnte.

Er versuchte Penda nach drinnen zu ziehen, aber sie widersetzte sich und machte sich von ihm frei. »Warte! Sie greifen uns doch gar nicht an.« Die Skas wirbelten und kreisten in der Luft und wirkten allein durch ihre bloße Fremdheit beängstigend. Xar hielt sich an Penda fest, drängte sich an ihr Ohr, suchte Trost und Sicherheit. Sie nickte. »Die Skas sind nicht das, was wir zu fürchten haben.« Der Aufruhr in ihrem Geist legte sich nicht, sondern blieb gleichmäßig laut.

Während die farbenprächtigen Reptilienvögel kreischten und surrten und näher an die Burg herankamen, die den höchsten Punkt der ummauerten Stadt darstellte, sah Adan, dass sie recht hatte. Die rasenden Skas breiteten ihre Flügel aus, zeigten ihr Gefieder und stiegen auf die Gebäude der Stadt herab. Sie bedeckten die Dächer und Mauern wie ein Unwetter aus Vögeln.

Penda schloss die Augen, strich über Xars Gefieder und beruhigte ihn. »Ich werde dich nicht gehen lassen. Bleib in meiner Herzensverbindung.«

Für den Rest des Nachmittags, den Abend und auch die ganze Nacht hindurch bedeckte das unangenehme Tuch aus Skas Bannriya, als sei es die Hinterlassenschaft eines Sandsturms. Die Vögel hatten sich in ihrer Panik allmählich völlig erschöpft. Die Menschen versteckten sich im Innern der Häuser, hatten die Fenster fest verschlossen und die Türen verriegelt.

Als aber am nächsten Morgen die Sonne aufging, erhob sich der gewaltige Schwarm wieder und flog dorthin zurück, wo er hergekommen war. Er verschwand nicht in einer einzigen großen Wolke, sondern löste sich langsamer und ungleichmäßiger auf, als ob die Skas zwar noch verwirrt, aber schon nicht mehr so verängstigt wären. Bald waren nur noch ein paar Nachzügler auf den Dächern und Traufen übrig geblieben.

»Ich habe nie zuvor einen solchen Schrecken in mir gespürt, Sternenfall«, sagte Penda. »In all unseren Utauk-Überlieferungen habe ich noch nie von so etwas gehört. So verhalten sich Skas normalerweise nicht.« Sie war noch immer sehr blass. »Ich wünschte, mein Vater wäre hier gewesen und hätte es beobachten können.«

»Etwas hat sie aufgeschreckt«, sagte Adan, als die letzten Reptilienvögel davonflogen und sich auf den Rückweg in ihre Bergheimat machten.

Über dem Himmel im Osten lag noch immer das gewaltige graue Tuch aus Rauch und Asche, und der Staub aus den Wüsten tief im Westen verdichtete sich zu einem Schleier, der auf die schrecklichen Vorgänge im Schmelzofen hindeutete, in dem die Sandwreth lebten.

54

In den geheimen Kammern unter dem Magnifica-Tempel sahen sich die Schwarzen Aale ihrer nächsten Herausforderung gegenüber, einem Gegner, der weitaus brutaler und mächtiger war als alles, wogegen sie bisher gekämpft hatten.

Es war ein Gottling.

Hohepriester Klovus war sich nicht sicher, ob ihn die Barrikade vor der Wut des Wesens schützen würde, wenn die Schwarzen Aale es reizten, aber seine Zuversicht und Kraft würden gewiss dazu ausreichen. Er hatte die Gottlinge seit jeher beherrscht, aber seine Attentäter mussten dazu in der Lage sein, sich gegen sie zu behaupten, sollte das Schlimmste eintreten.

Die Hohepriesterin des Bezirks Tamburdin hatte abermals Überfälle der Hethrren gemeldet und wollte ihren Gottling auf die Barbaren loslassen, denn sein Verlangen nach Gewalt wurde beständig stärker. Durch einen Kurier hatte Neré den obersten Hohepriester um Hilfe bei der Beherrschung des Wesens gebeten, denn sie zweifelte nicht an Klovus' Macht.

Auch Klovus musste sich vergewissern, dass er diese Macht besaß; er musste beweisen, dass er einen Gottling besiegen konnte, falls einer von ihnen unfügsam werden sollte. Er besaß eine unmittelbare Verbindung zu den Gottlingen und seiner Magie, mit der er sie im Zaum hielt, und er hatte keine besseren Kämpfer als die Schwarzen Aale. Klovus hatte bisher nie daran gedacht, *gegen* einen Gottling zu kämpfen.

Er drehte die Ringe an seinen Fingern und beobachtete die besonders ausgebildeten Attentäter. Niemand war mit ihren tödlichen Fähigkeiten vertrauter als Klovus. Seine Hände schwitzten vor Aufregung. Das hier waren die zehn besten aus den besten Mannschaften. Auch wenn manche seiner Männer nach der Schlacht tot sein würden, so hoffte er doch, dass die meisten überlebten. Diese Prüfung würde die Siegreichen stärker machen, das vergossene Blut würde den Gottling von Serepol kräftigen, und Klovus würde herausfinden, wie gut er dieses schreckliche Wesen bändigen konnte. Es war ein sinnvoller Kampf, von welcher Seite man ihn auch betrachten mochte.

Der Gottling von Serepol existierte bereits, seit die ersten Ischaraner ihn durch ihre Gedanken erschaffen hatten, und er war die stärkste Gottheit aller dreizehn Bezirke. Die Menschen hatten ihn über die Jahrhunderte mit ihrem wachsenden Glauben gefüttert. Seine Macht hatte während der Zeit zugenommen und manchmal auch wieder abgenommen, je nachdem wie viel übernatürlichen Schutz Ischara benötigt hatte. Und die gefangene Gottheit wechselte beständig von Wohlwollen zu Rache, so wie es nötig war und von ihr erwartet wurde.

Klovus hatte sie sein ganzes Leben hindurch gespürt, und aufgrund seiner besonderen Fähigkeiten hatte er mit der Gottheit sogar kommuniziert, er hatte sie beruhigt, ihre Macht gelenkt, aber auch seine eigene Wut und Enttäuschung in sie eingegossen und beides als Widerspiegelung zurückerhalten. Der Gottling kannte seinen Platz und wusste, wem er diente.

Dies war eine weitaus größere Herausforderung, als der Gottling von Tamburdin je würde darstellen können. Nachdem Klovus und die Schwarzen Aale hier ihre Fähigkeiten demonstriert hatten, würde er zu dem fernen Bezirk aufbrechen, wo er den anderen Gottling bei seiner Vernichtung der Barbaren anleiten konnte. Dazu waren die Gottlinge schließlich *da*!

Die Steinwände der unterirdischen Kammer waren so dick, dass - sobald der Kampf begonnen hatte - niemand die Schreie und den Lärm hören würde. Die stabile Tür war geschlossen und verriegelt. Klovus hatte an der Innenseite zwei eiserne Vorhängeschlösser angebracht und die Schlüssel in seinen dunklen Kaftan gesteckt. Niemand würde hier leicht herauskommen. Sowohl die

Schwarzen Aale als auch der Gottling würden ihn überwinden müssen, und der oberste Hohepriester Klovus beabsichtigte gewiss nicht, jemanden ins Freie zu lassen. Nicht bevor diese Sache hier vorbei war.

Die zehn Attentäter standen ohne Hemden und in lockeren Hosen da. Sie hatten sich lederne, mit Nägeln gespickte Fäustlinge über die Hände gestülpt - als könnten sie damit etwas gegen die wilde Macht dieses Wesens ausrichten! Vier von ihnen trugen fest geschnürte Sandalen, während die anderen barfuß waren, denn auch ihre scharfen, harten Zehennägel waren tödliche Waffen. Sie alle hatten sich mit den traditionellen Messern, Keulen und Krummschwertern bewaffnet.

An der gegenüberliegenden Mauer schwebte die schimmernde magische Tür wie ein unregelmäßiger verschwommener Fleck und wies in das seltsame Reich, in dem der Gottling lebte. Neben der magischen Tür erlaubte ein gebrochenes Stück Schattenglas einen Blick auf den Gottling. Klovus sah, wie sich die Umrisse des Wesens zu einem allmächtigen menschenartigen Gesicht verdichteten, in dem sich Züge zeigten, die das Wesen seinen zahllosen Anbetern entlehnt hatte. Dieses Gesicht verwandelte sich beständig, und oft sah Klovus sich selbst darin. Das Wesen spürte den Hohepriester und reagierte auf ihn, und das gefiel ihm sehr.

Obwohl der Weiterbau des Tempels schon seit vielen Jahrzehnten ins Stocken geraten war, opferten die Bewohner der Stadt weiterhin dem Gottling. In der Morgendämmerung kamen die Leute zur täglichen Anbetung zusammen, und ihre Gebete und Gaben nährten das Wesen. Aus diesem Grund hatte Klovus auch die Mitternacht für diese Prüfung ausgewählt, da der Gottling nun am schwächsten war.

Doch wirklich schwach war der Gottling von Serepol niemals, genauso wenig wie die Schwarzen Aale. Sie würden mit all ihrer Kraft gegen das Wesen kämpfen und dabei ihre Wut, ihre Fäuste, ihre Waffen und alles andere einsetzen, dessen sie habhaft werden konnten. Wenn sie es nicht schafften, würde Klovus den

Gottling aus eigener Kraft zurückdrängen müssen. Auf alle Fälle würde er viel lernen.

»Seid ihr jetzt bereit?« Er stand hinter der massiven Barrikade aus Holzbalken, Querstreben und aufgestapelten Kisten, als müsste er sich gegen den Straßenpöbel schützen. Er hatte die Barrikade mit seiner eigenen Magie noch verstärkt, und im Grunde war *er selbst* die Barriere, die der Gottling fürchten musste, sollte die Lage außer Kontrolle geraten.

Gemeinsam stellten sich die zehn Schwarzen Aale der schimmernden magischen Tür gegenüber und hielten nach Schatten Ausschau, die hinter der Magie lauerten. Nur Zaha antwortete: »Wir sind immer bereit, Hohepriester.«

Klovus lächelte. »Genau wie der Gottling.«

Er konzentrierte sich auf den Faden der Magie in sich und murmelte die Worte, die ihm dabei halfen, die Magie zu entfesseln. Die schimmernde Tür verblasste an den Rändern, brach in der Mitte entzwei, faltete sich auseinander, nach innen, nach außen und zur Seite. Sie öffnete sich, und der Gottling trat aus der fremdartigen Leere, in der er lebte, in die Kammer hinaus.

Obwohl er durch die Weigerung der Empra, den großen Tempel weiterzubauen, verkümmert war, handelte es sich bei dem Gottling doch noch immer um eine Ehrfurcht gebietende, ungeheuer mächtige Wesenheit. Er kam durch die Tür, ein Gewittersturm aus Gesichtern und Rauch, ein gestaltloser Klumpen, von dem Blitze ausgingen und der umhertobte wie ein Wind, der in einen Knüppel eingeschlossen war.

Klovus duckte sich hinter seine magisch verstärkte Barrikade, konnte den Blick aber nicht abwenden, als sich die Schwarzen Aale der wütenden Gottheit stellten. Zwei von ihnen sprangen dem Kern des magischen Sturms entgegen und warfen ihre Körper unmittelbar in die Quelle des Aufruhrs hinein. Zaha schlug mit den Händen aus und trat dann mit dem harten, nackten Fuß zu. Aber es war, als würde versuche er, einen Tornado zu packen. Der Gottling schleuderte einen der Angreifer aus seinem tobenden Gewirr gegen die Steinwand. Der Schwarze Aal schaffte es gerade noch rechtzeitig, seine Haut mit Hilfe der Magie zu härten, doch der Aufprall war überwältigend heftig. Er glitt zu Boden, schüttelte den Kopf und sprang wieder vor.

Ein anderer Attentäter stand reglos da, hatte die Augen geschlossen und zeigte eine vollkommen ruhige Miene. Dann hieb er mit seinem Krummschwert zu und trennte einen der rauchartigen Tentakel ab, die aus dem Gottling hervortraten. Der Fortsatz löste sich in Dampf und Glitzern auf.

Der verletzte Gottling zuckte zurück und rächte sich dann sofort. Der Schwarze Aal war nicht in der Lage, seine meditative Ruhe beizubehalten und hatte nicht einmal mehr die Zeit, den Härtungszauber für seine Haut zu sprechen, bevor ihn der Gottling zu Brei zerschlug und nur eine Ruine aus Blut und gehacktem Fleisch hinterließ.

Als Zaha den Erfolg sah, auch wenn er nur sehr gering war, änderte er seine Taktik. Er hatte sich gegen das Wesen geworfen und war zurückgeschlagen worden, doch nun konzentrierte auch er sich. Seine Miene erschien plötzlich leer. Er ergriff das Schwert seines gefallenen Kameraden, hielt nun in jeder Hand eine Klinge und glitt mit tödlichen Absichten voran. Zwei seiner Gefährten folgten seinem Beispiel und taten dasselbe.

Der Gottling war eine brüllende Bestie und mit seiner Gefangenschaft höchst unzufrieden. Klovus spürte seine Energie im Herzen; sie brandete durch seine eigenen Adern. Dieses Wesen war weitaus mächtiger als der Gottling des Hafentempels, den er auf Mirrabay losgelassen hatte. Das hier war *Serepols* Gottling. Das hier war *sein* Gottling - mehr, als es der Gottling des Hafentempels je gewesen war.

Ein weiterer Attentäter setzte nun Wut und Gewalt gegen die brodelnde Wesenheit ein und wurde gegen die Steinwand geschleudert, an der sein Schädel zerbrach und einen großen roten Fleck hinterließ.

Zaha und drei der anderen hielten ihre meditative Konzentration weiter aufrecht, sie hoben die Schwerter und traten in den Wirbelwind. So gelassen, als würden sie Getreide mit der Sense mähen, stachen sie den Gottling und hackten auf ihn ein; sie hieben seine Fortsätze ab und verkleinerten das Wesen Stück um Stück.

Der Gottling brüllte mit so tiefer und lauter Stimme auf, dass die dicken Steinmauern vibrierten, ebenso wie der Boden und sogar die Luft. Klovus hörte den Schrei, der durch das Gewebe der Realität hallte.

Methodisch schlug Zaha mit seiner Klinge zu, und ein Schwall schwarzen Donners spritzte hervor. Der Gottling bildete sich neu, und seine wütenden Fortsätze peitschen umher. Kreischende und brüllende Gesichter kochten in ihm hoch wie Blasen in einem Kessel. Klovus sah, wie sein eigenes Gesicht nach vorn rückte, umgeben von einer Aura tobenden Sturms.

Einer der meditierenden Schwarzen Aale öffnete die Augen und erkannte das Gesicht des obersten Hohepriesters. Er zuckte nur ganz kurz zurück - und der Gottling schlug zu. Ein Stoß aus schimmerndem magischem Schleim traf den Attentäter im Gesicht und trieb ihn nach hinten.

Zwei weitere Schwarze Aale verloren ihre Konzentration, und der Gottling explodierte zu wildester Wut, schlug sie alle beiseite und schwoll an, als er ihre Stärke in sich aufnahm. Die Wolke aus Händen und Gesichtern, dunstigen Tentakeln und unkörperlichen Fäusten schwärmte aus, traf auf einen dritten Schwarzen Aal und zerschmetterte ihm die Brust. Nun war der Gottling in eine Raserei verfallen und wollte nichts anderes mehr, als alle Angreifer auszulöschen.

Zaha stellte sich ihm entgegen. Die anderen Schwarzen Aale sammelten sich, aber der Gottling war gewaltig und stark. Die Attentäter würden unterliegen. Klovus sah es deutlich vor sich.

Er wusste, dass es nun an der Zeit war, seine Macht und seinen Einfluss geltend zu machen. Dies hier war seine Prüfung. Der Hohepriester kam hinter seiner Barrikade hervor, hob die Hände und rief mit seiner unerbittlichsten Stimme: »Halt! Gottling, ich bin dein Gebieter!« Die Mauer aus Magie, die ihn umgab, knisterte. Die Verbindung in seinem Geist spannte sich an, und er hielt den Gottling in unsichtbaren Ketten. »Du dienst mir. Ich bin dein Hohepriester.«

Die Gottheit wand sich, kroch über den Boden und pulsierte, während zahlreiche Geisterköpfe hervorkamen und sich ihm zuwandten. Die Augen blitzten gelb auf - vor einer Macht, die losgelassen zu werden verlangte. Klovus trat näher an ihn heran. »Halt, habe ich gesagt!« Er trat in einen Blutfleck auf dem Boden. »Ich befehle es dir.«

Er sah den Gottling finster an und spürte dessen Ungeheuerlichkeit, aber er wusste gleichfalls, dass auch er selbst ungeheuerlich war. Der Gottling hatte seinen Platz nie infrage gestellt, und Klovus erlaubte seinem Geist keinen Zweifel, denn die Kreatur würde ihn gewiss spüren. »Ich nähre dich, ich bringe dir die Menschen, die dich anbeten. Ich bin dein Herr und Meister.« Er senkte die Stimme. »Ich werde dafür sorgen, dass dein Tempel zu Ende gebaut wird, das verspreche ich dir. Eines Tages. Aber nur, wenn du mir gehorchst.«

Der Gottling schwebte in der Luft; elektrische Entladungen zuckten in seinem Innersten. Die geschlagenen Schwarzen Aale mühten sich auf die Beine. Sie beachteten ihre Verletzungen nicht und zählten auch nicht die Gefallenen. Sie standen dem Wesen gegenüber und akzeptierten das, was der Hohepriester entschied.

»Dies ist eine Prüfung für uns alle«, sagte Klovus. »Die Schwarzen Aale sind meine mächtigsten Kämpfer, und sie dürfen nicht allesamt getötet werden.« Sein Geist bemühte sich, die Gottheit zu beherrschen. Er schwitzte stark, als der Gottling anschwoll und sich widersetzte. »Ich darf dich nicht aus meiner Kontrolle entlassen. Noch nicht.«

Schließlich pulsierte das Wesen still vor sich hin; der Sturm endete in Ruhe. Klovus machte einen weiteren Schritt auf es zu, und es zog sich zur Wand zurück. Der Hohepriester drückte ihm zuversichtlich seinen Willen auf. Ja, er war dazu imstande.

Mit einer Geste öffnete er die magische Tür. Das schimmernde weiße Rechteck zog auf wie ein Morgennebel und schien den

Gottling zu rufen. In seinen letzten Augenblicken in Freiheit flackerte der Gottling noch einmal auf und sandte sein unmenschliches Brüllen durch die Luft, als wolle er unbedingt in Freiheit bleiben.

Klovus drückte mit seinem Willen gegen ihn, zwang ihn unter seine Herrschaft, und der Gottling taumelte zurück in die tiefe Leere. Der Hohepriester versiegelte die magische Tür, und Stille erfüllte die Kammer.

Klovus sah sich unter den Toten und Verwundeten um und schätzte den Schaden ab. Die Kammer selbst war unbeschädigt geblieben, auch wenn einige der großen Steinblöcke infolge der Wucht des jeweiligen Aufpralls Risse zeigten. Drei Schwarze Aale lagen tot am Boden, ein weiterer war schwer verwundet; sein Schädel war gebrochen. Klovus fand es enttäuschend. Die Verluste waren höher, als er erwartet hatte, aber schließlich war ein Gottling auch kein gewöhnlicher Gegner.

Zaha wischte sich den Staub ab. »Ich entschuldige mich für unsere schlechte Leistung, oberster Hohepriester.«

Klovus nickte langsam. »Ihr konntet nicht gewinnen. Ihr habt mit keinen anderen Waffen als euch selbst gegen einen Gottling gekämpft. Ein anderer Ausgang wäre undenkbar gewesen.«

Verwirrt zog Zaha die Brauen zusammen.

Klovus griff in seinen Kaftan und holte die beiden Schlüssel für die eisernen Vorhängeschlösser hervor. »Aber jetzt habe ich euch einen Vorgeschmack auf das Unmögliche gegeben. Ich habe euch auf die Probe gestellt, ich habe den Gottling auf die Probe gestellt, und ich habe mich selbst auf die Probe gestellt.«

Nun war er bereit, der Hohepriesterin Neré zu helfen. Die Gottlinge waren die mächtigsten Waffen, die es überhaupt gab, aber für Klovus waren sie kein würdiger Gegner.

55

Schon nach wenigen Stunden war das Expeditionskorps des Konags zum Aufbruch bereit. Von Convera aus würden sie Kurs auf die Katastrophe nehmen, die sich in den Drachengrat-Bergen ereignet hatte. Conndur fürchtete sich vor dem, was er dort finden mochte, aber er musste es mit eigenen Augen sehen, falls Ossus tatsächlich tief unter der Erde erwachte. Der Himmel im Westen war eine knotige Masse aus Grau, gefleckt von Rauch und treibenden Ascheflocken.

»Sollen wir wirklich dorthin gehen?« Mandans Gesicht war so bleich wie die Asche am Himmel. »Sollten wir nicht besser in der Burg bleiben, wo es sicher ist?«

»Wenn es den Drachen wirklich gibt, dann ist kein Ort mehr sicher«, sagte Conn. »Wir sind dafür verantwortlich, dass den Menschen geholfen wird.« In seiner Stimme lag eine müde Missbilligung. »Du wirst der nächste Konag sein, Mandan. Es ist auch deine Verantwortung.«

»Er hat recht, mein Prinz«, sagte Utho. »Wir müssen herausfinden, ob es stimmt.«

Der Prinz nahm all seinen Mut zusammen und nickte. Er bestieg sein Pferd und wartete neben seinem Vater, zum Aufbruch bereit. Der Brava schwieg, schien aber zutiefst verunsichert zu sein.

Mandan hatte bequeme Kleidung eingepackt, die viel zu zart und fein für das freie Gelände war. Aber Conndur hatte beschlossen, seinen Sohn nicht dafür zu kritisieren - noch nicht. Erst als er und Koll erstmals gemeinsam in den Krieg gezogen waren, hatten sie begriffen, wie wenig Bequemlichkeit ein Mensch wirklich braucht. Mandan hatte auch ein kleines Buch mit Karten und einen Zeichenblock eingesteckt, weil er alles skizzieren wollte, was er beobachtete, vielleicht sogar Beweise für die Existenz von Ossus.

Die Gruppe ritt durch das Burgtor hinaus in die Unterstadt. Der Ascheregen hatte die Straßen überzogen und schien nie wieder aufhören zu wollen. Weitere Flüchtlinge strömten in die Stadt und wirkten verängstigt und verloren. Die ersten kamen aus dem Vorgebirge; sie hatten das ungeheure Beben im Boden gespürt und die Säule aus Feuer und Asche gesehen, die aus dem Vada ausgetreten war. All das hatte sie an das Brüllen eines erwachenden Drachen erinnert.

Die Gruppe ritt in einer Doppelreihe die Flussstraße entlang. Das Gurgeln des trägen Wassers und das Ächzen der darin treibenden Baumstämme übertönten das Klirren der Waffen und Rüstungen. Die Standartenträger ritten voraus. Eine der Fahnen zeigte die offene Hand des Staatenbundes, eine andere stellte die aufgehende Sonne von Osterra dar. Die Nachhut bildeten die Versorgungswagen, die über die breite unbefestigte Straße rumpelten. Normalerweise wäre der Yeth voller Flussschiffe, Flachboote und Fischer gewesen, doch der darin treibende Schutt machte ihn zu gefährlich.

Bei Sonnenuntergang fanden die Ausreiter eine große Wiese, auf der die Gruppe ihr Lager für die Nacht aufschlagen konnte. Mit eingeübten Bewegungen holten einige Soldaten die Zelte aus den Wagen, während andere Lagerfeuer entfachten und sich daranmachten, in großen Kesseln einen Eintopf aus Bohnen, Zwiebeln und Würsten zuzubereiten. Noch immer fiel die graue, unheimliche Asche, aber die Wolken hatten inzwischen ein anderes Aussehen angenommen. Conn atmete tief ein und roch Regen hinter dem Gestank des Verbrannten. Ein kräftiger Guss würde einen Teil der Asche aus der Luft spülen, aber auch für schrecklichen Schlamm und Matsch sorgen.

Vor einem der Lagerfeuer saß Mandan auf einem mit Stoff bespannten Stuhl, der für ihn bereitgestellt worden war, während sich Conndur mit einem Baumstumpf als Sitzplatz zufriedengab. Sie aßen ihr einfaches Mahl - nichts anderes als das, was auch die Soldaten erhielten -, und währenddessen schlug der Prinz unablässig nach stechenden Insekten und zupfte und zerrte an seiner kratzenden Kleidung. Mit stoischer Miene betrachtete Utho die Straße zum Drachengrat-Gebirge.

Als die Soldaten die Zelte aufgeschlagen hatten, kam eine kleine Gruppe von Flüchtlingen die Straße entlang und nahm die Banner des Konags überrascht wahr. Sie alle wirkten erschrocken und verzweifelt und hatten sich eilig einige Habseligkeiten auf den Rücken geschnallt. Sie führten zwei Ziegen, eine dürre Kuh und einen bellenden Hund mit sich und waren mit Asche überzogen, wobei der Mann, der sie anführte und auf den Konag zutrat, wie ein Geist wirkte. »Tausende Bäume sind umgestürzt, Sire. Einer ist auf unser Pferd gefallen und hat es getötet. Näher am Vada sind einige Leute zurückgeblieben und haben sich ans Aufräumen gemacht, aber wir können dort nicht mehr leben.«

»Hat jemand den Drachen gesehen?«, fragte Mandan. »Ist Ossus wirklich aus dem Berg hervorgekommen?«

Die Flüchtlinge sahen einander ängstlich an. »Wir haben das Beben gespürt und Feuer und Rauch gesehen ... aber nicht den Drachen.«

»Hinter uns kommen noch viele weitere Flüchtlinge«, sagte die Ehefrau des Mannes. »Wir sind nach Convera unterwegs, wo es hoffentlich sicherer ist. Glaubt Ihr, man wird uns dort aufnehmen?«

Wenn wirklich so viele Flüchtlinge aus den Bergen kamen, fragte sich Conndur, ob seine Stadt ihnen allen helfen konnte. »Beim Blute der Ahnen«, murmelte er - und sorgte dafür, dass die Menschen ein wenig Bohneneintopf bekamen, bevor sie auf der Straße weiterzogen. Nun gingen endlich die ersten Regentropfen nieder. Der Prinz wirkte beunruhigt, vor allem als auch noch ein leises Donnern durch die Wolken über ihnen zitterte, und er verkroch sich in seinem eigenen kleinen Zelt.

Mit müdem Geist und Herzen begab sich Conn in sein Zelt,

wickelte sich in seine Decke und versuchte zu schlafen. Der Regen durchnässte den Stoff des Zeltes und tropfte die ganze Nacht durch die Nähte. Die Soldaten bemühten sich, in ihren Zelten so trocken wie möglich zu bleiben. Einige versuchten, die Lagerfeuer weiterbrennen zu lassen, aber es gelang ihnen nicht.

Als Conn mit weit geöffneten Augen auf dem Rücken lag, dachte er an all die Nächte, die er auf den Schlachtfeldern fremder Länder verbracht hatte. Er und Koll hatten auch dann gekämpft, wenn sie durchnässt waren und es ihnen elend zumute war, und viele seiner Soldaten hatten wegen nasser Kleidung oder gerissener Stiefel Blasen bekommen. Nichts von alldem hatte sich ruhmreich angefühlt, trotz der Vermächtnisse, die sie schaffen wollten …

Als Mandan am nächsten Morgen aus seinem Zelt in den kalten, nebligen Sonnenaufgang hinaustrat, wirkte er nass und unglücklich. Utho fand auf dem Boden der Ladefläche eines Versorgungswagens ein paar trockene Decken und wickelte den Prinzen darin ein, während sie auf das Frühstück warteten. Es gelang den Köchen, das feuchte Holz zu entzünden und Wasser für den morgendlichen Tee zu kochen.

Conn rechnete es seinem Sohn hoch an, dass er sich nicht beschwerte. Mandan holte ein in Leinen gebundenes Buch aus seinem Zelt. »In der letzten Nacht habe ich unseren Weg auf meinen Karten nachgezeichnet, sodass ich sehen konnte, wie weit wir am ersten Tag gekommen sind. Aber dann ist Wasser auf das Papier getropft und hat die Karten beschädigt.«

Conn setzte sich neben ihn auf den nassen Baumstumpf. »Ich fürchte, die ganze Welt ist beschädigt, mein Sohn.«

Die Kolonne setzte sich endlich wieder in Bewegung und kam an weiteren Flüchtlingen vorbei. Während sie sich den Bergen näherten, ging ein weiterer Ascheregen nieder. Als sich Conndur am Abend in seinem Zelt ausstreckte und schlafen wollte, spürte er ein tiefes Rumpeln in der Erde. Es war, als würde Ossus knurren. Conn dachte an den großen Drachen, der in den Bergen begraben sein sollte, und an die Warnungen, die Adan und Koll vor den Wreth ausgesprochen hatten. Was war, wenn die Legenden doch der Wahrheit entsprachen? Es war so einfach gewesen anzunehmen, dass die Ischaraner die größere und offensichtlichere Bedrohung darstellten.

Als das Korps die Region der Minen erreichte, stießen die Männer auf eine verlassene Stadt. Die Gebäude waren verbrannt und eingestürzt, die Straßen voller Schutt. Tote Ochsen mit offenen Mäulern lagen auf dem Marktplatz, die Zungen waren mit grauem Pulver überzogen. Hühner rannten frei umher, aber sonst bewegte sich an diesem Ort überhaupt nichts mehr.

Waldbrände wüteten in den zerklüfteten Bergen im Norden. Die Straße war nur noch unter Mühen passierbar, denn zahllose Bäume waren von einem gewaltigen Sturm gefällt worden und lagen nun auf ihr. Flüsse hatten sich zu blubbernden, stinkenden Teichen aufgestaut, und gelblicher Schwefelschaum trieb auf ihren Oberflächen. Heiße Dämpfe stiegen aus Felsspalten auf.

Conn konnte nicht leugnen, was er hier mit eigenen Augen sehen musste. Der Drache hatte sich geregt und die Welt erschüttert. Sogar Utho war bei diesem unerwarteten Anblick verstummt.

Die Kolonne zog weiter, überdeckt von unheilvoller Düsternis. Die Späher arbeiteten sich über Gerölllawinen und umgestürzte Bäume hinweg. Die Standartenträger hielten ihre Banner nicht mehr aufrecht; inzwischen waren sie steif vor Asche. Die Männer ritten mit gesenkten Köpfen und versuchten, in Bewegung zu bleiben.

Der Regen hatte ein wenig Asche weggespült, und der Himmel klarte auf, sodass sie die Berggipfel sehen konnten. Vor ihnen erhob sich der Vada. Er sah aus, als wären die gesamte Spitze und ein Teil seiner Flanke von einer böswilligen Hand abgerissen worden. Es war eine rohe Wunde geblieben, aus der Rauch und Asche aufstiegen. Rote Feuerströme flossen wie Blut an den steilen Hängen herunter.

Mandan wurde im Sattel steif und starr und schaute sich erschrocken um. Er hatte sein Buch mit den Karten hervorgeholt und blätterte die wasserfleckigen Seiten um, auf denen er den Weg des Korps eifrig nachgezeichnet hatte. Doch nun starrte er nur auf die Linien, betrachtete dann die Umgebung und vermochte sie nicht mehr mit den Karten in Übereinstimmung zu bringen. Conndur bemerkte, dass der Prinz nach Worten rang.

Mandan klappte das Buch zu, zitterte kurz und warf es dann in das Geröll am Straßenrand. »Ich kenne die Karten auswendig. Ich kannte alle Straßen, alle Orte und alle Berge. Ich habe sie studiert, weil die Lehrer es mir aufgetragen haben!« Seine Stimme klang erstickt von all der Asche, die er einatmete. Seine Lippen waren aufgesprungen, die Augen umschattet. »Aber all diese Punkte und Wörter ... sie standen für wirkliche Menschen, für wirkliche Orte, für wirkliches Leben!«

»Ja, mein Sohn, das haben sie«, sagte Conndur. »Und wenn du Konag bist, gehören sie alle zu dir. Du musst sie beschützen.«

»Aber wie?«, rief Mandan.

»Auf jede mögliche Weise, mein Prinz«, sagte Utho. »Das ist die Frage, die sich jeder Konag stellen muss.«

Sie ritten weiter und kamen schließlich zu dem, was von der Bergarbeitersiedlung namens Scharrdorf übrig geblieben war.

56

Es erfreute Kollanans Herz, bald wieder zu Hause zu sein - endlich. Die Welt mochte in Gefahr und die Zukunft voller düsterer Fragen sein, aber Fellstaff würde ihn willkommen heißen. Tafira war da, sein Volk war da, und das zählte mehr, als er ausdrücken konnte. Seine Reise nach Convera hatte seine Wut erregt und ihn entmutigt.

Auf Kolls Beharren ritt die Eskorte des Konags sehr schnell. Nachdem sie die Grenze von Norterra überquert hatten, waren fünf zusätzliche Soldaten seines Vasallen-Lords Alcock zu ihnen gestoßen, der den König nun ebenfalls begleitete und mit ihm die Verteidigungsmaßnahmen besprach, die seine Untertanen an seiner eigenen Festung und den größeren Orten unter seiner Herrschaft vorgenommen hatten.

»In meinem Bezirk befinden sich drei Wreth-Ruinen, Sire«, sagte er, als sie sich den großen Steinmauern näherten, von denen Fellstaff umgeben war. »Während der Jahrhunderte haben wir sie ein wenig ausgebeutet und unsere Häuser und Grenzmauern aus ihren Steinen erbaut, aber der größte Teil der Ruinen ist noch unberührt.« Er runzelte die Stirn. »Es wird gewiss nicht leicht, sie in ihre Einzelteile zu zerlegen.«

»Gut, dass wir wenigstens etwas von den Wreth gebrauchen können, nach allem, was sie uns in ihren Kriegen angetan haben«, brummte Koll. Vom Sattel seines geborgten Pferdes aus betrachtete er die Stadtmauern, die schon seit Jahrhunderten standen.

Als sich die Pferde dem Stadttor näherten, fragte Alcock mit leiser Stimme: »Was ist, wenn sie auch ihre alten Städte zurückhaben wollen? Was, wenn sie das ganze Land zurückhaben wollen?«

»Sie können es nicht haben.« Kolls Trotz hatte sich seit Tagen aufgebaut. Er senkte die Stimme und wiederholte: »Sie können es nicht haben!«

Der Vasallen-Lord hatte ein Bestandsbuch mitgebracht, in dem er die Zahl der Waffen und Rüstungen sowie der Soldaten, die er ausheben konnte, verzeichnet hatte, und insbesondere hatte er Kämpfer eingetragen, die Kriegserfahrung hatten. Da sich der Staatenbund seit Jahrzehnten im Zustand des Friedens befand, gab es nicht mehr viele Veteranen - nur ein paar alte Soldaten, die zusammen mit Koll im ischaranischen Krieg gedient hatten. Vor langer Zeit waren sie ihm bis nach Norterra gefolgt, weil sie sich ein ruhiges, stilles Leben ersehnten, in dem sie die blutigen Schlachten vergessen konnten. Als ihr König hatte Koll ihnen das lange Zeit auch gesichert. Aber nun ...

Die Wachen auf den Mauern verkündeten Kollanans Rückkehr, und als die Truppe durch das hohe, zweiflügelige Tor ritt, strömte das Volk herbei und bejubelte ihn. Koll zwang sich zu einer zuversichtlichen Miene und hob die Hand zum Gruß. Entschlossen nahm er Kurs auf die gedrungene Burg in der Mitte der Stadt. Zu Hause ... und bei Tafira.

Während Koll durch die Straßen ritt, beobachtete er seine Untertanen in ihren Geschäften, ihren Schmieden, ihren Häusern. Alltägliches Leben, gewöhnliche Sorgen. Frauen saßen auf umgekippten Kübeln vor ihren Häusern und flickten Kleidung. Metallschmiede schimpften ihre Lehrlinge in den Werkstätten aus, Schuster stellten Stiefel und Sättel her, Gerber kratzten Häute ab und tauchten sie in große Färberbottiche. Pelzhändler hatten ihre Waren auf große Weidengestelle gespannt.

Die Burg war noch immer mit schwarzen Trauerbannern behängt, und ein dunkler Wimpel flatterte auf dem höchsten Turm. Nachdem Kollanan den Burghof erreicht hatte, saß er ab und übergab sein Pferd einem Stallburschen, während die Burgwache die Militäreskorte aus Convera begrüßte. Diener kümmerten sich um ein Quartier für Lord Alcock in der Burg.

Koll ließ sie alle hinter sich. Er stieß die nächste Tür auf, war ganz verstaubt in seiner Reitkleidung. Tief atmete er die Luft in seiner Burg ein und roch die Gewürze von Tafiras Gerichten und den Rauch der Kaminfeuer, der so viel besser duftete als der Rauch, den er seit Tagen in der Luft wahrgenommen hatte.

Tafira eilte ihm zur Begrüßung entgegen; ihre Blicke trafen sich in einer Umarmung, noch bevor ihre Körper einander erreicht hatten. Dann lag sie in seinen Armen, und er hielt sie und drückte sie fest an sich. Kollanan sagte nichts; er musste gar nichts sagen. Er spürte ihre Standhaftigkeit, als sich ihr sanfter Körper gegen ihn schmiegte. Tief atmete er den Geruch ihres Haars und den des Geißblattes ein, das sie zur Herstellung ihrer Seife verwendete. Aus der bloßen Berührung mit ihr zog er Kraft.

»Hast du mit deinem Bruder über die Wreth gesprochen?«, fragte sie. »Schickt er Hilfe? Hast du ihn zusammen mit Adan gewarnt?«

»Das haben wir getan, aber ich weiß nicht, welche Reaktion er dem Staatenbund befehlen wird.«

Sie machte sich von ihm los und sah ihm ins Gesicht. »Warum sollte er deine Worte anzweifeln?«

»Er hält andere Krisen für dringlicher. Es wird schon wieder über einen Krieg mit Ischara gesprochen. An der Küste hat es blutige Überfälle gegeben, und das Volk schreit nach Rache. Conndurs Brava hat sogar einen Gegenangriff gefordert.«

Tafira runzelte die Stirn. »Du weißt, dass alle Bravas die Ischaraner hassen. Ein Krieg mit Ischara würde sich lange hinziehen, so wie es schon einmal der Fall war, und am Ende würde sich gar nichts ändern.« Sie runzelte die Stirn, auf der sich tiefe Furchen bildeten. »Ich habe diesen Krieg so gehasst ...«

Er drückte sie wieder fest an sich. »Ja, und die Wreth haben vor, das Ende der ganzen Welt einzuläuten. Fürs Erste sind wir hier in Norterra wohl auf uns allein gestellt. Wir treffen unsere eigenen Entscheidungen, und wir schlagen unsere eigenen Schlachten.«

In der Küche herrschte bei der Vorbereitung des Abendessens Aufruhr. In dem übervollen Raum lag bereits eine angenehme

Wärme, was den Backöfen zu verdanken war, doch der junge Pokel kam mit einem ganzen Armvoll Brennholz herein. Er trug dicke Kleidung, darüber einen Wollpullover und ein zusätzliches Paar Socken, als wollte er sich nie wieder der Kälte aussetzen. »Man darf die Feuer nicht ausgehen lassen. Die Öfen dürfen niemals kalt werden.« Durch den Holzstapel auf seinen Armen erspähte er Koll. »König Kollanan, Ihr seid zurück!«

»Es freut mich, dass dir warm ist und du bei guter Gesundheit zu sein scheinst«, sagte Koll.

Der Junge platzte mit zahllosen Fragen heraus, aber Kolls Aufmerksamkeit war ganz auf Tafira gerichtet, die maßlos glücklich darüber war, ihren Mann zurückzuhaben. Die Königin gab den Bediensteten noch einige Anweisungen, dann geleitete sie Koll in ihre privaten Gemächer, damit er sich wusch und die Kleidung wechselte und sie unter vier Augen miteinander sprechen konnten.

Während er seinen staubigen Mantel auf eine Zederntruhe in der Ecke warf, goss sie Wasser aus einem Krug in ein Porzellanbecken, tunkte ein Handtuch hinein, wrang es wieder aus und machte sich daran, ihm Staub und Schweiß aus dem Gesicht zu reiben und seinen Bart sanft zu säubern. Er zog die Bänder seines Hemdes auf und streifte sich das schmutzige Kleidungsstück über den Kopf. Sie half ihm dabei, und er warf es zur Seite.

Sie zögerte, widerstrebte, und noch bevor er eine Frage stellen konnte, überbrachte sie ihm ihre Neuigkeiten. »Ich mache mir große Sorgen. Lasis ist vor zwei Wochen nach Norden aufgebrochen. Er wollte die Gegend um Bakalsee auskundschaften und Neuigkeiten einholen, die wir über die Wreth brauchen.« Sie spülte das Handtuch im Becken aus und wusch seine Brust. »Seitdem habe ich nichts mehr von ihm gehört, und ich fürchte, dass ihm etwas Schreckliches zugestoßen ist.«

»Ist er allein nach Bakalsee geritten?« Kollanan schmückte sich die Einzelheiten mit seiner Fantasie aus. »Manchmal ist er ungestüm, aber er reitet oft allein. Vermutlich beobachtet er die Bewegungen der Wreth und sammelt Einzelheiten über ihre Verteidigungsanlagen. Vermutlich wird er einen eingehenden Bericht für uns haben, wenn er zurückkehrt.«

»*Zwei Wochen*, mein Geliebter! Was ist, wenn die Wreth ihn entdeckt haben? Was hätte er gegen ihre Armee ausrichten können?«, fragte Tafira. Sie klang aufgewühlt.

Koll vermochte seine Besorgnis nicht zu verbergen. »Die Bravas besitzen eine mächtige Magie, aber manchmal werden sie auch von ihrem Stolz geblendet. Vielleicht war Lasis zu tollkühn. Es wäre möglich, dass er gefangen genommen oder getötet wurde.«

Er setzte sich auf das Bett, und Tafira half ihm, die staubigen Stiefel auszuziehen. Er stieß einen sorgenschweren Seufzer aus, als er sich die Füße wusch und danach Pantoffeln aus Rehleder überstreifte. »Wir werden eine eigene Armee benötigen, denn ich habe vor zu kämpfen.« Er ließ die Schultern unter dem Gewicht seiner Sorgen hängen, reckte sie aber rasch wieder und drückte den Rücken durch. »Es ist das Beste, das wir tun können, und es ist auch das Einzige, das wir tun können, selbst wenn uns der Rest der Armee des Staatenbundes nicht zur Verfügung stehen sollte. Norterra ist stark. Und wir werden herausfinden, was mit Lasis geschehen ist.«

Tafira strich ihm über die Wange. »Wir müssen unsere Heimat verteidigen.«

Er schob seinen Mantel auf der Zedernholztruhe beiseite, öffnete sie und holte ein leichtes wollenes Unterhemd hervor. Darüber zog er ein blassblaues Wams, das mit dem Bergsymbol von Norterra bestickt war. »Wenn wir unsere Heimat *verteidigen* müssen, ist es schon zu spät. Wir müssen unser Reich retten und vielleicht den ganzen Staatenbund dazu, sollte Conndur zu blind sein, die wahre Gefahr zu erkennen. Unsere Armee muss stark genug sein.«

Auf seiner Reise durch die Berge und sein ganzes Reich hatte er die dichten Wälder, die Felder und Obstgärten, die Schafherden und das zahlreiche andere Vieh gesehen. Die Menschen hatten die Herrschaft der Wreth gut überlebt. Sie hatten das Land vor der dauernden Unfruchtbarkeit gerettet und sich ihre eigene Geschichte, ihr eigenes Vermächtnis geschaffen.

»Dieses Land gehört uns«, sagte er mit fester Stimme. »Die Wreth haben es verwüstet und seiner Magie beraubt, und wir haben zweitausend Jahre damit verbracht, es wieder zu heilen. Sollen wir uns einfach beiseiteschieben lassen, nur weil wir einem fremden Krieg im Wege stehen?« Er spürte, wie ihm heiße Tränen in die Augen traten. »So wie es in Bakalsee geschehen ist? Die *Menschen* haben diesen Kontinent geerbt, und niemand kann sich über uns hinwegsetzen.«

Er spürte ein dunkles Ziehen in seinem Herzen, als die Trauer langsam tiefer sank. Lasis, sein stets ergebener Brava und Freund, war vermutlich tot, so wie seine Tochter und ihr Gemahl, und auch seine Enkel ...

»Werden wir stark genug dafür sein?«, fragte ihn Tafira.

»Wir müssen.«

57

Auf ihrer Reise träumte Glik jede Nacht von den Skas.

Mit der Messerspitze schnitzte sie einen Kreis in die Borke einer verkrüppelten Kiefer knapp unterhalb der Baumgrenze, dann begab sie sich tiefer in das westliche Gebirge hinein. Glik schaute in die blaue Leere des Himmels hinauf und spürte ein großes Verlangen in ihrem Herzen. Wenn sie in der Vergangenheit gereist war, hatte ihr lieber Ori über ihr seine Kreise gezogen und Ausschau nach der besten Route gehalten, und dann war er auf ihre Schulter zurückgekehrt. Nun war sie allein. Der Monat ohne Ori fühlte sich wie eine endlose graue Leere an.

Sie war fest entschlossen, hier draußen einen neuen Ska zu finden. Die gezähmten Skas, die in Gefangenschaft ausgebrütet und aufgezogen wurden, waren nichts für sie. Sie musste ein frisches Ei finden, nicht irgendein dressiertes Haustierchen, denn die stärksten Herzensverbindungen wurden bei der Geburt eines Skas geknüpft.

Die wahre Liebe mit einem Jungen hatte Glik zwar nie erfahren, aber sie wusste, wie es sich anfühlte, wenn das Herz brach. Warum hatte Ori sie verlassen? In ihren letzten gemeinsamen Monaten hatte sie gespürt, dass sich der Ska immer weiter von ihr entfernt hatte. Vielleicht war der Sandsturm für Ori nur ein Vorwand gewesen, von ihr wegzugehen, auch wenn sich Glik den Grund dafür nicht vorstellen konnte. Sollte ihr geliebter Ska gewusst haben, dass er bald sterben würde, dann hätte sie bei ihm sein, ihn berühren und trösten wollen, und zwar bis zum bitteren Ende.

Aber Ori hatte sich anders entschieden und sie im Stich gelassen. Er hatte ihr Innerstes zerrissen.

Vor ein paar Tagen war sie auf ihrer Reise durch unzählige Skas aufgeschreckt worden, die hoch über ihr zu einer Wolke aus Schwingen und Schuppen verschmolzen waren. Sie schienen von überallher gekommen zu sein. Trotz der Entfernung hörte Glik ihr banges Geschrei in ihrem Kopf; es war wie Oris Gegenwart, aber tausendfach verstärkt und überlagert. Das war keine Vision, sondern Wirklichkeit.

Glik ging in der Flut der Laute und Gedanken unter und stellte sich vor, sie würde zusammen mit ihnen durch den Himmel schweben. Nachdem der Ska-Schwarm abgezogen war, hatte sie sich im trockenen Gas liegend wiedergefunden. Eine Zeit lang war ihr Geist von den zahllosen Skas auf ihrem Weg nach Süden mitgenommen worden, dann erst hatte sie erkannt, dass sie auf dem Rücken lag, zitterte und schwitzte.

Etwas Furchtbares hatte sie aufgestört, aber die Skas würden zurückkehren. Sie zeichnete einen Kreis über ihrem Herzen. Doch nun wusste Glik nach dem, was sie gesehen hatte, wo genau die Ska brüteten ...

Sie bemerkte die dunklen Umrisse eines Skas hoch am Himmel. Zwei weitere Punkte gesellten sich zu ihm, kreisten und spielten in der Luft, tanzten auf dem Wind. Sie riefen Glik, leiteten sie. Obwohl diese wilden Skas keine Herzensverbindung zu ihr besaßen, wie es bei Ori der Fall gewesen war, spürte Glik sie in ihrem Inneren. Der Weg vor ihr erschien in ihrem Kopf so scharf und klar wie ein Diamant.

Sie mühte sich auf die Beine, kletterte höher, bahnte sich einen Pfad durch das niedrige Gebüsch und das stachelige Gras, und schon stiegen die fliegenden Umrisse herab. Glik lachte und winkte ihnen zu. »Hier drüben! Kommt zu mir!«

Die Skas glitten auf den warmen Luftströmungen und beschrieben vollendete Kreise. Ein Zeichen! Während die Skas durch die Luft schossen, sah Glik das Aufblitzen von blauen Federn, von weißen Federn, und sie sah einen größeren roten

Ska. Sie schienen Glik zu necken. »Ich bin die beste Gefährtin, die ihr je finden werdet!«, versprach sie ihnen. Stellten die Vögel sie auf die Probe? »Zeigt mir, wo ich eure Eier finden kann!«

Die Skas flogen auf die spitzen Gipfel der nächsten Bergkette zu, deren grauer Granit noch mit Flecken aus altem Schnee gesprenkelt war. Die Hänge waren steil und fast unmöglich zu erklettern, aber Glik musste unwillkürlich grinsen. *Dort* würde sie ihr Ei finden. Sie spürte den Ruf in ihrem Herzen.

Es dauerte noch drei weitere Tage, bis sie die Strecke zurückgelegt hatte, und jede Nacht hörte sie die rauen Rufe der Skas in ihren Träumen und die warme Musik der Verbindung in ihrem Herzen. Sie sah Ori in einer Vision, wie er auf einem herabhängenden Ast saß und mit den scharlachroten Flügeln schlug - wie ein alter Lehrer, der sie anzuleiten versuchte.

Auf dem Weg zu den Gipfeln, an denen die Skas nisteten, musste sie über kahle Felsen steigen. Als an einem Nachmittag ein heftiger Regen den Granit so stark nässte, dass er nicht mehr begehbar war, kauerte sich Glik in eine tiefe Spalte. Dort wartete sie zitternd ab und bereute ihre Entscheidung nicht. Bald würde sie einen neuen Ska haben. Einen, der ausgezeichnet zu ihr passte. Sobald der Sonnenschein die Felsen ausreichend getrocknet hatte, kletterte sie weiter.

Sie näherte sich den höchsten Zinnen und sah jetzt wieder die Reptilienvögel über sich. Sie leiteten Glik. Weiter und weiter stieg sie den steilen Hang hinauf. Ihre Hände schmerzten und bluteten, aber sie durfte nun nicht aufgeben. Sie erlaubte sich keinen Blick in den tiefen Abgrund. Einmal rutschte sie aus, konnte sich aber mit einer Hand an einem kleinen Felsvorsprung festhalten. Zitternd hing sie da, bis sie Halt für die Füße und die andere Hand gefunden hatte, und ganz langsam kletterte sie bis zu einem schmalen Sims, auf dem sie sich ausruhte. Die Atemluft pfiff in ihrer Lunge, und der Schweiß tropfte an ihrer Stirn herunter.

Ein Bild von Ori blitzte in ihrem Geist auf, und sie dachte an den neuen Ska, den sie bald bekommen würde. Ihr Blick verschwamm, und der Ruf wurde noch stärker.

Die Reptilienvögel hatten sich ihr genähert, und sie erkannte die Spalten und Höhlungen, in denen sie ihre Nester zu bauen pflegten. Glik wusste, dass sie es schaffen konnte. Die kreisenden Skas beobachteten sie, schienen von ihrer Gegenwart aber gar nicht beunruhigt zu sein. Vielleicht hatte Ori ihnen gesagt, dass sie eine gute Herrin war.

Und da waren die Ska-Nester, innerhalb der Felsspalten. Während sie sich zu einem breiten Riss im Granit vorarbeitete, nahm sie den typischen Geruch der Skas wahr. Ihre Federn und Schuppen schwitzten ein Öl aus, das sie an Ori erinnerte. Wie sehr sie sich danach sehnte!

Der Anfang ist das Ende ist der Anfang.

Sie wand sich tiefer in die Spalte hinein. Das Sonnenlicht drang unmittelbar über ihr in die Tiefe und sorgte für ausreichende Helligkeit. Hier saßen die Ska-Nester in Felseinschnitten; sie bestanden aus verfilztem Gezweig, abgerissenen Ranken und losen Federn, und es herrschte ein irrsinniges Durcheinander an Farben. In Dutzenden der Nester lagen braun gesprenkelte Eier; ein jedes würde ausgezeichnet in ihre hohle Hand passen. Sie ging von Nest zu Nest, stocherte zwischen den Federn und Zweigen herum und beachtete dabei nicht die zerbrochenen Schalen der jüngst geschlüpften Skas und die Knochen der Nagetiere, mit denen sie gefüttert wurden.

Sie schloss die Augen, konzentrierte sich und zog immer wieder einen Kreis um ihr Herz. Sie spürte die Gedanken der Skas überall um sich herum, aber nur eines der Eier flüsterte ihr etwas zu. Das verkleckste und verwirbelte Muster auf der Schale wirkte hypnotisch auf sie und war wunderschön. Als Glik das warme, faustgroße Ei berührte, vibrierte es leicht, als würde es sie willkommen heißen, und sie keuchte kurz auf. Plötzlich *kannte* sie den Ska im Inneren. Er stand kurz vor dem Schlüpfen und war neugierig auf die Welt... neugierig auf *sie*. Wenn sie das Ei nun an sich nahm, konnte Glik aus dem Nestgebiet und vielleicht sogar aus den Bergen verschwunden sein, wenn der Ska schlüpfte.

In dem festen Bewusstsein, dass es das Richtige war, hielt sie das Ei fest, streichelte die Schale, und nun verstummten die pulsierenden Stimmen der anderen Skas in ihrem Kopf. Jetzt benötigte sie die Führung durch den Rest der Reptilienvögel nicht mehr. Sie hatte bekommen, was sie brauchte. Dies hier war ihr Ska.

Glik wickelte das Ei fest in ein weiches Tuch, steckte es in ihren Lederbeutel und schob sich diesen unter das Hemd, wo er gut geschützt war. Für den Rückweg würde sie beide Hände brauchen, und sie durfte es nicht riskieren, das Ei zu beschädigen.

Für den kleinen Reptilienvogel konnte sie sorgen, ihn zu den Utauk-Stämmen bringen, und dann würde sie wieder im Innern des Kreises sein. Glik würde nicht länger hohl und leer - und nicht länger ein doppeltes Waisenkind - bleiben. Und sie würde eine großartige Geschichte zu erzählen haben. Sie war in das höchste Nistgebiet vorgedrungen, das am schwierigsten zugängliche.

Nachdem sie ihre Beute gesichert hatte, bereitete sich Glik auf den Abstieg vor, aber sie spürte noch etwas. Es war das dunkle und beharrliche Pulsieren einer Vision, einer Vorahnung. Vor ihr wurde der Spalt im Fels breiter, und sie hörte ein Rumpeln tief im Berg. Glik fühlte sich wie in einem Albtraum. Sie konnte nicht widerstehen und drückte sich durch die Verbreiterung tiefer in den Berg hinein.

Die Passage, die durch das Schimmern des Himmels hoch droben erhellt wurde, endete in einer geschützten Grotte, die von einem seltsamen Glimmen durchdrungen war. Die Luft war warm, beinahe erstickend, und in ihr lag eine Spur von Schwefel, ganz anders als die Ausdünstungen der Skas. Glik bemerkte, dass sie schwitzte.

Angezogen von Neugier und Schrecken, näherte sich Glik dem Ende der Passage. Die hintere Wand der Grotte bestand nicht aus Stein, sondern aus einer harzartigen Substanz, die den Eindruck machte, als wären Platten aus Fasern übereinandergeschichtet worden. Es erinnerte sie an die Kokons, die von den Seidenwürmern im südlichen Suderra gesponnen wurden. Die gewölbte Grotte war größer als ein Haus, also konnte es sich doch nicht um einen Kokon handeln, oder? Die Wand wirkte durchscheinend; etwas schwach Leuchtendes schien in ihr verborgen zu sein.

Glik berührte die schimmernde Wand und spürte eine Vibration, die vollkommen anders wirkte als jene, die sie in dem warmen Ska-Ei gefühlt hatte. Hinter dieser harzigen Wand regte sich etwas - etwas Gewaltiges. Eine Vision überspülte ihren Geist; sie war wie ein schwarzer Umhang, der plötzlich zur Seite gezogen wurde und Fangzähne und Schuppen und eine entsetzliche Bösartigkeit enthüllte. Das ungebetene Bild pochte in ihrem Schädel wie tausend Donnerschläge. Sie atmete tief ein und wäre beinahe zusammengebrochen.

Wieder schwärmten Ska-Stimmen in ihren Kopf. Diesmal beschützten sie Glik, lenkten die andere gefährliche Vision ab und schufen Sicherheit für sie.

Glik schreckte vor der Wand zurück. Das Herz schlug ihr zwar bis zum Hals hinauf, aber sie konnte den Blick nicht abwenden. Sie sah eine fließende Bewegung hinter der Schale und ein Glitzern, das von einem gewaltigen Facettenauge herrühren mochte. Es öffnete sich kurz, dann schloss es sich wieder.

Taumelnd zog sich Glik zurück, kletterte in das Nistgebiet empor. Sie wagte es nicht, den Schlaf des Wesens hinter der Kokonwand zu stören.

Glik drückte das Ei gegen ihre Brust und hatte bald wieder die freie Luft erreicht. Nun stand ihr der lange und gefährliche Abstieg vom Berg herunter bevor. Plötzlich sehnte sie sich nach der Sicherheit und Geborgenheit, die ihr die Utauk-Stämme gewähren konnten. *Wieder im Innern des Kreises.* Sie wollte bei ihrem Volk sein - sie wollte nach Hause.

Mit ihrem neuen Ska.

58

Nachdem die beunruhigten Skas auf Bannriya niedergestiegen und wieder davongeflogen waren, spürte Adan noch tagelang die Spannung, die über seiner Stadt hing. Es bedurfte nicht des unbegreiflichen Verhaltens der wilden Reptilienvögel für die Einsicht, dass mit dieser Welt etwas ganz und gar nicht mehr stimmte. Der verrauchte, rötliche Himmel über den Drachengrat-Bergen blieb weiterhin ein Rätsel.

Während sie abwarteten, ritten Adan und Penda durch die Stadt, damit die Bewohner sie sahen und sich sicher fühlten. Sie kleideten sich in helle, fröhliche Farben und trugen goldenen Schmuck, in den Drachenblut-Rubine eingelassen waren. Adan gab Getreide aus seinen Vorräten frei und trug der Burgküche auf, Hunderte Brotlaibe zu backen, die er und seine Dienerschaft auf den Straßen verteilen wollten. Adan hatte die Vorstellung, dass seine Untertanen gemeinsam ihr Brot buken und nicht vergaßen, dass sie alle zum Staatenbund und zur Rasse der Menschen gehörten, die überlebt hatten und nun die Welt für sich beanspruchten.

Eine Utauk-Karawane hatte sich am vergangenen Abend auf dem Marktplatz niedergelassen, Zelte errichtet und ihre Waren ausgelegt. Dieser Stamm war zwar nur entfernt verwandt mit der Orr-Familie, aber Penda begrüßte sie wie lange verloren geglaubte Vettern und Kusinen. Die Utauk folgten dem König und der Königin durch die Straßen, spielten auf Flöten und Saiteninstrumenten und hellten so die dunkle Stimmung in der Stadt merklich auf.

»Suderra wird allmählich wieder zur Normalität zurückkehren, Sternenfall«, sagte Penda. Auf ihrer Schulter nickte Xar heftig, als ginge es bei den Festlichkeiten nur um ihn. Der Ska suchte den Himmel mit seinen facettierten Augen ab, als wäre er bereit, sein Territorium jederzeit gegen die anderen Reptilienvögel zu verteidigen.

Adan senkte die Stimme. »Ich glaube nicht, dass jemals wieder irgendetwas zur Normalität zurückkehren wird, meine Liebste. Alles hat sich an dem Tag verändert, an dem die Sandwreth aufgetaucht sind.« Er zwang ein Lächeln auf sein Gesicht. »Aber wir können wenigstens so tun, als wäre alles wieder in Ordnung. Manchmal wird etwas zur Wirklichkeit, wenn man nur fest genug daran glaubt und sich dementsprechend verhält.«

Penda strich sich über den Bauch. »Uns bleibt etwas mehr als vier Monate Zeit, um die Welt in Ordnung zu bringen. Ich möchte nicht, dass unser Kind in einen Krieg hineingeboren wird.«

Auf dem Hauptplatz der Stadt erhob sich ein riesiger Obelisk, der so alt und verwittert war, dass die eingemeißelten Zeichen nur noch Schatten und Andeutungen waren. Der Obelisk bezeichnete die Stelle, an der die ersten Banner errichtet worden waren, als die menschlichen Überlebenden die Welt für sich beansprucht hatten, nachdem die Wreth verschwunden waren. In zwei Seiten des Obelisken waren Rechtecke aus Schattenglas eingelassen worden, die man von einem alten Schlachtfeld geerntet hatte. Die große, absichtlich umgestoßene Statue eines alten Wreth-Helden lag mit dem Gesicht nach oben auf dem Platz und glich jener vor dem Haupttor der Burg von Bannriya.

In einem Archivraum befand sich eines der originalen Banner konserviert zwischen zwei Kristallscheiben. Das ursprünglich rote Tuch war inzwischen zu hellem Rosa verblasst, und die Stofffasern schienen kaum mehr als Spinnweben zu sein. Der Gegenstand war nicht so wichtig wie das, was er symbolisierte. Die Menschen hatten es gewagt, hier im Schutt der Welt eine Stadt zu errichten, und sie waren erfolgreich gewesen.

Als König von Suderra spürte Adan das Gewicht seiner Verantwortung deutlich, und er sah sie in der Hoffnung und dem Glauben seiner Untertanen sowie in ihrem Vertrauen darauf, dass er, König Adan Sternenfall, sie beschützen würde.

Sogar vor den Wreth.

Dieser Gedanke jagte ihm Angst ein. Adan hätte sich eine solche Situation nicht vorstellen können, als er den Thron von einem fünfzehnjährigen Knaben übernommen hatte, der nominell zehn Jahre lang geherrscht hatte. In der Generation davor hatte der mürrische und glanzlose König Syrus mit harter Hand regiert und nichts getan, um die Hingabe und Zuneigung seines Volkes zu erlangen. Nur wenigen Sängern fiel etwas ein, wenn es um die Geschichte seiner Herrschaft ging. Syrus schien keine Begeisterung, keinen Humor und keine Liebe gekannt zu haben.

Als er starb, hinterließ er seinen Sohn Bull - die Kurzform von Bullton - als Erben. Dem suderranischen Recht gemäß wurde das Kind durch eine Gruppe von sieben Regenten unterstützt, die in diesem Fall leider eigennützig und habgierig waren. Mit Geld aus der Staatskasse errichteten sie sich selbst Denkmäler, schrieben große Chroniken für den Erinnerungsschrein der Stadt und meißelten ihre Namen in die Steinmauern, obwohl sie nicht viel getan hatten, was des Erinnerns wert gewesen wäre.

Als der Junge älter wurde, zeigte sich, dass er nicht besonders klug war. Nachdem es Bull noch im Alter von acht Jahren nicht gelungen war, Lesen und Schreiben oder die Grundlagen der Mathematik zu erlernen, erkannten die Regenten, dass er ein Dummkopf sein musste und nie würde herrschen können. Bullton mochte die Regenten genauso wenig wie das Volk, und einige suderranische Vasallen-Lords richteten Beschwerden an den Konag in Convera. Mehrere Lords weigerten sich, weiterhin Steuern zu zahlen; eines der Länder erklärte sich sogar für unabhängig.

Als die Unruhen stärker wurden und Konag Conndur die Geduld mit den Regenten verlor, machte er sich ein uraltes Gesetz zunutze, das noch aus den Zeiten der Königin Kresca stammte, als der Staatenbund sich zusammengeschlossen hatte. Es wurde allen Vasallen-Lords der fünfzehn Bezirke Suderras und auch der gesamten Bevölkerung erlaubt, ihre Meinung zu sagen.

Niemandem gefiel die Vorstellung eines debilen Königs oder korrupter Regenten, und als Conndur vorschlug, den König durch seinen Sohn Adan Sternenfall zu ersetzen, war die Reaktion darauf überwältigend. Das Volk akzeptierte ihn, und stolz ergriff er den Thron.

Die Regenten wurden aller Ehren entkleidet und in die Bezirke der Umgebung verbannt. Obwohl das Volk noch sehr wütend auf sie war, beabsichtigte Adan nicht, Rache an ihnen zu üben; auch empfand er keinen Groll gegen den früheren Kinderkönig. Bullton war fünfzehn Jahre alt, als er abgesetzt wurde, und er war ganz und gar zufrieden damit, in einer Jagdhütte in den Bergen aufzuwachsen.

Adan glaubte, dass er bisher ein guter Herrscher gewesen war. Suderra war stark. Der Stadt Bannriya ging es ausgesprochen gut. Das Volk war zufrieden gewesen ... bis die Wreth gekommen waren, und nun konnte niemand mehr sagen, was die Zukunft bringen mochte.

Als er und Penda durch die Straßen ritten und das frisch gebackene Brot verteilten, konnte Adan sehen, dass die Menschen an ihn glaubten, aber wie lange würde sich ihre Zuversicht noch bewahren lassen, wenn Königin Voo und ihre Sandwreth ihnen eine schreckliche Verpflichtung aufzwingen oder ein weiterer Wreth-Krieg das ganze Land in Schutt und Asche legen sollten?

Schließlich lösten sich der Rauch und der ferne Sandsturm so weit auf, dass in der Nacht wieder die Sterne zu sehen waren. Auf der Suche nach Frieden und innerer Einkehr begab sich Adan auf seine Aussichtsplattform und hatte den Wunsch, allein mit dem Universum zu sein. Er hatte viele Nächte damit verbracht, Penda die Sternbilder zu erklären, während sie ihm ganz andere Sternkonstellationen gezeigt hatte, die die Utauk-Stämme am Himmel beobachteten. Nun aber war sie vom Ritt durch die Stadt müde, und Adan war allein auf das Dach gestiegen.

Es war schon nach Mitternacht, und er stand da und hatte die Hände hinter dem Rücken verschränkt. Die unheilvollen Veränderungen in der Welt hatten ihm die Lust genommen, seinen eigenen Himmelsatlas zu zeichnen. Nun erschien ihm das wie ein frivoler Zeitvertreib, während die Gefahr bestand, dass die beiden Wreth-Parteien der Welt ein apokalyptisches Ende bereiten würden.

Der Mond war untergegangen, und er sah ein schwaches grünes Schimmern über der leeren Wüste im Süden. Lichtschleier bewegten sich wie ein Trugbild in Hitzekräuselungen. Eine Aurora war ein seltenes Phänomen, und Adan hatte keine Ahnung, was dieses Farbspiel bedeuten mochte. War es ein böses Omen? Ein Vorzeichen wie das, welches Penda erlebt hatte?

Obwohl Bannriya in der Nacht ruhiger wurde, hörte er noch immer gedämpften Lärm auf den Straßen, geflüsterte Unterhaltungen, das Rattern eines Karrens, der über die Pflastersteine seinem Zuhause entgegenrollte, und eine Familie, die bei einem Spiel sang und in die Hände klatschte. Er sah ein Reisigfeuer und eine kleine Gruppe, die Hochzeit feierte.

Für diese Menschen war jeder Tag ein weiterer Tag in ihrem eigenen Vermächtnis. Sie stellten nicht allzu viele Fragen, aber Adan schaute in die Sterne hinauf. Er war der König, und still und stumm wünschte er Erklärungen vom Universum - doch er erhielt keine Antwort. Niemand schien ihm zuzuhören. Kur, der Hauptgott der Wreth, war schon lange verschwunden, aber schließlich hätte er sich auch nicht um eine Rasse geschert, die er nicht erschaffen hatte.

Als Adan die Sterne betrachtete, schob sich plötzlich eine gigantische Silhouette über den Himmel und verdeckte alles dahinter. War das ein weiterer Ska-Schwarm? Nein, das war etwas anderes. Es flog wie ein gewaltiger rechteckiger Drache aus Papier und Holz dahin und legte sich über die sanften Farben der Aurora.

Er keuchte auf, kniff die Augen zusammen und versuchte Einzelheiten zu erkennen. Es war eine gewaltige, geflügelte Gestalt, reptilienartig, größer als jede lebende Kreatur, die er je gesehen hatte ... Und dann war sie wieder verschwunden. Er sah sie nicht mehr vor dem Hintergrund der leuchtenden Sterne. Sie schwebte durch die Nacht, weit, weit entfernt.

59

Elliel und Thon kletterten über umgestürzte Bäume und Geröllawinen und eilten so schnell wie möglich zurück nach Scharrdorf. Sie fürchteten sich vor dem, was sie dort antreffen mochten.

Eines der kleinen Dörfer, an denen sie auf dem Weg vorbeikamen, war ganz unter Steinen und Schlamm begraben. Elliel starrte die eingestürzten Häuser und zerschmetterten Leichen an und erkannte, dass es hier nichts und niemanden zu retten gab. Das Herz wurde ihr schwer, und ihre Furcht nahm mit jedem Schritt in Richtung des Dorfes zu, das sie einmal ihr Zuhause genannt hatte und in dem ihr die Menschen mit großer Freundlichkeit begegnet waren.

Überall an den bewaldeten Hängen brannten Feuer, und Asche überzog die Landschaft mit einem düstergrauen Leichentuch. Beißender Rauch hing in der Luft und kratzte bei jedem Atemzug wie mit Krallen in Elliels Kehle. Thons dürre Gestalt war grau gestreift, die langen Haare waren verfilzt, und seine dunkelblauen Augen machten einen geröteten und geschwollenen Eindruck. Jeden Tag bebte die Erde mehrfach, und stets suchten sie dann Schutz und hielten sich an großen Felsen oder dicken Baumstämmen fest, bis sich die Erde wieder beruhigt hatte.

»Irgendetwas hat den Drachen unter den Bergen gereizt«, sagte Thon. »Ist es ein Zufall, oder hat mein eigenes Erwachen etwas damit zu tun?«

»Ich kenne die Legenden nicht gut genug«, sagte sie. »Ich habe nie an sie geglaubt, aber ich weiß genau, dass du jetzt tot wärest, wenn ich dich nicht aus dem Innern des Vada gerettet hätte.« Sie kletterte über zahlreiche umgestürzte Bäume, die den Weg blockierten. »Wer kann schon Fragen nach dem Schicksal der Welt beantworten? Wir helfen den Leuten, die wir erreichen können ... falls jemand in Scharrdorf überlebt hat.«

Sie gelangten an eine unüberwindliche Barrikade aus Windbruch. Gewaltige Bäume waren den Berghang hinuntergestürzt und hatten sich zusammen mit Geröll und Schlamm aufgetürmt. Entmutigt betrachtete Elliel das Hindernis, denn sie wusste, dass es mindestens eine Stunde dauern würde, bis sie einen Weg um es herum zu einem sichereren Pfad gefunden hatten. »Könnte ich meinen Rammer entzünden, wäre ich vielleicht in der Lage, uns einen Weg hindurch zu schneiden.«

»Vielleicht habe ich die Lösung«, sagte Thon. Er wirkte zugleich verblüfft und neugierig und streckte die Hände mit den Handflächen nach oben aus. »So wie ich den Sturz in der Mine beiseite geräumt habe.« Seine Stirn legte sich in tiefe Falten, als er die Magie herbeirief. Die herabgefallenen Bäume regten sich und splitterten in der Mitte, sodass sie einen Weg durch die Barriere freilegten, der mit Holzsplittern übersät war. »Komm, schnell«, sagte er, als auch die anderen Bäume in Bewegung gerieten. »Es scheint nicht besonders sicher zu sein.«

Elliel war von seinen erstaunlichen rohen Kräften beeindruckt und eilte durch die Lücke im Windbruch. Sie atmete auf, als sie die andere Seite erreicht hatte. Thon folgte ihr und schien erstaunt über das, was er vollbracht hatte. Sie eilten weiter.

Nach zwei Tagen hatten sie endlich wieder Scharrdorf erreicht. Inzwischen waren sie und Thon zu weißen, geisterhaften Gestalten geworden. Elliel stöhnte auf, als sie den Schutt des Bergarbeiterdorfes sah. Im Ort war es still und leer. Sie hörte, wie sich die Felsen regten und bewegten, und sie hörte das Klirren von Metallwerkzeugen, mit denen verzweifelte Menschen einen Rettungseinsatz durchzuführen versuchten. Eine Handvoll erschöpfter Gestalten schwang Spitzhacken. Ihre Kleidung war zerrissen, Hände und Knie waren blutig, und sie versuchten sich durch den Schutt vor den Mineneingängen zu arbeiten.

Elliel lief an der Ruine des Erinnerungsschreins vorbei, in dem die Einwohner die Berichte über ihre Familien und Freunde aufbewahrten. Nun stellte dieser Schrein nur noch einen Haufen aus verkohlten Planken und Stützbalken dar. Einige ältere Frauen in grauen Röcken hockten in den Überresten und durchsuchten sie nach Papieren, auf die Namen geschrieben standen. Eine von ihnen hielt ein halb verbranntes Blatt hoch. »Elf Namen ... aber was ist mit all den anderen? Ihre Vermächtnisse sind verloren. Keiner kann sich jetzt noch an sie erinnern. Sie sind ... einfach verschwunden.«

Sie erkannten die mit Asche überzogene Brava-Frau und ihren Wreth-Gefährten kaum. Doch dann sprangen sie auf die Beine. »Ihr seid zurückgekommen.«

Eine der Frauen warf Thon einen raschen Blick zu. »Ist der Wreth-Mann hier, um uns zu retten oder um das Zerstörungswerk zu beenden?«

Thon breitete die Hände aus. »Ich weiß es nicht.«

Ein gigantischer Schuttberg hatte die Hütte des Minenverwalters Hallis unter sich begraben. Die Bäche, die an den Berghängen herabflossen, waren mit Schlamm und Geröll verstopft und zu bloßen Tümpeln geworden, deren Wasser nicht mehr trinkbar war und auf dem ein Schaum aus Schwefel trieb. Dampfsäulen stiegen aus frischen Rissen auf.

Einige Bewohner hatten sich um Shauvons Taverne versammelt, die wie durch ein Wunder stehen geblieben war. Zwar war ein Teil des Daches von einem gewaltigen Felsbrocken zum Einsturz gebracht worden, aber der Rest des Hauses schien standgehalten zu haben.

Der Wirt wirkte gehetzt und entsetzt, während er den Überlebenden wichtige Aufgaben zuwies. »Zwei Häuser oben in der Schlucht sind verschüttet worden, als ein Hang abgerutscht ist, und wir hatten noch keine Zeit, sie wieder auszugraben. Upwin ist gerade von einem Erkundungsgang zurückgekehrt, aber die Häuser könnten einen zweiten Blick wert sein. Vielleicht befinden sich in ihnen Überlebende.«

Trotz seines Überzugs aus Schlamm und Asche erkannte Elliel den Minenarbeiter. Upwin rieb sie die geröteten Augen und verschmierte dabei die Asche auf seinem Gesicht. »Beide Häuser wurden verschüttet. Wir haben keinen Laut aus ihrem Inneren gehört. Vermutlich sind alle tot.« Er zuckte die Achseln. »Aber hoffen darf man immer. Wenn jemand kräftig und tapfer genug ist, einen Versuch zu wagen, können wir wenigstens die Werkzeuge beisteuern.«

»Gib uns Schaufeln und Spitzhacken«, sagte Elliel.

»Ich werde auch mithelfen«, sagte Thon.

Sie begaben sich in eine stille, baumgesäumte Seitenschlucht, in der zwei Häuser in einiger Entfernung voneinander standen. Das größere war durch die Geröllawine zerstört worden; das Dach war eingestürzt. Das zweite, kleinere, hatten Schutt und Schlamm überspült.

Elliel eilte zu dem kleineren Haus und rief: »Ist da drinnen jemand? Könnt ihr mich hören?« Obwohl sie keine Antwort erhielt, grub sie los.

Arbeiter aus Scharrdorf stießen zu ihr und hatten mit ihren Schaufeln bald eine Mauer freigelegt, während sich andere Männer um das größere Haus kümmerten. Das Hämmern und Scharren hallte in der schmalen Schlucht wider, aber im Innern der verschütteten Häuser blieb es still.

Elliel hustete und konnte wegen der Asche und dem Schwefel in der Luft kaum atmen. Mit aller Kraft rollte sie einen Felsbrocken weg, der ein Loch in eine Wand der kleineren Hütte geschlagen hatte. »Ist hier jemand?«, rief sie, während sie sich einen Weg ins Innere bahnte.

»In diesem Haus haben zwei Brüder gelebt«, sagte Upwin und reichte Elliel eine kleine Laterne. »Sie waren während der Eruption nicht in der Mine, deshalb nehmen wir an, dass sie zu Hause gewesen sind.«

Elliel kroch in das dunkle Innere der Hütte. Eine der Mauern war eingestürzt, und sie sah, dass die großen Felsbrocken beide jungen Männer zerquetscht hatten. »Sie waren tatsächlich zu

Hause.« Ihre Brustkörbe befanden sich unter dem Schutt vergraben, und die Arme lagen auf den zersplitterten Überresten eines Tisches, zusammen mit ein paar Spielkarten.

Sie kroch durch das Loch zurück ins Freie, wobei ihr zwei Bergarbeiter halfen.

Thon stand vor der schwierigeren Herausforderung des größeren Hauses. Während einige Arbeiter mit ihren Spitzhacken an der Giebelwand arbeiteten, stand er still da, starrte die Zerstörung an und streckte die Hände aus.

»Hilf uns, Wreth-Mann«, forderte einer der Bergarbeiter. »Hast du denn keine Magie?«

»Erst muss ich die Erde und den Stein verstehen ...« Thon machte eine Geste, und Schutt und Felsen erbebten.

Die Arbeiter schrien entsetzt auf und huschten davon, als handelte es sich bei den Vibrationen um ein weiteres Erdbeben. Mit seiner Magie schob Thon das Geröll beiseite, bis sich ein zerbrochener Fensterrahmen in der Giebelmauer zeigte. Die Anstrengung schien ihn zu erschöpfen, aber dann wandte er Elliel sein aschenes Gesicht zu. »Das war einfacher als zu graben. Wirf einen Blick hinein.«

Elliels Herz machte einen Sprung, als sie ein schwaches Stöhnen durch das Fenster dringen hörte. »Da drinnen ist jemand! Thon, stütz die Wände ab.« Unverzüglich kletterte sie mit der kleinen Laterne durch die Fensterhöhlung, dann bahnte sie sich einen Weg unter eingestürzten Deckenbalken hindurch und schob Haufen aus Schutt und Stein beiseite. Schließlich fand sie sich in einem dunklen Wohnzimmer wieder, durch dessen aufgerissene Decke noch immer Staub herabrieselte. Ein dünner Schaft aus Tageslicht erhellte das Zimmer ein wenig. Abermals hörte sie das Jammern, dann ein weiteres Ächzen. Leise, hohe Stimmen ... Kinder. Sie erstarrte und wurde plötzlich von den Gedanken an die Kinder überwältigt, die sie in ihrer Blutraserei getötet haben sollte. Diese hier musste sie retten!

Im Esszimmer war ein großer Holztisch in zwei Hälften zerfallen; ein Tischbein war gebrochen, und Schutt von der Decke überzog die Tischplatte, unter der die beiden Kinder Schutz gesucht und auf wundersame Weise überlebt hatten. Elliel machte sich daran, das Geröll beiseitezuschieben und rief um Hilfe.

Upwin arbeitete sich zu ihr vor und deutete mit dem Kinn in eine andere Richtung. »Der Vater ist dort drüben.« Sie schaute hinüber und sah einen Arm aus einem Schuttberg hervorragen.

»Aber die Kinder leben.« An mehr konnte sie jetzt nicht denken.

Zusammen gruben sie die Seite des Tisches frei und fanden einen Jungen und ein Mädchen, schmutzig und zerzaust, in der hinteren Ecke.

»Wir haben es nicht mehr nach draußen geschafft«, sagte der Junge.

»Wir holen euch hier raus«, meinte Elliel. Mit großer Kraft schob sie weitere Steinbrocken weg und streckte die Hand unter den Tisch. Das kleine Mädchen ergriff sie, und Elliel zog sie heraus und übergab sie Upwin. Der Bergarbeiter schlang die Arme um das Mädchen und schlurfte mit ihr zu dem einzigen Ausgang. Elliel duckte sich unter den Tisch und holte auch den Jungen heraus. Sie und Upwin traten unter dem Jubel der Arbeiter ins Freie. Endlich einmal gab es gute Nachrichten.

»Ich bin froh, dass wir zurückgekommen sind«, sagte Elliel zu Thon.

Nachdem dieser seine Wreth-Magie unter Beweis gestellt hatte, half er den Dorfbewohnern mit seinen Kräften, zerfallende Mauern abzustützen und Häuser leerzuräumen, doch bald wirkte er durch die Anstrengungen erschöpft und gebrechlich. Und doch fand er immer wieder genug Kraft und Entschlossenheit für neue Arbeiten. Stundenlang grub er in der Felslawine und legte allmählich den Eingang zum Hauptschacht der Mine frei. Sofort eilten verzweifelte Arbeiter ins Innere, hielten ihre Laternen hoch und riefen nach ihren Kameraden. Doch obwohl sie bis tief in die Nacht suchten, erhielten sie keine Antwort.

Am folgenden Tag trafen Konag Conndur und sein Expeditionskorps ein.

60

Die Zerstörungen um den Vada herum trafen Conn bis ins Mark. Die Drachengrat-Berge waren in der Katastrophe versunken, und noch immer bebte der Boden und breiteten sich die Feuer aus.

Er sah seinen Brava an. »Das ist weitaus schlimmer als jeder Angriff, den wir von den Ischaranern erlitten haben, Utho. Ich kann die Beweise, die ich mit eigenen Augen sehe, nicht leugnen. Das hier verändert meine gesamte Anschauung der Welt und unseres Platzes in ihr. Wie könnten wir jetzt noch leugnen, dass sich Ossus regt?«

Utho war mit einer Ascheschicht überzogen; seine ehemals schwarze Uniform und der Reitermantel waren nun fast ganz weiß. Auch er klang erschüttert. »Seid Ihr Euch sicher, was das hier bedeutet, Sire?«

Der Konag hob die Hände. »Sieh dich doch um, alter Freund. Wie könnte all das nicht das Werk des Drachen sein? Es ist wohl kaum ein Zufall, dass dies hier geschehen ist, kurz nachdem Adan und Koll uns gewarnt haben. Was sonst könnte eine ganze Bergkette so erschüttern? All die Feuer und der Rauch ...«

Auch als sie nach Scharrdorf hineinritten, wirkte der Brava noch zutiefst entsetzt. »Ich gebe zu, dass ich es nicht verstehe, Sire. Es scheint zu der Legende zu passen.«

»Was ist, wenn der Berg erneut explodiert? Und das, während wir hier sind?« Prinz Mandan sah sich gehetzt um. »Die Leute sagen, dass die Steine wie Sternschnuppen aus dem Himmel gefallen sind. In unserer Burg wären wir wenigstens in Sicherheit.«

»Niemand hier ist in Sicherheit«, sagte Conn. »Wir können sie doch nicht einfach ihrem Schicksal überlassen. Ich bin der Konag! Wir müssen ihnen helfen.«

Die Überlebenden im Dorf waren mit Staub und Tränen überzogen. Ein Mann trat vor. Er sprach für die Bewohner und drückte sein Erstaunen darüber aus, dass der Konag hergekommen war. »Der Bürgermeister ist tot, wie viele andere auch, einschließlich des Minenvorstehers, aber ich bin noch da, Sire.« Die Einwohner murmelten in beständiger Angst. »Ich bin zwar der Wirt, aber ich kann Euch kaum Gastfreundschaft entgegenbringen. Ich hoffe jedoch, dass wir für Eure Männer und Pferde wenigstens frisches Wasser auftreiben können. Wir filtern es durch Stoff, damit es trinkbar wird. Mehr haben wir nicht.«

Die Pferde hatten aus den dampfenden Bächen nicht trinken können und waren schon seit einiger Zeit durstig. Conndur rief seine Wachen zusammen. »Meine Männer werden helfen. Wir sind hergekommen, um euch beizustehen.«

Eine große junge Frau trat hinzu. Ihr dunkelrotes Haar war mit Aschestreifen durchzogen und verklebt, und das schöne Gesicht schien durch eine seltsame Tätowierung entstellt, aber sie hatte eine beeindruckende Ausstrahlung. Conn begriff, dass sie eine Brava war, auch wenn sie nicht ihre traditionelle Kleidung trug.

Doch sein Erstaunen nahm zu, als er den verblüffend schönen Mann neben ihr betrachtete. Der große Fremde hatte langes, dunkles Haar, ein breites Gesicht und große mandelförmige Augen von einem tiefen Blau. Auf seinem Gesicht war eine Tätowierung zu sehen, die jener der Frau ähnelte, aber er wirkte nicht vollkommen menschlich, sondern schien geschmeidiger und mächtiger zu sein und ... vielleicht auch fremdartiger. Jemanden wie ihn hatte Conn noch nie zuvor gesehen.

Er erinnerte sich an das, was Koll und Adan gesagt hatten, und plötzlich begriff er, worum es sich bei diesem Mann handelte. »Du bist doch ein Wreth!«, platzte es aus ihm hervor. Seine Stimme klang ganz trocken. »Ein echter Wreth.«

Gleichzeitig erstarrte Utho, als er die Brava-Frau sah, und seine

Miene wirkte jetzt noch versteinerter als gewöhnlich. Er wandte den Blick von ihr ab, als würde sie gar nicht existieren.

Der Konag stieg von seinem Pferd herunter und näherte sich vorsichtig dem seltsamen Mann; er war sowohl von Neugier als auch von Angst erfüllt. »Gibt es Wreth im Drachengrat?«

Prinz Mandan sah ihn mit großen Augen an. »Dann ist das mit den Wreth also gar kein Märchen? Heißt das, dass auch der Drache existiert?«

»Sie waren nie ein Märchen, mein Prinz«, sagte Utho, der nach wie vor die verloren wirkende Brava ignorierte. »Aber wir sehen uns so vielen unmittelbareren Gefahren ausgesetzt.«

Conn stellte sich vor den seltsamen Mann. »Seid ihr Wreth zurückgekommen, um uns alle zu vernichten?«

Der Fremde hielt seinem Blick stand. »Ich weiß es nicht. Ich kann für niemanden sprechen, nur für mich selbst.« Argwöhnisch streckte Conn eine Hand aus, und der Wreth ergriff sie, zuerst fest, dann neugierig tastend, als ob die Berührung mit menschlicher Haut ein Rätsel für ihn sei. »Ich heiße Thon.«

»Mein Bruder und mein Sohn haben von Wreth in Suderra und Norterra berichtet. Wie können wir sicher sein, dass ihr nicht hier seid, um uns zu schaden?«

»Ich bin allein. Mein Vermächtnis wurde ausgelöscht. Ich weiß gar nichts mehr.« Thon berührte die Tätowierung an seiner Wange. »All meine Erinnerungen wurden getilgt, als ich im Berg weggesperrt war, aber nun bin ich aufgewacht und versuche meinen Weg zu finden. Sie hat mich gerettet.« Er zeigte auf die Brava neben ihm.

Utho unterbrach ihn und sah Thon argwöhnisch an. »Du trägst eine Rune des Vergessens. Ich möchte wissen, was das bedeutet.« Er zögerte kurz. »Sie gleicht der auf Elliels Gesicht.«

Die Brava starrte ihn überrascht an und trat auf ihn zu. »Du weißt, was das ist?« Plötzlich stockte ihr der Atem. »Du kennst *meinen Namen?*«

»Ich kenne dich«, sagte er. »Ich bin es gewesen, der dir die Tätowierung gegeben hat.«

Sie zuckte vor ihm zurück. »Utho ...« Sie berührte ihre Tasche und holte das Blatt hervor, das in ihrem Hemd steckte. »Du hast mir diesen Brief hinterlassen. Das ist alles, was ich über mich weiß und über das, was ich getan habe ... über mein ganzes Leben.«

»Mehr musst du auch nicht wissen«, gab Utho scharf und abschätzig zurück. »Ich habe getan, was getan werden musste, und du solltest klug genug sein, keine Fragen zu stellen. Schaffe dir ein neues Vermächtnis und hoffe, dass Zeitablauf und räumliche Entfernung die Gründe für deine Bestrafung irgendwann tilgen werden.« Er senkte die Stimme. »Aber ich bin froh zu sehen, dass du überlebt hast. Du warst noch so jung. Ich hoffe, du hast dich seit jener schrecklichen Zeit geändert.«

Elliel klang zutiefst beschämt und schuldbewusst. »Ich versuche es. Ich habe hart an meiner Wiedergutmachung gearbeitet und versucht, mich anzupassen. Wir haben den Menschen hier in Scharrdorf geholfen. Sie waren sehr gut zu mir, und doch habe ich keine Ahnung, wie dieser Ort wieder gesichert werden kann. Es ist so viel zerstört worden ...«

»Insbesondere wenn sich der Drache regt«, ächzte der Wirt. Die Wachen des Konags hielten ihre ruhelosen Pferde fest, als erwarteten sie, Ossus könne jeden Augenblick aus dem Berg hervorbrechen.

Conndurs Unglaube war in Fetzen gerissen worden. Als Adan und Koll ihm von den Wreth berichtet hatten, war er nur wegen der Angriffe der Ischaraner auf die Küste und ihren schrecklichen Gottling besorgt gewesen. Aber nun lösten sich seine Zweifel auf. *Beim Blute der Ahnen, das darf doch nicht möglich sein!*

Elliel schenkte dem Konag keine Aufmerksamkeit mehr, sondern näherte sich Utho, der im Sattel sitzen geblieben war und keinerlei Anstalten machte, sie willkommen zu heißen. Sie schenkte ihm einen flehenden Blick. »Kannst du mir mehr sagen? Bitte. Du bist doch dabei gewesen. Wie war ich vorher ... habe ich es wirklich getan? Wer waren die armen Kinder, die ich umgebracht habe? Warum? War es nur das Fieber? Das ergibt für mich keinen Sinn. Bin ich wirklich eine so schreckliche Person gewesen?« Ihre Hand tastete sich zum Rammer an ihrer Seite. »Ich kann ihn nicht mehr benutzen, aber er fühlt sich an, als wäre er von Blut befleckt. Bitte sag mir, was ich wissen muss!«

Utho zog die Brauen zusammen. »Ich kann dir nicht mehr sagen als das, was ich in meinem Brief aufgeschrieben habe. Dieser Teil deines Vermächtnisses ist getilgt worden. Er existiert nicht mehr.« Seine Stimme klang jetzt ernst und streng.

Sie berührte ihre tätowierte Wange. »Thon sagt, dass dieses Muster kein Verschlusselement besitzt und die Erinnerungen nicht für immer verloren sein müssen. Wenn ich Abbitte leisten und einen Weg finden kann, sie zurückzubekommen ...«

Uthos unerbittliches Gesicht zeigte deutlich seine heraufziehende Wut. »Keine Fragen mehr. Lebe mit dem, was du bist, Elliel. Das ist deine einzige Aussicht auf Erlösung und ein neues Vermächtnis. Stell die Vergangenheit nicht infrage. Sie liegt hinter dir.«

Elliel zog sich zurück und ließ den Kopf hängen. Es kostete sie ihre ganze Kraft, jetzt nicht zu fliehen.

Conndur hielt den Blick auf Thon gerichtet. »Wir wissen, dass die Sandwreth aus der Wüste gekommen sind, und eine Armee der Frostwreth hat im Norden eine ganze Ansiedlung ausgelöscht. Die Legenden besagen, dass sie den Drachen wecken wollen.« Er deutete auf den rauchenden Gipfel des Vada. »Sieh nur, was hier geschehen ist. Vielleicht gelingt es ihnen!«

Besorgt schüttelte Thon den Kopf. »Das ist es, was ich am meisten fürchte. Wenn die Wreth ihre Macht wiedererlangt haben, wird nichts sie daran hindern, die Aufgaben zu erfüllen, die Kur ihnen gestellt hat. Ihre Bemühungen, den Drachen zu wecken, haben vermutlich ... das hier verursacht.« Er betrachtete das zerstörte Dorf und den Rauch in der Luft. »Ihre Armeen werden über das Land ausschwärmen – über Euer Land – und sich gegenseitig vernichten. Sie werden die Welt in Trümmer legen und dabei gewiss nicht auf die Menschen achten.«

Conndurs Gedanken rasten weiter. Sein Sohn und sein Bruder hatten ihn gebeten, die Armeen des Staatenbundes gegen die drohenden Wreth ins Feld zu schicken und mit der Königin über eine mögliche Allianz zu verhandeln. »Was sollen wir tun?«

Thon schien verwirrt zu sein. »Ich versuche schon selbst, Antworten zu finden. Doch sie sind in mir weggesperrt.« Er wandte sich der Brava zu. »Elliel und ich waren gerade auf dem Weg nach Norterra, weil wir Antworten auf unsere Fragen finden wollten. Wir haben noch eine lange Reise vor uns.«

»Aber wir sind zurückgekommen und haben Scharrdorf geholfen.« Elliel sah Utho noch immer flehend an, hoffend, er könnte ihr vergeben. Aber er hatte nur eine kalte Antwort für sie.

Utho sagte: »Einem Brava wird die Rune des Vergessens nur unter den außerordentlichsten Umständen eingeschrieben. Vor Kurzem haben wir dasselbe mit jemandem machen müssen, der sich als Feigling herausstellte, als er Mirrabay vor diesen ischaranischen Tieren verteidigen sollte.« Er sah Conndur an, und Wut flutete in sein Gesicht. »Wir werden noch immer angegriffen, Sire, und die ischaranische Armee könnte unsere Küste jeden Tag überfallen. Wir wissen, dass sie kommen werden. Lasst Euch nicht von einem Mythos ablenken ...«

Conn wollte nicht glauben, was er da hörte, und fuhr ihn an: »Das hier nennst du eine *Ablenkung*? Wir werden bleiben und diesen Leuten helfen, und ich werde Boten nach Bannriya und Fellstaff ausschicken, die Adan und Koll mitteilen sollen, dass ich ihnen glaube. Wir müssen uns auf die Bedrohung durch die Wreth konzentrieren.« Er warf Thon einen raschen Blick zu. »Wollt ihr eine Eskorte haben? Meine Soldaten können euch geradewegs zum König bringen, wenn ihr dorthin gehen wollt.«

»Nein, vielen Dank.« Als Elliel Thon überrascht ansah, weil er dieses Angebot ablehnte, fügte der Wreth hinzu: »Ich muss noch einiges andere herausfinden. Ich weiß wirklich nicht, wohin wir gehen werden.«

Elliel war enttäuscht, aber fest entschlossen, bei Thon zu bleiben. Traurig verabschiedete sie sich von den Dorfbewohnern, und dann gingen die beiden los und überließen den Ort dem Konag und seinen Soldaten.

Während die Männer Vorräte austeilten und Arbeitsgruppen zusammenstellten, fasste Conn einen Plan. Er erinnerte sich, wie er während des letzten Krieges große Militärlager hatte aufschlagen lassen. »Zuerst zieht ihr Gräben und sucht nach klarem Wasser. In der Zwischenzeit müssen wir dann das, was wir haben, filtern. Einzelne Gruppen sollen sich durch die eingestürzten Häuser arbeiten und alles an Nahrungsmitteln herausholen, was sie finden können, damit die Leute genug zu essen haben.«

Einer seiner Soldaten sagte: »Wir könnten im Wald jagen, aber vermutlich sind nur wenige Tiere hiergeblieben.«

»Es gibt kaum noch Wald«, wandte Mandan ein. »Die Bäume sind entweder umgestürzt oder verbrannt.«

»Wir werden tun, was wir können.« Conn fasste den unausweichlichen Entschluss und wandte sich dann an die erschöpfte Bevölkerung. »Ihr werdet hier nicht lange überleben können. Dieser Ort bietet euch nichts mehr zum Leben.«

»Er ist aber unsere Heimat«, sagte der Wirt. Die Menschen murmelten traurig.

»Es ist nur ... wenn der Drache aus den Bergen hervorkommt, werdet ihr nicht mehr hier sein wollen«, sagte Conndur.

Der Wirt blieb stur. »Wenn Ossus wiederkehrt, wird es auch in Convera nicht mehr sicher sein.«

Conn seufzte. »Nein, vermutlich nicht.«

Daraufhin fragte Utho: »Was wäre denn, wenn die ischaranische Marine jetzt angreift? Und was, wenn sie einen weiteren Gottling den Fluss hinaufbringt, damit er die Hauptstadt angreift? Denkt doch an die Zerstörung, die er hinterlassen würde ...«

Conn schnitt ihm das Wort ab, indem er die Hand hob, dann sagte er mit harter und unheilvoller Stimme: »Ich sorge mich in diesem Augenblick nicht um die Ischaraner, alter Freund. Wir haben Beweise für die Existenz des Drachen gesehen, und wir müssen uns auf die größere Bedrohung konzentrieren. Es wäre sogar klug, Frieden mit den Ischaranern zu schließen, damit wir ihre Angriffe nicht weiter zu befürchten haben. Ein schrecklicherer Feind hat sein Haupt erhoben.«

Utho starrte ihn ungläubig an, aber der Konag zeigte sich umso entschlossener, je länger er die Verwüstungen betrachtete. »Vielleicht sind die letzten Tage der Welt angebrochen ... und wir können das Schicksal nicht allein aufhalten. Ein Krieg wie dieser betrifft Ischara und den Staatenbund gleichermaßen.« Er wusste, dass er das Richtige tat. »Die Ischaraner könnten sogar zu unseren wichtigsten Verbündeten werden. Wir werden sie gegen den gemeinsamen Feind nötig haben. Ich sollte mit ihnen so schnell wie möglich über den Fortbestand der Menschheit sprechen. Sicher werden sie es verstehen.«

61

Mit einer Eskorte von vier Ur-Priestern und zehn ischaranischen Soldaten ritt Hohepriester Klovus nach Süden zum fernen Bezirk Tamburdin. Er konnte die dort lebenden Menschen vor den Barbaren schützen, indem er ihren Gottling inspirierte und kontrollierte. Er würde Neré zeigen, wie man es machte.

Der Bezirk Tamburdin war ein wilder Ort mit dichten Wäldern, mit Bergen und brausenden Bächen, in denen goldener Staub glitzerte. In diesem Grenzbezirk wurde ein großer Teil von Ischaras Gold geschürft.

Tamburdin litt unter den regelmäßigen Angriffen der ungebärdigen, gewalttätigen Hethrren, die von jenseits der Grenze kamen. Vor sechs Monaten hatte Empra Iluris eine ischaranische Armee-Einheit in den Kampf gegen die Plünderer geschickt, aber die Hälfte der Soldaten war von den Barbaren getötet worden. Die beste Lösung bestand offenbar darin, die Macht des immer bösartiger werdenden örtlichen Gottlings zu entfesseln, doch dazu brauchte Hohepriesterin Neré Klovus' Hilfe.

In Serepol hatte er die Empra um eine kleine, schnelle Eskorte gebeten, die ihn sicher nach Tamburin brachte. Iluris jedoch misstraute seinen Motiven, wie immer. »Ihr wollt Euch in Gefahr bringen, Hohepriester? Was könnt Ihr dort unten bewirken, was meine Soldaten nicht können?«

»Als oberster Hohepriester von Ischara stehe ich in der Verantwortung. Und mit Hilfe des Gottlings von Tamburin werde ich zeigen, wie es geht.« Obwohl er ein nervöses Flattern in den Eingeweiden spürte, zeigte er äußerlich keine Angst. Er und Hohepriesterin Neré sollten in der Lage sein, die Hethrren zu besiegen. Er wusste, dass der Gottling von Tamburin mächtig und bestialisch war, denn er war ein Abbild des wilden und rauen Bezirks, in dem sein Tempel lag. Und er war schwer zu beherrschen.

Als die Soldaten ihn die steinige Straße zu Tamburins Hauptstadt entlang geleiteten, war Klovus müde und wundgeritten. An den Rändern befand sich eine fünfzehn Fuß hohe Palisade aus zusammengebundenen Kiefernstämmen. Die oberen Enden der Stämme waren angespitzt, und die Wand selbst zeigte unzählige nach außen gerichtete Stacheln. An strategisch wichtigen Stellen standen Wächter und richteten ihre ganze Aufmerksamkeit auf die bewaldeten Berge. Sie hielten nach den Barbaren Ausschau.

Im höchsten Turm der Stadt hing eine Bronzeglocke, die geläutet wurde, wenn Angreifer der Hethrren erspäht wurden, sodass sich die Bauern und Hirten in der Umgebung hinter der Palisade in Sicherheit bringen konnten. Nun schwenkten einige Wächter in den Türmen rote Flaggen, mit denen die Kolonne angekündigt wurde.

Das Haupttor stand offen, war aber gut bewacht. Einige Stadtwächter kamen heraus und begrüßten sie gemeinsam mit der örtlichen Hohepriesterin. Neré war dürr wie eine junge Birke und hatte die dunklen Haare zu zwei langen Zöpfen geflochten. Ihre braunen Augen wirkten wie Astlöcher in einem Kiefernstamm, und ihr brauner Kaftan wies die typischen geometrischen Muster Tamburdins auf. Ihr Kragen und die Ärmelaufschläge waren mit Fuchspelz verbrämt.

Als Neré sah, dass Klovus die Soldateneskorte anführte, verneigte sie sich vor ihm. »Oberster Hohepriester, ich bin stolz und freue mich demütigst, dass Ihr gekommen seid. Höre uns, rette uns.«

»Höre uns, rette uns«, wiederholte er sofort. »Und jetzt sollten wir uns an die Arbeit machen.«

Die Gruppe ritt durch das Tor in die gesicherte Stadt. Der Hauptmann der tamburdinischen Stadtwache stand auf seinem Posten und war sichtlich enttäuscht, als er Klovus' nicht gerade zahlreiches Gefolge betrachtete. »*Zehn* Soldaten und ein paar Priester? Ist das alles, was uns die Empra zu schicken bereit ist? Ihr könntet es vielleicht gerade mit vier Hethrren aufnehmen, wenn Ihr Euch anstrengt!« Er trug einen buschigen schwarzen Bart und einen zylindrischen Eisenhelm, der mit Fuchsfell eingefasst war. Seine Lederweste war mit Dutzenden kleiner Metallplatten verstärkt.

»*Ich* bin hier«, sagte Klovus verächtlich, »und ich werde das tun, was die Armee nicht schafft.«

»Ihr könnt gegen Magda kämpfen«, sagte Neré wütend zu der Wache. »Wir kümmern uns um den Rest der Armee.«

»Magda?«, fragte Klovus. »Die Barbaren werden von einer Frau angeführt?«

»Sie ist riesig und muskulös. Manche behaupten, sie habe einen Bären geheiratet, weil kein Mann ihre Umarmungen überleben kann.«

»Der arme Bär«, bemerkte der bärtige Hauptmann der Wache.

Neré bedeutete Klovus und seinen vier Priestern, ihm zu folgen. Laut sagte er: »Wir müssen beten und dem Gottling opfern. Er existiert nur zu dem Zweck, Tamburdin zu beschützen. Mehr brauchen wir nicht.«

Die herumstehenden Einwohner murmelten: »Höre uns, rette uns.«

Die hölzernen Gebäude waren mit Rinde gedeckt, die aus den Wäldern der Umgebung geholt worden war. Ein süßer, beißender Geruch nach Holzrauch hing in der Luft. Während Neré sie durch die engen Straßen führte, bedrängte ein unablässig bellender Hund einen der Ur-Priester. Der Priester versuchte ihn zu verscheuchen, wedelte mit den Händen und brüllte, aber der Hund wich bloß in eine Seitengasse zurück, bevor er aus der nächsten Querstraße wieder herausschoss und ihn weiter anbellte und anknurrte.

»Kann ihn einer der Wächter nicht endlich töten?«, brummte Klovus. »Eine gute Möglichkeit für sie, das Bogenschießen zu üben.«

Neré zog die Brauen zusammen. »Hunde sind nützlich. Wir lassen sie in den Bergen frei herumlaufen, und ihr Bellen warnt uns von den Hethrren.«

Klovus runzelte die Stirn. »Aber jetzt hat das Bellen die allgemeine Aufmerksamkeit auf meine Priester gerichtet.«

Bei dem Tempel in der Stadtmitte handelte es sich um ein reich verziertes Gebäude mit hölzernen Mauern. Die Planken waren abgeschmirgelt und dunkel eingefärbt, und das spitze Dach war mit Holzschindeln gedeckt, die wie große Schuppen wirkten. Acht weit vorragende Giebel flankierten den Mittelturm. In die Stützbalken waren beeindruckende Symbole des Waldes geschnitzt: grimmige Bären, Hirsche und Wölfe. Adlerstatuen ragten unter den Giebeln hervor.

Die Halle der Anbetung war aus verzerrten Stämmen errichtet worden, die unebene, abweisend wirkende Wände bildeten. Neré sagte: »Diese Balken stammen von Bäumen, die vom Blitz getroffen und gefällt wurden, und nun bewahren sie die Kraft des Blitzes in ihrem Innern. Der Gottling kann sich davon nähren, zusammen mit den Opfern, die wir darbringen.«

»Es ist ein wilder und mächtiger Gottling«, sagte Klovus.

Neré nickte. »Wir haben ihn dazu gemacht, und in letzter Zeit ist er noch kräftiger geworden. Jetzt ist er rastlos und kaum mehr zu bändigen, und deswegen brauche ich Eure Hilfe. Im Bezirk Tamburin drohen die üblichen Gefahren bewaldeter Gegenden. Die Flüsse treten mit der Schneeschmelze über die Ufer. Wölfe, Bären und Baumleoparden stellen eine Gefahr für unsere Jäger dar.«

Klovus sagte: »Ischara war ein jungfräuliches Land, als unsere Vorfahren hier eintrafen. Wir mögen zwar große Teile davon kultiviert haben, doch sind die Menschen noch immer neu hier. Draußen an den Grenzen wird es weiter gefährlich bleiben.«

»Die natürlichen Gefahren sind gewiss nicht das, was uns die größten Sorgen bereitet«, erklärte Neré. »Die Hethrren gebärden sich wilder als goldene Bären oder verhungernde Wölfe.«

Klovus verschränkte die Arme vor der Brust und steckte die

Hände in die Ärmel seines blauen Kaftans. »Was beabsichtigen diese Barbaren? Wollen sie die Stadt einnehmen? Will Magda den Bezirksvorsteher absetzen und selbst herrschen?«

»Nein, die Hethrren wollen uns das abnehmen, was wir haben, und sich damit in ihr eigenes Land zurückziehen. Wir sind für sie nur eine Art von Sport.«

Klovus blinzelte. »Das ergibt keinen Sinn. Warum machen sie so etwas?«

»Die Barbaren würden doch niemals in unseren Städten leben. Sie wollen uns bloß angreifen und ausplündern, vielleicht ein paar Menschen töten, Nahrungsmittel und Gold stehlen – obwohl sie das Gold einfach aus den Flüssen sieben könnten, würden sie sich die Mühe machen.« Neré gab ein Geräusch von sich, das ihren Ekel deutlich zeigte. »Niemand weiß, woher die Hethrren gekommen sind und warum sie überhaupt existieren.«

»Diese Magda will also keine Königin werden, sondern lediglich gefürchtet sein?« Klovus glaubte, dass er das verstand.

»Wenn sie ihre Anhänger gegen uns führt, damit diese ihre Gewalttätigkeit austoben können, werden sie gewiss nicht daran denken, ihre Herrin abzusetzen.« Neré blickte finster drein. »Und wir sind diejenigen, die den Preis dafür bezahlen.«

Klovus betrachtete die von den Blitzen geschwärzten Baumstämme. Die Holzstatue eines Hirsches mit spitzem Geweih stand an der einen Wand und blickte in Richtung der schimmernden magischen Tür. Auf der anderen Seite der Halle ragte ein wild wirkender Bär auf, der doppelt so groß wie ein Mensch war. Die Krallen an seinen gewaltigen Pfoten waren so lang wie Messer. Klovus spürte das Prickeln der Magie in seinem Blut und den Gottling hinter der schimmernden magischen Tür. Er wirkte ruhelos und wollte offenbar beschützen.

»Ruft zu einem vollständigen Anbetungs- und Opferritual mit so vielen Menschen wie möglich«, verkündete Klovus. »Heute Abend werden wir den Gottling füttern und noch mächtiger machen. Er wird zu einem Teil von uns allen werden.« Er stellte sich neben die große, dürre Neré. »Ihr und ich, wir werden zusammenarbeiten, und gemeinsam werden wir diese Magda das Fürchten lehren.«

62

In der weiten Wüste flirrte die Hitze und sandte thermische Trugbilder durch die Luft. Königin Voo spürte noch immer die wütenden Vibrationen im Boden, nachdem sie und ihre Wreth ihre Macht unter Beweis gestellt hatten. Die Schockwellen hatten Ossus tief unter dem Berg tatsächlich aufgestört, und Voo hatte sich der Wirkmächtigkeit ihrer eigenen Magie versichert. Sie verspürte ein warmes Glühen im Herzen, denn jetzt wusste sie, dass ihr Volk am Ende den Sieg davontragen würde.

Der Magier Axus und ihr Bruder Quo betrachteten die schwarzen Berge, die den Schmelzofen durchschnitten. Der Magier nickte langsam. »Ich bin beeindruckt, meine Königin. Wir haben die Welt aufgebrochen, als sei sie ein Eidechsenei.«

Ihre Augen strahlten vor Stolz. »Ja, das haben wir vollbracht. Wir können noch immer Magie aus dem Land herauszwingen.«

Quo wirkte anmaßend und übermütig zugleich. »Dann sollten wir es noch einmal tun und auch den Rest der Berge sprengen.«

»Das werden wir tun, lieber Bruder, aber nicht jetzt. Wir haben den Drachen angestoßen, doch wir sind noch nicht bereit, gegen ihn zu kämpfen.«

Axus blinzelte die Kette aufgebrochener Gipfel vor ihnen an. »Ossus hat ein langes Gedächtnis. Wir werden ihm erst einmal schreckliche Albträume geben.«

Voo führte ihre Gefährten zu einem ausgetrockneten See am Fuß der Berge; es war nur noch eine weite Ebene aus bitterem, salzigem Pulver. Querwinde verwirbelten den Staub, der über die verdorrte Ebene dahinfegte. Die Augas waren freigelassen worden und streiften in der Wüste umher, und nun suchten sie unter der pulverigen Schlucht nach brackigen Tümpeln.

Als die Sandwreth noch in der Lage gewesen waren, lebendige Dinge zu gestalten, hatten sie die Augas erschaffen, die auch in der unwirtlichsten Umgebung überleben konnten. Damals hatte das Land noch genug Magie enthalten, und die Wreth konnten sie ganz nach ihrem Belieben einsetzen. Wie ehrgeizig war ihr Volk damals gewesen!

Auch die Menschheit hatten sie gleichsam aus dem Staub geschaffen, so wie Kur die Wreth und die ganze Welt hervorgebracht hatte. Da selbst ihr eigener Gott seine Kinder nicht vollkommen gestaltet hatte, war von den Wreth auch nicht zu erwarten gewesen, dass sie vollkommene *Menschen* erschufen. Doch Voo fand, dass ihnen die minderwertige Rasse recht gut gelungen war. Sie war noch immer beeindruckt von dem, was sie in Bannriya gesehen hatte: die hohen Gebäude, die Mauern, die beharrliche Zivilisation. Die menschliche Gesellschaft hatte weitaus größere Fortschritte gemacht, als es ihre Wreth-Späher nach der Wiedererweckung berichtet hatten, denn sie waren offensichtlich nur auf kleine Siedlungen gestoßen. Dieses Volk war vielleicht wirklich so stark, wie sie gehofft hatte, wenn es denn zahlreich genug war.

Voo hatte zwanzig Wreth mitgenommen, einschließlich einiger stämmiger Arbeiter aus den unteren Kasten. Nun kletterten sie über auseinandergebrochene Felsklippen und erforschten die Hänge. Einige wagten sich in die Hauptspalte hinab, die wie eine raue Wunde im Stein klaffte. Das Innere der geborstenen Berge würde makellos sein und vielleicht noch Restmagie enthalten, die von den Kriegen der Vorzeit nicht beschädigt worden war.

Vielleicht konnte Voo sie benutzen.

Menschliche Arbeiter wären nicht stark und geschickt genug für eine solche Arbeit, also setzte sie dafür ihre Wreth ein. Sie wanden sich durch die Spalten, verständigten sich untereinander und ließen sich an Seilen in die rätselhaften Tiefen hinab.

Wenn sie König Adan das nächste Mal aufsuchte, würde sie

eingehendere Vorschläge unterbreiten können. Falls sie geschickt oder machtvoll genug vorging, mochten die drei menschlichen Königreiche zu ihren Verbündeten im Kampf gegen die Frostwreth werden. Sobald ihre Armee mit Menschen aufgefüllt war, würden sie jede Streitmacht überwinden, die ihre Rivalin Onn in der Eiswüste aufstellen konnte.

Während sie beobachtete, wie die Augas verseuchtes Wasser von der Kruste des trockenen Sees schlürften, fragte sie ihren Bruder: »Könnte dieser Ort für ein weiteres Lager geeignet sein, falls wir menschliche Arbeiter hierherbringen? Wir sollten vorausschauend und ehrgeizig sein.«

Axus wischte sich weißen Staub aus dem Gesicht. »Vermutlich wäre es nicht der Mühe wert. Die Menschen sind äußerst zerbrechlich. Die Hitze würde sie töten, das Wasser würde sie vergiften, und wir wären gezwungen, immer mehr Menschen herzubringen, damit sie die gestorbenen ersetzen.«

Quo schenkte ihr einen gereizten Blick. »Ich habe schon genug Mühe mit denen, die du mir gegeben hast.«

»Nun, ich möchte dir selbstverständlich keine Unannehmlichkeiten bereiten«, sagte sie verärgert.

Geistesabwesend wirbelte sie mit der Stiefelspitze Salz von der Oberfläche des vertrockneten Sees auf und erschuf damit Gestalten von majestätischen Wreth-Helden und weniger beeindruckenden Menschen. Spielerisch stieß Voo die menschlichen Umrisse wieder um, während Quo sie zu Pulver zermahlte und neu schuf.

Der Magier Axus beobachtete die beiden und verzog das runzlige Gesicht in Missfallen. »Wenn Ihr wollt, dass die Menschen effektiv und treu sind, solltet Ihr sie auch mit größerer Sorgfalt behandeln. Sie nehmen leicht Schaden, und beschädigte Menschen sind für uns nicht von Nutzen.«

Voo war über seine frechen Worte verärgert. »Ich bin es nicht gewohnt, dass ein bloßer Magier meine Entscheidungen infrage stellt.«

»Aber Ihr habt doch Magier, meine Königin, damit sie Euch als

Ratgeber dienen, und ich rate Euch, unsere Menschen so einzusetzen, dass der Blutzoll bei ihnen möglichst gering ist. Sie sind ein wertvoller Rohstoff.«

Sie schürzte die Lippen. »Das stimmt, aber selbst ein Wreth aus der niedersten Kaste ist einem Menschen überlegen.« Sie deutete auf ihr Gefolge, das die Spalte im Berg erkundete.

»Der Hauptvorteil der Menschen liegt in ihrer Fortpflanzungsrate.« Quo schaute auf die zerfallene Salzgestalt, die er vorhin geformt hatte. »Erinnerst du dich an die alten Zeiten, als sie sich genauso schnell vermehrt haben, wie wir sie vernichtet haben? Sogar unser eigenes Volk hat sich mit den Menschen vermischt.«

»Wenn Ihr sie als minderwertig einschätzt, warum kümmert Ihr Euch dann überhaupt um sie?«, fragte Axus sie spitz.

Voo war durch den Anblick der Augas abgelenkt, die in dem salzigen Pulver herumspielten. Sie schnaubten und rollten sich darin, bis ihre Schuppen ganz mit Salzkristallen überzogen waren. Sie sah ihren Bruder an und sagte mit Enttäuschung in der Stimme: »Axus hat recht. Die Menschen bringen uns gar nichts, wenn sie diese Allianz nicht überleben.«

Quo wurde wütend. »Kritisierst du etwa meine Handlungsweise?«

»Ich möchte nur vorschlagen, dass du ihnen ein paar Annehmlichkeiten bietest - vielleicht eine Extraration Wasser und Nahrung. Wenn sie schon sterben müssen, dann lieber beim Kampf für uns und gegen die Frostwreth.«

Er wirkte jedoch keineswegs zufrieden. »Sie sind ziemlich widerstandsfähig. Wir hatten nicht erwartet, Überlebende vorzufinden, als wir aus unserem Schlaf erwacht sind. Was auch immer wir tun werden, einigen von ihnen wird es gelingen, sich aus dem Staub zu machen und zu überleben.«

Ihr Gespräch wurde durch Rufe vom Gipfel unterbrochen. Ein muskulöser Sandwreth-Arbeiter kletterte aus dem Spalt und wedelte mit den Händen. »Eine Grotte! Sie war einmal versiegelt, aber die Wände sind eingestürzt!«

Das klang nicht gerade besonders interessant. Sie rief zurück:

»Gibt es dort drinnen irgendwelche Artefakte? Gegenstände von großer Macht?«

Quo lief schon den Hang hinauf und kletterte über herabgefallene Felsbrocken. Voo folgte ihm, wenn auch mit ruhigeren Schritten. Der muskulöse Arbeiter stand am Rand des Spaltes und stützte die Hände in die Hüften. »Wir haben etwas gefunden, aber ich bin mir nicht sicher, was es bedeutet, meine Königin. Vielleicht kann es jemand von Euch erklären.«

Drei Arbeiter mühten sich damit ab, einen schweren Gegenstand aus der Tiefe zu ziehen. Es handelte sich um einen gekrümmten Abschnitt aus einem dunklen, durchscheinenden Material, der wie das Bruchstück eines gigantischen Eisbrockens oder eines faserigen Kokons wirkte. Er war so groß wie einer der Türflügel in Voos Schlafgemach im Sandpalast.

»Wir haben mehrere Fragmente in der Grotte gefunden.« Die Arbeiter setzten das große Stück auf den Felsen neben der Spalte ab. Es schien aus schwarzer, verfestigter Milch zu bestehen. Voo klopfte mit dem Fingernagel gegen die harte Substanz, und zu ihrer Überraschung spürte sie darin noch Wärme und ein Vibrieren der alten Magie.

Der Magier Axus keuchte vor Anstrengung, nachdem er die anderen endlich erreicht hatte. Er betrachtete den Gegenstand. »Das ist nicht alt, meine Königin. Vor Kurzem erst geschlüpft.«

»Das hatte ich erwartet«, sagte sie.

Nach all ihren Mühen wirkten die Wreth-Arbeiter enttäuscht. »Ihr haltet es also nicht für ... kostbar, Königin?«

»Oh, wir werden es zum Sandpalast mitnehmen, wo es als Kuriosität dienen kann.« Sie dachte darüber nach, wo sie es ausstellen konnte. »Wir werden gewiss eine Verwendung dafür finden. Das Objekt ist an und für sich sehr interessant.«

Plötzlich durchfuhr ein Pochen und Trommeln ihr Herz und ihren Geist und drang in die geborstenen Berge ein. Als sich Felsbrocken lösten und in die Tiefe polterten, wichen die Wreth-Arbeiter vor dem Rand der Spalte zurück.

Königin Voo richtete den Blick nicht in die entstandene

Schlucht, sondern hoch in den Himmel. Sie spürte die stärkste Magie, ein Schlagen und Zerren - hoch über sich. Ihr Bruder folgte ihrem Blick und riss den Mund verwundert auf. Dann stieß er ein Lachen aus und deutete eifrig nach oben. Sogar Axus' Miene hellte sich auf.

Hoch über ihnen sahen sie eine kantige, reptilienartige Gestalt, die mit ihren großen Schwingen schlug und den Schlangenhals reckte, während sie die Wüste mit ihrem Blicken absuchte. Ihr Schatten fiel über den ausgetrockneten See, und die Augas huschten in Panik davon, als seien sie Nagetiere, die über sich einen Raubvogel spürten. Der Drache war gewaltig. Er hatte dreieckige Flügel, einen pfeilspitzen, bösartig wirkenden Kopf, und sein stachelbesetzter Schwanz schlug wie eine dicke Peitsche umher. Die Kreatur durchbrach die Stille der Wüstenluft mit einem einzelnen ohrenbetäubenden Schrei.

Während er noch in den Himmel starrte, sagte Quo zu seiner Schwester: »Ist das wirklich Ossus? Haben wir ihn tatsächlich erweckt?«

Voo schnaubte verächtlich. »Nein, das ist bloß ein kleiner Drache - eines der Jungen von Ossus, aber es wird uns eine gute Übung verschaffen, wenn wir ihn töten wollen. Wir müssen vorbereitet sein.«

Sie beobachtete, wie das Ungeheuer durch den Himmel flog und dabei dem Verlauf der Bergkette folgte. Sein Nest befand sich sicherlich irgendwo in der Wüste, und Voo würde es mit ihren scharfen Sinnen finden, wann immer sich das Wesen dort zu verstecken versuchte. Die Magier konnten es herbeirufen - aber erst, wenn Voo bereit war. Ihr Puls raste. So aufgeregt war sie lange nicht mehr gewesen.

Voo lächelte ihren Bruder an. »Sobald wir wieder im Sandpalast sind, werde ich zu einer Drachenjagd blasen lassen. Welche bessere Möglichkeit gäbe es, unsere Wreth-Krieger vorzubereiten?« Ihr Lächeln wurde breiter, als ihr eine andere Idee kam. »Ah, ich werde sogar König Adan Sternenfall dazu einladen. Ich bin sicher, er wird es genießen.«

63

Seine Haut war blau vor Kälte und seine Glieder beinahe steif gefroren. Das Blut stockte in seinen Adern. Der Wind blies harte, scheuernde Schneekristalle über ihn; sie verursachten auf seiner nackten Brust ein wisperndes Geräusch und sprenkelten den Überzug aus vereistem Blut.

Lasis öffnete die Augen.

Sein nackter Körper lag im Müll vor dem Palast der Frostwreth zusammen mit zerbrochenen Kisten, Glas, Keramikscherben ... und anderen Körpern. Träge und zäh schnitten sich seine Gedanken neue Wege durch das Hirn.

Nachdem er die Augen geöffnet hatte, atmete er mühsam ein. Die eisige Luft schnitt wie eine Anzahl von Rasierklingen in seiner leeren Lunge. Als er sich aufzusetzen versuchte, zerbrach der Überzug aus Blut auf seiner Brust. Weiteres Rot quoll aus der Schnittwunde an seiner Kehle, geriet ins Stocken, als das Gewebe heilte. Er beugte den Arm und betastete mit tauben Fingern seinen Hals. Er drückte das feuchte, zerfetzte Fleisch zusammen und rief noch ein wenig von der Magie herbei, die ihm das Leben gerettet hatte.

Königin Onn, die vollblütige Wreth aus dem Herrscherhaus, war weitaus mächtiger, als er selbst es je werden würde, aber als Brava besaß Lasis ungewöhnlich starke eigene Kräfte. Die Wreth wussten, wie sie sich selbst in einen magischen Schlaf versetzen konnten. Sie verlangsamten Atmung und Blutfluss, und jahrhundertelang mussten sie keine Nahrung zu sich nehmen. Als ihm Onn die Kehle aufgeschlitzt hatte, war Lasis nicht verblutet, sondern hatte sich in eine tiefe Trance gestürzt, die Magie um ihn herum wie ein Laken über sich gezogen und sich tot gestellt. Dann hatten Onns Diener ihn nackt und kalt nach draußen geworfen.

Doch nun, da er wieder wach war, bestand die Gefahr, dass er hier in der Eiswüste erfror. Fürs Erste unterdrückte er jedes Gefühl der Kälte und tastete an seiner Seite herum, aber er hatte schon längst gewusst, dass sein Rammer verschwunden war. Er beugte die steifen Gelenke und stemmte sich gegen den Wind. Nichts als gnadenlose eisstarre Weiße umgab ihn.

Hinter ihm erhob sich der Palast inmitten der anderen Gebäude der Frostwreth, die sie errichtet hatten, nachdem sie wieder ins Leben getreten waren. Wie sehr Lasis auch Nahrung und Unterschlupf benötigte, er konnte noch nicht zurück zum Palast gehen. Die Frostwreth würden ihn ein weiteres Mal gefangen nehmen, foltern und töten.

Vor sich, jenseits der kunstvollen Gebäude, sah er niedrige, abgerundete Erhebungen. Es waren Hütten, die weit abseits der großen Festung lagen. Sie bestanden aus Metallteilen, Ästen aus einem fernen Wald, und sogar aus Knochen, die mit einem Mörtel aus Eis und Schnee fest zusammengefügt waren. Dorthin würde er sich zu begeben versuchen, auch wenn sie unendlich weit entfernt zu liegen schienen.

Er bemerkte kleine Kreaturen, die sich um die Hütten herumbewegten. Eine Reihe von ihnen strömte in die Stadt der Frostwreth, während andere zwischen den Hütten arbeiteten und neue Gebäude errichteten oder auch die alten ausbesserten.

Das waren die Drohnen, die von den Frostwreth erschaffen worden waren - in dem unbeholfenen Versuch, eine neue Dienerrasse zu erschaffen. Soweit er gesehen hatte, wurden sie schlecht behandelt, aber er traute ihnen nicht. Vielleicht würden sie ihn in dem Versuch, ihren Herren gut zu dienen, an Königin Onn ausliefern. Oder sie würden ihm helfen. Die Drohnen waren die beste Aussicht auf ein Überleben und Entkommen, vielleicht sogar die einzige. Ihm blieb nichts anderes übrig.

Lasis bewegte sich mit schleppendem Schritt, konnte sich

kaum aufrichten und spürte weder seine Füße noch seine nackte Haut. Er fühlte sich schwach, verlor rasch seine Kräfte, aber er war ein Brava und König Kollanan verschworen, und er war gnadenlos gegen sich selbst. Er musste es zurück nach Fellstaff schaffen und dem König und der Königin berichten, was die Frostwreth hier taten.

Und er musste ihnen sagen, dass ihr Enkel Birk noch lebte.

Dieser Gedanke gab ihm neue Kraft - innere. Ja, er musste um jeden Preis überleben. Er mühte sich voran und versuchte, mit seinen eisstarren Augen einen klareren Blick zu bekommen. Er stolperte und fiel auf die Knie, dann kroch er in gerader Linie auf die nächste Hütte zu.

Doch er schaffte es nicht. Lasis brach zusammen und lag mit dem Gesicht nach unten im groben Schnee. Er stellte fest, dass er das Gefühl der Kälte nicht mehr unterdrücken konnte. Die Eiskristalle bissen in seine verletzte Haut. Er atmete einen Mundvoll Schnee ein, hatte aber nicht einmal mehr die Kraft zu husten.

Hände packten ihn, Finger wanden sich um seine kalte Haut. Er hörte summende Worte, plappernde Stimmen. Weitere kleine Hände zerrten ihn voran, und er hinterließ eine Schleifspur im Schnee. Sie brachten ihn irgendwohin, aber bevor Lasis Genaueres erfahren konnte, fiel er in einen Schlaf, der abermals dem Tode nah war.

Er erwachte in einem Wunder von Wärme, hörte aber, wie der Wind durch Risse und Spalten in den Wänden pfiff. Ein kleines Feuer aus ölig riechenden Kristallen brannte in einer flachen Grube im Boden und versorgte den stickigen Raum mit Licht und Wärme. Der Pelz irgendeines räudigen Tiers war wie ein Laken über seinen nackten Leib gebreitet worden.

Er roch etwas Verwesendes, das in der Hitze blubberte, und er sah, wie eine der Drohnen einen kleinen Keramiktopf von den glühenden Hitzekristallen nahm. Vielleicht handelte sich um einen Topf, den sie aus einem der Häuser Bakalsees gerettet hatten.

Unter Mühen richtete sich Lasis auf. Er befand sich in einer der Drohnenhütten – sie hatten ihn hierbehalten und versteckt. Er wusste nicht, ob diese Kreaturen selbstständig denken konnten und ihr Verhalten vielleicht ein Zeichen des Aufbegehrens gegen die Frostwreth war. Warum sonst sollten ihn die Drohnen retten? Oder war es nur ein Instinkt?

Die Drohne sah ihn an, sagte aber nichts, sondern blinzelte nur mit den ausdruckslosen Augen und hielt ihm den Topf entgegen. Das Wesen öffnete den zahnlosen Mund und machte eine Bewegung mit dem Finger, als wollte es Lasis zeigen, wie man isst. Mit schwachen Händen nahm der Brava den Topf sowie einen flachen Stock entgegen, den er als Löffel benutzen konnte.

Der Geruch des Eintopfs ekelte ihn. Was für ein Fleisch mochte sich darin befinden? Aber er musste überleben, und so zwang er sich, mehrere Mundvoll zu essen, denn er wusste, dass es sich um stärkende Nahrung handelte. Er kaute langsam, damit sein Körper das Essen nicht verweigerte.

»Wasser«, sagte er; seine Stimme war nur ein heiseres Krächzen. Er machte die Geste des Trinkens.

Die Drohne starrte ihn an, zeigte keinerlei Verständnis, keine Aufregung, kein Willkommen, aber schließlich drehte sie sich um und holte eine Schüssel mit Wasser, vermutlich handelte es sich um geschmolzenen Schnee. Vorsichtig trank Lasis einige Schlucke und stellte die Schüssel mit zitternden Händen ab.

Er schlief wieder ein, und sein Körper nahm die wenige Nahrung und das Wasser in sich auf. Als er erwachte, fühlte er sich schon tausendmal stärker, auch wenn Füße und Finger noch immer taub waren. Doch jetzt war er wenigstens zuversichtlich, dass er überleben würde.

Noch mehr Drohnen kamen in die Hütte, versammelten sich um ihn herum und starrten ihn an. Sie murmelten untereinander in ihrer eigenen Sprache, aber sie versuchten nicht, mit ihm zu sprechen. Als er sie eingehender betrachtete, erkannte er einen Funken Intelligenz in ihren Augen. Sie waren nicht so hirnlos und mechanisch, wie sie zu sein vorgaben.

Er erinnerte sich daran, dass die Königin der Frostwreth den

Drohnen befohlen hatte, für Birk zu sorgen. Ihre Worte kamen zurück zu ihm, zerbrochen und undeutlich. Er erinnerte sich an den Wortwechsel zwischen Onn und dem Oberkrieger Rokk. Sie hatte gesagt, sie werde den Jungen mit ihm in die neue Festung in Bakalsee schicken. Lasis durchstöberte seine Erinnerungen. Hatte sie es denn getan? Ja, das war es, was er gehört hatte. Birk mochte dort sein, falls er noch lebte und die Drohnen sich so um ihn gekümmert hatten, wie sie sich nun um den Brava kümmerten.

Ein weiteres Mal schwor er sich, dass er überleben würde, damit er dem König berichten konnte, was er wusste, aber er war nicht in der Lage, die Eiswüste ohne die Hilfe dieser Kreaturen zu durchqueren. Also wagte er ein Spiel.

»Ich habe gegen die Frostwreth gekämpft. Ich habe versucht, sie zu töten«, sagte er. »Das sind meine Feinde. Ihr habt gesehen, was Königin Onn mir angetan hat.« Er betastete die Wunde an seiner Kehle. Von seiner Pritsche aus versuchte er das Glänzen in ihren Augen und den Ausdruck in ihren grob geformten Gesichtern zu deuten. Er wusste, dass sie seine Worte verstanden, denn sie hatten Befehlen gehorcht, die ihnen die Frostwreth in derselben Sprache gegeben hatten. »Helft mir, wenn ihr die Wreth ebenfalls hasst.«

Die Drohnen plapperten untereinander, und einige wandten den Blick ab; offensichtlich waren sie aufgeregt.

»Helft mir«, sagte Lasis noch einmal. »Alles, was ich brauche, sind Nahrung und Kleidung. Ich werde in der Nacht aufbrechen. Die Wreth werden nie erfahren, was ihr getan habt.« Die Drohnen wirkten unsicher und ängstlich. Er bedrängte sie: »Ihr seid meinetwegen schon ein großes Risiko eingegangen. Ihr habt mich gerettet. Ihr versteckt mich. Wenn ihr mich gehen lasst, werdet ihr wieder in Sicherheit sein.«

Nachdem sie sich leise miteinander besprochen hatten, kamen sie vor und umgaben sein behelfsmäßiges Bett. Die Drohnen streckten die kleinen Hände aus und berührten ihn so sanft, als wollten sie sich vergewissern, dass er wirklich da war.

Als Lasis ging, war er in eine bunte Mischung aus Pelzen, Leder und Stofffetzen gekleidet und hatte sich überdies eine ausgefranste Decke um die Schultern gelegt. Die Auroras leuchteten in dem schwarzen Himmel hell und fügten ihr unheimliches Licht dem glänzenden Schneefeld hinzu, das vor ihm lag.

Bevor die Drohnen ihn hatten ziehen lassen, hatten sie sich große Mühe mit ihm gemacht. Sie hatten seine Kleidung zusammengesucht und ihm etwas zu essen eingepackt. Außerdem hatten sie ihm einen Gegenstand geschenkt, den sie sehr zu verehren schienen: eine kleine Scheibe, aus einem Geweih gesägt und mit Löchern in der Mitte, durch die ein Faden gezogen werden konnte. Das war nichts anderes als ein Knopf aus einer Menschenkleidung, ein einfacher Gegenstand, der an diesem außergewöhnlichen Ort seltsam normal wirkte. Er vermutete, dass sie den Knopf der Leiche eines menschlichen Opfers abgenommen hatten - das möglicherweise aus Bakalsee gestammt hatte. Die Drohnen schienen diesen Knopf als Symbol oder Talisman zu betrachten, und er nahm ihn ehrerbietig entgegen, dankte ihnen dafür und steckte ihn sorgsam unter seine Pelze. Die Drohnen hockten auf den Schwellen ihrer kleinen, armseligen Hütten und sahen ihm zu, wie er in die Nacht hineinging.

Er sah eine Straße, die von den Wreth in der felsigen, von Eis überzogenen Landschaft angelegt worden war und nach Süden führte, vermutlich zu ihrer Festung in Bakalsee. Von dort aus würde Lasis den Weg zurück nach Norterra und zu König Kollanan finden.

So schnell, wie es ihm in seinem Zustand möglich war, und unter Aufbietung aller Kräfte, die er während der kurzen Genesungsphase wiedergewonnen hatte, schritt Lasis auf seine Heimat zu.

64

Die Drachengrat-Berge wichen immer weiter hinter Elliel und Thon zurück. Jeder Sonnenaufgang wurde durch Asche und Rauch blutrot gefärbt. Nach den Erlebnissen in Scharrdorf fühlten sie sich elend, waren aber entschlossener denn je, Antworten für den seltsamen Wreth-Mann zu finden. Bedeutete die Explosion im Vada tatsächlich, dass Ossus erwachte, oder hatte er sich in seinem rastlosen Schlaf nur bewegt?

Gemeinsam verließen sie das Vorgebirge des Drachengrats und reisten über die Karawanenstraßen durch eine windumtoste und leere Landschaft immer weiter in nordwestlicher Richtung. Jede Nacht legten sie sich neben der Straße auf die Decken, die sie dicht nebeneinander über den harten Boden breiteten - nicht so nahe, dass sie ihre Wärme teilten, aber nahe genug, um sich nicht allein zu fühlen.

Thon war still und in sich gekehrt, aber Elliel sprach viel über ihr neues Leben - ihr wahres Leben nach dem Umbruch. Sie vermochte kein vollständig neues Vermächtnis für sich zu schaffen und reinen Tisch zu machen, denn der Tisch konnte niemals *völlig* rein sein, gleichgültig wie viel Gutes sie in den zwei Jahren seit ihrem Erwachen bewirkt hatte. Aber sie war noch jung genug, und so wäre es vielleicht das Beste, wenn sie sich ganz auf ihr neues Vermächtnis konzentrierte und diesen verdammten Brief nie wieder las. Utho war in Scharrdorf so kalt zu ihr gewesen und hatte ihr weder Hoffnung noch Vergebung angeboten.

Sie konnte ihre Vergangenheit zwar nicht auslöschen, aber sie war doch imstande, sich eine Zukunft zu schaffen. Sie konnte nach vorn schauen und Thon bei der Lösung seines Rätsels helfen.

Als hätte er ihre Gedanken gespürt, streckte er vorsichtig die Hand aus und berührte sie sanft an der Schulter. »Danke.« Dann fuhr er mit seinen Fingern über ihre Wange und die dunkelroten Haare.

Thons Gegenwart war wie ein Magnetstein, der an der Nadel ihres Herzens zerrte. Im Altertum hatten die Wreth Menschen häufig mit ihrer Magie beherrscht und gegen ihren Willen als Geliebte genommen. Aber jene Wreth waren gewiss nicht so freundlich und feinfühlig wie Thon gewesen. War er schon immer so? Da seine Erinnerung ausgelöscht war, kannte sie nur Thons neues Herz, nicht aber seine Vergangenheit. Welche schreckliche Tat mochte er begangen haben, dass er in einem Gefängnis mit Quarzwänden tief im Innern des Berges eingesperrt worden war? Es schien nicht zu seinem Charakter zu passen.

Doch Elliel hielt sich selbst nicht für fähig, das Verbrechen zu begehen, das sie offensichtlich doch begangen *hatte*. Waren sie jetzt nicht beide neue Menschen? Elliel kannte den Fluch der verlorenen Erinnerung ganz genau.

Als sie zwei Tage später durch den späten Nachmittag schritten, bemerkte Thon in der Ferne plötzlich die Ruinen einer Wreth-Stadt: zerfallende Türme, schwebende Bögen und Mauern, die nicht rechtwinklig gegeneinanderstießen, sondern abgerundet waren. Wie verzaubert starrte er die Ruinen an. »Wo sind wir hier?«, fragte er. »Weißt du, wie dieser Ort heißt?«

Elliel blickte zum orangefarbenen Licht der allmählich untergehenden Sonne hoch. »Es sind Wreth-Ruinen. Für gewöhnlich werden sie von den Menschen gemieden.«

Sein langes, dunkles Haar flatterte in der Brise. »Ich will dorthin gehen.«

Sie zwang sich zu einem Lächeln. »Natürlich willst du das, und ich werde dir Schutz geben.« Sie verließen die Straße und wanderten durch das hohe Gras auf die Ruinen zu, die im schräg einfallenden Licht des Sonnenuntergangs badeten.

Als sie die Stadt erreicht hatten, war ein kupferfarbener Mond aus dem Zwielicht aufgestiegen; sein sonst so blasses Licht wurde von der Asche in der Luft gefärbt. Sie gingen zwischen den hoch aufstrebenden Türmen umher, die in der Leere und Einsamkeit Wache hielten. Thon gab ein leises Summen von sich, als er versuchte, verschollene Erinnerungen zurückzuholen und Reste flackernder Magie um sich zusammenzuziehen. Mit geradezu kindlicher Verwunderung trat er auf die gebogene Wand eines Turmes zu und legte die Arme darum. Dann drückte er die Wange mit der Tätowierung gegen den Stein.

»Was ist hier geschehen?«, fragte er laut, als erwartete er, dass die Gebäude ihm antworteten. »Wer war dein Volk? Was war deine Geschichte?«

Leer stand der ausgehöhlte Turm im rötlichen Mondschein da, und die Kammern in den anderen eingestürzten Gebäuden waren voller Staub und mit Unkraut überwuchert. Thon drehte sich zu Elliel um, und seine saphirfarbenen Augen glitzerten. »Ich erinnere mich undeutlich an Städte wie diese. Ich erinnere mich auch an die Türme, an die Bewohner und die Paläste. Die Wreth waren eine großartige Rasse mit einem Vermächtnis, das bis zum Ende der Welt hätte Bestand haben sollen.«

»Sie haben versucht, das Ende der Welt zu *verursachen*«, betonte Elliel.

»*Ich* habe nicht ... zumindest erinnere ich mich nicht daran.« Er schloss die Augen und rieb sich die Schläfen. »Ich kenne zwar einige Einzelheiten, aber es sind keine Erfahrungen, keine wirklichen Erinnerungen, sondern nur Informationen.«

Elliel seufzte. »Ich weiß, was du meinst.«

Unter den Sternen entdeckten sie einen einladenden Innenhof mit weichem Gras und verwitterten Statuen von männlichen und weiblichen Wreth, deren Umrisse von der Zeit geglättet worden waren. Mit knabenhafter Begeisterung berührte Thon eines der verunstalteten Standbilder, fuhr mit seinen langen Fingern über den vernarbten Stein und schloss wieder die Augen. »Zwei von ihnen haben einen Sport getrieben, bei dem es um einen Ball ging, um Levitationsmagie, und außerdem um Feuer.« Er schien von seinen eigenen Erinnerungen überrascht zu sein. »Menschliche Athleten haben auch mitgespielt, aber sie hatten keine Magie ...«

Verwirrt und besorgt ergriff Elliel Thons Arm. »Waren die Wreth launenhaft und unberechenbar? Haben sie es genossen, Menschen zu foltern?«

»Wie die meisten Spiele«, erklärte Thon, »diente auch dieses hier zur Vorbereitung auf den Kampf. Wenn sie ein Spiel nicht überlebten, waren sie keine guten Fußsoldaten auf dem Schlachtfeld.«

Im weichen Gras zwischen den Statuen breiteten sie ihre Decken aus. Elliel öffnete ihr Gepäck, holte für jeden einen Apfel und ein wenig Trockenfleisch heraus, das Konag Conndurs Soldaten ihnen vor ihrer Abreise von Scharrdorf geschenkt hatten.

Thon setzte sich neben sie, und sie aßen ihr dürftiges Mahl. Er schien neugierig und zugleich besorgt zu sein. Nicht weit von ihnen entfernt lag die umgestürzte Statue eines Wreth-Mannes mit nacktem Brustkorb; sein Gesicht war zu einer konturlosen Fläche verwittert. Thon betastete den gemeißelten Stein, als könnte er die Wahrheit durch seine Fingerspitzen aufnehmen.

»Gib es zu: Du bist fasziniert«, sagte Elliel.

»Das bin ich, aber ich kann meine Erinnerungen nicht zurückholen. Würde ich dem trotzen, was die Sperre angebracht hat, kämen die Erinnerungen vielleicht zurück, aber was wäre, wenn ich dadurch den Zauber zerstörte und Schaden anrichtete? Es muss einen Grund für die Rune gegeben haben. Was ist, wenn ich meine eigene Existenz verneine? Ich sollte mein Wissen auf andere Weise erlangen.«

Sie sehnte sich danach, dass er und auch sie zu ihren Erinnerungen zurückfanden. »Wir beide sind hohl in unserem Inneren, angefüllt von Rätseln statt von der eigenen Geschichte.«

Sie beugte sich zu ihm hin, und er berührte die Zeichnung an ihrer Wange. Seine Finger waren warm und prickelten. »Das bedeutet nicht, dass wir leer sind.« Er fuhr mit den Fingern an ihrer Wange herunter und hielt die Hand unter ihr Kinn. »Es bedeutet, dass wir Platz für neue Erinnerungen haben.«

Sie legte ihre Hand auf die seine und drückte sie gegen ihre Haut. Ihr Puls raste, und Wärme breitete sich in ihr aus.

»Du bist sehr schön, Elliel. Du musst viele Bewunderer gehabt haben.«

»Ich ... ich erinnere mich nicht.«

Er lächelte. »Dann möchte ich es dir noch einmal sagen. Du bist wunderschön.«

Er küsste sie, und sie erwiderte den Kuss, schob ihre Finger in seine dunklen Haare und zog ihn an sich heran. Ihr Kuss wurde inniger, sie legten sich in das weiche Gras, wo Elliel die Decken ausgebreitet hatte.

Er wirkte so ruhig und sanft, auch als sein Verlangen stärker wurde. Sie atmete schneller, sog seinen Atem ein, fuhr mit den Lippen an seiner Haut entlang und küsste seine Tätowierung, so wie er die ihre küsste. Sie erforschten einander mit größerer Sorgfalt und Begeisterung, als sie die Ruinen der Wreth-Stadt erforscht hatten.

Elliel fühlte sich unsicher, aber sie wollte nicht aufhören. »Ich kann dir nicht einmal sagen, ob das mein erstes Mal ist oder nicht, oder ob ich wissen werde, was ich tun muss, oder auch ... ob ich dich zufriedenstellen kann.«

Er brachte sie mit einem weiteren Kuss zum Schweigen und drückte sich enger an sie, sodass sie die brennende Weichheit seiner Haut spürte. »Ich vertraue auf deine Instinkte.«

Elliel begriff nicht, ob es Erinnerung oder Instinkt war, aber sie wusste tatsächlich, was zu tun war. Sie hielten einander fest, öffneten sich dem anderen, erregten die Leidenschaft und befriedigten sich und schrieben die Geschichte ihrer Leiber neu, so wie Vermächtnishüter, die ein Meisterwerk schufen.

Das Zusammensein mit Thon brachte eine verlorene Erinnerung in ihr hervor – die Erinnerung daran, wie es war, glücklich zu sein. Elliel schlief ein, während ihr Haar ausgebreitet auf seiner Brust lag. Er legte die Arme um sie und drückte seine Wange gegen ihren Scheitel.

Als sie am nächsten Morgen erwachten, entfachte Elliel ein

Feuer gegen die Kälte des frühen Tages. Sie hielten sich gegenseitig warm, waren eingewickelt in ihre Decken, aber nun, in der kalten Morgendämmerung, wünschte sich Elliel nichts anderes als einen heißen Tee. Da saßen sie zusammen, lächelnd und still, und genossen jeweils die Gegenwart des anderen.

Schließlich brach Elliel das Schweigen. »In dieser Stadt gibt es noch viel mehr zu erkunden. Vielleicht kannst du etwas in Erfahrung bringen.«

»Oh, ich kann euch die wichtigsten Teile zeigen«, sagte die Stimme einer jungen Frau hell und freundlich.

Beide sprangen auf die Beine.

»Das ist meine Spezialität. Ich erforsche die Ruinen schon seit Tagen. Aber es sind noch eine Menge Fragen offen. So viele Rätsel und Geheimnisse ...« Damit trat ein unscheinbares, etwas fülliges Mädchen von deutlich weniger als zwanzig Jahren in den Innenhof. Sie trug mehrere Lagen aus Kleidern und Röcken übereinander und auf dem Rücken einen ungeheuer großen Rucksack. Sie hatte ein rundes Gesicht und glatte braune Haare, die in der Mitte gescheitelt waren. »Ich dachte, ich könne den Rauch eines Lagerfeuers ausmachen. Ich war auf der anderen Seite der Ruinen. Hier gibt es so viel zu sehen!« Sie blickte von Elliel zu Thon. »Ich heiße übriges Schadri.«

Elliel war argwöhnisch, aber Thon entspannte sich. »Was führt dich in diese alte Stadt?«

»Ich bin natürlich hergekommen, weil ich lernen möchte«, sagte Schadri, als ob das offensichtlich sei. »Niemand weiß viel über die Geschichte und Kultur der Wreth - ich jedenfalls nicht! Und welcher Ort wäre besser geeignet, das zu ändern? Ich habe mir schon so viele Aufzeichnungen gemacht, dass ich bald ein neues Notizbuch brauche.«

Das Mädchen trat auf ihr Lager zu; die verwitterten Statuen im Gras hatten nun ihre ganze Aufmerksamkeit erlangt. Als sie den Blick hob, hielt sie inne und starrte Thon an. »Du ... du bist kein Mensch, und du bist auch kein Brava! Du siehst aus wie die Statuen hier ...«

»Ich bin ein Wreth«, sagte er. »Ich habe in dem Berg geschlafen, den ihr Vada nennt.«

Schadri betrachtete ihn mit funkelnden Augen. »Dann bist du die beste und wichtigste Entdeckung in dieser ganzen Stadt! Ich habe einige Artefakte gefunden, das Innere der Gebäude untersucht und jede Menge Schriften gesehen, aber leider kann ich sie nicht lesen. Es gibt ein verblüffendes steinernes Relief mit einer großen Schlacht darauf, und es wird lebendig, wenn man auf die richtige Stelle davor tritt. Ich werde es euch zeigen. Ja, ich werde euch herumführen, es sei denn, ihr kennt diesen Ort bereits?« Sie zog die Brauen zusammen. »Also, solltest du ein echter Wreth sein, dann habe ich tausend Fragen an dich – und das wird erst der Anfang sein.«

Sie schüttelte sich den riesigen Rucksack von den Schultern, setzte ihn auf dem Boden ab und wühlte darin herum, bis sie ein zerfleddertes Notizbuch gefunden hatte. »Ich muss meine Aufzeichnungen durchsuchen, bis ich die wichtigsten Fragen gefunden habe. Aber du wirst mir sehr helfen können. Niemand weiß so viel über die Wreth wie ein Wreth, nicht wahr?«

Thon sah sie mit einer traurigen Gelassenheit an. »Mein Vermächtnis gleicht einem leeren Buch.«

Schadri runzelte kurz die Stirn, dann kehrte ihre Geschwätzigkeit zurück. »Ein leeres Buch? Hm, bemerkenswert. Aber ich möchte natürlich mit dir über *das hier* reden.« Sie machte eine ausladende Armbewegung, die die gesamte Ruinenstadt einschloss. »Wir werden alles gemeinsam herausfinden.«

65

Tonn und seine Soldaten blieben zwei Tage in Scharrdorf und halfen den Überlebenden, aber viel konnten sie nicht tun. Das Hauptproblem war das Trinkwasser. Als seine Arbeiter einen umgeleiteten Bach fanden, der sich über ein Steinbett in einen Teich ergoss, schöpften sie das Wasser mit Schüsseln, filterten es durch Stoff, damit die Asche zurückblieb, und warteten, bis es sich gesetzt hatte und trinkbar geworden war. Doch auf diese Weise würde sich der Ort niemals erhalten können. Zumindest gegenwärtig war Scharrdorf so gut wie tot.

Die Bewohner waren untröstlich, aber sie erklärten sich schließlich damit einverstanden, ihre Häuser zu verlassen. Sie weinten, als sie sich von den Ruinen ihres Lebens entfernten, und folgten den müden Soldaten des Staatenbundes in einem langsamen Zug nach Convera, wo ihnen der Konag Hilfe und Unterkunft versprochen hatte.

Prinz Mandan war beunruhigt, mit sich selbst beschäftigt und sprach während des Heimritts nur wenig. Die Katastrophe hatte einen tiefen Eindruck auf ihn gemacht, und seine überhebliche, oberflächliche Art hatte sich geändert. Conn hoffte, dass sich sein Sohn an die schlimme Lage dieser Menschen erinnern würde, wenn er später einmal zum Konag des Staatenbundes wurde.

Conndur fühlte sich von vielen verschiedenen Verantwortlichkeiten zerrissen, als er sich an Utho wandte, der neben ihm ritt. »Eines weiß ich jetzt, alter Freund: Der Drache ist kein reiner Mythos. Nach den Ereignissen am Vada bin ich davon überzeugt, dass sich die Kreatur bewegt. Sie stellt eine Bedrohung für die ganze Welt und insbesondere für die Menschheit dar.«

Der Brava wandte sich ihm besorgt zu. »Da können wir nicht sicher sein, Sire.«

»*Ich* bin mir durchaus sicher. Wir haben die Feuer und die Zerstörungen gesehen, wir haben auch das Beben gespürt, und wir haben mit eigenen Augen einen Wreth gesehen. Wir sind böswillige Narren, wenn wir den grundlegenden Wandel unserer Realität nicht anerkennen.« Er schnitt die Erwiderung des Bravas ab und beugte sich auf seinem Pferd vor. »Ich möchte mich nicht streiten. Ich muss zur Burg zurückkehren, damit ich den Staatenbund auf diese unerwartete Bedrohung vorbereiten kann. Reitet mit mir nach Convera, du und Mandan, und zwar so schnell wie möglich.«

Während sich die Soldaten an die Geschwindigkeit der Flüchtlinge anpassten, ritten die drei in vollem Galopp voraus. Der Himmel war eine Suppe aus grauen Wolken, und ein beständiger Regen hatte die Straße in Schlamm verwandelt, der an den Hufen der Pferde saugte. Als sie am folgenden Tag die Unterstadt erreichten, sah Conndur, dass eine der Brücken über den Yeth fortgeschwemmt worden war, aber furchtlose Schiffer brachten die Menschen auf ihren Fähren zum Hauptteil der Stadt auf der Landzunge zwischen den beiden Flüssen. Entlang der Straße hatte man Hütten und Unterstände errichtet, und sie waren voller Flüchtlinge. Müde Menschen starrten die vorbeireitenden Männer an, und Conndur fühlte mit ihnen.

Nach der Katastrophe beim Vada hatten die Verwalter seiner Burg Büros eingerichtet, in denen die Familien um Hilfe bitten konnten. Reiter patrouillierten in der Stadt und suchten nach Einwohnern, die Betten für die unglücklichen Überlebenden bereitstellen konnten. Die geschäftigen Märkte von Convera waren ausgedünnt, da nach der Eruption die übliche Handelsroute durch das Gebirge abgeschnitten worden war.

Conndur überdachte die Möglichkeiten. Die Armee des Staatenbundes stellte zwar eine große Macht dar, aber wie konnten die drei Königreiche gegen das bestehen, was unter dem Vada lauerte? Oder gegen die Frostwreth in Norterra, die einen See und eine ganze Stadt mit Eis überzogen hatten? Die Sandwreth behaupteten, ihre Verbündeten sein zu wollen, und er überlegte, ob er nach Suderra reiten und sich mit Königin Voo treffen sollte, doch selbst wenn diese Wreth an ihrer Seite kämpfen würden, hatten sie doch nicht unbedingt die Belange der Menschen im Sinn.

Der Staatenbund allein konnte diesen Krieg niemals gewinnen, insbesondere dann nicht, wenn Conndurs Armeen auch noch gegen Ischara kämpften. Es würde der gesamten Menschheit bedürfen, sich gegen den uralten Feind zu stellen - gegen ihre eigenen Schöpfer, deren Absicht es war, die Welt zu vernichten und dann wieder neu zu erschaffen. Conn kam eine Idee, wie er beide Probleme gleichzeitig lösen konnte.

Als sich die drei dem Tor der Burg von Convera näherten, grinste Mandan über die angenehme Aussicht, bald wieder zu Hause zu sein. Er dachte anscheinend nicht mehr über das Los der Flüchtlinge nach. »Ich werde ein heißes Bad nehmen und dann in meinem eigenen Bett ein Nickerchen halten. Und ich will unbedingt alles malen, was ich beobachtet habe, damit andere die Zerstörungen so sehen können, wie ich sie gesehen habe.«

Vier Ratgeber eilten herbei und wollten dem Konag Bericht erstatten, sobald er aus dem Sattel gesprungen war und sich die Asche von der Kleidung gestrichen hatte. Er allerdings erhob die Stimme. »Ruft den Rat in der Hauptkammer zusammen. Ich habe eine wichtige Mission vorzuschlagen, von der unser Überleben abhängen wird. Die Ereignisse im Drachengrat sind wesentlich wichtiger als jeder ischaranische Überfall.«

Conn bestand darauf, dass der Prinz an der dringenden Besprechung teilnahm, und Mandan ärgerte sich darüber, dass seine Pläne zur Entspannung durchkreuzt wurden. Conn nahm sich gerade genug Zeit, sein Gesicht und auch die Haare mit dem Wasser aus einer Schüssel abzuspülen, bevor er in die Ratskammer ging. Er hatte sich zu einem Entschluss durchgerungen.

Seine Ratgeber, die Vasallen-Lords und die Mitglieder des Ministeriums trafen in rascher Folge ein, und er setzte sich neben den Prinzen an den langen Holztisch und sah die einflussreichen Männer und Frauen an. Während die Besucher ihre Plätze einnahmen, unterhielten sie sich lautstark; jeder wollte seinen Bericht über die Zerstörungen in den einzelnen Bezirken Osterras abgeben.

Als die Stimmen leiser wurden, sagte Conn scharf: »Die Welt hat sich verändert. Jahrhundertelang gab es Beben im Drachengrat, und wir haben geglaubt, die Geschichten über Ossus, der sich angeblich im Schlaf regt, seien nur Märchen. Ich bezweifle, dass irgendjemand diese Geschichten wirklich ernst genommen hat. Ich jedenfalls nicht.« Er stützte die staubigen Ellbogen auf der Tischplatte ab und stieß einen langen Seufzer aus. »Aber jetzt befürchte ich, dass all das der Wahrheit entspricht. Wir wissen aus den Berichten, die König Adan und König Kollanan uns übermittelt haben, dass die Wreth zurückgekehrt sind und beabsichtigen, den Drachen zu wecken. Vielleicht steckt Ossus wirklich tief unter dem Gebirge. Wie könnte ich noch etwas anderes glauben, nachdem ich die Verwüstungen, das Feuer und den Rauch mit eigenen Augen gesehen habe?«

Die Lords unterhielten sich murmelnd, und Conns Augen brannten vor Tränen der Wut. »Mein Sohn und mein Bruder haben versucht, uns zu warnen, aber wir hatten mehr Angst vor den Ischaranern als vor den Wreth und vor dem Ende der Welt! Es ist, als würde man sich an einem Stein im Schuh stören, während ein ganzer Berghang einem entgegenrutscht.« Er hieb mit der Faust auf den Tisch. »Beim Blute der Ahnen, das darf nicht sein! Wir hatten die Jahrhunderte hindurch unsere Meinungsverschiedenheiten mit Ischara. Sie sind Ausländer mit seltsamen Angewohnheiten, und sie haben Gottlinge, die wir nicht verstehen.« Er sah einen nach dem anderen an. »Doch eines ist gewiss: Sie sind Menschen wie wir, geschaffen und versklavt von den Wreth, und vor langer Zeit im Stich gelassen worden.«

Lord Cade sagte mit sarkastischem Tonfall: »Die Ischaraner mögen streng genommen Menschen sein, aber ich habe genug von ihnen gesehen und weiß, dass sie minderwertiges Pack sind.«

Uthos Miene verdunkelte sich. »Die Ischaraner haben uns großen Schaden zugefügt, Sire. Ihr dürft die Bedrohung, die von ihnen ausgeht, nicht herunterspielen. Sie wollen uns vernichten. Wir dürfen ihnen auf keinen Fall wehrlos gegenübertreten.«

Der Konag sagte tadelnd: »Die Ischaraner haben uns *in letzter Zeit* Schaden zugefügt, und wir haben ihnen ebenfalls Schaden zugefügt.« Er blickte finster drein. »Erzählt mir doch nicht, wir hätten nicht ihre Fischerboote überfallen, ihre Landsleute gefangen genommen und unschuldige Ischaraner getötet.«

Lord Cade murmelte: »So etwas wie unschuldige Ischaraner gibt es nicht!«

»Wisst Ihr, auch ich habe gegen sie gekämpft.« Conn bemühte sich, seine Ungeduld im Zaum zu halten. »Ich habe mehr Ischaraner umgebracht, als ich zählen könnte, und sie haben viele unserer Soldaten getötet.« Seine eigenen Kämpfer waren in einen Blutrausch verfallen und hatten Scheußlichkeiten begangen, und die Ischaraner würden nicht auf ihre Rache verzichten. »Wenn König Cronin unsere Truppen nicht aus Trauer von Ischara abgezogen hätte, nachdem Bolam gestorben war, würden wir uns vermutlich noch immer im Krieg befinden.« Er schluckte, aber der bittere Geschmack in seinem Mund verschwand nicht. »Wir dürfen uns nicht von alten Zwistigkeiten ablenken lassen wie Geschwister, die miteinander streiten. Als Konag des Staatenbundes muss ich das ganze Volk - die ganze Menschheit - zusammenrufen, damit wir gemeinsam gegen die Wreth kämpfen. Wir dürfen unsere Energie und Mittel nicht in einem Krieg gegen Ischara verschwenden.«

Einer der Lords holte tief Luft. »Ihr meint, wir sollen *mit* den Ischaranern kämpfen?«

»Gegen die Wreth - ja.« Conndur sah die versammelten Ratgeber an. »Die Wreth wollen die Welt neu erschaffen und alles auslöschen, was auf ihr existiert. Wenn das geschieht, welche Bedeutung hat dann noch unser Streit mit den Ischaranern? Wir werden ohnehin alle sterben. Wir bräuchten sie als Verbündete.«

Sein Vorschlag führte zu einem Aufruhr. Zwei Minister sprangen auf, und Uthos Gesicht nahm eine rötliche Tönung an. »Sie werden uns verraten, Sire. Wenn wir in unserer Wachsamkeit nachlassen, werden sie uns schneller töten, als es die Wreth je könnten. Wir dürfen ihnen auf keinen Fall trauen.«

»Dieses Risiko müssen wir jedoch eingehen«, sagte Conn ruhig, aber beharrlich. »Du hast gehört, was Koll gesagt hat. Was bei Bakalsee geschehen ist, stellt nur den ersten Schritt zu einer viel umfassenderen Vernichtung dar. Auch du hast gesehen, wie die Berge gebebt haben, und wie das Feuer des Drachen durch die Spalten in die Luft geschossen ist. Wir dürfen uns nicht selbst erblinden lassen.« Der Konag reckte die Schultern und verkündete seine Entscheidung. »Ich werde einen Brief an die Empra Iluris schreiben und vorschlagen, mich mit ihr auf neutralem Boden zu treffen. Ich werde sie davon überzeugen, dass uns allen eine bedrohliche Krise bevorsteht. Und dann können wir über mögliche Lösungen nachdenken.«

»Was für ein neutraler Boden, Sire?«, fragte einer der Adligen.

Er hatte sich schon längst entschieden. »Die Insel Fulcor.«

Utho sprang auf. »Das könnt Ihr nicht tun, Sire! Fulcor ist unser hart erkämpftes Territorium, das wir unter hohen Kosten erobert haben. Ihr wisst, dass die Ischaraner Tiere sind!«

»Tiere können gezähmt werden«, sagte Conndur.

»Warum sollte sich die Empra die Mühe machen, der Einladung zu folgen? Warum sollte sie uns glauben?«, fragte eine andere Adlige – Lady Eudalya aus dem Bezirk, der unmittelbar hinter dem Bundfluss lag.

Conn faltete die Hände. Er musste den Ischaranern etwas Wichtiges bieten, wenn er ihre Zustimmung bekommen wollte. »Wenn sie einverstanden sind, mit uns eine Allianz einzugehen, und wenn sie ihre Kräfte mit den unseren zum Kampf gegen die Wreth bündeln ... dann werde ich ihnen dafür Fulcor anbieten. Für Iluris sollte das interessant genug sein.«

Der Aufruhr war ohrenbetäubend, aber Conndur hörte ihm nicht zu. Er beachtete die Einwände nicht, sondern stand auf und verließ den Tisch. Sein Körper und auch sein Geist waren erschöpft, und er hatte genug geredet.

Am folgenden Tag segelte ein Handelsschiff der Utauk, die Glissand, vom Meer den Bundfluss hinauf und ging an der Blauwasser-Seite der Stadt vor Anker. Der Handelskapitän, ein wichtiger Mann namens Hale Orr, war soeben aus Ischara zurückgekehrt und brachte Neuigkeiten für den Konag mit. Conndur wusste, dass es sich bei dem Mann um den Vater von Adans Frau Penda handelte. Sie waren sich vor zwei Jahren auf der Hochzeit in Bannriya begegnet.

Conndur empfing den Händler und erkannte den herzlichen Mann mit dem sauber gestutzten Bart und dem Goldzahn sofort wieder. Hale mochte zwar nur über eine Hand verfügen, aber es mangelte ihm nicht an Selbstvertrauen. Er war in karmesinrote und schwarze Seide gekleidet und lief im Audienzzimmer auf und ab. Er schien gleichzeitig entspannt und nervös zu sein. Nach einem kurzen Austausch von Höflichkeiten überbrachte Hale rasch seine Neuigkeiten. »Nachdem wir unsere Geschäfte auf Fulcor getätigt hatten, sind wir nach Ischara weitergereist, wie wir es manchmal tun. Dort bin ich der Empra persönlich begegnet.« Er senkte die Stimme. »Sie hat versucht, mich als Spion zu rekrutieren, damit ich über Euch und Eure Armee berichte, sollte es zum Krieg kommen. Ich habe ihr versichert, dass Ihr nicht beabsichtigt, einen Angriff zu unternehmen. Was doch wohl stimmt?«

Conn hob die Brauen. »Ich bin überrascht, dass du mir das erzählst.«

»Das ist die Empra Iluris auch gewesen, als ich ihr mitteilte, dass ich genau das tun würde, aber die Utauk sind und bleiben neutral. Ich habe ihr gesagt, ich würde nur zustimmen, wenn ich all meine Beobachtungen mit beiden Seiten teilen darf. Diese Bedingung wollte sie allerdings nicht erfüllen.«

»Sie versuchen uns zu provozieren. Vor Kurzem haben die Ischaraner einen Ort an unserer Küste angegriffen und vollkommen zerstört«, sagte Conn. »Es war ein kriegerischer Akt. Mein Volk bedrängt mich, Vergeltung zu üben. Ich habe nicht um Krieg gebeten. Es ist sogar unerlässlich, dass es zu keinem kommt. Ich will Frieden zwischen unseren Ländern schließen.«

Hale Orrs Miene verdüsterte sich. »Ihr mögt es so sehen, Sire, aber die Schuld liegt nicht ausschließlich bei Ischara. Eure Schiffe haben ischaranische Fischerboote angegriffen. Ich habe den Beweis dafür auf Fulcor selbst gesehen, und wir mussten beobachten, wie Wachmann Osler Zivilisten von den Klippen in den Tod gestoßen hat. Ich versichere Euch, dass es sich bei ihnen um bloße Fischer handelte. Die Provokationen kommen von beiden Seiten.«

Als er das hörte, wurde Conndur wütend, und ihm war elend zumute. »Das muss aufhören! Zu viel steht auf dem Spiel. Beide Seiten müssen sich ändern. Die schlimmen Zeiten verlangen es.«

Er berichtete von der Eruption des Vada und teilte Hale Orr mit, was er von Kollanan und Adan erfahren hatte. Hale nickte ernst. »Ich kann bestätigen, dass zumindest ein Teil davon stimmt. Ich bin bei meiner Tochter und meinem Schwiegersohn in Bannriya gewesen. Ich habe gesehen, wie Königin Voo und ihre Wreth aus dem Sandsturm kamen, und ich habe gehört, was sie zu sagen hatten. Es ist zutiefst beunruhigend.«

Conn erkannte die gute Gelegenheit, die ihm hier in den Schoß gefallen war. Wenn dieser Mann die Wreth mit eigenen Augen gesehen hatte, dann gab es tatsächlich keinen besseren Boten als diesen Utauk, der zur Neutralität verpflichtet war. »Ich habe einen Brief an die Empra verfasst - gleichsam von einem Herrscher an den anderen -, aber ich wusste nicht, wie ich ihn ihr schicken sollte. Wie sollte denn ein Schiff des Staatenbundes heil nach Ischara kommen? Aber ein Utauk-Schiff ...«

»Die *Glissand* ist nicht mein Schiff, Sire. Ich bin nur der Handelskapitän.« Hale hielt kurz inne. »Aber mit einer angemessenen Bezahlung könnten der Voyagier und die Mannschaft dazu gebracht werden, zurück nach Serepol zu segeln. Ich werde Euren Brief persönlich der Empra übergeben und ihr darlegen, wie wichtig es ist.«

66

Ein tamburdinischer Jäger kam aus dem Wald getaumelt. Er blutete aus Wunden in der Schulter und schrie etwas von einer Horde Hethrren, von Hunderten von Barbaren, die auf dem Marsch in die Stadt seien, nur etwa einen Tag hinter ihm. »Sie haben meine beiden Brüder getötet. Ich konnte knapp entkommen.«

Die Wunden des Jägers benötigten dringend eine Behandlung, aber Klovus bestand darauf, zuerst sein Blut im Tempel als Opfer darzubringen. »Wir brauchen einen starken Gottling!«, sagte er. »Er muss *wütend* sein!« Klovus konnte seine Erregung kaum verbergen. Er hatte mit Hohepriesterin Neré eifrig Pläne für das Eintreffen der Barbaren geschmiedet.

Die Bauern und Schäfer aus dem Umland zogen sich in den Schutz der Palisade zurück, und die Stadt bereitete sich auf den Angriff vor. Wie ein kalter Nebel lag Angst über den Straßen.

Am nächsten Tag schwärmten die Hethrren in einem abgestimmten Angriff aus den Bergen.

Klovus wollte für den bevorstehenden Überfall gut ausgeruht sein und hatte deshalb tief geschlafen, als die Bronzeglocke der Stadt läutete und die Verteidiger weckte. Er zog seinen Kaftan an und eilte zu seinen Ur-Priestern hinaus, während überall um ihn herum die Menschen aufschreckten und umherliefen. Stadtwächter rannten zu den Plattformen auf der Palisade, spannten die Sehnen in ihre Bögen und bereiteten sich darauf vor, einen Pfeilregen auf die Angreifer abzufeuern. Weitere Soldaten sammelten sich an den Toren. Sie hatten ihre Schwerter gezogen und standen nun Schulter an Schulter.

Die angreifenden Hethrren donnerten aus den Bergen herunter und brachen in zersplitterten Formationen zwischen den Bäumen hindurch. Sie ritten auf gewaltigen schwarzen Bergpferden und benutzen Lederdecken als Sättel. Die Barbaren hatten untersetzte Leiber und dicke, muskulöse Arme. Sie heulten und jaulten, während sie voranpreschten - und riefen bereits mit ihren Stimmen Schrecken hervor. Die Männer hatten dichte Bärte und lange schwarze Haare, und die Frauen ritten neben ihnen und schwangen die gleichen Waffen wie die Männer. Ihre pelzgesäumten Lederhelme waren mit polierten Steinen geschmückt. Angeführt wurden sie von einer Frau mit kantigem Gesicht und wilden Augen. Ein Wolfsfell flatterte hinter ihr her, während sie sich in vollem Galopp über den Hals ihres schwarzen Pferdes beugte. Sie hielt eine Keule, deren rundes Ende verkrümmt war wie der Kopf eines missgestalteten Kindes und von Flecken alten Blutes überzogen. Ihr Pferd schnaubte, als spüre es ebenfalls den Blutdurst.

Einige Hethrren hatten rauchende Körbe dabei, die mit Pech und Kienspänen gefüllt waren. Die Weidenkörbe fingen Feuer, als die Angreifer sie bei ihrem Ritt auf die Palisade schwangen. Die brennenden Körbe prallten gegen die Holzwände, verteilten ihr Pech und ihre Flammen. Die Hethrren heulten und lachten.

Klovus und seine Priester eilten zum Tempel. Neré war bereits dort; sie trug ihren braunen Kaftan und hatte die Haare zu festen, eingeölten Zöpfen geflochten. Es war Zeit für sie, sich an die Arbeit zu begeben. Die magische Tür im Innern des Tempels schimmerte zwischen den von Blitzen verkrüppelten Bäumen, und der ungeduldige Gottling schwoll im Gleichklang mit den Bedürfnissen seines Volkes an. Er war stärker denn je und wollte freigelassen werden. Klovus spürte, wie seine Energie zunahm, bis sie fast überkochte, und nun verstand er auch Nerés Angst, er könnte außer Kontrolle geraten. Aber sie beide hatten ihre Magie zusammengeschlossen, die auf den Gottling zuwirbelte und sich mit ihm verband. Dieser spürte sie hinter der magischen Tür und hörte ihnen zu. Gehorchte ihnen.

Klovus konzentrierte sich und fühlte, wie seine Verbindung

stärker wurde. Er wandte sich an den nächsten Ur-Priester. »Sag den Wachen, sie sollen das Stadttor öffnen - und zwar weit!«

Der Priester blinzelte ihn verwirrt an. »Sie werden sich weigern, Hohepriester. Die Stadt wird angegriffen!«

»Wenn sie nicht wollen, dass sich der Gottling durch die Mauern sprengt, sollten sie ihm einen Weg hinaus ermöglichen.«

Der Priester rannte davon.

Panische Einwohner hasteten auf den Tempel zu und sangen: »Höre uns, rette uns!« Klovus befürchtete, der Gottling könnte sie bei seiner Freilassung niedermähen und in alle Winde zerstreuen. Sollte dies geschehen, würde das Wesen möglicherweise die zusätzlichen Opfer zur Vergrößerung seiner Kraft einsetzen und mit dieser mehr als nur die Barbaren auslöschen.

Draußen vor der Stadt war noch immer primitives Heulen und Rufen zu hören. Die Bronzeglocke läutete beharrlich. Mit jedem Angriff auf die Mauern von Tamburdin, mit jedem Schrei vor der Stadt wurde der Schutz-Gottling wütender und begieriger darauf, sein Volk zu verteidigen, seine Gläubigen ... seine Schöpfer.

Klovus spürte den Kontakt mit der brodelnden Wesenheit. Allein wäre Neré vielleicht wirklich zu schwach für sie gewesen. Seine verbliebenen Ur-Priester wichen in die Sicherheit der hölzernen Tempelwände zurück. Einer der Männer stellte sich hinter die große Statue des goldenen Bären, als könnte ihm das wilde Tier Schutz gewähren.

»Jetzt!«, sagte Klovus.

»Jetzt«, stimmte Neré ihm zu und sagte laut in Richtung der magischen Tür: »Höre uns, rette uns! Beschütze Tamburdin! Du bist unser Gottling. Rette dein Volk.«

Die Tür schimmerte und glühte. »Komm hervor und tu das, wozu du geschaffen wurdest«, sagte Klovus.

Sie lösten die magische Verriegelung der Tür und ließen den Gottling frei. Das Wesen schlüpfte aus seiner unwirklichen Welt hervor, aus dem unsichtbaren Raum zwischen hier und dort. Geleitet von den beiden mächtigen Hohepriestern machte es sich daran, seine Aufgabe zu erfüllen.

Jeder Gottling nahm die Eigenschaften seines Landes und seines Volkes an. Die Gottheit von Tamburdin existierte an einem wilden, ursprünglichen Ort und wurde von Menschen verehrt, die im Wald lebten und starben. Daher war er eine Masse aus tierischen Pelzen und zeigte Eigenschaften der furchtbarsten Raubtiere des Waldes. Er war ein Sturm aus Krallen und gelben Reißzähnen, auf Pelzen und knochigen Rückgraten, die aufquollen und sich regten. In dem Gottling glitzerten Dutzende geschlitzter gelber Augen wie von einem Wolfsrudel, das sich knapp hinter dem Schein eines Feuers hielt. Das Wesen donnerte mit den scharfen Hufen eines tobenden Hirsches und den großen Pfoten eines mächtigen Bären davon. Blitze schossen aus ihm hervor, und es entließ einen brüllenden Wintersturm, der imstande war, ganze Bäume umstürzen zu lassen.

Das Wesen trieb auf die Tempeltür zu. Klovus und Neré mussten all ihre Kräfte einsetzen, um den Gottling zu leiten und auf sein Ziel auszurichten.

Draußen auf den Straßen zerstreuten sich die Menschen. Manche wurden von dem Wesen niedergetrampelt oder von seinem explodierenden Chaos zerrissen. Es raste durch die Stadt und stürzte sich durch das offene Tor. Wächter und Soldaten sprangen ihm aus dem Weg.

Klovus eilte hinter dem Gottling her und schrie Neré zu, sie möge sich beeilen. Sie folgten der Schneise der Verwüstung und erreichten schließlich die Stadtmauer, von der aus sie das Werk des Gottlings beobachten konnten.

Vor der Palisade stürmten die Hethrren-Reiter hin und her und schleuderten ihre brennenden Pechkörbe gegen die Holzbalken. Tapfere ischaranische Soldaten waren vor das Tor getreten und stellten sich dem Feind entgegen. Der Anführer der Stadtwache rannte auf die Barbarenfrau zu und stieß nach ihrem Pferd. Es rutschte seitwärts davon, und mit einem bösen Blick schwang Magda ihre verzerrte Holzkeule. Sie traf seinen Kopf, der wie eine reife Melone aufplatzte.

Dann wandte sie sich der tobenden Masse des Gottlings zu, als dieser durch das Stadttor stürmte. Das Gewirr von Klauen, Krallen, Pelzen und Hörnern verschwamm und ordnete sich neu, während das Wesen auf dem Schlachtfeld weiter anschwoll. Die Pferde der Hethrren wieherten vor Entsetzen, als sie es sahen, aber die Barbaren trieben sie mit ihren Peitschen vorwärts. Sie schleuderten Speere auf den Gottling, doch die Waffen vermochten nichts gegen die wild zuckende, blitzende Masse auszurichten.

Zwei Reiter der Hethrren griffen es an und warfen ihm ihre brennenden Körbe entgegen, doch das Feuer und der Rauch ließen es nur noch stärker werden. Der Gottling schlug mit krallenbewehrten Armen, mit rasiermesserscharfen Schwingen und einem Pantherschweif aus. Die unförmige Energiemasse zerfetzte drei Barbaren-Krieger und ihre Pferde. Blut, Fleisch und Eingeweide flogen umher. Reiter sammelten sich um Magda, als sie angriff und ihre verzerrte Keule schwang. Mit der anderen Hand packte sie einen Speer und schleuderte ihn auf den Gottling, während sie noch immer geradewegs auf ihn zuritt.

Klovus stand auf der Aussichtsplattform der Stadtmauer und lachte. Seine Augen leuchteten. Neré war beeindruckt, was ihr Gottling anzurichten vermochte, gleichzeitig aber auch erleichtert, dass sich seine Zerstörungswut nach außen richtete.

Die Barbaren kamen von allen Seiten herbei, als könnte ein vereinigter Angriff dem Wesen etwas antun. Der erste Reiter schlug auf es ein, und der Gottling tötete ihn sogleich und warf sein Pferd hoch in die Luft. Weitere Reiter näherten sich, kämpften, schrien ... und starben.

Als Magda auf den Gottling eindreschen wollte, warf er sie nach hinten und stieß sie vom Pferd. Sie ließ die Zügel los, rollte durch das Gras und sprang sogleich wieder auf die Beine - während sich das Wesen auf die anderen Hethrren zuwälzte.

Klovus zählte mindestens dreißig Reiter, die in den ersten Minuten abgeschlachtet wurden. Magda stand auf, nahm mit ihren stämmigen Beinen auf dem offenen Gelände Kampfhaltung an und stimmte ein Heulen an, das wie eine herausfordernde

Einladung klang. Sie schwang ihre hölzerne Keule. Als ein anderer Reiter an ihr vorbeigaloppierte, packte sie seine behandschuhte Hand und schwang sich hinter ihm auf das Pferd. Sie stieß einen Pfiff und einen trotzigen Schrei aus.

Die Hethrren kämpften weiter, aber Klovus wusste, dass diese Barbaren nicht gegen den Gottling bestehen konnten. Magda brüllte erneut auf, und die Reiter schlossen sich um sie und zogen sich zurück.

Die tamburdinischen Verteidiger auf der Mauer lachten und jubelten. Sie schossen Pfeilsalven hinter den Hethrren her, als diese zu ihren bewaldeten Bergen zurückritten. Drei weitere Kämpfer starben mit Pfeilen im Rücken.

Der Gottling hielt inne, schwebte über den zerfetzten Resten von Pferden und Hethrren und schwoll noch weiter an. Das Wesen gab ein surrendes, erschreckendes Geräusch von sich, es klang nach tausend Hornissen, und dann verfolgte es die Reiter in Richtung der Berge.

Klovus spürte, wie ihm die Kontrolle entglitt, und plötzlich bekam er Angst. »Wenn sich der Gottling weit genug entfernt, wird er frei sein und nie wieder zurückkehren. Wir dürfen ihn nicht ziehen lassen!«

Neré nickte. »Wir müssen ihn zurückrufen. Dazu brauche ich Eure Hilfe.«

Es war in der Tat nicht falsch gewesen, dass sie ihn zur Unterstützung gerufen hatte. Klovus ergriff Nerés Hand. »Wir sollten uns beeilen. Wir brauchen jetzt all unsere Kräfte.«

Sie konzentrierten sich und zerrten an der unsichtbaren Leine des wilden Gottlings. Er kämpfte enttäuscht gegen den Zwang an. Die Kugel aus Krallen, Zähnen und Knochen wollte nicht mehr beherrscht werden, wollte nicht gezähmt werden, aber Klovus befahl es, ebenso wie Neré.

»Wir vereinigen unsere Kräfte«, sagte er, biss die Zähne zusammen und stieß seine Macht dem Gottling entgegen. »Du wirst gehorchen!«

Die Hohepriester spannten sich an, bis das Wesen – inzwischen war es um einiges kleiner geworden, da es eine Menge Energie verströmt hatte – zur Stadtmauer zurücktaumelte und hinter das offene Tor wich. Die Menschen auf den Straßen waren vor ihm geflohen, sodass der Weg zum Heimattempel frei war. Die Kreatur knurrte, summte und schnurrte, während sie zu ihrem Anker zurückkehrte ... aber dies waren keine sanften, eingeschüchterten Laute. Doch der Gottling war offenbar guter Dinge. Sein Hunger war gestillt, und er schien mit sich selbst zufrieden zu sein, so wie Klovus, Neré und die Bewohner von Tamburdin mit ihrem Beschützer äußerst zufrieden waren.

Aber Klovus entspannte sich erst, als er und Neré den Gottling wieder hinter die magische Tür geschickt und diese versiegelt hatten.

Der Sieg ließ seine Brust mit Stolz schwellen, aber bald packte ihn die Wut. Sie rührte von einer Verzweiflung her, die sich jahrelang in ihm aufgestaut hatte. »Ein weiteres Beispiel unserer Bedeutung für Ischara«, murmelte er. »Und Empra Iluris will die Gottlinge schwächen! Sie lässt nicht zu, dass die Hohepriester größere Tempel bauen. Sie fürchtet sich vor unserer Stärke. Aber genau diese Stärke ist es, die Ischara absichert.«

»Die Gottlinge sind unsere Beschützer«, stimmte Neré ihm zu.

Klovus überlegte, wie er seinen Bericht verfassen würde. Wie er Iluris umschmeicheln und sie anflehen würde, und vielleicht würde er sogar mit ihr streiten. »Es mag eine Zeit kommen, in der wir alle die Kraft und Stärke unserer Gottlinge brauchen, um den Feind zu besiegen. Am Ende wird es an uns liegen – nur an uns.«

67

Die rätselhaften Wreth-Ruinen begeisterten Schadri. Jeder Tag war wie ein Geschenktag, an dem sie eine besondere Gabe auspacken durfte. Sie begrüßte jede Antwort, die sie hier erhielt, als einen Schatz, den sie für den Rest ihres Lebens bewahren würde. Aber jede Antwort brachte auch hundert neue Fragen mit sich. Doch genauso liebte sie es.

Die Entdeckung des Wreth-Mannes - eines echten Wreth, der in den alten Zeiten gelebt hatte! - bot die Möglichkeit für wundervolle Offenbarungen, und auch die mysteriöse Brava-Frau war faszinierend.

Nachdem Schadri in ihrem Gepäck herumgewühlt und ihre Vorräte neu geordnet hatte, zog sie ein weiteres Notizbuch heraus - eines, in dem sich ein paar letzte weiße Seiten befanden. »Es gibt noch so vieles zu wissen, und ihr beiden könnt mir dabei helfen.« Schadri setzte sich in das Gras neben die beiden, lehnte sich gegen ihren hohen Rucksack und knackte mit den Fingern. Das hatte ihr Vater immer getan, bevor er die schweren Holzscheite auf das Sägeblatt geschoben hatte. Ihre Arbeit bestand indes darin, Fragen zu stellen und Antworten zu erhalten.

Nachdem sie sich eine Notiz gemacht hatte, hob Schadri ihre dichten Brauen und sah Elliel an. »Ich vermute, du hast viele Abenteuer erlebt. Bravas sind ungemein interessant. Kennst du viele von ihnen?« Ohne Elliel die Möglichkeit einer Antwort zu geben, plapperte sie weiter. »Ich habe einmal eine Geschichte über einen Paladin gehört, der eine Fallensteller-Familie während eines Waldbrandes gerettet hat. Er hat sie in Sicherheit gebracht und ist dann zurück in den brennenden Wald gelaufen, um noch eine Familie zu retten. Der Brava hat auch sie hinausgebracht, aber niemand hat gesehen, dass er am Ende selbst dem tobenden Feuer entkommen ist. Als die traurigen Leute in der Taverne später auf sein Wohl tranken, trat der Brava ein, ganz mit Ruß beschmiert, aber lebendig und wohlauf.«

»Bravas haben die Angewohnheit, auch aus den schwierigsten Situationen lebend herauszukommen«, sagte Elliel.

»Ich glaube, dass er sich mit seinem Rammer einen Weg durch die Bäume geschnitten hat.« Schadri warf einen raschen Blick auf den goldenen Reif an der Hüfte der Brava. »Zeigst du mir deinen Rammer? Ich habe noch nie einen in Aktion gesehen.« Sie kicherte. »Eigentlich habe ich überhaupt noch nie einen gesehen, also auch keinen, der nicht in Gebrauch ist. Wie funktioniert er?«

»Gar nicht.« Elliel runzelte die Stirn. »Aber daran trage ich selbst die Schuld.«

Sie nahm den Reif von der Hüfte und reichte ihn widerstrebend an Schadri weiter, die sofort die Handwerkskunst bewunderte und einige der magischen Zeichen in ihr Notizbuch kopierte. »Was ist deine Geschichte? Hast du auch Menschen aus Waldbränden gerettet, oder sogar noch Dramatischeres getan?«

Elliel machte ein langes Gesicht. »Meine Geschichte ist keine, die ich gern erzähle.«

Thon unterbrach: »Wir beide erinnern uns nicht an unsere Vergangenheit.« Er berührte die Zeichnung an seiner Wange. »Aber es könnte für die Zukunft der ganzen Welt wichtig sein, dass wir die Antworten auf unsere Fragen finden. Wir müssen Informationen über die Wreth sammeln. Wir müssen in Erfahrung bringen, wer ich bin.«

Schadri blätterte in ihrem Notizbuch herum und betrachtete die Wörter, die sie so dicht nebeneinander geschrieben hatte, weil sie Platz sparen musste. »Ich versuche das große, umfassende Vermächtnis der Geschichte zusammenzufügen. Eine Geschichte führt zu einer anderen und diese wieder zu einer anderen.« Da sie für gewöhnlich allein reiste und dabei mit sich selbst sprach, befürchtete Schadri, sie könnte nun, da sie Zuhörer hatte, ununterbrochen plappern. »Ich füge zusammen, was ich kann, aber ich bin mit den kleinen Bruchstücken nicht zufrieden.«

Als das Wasser über dem Lagerfeuer kochte, tranken sie Tee. Die nächste Frage kullerte aus Schadris Mund, sobald sie sich in ihrem Kopf gebildet hatte. »Warum ist es ausgerechnet jetzt so wichtig? Die Wreth waren zweitausend Jahre verschwunden. Glaubst du, dass du so lange begraben warst? Und warum bist du gerade jetzt erwacht? Was hat sich verändert?«

Thon wirkte angespannt. »Es muss einen Grund geben. Ich glaube, ich habe in dem, was nun geschehen wird, eine bestimmte Rolle zu spielen. Wir wissen, dass die Wreth einen Krieg planen und zurückkehren werden.«

»Wir haben klare Anzeichen dafür gesehen, dass sich Ossus unter den Drachengrat-Bergen regt«, warf Elliel ein.

»Ah! Ich kenne diese Geschichte. Wenn die Wreth den Drachen töten, wird ihr Gott zurückkehren, sie erlösen und die Welt neu erschaffen.« Schadri schlürfte ihren Tee. »Das ist keine gute Lage für die Menschheit.« Sie zog die Knie an die Brust, richtete ihre Flickenröcke und wischte einen Grasfleck ab. »Das ist ein guter Grund, nach noch mehr Antworten zu suchen. Ich kann euch ein paar äußerst rätselhafte Orte zeigen, auf die ich hier in der Stadt gestoßen bin. Vielleicht wisst ihr ein paar Antworten, denn ich bekomme sie nicht heraus. Alles ist so interessant. Kommt, wir sehen nach.«

Sie ließen ihre Habseligkeiten zurück, und Schadri führte sie durch die seit so langer Zeit verlassenen Straßen. Sie ging schnell und mit festem Schritt, als gehörte ihr die Stadt nun. Ihre Bemerkungen waren von regelmäßigen Fragen durchsetzt, auf die sie aber oft gar keine Antwort erwartete.

Sie zeigte ihnen die gewaltigen umgestürzten Obelisken. Türme ragten in den Himmel; die Ziegel waren zu aufsteigenden Spiralen gefügt worden, die nach so vielen Jahrhunderten müde geworden waren. Schadri hatte sich Notizen über die seltsamen Biegungen, organischen Umrisse und Korkenzieherformen gemacht. Eine der gebogenen Mauern kräuselte und wand sich, als bewegte sich eine Schlange unter den Steinen. »Hatten diese Rundungen eine Bedeutung?«, fragte sie Thon. »Ich habe andere Wreth-Ruinen gesehen, bei denen die Wände gerade waren, aber das hier scheint von ganz anderer Art zu sein.«

Er nahm die Einzelheiten in sich auf, als versuchte er, einen flüchtigen Gedanken in einer fernen Ecke seines Geistes einzufangen. »Es ist möglich, dass während der Schlachten die Stadt selbst gekämpft und gegen den Feind ausgeschlagen hat. Einige Wreth können dem Stein befehlen. Vielleicht haben sie ihre eigenen Gebäude in Waffen verwandelt?« Er lauschte dem Wind, der durch Löcher in den Brustwehren pfiff. »Oder vielleicht hat sich die Stadt, als sie erobert wurde, auch in Schmerzen gewunden.« Er schüttelte den Kopf. »Ich weiß es nicht.«

Schadri eilte mit ihnen zu dem Wandrelief, auf dem die gegeneinander kämpfenden Wreth in Stein dargestellt waren. Sie trat auf die Platte, die den Mechanismus in Gang setzte, und zeigte ihnen das bewegte Tableau, das symbolische Sterben der großen Armeen. Sie sah Thon an. »Erinnerst du dich an nichts aus den Kriegen? Wie sie geendet sind, und was die beiden Wreth-Parteien fast zur gegenseitigen Auslöschung getrieben hat?«

Er blinzelte sie an. »Nein, ich erinnere mich an gar nichts. Ich war bestimmt schon lange im Berg eingesperrt gewesen, bevor der Krieg an diesen Punkt gekommen ist.«

Ein Teil der Straßen und Häuser war in eine riesige Grube gerutscht, die allmählich die ganze Stadt zu verschlingen drohte. Ein tiefes Loch öffnete sich im Boden, und alte Ranken krochen aus den Tiefen. Bäume waren in den Spalten der Steine gewachsen und groß geworden.

Schadri trat an den Rand der gefährlichen Grube. »Ich wünschte, ich wüsste, was sie verursacht hat. Da unten müssen sich interessante, unberührte Dinge befinden, aber ich hatte einfach nicht geglaubt, dass ich gefahrlos hinunterklettern kann.«

»Das war ein Brunnen«, sagte Thon. »Der zentrale Brunnen der Stadt. Die Wreth haben immer tief gegraben und – als die Stadt wuchs – auch regelmäßig neue unterirdische Wasseradern angezapft. Außerdem hat er als magische Quelle gedient.« Er kniete sich an den Rand der Böschung und legte die Hände auf die gelockerten Steinfliesen. »Sie sind auf ein Reservoir konzentrierter Magie gestoßen. Aber als die Kriege schlimmer wurden, haben die Wreth die Magie aufgebraucht und mussten daher tiefer und tiefer graben.«

Schadri betrachtete die Straßen, die wie in einem Krampf gewunden waren; sie sah Gebäude, die mitten im Einsturz erstarrt zu sein schienen und nun langsam in den gierigen Schlund abrutschten. Jetzt, da Thon hier war, wirkte all dies noch erregender auf sie.

Sie schaute auf einige Bäume in der Nähe und schätzte den Neigungswinkel der Böschung ab. »Mit Seilen müsste es uns möglich sein, dort hinunterzugehen und uns umzuschauen.« Die Brava-Frau wirkte so kräftig, dass sie mit ihren bloßen Händen sicherlich sogar einen Drachen besiegen konnte. Auf alle Fälle aber würde sie in der Lage sein, ein Seil zu halten.

»Das ist keine gute Idee«, sagte Thon.

»Vielleicht nicht heute«, gestand Schadri ein, »aber eines Tages sollten wir hierher zurückkehren und die Grube untersuchen.« Während sie sich vom Rand zurückzogen, bedrängte sie den Wreth weiter mit Fragen. »Erinnerst du dich an Kur? Stimmt es, dass er die Wreth erschaffen und gesegnet hat, sich aber keinen Deut um die Menschen schert? Sind wir wirklich gottlos und ohne Seele?« Sie berührte ihre Brust über dem Herzen. »Ich habe gar nicht das Gefühl, dass hier etwas fehlt. Wie fühlt es sich an, eine Seele zu haben?«

Thon sah sie mit seinen edelsteinblauen Augen an. »Woher willst du wissen, dass ich eine habe?«

»Ich weiß es nicht, und ich weiß auch nicht, wie du beweisen solltest, *dass* du eine hast. Weiß Kur überhaupt, dass die Menschen existieren? Haben die Wreth uns erschaffen, nachdem Kur die Welt verlassen hat? Ist er jemals zurückgekommen und hat nachgesehen? Weiß er, dass die Wreth wieder da sind?«

Thon antwortete: »Ich kenne Kurs Namen, und ich kenne auch

ein paar Geschichten. Verlangst du etwa von mir, die Taten eines Gottes zu erklären, der schon seit Langem verschwunden ist?«

»Ich weiß nicht viel über Götter, außer dass sie die vielen Sterne am Himmel und die vielen Welten um sie herum erschaffen haben. Das hier war Kurs erste Schöpfung. Ist er gütig oder anmaßend?«, fragte Schadri. »Vielleicht ist er stolz auf das, was seine Geschöpfe getan haben? Woher wisst ihr überhaupt, dass Kur da ist und euch beobachtet?«

Nachdenklich runzelte Thon die Stirn. »Er hat uns vor langer Zeit verlassen; zumindest besagen das die Geschichten.«

»Die Geschichten«, sagte Schadri und seufzte ungeduldig. »Zu viele Geschichten und zu wenige Fakten.«

Müde und hungrig machten sie sich bei Sonnenuntergang auf den Rückweg zu ihrem Lager. Als sie beim Feuer saßen und ein einfaches Mahl zu sich nahmen, holte Schadri den dreieckigen blauen Kristall hervor, den sie an dem Metallbaum gefunden hatte. »Weißt du, was das ist, Thon? Die Buchstaben darauf sind zwar noch zu erkennen, aber ich kann sie nicht lesen.«

Er nahm den Kristall entgegen und drehte ihn hin und her. »Die Wreth-Magier haben solche Kristalle zur Aufzeichnung historischer Ereignisse benutzt.«

Ohne Vorwarnung trieb er sich das spitze Ende in den Unterarm und schlitzte die Haut auf. Dunkles Blut quoll hoch, das im Feuerglanz wie schwarzes Öl wirkte. Er tauchte die Fingerspitzen in das Blut und zeichnete damit einen Strich über die Zeichen im Kristall. Als er ihn gegen das Licht der Flammen hielt, tanzten sie, und das Licht durchdrang das Blut, das die Buchstaben zwischen den Kristallen aktivierte. Schimmernde Symbole erschienen auf dem Boden, dorthin geworfen durch die Magie, den Feuerschein und Thons Blut.

Schadri lachte vor Freude. »Ich wünschte, ich wüsste, wie das geht.«

»Jemand hat eine ausführliche Chronik geschrieben und sie hier gespeichert. Sie berichtet davon, wie die Stadt viele Jahrhunderte hindurch geblüht hat. Sie war von Wreth bewohnt, die von

Suth abstammten ... sie war Kurs erste Geliebte.« Er hob den Blick und stieß einen leisen Seufzer aus. »Das war eine der großen Parteien im Krieg. Die Bewohner dieser Stadt haben ein angenehmes Leben geführt, und ihre Stadt wurde durch Mauern geschützt, bis die feindliche Wreth-Armee kam: Das waren die Abkömmlinge von Raan, Kurs anderer Geliebter.«

Er zeichnete die leuchtenden Lettern nach, die auf dem Boden zu sehen waren. »Die Belagerung dauerte zwei Jahrhunderte, und die Stadt welkte dahin und starb. In einem letzten Kampf entfesselten die Einwohner die Magie aus dem Brunnen in der Mitte der Stadt.«

»Und was ist dann passiert?«, fragte Elliel.

»Die Stadt ist eingegangen. Diese Chronik wurde von einem der letzten Überlebenden geschrieben, nachdem die meisten anderen gestorben waren und der Rest die Flucht ergriffen hatte. Einige versetzten sich in den Bergen in einen magischen Schlaf. Es muss schon gegen Ende der Kriege gewesen sein.«

Schadri wünschte, sie hätte ihr Notizbuch hervorgeholt und die Worte des Wreth mitgeschrieben. Vielleicht würde sie eines Tages die Zeit und Gelegenheit haben, mit Thons Hilfe die ganze Chronik abzuschreiben. Sie würde ihn bitten, ihr die Sprache der Wreth beizubringen. Es gab noch so viel zu tun und zu lernen!

Er reichte ihr den Kristall zurück, und Elliel wischte ihm das Blut vom Unterarm. Die Wunde war schon fast verheilt. Die Brava sprach leise und beugte sich seinem bleichen Gesicht zu. »Bist du ein Teil dieser Geschichte gewesen?«

Thon schüttelte den Kopf. »Nein, diese Ereignisse sind geschehen, lange nachdem ich zusammen mit dem Drachen im Berg eingesperrt wurde.«

»Warum also bist du dorthin gebracht worden?«, bedrängte Schadri ihn. »War es ein Gefängnis, oder warst du eine Geheimwaffe? Ein letztes Mittel?«

»Eine Geheimwaffe?« Dieser Gedanke schien ihn zu überraschen. »Eine ausgezeichnete Frage.«

68

Beim Abstieg von den rauen Bergen drückte Glik das Ei, das sie in Stoffe gewickelt hatte, eng an ihre Brust. Sie suchte sich einen Weg an den steil abfallenden Felsen entlang, fand immer wieder Simse und Haltemöglichkeiten und stieß schließlich auf einen schmalen Ziegenpfad, der hinunter in den Grund der Schlucht führte. Die ganze Zeit über kreisten Skas über ihr, beobachteten sie und hießen ihr Verhalten gut.

Oft wäre Glik beinahe gestürzt, aber ihr Utauk-Glück verließ sie genauso wenig wie ihre Visionen. Sie wusste instinktiv, wohin sie den Fuß setzen musste. Endlich erreichten sie und das Ei wohlbehalten den Fluss am Boden der Schlucht. Hier schlug sie ihr Lager auf. Sie packte das Ei aus und bewunderte es. Erleichtert stellte sie fest, dass es vollkommen unbeschädigt war; es lebte und steckte voller Möglichkeiten.

Als sie vor ihrem Feuer döste, verspürte sie eine plötzliche Welle der Erregung – als würden Funken in der Luft und in ihrem Hirn wirbeln. Das gesprenkelte ledrige Ei brach auf, als wäre es froh, endlich in eine stabile Lage gebracht worden zu sein. Glik bückte sich, schob es näher an die Wärme des Lagerfeuers heran und legte Kiesel in einem vollkommenen Kreis um es herum aus. Sie sah zu, wie die zarten schwarzen Risse durch die Schale liefen, bis endlich der blaue Schnabel eines Baby-Skas hervorlugte.

Ehrfürchtig und behutsam streckte sie die Hand aus und wollte den Kopf des Kükens berühren – und sie wusste instinktiv, welcher Name der Ska haben würde. *Ari!* Es war ein Weibchen, und ihr Name war Ari.

Für eine Weile beobachtete Glik die Versuche des weiblichen

Ska, sich mit dem Schnabel aus dem gekrümmten Gefängnis zu befreien, dann wollte sie dem Neugeborenen helfen, aber sofort schoss ein sengender Pfahl durch ihren Geist. Ari wollte ihre Hilfe nicht. Die Ska musste es aus eigener Kraft schaffen, und so ließ Glik sie in Ruhe und beobachtete weiterhin die Mühen des wunderschönen Reptilienvogels, der die Schale auseinander drückte, bis schließlich die ganze zerbrechliche und doch so vollkommene Kreatur herauskam.

Glik wurde schwindlig, und sie sah eine lebhafte Vision: den alten Ori in seinem scharlachroten Gefieder auf einem toten Baum in der Nähe ihres Lagerfeuers, und er nickte zustimmend. Der ältere Ska breitete die Flügel aus und stieg in die Luft hinauf, genauso, wie er zum letzten Mal in den Sandsturm hineingeflogen war. Die Erscheinung schimmerte und zerbrach dann zu Tausenden glitzernden Scherben. Gliks Herz war glücklich, ihren alten Gefährten noch einmal gesehen zu haben, aber zugleich war es auch schwer von der Erkenntnis, dass sie ihm nie wieder begegnen würde.

Die ganze Welt des Mädchens war nun erfüllt von der kleinen Ari, die gerade erst ins Leben hinaustrat. Glik spürte, dass der frisch geschlüpfte blaue Reptilienvogel es ihr nun erlauben würde, sie zu berühren, und so nahm sie die winzige Ska in die Hände und hielt das Tier näher ans Feuer, damit das feuchte Gefieder schneller trocknete. Die saphirfarbene Ska streckte die zarten Flügel aus und schüttelte das blassblaue Gefieder. Seit den ersten Bewegungen Aris spürte Glik, wie Schmerz und Qual in ihren angestrengten Muskeln verschwanden. Sie hielt die neugeborene Ska in den Händen und blickte in die Facettenaugen, so wie Ari in ihre Augen schaute. Die Herzensverbindung war wie eine Kette aus Blumenblättern und Eisen: sanft, wunderschön und unglaublich stark.

Hoch über ihr im Nachthimmel hörte Glik die schrillen Rufe anderer Skas. Sie waren ihr gefolgt, hatten gewacht, aber sobald sie und Ari sich miteinander verbunden hatten, kreisten die erwachsenen Vögel noch ein wenig unter den Sternen und kehrten dann zufrieden zu ihren Felsspalten zurück.

Glik zeichnete einen Kreis über ihrem Herzen, der sie und Ari einschloss.

Ari war die schönste aller Skas - auch wenn jeder Utauk das von seinem Gefährten sagte. Ihre Schuppen schimmerten wie Saphire im Sonnenlicht, und ihr Gefieder war lang und zart, so sanft wie der Kuss einer Mutter und von der Farbe des reinsten Himmels. Seit dem ersten Mal, als Glik das Küken in den Händen gehalten hatten, betrachtete sie es als lebendes Juwel ...

Während der nächsten Tage ritt es auf ihrer Schulter, als sie dem Fluss hinaus aus dem Gebirge und in die wirtlichere Hügellandschaft hinein folgte. Immer wieder streckte Ari ihre Flügel aus, flatterte mit ihnen und versuchte den Mut zum ersten Flug zu fassen. Schließlich erhob sich die winzige Ska ohne Vorwarnung in die Luft, flog über Gliks Kopf hinweg, kam zurück und setzte sich auf die andere Schulter.

Nach dem kurzen Flug schien Ari übermäßig zufrieden mit sich selbst zu sein und putzte ihr Gefieder, aber erst einmal blieb sie auf der Schulter des Mädchens sitzen. Eine Stunde später unternahm Ari einen neuen Flug; diesmal kreiste sie höher.

Glik lachte und klatschte in die Hände. »Flieg, Ari, flieg!« Die Ska stieg wieder ab, als wollte sie auf Gliks Schulter landen, aber Glik spürte, wie Ari es sich im letzten Augenblick doch anders überlegte. Die Kreatur machte eine Rolle in der Luft, schlug heftig mit den Flügeln und stieg wieder hoch.

Die Ska flog und machte instinktiv tausend Flugmanöver. Glik streckte die Hände aus und reckte sich, als könnte sie ihre Gefährtin erreichen. Ari schwirrte am Gesicht des Mädchens vorbei, neckte sie, schwang sich wieder dem Himmel entgegen, war ein blaues Funkeln. Glik stieß einen Seufzer aus, der von ihrem eigenen Vergnügen und ihrer Zufriedenheit kündete.

Ja, Glik erinnerte sich an diese Begeisterung aus ihrer Zeit mit Ori, aber das hier fühlte sich noch anders und jetzt bereits stärker an. Sie hatte sich mit Ori verbunden, als er schon erwachsen gewesen war, aber diese wundervolle blaue Ska war jung, frisch und mit der Energie der Liebe und Nähe erfüllt. Als sie bereit war, rief Glik ihre neue Gefährtin, streichelte ihr über den Rücken und den Nacken und legte ihr dann respektvoll das Halsband um, das sie seit dem Utauk-Lager mit sich herumtrug. Das Band war dünn, die Mutterträne glitzerte daran und wirkte für den winzigen Reptilienvogel fast zu groß. Aber Ari schien sich darüber zu freuen und stolz darauf zu sein. Dann flog sie wieder fort.

Sie kreiste weit oben, und Glik benutzte ihre Herzensverbindung dazu, mit ihr zu fliegen, auf dem Wind zu treiben und die luftige Freiheit zu genießen. Der Himmel war ein ganzes Königreich, und der junge Reptilienvogel wollte alles davon durch seine Verbindung mit Glik erkunden - eine Verbindung, die teils aus dem Herzen und teils aus der Magie entstammte.

Das Mädchen fühlte sich wieder vollständig und erfreute sich an der Landschaft, an den Hügeln, den Ebenen und Flüssen, den klaren Seen und sogar an den alten Schlachtenwunden aus den Wreth-Kriegen. *Der Anfang ist das Ende ist der Anfang.*

Nachdem Glik die Berge hinter sich gelassen hatte, stand sie auf einer grasbewachsenen Ebene, stemmte die Hände in die Hüften und schaute nach oben auf den kleinen Fleck, der Ari war. Ihre kostbare neue Gefährtin schwebte durch den Himmel und fürchtete sich vor nichts. Aber sie geriet nie außer Sichtweite. Glik wusste, dass Ari sie niemals verlassen würde. Das Band ihrer Freundschaft mochte einmal lang und dünn werden, aber sie würde stets mit ihrer menschlichen Gefährtin verbunden bleiben und immer zurückkommen.

Glik spürte Aris Freude gleichsam aus zweiter Hand, nämlich als sie sich an einem Schnabel voller fliegender Käfer labte. Unter ihr lachte das Mädchen und lief durch das rauschende Gras und die hohen Disteln. Sie konnte nicht unmittelbar durch die Facettenaugen des Reptilienvogels blicken, aber wenn Ari zurückkam und sanft auf ihrer Schulter landete, würde Glik die Bilder in der Mutterträne sehen. Fürs Erste aber musste sie sich vorstellen, was ihre Gefährtin sah.

In den nächsten Tagen folgte Glik den Spuren blauer Mohnblumen und fand den Weg zurück in das suderranische Vorgebirge. Für einen außenstehenden Beobachter waren die Blumen nur Farbkleckse, doch für jeden Utauk stellten sie eine geheime Landkarte dar. Sie fand frische Hufspuren, Rillen von Wagenrädern, Pferdeäpfel und Kreise, in denen Lagerfeuer gebrannt hatten. Ihre junge Ska kreiste über ihr und ließ eine schrille Musik ertönen, die den Eindruck machte, als würde sie sich mit anderen Reptilienvögeln in der Nähe unterhalten.

Glik stieß schon bald auf das Lager einer großen Utauk-Karawane, auch wenn sie nicht im Geringsten mit der gewaltigen Zusammenkunft vergleichbar war, die noch vor Kurzem das Flusstal angefüllt hatte. Als Glik die Wagen und die farbenfrohen Stoffe sah, erkannte sie, dass es sich um die Herzkarawane handelte, mit der Shella din Orr höchstpersönlich reiste.

Das Waisenmädchen betrat das Lager und wurde sogleich von einem fröhlichen Willkommenschor begrüßt. Kinder ließen Drachen im Nachmittagswind steigen, und drei ausgewachsene Skas kreisten in der Luft und jagten ihnen nach. Ari flatterte mitten unter die größeren Reptilienvögel, die sie willkommen hießen und mit ihr Kreise drehten. Die kleine blaue Ska versuchte, mit ihnen mitzuhalten, und klickte enttäuscht, als die anderen auf ihren stärkeren Schwingen entschwanden. Als wäre sie verärgert, stieg Ari ab und landete auf Gliks Schulter, gerade als die beiden bärtigen Neffen der alten Matriarchin die Zeltklappe öffneten und Glik nach drinnen baten. Also lief sie mit leichten Schritten hinein.

Die alte Frau saß aufrecht auf ihrem Teppich, der aus den Fäden Hunderter Familien bestand. »Du bist zurückgekehrt, gutes Mädchen! *Cra*, ich hoffe, du hast auch Geschichten mitgebracht? Meine Neffen sprechen mit mir nur über organisatorische Dinge und beschweren sich, aber du bist immer eine Freude für mich gewesen.«

Glik setzte sich mit überkreuzten Beinen auf den Teppich und zog mit den Fingern einen Kreis um ihr Herz herum. »Die Freude ist ganz meinerseits, Großmutter. Begleitet mich auf meinen Reisen. Dann werdet Ihr Euch wieder jung fühlen.«

Shella kicherte. »Das würde ich wohl.«

Obwohl die Utauk in ihren Aufzeichnungen riesige Mengen an Informationen über die Abstammung und Herkunft der einzelnen Familien und Mitglieder besaßen, war und blieb Shella din Orr für alle ein Rätsel. Den Gerüchten zufolge hatte die alte Frau in ihrem langen Leben fünf Ehemänner und zwanzig Kinder gehabt. Shellas Blutlinie erstreckte sich in alle Richtungen - wie die Webfäden in ihrem Teppich.

Sie richtete ihren Blick auf Ari, der auf Gliks Schulter herumhüpfte, als wollte er endlich vorgestellt werden. »Ich bin froh, dass du einen neuen Ska gefunden hast. Du warst so einsam.«

»Das war ich wirklich«, gab Glik zu und spürte einen Knoten in der Kehle. »Aber jetzt bin ich es nicht mehr. Ist Ari nicht großartig?«

Der Reptilienvogel breitete die Schwingen aus und wartete darauf, dass die Matriarchin das Kompliment bestätigte.

»Eine wirklich wunderschöne Ska und eine außerordentliche Gefährtin«, sagte Shella. »Ich spüre sogar von hier aus die Kraft eurer Herzensverbindung. Obwohl meine Augen alt und matt sind, bringt Ari ein Funkeln in sie zurück.«

Die Ska summte freudig.

Shella befahl ihren Neffen, die abendliche Suppe aus gewürztem Reh, Hase und Gemüse aufzutragen. Glik schob die Beine unter sich und berichtete von ihren Abenteuern, von der Ebene des Schwarzen Glases und von dem toten Prospektor, und dann von ihrem Aufstieg zu den Bergen, in denen sie das Ska-Ei gefunden hatte. Als sie den Rest des Eintopfs vom Boden ihrer Schüssel kratzte, sah sie die alte Frau besorgt an. »Ich habe etwas ungewöhnlich Seltsames in der Grotte gefunden, Großmutter. Es war eine Wand, die wie eine riesige Schale oder ein Kokon aussah. Etwas hat sich dahinter bewegt.« Sie bekam eine Gänsehaut, als sie sich an die fließenden Schatten erinnerte und an das Flackern eines gewaltigen Facettenauges. »Und ich hatte eine Vision - plötzlich und dunkel, kraftvoll, gefährlich, wie ein großer Donner in meinem Kopf.«

»Hast du das bei den Nistplätzen der Skas gefunden?« Shella runzelte die Stirn, und ihr Gesicht wurde zu einer Wildnis aus Runzeln. »Ich glaube, es war ein Drache.«

Glik schaute überrascht auf. »Ich habe noch nie einen Drachen gesehen. Aber ich habe schon sehr oft von ihnen geträumt.«

»Deine Träume sind immer stark gewesen, mein Kind. Deswegen bist du auch so besonders.« Shella seufzte wehmütig. »Als ich noch ein Mädchen war, habe ich einmal einen echten Drachen gesehen. *Cra*, das sind beängstigende Wesen, und sie sind sehr selten. Wenn man den Legenden Glauben schenken kann, handelt es sich bei ihnen um die Kinder von Ossus. Solltest du einmal einen sehen, wird das dein Leben für immer verändern, aber du musst hoffen, dass er dich nicht sieht. Oder deine Ska.«

Ari wand sich und raschelte mit den Federn.

Die alte Frau verlagerte ihr Gewicht auf dem Teppich. »Nimm ihr dies alte Halsband ab. Es ist zu einfach, und die Muttertränе ist zu klein.« Sie drehte sich zu einer reich verzierten kleinen Truhe um, die hinter ihr stand. Mit verkrümmten, aber erstaunlich geschickten Fingern bearbeitete Shella das Schloss, drehte an einem Knopf und zog eine kleine Schublade heraus.

»Als ich ein kleines Mädchen war, hatte ich auch einen Ska. Sein Name lautete Uga, und er war bei mir, als wir den Drachen gesehen haben.« Shella griff in die Schublade und holte ein blaues Band heraus. In der Mitte steckte ein vollkommener Diamant, größer als der in Aris altem Halsband. »Er war ein Saphirvogel, ebenso wie deiner. Er ist vor langer, langer Zeit davongeflogen, als er schon sehr alt war.« Shella kicherte. »Was wusste *er* schon vom Alter! Ich wollte mir einen neuen Ska besorgen, und deshalb habe ich dieses Halsband anfertigen lassen, aber … ich möchte, dass du es für deine Ari nimmst.«

Als Glik es entgegennahm, quollen Tränen in ihren Augen auf. »Danke, Großmutter.« Sie drehte den Kopf zu ihrem Reptilienvogel um. »Magst du es?«

Die Ska summte und klickte, dann hüpfte sie auf den Teppich vor Gliks untergeschlagene Beine. Das Mädchen nahm Ari das fadenscheinige Halsband ab und legte ihr das neue um den dünnen Hals. »Wunderschön.« Der Reptilienvogel flatterte mit den Flügeln.

»Nun werdet ihr beide viele wunderbare Dinge sehen«, sagte Shella. »Vergesst nur nicht, immer wieder zu mir zurückzukommen und mir alles zu berichten.«

Ari hüpfte auf Gliks Schulter und schien es kaum erwarten zu können, die Welt zu erforschen. Zusammen mit ihr.

69

»Ich glaube, Euch gefällt der Ruhm und Reichtum, der mit dem Titel eines Handelskapitäns einhergeht, Hale Orr«, sagte der Voyagier, während die beiden Männer an Deck der Glissand standen. Sie waren erneut in See gestochen und hatten Konag Conndurs dringende Botschaft an die Empra bei sich. »Warum sonst hättet Ihr so rasch wieder auf meinem Schiff angeheuert?«

Hale schnaubte verächtlich. »*Cra*, ich bin schon mein ganzes Leben auf der Suche nach Ruhm und Reichtum. Auf Euren Karten vermag ich beides aber nirgendwo zu finden.« Dann wurde er ernst. »Wie soll ich meinen Reichtum denn genießen können, wenn ich mir Sorgen um das Schicksal der Welt machen muss? Ich habe Angst um meine Tochter und mein ungeborenes Enkelkind.«

Normalerweise blieb die Mannschaft für etwa eine Woche an Land, wenn sie Convera oder Flussmund erreicht und dort ihre Ladung gelöscht sowie neue Fracht aufgenommen hatte. Aber als Hale Orr den Seeleuten die zusätzliche Prämie des Konags ausgezahlt hatte, waren sie nur allzu bereit gewesen, ihre Pläne zu ändern.

Mak Dur kreuzte weiter nach Norden, um eine schnellere Strömung zu erwischen, die sie in großer Entfernung an Fulcor vorbeibringen würde. Im Gegensatz zur letzten Reise konnte Hale sich diesmal nicht entspannen und das offene Meer genießen. Seit Jahrhunderten hatten sich die Utauk-Händler zwischen der alten und der neuen Welt hin und her bewegt und ihre Neutralität als Schutz gegen die Feindseligkeiten eingesetzt, mit denen sich die beiden Länder überzogen. Als junger Mann hatte Hale beobachtet, wie der Hass in Konag Cronins Krieg aufgeflammt war, aber nun gab es einen gemeinsamen Feind und einen vorurteilsfreien Konag, und die beiden Kontinente hatten erstmals eine Aussicht darauf, ihre Meinungsverschiedenheiten beizulegen und zu Verbündeten zu werden. Oder wenigstens ihre Kämpfe einzustellen.

Dieser Gedanke war ein kleiner Hoffnungsschimmer in einer ansonsten erschreckenden Lage. Wenn er Empra Iluris wiedersah, würde er ihr nicht als Spion, sondern als Botschafter gegenübertreten, und er würde sein Bestes tun, um sie zu überzeugen. Vielleicht war doch noch nicht alles verloren.

Es sei denn, die Wreth würden das Ganze vernichten.

Er zog einen Kreis auf der Brust über seinem Herzen. *Der Anfang ist das Ende ist der Anfang.* Als der Voyagier dies bemerkte, lächelte er verwirrt und zog zur Antwort einen Kreis um sein Herz.

Als sich die Glissand dem Hafen von Serepol näherte, zog die Besatzung das Segel mit dem Utauk-Kreis auf, damit die ischaranische Marine sofort wusste, wer sie waren. Während Mak Dur Befehle brüllte und der Steuermann das Ruder setzte, begab sich Hale zum Bug und betrachtete die näher kommende Stadt. Von hier aus konnte er die Zinnen des Palastes sehen, die zahlreichen Tempel mit ihren reich verzierten Mauern und Türmen, die Hafenanlagen und die Docks. Serepol war eine schöne Stadt und das Herz eines großen Reiches.

Aber als sie in den Hafen einliefen, sank ihm das Herz, und die helle Flamme der Hoffnung erstarb. Zwei Schiffe brannten - es waren Schiffe des Staatenbundes. Als wollten sie ein Entkommen verhindern, schwammen ischaranische Schiffe zu beiden Seiten der lodernden Wracks, aber in so großer Entfernung, dass keine Funken ihre rot gestreiften Segel treffen konnten.

Mak Dur wirkte verwirrt. »Warum brennen diese Schiffe? Wird der Hafen etwa angegriffen?«

Hale antwortete mit heiserer Stimme: »Die Schiffe brennen, weil die Ischaraner sie angezündet haben.« Wie konnte er in dieser Lage erwarten, dass die Empra Conndurs unerwartetes Angebot einer Détente annahm? Würde sie ihn überhaupt anhören?

Der Voyagier beschattete seine Augen, und seine Miene änderte sich, als er begriff, was Hale ausdrücken wollte. »Das sind keine Kriegsschiffe. Es handelt sich um Fischkutter des Staatenbundes.«

Hale schüttelte den Kopf. »Ich vermute, dass die Ischaraner sie als Spione deklariert haben. Es ist eine weitere Provokation, vermutlich als Antwort auf eine Provokation durch den Staatenbund.« Er konnte nicht vergessen, was die Garnison auf Fulcor mit den ischaranischen Gefangenen gemacht hatte.

»Haben sie Geiseln genommen?«, fragte der Voyagier. »Glaubt Ihr, sie werden uns eine Lösegeldforderung an Osterra mitgeben?«

»Das wäre möglich«, log Hale. Er wusste, dass es hier keine Überlebenden gab. Die Besatzung war entweder bereits hingerichtet worden, als die Marine die Boote aufgebracht hatte, oder die armen Männer und Frauen verbrannten gerade bei lebendigem Leibe, nachdem sie in die Frachträume ihrer eigenen Schiffe gesperrt worden waren.

Seine Hoffnung darauf, eine freundliche Einladung übergeben zu können, war zerschmettert. Selbst wenn sich Empra Iluris im Namen des Friedens offen für ein Gespräch einsetzen sollte, war ihr Volk offenbar nicht dazu bereit. Die Lage war viel schlimmer geworden.

Mit seiner gesunden Hand berührte Hale den Lederbeutel, in dem sich der förmliche Brief des Konags mit der Bitte um Vertrauen befand, in den er so große Hoffnung gesetzt hatte.. Hales Augen stachen, als die *Glissand* an den rauchenden Rümpfen vorbeisegelte. Am Ufer bemerkte er Massen von Ischaranern, die sich die brennenden feindlichen Schiffe ansahen und über diese Gewalt jubelten.

Hale murmelte: »Das ist kein gutes Vorzeichen für die Übergabe einer Friedensbotschaft.«

»Das ist überhaupt kein gutes Vorzeichen«, stimmte Mak Dur ihm zu.

70

Die Bauern brachten ihre späte Ernte zu den offenen Märkten in Fellstaff. Jeden Tag kamen Eselkarren voller Kartoffeln, Kürbisse, Zwiebeln und Karotten an. Obstbauern lieferten Äpfel und Birnen sowie Fässer mit frisch gekeltertem Apfelwein.

Wegen der sich rasch ausbreitenden Gerüchte über einen bevorstehenden Krieg horteten die Menschen die Ernten in Kellern und Kornspeichern. König Kollanan hatte den Auftrag erteilt, alle Überschüsse aufzukaufen und in den kühlen, trockenen Gewölben unter der Burg von Fellstaff einzulagern.

Königin Tafira schmiedete jedoch andere Pläne. In Begleitung von Pokel suchte sie einen der Marktplätze auf, wo sie drei Kürbisse kaufte. Sie waren so groß, dass Tafira sie kaum mit den Armen umfassen konnte. Auf der einen Seite waren sie weich und begannen schon zu faulen. Der Bauer hatte gehofft, sie für ein paar Kupfermünzen als Schweinefutter verkaufen zu können oder wenigstens jemanden zu finden, der die vielen Samenkörner rösten wollte.

Ohne zu handeln bezahlte Tafira eine Silbermünze für alle drei. Das war für den Bauern eine erstaunliche Summe. Auch Pokel war verblüfft. »Aber Herrin, es gibt doch bessere Kürbisse auf dem Markt. Ich könnte Euch bei der Auswahl helfen.«

Der Bauer brachte ihn zum Schweigen. »Die Königin hat ihre Entscheidung getroffen, Junge. Streite dich nicht mit der Herrin der Burg.«

Er stammelte: »A ...ber ich wollte doch nur ...«

»Die anderen sind nicht so groß, Pokel. Diese hier sind genau richtig«, sagte Tafira, ohne eine weitere Erklärung abzugeben. Sie befahl ihm, dem Bauern dabei zu helfen, die Kürbisse in seinem Karren zu verstauen, sodass er sie auf die Burg fahren konnte. »Bring sie in den Hof bei den Stallungen. Dort brauche ich sie.«

Koll saß in seinem Arbeitszimmer und hatte das Fenster geöffnet. Bald würde eine große, bittere Kälte von Norden hereinkommen, mit oder ohne Frostwreth, und er wollte frische Luft atmen, solange es noch möglich war.

Er wünschte, Lasis würde ihm bei der Arbeit helfen, als er die Berichte aus den acht Bezirken seines Landes in seine Bücher übertrug. Er hatte keinen Beweis dafür, dass der mit ihm verbundene Brava getötet worden war, aber in seinem Herzen war er sich sicher, dass sich Lasis den Frostwreth entgegengestellt und verloren hatte ...

Koll hatte neue Späher ausgesandt, die ihm über die Ereignisse in Bakalsee Bericht erstatteten. Die Wreth hatten weiter an ihrer großen Festung gebaut, ansonsten aber nichts unternommen. Zumindest noch nicht.

Er wandte sich wieder seinen Papieren zu. Die Minen in den Bergen hatten den Befehl erhalten, so viel Roheisen wie möglich zu schürfen, und der König hatte alle Schmieden im Land angewiesen, nur noch Schwerter, Schilde, Brustpanzer und Helme herzustellen. Die Jäger und Fallensteller verdoppelten ihre Anstrengungen, warme Pelze für die Armee zu beschaffen. Die Schäfer schoren ihre Schafe und lieferten riesige Wollballen ab, aus denen dicke Decken und Kleidungsstücke hergestellt wurden. Doch als er an Bakalsee dachte, bezweifelte er, dass Klingen, Schilde oder Decken die Einwohner gegen die unnatürliche Kältewelle hätten schützen können. Koll schloss die Augen und spürte, wie die Tränen darin brannten, als er an die kleine Kinderhand im Schnee dachte, deren weiße Finger sich um die Holzfigur eines Schweins geschlungen hatten ...

Tafira erschien in der Tür. Sie trug einen langen, farbenfrohen

Rock mit gerade so vielen Bändern und Reifen, dass es sie an Ischara erinnerte. In den Händen hielt sie zwei lange Messer. »Komm mit mir in den Hof. Ich möchte dir etwas zeigen.« Ihre rauchige Stimme klang drängend, und ihr Akzent war deutlich zu erkennen, so wie es immer der Fall war, wenn sie sich zu etwas fest entschlossen hatte. Sie hielt die Messer mit beiläufiger Leichtigkeit, und ihre dunklen Augen glitzerten. Sie gab sich absichtlich rätselhaft.

Diese Stimmung kannte er bereits. »Du bist ohnehin eine viel interessantere Gesellschaft als diese Bücher, meine Liebste.«

Ihre Miene wurde ernst, und sie wandte den Blick ab. »Bitte nenn mich nicht mehr so.« *Liebste* war in ihrem alten Dorfdialekt die Übersetzung von Jhaqi. Das war der Name ihrer Tochter gewesen.

Kollanan schüttelte beharrlich den Kopf. »Ich werde dich weiter ›Liebste‹ nennen, denn du *bist* meine Liebste, und ich mag unsere Tochter nicht vergessen, auch wenn dich das Gedenken an sie schmerzt.«

Nach einem Augenblick des Schweigens antwortete Tafira mit einem schwachen Lächeln: »Ich akzeptiere deine Gründe.« Sie drehte sich in der Tür um. »Nimm deinen Kriegshammer mit. Vielleicht wirst du ihn brauchen.«

Er betrachtete seine alte Waffe, die über dem Kamin hing. Seit langer Zeit hatte er sie nicht mehr in die Hand genommen. Dieser Hammer mit seinem langen Griff, dem massiven Kopf und dem scharfen Spalteisen hatte Koll während des ischaranischen Krieges einen schrecklichen Ruf eingebracht. *Koll der Hammer.*

Ein anderer König hätte eine solche Waffe in die große Halle gehängt, sodass alle Besucher beständig an seinen Ruf als Kriegsheld erinnert wurden. Aber Koll hatte sich nie auf seiner Vergangenheit ausgeruht, nie seine Geschichten ausgeschmückt, und auch wenn er diese Waffe nicht ignorieren konnte, verspürte er nicht den Wunsch, damit anzugeben.

Tafira wiederholte: »Nimm deinen Kriegshammer mit. Vertraue mir.«

Also vertraute er ihr, trat zur Wand hinüber und hob die Waffe von den Befestigungshaken. Der Hammer fühlte sich in seiner Hand schwer an, sowohl erschreckend als auch beruhigend. »Ich hatte gehofft, ihn nie wieder benutzen zu müssen.«

»Ich hatte selbst vieles gehofft«, sagte Tafira. »Du hast meine Hoffnungen vor langer Zeit Wirklichkeit werden lassen, aber die Wreth könnten sie mir wieder wegnehmen. Und davon müssen wir sie unbedingt abhalten.« Sie trat in die Halle. »Komm mit. Pokel sollte die Kürbisse inzwischen vorbereitet haben.«

Draußen im Hof hatte der Junge die drei riesigen Kürbisse gegen die Außenwand des Stalls gestellt. Der Karren des Bauern war bereits wieder zurückgefahren. »Ist es gut so, Herrin?«, fragte Pokel. »Oder wolltet Ihr sie vor der gegenüberliegenden Wand haben?« Der Junge hätte die großen Kürbisse nicht weit tragen können. Jeder einzelne wog vermutlich mehr als er selbst.

»Das ist völlig in Ordnung so«, sagte Tafira, »aber du solltest jetzt aus dem Weg gehen.«

Als er die beiden langen Messer in ihren Händen und Kolls Kriegshammer sah, eilte er in eine sichere Entfernung, aus der er zusehen konnte.

»Ich hatte immer darauf gehofft, dass Lasis für unser beider Sicherheit sorgt«, sagte Tafira zu Koll, und ihre Miene verdüsterte sich. »Nun hast du nur noch mich zu deinem Schutz – und ich versichere dir, dass ich dazu in der Lage bin.«

Koll spürte, wie ihm warm ums Herz wurde. »Ich dachte, ich bin es, der dich beschützen muss.«

»Das hast du doch schon getan, vor langer Zeit in meinem Dorf. Ich habe vor, mich dafür zu revanchieren.«

»Wie ...?«

Tafira konzentrierte sich auf das lange Messer in ihrer rechten Hand, balancierte den Griff aus und schleuderte es blitzartig. Die Klinge drehte sich zweimal in der Luft und bohrte sich bis zur Querstange in das weiche orangefarbene Fruchtfleisch des Kürbisses. »So.« Dann warf sie das Messer in ihrer linken Hand. Es pfiff durch die Luft und traf sein Ziel mit solcher Wucht, dass nicht nur die Klinge ganz einsank, sondern die Querstange auch noch die Schale zum Platzen brachte. »Und so.«

»Beeindruckend«, sagte er mit einem Lachen, doch er meinte es ernst. »Bald sind wir zum Krieg gegen die Kürbisse bereit.«

Als sie zu den Kürbissen ging und die Messer herausriss, raschelte ihr Rock. »Ich kann sie auch zum Ausweiden eines Feindes einsetzen.«

»Wo hast du das gelernt? Hast du heimlich geübt?«

»Ich übe, seit wir nach Norterra gezogen sind. Keine Woche vergeht, in der ich nicht in der Küche ein Hackmesser nach einer Ratte in der Ecke werfen muss, wo sie glaubte in Sicherheit zu sein.« Sie zog die Mundwinkel nach oben. »Alle Küchendiener haben Angst vor mir.«

»Ich liebe dich«, sagte er, »und ich bin froh, wenn du mich beschützt. Ich hoffe, die Wreth werden auch Angst vor dir haben.«

Während er über das nachdachte, was in Bakalsee geschehen war und wohl mit Lasis geschehen sein mochte - vermutlich war er tot -, wurde Kolls Wut immer stärker, und er fasste einige Pläne. Gelegentlich hatte Lasis über den Hass gesprochen, den alle Bravas hinsichtlich der Ischaraner empfanden, weil diese in lange vergangenen Zeiten die Kolonie der Bravas zerstört hatten. Damals hatten die Bravas ihnen einen »Rachekrieg« erklärt, der von einer Generation an die nächste vererbt wurde.

Es hatte eine Zeit gegeben, in der Kollanan der Meinung gewesen war, dass ein solch blinder, Jahrhunderte währender Hass unsinnig war. Aber in Anbetracht dessen, was die Frostwreth Bakalsee mit leichter Hand angetan hatten, und in dem Bewusstsein, dass sie und die Sandwreth die Zerstörung der ganzen Welt planten, weil ihnen die Katastrophe in der Vergangenheit nicht ausgereicht hatte ... nun, jetzt verstand Koll diesen Hass. Er würde seinen eigenen Rachekrieg erklären. Es lag keinerlei Logik darin, nur Gefühle, genährt aus Blut, Feuer und Eis.

Tafira trat zurück, nahm den zweiten Kürbis ins Visier und warf in einer blendend schnellen Geste beide Messer gleichzeitig. Sie drangen weniger als einen Zoll voneinander entfernt ein, und

Pokel stieß auf seinem Beobachtungsposten einen leisen Überraschungsruf aus.

»Wir können uns selbst verteidigen, Liebste«, sagte Koll. »Aber einfach hier zu warten, bis wir zu Opfern werden, und darauf zu hoffen, dass wir unsere Häuser und unsere Untertanen verteidigen können, wenn der Angriff erfolgt - das reicht nicht aus. Ich hätte niemals glauben dürfen, dass es das tut.«

Tafira zog ihre Messer heraus und wollte gerade mit ihrem Rock die orangefarbenen Überreste der Kürbisse an den Klingen abwischen, doch sie überlegte es sich anders und warf zuerst das eine Messer und dann das andere auf lässigere Weise. Wieder traf sie. »Überall im Reich schmieden unsere Untertanen Waffen und bauen Verteidigungsanlagen. Die Vasallen-Lords errichten hohe Mauern. Die Veteranen bilden neue Soldaten aus.«

»Den Spähern zufolge sind die Frostwreth noch immer mit dem Ausbau ihrer Festung beschäftigt«, sagte Koll. »Sie scheinen sich um die Menschen überhaupt nicht zu kümmern.«

Pokel wirkte blass und wütend, und dann platzte er heraus: »Greift sie an und tötet sie für das, was sie in Bakalsee getan haben! Wir müssen einen Weg finden.«

»Nichts würde ich lieber tun, Junge.« Koll schwang nachlässig seinen Hammer, spürte das Gewicht am Arm zerren und erinnerte sich an die vielen Male, die er sich mit hoch erhobener Waffe in die Schlacht gestürzt hatte. Er hatte sich über sein Pferd gebeugt, während er den Hammer geschwungen und die behelmten Köpfe der ischaranischen Krieger geknackt hatte.

Koll kam zu einer Entscheidung. Er wandte sich seiner Frau zu und sagte mit harter Stimme: »Wir müssen jetzt handeln. Den Frostwreth ist es gleichgültig, dass wir existieren. Sie sehen in uns keine lebenden, denkenden Wesen.« Er biss die Zähne zusammen. »Aber ich warte nicht einfach ab, bis sie die ganze Welt vernichtet haben. Wir sind nicht mehr ihre willfährigen Diener. Wir bestimmen selbst über unser Schicksal, und wir müssen zurückschlagen – erst dann überlegen sie sich, ob sie die Menschen noch einmal angreifen wollen.«

»Du meinst, wir sollen unmittelbar gegen sie kämpfen?« Tafira riss die Messer aus dem Kürbis. »Und die Wreth mit einer Schlacht überziehen? Vermutlich würden sie uns auslöschen.«

Koll schlug den Kopf des Hammers gegen seine Handfläche. »Wir müssen für uns selbst einstehen, auch wenn die Gefahr besteht, dass wir unterliegen, denn wenn sich die Menschen zurücklehnen und gar nichts tun, wenn wir uns ducken und jammern und um Gnade winseln, dann wird man uns gewiss überrennen. Sie kommen, gleichgültig was wir unternehmen, selbst wenn wir mit ihrem Krieg nichts zu tun haben. Sie werden uns trotzdem niedermachen.« Er lächelte. »Da ist es doch besser, wenn wir ihnen wenigstens einen Denkzettel verpassen.«

Pokel wirkte entsetzt, aber Tafira machte eine entschlossene Miene. »Ja, es wäre schlimmer, wir würden aufgeben.« Sie warf die Messer erneut und tötete abermals die feindlichen Kürbisse. »Aber ist es klug, die Wreth zu provozieren? Sollten wir sie nicht in Ruhe lassen, solange es möglich ist?«

»Sie werden uns nicht in Ruhe lassen.« Nun wusste Koll genau, was zu tun war. »Sie haben Bakalsee zerstört, weil es ihnen im Weg stand. Dasselbe werden sie während ihres Krieges gegen die Sandwreth überall in den drei Königreichen tun. Sie werden uns nicht einmal bemerken, während sie unsere Welt vernichten und uns zerschmettern.« Er ging hinüber zur Wand des Stalls. »Sie müssen lernen, uns zu respektieren, Liebste. Wir müssen wie ein wilder Hund sein, der im Hof knurrt und die Diebe verscheucht. Ich bezweifle, dass wir sie besiegen können, aber vielleicht können wir sie immerhin zum Nachdenken bringen.«

Er packte seinen Kriegshammer mit beiden Händen, hob ihn über den Kopf und schlug mit aller Kraft zu. Der Kürbis zerplatzte in einem Regen aus orangefarbener Schale und herumfliegenden Samenkörnern – es wirkte allzu sehr wie Fleisch und Blut.

71

Als er das Utauk-Handelsschiff in den Hafen von Serepol einlaufen sah, wusste Hohepriester Klovus, dass etwas nicht stimmte. Er erkannte das rätselhafte Kreissymbol auf den Segeln der Glissand und erinnerte sich an den einhändigen Handelskapitän, der so frech mit Empra Iluris gesprochen hatte. »Warum kehrt das Schiff so schnell zurück? Es hatte kaum genug Zeit, nach Osterra und wieder hierher zurück zu segeln.« Vielleicht hatte der Handelskapitän beschlossen, doch nicht für Ischara zu spionieren.

Er eilte am Ufer entlang, als sich das ausländische Schiff einer freien Stelle am Pier näherte. Auf dem Weg befahl er fünf Stadtwächtern, ihm zu folgen. »Wir müssen die Mannschaft dieses Schiffes befragen und herausfinden, was sie vorhaben.«

Der Anführer der Stadtwache runzelte über Klovus' herrischen Tonfall die Stirn. »Es sind Utauk, Hohepriester. Sie bringen Waren zum Verkauf, so wie sie es immer tun. Vielleicht haben sie nach ihrem letzten erfolgreichen Besuch noch mehr zu verkaufen.«

»Seitdem sind nicht mehr als zwei Wochen vergangen«, fuhr Klovus ihn an. »Ich möchte wissen, warum sie zurückgekehrt sind.«

Die Utauk-Seeleute vertäuten die *Glissand* am Pier und machten sich bereit, ihre Ladung zu löschen. Diesmal trugen sie nur etwa ein Dutzend Kisten an Land. Es war ein mageres Angebot, das Klovus' Verdacht zu bestätigen schien, sie könnten aus einem anderen Grund hier sein. Sie hatten sich nicht einmal die Mühe gemacht, neue Güter mitzubringen.

Hale Orr stand an der Reling des Schiffes. Als er lächelte, glitzerte sein Goldzahn. Mit erstaunlicher Geschmeidigkeit schwang er sich über die Reling ans Ufer.

Klovus näherte sich ihm. »Habt Ihr hier etwas vergessen? Vielleicht habt Ihr eine Socke zurückgelassen?«

Die Stadtwächter kicherten. Hale Orr sagte: »Meine Tochter hat meine Socken vor vielen Jahren gestrickt, und seitdem sind sie wiederholt ausgebessert worden. Sie sind wunderbar weich und bequem. Doch selbst wenn ich sie hier vergessen hätte, würde das wohl kaum eine Rückkehr rechtfertigen.« Er stemmte den Stumpf seines Arms in die linke Hüfte und kam zur Sache. »Ich bin froh, dass Ihr hergekommen seid, oberster Hohepriester. Nun muss ich mir nicht die Mühe machen, eine angemessene Eskorte zu suchen. Bringt mich bitte zur Empra. Ich habe wichtige Dinge mit ihr zu besprechen.«

Klovus spürte, wie sich der Schweiß auf seinem kahlen Kopf bildete. »Sie hat Euch gebeten, Osterra auszuspionieren und Informationen über die feindliche Armee und ihre Bewegungen zu sammeln. Habt Ihr das getan? Dann könnt Ihr auch mir berichten, was Ihr herausgefunden habt.«

»Ich fürchte, das ist nicht die Information, die ich mitgebracht habe. Diesmal komme ich in diplomatischer Mission.« Der Anhänger aus Schattenglas an seinem Ohr schwang hin und her, als er sich bewegte. »Im Drachengrat-Gebirge hat sich eine Katastrophe ereignet, und darüber muss ich der Empra Bericht erstatten. Die Geschehnisse haben ernste Auswirkungen auf die gesamte Menschheit.«

»Was kümmern uns Eure Berge?«, meinte Klovus.

»Das, was dort geschieht, könnte das Ende der Welt bedeuten.«

Der Hohepriester dachte nach. »Vielleicht wird es das Ende Eurer Welt sein, aber wir leben hier in Ischara. Warum sollten wir uns Sorgen um ein Land machen, das längst schon tot ist?«

»Konag Conndur glaubt, dass Eure Empra anderer Meinung sein wird. Mein Brief kommt unmittelbar von ihm.« Er legte die gesunde Hand auf eine Ledertasche an seiner Hüfte.

Klovus trat auf ihn zu. »Zeigt mir diesen Brief.«

Die Miene des Handelskapitäns verdüsterte sich, und er zog die dichten Brauen zusammen. »Unser Schiff war nur kurze Zeit weg, Hohepriester. Seid Ihr in der Zwischenzeit zum Emprir ausgerufen worden?«

»Ich bin der oberste Hohepriester von Serepol«, sagte Klovus verächtlich. »Ihr versteht die politischen Kräfteverhältnisse in diesem Land nicht.«

»Aber ich verstehe die Anweisungen, die der Konag mir gegeben hat. Ich muss den Brief an Empra Iluris übergeben. Persönlich.«

»Und ich habe Euch ebenfalls eine Anweisung gegeben. Ich möchte diesen Brief sehen, damit ich entscheiden kann, ob er es wert ist, dass sich die Empra mit ihm abgibt.« Er deutete auf den Anführer der Stadtwache und befahl ihm: »Bring mir den Brief.«

Hale versteifte sich und machte einen Schritt zurück. Der Stadtwächter runzelte die Stirn, denn für gewöhnlich gaben die Priester den Soldaten keine Befehle. Doch dann trat er vor und nahm dem Händler die Ledertasche ab. Hale war zwar ohne Zweifel wütend, aber er widersetzte sich nicht.

Der Wächter übergab Klovus die Tasche. Sofort zog er die Riemen auf und holte einen gefalteten Brief hervor. Grimmig betrachtete er das Symbol der offenen Hand, das in das rote Wachs eingedrückt war, dann erbrach er das Siegel und las Konag Conndurs erstaunliche Einladung zu einem Friedensgespräch. Seine Augen weiteten sich, und er las die Zeilen noch ein zweites Mal, bevor er laut auflachte. »Das ist absurd.« Er sah zuerst den Handelskapitän der Utauk und dann die Stadtwachen an. »Er möchte, dass die Empra zu einem geheimen Treffen zur Insel Fulcor reist.«

»Anscheinend ist es jetzt nicht mehr geheim«, murmelte Hale.

Erneut warf Klovus einen Blick auf den Brief. »Dem wird sie niemals zustimmen.«

Hale zuckte die Achseln. »Dazu muss die Empra den Brief erst einmal lesen. Oder trefft Ihr bereits die Entscheidungen für sie?«

Die Stadtwachen unterhielten sich murmelnd miteinander,

und ihr Anführer fasste sich ein Herz. »Wir werden ihn jetzt zum Palast geleiten. Das ist eine Sache der Empra.« Er streckte die Hand aus und wollte Klovus den Brief abnehmen. »Kommt mit uns, Handelskapitän.«

Klovus steckte den Brief rasch ein und kam zu einem Entschluss. »Ja, wir gehen zu ihr. Ich werde den Brief der Empra persönlich übergeben. Nehmt den Utauk mit und folgt mir.«

Klovus ging mit schnellem Schritt voran, während einer der Wächter zum Palast vorauseilte, damit er Iluris von ihrer baldigen Ankunft in Kenntnis setzen konnte. Sie kamen an Statuen von ischaranischen Helden vorbei, an reich verzierten Springbrunnen und an einem Turm mit einer Wasseruhr, die vor dem Palast stand. Klovus führte die Gruppe durch den gewölbten Eingang und einen breiten Korridor entlang zum Thronsaal, in dem sie bereits von der Empra erwartet wurden.

Klovus verzog das Gesicht vor Abscheu, als er sah, dass Cemi an einem Seitentisch saß, auf dem zahlreiche geöffnete Bücher lagen. Das Mädchen betrachtete Kolonnen von mathematischen Symbolen und schob Kugeln auf einem Abakus hin und her. Kammerherr Nerev saß neben ihr und half ihr bei ihren mathematischen Übungen. Ein dritter, unbesetzter Stuhl war von dem massiven Tisch zurückgeschoben worden.

Empra Iluris saß auf ihrem erhöhten Thron und wartete darauf, die Gruppe zu empfangen. Als sie eintraten, glitt ihr Blick an Klovus vorbei, und ihre Miene hellte sich auf, als sie Hale Orr sah. »Ihr seid zurückgekommen, Handelskapitän. Habt Ihr es Euch wegen der Mission, die ich Euch vorgeschlagen habe, anders überlegt?«

Hale verneigte sich. »Ich bin wachsam, Exzellenz, und - ob Ihr mich nun einen Spion nennen wollt oder nicht - ich bringe Euch wichtige Neuigkeiten. Ich hatte einen versiegelten Brief von Konag Conndur dabei, der nur für Eure Augen bestimmt war.« Er warf Klovus einen bösen Blick zu. »Doch leider ist Euer oberster Hohepriester der Ansicht, dass seine Augen wichtiger sind als die Euren.«

Die Miene der Empra verdüsterte sich. »Was will er damit sagen, Klovus?«

Der Hohepriester trat vor und hielt ihr den geöffneten Brief entgegen. »Ich musste Euch beschützen, Exzellenz. Ich hatte diesen mysteriösen Brief zuerst lesen wollen, bevor Ihr ...«

»Mich beschützen? Aber hattet Ihr denn befürchtet, es könnten Dolche aus dem Papier hervorschießen und mir ins Herz fahren, wenn ich den Brief auseinanderfalte? Ihr haltet Konag Conndur offenbar für einen äußerst schrecklichen Feind.«

Cemi kicherte höhnisch an ihrem Tisch.

Klovus spürte das Brennen der Verlegenheit in seinen Wangen. »Auch Worte können bisweilen gefährlich sein.« Er öffnete den Brief und hielt ihn so hoch, dass Iluris die Schrift sehen konnte. »Der Konag sagt, dass die alten Wreth zurückgekehrt sind, um den Drachen zu erwecken und einen vernichtenden Krieg anzuzetteln. Er verlangt, dass wir uns in dem kommenden – absurden – Krieg auf ihre Seite stellen.« Er kicherte.

»Auf die Seite der Menschheit«, berichtigte Hale Orr.

Iluris beugte sich auf ihrem Thron nach vorn und fragte den Handelskapitän: »Plant der Konag denn allen Ernstes, mir einen Streich zu spielen? Glaubt er, dass ich eine Närrin bin?«

»Wartet«, warf Hale ein. »Ihr solltet den Brief selbst lesen, Exzellenz. Konag Conndur hat mich als neutrale Partei gebeten, diese Botschaft zu überbringen.« Er senkte die Stimme. »Da wir soeben im Hafen gesehen haben, dass es für osterranische Fischerboote in Euren Gewässern nicht ungefährlich ist, hat es sich als gut und sinnvoll erwiesen, dass dieser Brief auf einem Schiff der Utauk zu Euch gekommen ist.«

Die Umstehenden murmelten wütend, während die Falkenwächter in ihren goldenen Rüstungen schweigend wie Statuen vor den Wänden standen. Iluris sagte: »Sollte er darüber besorgt sein, wie wir unbefugt eindringende feindliche Schiffe behandeln, dann sollte er vielleicht seine Marine davon abhalten, die unseren zu versenken. Konag Conndur hat uns bisher keinen Grund gegeben, ihm zu vertrauen. Außerdem haben wir gehört, dass er ein grausames Lager unterhält, in dem ischaranische Sklaven gefährliche Arbeiten verrichten müssen.«

Hale runzelte die Stirn. »Ein Sklavenlager? Ehrlich gesagt, davon weiß ich gar nichts, und dabei haben die Utauk doch ein außerordentlich breit gefächertes Informationssystem.« Und nun kam er auf sein Hauptanliegen zurück. »Ich kann jedoch aus eigener Erfahrung etwas über die Wreth sagen, wie ich schon bei meinem letzten Besuch hier angedeutet habe. Was der Konag schreibt, entspricht der Wahrheit. Ich bin dabei gewesen, als die Sandwreth nach Suderra zurückgekehrt sind. Ich habe gehört, wie ihre Königin von einem neuen großen Krieg gesprochen hat, den sie gegen ihre Rivalen, die Frostwreth zu führen gedenkt. Und wir beide wissen, dass die Menschheit den letzten Krieg nur ganz knapp überlebt hat.«

»Aber wir *haben* überlebt«, sagte Iluris. »Und unser Volk ist in diese neue Welt gekommen, in der wir nun stark und sicher leben. Ich möchte nichts mit einem verheerenden Krieg zu tun haben – weder mit einem gegen den Staatenbund noch mit einem gegen die Wreth.«

Hale sagte mit unheilvoller Stimme: »Was geschieht, wenn die Wreth den Drachen vernichten und ihr Gott zurückkehrt, damit er die gesamte Welt neu erschaffen kann? Glaubt Ihr etwa, dass Ischara dann unversehrt bleiben wird? Wir alle werden ausgelöscht.«

»Falls diese dummen Geschichten tatsächlich wahr sein sollten, werden unsere Gottlinge uns beschützen«, sagte Klovus.

Iluris jedoch beachtete seinen Einwand gar nicht, sondern sagte zu dem Handelskapitän: »Was begehrt Konag Conndur von mir?«

Klovus hielt den Brief in die Höhe und antwortete: »Er ist der Ansicht, dass die Menschheit ihre Meinungsverschiedenheiten beiseiteschieben muss und wir Verbündete in dieser größten aller Schlachten werden sollen.« Er schnaubte verächtlich und fuhr dann in spöttischem Tonfall fort: »Er schlägt vor, wir sollten *Freunde* werden, und bittet Euch, sich mit ihm an einem neutralen Ort zu treffen: auf der Insel Fulcor.«

Hale fügte rasch hinzu: »Er meint es sehr ernst, Exzellenz. Und zum Zeichen seiner Aufrichtigkeit bietet der Konag an, Euch Fulcor zurückzugeben, wenn Ischara zustimmt, an der Seite des Staatenbundes zu kämpfen. So viel bedeutet ihm der Frieden.«

Die Empra zog die Brauen zusammen und sah Klovus finster an. »Warum sollte er das tun, wenn es für ihn doch nur ein Scherz ist, Hohepriester?«

»Weil es sich höchstwahrscheinlich um eine Falle handelt«, platzte Klovus heraus.

Mit einem ungeduldigen Stirnrunzeln streckte sie die Hand nach dem Brief aus und zwang damit den Hohepriester, die Stufen des Thronpodests zu erklettern und ihn ihr auszuhändigen. Und nun las sie die Botschaft sorgfältig durch. Cemi verließ ihren Abakus und ihre Papiere, gesellte sich zu der Empra, beugte sich vor und las über ihre Schulter blickend mit.

Nachdem Iluris eine Weile nachgedacht hatte, wandte sie sich an Hale Orr. »Wir werden es ernsthaft in Erwägung ziehen.«

72

Mitten in der Nacht dröhnte ein heftiges Hämmern an Bannriyas geschlossenem Westtor.

Kurze Zeit später ritt Seenan eilig zur Burg und weckte den König. »Sire, der Wreth-Mann, derjenige, der Quo heißt, verlangt Euch zu sehen!« Der Bannergardist wartete vor den königlichen Gemächern und trat von einem Fuß auf den anderen. »Soll ich das Tor für ihn öffnen und ihn hereinlassen?«

Adan war sofort argwöhnisch. »Nein. Ich gehe zu ihm und höre mir an, was er zu sagen hat. Ohne meine Erlaubnis darf er die Stadt nicht betreten.« Er schickte den müden Hom zu den Stallungen mit dem Befehl, die Pferde zu satteln. Dann zogen er und Penda sich rasch an. Bevor sie die königlichen Gemächer verließen, sprang Xar von seiner Stange und ließ sich auf Pendas Schulter nieder, als sei er für alles bereit, was die Lage erfordern mochte.

Nach wenigen Minuten saßen sie auf ihren Pferden, und der grüne Ska flog über ihnen, als würde er die Gegend auskundschaften. Sie folgten Seenan zu der dicken Sandsteinmauer und dem Tor, an das noch immer mit langsamen, aber ungeheuer lauten Schlägen geklopft wurde. »Ich glaube, allmählich verliert er die Geduld«, erklärte Seenan. »Wir haben ihm gesagt, dass wir Euch so schnell wie möglich herbringen.«

Unmittelbar vor der Wand zügelte Adan sein Pferd. Das mächtige Hämmern erklang unregelmäßig und wirkte wie ein Angriff. »Beim Blute der Ahnen, wodurch wird es verursacht?«

Seenan war blass und schwitzte. »Es ist ein Ungeheuer, das durch das Tor zu brechen versucht, Sire.«

Ein weiteres lautes Hämmern gegen das Holz ertönte, und

Penda zuckte zusammen. »Er wird das Tor noch zerbrechen, wenn wir ihn nicht hereinlassen.« Ihr Ska kreiste in der Luft, er pfiff und klickte, verlangte nach Aufmerksamkeit, aber Penda schenkte sie ihm nicht.

»Eine solche Drohgebärde erhöht nicht gerade mein Wohlwollen ihm gegenüber«, sagte Adan, während er abstieg und die Zügel an Seenan übergab. »Wir werden ihn uns von der Mauer über dem Tor aus anschauen. Dort können wir uns mit ihm unterhalten.«

Etwa alle zwanzig Herzschläge wurde erneut mit großer Heftigkeit gegen das Tor gehämmert. Es waren laute, feucht klingende Schläge, die den Eindruck machten, als schlüge ein Riese mit blutiger Faust zu. Am oberen Ende der Treppe zum Wehrgang empfingen zwei Wächter den König und die Königin mit Fackeln.

»Es ist eine dieser Eidechsen der Wreth, die andauernd gegen das Tor rennt«, sagte der eine Wächter, dem es gelang, sowohl entschuldigend als auch angeekelt dreinzuschauen. »Sie wird sich damit noch umbringen.«

Adan lief es kalt den Rücken herunter, als er sah, was Quo tat, damit er die Aufmerksamkeit des Königs erhielt. Adan ging dorthin, von wo aus er über die Sandsteinmauer auf das dunkle Land blicken konnte. Er sah eine flackernde, schattenhafte Bewegung, und ein weiteres lautes Hämmern ertönte.

Der König rief in die Finsternis hinunter: »Ich bin hier, Quo!« Er bemühte sich, seine Wut im Zaum zu halten, und rief den Wächtern im Turm zu: »Werft Fackeln hinunter, damit ich etwas sehen kann!«

Die Wächter nahmen einige brennende Fackeln aus den Halterungen und schleuderten sie über den Rand der Mauer. Bald erhellten verstreute Feuertümpel das verschlossene Tor und die Straße, die nach Westen ins Vorgebirge führte.

Adan rief dem noch immer unsichtbaren Besucher zu: »Ihr hättet warten sollen. Ich bin gekommen …«

Eine reptilienartige Bestie mit einem großen Kopf und zwei massigen Beinen nahm Anlauf und rannte abermals gegen das

Holztor an. Inzwischen war der Auga blutig und fast bewusstlos. Mit einem feuchten, knirschenden Laut prallte er gegen das Tor und taumelte dann wie ein lebendiger Rammbock wieder zurück. Einige Holzbalken waren bereits gesplittert. Die Kreatur schien kaum mehr in der Lage, das Gleichgewicht zu halten. Der Kopf glich einer breiigen Masse, das Maul wirkte gebrochen und blutig. Das eine Auge war nur noch tropfendes Gallert. Doch nach einem Moment hatte der Auga wieder Kraft geschöpft, rannte abermals los und prallte gegen das Tor.

Angewidert rief Adan: »Halt, Quo! Warum tut Ihr das?«

Eine schlanke Gestalt trat unter ihm aus den Schatten; es war ein großer Mann mit goldener Haut und langen, gelblichen Haaren, in denen glitzernde Reifen steckten. Quo hob eine der Fackeln auf und hielt sie hoch, als wäre sie eine Kuriosität. In seiner anderen Hand steckte ein tödlich wirkender Speer. »König Adan Sternenfall! Endlich bist du meinem Ruf gefolgt«, sagte er fröhlich. »Es dauert ziemlich lange, bis die Menschen auf ein Klopfen an der Tür reagieren.«

Der Auga rannte wieder vor und krachte noch einmal gegen das Tor. Blut spritzte aus der Kreatur hervor, die hilflos gegen die Barriere anrannte.

Galle stieg in Adans Kehle auf. »Halt! Ich bin hier. Was wollt Ihr?«

»Nun, natürlich mit dir reden, Sternenfall.« Quo grinste zur Mauerkrone hoch. »Lässt du mich ein, damit ich euch eine Botschaft von meiner Schwester überbringen kann? Oder soll mein Auga euer Tor zerfetzen? Wie dem auch sei, ich werde in die Stadt gelangen.«

Adan wusste, dass das Tor bald nachgeben würde, und so antwortete er mit brüchiger Förmlichkeit: »Auch wenn es schon spät ist, möchte ich doch hören, was der Abgesandte von Königin Voo zu sagen hat. Ich komme zu Euch herunter. Wartet - bitte wartet. Das ist nicht die Art und Weise, wie ein Verbündeter um eine Unterredung bittet.«

»Ja, eure Kultur ist so seltsam«, sagte Quo. »Beeil dich, denn ich bringe wunderbare Neuigkeiten. Ich hatte eine lange Reise, und ich will jetzt so schnell wie möglich in die Wüste zurückkehren. Dieses kalte, feuchte Klima bekommt mir nicht.« Sein Zittern mochte gespielt sein.

Adan hatte keine Ahnung, ob der Wreth bösartig oder bloß gedankenlos war. »Wenn Ihr es so eilig habt, wieder nach Hause zu kommen, solltet Ihr Euer Reittier lieber nicht umbringen.«

Penda wirkte bleich und entsetzt und drückte seine Hand. Während sie gemeinsam die Stufen hinunter zum Tor eilten, sagte sie: »Die Neuigkeiten, die er bringt, werden keine guten sein.«

»Nein, aber wenn er unbedingt mit mir sprechen will, können wir ihn nicht daran hindern. Ich befürchte, dass er etwas Schlimmes tun wird, wenn wir es ihm verwehren. Das hier ist schon schrecklich genug.«

Mit Hilfe eines Flaschenzugs und eines Seils hoben die Torwächter den schweren Querriegel, dann drehten sie an einigen Rädern, und weitere Bolzen fuhren zurück. Die zerbeulten Torflügel schwangen auf und enthüllten die Fackeln, die noch immer auf dem Boden brannten.

Unmittelbar vor dem Tor schwankte der sterbende Auga. Sein Kopf war zertrümmert, etliche Zähne waren ihm ausgefallen und Blut spritzte aus zahllosen Wunden. Die Kreatur starrte das offene Tor an, und als sie endlich begriff, dass ihre Mission erfüllt war, brach sie auf der Straße zusammen.

Quo schlenderte voran und warf die Fackel, die er vom Boden aufgehoben hatte, von sich. Er benutzte seinen bösartig wirkenden Speer als Spazierstock. »Meine Schwester schickt dir eine Einladung, König der Menschen von Suderra.«

Adan bat den Wreth nicht in die Stadt herein, sondern trat durch das offene Tor und stellte sich ihm entgegen. »Ich bin hier. Teilt mir Königin Voos Botschaft mit.«

Quo lachte. »Meine Schwester spricht ihre eigenen Worte. Ich habe sie mitgebracht.« Er zeigte mit ausgestreckten Fingern die breite, ausgefurchte Straße entlang. Magie kräuselte die Luft über ihr, und die Pflasterung brach auf und enthüllte den sandigen Untergrund. Der Boden brodelte und wirbelte und bildete eine Masse, die langsam aufstieg und Gestalt annahm. Quo war mit seinem Werk zufrieden und schrieb mit den Händen Umrisse in die Luft.

Der sandige Boden bildete Voos beeindruckendes Gesicht mit den weit auseinanderstehenden mandelförmigen Augen, der spitzen Nase und dem schmalen Kinn aus. Die Skulptur aus Staub und Erde drehte sich und sah Adan und Penda an, als könnten die Staubaugen sie deutlich erkennen.

Mit knirschender, pfeifender Stimme sagte Voos Abbild: »König Adan Sternenfall und Königin Penda Orr, meine Menschenfreunde, ich biete euch eine bemerkenswerte Gelegenheit. Draußen in der Wüste haben wir einen Drachen gefunden, und meine Wreth werden ihn jagen und töten. Als unsere neuen Verbündeten müsst Ihr uns dabei Gesellschaft leisten und die Macht unserer Magie sowie unserer Kampfkunst sehen. Kein Mensch ist je zuvor auf Drachenjagd mit den Wreth gegangen. Ich erweise Euch also eine große Ehre. Ihr müsst sie annehmen.« Als Voo lachte, wirbelten Sand und Staub um ihr Gesicht.

»Ich werde Euch in fünf Tagen eine Eskorte schicken, die Euch zu mir führen wird. Quo wird Euch alle anderen Informationen geben, die Ihr benötigt.« Als sie ihre Botschaft übermittelt hatte, sackte ihr Gesicht zu einer Masse aus Sand und Staub auf den zerbrochenen Pflastersteinen zusammen.

Adan versuchte die Worte in sich aufzunehmen. »Eine Drachenjagd? Ist Ossus wirklich erwacht?«

Quo trat um den toten Auga herum, als würde er das Tier gar nicht sehen. »Nein. Es handelt sich lediglich um einen kleinen Drachen, aber es wird trotzdem eine Herausforderung sein, ihn zu jagen.« Er klopfte mit dem Schaft seines spiralförmigen Speers auf den Boden. »Ist es nicht unendlich lange her, seit Menschen einen Drachen gesehen haben? Schließlich sind sie unaussprechlich selten, und wir hoffen, sie alle zu töten. Das wird ein denkwürdiges Ereignis.« Nun aber wurde seine Stimme härter und verlor jeden überheblichen Ton. »Eine solche Einladung sprechen wir nicht leichtfertig aus.«

Adan begriff, dass er dieses Angebot genauso wenig ausschlagen konnte, wie er das Hämmern gegen das Tor hätte überhören können. Die Sandwreth würden das tun, was ihnen beliebte. Und er hatte die Macht der Frostwreth bei Bakalsee gesehen. *Beide* Gruppen wollte er nicht als Feinde haben. Er befürchtete, dass der schmale und schwierige Weg zum Überleben nur über eine Zusammenarbeit mit der Königin führte, dem kleineren der beiden Übel.

»Ich werde kommen«, sagte er.

»*Wir* werden kommen«, verbesserte ihn Penda.

»Was für eine wundervolle Geschichte werdet Ihr später Eurem Kind erzählen können«, sagte Quo und warf Penda einen raschen Blick zu.

Sie beschrieb einen Kreis über ihrer Brust. »Wir können unserem Kind schon jetzt zahlreiche Geschichten erzählen.« Auf ihrer Schulter streckte Xar seine Flügel aus und sah Quo mit geneigtem Kopf an, als wollte er betonen, dass auch er gegen einen Drachen kämpfen konnte.

Quo schenkte dem Ska einen abschätzigen Blick, dann trat er von dem Tor zurück und zeigte nicht mehr das geringste Interesse daran, die Stadt zu betreten. »Ich muss mich auf den Weg machen. Eine Eskorte der Sandwreth wird euch in fünf Tagen abholen. Haltet euch bereit.«

Penda betrachtete den toten Auga, der ausgestreckt vor dem Tor am Boden lag. Schleim und Blut tropften von dem starken und dennoch gesplitterten Holz des Tores herab. »Ihr habt Euer Reittier umgebracht. Wie werdet Ihr jetzt nach Hause kommen?«

»Ich habe noch andere Möglichkeiten des Reisens«, sagte Quo geringschätzig. Plötzlich wurde er von Staub umwirbelt, der wie ein trockener Nebel in der Luft erschienen war. Der Wreth zog sich hinter die verstreuten Tümpel aus Feuerschein zurück und lief los. Der wirbelnde Staub verbarg ihn in der Nacht.

73

Nun, da sie zu Liebenden geworden waren, genoss Elliel Thons Gegenwart. Der Wreth war fürsorglich und mitfühlend, und er schien genauso viel Kraft aus ihrer Gesellschaft zu ziehen wie sie aus der seinen. Aber sie wussten noch immer nicht, wer er war.

Je näher sie Thon stand, desto stärker fühlte sie sich selbst, trotz der dunklen, leeren Löcher in ihrer eigenen Vergangenheit. Der Brief der Verdammung, den Elliel stets bei sich trug, erinnerte sie an den einstürzenden Brunnen in den Ruinen der Wreth-Stadt oder an eine rutschige Böschung, von der ein Sog in die Tiefe ausgehen konnte. Aber wenn sie mit Thon zusammen war, fühlte sie sich imstande, fest am Rand zu stehen und in den trügerischen Abgrund zu schauen, ohne dass sie fiel.

Nachdem sie die Ruinen weiter durchsucht und keinerlei wichtige Antworten gefunden hatten, waren Elliel und Thon zu der Überzeugung gelangt, dass sie sich wieder auf den Weg nach Norterra machen sollten, das den Wreth stark anzuziehen schien. Schadri hatte noch mehr Gegenstände in der Stadt gefunden, die sie faszinierend fand, aber als die beiden ihr mitteilten, dass sie von hier weggehen würden, lief sie sogleich los, um ihren großen Rucksack zu holen. »Ich komme mit euch. Wenn ich noch länger hierbleibe, könnte ich dazu verführt werden, den Rest meines Lebens zwischen diesen Ruinen zu verbringen, und ich darf die übrige Welt nicht einfach außer Acht lassen. Dazu gibt es zu viel zu sehen. Ich bin noch nie in Norterra gewesen.«

Also reisten sie zusammen und legten jeden Tag große Strecken zurück, auch wenn Schadri immer wieder stehen blieb und sich Pflanzen, seltsame Felsformationen oder auch nur einen hellgrünen Grashüpfer ansah, der auf ihrem Arm gelandet war. Abends aßen sie gemeinsam in ihrem Lager, aber Schadri machte sich stets ein eigenes kleines Feuer und schlief gegen ihren Rucksack gekuschelt, während sich die beiden Liebenden einen anderen Platz suchten.

Elliel sah Thon in den Schatten des Waldes noch immer verwundert an. Sie spürte eine prickelnde Wärme, wenn sie ihn küsste, sog seinen Atem in ihre Lunge hinein, spürte seine Haut an der ihren. Er schätzte sie sehr und strich ihr mit seinen langen, dünnen Fingern über das Gesicht. Wenn sie nackt beisammen lagen, fuhr er mit seinen Händen über ihren flachen Bauch und betastete immer wieder neugierig die wulstige Narbe, die von einer schrecklichen Wunde stammen musste.

»Wer hat dir das wohl angetan?«, fragte er. »Es hätte dich töten müssen.«

Zuerst berührte sie die Narbe und dann seinen Finger. »Als Brava muss ich in unzähligen Schlachten gekämpft haben.« Sie fuhr über die anderen blassen Linien ihrer Narben, Schnittmale und Verbrennungen, dann über die fehlende Spitze ihres Fingers und schließlich wieder über die breite Narbe auf ihrem Bauch. »Aber diese ist die schlimmste.«

»Ich wünschte, ich würde dein Vermächtnis kennen«, sagte er. »Was hat dich zu diesem schrecklichen Verbrechen getrieben? Eigentlich passt es ganz und gar nicht zu dir.« Sogar in der Dunkelheit war sein Blick durchdringend und stark. »Ich kann dein Herz sehen, und ich weiß, was sich darin befindet.«

»Diese Fragen werden möglicherweise für immer unbeantwortet bleiben.« Elliel berührte noch einmal die Wunde, doch dann beschloss sie, lieber Thons Körper zu erforschen. Sie beugte sich zu ihm vor und küsste ihn wieder. »Ich möchte *deine* Geschichte hören und wissen, warum du in dieser Höhle eingeschlossen warst. Das ist viel wichtiger. Bist du sicher, dass es keine Möglichkeit gibt, die Rune zu entsperren oder das Siegel ganz zu entfernen? Dann wüsstest du doch wenigstens, warum du hier bist und was du tun musst.«

Er sah sie mit seinen glitzernden Saphiraugen an. »Ich denke jeden Tag darüber nach. Ich weiß nicht einmal, ob es überhaupt möglich ist. Mein Zeichen ist wesentlich mächtiger als deines, und ich kann die Sperre nicht überwinden. Entweder habe ich ein schreckliches Verbrechen begangen und will mich nicht daran erinnern, oder ich bin als Waffe oder Falle eingesetzt worden. Oder ... vielleicht als etwas ganz anderes?«

Er berührte die Tätowierung an ihrer Wange, und sie spürte ein Brennen, als hätte er irgendwie die Tinte in der magischen Zeichnung, die von Utho angebracht worden war, zu neuem Leben erweckt. »Aber bei dir ist es anders. Du hast deinen Brief und weißt, warum du dich nicht erinnern kannst und die Bravas dieses Urteil über dich gesprochen haben.« Er hielt sie fest, sah ihr ins Gesicht, und sie bemerkte, wie etwas Dunkles und Drängendes hinter seinen Augen lebendig wurde. »Es besteht keine Gefahr für die Welt, wenn du deine Erinnerungen zurückerhältst. Deiner Zeichnung wurde das Schließelement nicht beigegeben.«

Elliel stieß einen Seufzer aus. »Es hilft mir trotzdem nicht, meine Erinnerungen zurückzubekommen.«

Thron sah sie eindringlich an. Seine Augen wirkten so tief – und voller Sterne. »Wenn es das ist, was du willst, muss ich der Struktur deiner Zeichnung nur einen Auslöser zufügen.«

Rasch richtete sich Elliel auf. »Was meinst du damit? Ein Auslöser? Wie funktioniert das?« Ihre Kehle wurde trocken.

»Ich füge ihn auf die gleiche Weise ein, auf die jede Tätowierung entsteht. Er hebt den Rest der Zeichnung auf und wird in die Struktur eingebaut. Wenn die Brava-Halbblute so viel Magie haben, dass sie diese Rune zeichnen können, dann besitze ich gewiss die nötige Macht, eine neue Linie einzusetzen. Ich kann die einzelnen Elemente miteinander verbinden und deine Löschungen lösen.« Er bedachte sie mit einem Blick, der so scharf wie ein Pfeil war. »Wenn du es wirklich willst.«

»Natürlich will ich es!« Sie wagte es nicht zu glauben und bekam plötzlich Angst. »Aber meine Erinnerungen sind fort. Utho hat das gesagt.«

»Nichts ist je für immer verschwunden. Der Widerhall und das Wispern deiner Erinnerungen leben noch in deinem Kopf fort. Die Rune des Vergessens bedeckt sie lediglich wie ein Tuch aus Schnee. Es fragt sich aber, ob du deine Erinnerungen wirklich zurückhaben möchtest. Bist du bereit, dich der Wahrheit zu stellen?«

Sie zögerte nicht. »Ja.« Sie hatte so lange mit ihren Fragen gerungen und sich vorgestellt, was sie tun würde, falls sie einmal die Wahrheit herausfinden sollte. Aber sie hatte nicht zu hoffen gewagt. »Ja«, wiederholte sie mit leiserer Stimme. »Ich möchte wissen, warum ich es getan habe.«

Thon sammelte seine Kleidung ein. »Ich werde dich noch einmal danach fragen. Es ist möglich, dass du mir nicht dankbar bist, wenn du dich erinnern kannst.«

»Aber wenigstens weiß ich dann, was geschehen ist.«

Obwohl es schon spät war, saß Schadri noch mit überkreuzten Beinen auf ihrer Decke und schrieb beim Schein des Feuers in ihr Notizbuch. Ihr gewaltiger Rucksack lehnte gegen einen moosbewachsenen Eichenstamm. Thon hockte sich neben sie. »Ich brauche eine Nadel und ein wenig Tinte - dieselbe Tinte, mit der du deine Aufzeichnungen machst.«

Das Mädchen schloss ihr Buch, zog ihren Rucksack an sich heran und suchte darin herum. »Das ist spannend. Warum brauchst du mitten in der Nacht und unter den Bäumen Nadel und Tinte?«

»Zur Vervollständigung meiner Tätowierung, damit die Magie gebrochen wird.« Elliels Stimme zitterte, und ihr Hals fühlte sich dick an. »Du hast uns doch gesagt, dass du alles lernen willst, was es zu wissen gibt, nicht wahr? Nun, es gibt da aber noch etwas, das *ich* wissen muss. Thon kennt einen Weg, auf dem er meine Erinnerungen zurückholen kann.«

Schadri summte leise vor sich hin, während sie Päckchen, Blätter, glänzende Steine und schließlich auch eine kleine Lederrolle hervorholte, die sie sogleich öffnete. »Das ist gewiss eine Nadel und ein wenig Tinte wert. Wirst du uns verraten, was du erfährst? Ich möchte deine wahre Geschichte gern hören.« Sie entnahm der Lederrolle eine silberne, in Fäden eingewickelte Nadel. Eine winzige Tintenflasche, die sich für die Aufzeichnungen in ihrem Notizbuch benutzt hatte, stand bereits neben ihr. »Darf ich dabei zusehen? Ich habe noch nie beobachtet, wie ein Zauber gebrochen wird.«

Thon sah Elliel an, und sie sagte: »Ich habe nichts dagegen. Wenn es gelingt, werden wir alle Antworten erfahren, wie schrecklich sie auch sein mögen. Ich mag keine Geheimnisse mehr.«

Thon nahm die Nadel und die Tinte und setzte sich bei Schadris kleinem Feuer vor Elliel hin. Er beugte sich vor, konzentrierte sich ganz auf ihr Gesicht und tauchte die helle, spitze Nadel in die Tinte. Ohne Vorwarnung und Umschweife durchstach er ihre Haut, was eine Folge kleiner, aber scharfer Schmerzen nach sich zog. Elliel zuckte zusammen, zwang sich jedoch, die Augen offen zu halten und ihn anzusehen. Sie beobachtete ihn, wie er sich vorbeugte und mit geschickten Fingern arbeitete. Die Nadel stach viel weniger stark, als es die zurückkehrenden Erinnerungen tun würden.

Es war schwierig, die Löse-Rune hinzuzufügen, und Thon arbeitete mit großer Sorgfalt. Schließlich hielt er inne, hob den Blick und sah ihr in die Augen. »Ich habe es fast geschafft. Bist du dir wirklich sicher?«

Elliel nickte nicht, weil sie befürchtete, damit die neuen Tintenlinien durcheinanderzubringen. Stattdessen flüsterte sie: »Ganz sicher.«

Er tauchte die Nadel noch einmal in die Tinte, stach Elliel immer wieder und setzte sich schließlich zurück, als wollte er sie segnen. Dann berührte er ihre wunde Wange. »Fertig.«

Die Linien auf ihrem Gesicht brannten, und sie spürte ein Knistern im Kiefer und ein Pulsieren im Schädel. Ihre Gedanken verknoteten sich, verwirrten sich ... und dann zerfaserten sie wie ein Teppich, dem der Faden durchtrennt wurde. Ihr Kopf füllte sich mit Erinnerungen, mit ihrer Vergangenheit ... mit der Wahrheit.

Sie machte sich bereit, die Schreie der Kinder zu hören, die sie in ihrer Raserei abgeschlachtet hatte, und das Massaker zu sehen, das sie mit ihrem Rammer angerichtet hatte.

Aber das war es nicht, woran sie sich jetzt erinnerte.

Die Fluten der zurückschwappenden Erinnerungen enthielten keine Morde, auch keine Kinder, und weder einen Lehrer noch eine Raserei. Kein Verbrechen. Außer einem. Sie war verraten und hintergangen worden.

Die Geschichte war falsch. Der Brief, den Utho geschrieben hatte, war eine Erfindung. Elliel hatte nie das Verbrechen begangen, dessen sie angeklagt worden war, und da man ihr die Erinnerung genommen hatte, war es für sie nicht möglich gewesen, das zu wissen.

Nun allerdings erfüllte eine andere Schuld all die dunklen und leeren Ecken ihres Geistes - und sie erinnerte sich an alles.

Nachdem die junge Elliel ihre Ausbildung zur Brava vollendet hatte, war sie einige harte und gefährliche Jahre lang umhergezogen und hatte allen geholfen, die es nötig gehabt hatten. Sie war eine Paladine gewesen und durch die nördlichen Bezirke Osterras gewandert, und sie hatte das zerklüftete, raue Hochland mit seinem wolkenverhangenen Himmel und den kalten Nebeln geliebt. Seit dem Alter von fünfzehn Jahren war sie eigenständig gewesen und hatte ganze Jahre damit verbracht, sich abzuhärten und das Fundament für ihr Vermächtnis zu legen - für das große Vermächtnis einer Brava.

Mit neunzehn Jahren war sie dann, schön und wild, Lord Cade aufgefallen, einem mächtigen Adligen und Herrscher über einen reichen Bezirk, in dem vor allem Salzperlen hervorgebracht wurden. Diese begehrten Perlen wurden von Tauchern geerntet, die die Muscheln unter großem Risiko aus Nischen und Grotten in den tobenden Wassern vor der Küste holten.

Cade überredete Elliel dazu, ihm als persönliche Brava zu dienen. Er hatte eine starke Ausstrahlung und bot ihr eine gute Bezahlung sowie eine wichtige Stellung an. Dies war genau das, was sich eine Brava nur wünschen konnte. Indem sie sich in so jungen Jahren mit ihm verband, legte sie den Grundstein für ein bedeutendes Vermächtnis.

Die Möglichkeiten, die sich hier für sie auftaten, begeisterten sie. Cade besaß großen politischen Einfluss in Convera, und sein Bezirk war einer der mächtigsten und hatte ein gut ausgerüstetes stehendes Heer. Elliel würde seine Brava sein, ihn und seinen Besitz schützen und seine Macht noch vergrößern.

Lady Almeda, seine Frau, war stark und reich und hatte viele Verbindungen zu den Kaufleuten in Convera, und die Heirat mit ihr hatte seinem Bezirk wahre Macht eingebracht, auch wenn es Cade war, der den Titel des Lords trug. Almeda war zu anmaßend, um eine gute Herrscherin sein zu können, und völlig uninteressiert an allen Dingen, die nicht ihre persönlichen Bequemlichkeiten, ihre Kleider oder ihren Schmuck betrafen. Beide standen unter dem Pantoffel des jeweils anderen; sie waren einflussreich, aber stur und selbstsüchtig.

Elliel akzeptierte das Band, unterzeichnete den Vertrag, indem sie ihren Daumenabdruck in Blut daruntersetzte, und gelobte ihre Stärke, ihren Geist und ihren Rammer in Cades Dienste zu stellen. Dieser Vertrag war für sie viel wichtiger als die kleinen Vereinbarungen, die sie als jüngere Paladine geschlossen hatte.

Cade verpflichtete sie zur Geheimhaltung als seine Brava und verlangte, dass sie ihm und seinem Besitz bei ihrer Ehre absolute Treue entgegenbrachte. Erst danach erfuhr sie, dass Lord Cades Reichtum und Macht einer dunklen Quelle entsprungen waren.

Obwohl einige seiner Salzperlentaucher aus den Dörfern der Umgebung stammten, handelte es sich bei den meisten um ischaranische Sklaven, die auf unerlaubten Raubzügen erbeutet worden waren, oftmals in Zusammenarbeit mit dem Wachmann Osler auf der Insel Fulcor. Ischaranische Boote wurden aufgebracht, die Mannschaften wurden gefangen genommen und an die zerklüftete Nordküste gebracht, wo Lord Cade sie zwang, nach Perlen zu tauchen. Viele starben bei dieser gefährlichen Tätigkeit, und einige ischaranische Gefangene ertränkten sich sogar selbst, damit die schreckliche Versklavung für sie ein Ende hatte.

Elliel wurde zur Aufsicht über die ischaranischen Gefangenen abgestellt, die in streng geheimen Lagern gehalten wurden. Obwohl ihr das, was Cade tat, nicht gefiel, kannte sie natürlich die Geschichte von Valaera, der Brava-Kolonie, die von den hinterhältigen Ischaranern vernichtet worden war. Sie hatte dem Lord bereits ihre Treue geschworen, und kein Brava konnte einen solchen Eid brechen. Also tat sie das, was ihr befohlen wurde, und weil Cades windumtostes Land weit entfernt von der Hauptstadt lag, wussten nur wenige Leute, was er hoch droben an der Küste tat, und den meisten von ihnen war es gleichgültig.

In einem Abstand von mehreren Monaten kam Utho regelmäßig zu einem Inspektionsbesuch an die Nordküste. Obwohl der Konag nichts von den ischaranischen Sklaven wusste, kannte Utho die Wahrheit, die hinter den Salzperlen stand, und er fand in Ordnung, wie die feindlichen Gefangenen behandelt wurden. Er und Elliel waren Bravas, gebunden durch denselben Ehrenkodex, und Utho mischte sich nicht in ihre Arbeit ein.

Aber seitdem sie sich an Cade gebunden hatte, behandelte sie der Adlige nicht mehr wie eine Partnerin und treue Verteidigerin, sondern sah in ihr sein Eigentum. Sie hatte Pflichten übernommen, und es wurde von ihr erwartet, dass sie diese erfüllte.

Wann immer er sie ansah, lag jetzt in seinen Augen ein durchdringendes, raubtierartiges Funkeln, das sie bisher nicht bemerkt hatte. Elliel war eine selbstsichere, schöne Frau. Sie wusste, dass die Männer sie attraktiv fanden, aber Lord Cade beunruhigte sie. Es war ihr klar, dass er sie besitzen wollte, und sie widersetzte sich seinen Annäherungsversuchen kühl und abweisend und glaubte, dass dies reichen würde. Welcher Lord, wie mächtig er auch sein mochte, würde einer Brava schließlich etwas antun?

Das dachte sie, bevor er sie unter Drogen setzte.

Cade brachte sie in seine Privatgemächer, weil er angeblich den Tod einiger Gefangener in den geheimen Salzperlenoperationen mit ihr besprechen und sich Gedanken um ihren Ersatz machen wollte. Elliel hatte nichts Böses geahnt, als sie den bitteren Nachgeschmack in ihrem Wein bemerkt hatte; sie hatte angenommen, dass er schlecht geworden war. Doch bald prickelte es in ihren Armen und Beinen, und ihre Worte kamen nur noch schleppend heraus. Bravas wurde von Wein oder stärkeren Getränken nur selten betrunken, aber dieses Mittel war besonders stark. Ihr Körper konnte nicht dagegen ankämpfen. Sie verlor die Kontrolle über sich, sackte zusammen, und der höhnisch grinsende Cade zerrte ihren schlaffen Körper zu seinem Bett.

Sie vermochte sich kaum zu wehren, als er die Riemen an ihrer schwarzen Kleidung löste. Da es ihm zu langsam ging, nahm er einen scharfen Brieföffner von seinem Schreibtisch, schlitzte den Stoff auf und schälte Elliel aus ihrer Kleidung, sodass sie nackt auf den Laken lag und sich ihr dunkelrotes Haar auf dem Kissen ausbreitete. Elliel fühlte sich, als würde sie fließen, völlig losgelöst treiben, und sie beobachtete sich selbst wie eine Zuschauerin der Ereignisse. Cade streichelte ihr die Wange und knetete ihre Brüste, als untersuche er sein Eigentum. Dann zwang er sich ihr auf.

In ihrer dumpfen Benommenheit dachte Elliel, dass er jemand anderen vergewaltigte, und dass sie - eine Brava - dem armen Mädchen zu Hilfe kommen und es retten musste. Aber es war doch *sie*, die vergewaltigt wurde, und sie konnte nichts gegen ihn unternehmen.

Als er fertig wer, ließ er sie einfach in ihrer zerfetzten Brava-Kleidung liegen. »Vergiss nicht, dass du *meine* Brava bist. Du hast einen Eid geschworen.« Er ließ eine der Kerzen für sie brennen, als er davonschlenderte.

Als die Auswirkungen des Betäubungsmittels nachgelassen hatten, sammelte Elliel die Fetzen ihrer Kleidung ein, aber die Reste ihrer Würde fand sie nirgendwo mehr. Sie konnte nichts dagegen unternehmen, also schlüpfte sie still aus seinem Haus und hielt sich in den Schatten. Scham, Verwirrung und das Gefühl des Versagens setzten sich tief in ihr fest. Ihr Lord, dem sie sich verschworen hatte, hatte sie vergewaltigt, und obwohl sie eine Brava war, hatte sie es nicht geschafft, sich ihm zu widersetzen. Nie zuvor in ihrem Leben hatte sie eine solche lähmende Unsicherheit und erstaunliche Hilflosigkeit verspürt.

Aber weil sie sich Cade *verschworen* hatte, konnte Elliel nicht einfach gehen, und sie konnte ihn auch nicht töten und damit Rache nehmen für das, was er ihr angetan hatte. Die Brava-Ehre verlangte von ihr, dass sie ihm diente, auch wenn Ekel und Abscheu vor ihm sie beinahe lähmten. Cade war ein mächtiger Lord, der sie und damit alle Bravas in Ungnade stürzen konnte. Die Einzelheiten seines Salzperlengeschäfts und das Geheimnis der ischaranischen Sklaven durften niemals an die Öffentlichkeit gelangen.

Elliel war in einem labyrinthischen Dilemma gefangen. Sie mied Cade und suchte nach Antworten. Sie wagte es nicht, jemandem mitzuteilen, was geschehen war, was sich verändert hatte. Sie sehnte sich nach jemandem, der ihr Rat geben könnte, wie ihr Lehrer in jener Siedlung, in der sie gelernt hatte, was es bedeutete, eine Brava zu sein. Was *bedeutete* ihre ganze Ausbildung jetzt noch?

Tagelang ging sie Cade aus dem Weg und weigerte sich, ihn zu sehen oder mit ihm zu sprechen. Sie erinnerte sich daran, wie er auf ihr gelegen hatte, während sie durch das Betäubungsmittel völlig bewegungsunfähig gewesen war. Es war nicht ihre Schuld, aber es *war* doch ihr Versagen. Eine Brava sollte auf alle Gefahren vorbereitet sein. Dennoch fühlte sie sich gefesselt und geknebelt - mit Fesseln, die nur er sehen konnte. Wenn Cade sie ansah, stach sein Blick voller herausfordernder Befriedigung wie ein Messer in sie hinein.

Eines Tages beobachtete sie, wie er mit einigen seiner Soldaten redete, die ihr daraufhin gleichermaßen lüsterne Blicke schenkten und lachten. Elliel hörte, wie die Männer im Dorf miteinander tuschelten und sah auch ihre Blicke, wenn sie in die Taverne ging und dort die Steuern eintrieb, wie sie es schon immer getan hatte. Ihr Leben und ihre Pflichten hatten sich verändert. Cade hatte alles ruiniert. Er hatte sie in vieler Hinsicht beschädigt, und er war ein Feind, gegen den sie nicht kämpfen konnte.

Schlimmer noch, sie hatte nicht mitbekommen, dass die Gerüchte der verbitterten, eifersüchtigen Lady Almeda bereits zu Ohren gekommen waren. Elliel ging gerade durch die dunklen Korridore des Herrenhauses. Sie hatte spät am Abend dem Kammerherrn einen vollen Bericht über die Salzperlenernte überbracht, sodass sie deswegen nicht vor Lord Cade treten musste. Ihre Lage war unhaltbar geworden. Elliel könnte versucht sein, Cade zu töten, wenn sie ihm gegenüberstand.

Sie warf sich vor, in jener Nacht unvorbereitet gewesen zu sein. Das war ihr einziger, unverzeihlicher Fehler.

Almeda sprang aus den Schatten und kreischte sie an. Sie rammte ein langes Messer in Elliels Bauch, zog es nach oben und schlitzte sie auf. Reflexartig - Elliel hatte noch gar nicht begriffen, wie schwer sie verwundet war - hatte sie sich gewehrt, hatte Almeda ins Gesicht geschlagen, ihr die Nase gebrochen und den Kopf gegen den Stein der Wand geschleudert. Die schluchzende Frau sackte zusammen, kroch davon und ließ Elliel blutend auf dem Boden zurück.

Nur Elliels Wreth-Erbe, jene instinktive Magie, die sie kaum verstand, hielt sie noch am Leben, indem sie ihre Körperfunktionen verlangsamte. Sie fiel in eine tiefe, lange Bewusstlosigkeit.

Eine Stunde später fand Cade sie, wie sie keuchend und blutend im Korridor dahinstarb. Einen endlosen Augenblick lang sah er sie mit gerunzelter Stirn an, dann rief er nach den Heilern, und sie konnten Elliels Leben gerade noch retten. Sie vernähten die Wunde und stellten Soldaten vor ihrem Zimmer auf, damit Lady Almeda nicht noch einmal versuchen konnte, sie zu töten. Cade wachte bei ihr, während sie mehrere Tage lang immer wieder bewusstlos wurde. Sie wusste nicht, ob der Mann oder seine Frau sie mehr ängstigte.

Während ihrer langwierigen Genesung hatte Lord Cade Zeit,

Utho zu rufen, damit er bei der Vertuschung des Skandals half. Was sollten sie mit einer verwundeten Brava tun, die das schmutzige Geheimnis eines Adligen kannte und sowohl über ihn als auch - wegen der Existenz der ischaranischen Sklaven - über den gesamten Staatenbund große Macht ausüben konnte?

Lady Almeda war außer sich vor Wut, sie fühlte sich beleidigt und sann wild auf Rache. Almeda schwor, mit Utho als Zeugen ihren Gemahl und dessen Geschäftspraktiken bloßzustellen, was sogar einen neuen Krieg mit Ischara provozieren könnte, wenn die Empra davon erfuhr. In ihrer Wut war Almeda völlig unverständig, und es war ihr gleich, was eine solche Enthüllung für ihre eigene Familie, ihren Reichtum und ihre Besitzungen bedeuten würde.

Utho wagte es nicht, die Informationen öffentlich zu machen. Er wusste, wie der manchmal sehr sanfte Konag Conndur reagieren würde, wenn er von den ischaranischen Sklaven erfuhr. Eine Möglichkeit wäre gewesen, Lady Almeda zu töten. Die andere Möglichkeit erforderte ein großes Opfer von Elliel zu Lasten ihrer Erinnerung und ihres Vermächtnisses. Am Ende beschlossen sie, dass die junge Brava entbehrlicher war als Lady Almeda.

Elliels Wunde entzündete sich, und sie bekam Fieber, aber sie hatte Cade und Utho belauscht und wusste, was sie mit ihr machen wollten. Sie schlug so heftig um sich, dass sie angebunden werden musste, und in ihrem Delirium bekam sie nur wenig von den folgenden Geschehnissen mit. Als Elliel im Fieber gefesselt auf dem Bett lag, verlangte Lady Almeda Genugtuung und beharrte darauf, dass die Frau, die ihren Gemahl »verführt« hatte, dafür einen schrecklichen Preis bezahlen musste.

Und Utho war einverstanden. Es war die beste Möglichkeit, diese Krise mit den geringstmöglichen Schäden zu beenden.

Elliel hatte keine Wahl, als ihr Uthos angebliche Gerechtigkeit aufgezwungen wurde. Der große, grimmige Brava holte seine Nadeln und seine Tinte heraus. Er hockte sich vor sie hin und zeichnete die Rune des Vergessens auf ihr Gesicht, während sie noch gegen das Fieber kämpfte. Es wäre eine ausgezeichnete Erklärung.

Die rachsüchtige, aufgebrachte Almeda beharrte darauf, zusehen zu dürfen.

Zum Schutz von Elliels Zukunft ersannen sie eine Lüge – etwas so Grässliches, dass es zum Besten des Staatenbundes voll und ganz glaubhaft war. Der schreckliche Brief, den Utho geschrieben hatte, und diese furchtbare Erfindung, sie habe die Kontrolle über sich verloren und hilflose Kinder ermordet ... das war ungemein grausam. Seit dem Augenblick, in dem Elliel diesen Brief gelesen hatte, hatte sie alles geglaubt, was in ihm stand.

Und nun kannte sie die Wahrheit.

Elliel kam wieder zu sich. Ihr war schwindlig. Im Schein des rauchigen Lagerfeuers sah die das dickliche gelehrte Mädchen und Thon an; beide starrten zurück auf sie.

Sie sackte zu Boden, atmete tief ein und aus und versuchte, das neue Wissen und die zurückgeholten Erinnerungen zu verarbeiten. Sie hustete ihre Worte aus. »Unschuldig. Ich bin unschuldig! Ich habe ... das nicht getan.«

Wütend sprang sie auf die Beine. Ihr Gesicht fühlte sich heiß an, aber das hatte nichts mit der neuen Zeichnung auf der Wange zu tun. Sie packte den goldenen Rammer-Reif an ihrer Hüfte.

Thon und Schadri sahen sie erstaunt an und wichen zurück.

Elliel legte sich den Reif um das Handgelenk und drückte ihn zusammen, sodass die spitzen goldenen Stacheln in ihre Adern bissen und die Magie durch die vergossene scharlachrote Flüssigkeit aktiviert wurde. Der Reif erglühte, und ein Ring aus Feuer umkreiste ihn.

Elliel zog an der Magie und fügte sie dem Blut hinzu, das die Kraft des Rammers nährte. Die Flammen wurden heller, umgaben ihre ganze Hand und wuchsen sich zu einem gekräuselten Flammenschwert aus. Sie hielt es hoch, es knisterte und erhellte die Waldfinsternis.

Mit der anderen Hand zog sie den zerknitterten Brief hervor, der ihre falschen Verbrechen beschrieb, entzündete ihn mit dem Rammer, und einen Augenblick später war er zu Asche verbrannt.

»Ich bin wieder eine Brava.« Sie atmete tief durch und sah ihre beiden Gefährten an. »Und ich habe euch eine Geschichte zu erzählen.«

74

Als Hale Orr mit der Antwort der Empra zur Burg von Convera zurückkehrte, jagte sein Lächeln Utho eine Eiseskälte durch das Rückgrat. Er hatte Angst vor dem, was der Handelskapitän zu sagen hatte.

Hale war sofort zur Burg hinaufgeeilt, nachdem sein Schiff am Pier beim Zusammenfluss vertäut worden war, und er roch noch nach Salz und Schweiß. Seine Kleidung aus roter und schwarzer Seide umwirbelte ihn, und sein Umhang hing schief, als er das Verhandlungszimmer des Konags betrat. Conndur gebot den Lords und Ministern zu schweigen; er stand auf und war begierig, die Antwort zu hören.

Utho riss sich zusammen.

Hale beschrieb einen Kreis in der Luft und verkündete: »Ich habe Euer Angebot unterbreitet, Sire, und habe Empra Iluris gesagt, was ich weiß. Sie kann die Geschichten über die Wreth nicht glauben, und ihr oberster Hohepriester ist sich sicher, dass es sich dabei um eine List handelt. Aber ich glaube, ich konnte sie davon überzeugen, dass die Gefahr nicht eingebildet und Euer Angebot ernst gemeint ist. Eure Bereitschaft, Fulcor aufzugeben, wenn sie bereit ist, sich Euren Wünschen zu fügen, hat ihr Interesse erregt.«

Conndur stützte sich mit den Händen auf der Tischplatte vor ihm ab, als bräuchte er Halt. »Ist sie einverstanden, sich zur angegebenen Zeit mit mir zu treffen?«

Hale Orr sprach nur mit dem Konag und beachtete die anderen Adligen im Raum nicht. »Ja, trotz deutlicher Bedenken des ischaranischen Hofes hat sie die Einladung schließlich angenommen. Sie wird zur vereinbarten Zeit mit einer formellen Eskorte nach Fulcor reisen.« Ihm schien unbehaglich zumute zu sein, denn er rieb sich die Wange mit seinem Armstumpf. »Da ist noch etwas, Sire. Als die *Glissand* in den Hafen von Serepol eingelaufen ist, haben wir gesehen, dass die Ischaraner einige Schiffe des Staatenbundes verbrannt haben – Fischerboote, wie ich glaube. Eindeutig keine Kriegsschiffe.«

Lord Cade warf einen Blick auf die anderen Adligen im Raum und schlug mit der Faust auf den Tisch. »Wie können sie es wagen, zivile Schiffe aufzubringen! Ich wette, sie haben die arme osterranische Besatzung gefoltert oder versklavt.«

Utho war erstaunt, dass der Lord so etwas ohne die geringste Spur von Ironie sagen konnte. Auf seiner Reise zur Burg von Convera hatte sich der Adlige aus dem Norden von seinem neuen Brava begleiten lassen, einem stämmigen Mann mit Pockennarben im Gesicht und einer Nase, die wie eine zerquetschte Frucht aussah. Er hieß Gant, diente Cade seit einem Jahr und half ihm heimlich dabei, sich um die versklavten ischaranischen Perlentaucher zu kümmern. Die Wahl dieses hässlichen Mannes war ein Zugeständnis an Cades verbitterte Frau, die darauf bestanden hatte, dass nie wieder eine Brava in den Dienst ihres Gemahls treten durfte – aus offenkundigen Gründen.

Hale warf Cade einen vernichtenden Blick zu und rief aus: »*Cra!* Wisst Ihr wirklich nicht, was Euer eigenes Volk tut? Der Staatenbund ist daran nicht unschuldig! Die Garnison auf Fulcor fängt ebenfalls ischaranische Schiffe ein und richtet die Besatzungen hin. Solche Taten fachen nur den Hass der beiden Länder weiter an.« Er kochte vor Wut. »Beide Seiten müssen damit aufhören, wenn es Hoffnung auf Frieden geben soll. Alle Menschen in den drei Königreichen, einschließlich aller Utauk-Stämme, werden leiden, wenn wir es nicht schaffen, einmütig zusammenzustehen.«

Utho konnte seine Wut kaum bezwingen, aber er stand wie eine stumme Statue da – zunächst.

Inmitten der verärgerten Stimmen, die sich im Raum erhoben,

sagte Conndur streng und in Übereinstimmung mit dem Handelskapitän: »Ja, ich bin mir bewusst, dass unsere Schiffe auch auf sie Jagd machen, obwohl ich das nie befohlen habe.« Er warf einen Blick hinüber zu Cade, der etwas murmelte und sich abwandte.

Utho war von der vorsichtigen Reaktion des Konags überrascht. Wusste Conndur wirklich etwas über die versklavten Perlentaucher? Er und Cade hatten so hart daran gearbeitet, es geheim zu halten.

Hales laute Stimme drang durch den Aufruhr. Er schien geübt darin, sich im Streit bemerkbar zu machen. »Hört mich an! Ich habe den Eindruck, dass auch Empra Iluris mit solchen Überfällen wie dem auf Mirrabay nicht einverstanden ist, von dem sie behauptet, sie habe ihn nicht angeordnet. Ich habe starke Spannungen an ihrem Hof wahrgenommen und bin geneigt, ihr zu glauben. Sie herrscht seit dreißig Jahren, und an ihren Taten ist zu erkennen, dass sie Frieden und Wohlstand vorzieht.«

»Genau wie ich«, sagte Conndur. »Wir beide haben dieselben Ziele, und wir beide müssen uns mit widerspenstigen Gefolgsleuten herumärgern.« Er sah seine Vasallen-Lords finster an. »Doch damit ist jetzt Schluss! Wir werden alle Feindseligkeiten einstellen, sodass die Ischaraner nichts mehr gegen uns in der Hand haben. Ich befehle hiermit die Einstellung aller Aggressionen, solange sie mit uns reden wollen. Denkt an den Vada! Möglicherweise werden wir sie noch brauchen, trotz unserer Meinungsverschiedenheiten. Beim Blute der Ahnen, zu viel steht auf dem Spiel.«

Als er die fehlgeleitete Entschlossenheit im Gesicht des Konags sah, sank Utho das Herz. Es war so schlimm, wie er befürchtet hatte. Er hatte versucht, Conndur von seinem gefährlichen Plan abzubringen. Der Konag setzte zu viel aufs Spiel, indem er eine Allianz mit den Ischaranern nur aufgrund der bisher unbewiesenen Existenz eines unsichtbaren Feindes vorschlug. Als könnte ihnen auch nur im Geringsten getraut werden! Aber seit Conndur die Verwüstungen im Drachengrat gesehen hatte, war er davon überzeugt, dass das Ende der Welt bevorstand.

Prinz Mandan saß neben seinem Vater; er trug einen roten Umhang, der mit schneeweißem Katzenpelz besetzt war. Wenigstens verstand der Prinz, was auf dem Spiel stand, auch wenn sein Vater nichts lieber tun wollte, als mit dem Todfeind Tee zu trinken ...

»Was ist, wenn uns die Ischaraner erneut mit ihren Gottlingen angreifen?«, fragte Goran, ein anderer Vasallen-Lord. Lord Gorans Brava, eine harte ältere Frau namens Klea, stand neben ihm. »Sollen wir uns dann bloß zusammenrollen und sterben? Oder vor Entsetzen fliehen, ohne uns zu wehren?«

Der Konag sah ihn düster an. »Wir brauchen uns keine Sorgen mehr um ihre Gottlinge zu machen, wenn ich einen Frieden aushandeln kann. Empra Iluris hat zugestimmt, sich mit mir zu treffen. Ich werde sie darum bitten, unsere Küste nicht mehr zu belästigen, und sie wird einverstanden sein. Mehr verlange ich nicht von ihr.«

Utho war so entsetzt, dass er sich nicht mehr zurückhalten konnte. Die Wut, die sich in ihm angestaut hatte, brach nun aus. »Belästigen? Diese Tiere haben einen Gottling entfesselt und Mirrabay niedergebrannt! Mehr als hundert Unschuldige wurden dabei getötet.« Er dachte an Marekas braune Augen, an ihr sanftes, wunderschönes Gesicht. »Und dann sind da noch all jene, die schon vorher gestorben sind.«

Conndur klang traurig. »Ich weiß, dass du eine große Trauer mit dir herumträgst, mein Freund, aber ich muss versuchen, die Ischaraner zu überzeugen, denn wenn ich es nicht versuche, habe ich als Konag versagt. Die Wreth, der Drache ...« Er nickte, als wollte er seine eigene Entscheidung bekräftigen. »Wir werden nach Fulcor reisen und uns auf die Ankunft der Empra und ihres Gefolges vorbereiten. Danach werden wir weitersehen.«

»Wer wird Euch begleiten, Sire?«, fragte Lord Vinay, dessen Ländereien im südlichen Vorgebirge des Drachengrats lagen und der durch die Beben beträchtliche Schäden erlitten hatte.

»Ich werde eine Eskorte mitnehmen, und dann haben wir noch die Truppen, die in der dortigen Garnison stationiert sind.« Conndur sah den Prinzen an, dem offenbar unbehaglich zumute war. »Mandan, du wirst mit mir kommen. Wenn wir die Ischaraner überzeugen können, unsere Verbündeten zu werden, müssen sie wissen, dass du mein Repräsentant bist und für mich sprechen kannst.« Er deutete mit dem Kopf auf Utho, der erstarrt und voller Enttäuschung dastand. »Utho, du wirst natürlich auch an meiner Seite sein, und ich hoffe, dass es mir die anderen anwesenden Lords erlauben werden, mir ihre Bravas auszuleihen. Bessere Beschützer könnte ich nicht haben.«

»Ich werde mitgehen«, sagte Klea, ohne ihren Herrn zu fragen. Goran schien von ihrer Entscheidung überrascht zu sein, wandte aber nichts dagegen ein.

»Lord Cade wird sein Einverständnis für mich ebenfalls geben«, sagte der hässliche Gant, auch wenn sein Herr nicht gerade glücklich darüber zu sein schien.

Der Prinz schwitzte heftig; offensichtlich war er entsetzt. Utho legte die Hand schwer auf Mandans Schulter. »Alles wird gut, mein Prinz. Ich werde bei Euch sein.« Mehr schien er nicht hören zu wollen, denn er entspannte sich sichtbar.

Conndur erhob sich und löste die Versammlung auf. »Trefft Eure Vorbereitungen. Ich will ganze zwei Tage vor der Empra und ihrem Gefolge auf Fulcor sein.«

Vor der Abreise organisierte Utho ein geheimes Treffen der örtlichen Bravas. Spät am Abend versammelten sie sich in dem leeren Erinnerungsschrein in der Unterstadt. »Wir müssen aus diesem Debakel das Beste machen. Die Ischaraner werden uns gewiss verraten, so wie sie es schon in Valaera getan haben. Sie könnten versuchen, Konag Conndur zu töten und die Insel einzunehmen.«

Gant rieb sich die zerquetschte Nase und murmelte: »Man könnte sogar behaupten, der Konag verrate uns, indem er ein Bündnis mit dem Feind vorschlägt. Wir sollten die ganze ischaranische Gesandtschaft töten: die Empra und ihre Hohepriester und jeden, den sie sonst noch mitbringt.«

Klea lief in dem kleinen, dunklen Raum hin und her und wirkte von diesem Vorschlag beunruhigt. »Dann wären wir genauso wenig ehrbar wie sie.«

Utho sagte nachdenklich: »Bei den Ischaranern kann niemand von Ehre sprechen. Dies hier ist ein Rachekrieg.« Die versammelten Bravas beschlossen, wachsam und kampfbereit zu sein, aber zunächst wollten sie beobachten, wie sich die Gespräche auf der Insel entwickelten. Utho zweifelte nicht daran, dass sie am Ende das tun würden, was getan werden musste ... aber er wusste nicht, was das sein würde. Er fürchtete sich vor den Möglichkeiten.

Am folgenden Tag brach die Abordnung des Staatenbundes auf Schiffen beim Zusammenfluss auf. Sie würden über den Bundfluss bis zum Meer fahren. Prinz Mandan stand an Deck; offenbar war ihm unwohl zumute. »Ist es gefährlich da draußen auf dem Ozean? Was, wenn ein Sturm aufzieht? Wenn es donnert und blitzt?« Seine Stimme brach. »Was wird sein, wenn es zu einer Seeschlacht mit den Ischaranern kommt? Und was, wenn sie einen Gottling gegen uns schicken?«

»Ich würde ihre Hinterhältigkeit niemals unterschätzen«, sagte Utho, »aber in diesem Fall bezweifle ich, dass sie so kühn wären. Die Empra wird hören wollen, was Euer Vater zu sagen hat, selbst wenn es nur aus Neugier geschieht. Doch wir müssen bereit sein.«

Der Schiffsverband segelte den Bundfluss dreißig Meilen bis zur Meeresmündung hinunter, an der die geschäftige Stadt Flussmund mit ihren zahllosen Docks und Kais lag. Dort warteten zwei Kriegsschiffe auf sie. Sie hatten Proviant an Bord genommen und waren bereit zum Auslaufen, und an ihren Masten flatterten die Flaggen mit der offenen Hand des Staatenbundes und der aufgehenden Sonne von Osterra.

Mandan blickte auf den flachen Horizont und war durch dessen Ausdehnung eingeschüchtert. »Das Wasser reicht bis zum Rand der Welt. Es erstreckt sich über mein ganzes Blickfeld.«

»Ja, mein Prinz. Und irgendwo dahinter liegt die Küste Ischaras.«

»Ich hoffe, dass ich sie niemals sehen werde«, sagte Mandan.

Utho legte wieder die Hand auf die Schulter des Prinzen. »Ich hoffe, Ihr müsst sie nie sehen.«

75

Koll der Hammer schwor, er werde den Frostwreth zeigen, dass sie sich nicht einfach das Land aneignen konnten, das sie vernichtet hatten. Er würde für sein Königreich kämpfen, selbst wenn er keine Hilfe von der Armee des Staatenbundes erhielt. Er würde wie eine Wespe zustechen.

In Zeiten wie diesen vermisste er Lasis mehr denn je. Der ihm verschworene Brava war ein mächtiger Kampfgefährte mit einem guten Verständnis für legendäre Dinge, und er verfügte über einen tödlichen Rammer sowie ein gewisses Maß an Magie. Aber etwas war ihm auf seiner Mission in Bakalsee zugestoßen.

Im Hof der Burg von Fellstaff beobachtete Koll, wie neue Rekruten mit Schwertern und Speeren übten und langsam zu einer Armee zusammenwuchsen. Männer und Frauen wurden zu Bogenschützen ausgebildet, aber es fiel ihnen noch schwer, ihre Ziele zu treffen. Pokel hatte sich zu ihnen gesellt; er war fest entschlossen, den Umgang mit Pfeil und Bogen zu lernen, und bald brachte ihn sein Eifer ans Ziel.

Auch Königin Tafira zeigte sich der Lage gewachsen. Sie hatte ihre Wurfmesser mitgebracht und lehrte andere den Umgang mit ihnen, einschließlich des Küchenpersonals. »Aber wir sind keine Soldaten, Mylady«, beschwerte sich eine Bäckersfrau, deren besondere Begabung im Herstellen von köstlichen Pasteten lag.

»Wenn die Wreth die Burg überrennen und uns alle vergewaltigen und töten wollen, wäre es doch gut, wenn jeder von uns ein paar Kehlen durchschneiden kann, bevor er stirbt, oder?«, meinte Tafira. Die Bäckerin dachte darüber nach, dann unterwarf sie sich der Ausbildung mit grimmiger Entschlossenheit.

Die Königin erklärte Koll gegenüber: »Ein verhätscheltes Leben können wir uns nur in ruhigen Zeiten erlauben. Dies aber sind keine ruhigen Zeiten mehr, und ich möchte auch keine ruhige Gefährtin mehr sein.«

»Nein, Liebste, du bist weder ruhig noch selbstzufrieden. Das wäre mir auch gar nicht recht.«

Eines Morgens traf ein berittener Bote in der Burg von Fellstaff mit der beunruhigenden Nachricht ein, dass sich drei sehr ungewöhnliche Reisende auf dem Weg zur Stadt befanden. »Einer von ihnen ist eine Brava. Sie reist mit einem jungen Mädchen und ...« Er kratzte sich am Kopf. »Und einem Fremden.«

»Was für ein Fremder ist er?«, fragte Koll.

»Ich glaube, Sire ... ich glaube, es ist ein *Wreth*.«

Koll befahl dem Späher, sofort kehrtzumachen. »Bring mich zu ihnen. Ich werde Heißsporn satteln, sodass wir sie auf der Straße treffen können.« Er wandte sich an Tafira. »Wenn jemand einen Wreth gefangen hat, will ich so viele Informationen wie möglich aus ihm herausholen.«

Nach einigen Meilen auf der Straße begegneten sie den drei Reisenden, die inzwischen von zahlreichen anderen argwöhnischen Spähern begleitet wurden. Ein einfaches, dickliches Mädchen mit glattem braunem Haar trug einen Rucksack auf den Schultern, der halb so groß wie sie selbst war. Die Brava war groß und hübsch; sie trug lockere Reisekleidung statt des typischen schwarzen Leders und Kettenhemdes. Ihr dunkelrotes Haar hatte sie zu einem Zopf zusammengebunden. Ihre Wange wies eine seltsame Tätowierung auf.

Aber es war der dritte Reisende, der Kolls Aufmerksamkeit auf sich zog. Er war schlank und schön, wirkte aber fremdartig. Die Augen waren lang und schmal, das Kinn war spitz, die Zähne sahen erstaunlich gleichmäßig aus. Die Mähne aus schwarzem Haar wirkte wild wie ein Gewittersturm. Er trug eine silbrige Hose, einen Brustpanzer mit hervorstehenden ausgepolsterten Schulterstücken und hatte eine Tätowierung im Gesicht, die jener der Brava glich. Der Fremde wies eine unheimliche Ähnlichkeit mit den Frostwreth-Kriegern auf, die Koll in Bakalsee gesehen hatte, und doch war etwas an ihm anders.

Koll zügelte sein Kriegspferd und richtete sich im Sattel auf. »Du siehst wie ein Wreth aus.«

»Ich glaube, ich bin auch einer«, sagte der Mann ohne das geringste Anzeichen von Sarkasmus. »Und Ihr seht wie ein König aus. Ich fühle mich geehrt, Euch begegnen zu dürfen.«

Koll brummte: »Ich weiß nicht, ob es eine Ehre ist, einem Wreth zu begegnen. Dein Volk hat einen ganzen Ort vernichtet und alle Leute getötet, die dort lebten, einschließlich meiner Tochter und ihrer Familie.«

Der Wreth sah ihn mit seinen dunkelblauen Augen offen an. »Das tut mir aufrichtig leid, aber ich gehöre nicht zu ihnen. Mein Name ist Thon.«

Verwirrt wandte sich Koll an die Frau. »Und wie heißt du, Brava?«

»Ich bin Elliel.« Ihre Miene zeugte von Argwohn, und in ihren grünen Augen lag Schmerz.

»Sie war eines schrecklichen Verbrechens angeklagt worden, und ihre Erinnerungen wurden getilgt«, erklärte das dickliche Mädchen und schüttelte ihren Rucksack zurecht. »Aber jetzt erinnert sie sich wieder an alles. Sie wurde betrogen. Sie hat dieses Verbrechen gar nicht begangen.«

»Sagt das nicht jeder Verbrecher?«, fragte Koll.

»Erwartet Ihr etwa, dass eine Brava lügt?«, wandte Elliel ein.

Er dachte über ihre Worte nach. »Meiner Erfahrung nach sind Bravas aufrichtig. Mein eigener war der treueste Mensch, dem ich je begegnet bin.« Er senkte die Stimme. »Wir glauben, dass die Frostwreth ihn gefangen genommen oder getötet haben.« Er wendete Heißsporn. »Kommt mit mir nach Fellstaff. Ich möchte, dass auch Königin Tafira eure Geschichten hört. Sie ist oft vernünftiger als ich.«

Tafira gesellte sich in der Banketthalle zu ihnen, um ein ausführliches Gespräch mit den Besuchern zu führen. Pokel brachte Holz für den Kamin und half dabei, Tabletts mit Speisen aufzutragen. Er hielt sich ängstlich von dem Wreth fern, aber in der Gegenwart des redseligen gelehrten Mädchens, das etwa im gleichen Alter war wie er, wirkte er noch nervöser. Schadri aß mit großer Hingabe und stellte Pokel Fragen über die Speisen, die er servierte, und ebenso über ihre Zubereitung sowie die Gewürze, die darin enthalten waren. Der unbeholfene junge Mann versprach ihr, sie später in die Küche mitzunehmen und ihr alles zu zeigen.

Elliel fasste Mut und redete den König und die Königin förmlich an. »Als ich meine Erinnerungen zurückerhielt, wurde ich wieder zur Brava.« Sie hob ihren Rammer, drehte das Handgelenk und zeigte die halb verheilten Wunden daran. »Nun kann ich das Feuer rufen und meine eigene Flamme schwingen, so wie ich es früher getan habe. Ich möchte Euch meine Fähigkeiten anbieten, Sire, wenn Ihr sie gebrauchen könnt. Ich bin niemandem verschworen.«

Schadri sagte schnell: »Ihr würdet gut daran tun, sie in Eure Dienste aufzunehmen, König Kollanan.«

Koll nickte langsam. »Ich kenne den Wert der Bravas, aber dein Dienst würde kein einfacher sein. Du musst mehr tun, als nur hin und wieder einen Banditen zu verängstigen und wegzuscheuchen. Ich befürchte, dass die Wreth beabsichtigen, rücksichtslos über unser Land hinwegzufegen.« Er warf dem Fremden einen anklagenden Blick zu. All die Wut und Fragen hatten sich zu lange in ihm angestaut. »Was wollt ihr Wreth von uns? Warum seid ihr zurückgekommen?«

Thon wirkte zutiefst beunruhigt. »Ich wünschte, ich könnte es Euch sagen, aber seit dem Beginn ihres großen Krieges vor langer Zeit habe ich keine Erinnerungen mehr an die Wreth. Ich weiß nur, dann ich nun wach bin, dass sich der Drache regt und Feuer aus den Bergen aufsteigt. Es ist einer der großen Umbrüche in den letzten Tagen der Welt.«

»Du erregst nicht gerade Zuversicht in mir, Wreth-Mann«, murmelte Koll.

Thon beharrte darauf, dass er weder zu Königin Onns Armee

im Norden noch zu Königin Voos Armee in der Wüste jenseits von Suderra gehörte. Er behauptete, nie zuvor von beiden gehört zu haben.

Elliel sagte für ihn: »Thon will helfen, Sire. Er hat keinen Anteil an diesem neuen Krieg, und er ist mit keiner der beiden Wreth-Parteien verbündet.«

»Wie kannst du dir dessen so sicher sein?«, fragte Tafira.

»Weil ich ihm glaube. Und ich bin schließlich eine Brava.«

Diese Begründung überzeugte die Königin jedoch nicht. »Du magst eine Brava sein, aber du hast selbst gesagt, dass du in Ungnade gefallen bist und dein Vermächtnis ausgelöscht wurde. Und jetzt behauptest du, dass du das Verbrechen, das dem zugrunde liegt, nie begangen hast?«

»Richtig.«

Koll sagte: »Dann musst du uns die ganze Geschichte erzählen.« Und Elliel berichtete in allen Einzelheiten von Lord Cade und seiner Vergewaltigung, von der tödlich eifersüchtigen Lady Almeda, von der Drohung, die Sklaverei öffentlich zu machen und davon, wie Utho sie als Sündenbock missbraucht hatte. Voller Abscheu schloss sie: »Das alles war Politik. Und nun bin ich herrenlos. Ich kann Euch meine Dienste anbieten und mein Bestes zur Verteidigung Eures Reiches in diesen schwierigen Zeiten geben.«

Kolls Miene verdüsterte sich. »Cades Ländereien liegen weit entfernt, aber mein Bruder sollte erfahren, was sein Vasallen-Lord tut.« Doch nach allem, was er Conndur bereits berichtet hatte, und nachdem er von seinem Bruder zurückgestoßen worden war, bezweifelte er, dass der Konag noch mehr störende Neuigkeiten willkommen heißen würde. »Ich werde mich um die Politik kümmern, sobald Zeit dazu ist.«

Elliel schien mit ihrer Vergangenheit zu kämpfen. »Und was ist mit Utho? Dem Brava des Konags kann man nicht vertrauen. Muss der Konag nicht wenigstens das wissen? Was Utho mir angetan hat ...« Ihr versagte die Stimme.

Kolls Miene wirkte wie eine eiserne Maske. »Utho ist auch nicht gerade mein Freund. Er war eine der lautesten Stimmen gegen das Ersuchen an Konag Conndur um Hilfstruppen für Norterra.« Er spürte, wie Hitze in seine Wangen stieg. »Ich werde Conndur schreiben. Er muss von Utho und Lord Cade wissen. Aber erst einmal sind wir auf uns allein gestellt. Wir sehen uns der möglichen Vernichtung Norterras und vielleicht sogar einem Krieg gegenüber, der die ganze Welt zerreißen könnte.«

Er senkte die Stimme und sah Elliel anerkennend an. »Aber die Könige sind von ihren Bravas abhängig. Da Lasis weggegangen und inzwischen vermutlich tot ist, brauche ich einen neuen Brava - oder eine Brava - an meiner Seite. Ich weiß um deine Fähigkeiten, wie immer deine Vergangenheit aussehen mag. Wenn ein Mann ein altes Schwert kauft, kümmert ihn nur die Robustheit der Klinge, ihre Schärfe und ihre Spitze. Ihm ist gleichgültig, wie viele Menschen es in der Vergangenheit getötet hat.« Er sah Elliel lange schweigend an. »Wenn du dich mir verschwörst, wirst du eine Waffe in meiner Hand sein.«

»Ich will mich mit Euch verbinden - aber nur, wenn Ihr wiederum schwört, Euch mir gegenüber ehrenwert zu verhalten.« Ihre Antwort schockierte Koll, und Tafira keuchte auf, aber Elliel verschränkte die Arme vor der Brust. »Weniger als einen solchen Eid werde ich von Euch nicht akzeptieren.«

Nach einem Augenblick der Anspannung kicherte Koll. »Du hast mir deine Geschichte erzählt, und deswegen erachte ich deine Bitte als gerechtfertigt.« Er bemerkte die tiefe Verletzung in ihren Augen. »Ich habe keine Schwierigkeiten damit, dich meiner Ehre und Aufrichtigkeit zu versichern - ich würde es gegenüber jedem Einwohner Norterras tun.«

Elliel nickte und entspannte sich. »Dann nehme ich diese Versicherung an.«

Mit größerem Argwohn wandte sich Koll an Thon. Der dunkelhaarige Wreth war ein Rätsel und gewiss auch gefährlich. »Aber was dich angeht ... wie kann ich denn die Hilfe eines *Wreth* annehmen, während ich doch weiß, was die Wreth in Bakalsee angerichtet haben? Jhaqi und Gannon, die armen Jungen Tomko und Birk, alle aufgrund einer Laune und eines Winterzaubers erfroren!« Seine Stimme war schrill geworden, als seine Wut zunahm.

Darauf sagte Thon ernst: »Ich kenne meine Rolle in dem, was kommen wird, zwar nicht, aber ich glaube, ich kann auf eine Weise helfen, die sich niemand in Eurem Reich vorzustellen vermag. Erlaubt mir, meine Wreth-Magie in Eure Dienste zu stellen.«

Königin Tafira sah den Wreth eindringlich an, dann wandte sie sich ihrem Gemahl zu. »Als du mich in den Staatenbund gebracht hast, war dein Volk schockiert und misstrauisch. Es betrachtete mich als Ischaranerin, als Feindin, der man nicht trauen durfte. Und doch hast du mich zu deiner Frau genommen und an mich geglaubt. Du hast mich geliebt, und ich habe dir niemals einen Grund gegeben, deine Entscheidung zu bereuen.«

Tränen traten ihm in die Augen. »Nein, Liebste, ich habe es nicht einen Moment lang bereut.«

»Wenn du auf die Ängste und Verdächtigungen der anderen gehört hättest, wärest du vielleicht nicht eingeschritten, als mich die Bewohner von Sarcen opfern wollten. Vielleicht hättest du mich dort zurückgelassen und dir stattdessen eine schöne norterranische Braut gesucht.«

»Aber das habe ich nicht getan. Ich habe dich zu sehr geliebt.«

»Also sollte auch dieser Wreth seine Gelegenheit bekommen, wenn er sagt, dass er uns helfen kann. Oder bist du vollkommen davon überzeugt, dass du den Feind allein bekämpfen kannst?«

Kollanan konnte nichts gegen sie einwenden. »Beim Blute der Ahnen, wir werden uns anschauen, was dieser Wreth tun kann.« Damit öffnete er die Läden in seinem Geist einen Spaltbreit und erlaubte sich, über die Möglichkeiten, die sich nun boten, nachzudenken.

76

Nachdem die Schiffe an der Insel Fulcor eingetroffen waren, betrat Konag Conndur den massiven Pier in der Hafenbucht. Er hatte die abgelegene Garnison noch nie besucht, auch wenn Fulcor schon seit vielen Jahren ein Ort von großer strategischer Bedeutung war. Er wusste, dass er schicksalhafte Ereignisse in Gang gesetzt hatte und spürte das ganze Gewicht seines Vermächtnisses - aber er spürte auch Hoffnung.

Hoch droben zogen Meeresvögel ihre Bahnen und verhöhnten die Besucher. Scharfe Böen peitschten durch die Bucht und fuhren an den steilen Klippen hoch. Weiter draußen auf dem Meer zischten und donnerten die Wellen über die Riffe.

Conndur stand auf dem Pier, als Wachmann Osler in seiner Militäruniform herbeikam und die Gruppe begrüßte. Über der Uniform trug er einen rostfarbenen Umhang, der einmal hellrot gewesen sein mochte. Das Schwert an seiner Seite wirkte wie ein bloßes Schmuckstück, konnte in der Schlacht aber durchaus Verwendung finden. »Unsere tapferen Garnisonssoldaten freuen sich sehr, dass Ihr auf einer so wichtigen Mission zu uns gekommen seid, Sire.« Nun machte Osler eine sorgenvolle Miene. »Aber wir fragen uns, warum Ihr die Ischaraner hierher eingeladen habt ...«

Conn ergriff die ausgestreckte Hand des Mannes und schüttelte sie. »Weil die Zukunft der Menschheit davon abhängen könnte, dass wir mit diesen Feindseligkeiten aufhören und uns gegen einen noch größeren Feind verbünden. Diesen Versuch muss ich zumindest machen.«

Osler verneigte sich, wirkte aber nicht überzeugt. »Wie Ihr befehlt, Sire.«

Conndur schaute die gewundene Treppe hinauf, die an den äußeren Felsen angebracht war, und hob dann den Blick zu den mindestens hundert Soldaten, die von den hohen Mauern der Festung auf ihn herabsahen. Der Prinz und Utho verließen das Schiff und gesellten sich zu ihm, und hinter ihnen kamen weitere Personen an Land. Die Hälfte der Besatzung würde als das persönliche Gefolge des Konags in der Garnison untergebracht werden, während die anderen in Alarmbereitschaft an Bord des Schiffes blieben.

Wachmann Osler führte sie die Treppe hoch, bis sie die Felsspalte erreichten, die geradewegs in das Innere der Festung führte. Osler sagte über die Schulter hinweg: »Die Garnison ist in höchste Alarmbereitschaft versetzt, Sire. Wir haben viele Tage an der Haupthalle, am Hof und den Befestigungsanlagen gearbeitet. Wir haben die Mannschaften in der Kaserne verdoppelt und dadurch zwei getrennte Flügel der Hauptfestung geleert. Eure Gruppe wird in dem einen Flügel untergebracht, und die ... anderen quartieren wir in dem zweiten Flügel ein. Aus Sicherheitsgründen müssen wir Euch von den Ischaranern fernhalten.«

Conn erkannte die grimmige Anspannung im Gesicht des Veteranen. »Danke, Wachmann. Vor uns liegen möglicherweise große Veränderungen.« Er sagte nichts davon, dass sie vielleicht sogar die Insel aufgeben würden, falls sich die Ischaraner bereit erklären sollten, Seite an Seite mit dem Staatenbund gegen die Wreth zu kämpfen. Osler und seine hingebungsvollen Soldaten würden das ganz und gar nicht gutheißen. Es gefiel ihm zwar selbst nicht, aber er wusste nun einmal, dass es notwendig war. Er hatte die Erdbeben und Feuer im Drachengrat gesehen und die Berichte von Adan und Koll gehört und hatte keine andere Wahl, als das zu tun, was richtig war.

Sie schritten durch die schmale Kluft in den Felsen und stiegen in den Hof der Festung hinauf, der mit Soldaten gesäumt war. Conndur betrachtete die Reihen der Kämpfer und legte sich die Hand auf die Brust, was lauten Beifall und Jubelrufe für den Konag zur Folge hatte.

Dann rief Wachmann Osler: »Heißt vor allem auch Utho vom Riff willkommen, einen der größten Helden von Fulcor!«

Der Brava zeigte weder Stolz noch Verlegenheit, sondern nahm die Jubelrufe, die über ihn hinweg brandeten, gleichmütig entgegen. Prinz Mandan sah ihn mit tiefer Bewunderung an.

Weitere Truppen des Staatenbundes kamen die Treppe herauf. Sie trugen Vorräte und nahmen im Hof Aufstellung. Conndur beobachtete sie zufrieden. »Die Empra wird in drei Tagen hier eintreffen. Sorgt dafür, dass sie sich willkommen fühlt.«

Nachdem die Reisetruhen, die diplomatischen Gegenstände und Zeremonialwaffen ausgeladen waren und das Gefolge des Konags sein Quartier in einem der Flügel des Haupthauses bezogen hatte, ging Utho zu Mandans Zimmer, das gegenüber dem größeren Gemach des Konags am anderen Ende des Korridors lag. Der Raum des Prinzen besaß ein schmales, offenes Fenster, durch das der Wind pfiff, und Utho wusste, wie kalt es hier in der Nacht werden konnte. Zum Glück waren bereits Decken auf Mandans Reisetruhe gelegt worden, und in der Ecke befand sich ein Kamin mit einem Holzstapel darin. Utho bezweifelte, dass der Prinz das Opfer erkannte, das die Soldaten für ihn gebracht hatten, denn auf dieser Insel galt Holz als Mangelware.

Mandan hatte bereits seine Kleidung gewechselt und trug nun ein Seidenhemd, eine feine Hose und braune Lederstiefel. Es schien, als habe er vor, auf einen formellen Ball zu gehen. Er war längst schon gelangweilt. »Warum mussten wir drei Tage vorher kommen? Ich wünschte, ich hätte meine Farben mitgenommen.«

Utho ermahnte ihn mit fester, geradezu väterlicher Stimme: »Ihr seid hier wegen eines überaus wichtigen Treffens auf die Insel Fulcor gekommen. Lernt daraus. Ihr werdet unsere Feinde von Angesicht zu Angesicht zu sehen bekommen, also studiert genau ihre Verhaltensweisen, ihre Schwächen, ihre Eigenheiten – und vergesst sie niemals wieder. Dies ist eine Gelegenheit, wie sie sich möglicherweise nicht wieder bietet.«

»Warum sollte ich all das tun?«, fragte Mandan.

»Gebt Euch selbst die Antwort, und wenn Ihr ein weiser Herrscher seid, dann werdet Ihr den Grund dafür schnell begreifen. Erfahrt alles, beobachtet alles.« Er führte den Prinzen aus dem Haupthaus und auf den Wehrgang, der die Festung und die ganze Insel umgab. »Von hier oben aus seid Ihr in der Lage, den Ozean in allen Richtungen zu überblicken.«

Mandan spähte in die Ferne. »Wir können den Feind also kommen sehen?«

»Das ist richtig und wichtig. So kann er nicht ohne Euer Wissen angreifen.«

Sie gingen den Wehrgang entlang und blickten zurück auf die osterranische Küste. »In der Vergangenheit haben die Ischaraner Fulcor mehrfach erobert, und jedes Mal haben unsere tapferen Kämpfer ihnen die Insel wieder abgenommen.« Die Sehnen an Uthos Hals traten deutlich hervor, als er mit seinem Zorn rang. »Seit Jahrzehnten halten wir diese Festung mit großem Blutzoll, und nun plant der Konag sie auszuliefern, bloß weil er damit ein völlig unnötiges Bündnis festigen will. Dabei weiß er genau, wie viele osterranische Leben sie schon genommen haben.«

Mandan deutete nach Westen - dorthin, wo sie hergekommen waren. »Sogar hier kannst du noch den Rauch sehen, der über dem Vada aufsteigt.« Er runzelte die Stirn. »Was ist wirklich los, Utho? Was ist denn, wenn mein Vater recht hat? Oder was, wenn Ossus erwacht und die Wreth tatsächlich die Welt vernichten wollen? Sollten wir nicht versuchen, gemeinsam zu kämpfen? Vielleicht ist das sogar unsere einzige Möglichkeit.«

Utho blickte finster drein. »Es gibt Dinge, die wir uns vorstellen können, mein Prinz, und es gibt andere Dinge, die wir tatsächlich *wissen*. Wir *wissen*, dass die Ischaraner Ungeheuer sind. Sollen wir alles, was wir wissen, beiseiteschieben, nur weil ein altes Märchen *vielleicht* wahr werden könnte?«

Dem jungen Mann schien unbehaglich zumute zu sein. Er trat an den Rand der Mauer und warf einen Blick nach unten, wo sich die Riffe wie schützende Klauen um die Insel erstreckten. Mit leiser, ehrfürchtiger Stimme fragte er: »Ist es hier geschehen? Bist du hier bei Ebbe ins Meer hinausgelaufen, sodass du Feuerpfeile auf die ischaranischen Schiffe abfeuern konntest?«

Utho zeigte nach links unten. »Da drüben. Bei Ebbe ist das Riff dort nicht mehr vollständig überflutet, und ein geschickter Mann kann von Felsen zu Felsen hüpfen, aber er muss sich an einen genauen Zeitplan halten.«

Bewunderung leuchtete in Mandans Augen. Er holte tief Luft und sagte dann mit einer lauten und festen Stimme, die fast wie die eines Anführers klang: »Utho vom Riff ist nach Fulcor zurückgekehrt. Die Ischaraner sollten sich in Acht nehmen.«

77

Adan und Penda verbrachten die nächsten Tage mit Vorbereitungen für die Reise ins Ungewisse, die sie zusammen mit den Wreth unternehmen wollten. Hom lief umher, holte alles Wichtige und war krank vor Sorge.

Adans Ratgeber waren in Aufruhr geraten, weil ihr König und ihre Königin vorhattem, an einer so gefährlichen Drachenjagd teilzunehmen. Die Bannergarden verlangten, als bewaffnete Eskorte mitzugehen, aber Adan lehnte ab, auch wenn er nicht leugnen konnte, dass er einen Knoten im Magen spürte. In dem Versuch, überzeugend zu klingen, sagte er: »Wir müssen Königin Voos Garantien für unsere Sicherheit akzeptieren. Die Sandwreth sind eine große und schreckliche Macht, und wir werden ihnen zeigen, dass wir ihnen vertrauen.«

Penda hob die Brauen. »Vertrauen wir ihnen?«

Adan dachte nach und entschloss sich zu einer pragmatischen Antwort. »Ich glaube, dass wir bei ihnen in Sicherheit sind. Wenn uns die Sandwreth in ein Bündnis mit ihnen locken wollen, wäre es doch peinlich für sie, wenn sie zulassen, dass wir getötet werden, oder?«

Penda richtete sich auf eine beschwerliche Reise ein und wählte feste Utauk-Kleidung statt königlicher Gewandungen. Sie bedachte Adan mit einem schiefen Grinsen. »*Cra*, es ist spannend, deine Frau zu sein, Sternenfall.« Sie holte ihre lederne Hose hervor, dazu feste Stiefel und rote und schwarze Seidenkleidung. Die Näherinnen hatten sie so geweitet, dass sie während der Schwangerschaft nicht zwickten.

Fünf Tage später erschienen Quo und die Sandwreth-Eskorte

kurz nach Mittag. Es waren goldhäutige Krieger, deren Haare die Farbe von Honig und Knochen hatte und die von Reifen aus geschmiedetem Metall durchsetzt waren. Mit Ausnahme eines mürrisch wirkenden Magiers hatten die Wreth kurze Speere mit Obsidianspitzen und schmalen, gewundenen Schäften dabei, und sie ritten auf stämmigen Augas. Zwei der Kreaturen hatten leere Sättel und waren bereit, die Gäste aufzunehmen.

Die Gruppe der Wreth blieb vor dem Tor, das noch immer den dunklen Fleck an der Stelle zeigte, wo sich der hirnlose Auga zu Tode gehämmert hatte. Adan und Penda standen in Reisekleidung und mit ihrem Gepäck bereit. Xar hockte auf Pendas Schulterpolster und wirkte, als würde er nach einer Möglichkeit suchen, Schwierigkeiten zu machen.

Quo grinste von seinem Reittier auf den König herunter. »Adan Sternenfall, ich bin froh, dass du meiner Einladung folgst.«

»Ich war der Meinung, es sei Königin Voos Einladung«, sagte Adan.

»Meine Schwester erlaubt mir, für sie zu sprechen.« Er zog eine Schnute, doch dann hellte sich seine Miene auf. »Ihr beide werdet unsere Drachenjagd genießen.«

Quo wandte sich an den Wreth-Magier und die anderen Krieger und kicherte. »Ich mag diesen Menschenkönig.«

Die Einwohner von Bannriya hatten sich an der Mauer und dem Tor versammelt und beobachteten die Abreise, aber ihr Jubel klang gedämpft. Adan drehte sich um und winkte ihnen beruhigend zu. »Wir werden mit unseren neuen Freunden große Abenteuer erleben. Penda und ich, wir bauen an unseren Vermächtnissen. Wir werden wunderbare Geschichten zu erzählen haben, wenn wir zurückkehren.«

»Zweifellos«, erwiderte Quo und deutete auf die beiden Augas mit den leeren Sätteln. »Wir sollten uns auf den Weg machen.«

Adan betrachtete den seltsamen, tief herunterhängenden Sattel. Er wollte Penda beim Aufsteigen helfen, aber sie sprang mit einer Leichtigkeit und Anmut auf den Rücken des Tieres, die er niemals zeigen würde. Nun saß sie auf ihrem Auga, war zur

Abreise bereit und wartete auf ihn. Xar hielt sich an ihrer Schulter fest, flatterte mit den Flügeln und gab ein zufriedenes Summen von sich.

Adan gelang es, den zweiten Auga zu erklettern, ohne sich dabei zum Narren zu machen. Er ergriff die Zügel und spürte, wie sich die kraftvolle Kreatur unter ihm bewegte.

Die Wreth-Eskorte wendete ihre Augas, und die Tiere trotteten die Straße entlang in Richtung des Vorgebirges und der dahinter liegenden Wüste. Adan warf einen Blick zurück auf Bannriya und bemühte sich, auf alles Mögliche gefasst zu sein.

Während sie weiterzogen, wirbelten die Augas eine Menge Staub auf, und bald begriff Adan, dass der braune Dunst eine Art von Tarnung war, die von den Wreth durchaus beabsichtigt war. Quo rief: »Meine Schwester hat es eilig, denn der Drache wird nicht auf uns warten.« Er rang sich ein dünnes Lächeln ab. »Haltet euch fest. Ihr werdet es sehr erfrischend finden.«

Die Augas wurden schneller, bis sie auf ihren massigen Beinen mit voller Kraft rannten. Die schwarzen Zungen hingen aus ihren Mäulern und tasteten in die Luft. Adan packte den Knauf des harten Sattels und schaute zu Penda hinüber. Ein breites Grinsen lag auf ihrem Gesicht, und die dunklen Haare peitschten hinter ihr her. Trotz der Anspannung schien sie die Freiheit zu genießen. Wie ein grüner Blitz stieg Xar in die Luft und kreiste über ihnen; er folgte den Reitern zahllose Meilen weit.

Die Wreth sprachen wenig, waren auch untereinander nicht mitteilsamer. Der düstere Magier in seiner Lederrobe sagte kein einziges Wort, aber er warf den beiden Menschen regelmäßig misstrauische Blicke zu.

Quo sah den Magier abschätzig an und sagte laut und doch verschwörerisch zu Adan: »Ich entschuldige Axus nicht. Er ist von der bitteren Sorte.«

»Was haben wir ihm getan, dass er uns so ablehnt?«, fragte Penda.

»Ihr wurdet nicht als Wreth geboren. Viele in unserem Volk sind überrascht, dass meine liebe Schwester den Menschen so sehr vertraut. Axus betrachtet es als schlechtes Vorzeichen, dass unsere Königin Euch mit dieser Eskorte ehrt, als wäret Ihr ihresgleichen, denn schließlich waren wir es, die Eure Art vor langer Zeit erschaffen haben.«

Der Wreth-Magier ritt mit grimmigem Gesicht weiter, starrte vor sich hin und machte keine Bemerkung dazu.

»Er lehnt diese Eskorte ab?«, fragte Adan. »Aber Königin Voo hat uns doch gebeten, an Eurer Drachenjagd teilzunehmen. Wie sollten wir zu ihr gelangen, wenn uns niemand den Weg zeigt?«

»Sie hätte verlangen können, dass Ihr euch selbst darum kümmern müsst«, erwiderte er hochnäsig.

Nachdem sie das Vorgebirge hinter sich gelassen hatten, wurde das Gelände rauer. Sie gelangten in steile Schluchten mit seltsamen Felsformationen am Rande der ausgedehnten Wüste. Adan wusste, dass einige der größten Schlachten in den Kriegen des Altertums hier draußen stattgefunden hatten, und die Anzeichen dafür waren noch immer deutlich zu sehen. Zwar hatten die Menschen das fruchtbare Land im Staatenbund für sich beansprucht und kultiviert, aber große Teile der Welt waren nach wie vor unbewohnbar, insbesondere im Süden, wo der Schmelzofen lag. Mit der Zeit hatten sich einige unerschrockene Suderraner in die Wüsten gewagt und dort Kristalle und Achat geschürft. Aber sie waren nicht weit vorgedrungen. Die Sandwreth hingegen hatten einen Weg gefunden, die Wüste für ihre Zwecke zu zähmen.

Drei Tage rannten die Augas voran. Die nächtlichen Lager der Wreth dienten nur dem Schlaf, nicht der Geselligkeit, wie es bei den Utauk üblich war. Adan und Penda blieben für sich und versuchten, sich wie gewohnt miteinander zu unterhalten, auch wenn sie müde, angespannt und wundgeritten waren. Immer wieder nahmen sie Xars Halsband ab und betrachteten die in der Muttertväne gespeicherten Bilder. Aus der erhöhten Perspektive des Ska wirkten die Schluchten schön und zugleich schroff; sie waren ein Gewirr aus trockenen Klüften, felsigen Wellen und missgestalteten Steinen, die von den Bergen heruntergestürzt waren.

Auf ihrer Reise wagte sich Xar immer weiter weg von ihnen, und als sie in die innere Wüste gelangten, sah Quo zum Himmel hinauf und sagte tadelnd: »Hier gibt es gefährliche Luftströmungen und fliegende Raubtiere. Ihr solltet euer Haustierchen ab jetzt an der kurzen Leine führen.«

Penda hielt sich an diese Warnung.

Am vierten Tag des Ritts betrachtete Adan besorgt das immer schroffer werdende Gelände vor ihnen, aber Quo zerstreute seine Sorgen. »Übe dich noch ein wenig in Geduld, Adan Sternenfall. Unser Ziel befindet sich dort hinten in der breiter werdenden Schlucht.«

Die Augas bahnten sich geschickt einen Weg durch eine Vertiefung im Boden, die zur Biegung einer Schlucht führte, in der, wie sie bald feststellten, Königin Voo sich eine ganze Stadt als Lager hatte erbauen lassen. Etwa hundert Sandwreth und ihre Augas drängten sich in der engen Kluft, die von roten Felswänden begrenzt wurde. Die provisorische Ansiedlung war aus den Steinen und dem Sand der Gegend erbaut; die Wreth hatten dies alles zu geschwungenen Unterkünften gestaltet, als handle es sich bei ihrem Baumaterial um geschmeidigen, leicht formbaren Lehm.

Als die Augas in das Lager einritten, kamen ihnen zahlreiche Sandwreth entgegen und begrüßten sie. Es waren Adlige in feiner Kleidung, Wreth-Magier in ihren üblichen Lederroben und Soldaten in geschuppten Rüstungen. Königin Voo trat ihren Gästen entgegen und empfing sie; ihr langes Haar floss in Wellen herab, und die spärliche Lederrüstung enthüllte viel von ihrer goldenen Haut. Sie trug zarte kupferfarbene Stoffe, die sie auf seltsame Weise umwirbelten und wie Hitzeflirren in der Luft wirkten. Sie streckte dem König und der Königin die Hände entgegen und sagte: »Ich hoffe, eure Reise war angenehm.«

Penda schwang sich aus dem Sattel ihres Augas und sprang auf den Boden. »So angenehm wie nur möglich, in Anbetracht des Geländes.«

Adans Beine waren so steif, dass er sich - nachdem er abgestiegen war - gegen sein stämmiges Reittier lehnen musste.

»Wir haben dieses prächtige Lager erbaut, um Euch damit willkommen zu heißen, denn wir wissen, dass die Menschen zerbrechlich sind«, sagte Voo. »Unsere Krieger erwarten die Jagd bereits ungeduldig. Viele Jahre sind vergangen, seit wir zum letzten Mal einen Drachen erlegt haben.«

Die Königin führte sie ins Herz des geschäftigen Lagers. Adan sah keine Feuer, sondern nur flache dunkle Steine, die Hitze zum Kochen abgaben. An der Seite der Schlucht trat Wasser aus. Die Magier hatten es in der Tiefe entdeckt und mit ihren Kräften diese künstliche Quelle erschaffen.

Voo sagte: »Nehmt unsere Unterkunft als die Eure an und genießt sie.«

»Werden wir so lange hierbleiben, bis die Jagd beginnt?«, fragte Adan.

Sie lachte. »Natürlich nicht! Dies ist nur ein Lager für kurze Zeit, mit dem wir Euch willkommen heißen wollten. Sobald der Drache wieder gesichtet wurde, werden wir kreuz und quer durch den Schmelzofen ziehen.«

»Ihr habt den Drachen also schon gesehen?«, fragte Penda.

»Oh, ja. Wir müssen ihn nur wiederfinden, ihn jagen und ihn dann töten.«

Ihr Bruder grinste. »Das wird eine ausgezeichnete Übung für die wahrhaft große Schlacht sein, die vor uns liegt.«

78

Nachdem sie mit ihrer neuen Ska in die Zivilisation zurückgekehrt war, blieb Glik für einige weitere Tage in Shella din Orrs Lager und nahm wieder Kontakt mit ihrer weit verzweigten Utauk-Familie auf. Sie gönnte sich die Zeit, ihr selbst klarzumachen, dass sie ein Teil dieses Volkes war und in seinen Kreis gehörte, aber bald spürte sie erneut den Drang, auf Wanderschaft zu gehen. Sie und ihre neue Ska wollten mehr über sich erfahren und ihre Herzensverbindung stärken.

Also folgte Glik einer kleinen Karawane durch die suderranischen Berge, wurde aber bald ungeduldig und verließ sie wieder, weil sie schneller reisen wollte. Ari flog hoch und war frei, während Glik in ihrem Herzen zusammen mit dem Reptilienvogel in die Lüfte stieg und den Wind sowohl in den Haaren als auch im Gefieder spürte. Nun, da ihre neue Partnerin das Loch in ihrem Herzen aufgefüllt hatte, war sie wieder ein vollständiger Mensch.

Nichts konnte ihren ersten Ska ersetzen, aber andererseits war auch nichts wie Ari. Der blaue Reptilienvogel wurde schneller und jagte hinter einem panischen Sperling her. Ari hätte ihn fangen und in den Schnabel nehmen können, aber fürs Erste spielte sie nur am Himmel.

In jener Nacht schlug Glik ihr Lager allein in einem Birkenhain an einem gurgelnden Bach auf. Die junge Ska landete in der Nähe auf einem schaukelnden Zweig und beobachtete sie, während sie stolz ihre Federn putzte und das neue Halsband zeigte, das Shella din Orr ihr gegeben hatte. Seit Glik den unheimlichen Umriss in dem harzartigen Kokon im Berghorst gesehen hatte, wurde sie von bösen Träumen geplagt, die ihr drohten, sie in

Schrecken erwachen zu lassen, doch gleichzeitig im Schlaf gefangen hielten.

Nach vielen Jahren des Alleinseins wusste das Mädchen, wie sie mit rastlosen Visionen und fordernden Träumen umzugehen hatte. Die Herzensverbindung zu ihrer Ska konnte dabei helfen, denn auch der alte Ori hatte ihre Visionen gelenkt und sie vor ihnen abgeschirmt. Die junge blaue Ska hüpfte von dem zu dünnen Zweig herunter und nahm eine bequeme Position auf Gliks Schulter ein, während das Mädchen mit überkreuzten Beinen vor ihrem kleinen Feuer saß. Sie starrte tief in die hypnotischen Flammen und gleichzeitig ... *hinter* sie.

Manchmal konnte Glik die Visionen selbst herbeirufen, sodass sie hinter ihren Augen erschienen. Doch dieses Vorgehen war neu für Ari, und Glik musste es ihrer jungen Ska erst beibringen und überdies die Herzensverbindung stärken. Sie waren Partner, was die Visionen betraf. Mit dem Finger beschrieb sie einen Kreis über ihrem Herzen und bereitete sich darauf vor, in die Trance einzutreten.

»Der Anfang ist das Ende ist der Anfang«, murmelte sie und zog den Kreis erneut, wieder und wieder. »Der Anfang ist das Ende ist der Anfang ist das Ende ist der Anfang.« Sie wiederholte die Worte so lange, bis sie zu einem Singsang wurden.

Sie spürte die Gegenwart der erwartungsvollen Ska in ihrem Geist und in ihrem Herzen. Durch halb geschlossene Augen sah Glik Kreise in der Natur: Steine, die zu einem unnatürlichen Ring zusammenfielen, Birkenblätter wie eine gelbe Krone am Boden, kreisrunde Kräuselungen im vorbeifließenden Bach. Das alles waren dunkle Vorzeichen.

Sie wagte sich tiefer vor und spürte den pulsierenden Ruf der Welt, die dünnen Strähnen der Magie, die selbst in diesem geschundenen und verwundeten Land noch übrig geblieben waren. Ihr Geist trieb an ihnen entlang und schwebte davon, aber diesmal flogen sie und Ari zusammen und zugleich allein durch den Himmel. Bald gesellten sich noch andere Reptilienvögel zu ihnen. Die Vision wurde deutlicher, die Bilder wurden eindringlicher.

»Der Anfang ist das Ende ist der Anfang ist das Ende ist der Anfang.« Glik zeichnete weiter Herzkreise und fiel tiefer in Trance. Sie schloss die Augen ganz, um ihre innere Reise besser beobachten zu können, und sah sich hoch über dem Boden dahinschweben. Ihr Körper hatte lange blaue Federn und eine saphirfarben geschuppte Haut. Sie war eine Ska ... unter vielen anderen Skas, unter Tausenden von ihnen. Gemeinsam flogen sie in der größten Schar, die sie sich je hatte vorstellen können, und erschufen einen Aufruhr von Zwitschern und Summen und Klicken am Himmel. Ihr moschusartiger Geruch teilte zahlreiche Feinheiten mit.

Die zahllosen Traum-Skas wogten über einem uralten Schlachtfeld dahin. Glik schaute nach unten und sah gewaltige Armeen, unzählige Kämpfer in exotischen Rüstungen, bleiche Krieger und bronzefarbene Krieger, zusammen mit Menschentruppen, die allmählich abgeschlachtet wurden. *Sandwreth und Frostwreth.*

Eine gewaltige Stadt ragte in der Ferne auf, größer als Bannriya und Fellstaff zusammengenommen. Magier aus beiden Parteien riefen mit ihrer verworrenen Magie große Zerstörungen hervor und erschufen feurige Geysire und gewaltige Eisplatten, die geradewegs in die feindlichen Reihen geschleudert wurden. Gnadenlose Soldaten hackten sich gegenseitig in Stücke, bis die ganze Ebene wie ein Teppich aus Blut wirkte. Sandwreth-Magier erschütterten den Boden mit unsichtbaren Schockwellen, aber ihre Partei verlor, und die bronzehäutigen Krieger zogen sich in die gewaltige Stadt zurück.

In ihrer Vision beobachteten Glik und die Wolken von Skas den Kampf in sicherer Entfernung vom Himmel aus. Immer mehr Reptilienvögel gesellten sich zu dem Schwarm und flogen in enger Formation, als wollten sie sich zu einem Mosaik zusammenfügen, und Glik war ein Teil davon.

In der großen Stadt richteten die Magier der Sandwreth ein riesiges Gestell voller Edelsteine auf, in die magische Linien eingraviert waren. Es handelte sich um eine schreckliche Waffe, die dazu erschaffen worden war, den Drachen Ossus zu töten. Sie würde auch die feindliche Armee ausradieren - falls die Magier den Ausstoß der Macht kontrollieren konnten.

Glik keuchte auf, als sie erkannte, wo in ihrer Vision sie sich befand und was sie sah. Das Schlachtfeld unter ihr würde später zur Ebene des Schwarzen Glases werden.

Sobald ihr dieser Gedanke gekommen war, schoss ein ungeheuerlicher Blitzstrahl aus dem Gerät der Magier. Die Welle unkontrollierbarer Energie drängte voran und löschte die Armeen aus, die sich auf der Ebene befanden - beide Wreth-Parteien und auch alle Menschen.

Dann entglitt den erschöpften Magiern die Kontrolle über ihre Waffe. Sie wirbelte herum und verschoss ihre Magie in großen Lichtbögen über die ganze Stadt, zerstörte sie und verwandelte das Tal in einen See aus geschmolzenem Glas.

In der Vision stiegen Glik und die Skas höher, um den Schockwellen der Vernichtung unter ihnen entgehen zu können. Aris Gegenwart half ihr zu fliehen.

Doch jetzt spürte Glik eine noch unheilvollere Macht - etwas Gewaltiges und Polterndes. Der Schwarm schoss mit unfassbarer Schnelligkeit über das Land und die hohen Berge hinweg: den Drachengrat. Unter ihnen platzte die Welt auf. Berge bewegten sich und brachen auseinander, und große Feuer schossen in die Luft, als sich dort unten ein gewaltiges Wesen bewegte.

Glik war tief in ihrer Trance gefangen und versuchte zu entkommen. Sie wollte das alles nicht sehen. Es konnte sie vernichten!

Aber Ari flog im Innern ihres Geistes weiter und weigerte sich aufzuhören. Alle Skas im großen Schwarm stiegen nun ab, wurden schneller ... und flogen geradewegs auf die Brüche in den Bergen zu ...

Mit einem harschen Schrei erwachte Glik neben dem Bach. Sie zuckte und schwitzte. Der Reptilienvogel auf ihrer Schulter flatterte mit den Flügeln, knabberte an Gliks Ohrläppchen, klickte und gab gurgelnde Laute von sich, als wollte er sich bei ihr entschuldigen. Das Lagerfeuer war zu matten orangefarbenen Kohlen heruntergebrannt.

»Was haben wir gesehen?«, fragte Glik mit heiserer Stimme. Sie drückte die Hand gegen ihre Brust, spürte ihren Herzschlag, zog einen weiteren Kreis und fürchtete dabei, sie könnte ein Ende gesehen haben, dem kein neuer Anfang mehr folgte.

Sie ging nach Bannriya, da sie ihre Ziehschwester Penda und auch Hale Orr aufsuchen musste. In der riesigen ummauerten Stadt gelang es Glik allmählich, das Entsetzen abzuschütteln, das ihre Vision ausgelöst hatte. Sie hatte es schon immer genossen, die Wildnis der Straßen und Hintergassen zu erforschen. Ari stieg in die Luft, kam zurück und setzte sich wieder auf Gliks Schulter. Die Ska war noch nicht an die dicht beieinanderstehenden Gebäude und die lärmenden Menschenmengen gewöhnt.

Das Mädchen unterhielt sich mit Straßenköchen, Musikanten, Töpfern, Webern und Wäscherinnen. Es war ihr ein Rätsel, wie jemand damit zufrieden sein konnte, sein Leben lang im selben Haus zu wohnen und dabei stets dieselben Leute und Straßen zu sehen. Sie verglich die Stadtbewohner mit Bäumen, deren Wurzeln tief in der Erde steckten und die hoch in den Himmel wuchsen, während sie dabei aber immer an der gleichen Stelle blieben. Glik ähnelte eher einem Rotfuchs, der überall dorthin ging, wo es ihm gefiel.

In der Hoffnung auf eine gute Mahlzeit in der Burgküche, auch wenn sie dafür vermutlich abwaschen musste, begab sich Glik zur unteren Seitentür. Die dicke Hauptköchin erinnerte sich an sie und meinte neckisch: »Na, da ist das schmutzige kleine Mädchen ja wieder!«

Glik folgte der Frau in die Küche. »Ich bin stolz, den Staub all der Meilen zu tragen, die ich gereist bin.« Sie atmete die köstlichen Düfte ein, die aus den Öfen und Kesseln drangen. »Ich bin hier, weil ich meine Schwester besuchen will. Hoffentlich muss ich dazu keine feinen Kleider anziehen?«

»Ah, die Königin ist nicht hier, Kind, aber du kannst trotzdem ein gutes Essen bei mir bekommen.« Die Köchin suchte in der Küche herum und kam mit einem fast frischen Brot und einer

Schüssel mit Suppe vom vergangenen Abend zurück, die noch auf dem Kesselboden vor sich hin geköchelt hatte. Glik riss ein wenig von dem Brot ab und verfütterte Krustenstücke an Ari, die sie rasch verschlang.

Die Köchin holte sich einen Stuhl, setzte sich vor das Mädchen und richtete die weiße Haube, die ihr graubraunes Haar zusammenhielt. Sie machte ein besorgtes Gesicht. »Königin Penda und König Adan sind zusammen mit diesen schrecklichen Kreaturen fortgegangen.« Sie senkte die Stimme, als könnte schon das einfache Aussprechen des Wortes die alte Rasse herbeizwingen. »Die Sandwreth!«

Gliks Interesse war angestachelt, doch sie verspürte ebenfalls einen Stich der Angst. »Sind sie gefangen genommen worden? Sind sie Geiseln?« Ari flatterte mit ihren blauen Schwingen und spürte die Sorge ihrer Gefährtin. »Ich werde sie retten!«

»Oh nein, so ist es nicht. Sie sind mit einer Eskorte auf diesen Eidechsenwesen weggeritten.« Die Augen der Köchin wurden so groß wie Untertassen. »Königin Voo hat sie zu einer *Drachenjagd* eingeladen.«

»Zu einer Drachenjagd? *Cra!*« Glik wäre fast an ihrem Brot erstickt und erinnerte sich an ihre Träume von Schuppen und dunklen, scharfkantigen Flügeln. »Unmöglich.« Sie dachte an das, was Shella din Orr gesagt hatte. »Sie sind viel zu selten.«

»Die Sandwreth glauben zu wissen, wo sie einen finden können. Sie wollten, dass unser König und unsere Königin dabei sind. Das wäre Stoff für ein Vermächtnis, möchte ich sagen ... aber nicht für mich!« Die Köchin wirkte auffallend besorgt.

Der Reptilienvogel gurgelte und summte, bis Glik ihm den Rest des harten Brotes gab. Ari zerknabberte es glücklich und schluckte es herunter.

Glik kam zu einer Entscheidung. »Ich glaube, ich wäre auch gern dabei. Weißt du, wann und wohin sie aufgebrochen sind?«

»Vor ein paar Tagen. Wer kann schon sagen, wie lange so eine Drachenjagd dauert? Sie sind zur äußeren Wüste gegangen, in Richtung des Schmelzofens.«

»Das klingt, als könnte ich sie noch einholen.« Glik schlang ihre Suppe herunter.

»Xar hat sie begleitet, falls das für dich eine Hilfe ist«, sagte die Köchin. »Vielleicht kann deine Ska seine Spur aufnehmen.«

»Vielleicht. Komm, Ari«, sagte Glik. Durch ihre Herzensverbindung sorgte sie dafür, dass die Ska Penda kennenlernte und sie sogar in der weiten Wüste finden konnte.

79

Als König Kollanans neue Brava hatte Elliel geschworen, nicht nur ihn, sondern auch sein Reich zu beschützen. Sie hatte sich mit einem Herrscher verbunden, der es wert war, ebenso wie sein Volk, und nun machte sie sich daran, alles über Norterras Politik, über seine Verbündeten und seine Geschichte zu lernen. Das war jetzt ein Teil ihrer Arbeit.

Diese Arbeit war so grundlegend anders als die bedrückenden Dienste, die sie für Lord Cade geleistet hatte, der sie - in voller Gewissheit seiner politischen Macht - betäubt und vergewaltigt hatte. Und er hatte Elliel ihre Identität als Brava weggenommen. Er lebte weit entfernt auf der anderen Seite des Staatenbundes und glaubte, in Sicherheit zu sein. Er war es auch. Bisher.

Und dann gab es da noch Utho.

Sie schob diese Gedanken beiseite. Elliel hatte sich König Kollanan dem Hammer verschworen, und sein Reich wurde von den Frostwreth bedroht. Sie hatte Wichtigeres zu tun als persönliche Rache zu üben.

Kollanan hatte bereits einen Warnbrief durch einen Utauk-Kurier zur Burg von Convera geschickt, in dem er die geheimen Geschäfte offenlegte, denen Lord Cade in seinem Land nachging, und überdies genau beschrieb, was Utho Elliel angetan hatte. Diese Neuigkeiten würden vermutlich einen ziemlichen Aufruhr verursachen, sobald der Konag von ihnen erfuhr. Elliel würde sich irgendwann selbst um diese Angelegenheit kümmern müssen, aber Thon hatte sie Geduld gelehrt …

Erst einmal musste sie die neue Person, zu der sie geworden

war, mit der Frau in Einklang bringen, die sie in der Vergangenheit gewesen war. Ihr Kopf war vollgepackt mit Einzelheiten, wie ein Erinnerungsschrein mit zahllosen Bänden, die nur darauf warteten, gelesen zu werden, und sie hatte keine Zeit, sich ihre eigene Existenz anzusehen. Sie besaß zwei verschiedene Vermächtnisse für ein und dasselbe Leben.

Nun, da sie wieder in ihre alten Dienste eingetreten war, wollte Elliel auch wie eine Brava aussehen. Der König stellte ihr eine Lederrüstung, Stiefel, ein Kettenhemd sowie die traditionellen Waffen zur Verfügung, die ihren exotischen Rammer ergänzten. Als Kollanan sie ansah, nickte er zustimmend und respektvoll. »Lasis wäre mit dir einverstanden gewesen.« Das betrachtete sie als Kompliment.

Als seine acht Vasallen-Lords zur nächsten dringenden Zusammenkunft eintrafen, stand Elliel selbstsicher und einschüchternd in Kollanans Nähe. Dies war das erste Mal, dass die anderen Adligen die neue Brava des Königs sahen, und sie gab ihr Bestes, einen nachhaltigen Eindruck zu hinterlassen. Er stellte sie jedem der Lords vor, und sie prägte sich die Gesichter und die Namen ein: Alcock, Teo, Vitor, Bahlen, Cerus, Ogno, Iber und Oren. Durch genaue Beobachtung erfuhr sie etliches über die Persönlichkeiten der Adligen und erkannte, wer loyal und hilfsbereit und wer isoliert war, und wem die Befehle des Königs nicht viel bedeuteten. Es gab so vieles, was sie in sich aufnehmen musste.

Während der Zusammenkunft stand Elliel wie eine Leibwächterin hinter Kollanans Stuhl. Er sah die Lords am Tisch nacheinander an. »Ich habe eine Entscheidung getroffen. Wir werden die Frostwreth angreifen; wir werden ihnen einen Schlag versetzen. Ich hoffe, das wird ihnen eine Warnung sein, sodass sie uns zukünftig in Ruhe lassen.«

»Ich verstehe Eure Wut, Sire«, sagte Lord Alcock vorsichtig. Elliel erkannte, dass er häufig als Stimme der Vernunft diente. »Auch ich spüre die Hitze der Rache. Was in Bakalsee geschehen ist, hätte in jedem unserer Orte geschehen können, und ich trauere um Eure Tochter, um Eure Enkel und um all jene Menschen dort. Aber wir sind einfache Leute, ausgestattet allein mit traditionellen Waffen, und vermögen gegen einen so schrecklichen Feind nicht viel auszurichten.«

Koll schlug mit der Faust auf den Tisch. »Ich weigere mich, uns als *einfache Leute* zu betrachten! Schließlich sind wir Überlebende! Wir haben die Welt wiederaufgebaut, nachdem die alte Rasse sie zugrunde gerichtet hatte, und wir sind keineswegs bedeutungslos. Wir müssen kämpfen. Wir müssen etwas *tun*!«

Lord Teo deutete auf Elliel und die anderen drei verschworenen Bravas, die ihre Lords hierher begleitet hatten. »Sie besitzen zwar ihre Rammer, aber selbst diese Magie ist im Vergleich mit dem, wozu die Wreth in der Lage sind, unbedeutend. Ihr habt Lasis an sie verloren, nicht wahr?«

Kollanan zog die Brauen zusammen und warf einen Blick hinunter auf seine Hände. »Das ist noch nicht sicher, aber ich befürchte es.«

Elliels Hand tastete sich zu dem Reif an ihrer Seite. Die Wunden am Handgelenk waren inzwischen verheilt, aber sie spürte noch das Prickeln in der Haut und das Brennen im Blut. Sie sehnte sich danach, die Waffe wieder einzusetzen, und zwar gegen einen angemessenen Feind. Es war eine reine Waffe, eine Brava-Waffe, und sie wusste jetzt, dass sie diese Waffe nie missbraucht und nie ein Kind getötet hatte. Was Utho behauptet hatte, war eine Lüge gewesen ...

Kollanan zog die Schultern hoch und seufzte. »Ich schlage gar nicht vor, dass wir einen richtigen Krieg gegen die Frostwreth führen sollen, auch wenn es vielleicht dazu kommen wird. Wir müssen ihnen gleichsam einen Wespenstich versetzen, damit sie begreifen, dass es Konsequenzen haben wird, wenn sie uns nicht in Frieden lassen. Wir wollen nichts mit ihrer alten Blutrache zu tun haben, und auch nichts mit ihrem Drachen, ob er nun existiert oder nicht.«

»Ich würde sie alle nur zu gern zerschmettern«, sagte Lord Ogno, ein vierschrötiger Mann mit kantigem Gesicht und Händen, die so hart wie Stein wirkten. »Aber wenn Ihr das tut, werden sie uns angreifen. Seid Ihr bereit dafür? Wird unsere Armee ausreichen?«

Königin Tafira saß aufmerksam neben dem König. Sie zog zwei lange Dolche, mit jeder Hand einen, und rammte sie in die Tischplatte vor ihr. »Mein Gemahl hat mich überzeugt. Wenn wir es nicht schaffen, dass die Wreth uns respektieren, können wir uns ihnen auch gleich ergeben und zu ihren Sklaven werden. Ist es das, was Ihr wollt? Wenn ja, dann werden wir andere, geeignetere Adlige als Ratgeber für unser Reich bestimmen.«

Elliel beobachtete die Mienen der Anwesenden und lauschte ihren gemurmelten Worten. Niemand wagte es, laut etwas einzuwenden.

»Selbst wenn sie es uns heimzahlen werden, müssen wir doch unter Beweis stellen, dass wir Menschen sind«, sagte Kollanan mit leiserer Stimme. »Oder uns bleibt gar nichts mehr.«

Thon betrat leise das Zimmer. Das dunkle Haar fiel ihm bis über die Schultern, seine silbrige Hose schimmerte, und sein Brustpanzer war poliert. Als die acht Lords ihn sahen, unterhielten sie sich aufgeregt miteinander, aber Elliel war froh, dass er hier war. »Vielleicht darf ich ein paar Vorschläge machen?«

»Vielleicht bist du ein Spion«, fuhr Lord Teo ihn an. »Woher sollen wir es wissen?«

»Es gibt vieles, was wir nicht wissen«, sagte Thon gleichmütig. »Aber statt verängstigt zu sein, versuche ich zu verstehen, was auch Ihr tun solltet.«

Lord Cerus brummte etwas und griff nach dem Messer an seiner Seite. Lord Bahlen, der von seinem eigenen Brava, einem jungen Mann namens Urok, begleitet wurde, griff nach der Tischplatte vor sich. Sie alle hatten von dem fremden Wreth gehört, aber die meisten bekamen Thon nun zum ersten Mal zu sehen.

König Kollanan sagte: »Ich habe diesen Mann bei uns willkommen geheißen. Ich gebe zu, dass darin ein gewisses Risiko liegt, aber wenn er wirklich Wreth-Magie wirken kann, könnte er für uns von großem Nutzen sein. Ich bin bereit, alle Vorschläge anzuhören.«

»Ich werde Euch einige Möglichkeiten unterbreiten.« Thon sah zunächst Elliel fest an, dann betrachtete er einen nach dem anderen am Tisch. »Aber ich werde vielleicht Eure Hilfe brauchen, um sie in die Tat umzusetzen.«

Sobald sie Zutritt zur Burg von Fellstaff erhalten hatte, hatte sich Schadri in Kollanans Privatbibliothek vertieft und sich auch auf die Informationen gestürzt, die im Erinnerungsschrein der Stadt aufbewahrt wurden. Einer der Vermächtnishüter schrieb sogar frustriert an den König und beschwerte sich darüber, dass die junge Frau allzu viele Fragen stellte. Kollanan schrieb eine brüske Erwiderung: »Niemand kann zu viele Fragen stellen. Sie sollen beantwortet werden.«

Pokel verbrachte viel Zeit mit Schadri, aber er war so schüchtern, dass er nicht viel sagte. Sie übernahm es, ihn zu unterrichten und war froh, einen aufmerksamen Zuhörer zu haben, auch wenn es nur schwer zu entscheiden war, ob der unbeholfene junge Mann tatsächlich an den Inhalten interessiert war. Sie sprach mit ihm über alles, was ihr einfiel.

Schadri begleitete ihn bei seinen Pflichten, die er in der Burg verrichten musste, und klärte ihn über zahlreiche Themen auf. Pokel bemerkte nur selten etwas dazu und ließ sich auf keine Debatten ein, aber er gab ihr regelmäßig zu verstehen, dass sie seine ungeteilte Aufmerksamkeit besaß.

Als sie ihm einmal die unterschiedlichen Arten von Zugvögeln und deren Flugformationen erklärte, verbrannte sich der abgelenkte Pokel die Hand, weil er gleichzeitig ein heißes Gestell von einer Herdplatte genommen hatte. Als er vor Schmerzen aufschrie, hielt Schadri unverzüglich in ihrem Monolog inne und starrte auf die feuerrote Linie, die nun über seine Handfläche verlief. Sofort bildeten sich Blasen.

Schadri erinnerte sich an das, was ihr Doktor Severn in Thulgart beigebracht hatte, und zog ihn am Handgelenk mit sich. »Komm. Ich weiß, was jetzt zu tun ist. Ich kann das behandeln.« Durchflutet von Schmerz stolperte Pokel hinter ihr her, während sie die Treppe hinunter und zur Küche lief. Dort verlangte sie Honig, Speck und besondere Gewürze, die Tafira in einer Vorratskammer aufbewahrte. Die Küchenhelfer starrten das Mädchen an, gingen ihr aber aus dem Weg. »Ich bin bei einem Feldarzt in die Lehre gegangen«, erklärte sie. »Ich weiß, wie man Wunden behandelt - zumindest ein bisschen.«

Während er die Hand zunächst in kaltes Wasser hielt, damit das Pochen nachließ, mischte Schadri eine Salbe. Sie schmierte sie auf seine Handfläche, während eine der Köchinnen einige Stoffstreifen auskochte, die als Bandage dienen sollten. Pokel wirkte sehr erleichtert, als die Salbe den Brandschmerz tatsächlich linderte. Er sah sie mit großen Augen und noch größerer Anerkennung an. »Du musst eine Zauberheilerin sein.« Ihre Aufmerksamkeit ihm gegenüber schien die Schmerzen jedoch noch wirksamer zu besänftigen als die Salbe selbst.

Geschickt wickelte Schadri den Verband um seine Hand. »Darin ist nichts Magisches. Es geht nur um Wissen. Ich habe eine Menge Stunden damit verbracht, den Leichnam eines gehängten Diebes zu sezieren, und dabei habe ich viel gelernt.« Sie bemerkte nicht, wie sich Entsetzen über das Gesicht des Jungen legte. »Und jetzt wende ich mein Wissen an.«

Elliel hielt ihr langes dunkelrotes Haar mit der einen Hand fest und zögerte. Sie wusste nicht, was sie tun sollte. Sie hatte die langen Locken nicht mehr geschnitten, seit sie ohne Vermächtnis und ohne Erinnerung aufgewacht war, mit nichts als einem Brief voller Lügen in ihrer Tasche. Nun nahm sie ein scharfes Messer und schnitt sich die Haare kurz. Es war eine symbolische Geste, ein Wechsel, doch sie hatte das Gefühl, dass sie es tun musste. Als sie danach in ihr Spiegelbild blickte, sah Elliel eine andere Frau als jene, die Cade vergewaltigt hatte, und auch eine andere Frau als jene, die ohne Erinnerung das Land durchwandert hatte. Das hier war sie.

Ihre Muskeln und Reflexe hatten sich schon immer daran erinnert, wer und was sie war, und nun arbeitete sie wieder mit Messern und Schwertern und übte den Einzelkampf. Thon war ein ausgezeichneter Kämpfer, und sie maßen sich im Burghof. Sie prallten aufeinander, griffen an, wehrten ab und warfen sich mit rauen, erregenden Bewegungen zu Boden, bis sie beide vor Erschöpfung keuchten.

Allmählich erinnerte sich Elliel an Zeiten in ihrer Vergangenheit, in denen sie in den Kampf gerufen worden war. Die Einzelheiten kamen geradezu in Bündeln zurück. Einmal hatte sie in einer dunklen Gasse - an den Namen der Stadt konnte sie sich nicht erinnern - drei Räuber abgewehrt, die den Kaufmann, dem sie sich verschworen hatte, töten wollten. Elliel war erst sechzehn Jahre alt gewesen, hatte ihre Ausbildung aber bereits abgeschlossen, denn sie hatte ihre ganze Kindheit hindurch in der Brava-Siedlung geübt. Einer der Verbrecher hatte eine Fackel dabeigehabt, die anderen beiden waren mit Messern bewaffnet gewesen. Die junge Frau, so schnell wie eine Peitsche, hatte dem Kaufmann zugerufen, er solle um sein Leben laufen, und er war in Panik davongehuscht und hatte wie ein Ferkel geschwitzt. Elliel hatte sich den drei Angreifern entgegengeworfen. Mit dem ersten Hieb hatte sie die Kehle des einen Mannes aufgeschlitzt, den zweiten hatte sie getreten, geschlagen und dann erstochen. Aber der dritte Mann hatte ihr seine flammende Fackel an den Arm gehalten und ein wenig Pech auf dem Ärmel verteilt. Ihr Wams hatte Feuer gefangen, doch bevor sie sich die Zeit nahm, ihre brennende Haut zu löschen, hatte sie auch den dritten Räuber getötet. Daher stammte das wächserne Brandmal an ihrem Arm. Jetzt erinnerte sie sich daran.

Später kehrte sie in ihr Quartier zurück, wo Thon bereits auf sie wartete. Dieses Zimmer hatte früher einmal Lasis gehört, und Elliel spürte die Gegenwart des verschwundenen Bravas. Obwohl Kollanans erster Brava viele Jahre in Fellstaff gelebt hatte, war das Zimmer nur spärlich eingerichtet. Eine Flagge Norterras an einer der Steinwände stellte den einzigen Schmuck dar. Es gab hier eine Waschschüssel, einen Kleiderschrank und ein breites Bett, das wohl zu einem sehr großen Mann passen sollte, Elliel und Thon aber ausreichend Platz bot.

Als sie nun den Raum betrat, lächelte der Wreth sie verwundert an. Er lief auf sie zu und fuhr mit den Fingern durch ihr kurz geschnittenes Haar. »Das ist eine Überraschung. Du siehst noch immer wunderschön aus, aber es ist ein anderes Du. Ich habe es so geliebt, als deine Haare mich umspült haben wie eine Flut aus Feuer.«

»Du wirst dich daran gewöhnen müssen. Für den Kampf ist es so besser.«

»Ich glaube, ich habe mich schon daran gewöhnt.« Er lachte und küsste sie.

Sie legte ihm die Hände um den Hinterkopf und strich über die langen dunklen Locken, die sich wie Seidenfäden anfühlten. »Aber bitte schneide dir nicht auch deine schönen Haare ab.«

»Wir sollten uns so genießen, wie wir sind.« Er half ihr beim Ausziehen.

Freude und Kraft erfüllten sie, als sie auf seine Berührung reagierte. Blitzartig durchzuckte sie ein schrecklicher Schmerz, als sie sich an das erinnerte, was Lord Cade mit ihr getan hatte, aber sie schob diesen Gedanken sofort beiseite. Nein, Thon war ihr erster und einziger Geliebter.

Er bedeckte ihre Haut mit federleichten Küssen. Elliel stöhnte, fuhr mit den Händen über ihn und versuchte, nicht an Cade zu denken. Die Erinnerung an ihn war etwas, das sie am liebsten wieder ausgelöscht hätte. Thon berührte die gebogene rote Narbe auf ihrem Bauch – ein Beweis dafür, dass auch eine tiefe Wunde heilen konnte, aber unweigerlich eine untilgbare Narbe hinterließ.

Elliel keuchte auf, als diese Erinnerung in den Vordergrund trat: wie Almeda aus den Schatten sprang, in eifersüchtiger Wut aufheulte und mit ihrem langen Messer zustach ... Sie war bereit gewesen, jemanden umzubringen, nur weil sie einen Mann behalten wollte, der sich nie um sie gekümmert hatte – und zwar *den* Mann, der Elliel betäubt und vergewaltigt und sie wie sein Eigentum behandelt hatte.

Sie erbebte, doch nun hielt Thon sie in seinen Armen, und er liebte sie. Sie drückte sich gegen ihn. In warmem Schweigen lagen sie da, und er betrachtete sie mit seinen saphirfarbenen Augen. Allmählich gelang es Elliel, die Aufmerksamkeit nicht mehr auf ihre entehrte Vergangenheit, sondern auf die Tatsache zu richten, dass sie nun eine Brava war und sich mit König Kollanan verbunden hatte. *Das* war es, was sie nun war, und sie hatte geschworen, ihn und sein Reich gegen die schrecklichen Wreth zu verteidigen. Nun musste sie ein ganzes Land schützen.

»Kämpfe für uns, Thon«, flüsterte sie ihm ins Ohr. »König Kollanan und das Volk von Norterra brauchen dich. Ich brauche dich auch.«

»Du hast mich schon«, sagte er.

»Die anderen vertrauen dir nicht. Sie fürchten die Frostwreth, und wenn sie dich sehen, sehen sie nur den Feind. Aber für den Angriff, den König Kollanan auf Bakalsee plant, besitzt du eine Magie, die mächtiger ist als jede Waffe, die ihm zur Verfügung steht.«

»Du setzt großes Vertrauen in mich. Du hast gesehen, wie ich Magie in den Minenschächten von Scharrdorf benutzt und dem Ort später damit geholfen habe.« Er lächelte und zeigte seine gleichmäßigen Zähne. »Obwohl ich mich nicht an mein Leben erinnern kann, weiß ich doch tief in meinem Innern, dass ich für das kämpfen werde, was richtig ist. Du hast mir geholfen, das zu glauben.« Er drückte sie fest an sich. »Ja, ich habe bei diesem Angriff etwas zu bieten. Ich kann das einsetzen, was in mir ist.«

Als er mit dem Finger über die lange, rote Narbe auf dem Bauch fuhr, spürte sie nicht mehr das Brennen des Schmerzes aus der Vergangenheit.

Am nächsten Morgen traf ein Mann in zerfetzten Pelzen und Kleidern am Stadttor von Fellstaff ein. Er kam aus dem Norden und war kaum mehr als ein wandelndes Skelett: ausgezehrt, verwundet und mit Staub und Dreck überzogen, sodass niemand ihn erkennen konnte. Zuerst glaubten die Wachen, er sei ein Bettler, aber schließlich begriff jemand, dass es sich um einen Brava handelte.

Lasis.

König Kollanan eilte in die Unterstadt, denn der Brava war so geschwächt, dass die Wachen Angst hatten, ihn zu bewegen. Die Ärzte erreichten ihn früher als der König. Sie gaben ihm Wasser, wuschen ein wenig von all dem getrockneten Blut und dem Schmutz ab und kümmerten sich um seine Verletzungen.

Als Koll schließlich eintraf, war er sowohl verzweifelt als auch überglücklich, seinen Freund endlich wiederzusehen. »Lasis! Wir hatten geglaubt, dass du für immer verloren bist.« Er kniete sich neben den Brava. »Kannst du sprechen? Was ist geschehen?« Er beugte sich vor, um besser zuhören zu können.

Lasis öffnete die Augen, streckte Kollanan eine Hand entgegen und sagte mit rauer Stimme durch seine aufgesprungenen Lippen: »Die Frostwreth ... Birk, Euer Enkel ... er lebt.«

80

Wie ein spitzer grauer Zahn stieg die Insel Fulcor aus dem bewegten Wasser auf. Als sich die ischaranischen Kriegsschiffe näherten, betrachtete Iluris die schartigen Klippen und erinnerte sich an die lange, unangenehme Geschichte, die diesen Ort verdüsterte.

Neben ihr schaute Cemi in die salzige steife Brise und schien keineswegs beeindruckt zu sein. »Wie hässlich. Warum kämpft jemand dafür?«

Iluris hatte sich bereits die gleiche Frage gestellt. »Ja, warum?«

Den Bedingungen in der Einladung des Konags zufolge hatten drei Kriegsschiffe zum vereinbarten Zeitpunkt im Hafen von Serepol abgelegt, und nun blähten sich die weithin deutlich erkennbaren rot und weiß gestreiften Segel im Wind. Die Empra hatte persönlich fünfzehn ihrer adoptierten Falkenwächter ausgewählt, die von Kaptani Vos angeführt wurden, und dazu kam noch ein volles Kontingent gewöhnlicher ischaranischer Soldaten.

Iluris hatte den Kammerherrn Nerev zurückgelassen, damit er sich weiter mit der Liste der Kandidaten und Kandidatinnen für ihre Nachfolge beschäftigen konnte, aber Hohepriester Klovus hatte darauf bestanden, an der Mission teilzunehmen. Er hatte sie dazu gedrängt, heimlich einen der kleineren Gottlinge im Frachtraum mitzunehmen, sollte der Feind sie verraten. Aber Iluris hatte sich hartnäckig geweigert. »Das wäre gleichbedeutend mit einer Kriegserklärung. Als Ihr einen Gottling an ihre Küste gebracht habt, war das bereits eine ungeheure Provokation.«

Klovus hatte verächtlich gesagt: »Wie sonst sollten sie uns

fürchten, Exzellenz? Die Gottlosen müssen an die Macht erinnert werden, die wir repräsentieren.«

»Ich werde sie mit meinen eigenen Worten daran erinnern. Aber zuerst möchte ich hören, was der Konag zu sagen hat.«

Während der Reise über das Meer hatte die Empra Cemi die Geschichte Fulcors erklärt und dargelegt, wie der Fels während der Jahrhunderte immer wieder den Besitzer gewechselt hatte. Einmal hatte ihn die feindliche Garnison in einer relativ unblutigen Aktion aufgegeben, was den damaligen Emprir hatte selbstgefällig werden lassen, und kaum fünf Jahre später hatte der Staatenbund das Eiland zurückerobert. Ein anderes Mal hatten sich die Verteidiger des Staatenbundes geweigert, nach einer langen Seeblockade aufzugeben und waren bis auf den letzten Mann abgeschlachtet worden.

»Im letzten Krieg hätten wir die Insel fast wieder in unsere Gewalt bekommen«, sann sie nach. »Unsere Marine hat Fulcor belagert und den Nachschub abgeschnitten. Unsere Schiffe hatten in sicherer Entfernung geankert, aber einem einzelnen Mann war es doch irgendwie gelungen, aufs Wasser hinaus und so nahe an unsere Flotte heranzukommen, dass er sie in Brand setzen konnte. Wir haben diese Belagerung abbrechen müssen, und seitdem hält der Staatenbund die Insel.«

Cemi wirkte zweiflerisch. »Und Ihr glaubt, dass Konag Conndur sie zurückgibt, nur weil er mit uns Freundschaft schließen will? Das klingt ziemlich verzweifelt.« Sie kniff die Lippen zu einer schmalen Linie zusammen. »Ich würde das nicht tun.«

Iluris hatte schon oft und lange darüber nachgedacht. »Er muss es ernst meinen. Er will unsere Hilfe im Kampf gegen die Wreth-Armeen bekommen. Zumindest möchte er dafür sorgen, dass die Feindseligkeiten zwischen unseren Ländern aufhören, damit er sich auf seinen anderen Krieg konzentrieren kann, ohne einen Angriff von uns befürchten zu müssen.« Sie schüttelte den Kopf, und der Wind fuhr durch das locker sitzende Tuch, mit dem sie ihre Haare zusammenhielt. »Ich muss es selbst hören, dann werde ich entscheiden, ob er mich überzeugt hat. Ich wäre nicht traurig über die Möglichkeit, die Kämpfe auf beiden Seiten einzustellen. Ich sehe nicht, was sie uns noch bringen sollen.«

Als sie sich der Insel näherten, kam Klovus aus seiner Kajüte hervor, eilte über das Deck und warf einen besorgten Blick auf die kahle und abweisende Insel. »Ich rate Euch, in Eurer Wachsamkeit niemals nachzulassen, Exzellenz, auch wenn Ihr glaubt, dem Konag trauen zu können.«

»Ich habe nicht gesagt, dass ich ihm traue, Hohepriester. Ich habe nur gesagt, dass ich ihn anhören will.«

Er brummte: »Das hier ist eine offensichtliche Falle.«

»Es ist so offensichtlich, dass ich nicht mehr weiß, ob es sich tatsächlich um eine Falle handelt. Ich möchte wissen, was er wirklich vorhat.«

Cemi mischte sich ein: »Was ist, wenn der Konag und der Utauk-Händler die Wahrheit gesagt haben? Was ist, wenn die Wreth tatsächlich zurückgekommen sind und wieder Krieg gegeneinander führen wollen? Was, wenn sie wirklich vorhaben, den Drachen zu wecken?«

Klovus schnaubte verächtlich. »Dann sollten wir nichts dagegen unternehmen, dass die Wreth das beenden, was sie vor zweitausend Jahren angefangen haben, und die sterbende alte Welt auslöschen. In Ischara sind wir vollkommen sicher.«

»Wir alle sind ein Teil der Menschheit, Hohepriester, und wir alle wurden von den Wreth erschaffen und versklavt«, sagte Iluris. »Vor langer Zeit haben sie unseren Ahnen großen Schaden zugefügt. Gibt es denn nicht den geringsten Grund, warum wir zueinanderstehen sollten?«

»Die Gottlosen sind nicht die gleiche Art Mensch wie wir. Sie haben weder Magie noch Beschützer, wir aber haben unsere Gottlinge. Also sind wir besser – wir sind überlegen.«

»Höre uns, rette uns«, sagte Iluris mit nur einer Spur von Sarkasmus in der Stimme. »In diesem Fall sind wir durch unsere Ehre verpflichtet, denjenigen zu helfen, die weniger glücklich sind als wir. Ist es nicht das, was die Priester andauernd sagen?«

Klovus brummte: »Wenn wir die Herrschaft über Fulcor zurückerlangen, könnten wir wenigstens von einem Sieg sprechen, aber ich erwarte nicht, dass der Konag sie in nächster Zeit herausgeben wird, was auch immer er versprechen mag.«

Das dritte ischaranische Schiff ankerte weit draußen am Rand der Riffe, während die beiden anderen wie vereinbart weiter auf die Insel zuhielten. Das Flaggschiff wurde von dem nervösen Kapitän auf einem vorsichtigen Kurs gelenkt und näherte sich endlich der geschützten Bucht, die Fulcor als leicht zu verteidigender Hafen diente. Als Iluris die beeindruckenden Steinklippen hochblickte, bekam sie eine Gänsehaut. Dieser Ort stank nach Gefahr und Bedrohung. Hohepriester Klovus hatten einen guten Grund, misstrauisch zu sein.

Ein Kriegsschiff des Staatenbundes lag am Hauptpier in dem engen Hafen, doch der ischaranische Kapitän beschloss - mit Erlaubnis der Empra -, knapp außerhalb der Bucht vor Anker zu gehen, damit sie sich nicht in eine Falle begaben. »Von hier aus werden uns Boote zum Pier bringen, Exzellenz.«

Kaptani Vos rief die Falkenwächter zusammen, die als Iluris' Eskorte dienen sollten. Die Ischaraner holten ihre gestreiften Segel ein und ließen die Anker nieder, einen an jeder Seite des Schiffes.

Iluris wartete zusammen mit Cemi und legte ihrem Mündel sanft die Hand auf die Schulter, während sie beobachteten, wie sich Soldaten des Staatenbundes hoch oben auf den Zinnen versammelten. Die Empra sagte: »Cemi und ich, wir werden das erste Boot nehmen, zusammen mit Kaptani Vos und meinen Falkenwächtern. Im zweiten Boot werden sich der oberste Hohepriester Klovus und ein Kontingent ischaranischer Soldaten befinden.«

»Ja, Mutter«, sagte Vos.

Die Empra versuchte, ihre Beklemmungen abzuschütteln, und begab sich zu den Landungsbooten. Als sie zu Wasser gelassen wurden, wagte sie zu hoffen, blieb aber argwöhnisch. Wellen schlugen gegen die Felsen, und über ihr kreischten die Seevögel.

Empra Iluris bereitete sich darauf vor, ihren Todfeinden gegenüberzutreten.

81

Nachdem der hoffnungsvolle Konag zu seiner Mission nach Fulcor aufgebrochen war, hatte Hale Orr seine Verpflichtungen in Convera erledigt. Er wollte nur noch nach Bannriya heimkehren, bei seinen Landsleuten und seiner Tochter sowie deren Gemahl sein und Suderra zu verteidigen helfen. Und, was noch wichtiger war, er wollte um keinen Preis die Geburt seines ersten Enkelkindes verpassen. Daran würden ihn nicht einmal welterschütternde Krisen hindern!

Er hatte die Versammlung der Utauk-Stämme vor mehr als einem Monat verlassen, das Land bis nach Windhaupt durchquert, war von dort aus nach Ischara und zurück gesegelt, und nun ritt er wieder nach Bannriya. Als Hale jünger gewesen war, hatten solche Reisen ein großes Abenteuer für ihn dargestellt, aber nun freute er sich auf seine gemütlichen und bequemen Gemächer in der Burg. Er fühlte sich nicht nur alt, sondern auch verbraucht. Doch er spürte die Spannung, die in der Luft lag, und er roch den Rauch von den fernen Eruptionen und wusste, dass die dunklen Zeiten noch lange nicht vorbei waren.

Er ritt landeinwärts, und nach drei Tagen begegnete er einer Utauk-Karawane, die in Richtung Suderra unterwegs war. Die Anführerin des Zuges, eine säuerliche, stämmige Frau namens Rondi, erkannte ihn an seinen Farben und seiner fehlenden Hand und schenkte ihm ein breites Grinsen. Ihr schräger Schneidezahn verlieh ihr ein verwegenes Aussehen. »*Cra*, ich kenne dich, Hale Orr! Jeder Enkel von Shella din Orr ist bei uns willkommen.«

»Da müsst ihr aber eine Menge willkommener Leute in euren Reihen haben, denn sie hat viele Enkel.« Hale schwang sich von seinem Pferd und umarmte Rondi förmlich, dann senkte er die Stimme zu einem verschwörerischen Flüstern. »Aber ich bin einer ihrer Lieblinge.«

»Das sagen Hunderte!«

Die Karawane bestand aus zehn Packpferden, drei Ponys, einem Esel und vierzig Menschen: Das waren Rondis erwachsene Kinder, ihre Brüder und deren Nachkömmlinge. Er ritt mit ihnen; sie waren den ganzen Tag hindurch unterwegs. Am Abend hielt die Karawane auf der offenen Steppe an, und es wurden eine Handvoll Zelte aufgeschlagen und drei Kochfeuer entzündet. Die Tiere wurden dort angebunden, wo sie bequem grasen konnten.

Rondi lud Hale in das Hauptzelt zu einer Schüssel Eintopf mit Gemüse und Gerste ein. Die Frau befand sich in Gesellschaft von zwei älteren Männern, die beide eine Rasur dringend nötig hatten. Der eine hatte einen Schmerbauch, der andere trug eine Augenklappe. Rondi stellte den Schmerbauch als ihren Mann und den Einäugigen als ihren Geliebten vor. Hale war überrascht, dass der Gemahl keinen Anstoß an der offen gezeigten Untreue seiner Frau nahm. Als er Hales erstaunte Miene bemerkte, sagte der Mann in neckischem Tonfall: »*Cra*, kein Mann hält sie lange aus. Wir wechseln uns ab, sodass sich jeder von uns einmal ausruhen kann.«

Rondi gab ein obszönes Geräusch von sich. »Kein einzelner Mann kann eine Frau wie mich befriedigen.«

Der Geliebte sagte: »Es ist ein wenig von beidem. Wenigstens kann ich sie zurück zu ihrem Gemahl schicken, wenn ich von ihr gelangweilt bin, und mir eine feurigere junge Frau suchen.«

Sie schnaubte verächtlich. »Langweile ich dich also schon?«

Der Mann mit der Augenklappe räkelte sich auf dem Boden und hielt seine Schale mit dem Eintopf gegen den Bauch gedrückt. »Wir sind erst sieben Jahre zusammen. Solange du noch ein paar Tricks kennst, bleibe ich.«

Der Gemahl rollte mit den Augen.

Hale gefiel der lockende Blick nicht, den Rondi ihm zuwarf, aber er blieb höflich und erinnerte sich an das letzte Mal, als er mit seiner eigenen Frau Alanna zusammen gewesen war. Es schien so lange her zu sein - Penda war erst elf Jahre alt gewesen. Schon damals hatte Hale große Pläne für seine schöne Tochter gehabt, aber Alanna hatte ihn gebeten, realistisch zu bleiben. Sie hatte erwartet, dass Penda ein einflussreiches Stammesmitglied heiraten oder vielleicht mit einem Jungen durchbrennen würde, in den sie sich verliebt hatte.

Alanna war mit ihren Packtieren immer sehr gut umgegangen, hatte sie gepflegt, ausgebildet und jeden Abend zusammengetrieben, wenn der Stamm das Lager aufschlug. Als eine ihrer trächtigen Stuten eine schwierige Geburt hatte, hatte Alanna die ganze Nacht unter einer Plane verbracht und sich um das arme Tier gekümmert, während eisiger Regen fiel. Sie hatte es am Ende geschafft, dem Pferd bei der Geburt seines spindeldürren Fohlens zu helfen, aber kurz darauf war Alanna von einem Fieber heimgesucht worden, das viele Tage dauerte. Sie hatte gehustet, bis es so geklungen hatte, als würde ihr die Lunge aus dem Mund kommen. Alanna war gestorben, während Hale ihr die Schultern festgehalten und Penda neben ihrem Feldbett gekniet hatte.

Seitdem hatte es nur noch ihn und seine Tochter gegeben. Nach Alanna hatte er keine Frau mehr genommen, auch wenn er einige zarte - und weniger zarte - Angebote erhalten hatte. Auch wenn er sich selbst noch immer als jungen und schneidigen Abenteurer betrachtete, wusste Hale, dass er nicht so wählerisch sein sollte. In friedlicheren Zeiten hätte er es sich vielleicht anders überlegt, aber die Zeiten waren nicht friedlich. Und so schlief er allein.

Hale blieb drei Tage bei der Karawane, die auf der Hauptstraße in südwestlicher Richtung durch Osterra reiste. Als sie das südliche Ende des Drachengrat-Gebirges erreicht hatten, sahen sie die Auswirkungen der Verwüstungen, die von den Eruptionen herrührten. Noch immer hing der Rauch der Waldbrände in der Luft, die an den nördlichen Hängen getobt hatten, und graue Asche bedeckte die Kiefern wie Schnee.

Die Karawane lagerte außerhalb eines Dorfes in der Nähe von

schwefelhaltigen Dampfschwaden, die aus dem Boden stiegen. Wegen dieser andauernden Ausdünstungen trug der Ort den passenden Namen Faulruch. Die heißen Quellen waren seit den Bewegungen unter dem Drachengrat noch aktiver geworden, aber trotz der gefährlichen Veränderungen waren die Bewohner geblieben. Wenn Ossus durch die Berge brechen und in die Welt hinaustreten sollte, würden sie alle in ihren Häusern sterben.

Als Hale im Lager zu schlafen versuchte, spürte er, wie der Boden unter ihm zitterte. Er drückte die Handfläche gegen die Erde und hatte den Eindruck von einer *Gegenwart* tief unten. Dort regte und bewegte sich etwas ...

Am nächsten Morgen erhob er sich bei Sonnenaufgang und trank seinen Tee, doch das Wasser von Faulruch hatte einen bitteren, seifigen Geschmack. In der Hoffnung, dass er in einiger Entfernung klare Bäche fand, verabschiedete er sich von der Anführerin der Karawane. Allein würde er schneller sein.

Rondi lächelte und zeigte ihm dabei ihren schiefen Zahn. »Wärest du bei uns geblieben, hätte ich dir das Gefühl gegeben, sehr willkommen zu sein.«

Aber Hale stieg auf sein Pferd und packte die Zügel. »Vielleicht ein anderes Mal. Sorg dafür, dass sich meine Informationen unter den Utauk verbreiten. Wir brauchen unser Netzwerk jetzt dringender denn je. Es passiert so viel in der Welt.« Nachdem er einen Kreis in die Luft gezeichnet hatte, ritt er davon.

Er trieb sein Pferd hart an und hatte schon eine ganze Menge Meilen zurückgelegt, als ihm klar wurde, dass er sein Zuhause niemals erreichen würde, wenn er das Tier zu sehr erschöpfte. Also erlaubte Hale ihm einen langsameren, stetigen Schritt und reiste tagelang durch die fruchtbaren Gegenden Suderras, stets aber mit einem Blick in Richtung des fernen Bannriya.

Als er schließlich das offene Tor in der Sandsteinmauer erreicht hatte, ritt er wie jeder andere Reisende in die Stadt ein und zog nicht die geringste Aufmerksamkeit auf sich. Diese Stadt war erst seit zwei Jahren sein Zuhause, aber er hatte sie schon gut gekannt, bevor seine Tochter Adan Sternenfall geheiratet hatte. Er hatte

Bannriya während der Herrschaft von König Syrus besucht und auch später noch, in den unangenehmen Zeiten der Regenten. Das waren keine guten Jahre für Reisen und Handel gewesen. Unter dem jungen König Adan hatten sich die Zeiten zwar erheblich gebessert, aber nun konnte sich auch das wieder ändern.

Einer der Bannergardisten erkannte ihn, und Hale winkte ihm müde zu. »*Cra*, ich kehre von einer langen Reise zurück. Ich werde sofort zur Burg reiten, denn ich habe vieles mit meiner Tochter und dem König zu besprechen.«

»Ich fürchte, sie sind nicht hier, Herr. Sie sind vor ein paar Tagen abgereist.«

»Abgereist? Wohin?« Hale fragte sich, ob die Utauk-Stämme ihn und Penda wieder zu sich gerufen und Shella din Orr ihm Neuigkeiten zu übermitteln hatte.

»Die Sandwreth sind gekommen, Herr. Sie haben König Adan und Königin Penda zu einer Drachenjagd in die Wüste mitgenommen.«

»Eine Drachenjagd? Beim Blute der Ahnen! Ein Drache wurde gesichtet?« Hale trieb sein müdes Pferd zu größerer Schnelligkeit an und erhielt in der Burg den gleichen Bericht von zwei Ministern und der Dienerschaft.

Nach einer so langen Reise hatte sich Hale darauf gefreut, in seinen Gemächern entspannen zu können. Da Adan und Penda nicht mehr da waren, ließ er sich Zeit, badete, ruhte sich aus und nahm eine große warme Mahlzeit zu sich, die ganz anders aussah als das Essen, das er für gewöhnlich im Lager selbst zubereitete. In jener Nacht schlief er unter Steppdecken und glatten Laken in dem Zimmer, das er wie das Innere eines Zelts eingerichtet hatte. Aber er erkannte, dass ihm die Annehmlichkeiten der großen Burg keineswegs behagten. Nein, er war ein Utauk bis in die Knochen.

Nachdem er nur einen Tag in der Stadt geblieben war, brach Hale wieder zu den Bergen auf. Er hoffte ein Lager zu finden, in dem er lange mit anderen Utauk sprechen und Neuigkeiten mit ihnen austauschen konnte. Geben und Nehmen.

Die Welt würde nie aufhören, ihn zu erstaunen. Eine Drachenjagd! Und Adan und Penda waren freiwillig mit den Sandwreth gegangen, obwohl er bezweifelte, dass sie eine Wahl gehabt hatten.

Hale folgte den blauen Mohnblumen, die ihn zu einem der großen Lager bringen würden. Die Zukunft hing nicht nur von den Nachrichten-Verbindungen der Utauk ab, sondern auch von dem kühnen Angebot des Konags an die Ischaraner, ein Bündnis mit ihm einzugehen. Die Menschen würden sich gegen die Wreth zusammenschließen müssen.

Aber wenn Ossus erwachte, würde das Glück der Utauk versagen, das wusste er genau.

82

Auf Fulcor befand sich Hohepriester Klovus mitten unter den Gottlosen an einem Ort, der so trostlos wie ihr Glaube war. Der müde alte Staatenbund hatte zu wenig Magie in seinen Ländern, und die Menschen dort hatten zu wenig Glauben in ihren Herzen. Sie waren nicht in der Lage, Gottlinge zu erschaffen, die sie beschützten. Sie waren mangelhaft und minderwertig.

In Ischara hatte Klovus immer die warme Kraft und die wohlwollende Stärke der Wesen gespürt, die über ihn wachten. Er verstand die Tempel, und er wusste, dass die Menschen unwissentlich die dem Land innewohnende Magie zur Manifestation ihrer Wächter benutzten.

Doch nun, weit entfernt von Ischara und umschlossen von den strengen Steinmauern der Kasernen Fulcors, fühlte er sich nackt und allein. Unsicher. Treibend und weggeworfen. Fühlten sich die Gottlosen immer so?

Still verfluchte er Empra Iluris dafür, dass sie es ihm verboten hatte, einen niederen Gottling mitzubringen. Jetzt standen ihnen nur Schwerter und Rüstungen zum Schutz gegen Konag Conndurs Ränke zur Verfügung. Klovus wusste, dass er selbst nichts zu befürchten hatte, denn er hatte vier seiner Schwarzen Aale unter die ischaranischen Soldaten geschmuggelt. Aber was war mit Ischara selbst? Ein Verrat wäre schon schlimm genug, aber ein ernst gemeintes Angebot von Frieden und Ruhe wäre womöglich sogar noch schlimmer für das Volk und die Gottlinge. In bequemen, glücklichen Zeiten fühlten sich die Ischaraner nicht mehr so abhängig von ihren Gottheiten. Daher sahen die Menschen kaum die Notwendigkeit, ihnen zu opfern oder auch nur an sie zu *glauben*, was diese Wesen nur weiter schwächen würde.

Als oberster Hohepriester befürchtete er, die leichtgläubige Empra Iluris könnte eine Gefahr darstellen, die genauso groß war wie jene, die vom Staatenbund ausging. Schon bevor sie zugestimmt hatte, sich mit dem Konag zu treffen und über seinen absurden Vorschlag zu reden, hatte sie vieles getan, was die Gottlinge in ihrer Heimat geschwächt hatte. Sie hatte sich auf ihre Friedensherrschaft berufen, während sie den Weiterbau des Magnifica-Tempels verhindert hatte. Warum hatte sie eine solche Angst vor den wohlwollenden Gottheiten? Würde sie ihr Land und ihr Volk verkaufen, nur um Klovus in die Schranken zu weisen?

Als Iluris und ihre Falkenwächter das Ladungsboot verlassen hatten, wartete Klovus auf das Blitzen von Schwertern und das Spritzen von Blut. Die gottlosen Soldaten könnten diesen ersten Vortrupp leicht überwältigen. Iluris war so naiv und vertrauensselig.

Doch die Wachen des Staatenbundes behandelten die Empra mit Respekt und führten sie und ihr Gefolge über die steile Felsentreppe zur hoch gelegenen Garnison.

Als das zweite Boot anlegte, stieg Klovus aus, blickte kurz die Klippen hinauf und machte sich dann mit schnellen Schritten daran, die Gruppe der Empra einzuholen. Als er die Hälfte der Treppe hinter sich gebracht hatte, war sein Gesicht vor Anstrengung rot angelaufen.

Er schritt durch die Kluft im Felsen, in der sich auch leicht ein tödlicher Hinterhalt hätte befinden können, und betrat den ummauerten Raum auf der Spitze der Insel. Die Festung auf Fulcor hatte schon seit Jahrhunderten Bestand, doch es war nicht ganz klar, wer sie ursprünglich erbaut hatte. Einige behaupteten, die Insel sei erstmals als Haltepunkt benutzt worden, als die ursprünglichen ischaranischen Siedler die alte Welt auf der Suche nach neuen Ufern verlassen hatten, ohne zu wissen, wohin sie unterwegs waren. Fulcor war zwar kahl und abweisend, doch diese Insel galt als der einzige trockene Ort im ganzen weiten Ozean. Nachdem die Pilgerväter hier Station gemacht hatten, waren sie bald wieder aufgebrochen, weil sie sich im Osten unerforschte Gewässer erträumt hatten. Sie hatten auf grüne Gestade gehofft und tatsächlich einen ganzen jungfräulichen Kontinent entdeckt. Irgendwann war dieser Haltepunkt zu einem umkämpften Gebiet geworden, und eine Handvoll Verteidiger hatten ihn zu einer Festung umgebaut. Schließlich hatten die ischaranischen Pioniere die Insel den Barbaren aus der alten Welt überlassen müssen, später aber wieder in ihren Besitz gebracht … und sie abermals verloren. Und so war es weitergegangen.

Und nun hatte Konag Conndur aus unerfindlichen Gründen angeboten, Fulcor den Ischaranern zurückzugeben, wenn sie einverstanden waren, ein unverständliches Bündnis mit ihm einzugehen. Was hatte dieser Mann bloß vor? »Höre uns, rette uns«, murmelte Klovus, aber er war so weit von allen Gottlingen entfernt, dass niemand ihn hören konnte.

Auf den breiten Mauern befanden sich in regelmäßigen Abständen Beobachtungsposten, von denen aus die Garnisonssoldaten Ausschau nach Kriegsschiffen halten konnten. In dem ummauerten Gelände lagen ein Paradehof, zwei Kasernen, eine Rüstkammer, eine Messe und eine Freizeithalle. Das imposanteste Gebäude war die Hauptfestung, ein gedrungenes, zweistöckiges Bauwerk, das sogar die Verteidigungsmauern überragte. Auf jedem Dach gab es eine Zisterne, in der das Regenwasser aufgefangen wurde. Bäume und Gebüsche fügten dem Ganzen einige grüne Tupfer hinzu, und die Soldaten hatten sogar kleine Gärten angepflanzt.

Klovus holte Empra Iluris und ihr Gefolge ein, gerade als sie von den Truppen der Garnison und den Leuten des Konags begrüßt wurden. Der Hohepriester sah sich unter den uniformierten ischaranischen Soldaten um, die ihn umgaben, und konnte nicht sagen, wer von ihnen ein Schwarzer Aal war, denn ihre Tarnung war vollkommen. Er reckte das Kinn vor, marschierte in seinem blauen Kaftan voran und sorgte dafür, dass jedermann in ihm - vielleicht abgesehen von der Empra - die wichtigste anwesende Person erkannte.

Mit jeder Gruppe ischaranischer Soldaten, die in die Garnison einmarschierte, fühlte sich Klovus ein wenig sicherer. Der mürrische Wachmann Osler begrüßte die Eintreffenden mit unaufrichtigen Worten - seine Stimme klang barsch und brüchig.

Die Empra und die Bedeutendsten ihres Gefolges erhielten Quartiere im Nordflügel der Hauptfestung, der durch die große Halle vom Südflügel getrennt war, in dem Konag Conndur und sein Gefolge untergebracht waren. Klovus empfand sein Zimmer als unscheinbar, kalt und zellenartig, aber er bezweifelte, dass er seine Lage verbessern konnte, indem er sich beschwerte.

Unter gewöhnlichen Umständen hätten sich die Parteien zunächst einen Tag oder länger ausgeruht und in ihren Quartieren eingerichtet, bevor sie sich an die Arbeit machten. Doch zum Glück war das hier kein Freundschaftsbesuch, und Konag Conndur wollte sofort mit den Gesprächen beginnen. Das war Klovus recht. Je eher das Warten vorbei war, desto besser. Er wollte endlich wissen, was die gegnerische Seite vorhatte.

Die unscheinbare Küche der Garnison bot einfache Speisen für die hier stationierten Soldaten, aber Bohnensuppe war für so hohe Gäste nicht genug. Daher hatten die Schiffe des Staatenbundes sowohl frisches Rindfleisch als auch lebende Vögel mitgebracht, die für das Willkommensessen geschlachtet und gebraten wurden.

Der Banketttisch war wie ein großes »U« geformt. Konag Conndur und Empra Iluris saßen am Quertisch, während die Ischaraner die eine Seite und die Abgesandten des Staatenbundes die andere einnahmen. Die Falkenwächter der Empra standen an der Wand - sie waren argwöhnisch und starrten die Wachen des Gegners ihnen gegenüber eindringlich an.

Drei schwarz gekleidete Bravas waren anwesend und bereit zur Gewalt. Klovus wusste, dass die meisten der Brava-Halbblute zusammen mit ihrer bedrohlichen Kolonie an den ischaranischen

Gestaden schon vor Hunderten von Jahren ausgelöscht worden waren, aber er erinnerte sich daran, dass er während des Angriffs auf Mirrabay zwei Bravas gesehen hatte, die ihre feurigen Rammer gegen den Gottling eingesetzt hatten. Vielleicht gab es noch mehr von diesen Halbbluten, als er geglaubt hatte. Er betrachtete jenen, der Utho hieß und der persönliche Brava des Konags war, ganz genau und spürte, dass er diesen Mann fürchten musste. Uthos Miene war ausdruckslos, aber Klovus nahm eine schwelende Anspannung an dem schwarz gekleideten Mann wahr.

Unmittelbar gegenüber von Klovus stocherte der besorgt wirkende Prinz Mandan in seinem Essen herum. Der zukünftige Anführer des Staatenbundes beeindruckte den Hohepriester nicht. Conndur hingegen schien ein beachtlicher Gegner zu sein; er wirkte aufgrund der vielen schwierigen Entscheidungen, die er in seinem Amt bereits hatte treffen müssen, entschlossen und erfahren.

Bei so vielen Ungewissheiten, die in der Luft lagen, konnte die höfliche, unverfängliche Unterhaltung nicht lange dauern. Schließlich schob Iluris ihren Teller beiseite und wandte sich dem Konag zu. »Es ist zwecklos, die Frage verdrängen zu wollen, die an erster Stelle in unseren Gedanken steht. Warum habt Ihr uns hierher bestellt, Konag Conndur? Auch wenn Eure Botschaft und Euer Abgesandter einiges erklärt haben, vermag ich doch nicht zu erkennen, was Eure wahre Absicht ist.«

Conndur nickte langsam und schenkte ihr ein unsicheres Lächeln. »Ihr wollt wissen, was so wichtig sein könnte, dass ich bereit bin, mein Volk zu erzürnen, indem ich Euch hierher zu einem offenen Gespräch einlade? Warum mich meine engsten Ratgeber einen Wahnsinnigen nennen? Warum ich diese strategisch wichtige Insel aufgeben will, nur um Euch zu beweisen, wie wichtig und ernst es mir mit unserer Allianz ist?«

»Genau«, sagte Iluris. »Der Handelskapitän der Utauk erzählte absurde Geschichten von Wreth-Armeen und ruhelosen Drachen. Verlangt bitte nicht von uns, einen solchen Unsinn zu glauben. Was ist der wahre Grund dafür, dass Ihr uns hergeholt habt?«

Unter den Abgesandten des Staatenbundes erhob sich ein aufgeregtes Murmeln, aber Conndur hielt den Blick starr auf sie gerichtet. »Das *ist* der wahre Grund, Empra. Ich habe Euch wegen der Wreth und wegen eines Drachen hergerufen.«

Klovus rollte mit den Augen, als der Konag berichtete, wie die Sandwreth aus der Wüste aufgetaucht seien und vor einem neuen Krieg gewarnt hätten. Dann sprach er über die Frostwreth, die vom Norden kamen, ganze Dörfer verschluckten und große Festungen aus Eis errichteten. Und er beschrieb die Erdbeben und feurigen Explosionen in der Bergkette, unter der angeblich Ossus begraben lag.

Iluris nippte an ihrem Weinpokal. »Nun, der Friede ist immer einen Gedanken wert, ob es nun um Drachen und alte Rassen geht oder nicht. Seit Euer trauernder Konag Cronin vor dreißig Jahren die große Flotte zurückgezogen und die Kriegshandlungen eingestellt hat, befinden sich unsere beiden Länder in einer heiklen Patt-Situation.«

»Wir haben keinen vollständigen Waffenstillstand«, sagte Conndur. »Wir beide erinnern uns doch noch an den Krieg, Empra. Jüngere Menschen träumen vielleicht vom Ruhm der Schlacht, aber Ihr und ich, wir wissen es besser, nicht wahr?«

Sie tauschen einen Blick gegenseitigen Verständnisses aus, der Klovus Sorgen machte. Mit stillem Stolz sagte Iluris: »Seit jener Zeit habe ich den Wohlstand unseres Landes gemehrt, und den Ischaranern geht es gut. Warum unterbreitet Ihr Euer Angebot gerade jetzt? Was hat sich verändert? Viele haben mir gesagt, ich solle mich vor einer List in Acht nehmen, aber ... ich würde mich lächerlich machen, wenn ich nach Hause ginge und dort wegen eines Drachen und den Wreth Alarm schlüge.«

»Ich habe den Beweis mit eigenen Augen gesehen«, sagte Conndur. »Deshalb drängt es mich so sehr, unser Verhältnis zu verändern und den Frieden zu sichern, bevor es für die ganze Welt zu spät ist.«

»Das ist genau das, was der Utauk-Händler gesagt hat.« Iluris legte die Finger zu einem Dach zusammen. »Einige Angehörige meines Volkes mögen Euch mit Misstrauen begegnen, Konag, aber ich kann mir keinen Grund vorstellen, warum ein neutraler Handelskapitän lügen sollte. Oder warum Ihr eine so absurde Geschichte erfinden solltet, wenn Ihr uns doch weitaus gewöhnliche Gründe hättet nennen können. Wie sollte es Euch helfen - es sei denn, es handelt sich um die Wahrheit?« Sie schien sich selbst davon überzeugen zu wollen, dass es richtig war, das Risiko einzugehen. Hohepriester Klovus hätte sie am liebsten angeschrien, sie solle nicht mehr zuhören, doch sie fuhr fort: »Selbst wenn Eure Geschichten wahr sind, leben wir doch in Ischara auf der anderen Seite des Meeres. Unser Land ist in Sicherheit. Warum sollten wir uns also Sorgen wegen einer uralten Armee machen, die Eure fernsten Königreiche bedroht?«

Der Konag antwortete klar und deutlich. »Wenn die Wreth die Länder des Staatenbundes verwüsten und es ihnen gelingt, den Drachen zu wecken, wird das sowohl die alte als auch die neue Welt vernichten. Der Gott Kur wird zurückkehren, seine auserwählten Wreth retten und dann den Rest seiner Schöpfung auslöschen. Die Menschheit ist für ihn so unwichtig, dass er sie nicht einmal bemerken wird. Und dann werden wir alle sterben, Empra.«

»Nur, wenn die Legenden wahr sind«, wandte Utho mit barscher Stimme ein.

Der Konag warf seinem Brava einen bösen Blick zu. »Wir können nicht leugnen, dass *etwas* in den Drachengrat-Bergen geschieht. Wir können auch nicht leugnen, dass die Frostwreth Norterra angegriffen haben. Wir können nicht leugnen, dass die Sandwreth in Suderra erschienen sind und dort ihre eigenen dringenden Warnungen ausgesprochen haben. Das alles passt zu den Legenden. Wir wären Narren, würden wir all das abtun.«

Klovus biss sich auf die Zunge. Wie konnte ein kluger und verständiger Anführer einen solchen Unsinn glauben? Er sagte so laut zu Iluris, dass alle am Tisch ihn hören konnten: »Exzellenz, wenn ihm der Brava des Königs schon nicht glaubt, kann es sich nur um eine eingebildete Bedrohung handeln.«

Utho wandte sich mit überraschender Bösartigkeit an den Hohepriester. »Wer seid *Ihr*, dass Ihr über *eingebildete* Bedrohungen spottet? Betet Euer Volk denn nicht seine eigenen *eingebildeten* Götter an und versorgt sie mit Kraft? Sogar eingebildete Wesen können gefährlich sein.« Er kniff seine dunklen Augen zusammen.

Klovus schäumte vor Wut. Zorniges Murmeln fuhr an beiden Seiten des Tisches entlang, und der Konag und die Empra hoben ihre Hände zur gleichen Zeit und geboten Ruhe. Iluris lächelte, als ihr eine Idee kam. »Ich glaube, jetzt verstehe ich es! Ihr wollt unsere Gottlinge im Kampf gegen diesen schrecklichen Feind einsetzen? Wenn die Legenden stimmen, wäre das Eure einzige Hoffnung gegen die Wreth und den Drachen.«

Conndurs Überraschung zeigte deutlich, dass er nichts dergleichen hatte vorschlagen wollen. Neben dem Konag knurrte Utho: »Ihr werdet Eure Abscheulichkeiten nicht an unser Ufer bringen!«

Conndur schnitt ihm das Wort ab. »Noch nicht, Empra, aber falls die Lage immer schlechter werden sollte, dann müssen wir vielleicht auch ungewöhnliche Strategien in Betracht ziehen. Aber als ersten Schritt möchte ich nur die Einstellung aller Feindseligkeiten zwischen unseren Völkern vorschlagen. Das käme uns allen zugute. Danach können wir vielleicht ein Bündnis gegen die Wreth schmieden, wenn sie mit ihrem Krieg beginnen, der den Untergang der Welt herbeiführen wird.«

Am anderen Ende des Tisches setzte Wachmann Osler seinen Becher mit einem harten Geräusch ab. Der graue alte Mann hatte sich bereits drei Pokale Wein genehmigt, und seine Stimme klang ein wenig undeutlich. »Ha! Eine Allianz wäre ganz einfach, wenn Empra Iluris Konag Conndur heiraten würde! Beide sind verwitwet. Wenn sie ihre Schlachten im Bett schlagen, würde das zu wesentlich weniger Blutvergießen führen, und viele meiner Soldaten könnten diesen kahlen Felsen endlich verlassen.«

Empörtes Keuchen schallte durch den Raum. Es war schwer zu sagen, wer von diesen Worten am meisten beleidigt war. Conndur schien überrascht zu sein, aber er kicherte. »Unsere Heirat würde nichts ändern. Prinz Mandan ist mein Erbe.«

»Ich habe noch keinen offiziellen Nachfolger bestellt«, erklärte Iluris, auch wenn ihre Blicke zu Cemi hinüberschossen.

Klovus war entsetzt über diesen Vorschlag und stieß ein höhnisches Lachen aus. »Unsere Empra würde niemals einen gottlosen König heiraten! Ihr wurden schon viele mögliche Gemahle vorgeschlagen, und sie hat jeden Einzelnen von ihnen abgelehnt.« Er erwähnte nicht, dass er selbst einer von ihnen war. »Niemals würde sie jemanden wie Euch wählen.«

Iluris machte eine abwertende Geste. »Seid nicht so melodramatisch, Klovus. Wir führen lediglich vorbereitende Gespräche. Manchmal kann eine Hochzeit aus einer politischen Sackgasse hinausführen, egal ob Wreth und Drachen in den Schatten lauern.«

Dem Hohepriester schnürte es den Magen zu. Sie meinte es tatsächlich ernst, Frieden mit den Erbfeinden zu schließen! Und die Empra hatte ihn gerade vor allen anderen abgekanzelt. Klovus würde alles in seiner Macht Stehende tun müssen, wenn er dieses Bündnis hintertreiben wollte.

83

Irgendwann, nachdem Lasis erschöpft in Fellstaff eingetroffen war, fiel er in einen tiefen Erholungsschlaf, aber eigentlich konnte er es sich gar nicht leisten, sich zurückzulehnen und auszuruhen. Er fürchtete, dass schon zu viele Tage vergangen waren und er zu spät sein würde.

Als er das Bewusstsein wiedererlangte, begriff er, dass er sich in der Burg befand, und er glaubte auch den Raum wiederzuerkennen, in dem er lag. Er schlug die Wolldecken zurück. Schwaches graues Licht fiel durch das schmale Fenster in der Steinwand. Er trug ein lockeres graues Hemd. Verbände und Salben bedeckten die schlimmsten Frostwunden auf seiner Haut - aber die wahren Verletzungen und Wunden lagen viel tiefer.

Sein Körper hatte sich so weit erholt, dass er wieder notdürftig arbeitete. Das reichte zwar aus, aber trotzdem fühlte sich Lasis wie eine Ansammlung aus Knochen und zähen Muskeln, die sich in schlaffem Fleisch befanden. Er hatte mehr durchlitten, als sogar ein Brava eigentlich ertragen konnte, doch er hatte sich geschworen, es bis nach Fellstaff zu schaffen, und er *hatte* es geschafft. Er war noch nicht ganz am Ende.

Als er aus dem Bett aufstand, fühlten sich seine Gelenke wie versteinert an, und die Muskeln mit ihren zu stark gedehnten Fasern waren ein einziger Schmerz. Er zwang seine Beine zu einigen Schritten und geriet ins Taumeln. Er war zahllose Meilen von der Eiswüste bis hierhergelaufen; da sollte es ein Leichtes sein, einen Burgkorridor entlangzugehen.

Während er sich abmühte, genau dies zu tun, verengte sich sein Blickfeld zu einem kleinen Kreis, und nichts als das Ziel zählte mehr für ihn. Lasis hatte so viel Zeit in dieser Burg verbracht, dass er instinktiv wusste, wohin er gehen musste, und seine Füße trugen ihn dorthin. Die Zeit verschwamm, und er wusste gar nicht, wie lange er schon unterwegs war - immer wieder setzte er einen Schritt vor den anderen. Er musste König Kollanan finden und ihm sagen, was er wusste.

Als der Nebel aus seinem Kopf wich und er wieder klar denken konnte, stellte Lasis fest, dass er sich gerade gegen die schwere Holztür zum privaten Arbeitszimmer des Königs lehnte. Er öffnete sie ein wenig, hörte Stimmen und sah ein knisterndes Feuer im Herd. Er öffnete die Tür weiter, hielt sich an ihr fest, und dann schwang sie knarrend auf. Da hörte er Willkommensrufe aus dem Zimmer dringen.

Koll der Hammer sprang hinter seinem Schreibtisch hervor, lief ihm mit offenen Armen entgegen und fing ihn auf, als er zusammenzubrechen drohte. Königin Tafira war auch hier, und eine unbekannte Brava sowie ein fremdartig wirkender dunkelhaariger Mann. Beide hatten Tätowierungen auf dem Gesicht... Runen des Vergessens?

Lasis fühlte sich wieder benommen und hielt sich an Kollanans Schultern fest. Während die anderen auf ihn zuliefen, gaben seine Knie nach, und er wurde von einer Vision kalten Windes und blendenden Schnees überfallen, der eine leere Landschaft erfüllte.

Kollanan hielt ihn in einer bärenhaften Umarmung aufrecht und war bemüht, dem zerbrechlichen Körper keinen Schaden zuzufügen. »Lasis, berichte uns alles! Du sagst, Birk lebt noch?«

»Kann das wahr sein?« Tafira war nun auch bei ihm und ergriff seinen Arm. »Wie hat unser Enkel überlebt? Wo ist er? Haben die Wreth ihn in ihrer Gewalt?«

Es dauerte einen Augenblick, bis Lasis die Orientierung wiedergefunden hatte. »Königin Onn hat ihn.« Seine Stimme war schwach, aber voller Wut. »Sie haben auch mich gefangen genommen und versucht, mich zu töten.« Er holte tief und mühsam Luft. »Sie haben es aber nicht geschafft.«

Die Brava und der seltsame Mann kamen näher; in ihren

scharfen Blicken lag große Neugier. *Diese Augen.* Lasis zuckte zusammen, als er erkannte, dass der Mann kein Brava, sondern ein Wreth war. Aber er war anders als Onn und Rokk und die Frostwreth-Krieger, die er gesehen hatte.

Als er sich an die Frostwreth erinnerte, hörte Lasis ein hohles Röhren in seinen Ohren und schwankte wieder. Er hatte sich noch nicht vollständig erholt, obwohl er die Heilkräfte eines Wreth besaß. Lasis konzentrierte sich ganz auf die gezeichneten Gesichter der beiden Fremden. »Ich weiß, was diese Tätowierung bedeutet.« Er sah die Brava-Frau mit dem kurzen dunkelroten Haar anklagend an. »Ich weiß, was du bist. Eine Verräterin. Eine Verbrecherin. Ohne Ehre.«

In ihren grünen Augen blitzte es. »Du weißt nicht, wer ich bin, und du weißt auch nicht, dass dieses Symbol missbraucht wurde.« Sie wurde immer wütender. »Ich bin Elliel. Ich wurde zum Sündenbock für einen mächtigen Vasallen-Lord gemacht und dann von Utho höchstpersönlich verraten. Er hat meine Erinnerung ausgelöscht, damit die Verbrechen von Lord Cade ungesühnt bleiben. Politik vor Ehre. Schlimmer noch, er hatte mich davon überzeugt, dass ich schreckliche Morde begangen hatte, und ich hatte es zunächst geglaubt.« Sie warf dem Wreth neben sich einen raschen Blick zu. »Ich habe es Thon zu verdanken, dass ich inzwischen die Wahrheit kenne.«

Lasis glaubte ihr nicht recht und sah Thon an. »Und was bist du? Ein Frostwreth oder ein Sandwreth?«

»Weder noch«, sagte Thon.

Kollanan stützte Lasis und führte ihn in das warme Zimmer hinein. »Komm und setz dich her, mein Freund. Elliel dient mir ebenfalls als verschworene Brava, und dann habe ich auch noch diesen Mann als unseren Verbündeten aufgenommen. Wir haben so viele Fragen an dich, aber die Antworten, die ich zuerst hören möchte, betreffen meinen Enkel. Das ändert all unsere Pläne! Unsere Soldaten stehen schon bereit zu einem Angriff auf die Festung der Frostwreth bei Bakalsee. Wir wissen nicht, ob wir das Gebiet zurückerobern können, aber wir werden ihnen wehtun.«

Tafira half dabei, ihn zu Kolls Sessel am Kamin zu bringen, und dort sackte Lasis in die Polster. Er versuchte zu begreifen, was der König gerade sagte. »Ein Angriff auf diese Festung?«, fragte er. »Das ist doch sinnlos. Ihr könnt sie nicht zerstören.«

Als Tafira das hörte, kniff sie die Lippen zusammen und wandte sich an ihren Gemahl. »Das ist genau das, was ich befürchtet hatte, Koll. Ich möchte nicht auch noch dich verlieren.«

»Aber wir müssen etwas unternehmen«, knurrte der König. »Insbesondere da unser Enkel noch lebt! Nur ... wie konnte er überhaupt überleben?«

»Ich will Euch sagen ... sagen, was passiert ist.« Lasis betastete die dicke, frische Narbe an seinem Hals - an der Stelle, wo Königin Onn ihm die Kehle aufgeschlitzt hatte. Dunkle Mauern bildeten einen Tunnel um seine Gedanken und Erinnerungen, und er konnte kaum die Personen vor sich erkennen, als er sprach. Er erklärte, wie er in Bakalsee gefangen genommen wurde, wie er gegen die Magier und Krieger der Wreth gekämpft hatte, bevor er tief in die Eiswüste verschleppt worden war. Er beschrieb, wie er Birk erkannt hatte, verängstigt und zitternd, und dass ihn die Königin wie ein Spielzeug behandelt hatte. Aber immerhin - er hatte *gelebt*.

»Ich habe doch die Leichen der Kinder unter dem Schnee gesehen«, sagte Koll, als hätte er Angst, das zu glauben, was er gerade hörte. »Ich habe das kleine Holzschwein gesehen, das ich geschnitzt hatte, und es hatte zwischen den Fingern eines Kindes gesteckt.«

Tafira sagte: »Tomko und Birk haben oft mit den anderen Kindern im Dorf gespielt. Du hast ihre Gesichter unter dem Schnee nicht gesehen.« Ihre Stimme brach. »Vielleicht war es einer ihrer Freunde. Du hattest beiden eine Schnitzfigur geschenkt, nicht wahr?«

»Die Frostwreth haben Birk zu sich genommen«, beharrte Lasis. »Die Königin hat mich erst benutzt und dann weggeworfen, weil sie glaubte, ich sei tot.« Er erklärte, dass er sich mit seiner angeborenen Wreth-Magie retten konnte.

Elliel schien überrascht zu sein und sagte: »Es geschieht instinktiv. Derselbe tiefe Heilschlaf hat mich am Leben erhalten, als Lady Almeda auf mich eingestochen hat.« Sie berührte ihren Bauch und machte unwillkürlich eine Grimasse.

Lasis beschrieb, wie er sich mit Hilfe der Drohnen erholt und dann auf den langen und schmerzhaften Weg durch die verschneite Wildnis nach Süden gemacht hatte. »Euer Enkel lebt noch bei den Frostwreth. Bevor sie mich aufgeschlitzt hat, habe ich gehört, wie Königin Onn einem ihrer Krieger befohlen hat, das Kind mit nach Bakalsee zu nehmen. Daran erinnere ich mich ganz deutlich. Ich weiß zwar nicht, was sie mit ihm vorhaben, aber er könnte jetzt dort sein ... als Geisel oder als Spielzeug. Oder als Tauschobjekt.«

»Wir werden Bakalsee angreifen« sagte Koll. »Wenn mein Enkel dort ist, werden wir ihn retten.« Mit seinen grauen Augen sah er Tafira eindringlich an. »Es ist nicht mehr nur ein nutzloser Racheschlag gegen die Wreth. Jetzt haben wir ein Ziel. Wir müssen Birk finden!«

Elliel sagte: »Wir können trotzdem den Schlag ausführen, den Ihr geplant hattet, Sire. Wir rächen uns an den Frostwreth, aber der Hauptangriff wird nur ein Ablenkungsmanöver sein. Thon kann uns mit seiner Magie helfen.« Sie sah den Wreth an, dann deutete sie mit dem Kopf auf Lasis. »Während die Frostwreth ihre ganze Abwehr auf unseren Hauptangriff ausrichten, kann eine kleinere Gruppe von uns in die Festung eindringen und nach Eurem Enkel suchen.«

Kollanan ballte die Hand zur Faust und schlug mit ihr fest auf die Platte seines Schreibtisches. »Beim Blute der Ahnen, wir werden über sie herfallen. Wir werden *zustechen*!«

»Ich werde an Eurer Seite sein.« Lasis fühlte sich nun kräftiger, lebendiger. »Und ich werde einen neuen Rammer brauchen.«

Elliel war König Kollanans verschworene Brava. Es stand ihr nicht zu, die Schwierigkeiten der Aufgabe zu erwägen, die ihr übertragen worden war. Das bedeutete es, eine Brava zu sein. Sie bot ihre

Dienste und ihre unverbrüchliche Treue an. Der Gedanke an einen Angriff auf Bakalsee mochte beängstigend sein, aber sie würde ihm zum Erfolg verhelfen, denn das war es, was Kollanan brauchte.

Auch wenn sie der Tochter des Königs oder deren Familie niemals begegnet war, hasste sie dennoch die Frostwreth, die jenen Ort zerstört hatten. Sie dachte an Scharrdorf und die herzlichen Minenarbeiter, an die vielen guten Leute, die einfach nur in Frieden hatten leben wollen. Bakalsee musste ein ähnlicher Ort gewesen sein. All diese unschuldigen Menschen ...

Elliel hörte aufmerksam zu, als der König seinen Vasallen-Lords den abgeänderten Plan erläuterte und betonte, dass sie nicht nur Schaden zufügen, sondern auch nach seinem Enkel suchen und ihn retten wollten. Die Lords waren bereits wütend und sannen auf Rache, aber nun gesellte sich zu ihrem Zorn auch ein Funke der Hoffnung. Thon betrachteten sie noch immer mit einer Mischung aus Ehrfurcht und Angst. Er hatte seine Hilfe angeboten, und die Lords verließen sich darauf, dass die unbekannte Magie des Wreth etwas bewirken würde - was auch immer.

Doch bevor sie ihren verzweifelten Angriff begannen, war es notwendig, dass Elliel seine Fähigkeiten auf die Probe stellte. Sie mussten beide wissen, wozu er in der Lage war.

Als sie ihn hinaus in den Hof zu den Stallungen führte, wirkte Thon besorgt und abgelenkt. Seine langen, dunklen Haare hingen locker herunter, und die blauen Augen glitzerten vor Unsicherheit und auch vor Neugier. Er lächelte Elliel an. »Du hast ihnen Fähigkeiten versprochen, die ich möglicherweise nicht besitze. Ich weiß, was ich bisher getan habe, aber das ist instinktiv geschehen. Ich habe gespürt, dass eine größere Magie in mir steckt, aber ich weiß nicht, wozu sie in der Lage ist.«

Elliels Blick würde härter. »Dann finden wir es heraus! Wir werden sehen, welche Magie du besitzt. Auch als ich meine Erinnerungen verloren hatte, waren da immer noch meine Fähigkeiten, zum Beispiel die des Kämpfens. Diese Fähigkeiten sind hervorgetreten, wenn ich sie gebraucht habe. So wird es auch bei dir sein. Wir müssen es nur ausprobieren. Dann wirst du es wissen.«

Er betrachtete es als eine Herausforderung. »Vermutlich.«

Eine große Regentonne stand in einer Ecke des Stalls und war nach den Stürmen des Spätherbstes gut gefüllt. Die grau gewordenen Holzdauben waren verwittert, hielten aber noch immer dicht.

»Ich weiß, was ich deiner Meinung nach bei dem See tun soll«, sagte Thon. »König Kollanan zählt auf mich, und ich will dir bei deinem Teil der Rettungsmission helfen.« Er richtete seinen durchdringenden Blick auf das Wasser in der Tonne. »Vertraust du mir?« Er verzog die Lippen zu einem kurzen Lächeln.

»Das tue ich, und außerdem *glaube* ich an dich. Zeig es mir.«

Der Wreth ballte die Finger zur Faust und steckte den Arm bis zum Ellbogen in das Regenwasser. Dann schloss er die Augen und beruhigte sich. Seine Haare trieben umher, als wären sie mit statischer Elektrizität aufgeladen, und er atmete aus, während er sich konzentrierte.

Das Wasser in der Tonne gefror und wurde um seinen eingetauchten Arm herum so hart wie Stein. Während es sich ausdehnte, zerbrachen unter dem Druck des Eises einige Dauben. Er blickte zu ihr auf, während sein Arm weiter im Eis gefangen war. »Ich glaube, du hast recht, Elliel.«

Seine Augen rollten in den Kopf zurück, er konzentrierte sich erneut und spannte seine wiederentdeckte Magie an. Das Wasser schmolz und leckte aus den soeben entstandenen Rissen in den Dauben. Doch Thon hörte noch nicht auf. Er drückte weiter mit seiner Magie gegen das Wasser. Es schäumte, warf kleine Blasen, und einen Augenblick später kochte es, Dampfwolken stiegen aus ihm auf, als ob es sich um eine Suppe in einem Kessel handelte.

Elliel lachte fasziniert und freudig.

Thon drückte noch einmal. Er stieß einen Schrei aus, und nun wurde das kochende Wasser vollständig zu Dampf, schoss aus der Tonne, und gleichzeitig zerbrachen die Dauben zu kleinen Splittern. Als die Dampfwolke aufstieg, glitzerte sie in goldenen Flocken und verwandelte sich in trockenen Staub, der auf den Stallhof niederging und kleine Pulverhaufen bildete.

Thon wirkte sowohl überrascht als auch zufrieden. »Ich glaube, das ist es, was wir in Erfahrung bringen mussten.« Er wischte seine Kleidung ab und nickte ihr zu. »Ja, ich kann das tun, was König Kollanan von mir verlangt.«

84

Glik empfand die Wüste, die sie auf der Suche nach Adan und Penda durchquerte, als schroff und in ihrer Rauheit gleichzeitig als faszinierend und schön. Sie schickte ihre Ska hoch in die Luft, und Ari schwebte wie ein schimmernder blauer Falke auf den Strömungen und schnappte Käfer im Flug auf, aber sie fand nicht das, was Glik suchte.

Durch ihre Herzensverbindung hatte Glik Ari das Bild Pendas übermittelt. Und sie hatte ihr den grünen Ska ihrer Ziehschwester gezeigt, denn es mochte leichter für Ari sein, Xar zu entdecken. Das Juwel in Aris neuem Halsband zeichnete alles auf, was sie sah, und jedes Mal, wenn der Reptilienvogel von einem Erkundungsflug zurückkehrte, hockte sich Glik zwischen die roten Felsen und betrachtete die Darstellungen der harschen Landschaft.

Die Bilder der Mutterträne halfen Glik beim Planen ihrer Route, und so konnte sie allzu steile Abstiege, Schluchten mit Sackgassen und ein Labyrinth aus Felspfeilern umgehen. Fürs Erste hatte sie genug Wasser, und es bereitete ihr auch keinerlei Schwierigkeiten, Eidechsen zu fangen, die in der Sonne dösten, und sie dann über einem kleinen Feuer aus trockenem Buschwerk zu braten, das in den salzigen Niederungen wuchs.

Doch je tiefer sie in die unerforschte Wüste eindrangen, desto deutlicher spürte Glik, dass sie etwas voranzog. Sie hatte auch hier Träume und Visionen und wurde aufgrund ihrer Verbindung mit der Ska durch sie hindurch geleitet. Im Halbschlaf sah sie ein gewaltiges Untier voller Schuppen, Klauen und flatternder Flügel, aber es war nicht die gleiche erschreckende Vision, die sie bei ihrer ersten echten Traumverbindung mit Ari erlebt hatte. Es schien, als ob der junge Reptilienvogel sie vor einigen Teilen der rohen Visionen abschirmte. Beschützte Ari sie? Oder verbarg sie etwas vor Glik?

In dem Bewusstsein, dass sie von irgendetwas geleitet wurde, begab sich Glik tiefer in die Wüste hinein und erwartete, den Grund für ihr Hiersein zu erfahren. War es mehr als nur die Beobachtung einer Drachenjagd mit den Sandwreth?

Der Anfang ist das Ende ist der Anfang.

Ari flog glücklich über ihr, und Glik hielt den Blick beständig in den Himmel gerichtet. Wie klein und schutzlos diese Ska doch war! Wenn es dort draußen in der Wüste wirklich einen Drachen gab, würde er Gliks Gefährtin nur als kleine Zwischenmahlzeit betrachten, so wie ein Falke, der einen Singvogel fing, oder? Angst legte sich um Gliks Herz, und auch die Ska wurde argwöhnisch, aber keiner von beiden entdeckte ein Anzeichen für einen echten Drachen - und auch keinen Hinweis auf Penda Orr oder eine Jagdgesellschaft der Wreth.

Glik zeichnete einen Kreis um ihr Herz. Vorsichtig trank sie einen Schluck Wasser, rief ihre Ska zurück und marschierte noch tiefer in die große Leere hinein.

Während sie in völligem Schweigen ging und nur das Zischen des treibenden Sandes sowie das leise Knirschen kullernder Kiesel hörte, dachte Glik abermals über die versiegelte Grotte nach, aus der sie Aris Ei geholt hatte, und auch über den gewaltigen Umriss in jener rätselhaften, durchscheinenden Schale - und außerdem über das facettierte Auge, das sich rasch bewegte.

Vielleicht hatte sie tatsächlich schon einmal einen Drachen gesehen ...

85

Am ersten Abend im Wüstenlager speisten Adan und Penda zusammen mit Königin Onn und ihrem Bruder, fünf Wreth-Adligen und ihren unheimlichen Magiern. Das Essen machte einen seltsamen Eindruck; es handelte sich um das Fleisch irgendeines Reptils, mit Würfeln aus gesüßtem Kaktus, dazu kamen noch Scheiben einer stärkehaltigen Knolle, die in köstliche Pasteten eingebacken waren, und als Getränke wurden Kelche mit gekühltem Quellwasser und kleine Behältnisse mit einem goldenen Likör gereicht, der so stark war, dass Adan schon von einem winzigen Schluck schwindlig wurde. Er stellte den Alkohol beiseite, denn unter diesen möglicherweise gefährlichen Fremden wollte er einen klaren Kopf behalten. Xar hockte auf einem Felsen in der Nähe und beobachtete die Tätigkeiten, aber als Penda ihm ein Stückchen von dem Wreth-Speisen anbot, wandte er sich ab.

Später lagen Adan und Penda auf dem weichen Sand in einem Zelt aus dünnem braunem Stoff, der für kühle Brisen durchlässig war. Adan wachte mitten in der Nacht auf, schlüpfte aus dem Zelt, stand auf dem Boden der Schlucht und schaute zum Wüstenhimmel hoch. Er betrachtete die Sternbilder, dachte dabei an den Konag und fragte sich, was Conndur in einer Lage wie dieser tun würde. Er vermisste seinen Vater, und er vermisste auch die friedlichen Tage, als er noch ein junger Prinz gewesen war und sich die Zukunft als einen sanften, langsam sich dahinwälzenden Fluss vorgestellt hatte. Adan fürchtete, dass diese Zeiten für immer verloren waren. Der breite und träge Fluss der Zukunft hatte sich in eine wilde weiße Kaskade der Ungewissheit verwandelt.

Er wusste, dass er ein Treffen zwischen der Königin der Sandwreth und dem Konag des Staatenbundes veranstalten musste. Sobald der Drache erlegt war, würden sie eine mögliche Allianz in allen Einzelheiten besprechen, sofern die Jagd nicht in einer Katastrophe endete.

Als er am Morgen aufstieg, empfing ihn ein feiner Dunst. Die Böen in der Luft wirbelten den Staub auf. Die Sandwreth brachen das Lager anscheinend mithilfe von Magie ab, denn sie bewegten sich so schnell und gut aufeinander abgestimmt, dass die Zelte einfach zu verschwinden schienen. Es dauerte nicht lange, bis sie auf den Augas verstaut waren. Sie verließen den Schatten der Schluchten aus rotem Fels und lenkten ihre Reittiere geradewegs in die trockene Wüste hinein.

Die Königin der Sandwreth schien begierig auf die Jagd zu sein. Voos Gastfreundschaft ließ viel zu wünschen übrig, aber Adan durfte sich darüber nicht beschweren. Er sorgte dafür, dass Penda es wegen ihrer Schwangerschaft so bequem wie möglich hatte, auch wenn sie äußerst widerstandsfähig war und ihr eine anstrengende Reise genauso wenig auszumachen schien wie ihm selbst. Schwangere Utauk-Frauen ließen sich erst dann zu einem gemächlicheren Tempo überreden, wenn ihre Fruchtblase platzte, und so weit war es bei Penda noch lange nicht ...

Adan hatte den Eindruck, dass Königin Voo diese Expedition als ein aufregendes Fest betrachtete. Die Hitze pochte in der Wüste des Schmelzofens wie ein lebendiges Wesen. Schimmernde Kräuselungen in der Luft verschafften dem leeren Himmel das Aussehen von geschmolzenem Glas.

Königin Voo ritt aufrecht auf ihrem Auga, während ihr goldgeflecktes Haar hinter ihr her wehte. »Der Drache erwartet uns!«, rief sie - und es klang wie ein Kriegsgesang. Die Sandwreth pfiffen und jubelten. Quo hob seinen langen Speer mit der Knochenspitze und stach damit in den Himmel, als wollte er den Drachen aus seinem Versteck scheuchen.

Die galoppierenden Augas wirbelten viel Sand auf und hinterließen dreizehige Abdrücke. Mittags drückte die Hitze auf sie nieder, aber Penda war vorbereitet. Sie hatte sich einen langen Streifen aus weißem Stoff um den Kopf gewickelt und gab Adan einen weiteren, der sich damit ebenfalls vor der sengenden Sonne schützte.

Voo war so beschäftigt mit der Jagd, dass sie die Unannehmlichkeiten, denen die Menschen unterworfen waren, gar nicht bemerkte. Adan spürte, wie seine Haut wund wurde und brannte - und er machte sich Sorgen um Penda. Als er schließlich um einen Halt bat, damit sie ein wenig Wasser trinken konnten, war die Königin von diesem Bedürfnis überrascht. »Natürlich!« Die Wreth holten Wasserschläuche hervor, und nachdem Adans Frau ihren Durst gestillt hatte, trank er ebenfalls das kalte und reine Wasser, das so schmeckte, als wäre es gerade erst aus einer Schneeschmelze geschöpft worden.

Voo sagte: »Ich bitte um Entschuldigung, Adan Sternenfall. Es ist leicht zu vergessen, wie zerbrechlich Ihr doch seid.« Sie fuhr einen der Magier an. »Axus, das darf nicht noch einmal passieren. Auf der Drachenjagd müssen wir für die Bequemlichkeit unserer menschlichen Verbündeten sorgen.«

Der Magier mit den markanten Gesichtszügen nickte, und - als er sich konzentrierte - wirkten seine Runzeln tiefer. Er hob die Arme, und seine braune Lederrobe flatterte in dem Wind, den er soeben heraufbeschworen hatte. Es wurde dunkler über ihren Köpfen, und Adan schaute überrascht hoch, während die Temperatur um sie herum spürbar fiel.

»Das ist ein ganz einfacher Zauber, der ein wenig Sonnenlicht ausfiltert«, brummte Axus. Von der Schwachheit der Menschen wirkte er verärgert. »Ich habe das Licht und die Hitze abgeleitet, damit es euch besser geht. Der Wüste ist das gleich.«

Penda fühlte sich keineswegs beleidigt. »Danke«, sagte sie. »Und jetzt sollten wir den Drachen finden.« Sie trieb ihren Auga so heftig vorwärts, dass der Ska beinahe von ihrer Schulter gefallen wäre. Xar flatterte mit den Flügeln und hielt sich mit den Krallen an dem Lederpolster fest.

Die roten Felsen und Zinnen machten einer offenen Fläche

aus gebackenem Sand und weißem Pulver Platz. Sie folgten einer Kette kahler Berge, die wie Halden aus Kohle und ausgehärteter Asche wirkten. Als die Sonne genau über ihnen stand, wurde die Hitze stärker - aber der atmosphärische Schild des Magiers machte sie erträglich. Adan vermutete, dass er und Penda ohne die Wreth hier draußen sehr schnell sterben würden.

Am frühen Nachmittag ließ Voo anhalten, und die Augas streunten durch die Gegend, nachdem ihre Reiter die Sättel verlassen hatten und sich besprachen. »Wir werden hier am Rand der Berge unser Lager aufschlagen, und die Magier werden die Vorbereitungen zum Rufen des Drachen treffen.« Sie starrte in den leeren Himmel. »Das hier ist der geeignete Ort für unseren Hinterhalt.«

Adan sah sich um, betrachtete die Weite aus Sand und Staub, die zerklüfteten schwarzen Gipfel und den offenen Himmel. Nichts bot einen Unterschlupf. »Hinterhalt? Der Drache wird uns sofort sehen.«

»Er soll uns auch sehen.« Müßig drehte Quo seinen Speer in der Hand. »Er weiß nicht, was ihn erwartet. Seit sehr langer Zeit hat kein Drache mehr einen Wreth gesehen.«

86

Nachdem er gehört hatte, wie offen und übereinstimmend Iluris und der gottlose Konag miteinander gesprochen hatten, war der Hohepriester Klovus entsetzt. Er war oft anderer Meinung als die Empra, vor allem wenn sie sich allzu sehr in der Behaglichkeit des Friedens sonnte. Auch wenn sie Schaden stiftete, indem sie das Bauen von Schulen und Straßen für die Bevölkerung der Pflege der Gottlinge vorzog, hatte Klovus in seinem Herzen doch immer daran geglaubt, dass er und die Empra nur die beste Zukunft für Ischara im Sinn hatten. Jetzt hingegen befürchtete er, dass sie vollkommen verrückt geworden war.

Ein Bündnis mit einem Feind, der von den Göttern verlassen worden und nicht in der Lage war, sich eigene zu schaffen? Iluris glaubte tatsächlich an die Ammenmärchen des Konags über den rastlosen Drachen und die lange verschwundene Rasse. Sie musste mit allen möglichen Mitteln aufgehalten werden, zum Besten Ischaras, und Klovus musste dies tun, bevor sie unwiderruflichen Schaden anrichtete.

Nach Anbruch der Nacht stieg der oberste Hohepriester zu einem einsamen Abschnitt der Mauer hinter der Festung hinauf. Seine Gedanken waren in Aufruhr. Die Empra und ihr Gefolge waren weit von den Abgesandten des Staatenbundes entfernt untergebracht worden. Die Falkenwache hatte in der Nähe ihres Gemachs Stellung bezogen, während handverlesene ischaranische Soldaten patrouillierten. Iluris schien sich in Sicherheit zu wähnen.

Auf der Mauer stand Klovus wachsam in der Kälte der windigen

Nacht. Sein blauer Kaftan wärmte ihn kaum und bot kaum Schutz gegen die Sturmböen, die über das Meer peitschten. Dicke Wolken verdeckten die Sterne, und die Luft roch schwer und feucht. Allein wartete er auf der Mauer.

Schließlich kam ein einsamer ischaranischer Soldat auf seiner Patrouille herbei, so wie es geplant worden war. »Ich bin hier, weil Ihr es mir befohlen habt, oberster Hohepriester.«

Klovus sah den unauffälligen Mann in seiner ischaranischen Uniform an. Es war ein gewöhnlicher Soldat mit einem ledernen Brustpanzer, einem Kurzschwert, dunklen Stiefeln und einem Helm aus Stahl und Leder. Seine Gesichtszüge blieben nicht in Erinnerung, genauso wie es sein sollte. Der Hohepriester nickte. »Ich bin zu einem Entschluss gekommen, Zaha. Es ist an der Zeit, dass ich dich mit einer wichtigen Mission beauftrage.«

Der Soldat nahm Haltung an und wartete auf seine Befehle. Vier Schwarze Aale begleiteten als gewöhnliche Soldaten die Gruppe. Er hoffte noch immer, einen in der Falkenwache der Empra platzieren zu können, aber ihre Adoptivsöhne standen einander so nahe, dass ein Schwarzer Aal unter ihnen seine Tarnung nicht lange aufrechterhalten konnte. Da Iluris sie als Familienmitglieder betrachtete, kannte sie jeden Einzelnen ihrer Wächter persönlich und wusste um ihre Erinnerungen.

»Ich bin bereit, oberster Hohepriester«, sagte Zaha.

Klovus dachte über die Unausweichlichkeit dessen nach, was er beabsichtigte. Er war ein loyaler Ischaraner, aber seine Treue gehörte dem Land, dessen Magie und den Gottlingen, die sein Volk erschaffen hatte. Auf keinen Fall gehörte sie irgendeiner Frau, erst recht nicht Iluris, und sie weigerte sich, einen würdigen Nachfolger zu benennen. Wenn Iluris ihnen nicht mehr im Weg stand, würden die Hohepriester den ihnen zustehenden Platz einnehmen können; sie würden das ischaranische Volk regieren, den Magnifica-Tempel zu Ende bauen und die Gottlinge im ganzen Land stärken.

Er musste das größere Ganze im Auge behalten. Empra Iluris würde sie alle in den Untergang führen.

Klovus sprach leise mit dem von ihm ausgebildeten Attentäter. Das Tosen der Wellen und das Toben des herannahenden Sturms rissen seine Worte fort, bevor jemand von den Wachtposten sie belauschen konnte. »Die Empra ist unsere Anführerin, aber sie ist einfältig und gefährlich und vielleicht sogar absichtlich nichtsahnend. Trotz vieler Warnungen ist sie dem Feind schon in die Falle gegangen ...« Vor Wut knirschte er mit den Zähnen.

Zaha sah ihn mit ausdrucksloser Miene an.

Klovus fuhr fort: »Wesentlich für das Regieren eines Landes und den Zusammenhalt der Untertanen ist das Ausrufen eines gemeinsamen Ziels. Wenn ihre Aufmerksamkeit nicht auf denselben Gegenstand gerichtet ist, werden sie durch andere Probleme abgelenkt werden. Sie werden erkennen, was in ihrem eigenen Leben fehlt, und sie werden unruhig.« Er warf einen Blick über die Mauerkrone auf die schimmernde weiße Gischt, die um die Riffe herum aufspritzte. »Der Schlüssel zur Macht und zur Kontrolle des Volkes ist das Lenken der Unzufriedenheit auf etwas *Äußeres*, auf ein Ziel unserer Wahl - auf einen äußeren Feind.«

»Der Staatenbund«, sagte Zaha.

»Die Gottlosen«, berichtigte ihn Klovus. »Konag Conndur hat unsere liebe Iluris in eine verwundbare Position gebracht. Sein Verrat ist schockierend.« Er schnalzte mit der Zunge. »Schrecklich und tragisch.«

»Ihr habt wohl eine Verschwörung aufgedeckt, Hohepriester?«

»Aufgedeckt? Nein ... aber wir werden eine bilden.« Er verschränkte die Arme vor der Brust und steckte die Hände in die Ärmel seines Kaftans. »Auch wenn wir von Ischara weit entfernt sind, bist du noch immer einer meiner Schwarzen Aale. Deine Magie ist stark. Bist du immer noch in der Lage, sie so zu beherrschen, wie du es wünschst?«

»Wir nehmen unsere Magie stets mit, Hohepriester.« Der Soldat hob die Hand und drehte die Innenfläche seinem Gesicht zu. Die glatte Haut auf dem Handrücken wurde grau und steinern. »Ich kann meine eigene Rüstung erschaffen, die den Schlag jeder Klinge abwehrt, wenn es das ist, was Ihr braucht.«

»Und Feuer?«

Zaha streckte den Arm aus, und orangefarbenes Feuer flackerte aus der hohlen Hand und strahlte schnell eine große Hitze ab.

Klovus machte eine rasche Handbewegung. »Genug! Lösch das aus, bevor es jemand sieht.«

Der Schwarze Aal schloss die Finger und erstickte die Flamme.

Klovus sagte: »Das ist zwar nicht dasselbe wie der Rammer eines Bravas, aber keiner aus unserem Volk hat je einen Rammer mit eigenen Augen gesehen. Dein Feuer wird hell und heiß brennen, und das wird genügen. Danach werden die Beweise für sich selbst sprechen.« Er trat näher an den Mann heran und betrachtete sein gewöhnliches Gesicht. »Noch wichtiger ist dein Tarnzauber. Du musst deine Haut und deine Knochen bewegen, dein Aussehen, deine Größe und auch deine Haarfarbe verändern.«

»Das ist leicht. Wen soll ich darstellen?«

»Du hast doch den Brava gesehen, der Konag Conndur beschützt. Er heißt Utho. Kannst du zu ihm werden?«

Der scheinbar gewöhnliche ischaranische Soldat setzte seinen Helm ab und konzentrierte sich. Er ließ die Schultern hängen, legte die Arme eng an die Seiten, als wollte er seinen Körper zusammendrücken, und streckte seine Knochen. Er wurde größer. Seine Gesichtszüge glätteten sich, die Wangen wurden breiter, und in den Augen lag nun eine Andeutung des Wreth-Erbes. Die Haare schienen dicker geworden zu sein, wurden stahlgrau, während das Kinn einen kantigeren Ausdruck bekam. Die Rüstung des Soldaten lag nun enger an, da der Körper größer geworden war, und Zaha lockerte den Brustpanzer. Nun stand er in voller Bereitschaft da, ein vollkommenes Duplikat von Utho. »Wäre es möglich, die schwarze Uniform eines Brava zu bekommen, Hohepriester? Auf diese Weise würden ihn die Zeugen noch bereitwilliger identifizieren.«

»Ich fürchte nicht, aber das wird ein Teil unserer Geschichte sein. Offensichtlich hat sich der mörderische Utho verkleidet, damit er unbemerkt in den ischaranischen Teil der Festung schlüpfen konnte. Wir werden sagen, dass er die Uniform eines unserer

Soldaten gestohlen hat; vermutlich hat er den armen Mann sogar dafür getötet.« Klovus nickte, als er diese Geschichte erfand. »Ja. Ich bin sicher, dass es sich so zugetragen hat. Sorg dafür, dass eine Leiche gefunden wird, der man die Kleidung abgenommen hat.«

Der Sturm rückte heran - die Luft war schwer vom Geruch des Regens. Donner grollte weit draußen auf der See, und Klovus beobachtete das Spiel der Blitze, die in den Wolken verborgen waren. »Nimm wieder die Gestalt eines gewöhnlichen ischaranischen Soldaten an und werde erst zu Utho, wenn du in der Nähe von Iluris' Zimmer bist. Du musst dafür sorgen, dass du hineingelangen kannst und an ihren Falkenwachen vorbeikommst. Töte sie. Man soll die Leichen finden, nachdem du fertig bist. Die anderen Schwarzen Aale sollen dir helfen, wenn es nötig ist.«

»Einer von uns ist schon in Position.« Zaha sah ihn durch Uthos Augen an. »Und was soll ich zu der Empra sagen, Hohepriester?«

»Sagen?«, fragte Klovus verächtlich. »Da gibt es gar nichts zu sagen. Ich verlange, dass du sie umbringst. Und sorg dafür, dass andere dich sehen, wenn du entkommst. Sie müssen wissen, dass Konag Conndurs persönlicher Brava für diese abscheuliche Tat verantwortlich ist. Setz dein Feuer ein, sodass alle glauben, sie sei von einem Rammer angegriffen worden.« Er lächelte. »Und dann werden wir uns nie wieder Sorgen um eine ischaranische Allianz mit den Gottlosen machen müssen.«

Das würde viele Schwierigkeiten aus dem Weg räumen.

87

Weitere Diskussionen würden das Risiko eines Angriffs auf Bakalsee nicht vermindern, und sie würden den Plan auch nicht vernünftiger erscheinen lassen. Aber er glaubte an das, was Lasis gesehen hatte. Sein Enkel lebte noch, wurde möglicherweise in der Wreth-Festung gefangen gehalten, und Kollanan hatte sich entschieden. Seit dem Augenblick, in dem er begriffen hatte, was diesem armen, nichtsahnenden Dorf zugestoßen war, hatte er zurückschlagen und die Frostwreth bestrafen und warnen wollen. Niemand konnte etwas gegen seine Gründe einwenden, und er wagte es nicht, noch länger zu warten.

Lasis hatte sich gut erholt und war wieder stark. Elliel und Thon waren bereit, und der fremde Wreth hatte Koll versichert, dass er die Magie, die er versprochen hatte, einsetzen konnte. Und die ausgewählten Soldaten wussten, worauf sie sich einließen.

Während der letzten Vorbereitungen hatten sich die Mitglieder des Rates gegenseitig Mut gemacht und lauten Jubel in dem widerhallenden Versammlungssaal ausgestoßen, aber ihre Rufe waren in einem warmen, behaglichen Raum erklungen, in dem das Prahlen leicht fiel. Nun aber, als die Kampftruppe vor dem geöffneten Tor stand und die Wirklichkeit des bevorstehenden Kampfes nach und nach in jeden Teilnehmer einsank, befürchtete der König, sie könnten auf die schiefe Ebene des Zweifels gelangen. Er wollte so schnell wie möglich aufbrechen und das Rad der Unausweichlichkeit in Gang setzen.

Lasis trug eine neue Rüstung aus schwarzem Leder und einen

Umhang, der mit feinen Kettengliedern verstärkt war. Er schaute nach vorn; in seinem Blick lag eine weite Ferne. All seine Waffen steckten dort, wo sie hingehörten, einschließlich eines neuen Rammers an seinem Gürtel, den er aus einem der Ausbildungslager der Bravas in Norterra erhalten hatte. Neben ihm saß Elliel auf ihrer aschgrauen Stute. Sie trug eine Brava-Kleidung, die der seinen ähnlich sah, während Thon in seiner seltsamen Silberhose steckte und durch schwere Schulterplatten und einen Brustpanzer geschützt wurde. Lord Cerus hatte seinen eigenen Brava Urok mitgebracht.

Koll stand neben seinem Kriegsross, legte die Arme um Tafiras Hüfte und sah in ihre braun gesprenkelten Augen. Er fand ihr Gesicht so schmerzlich schön; es erinnerte ihn noch immer an das verängstigte junge Mädchen, das er aus dem brennenden Ort Sarcen gerettet hatte. Als die Jahrzehnte vergingen, hatte Koll weder die feinen Linien und Runzeln in ihrem Gesicht noch die breiter werdenden Hüften wahrgenommen, die erschienen waren, nachdem sie zur Mutter und zur Königin geworden war. Nun küsste er sie sanft und zart und schmeckte ihren Atem.

»Du weißt, dass ich dich begleiten will«, sagte Tafira. »Ich kämpfe genauso gut wie die anderen. Ich kann dir helfen, Birk zu retten.«

Er war in Versuchung geführt, als er sie in den Armen hielt, blieb in seinem Entschluss aber fest. »Jemand muss diese Menschen regieren, falls mir etwas zustößt. Das weißt du genau. Bleib hier und sei ihre Königin. Sei ihre Beschützerin. Ich werde Birk finden und zurückbringen - wenn ich kann.«

»Ich hätte meine Frau mitnehmen sollen«, sagte der ruppige Lord Ogno und blickte verloren drein.

Als sich Koll von Tafira freimachte, richteten sich die Lords Alcock, Cerus und Ogno in ihren Sätteln auf. Ungeduldig warteten sie auf den Abmarsch. Bevor ihre Zweifel sie aufhalten konnten, sprang der König auf Heißsporn und trieb ihn durch das Tor. Er führte seine Vasallen-Lords, drei Bravas, Thon und fünfzig schwer bewaffnete Soldaten an. Tafira rief ihnen nach: »Stich zu,

Gemahl! Sei eine Wespe und stich zu! Und dann komm zu mir nach Hause – zusammen mit unserem Enkel.«

Als sie davonritten, hoben die Kämpfer ihre Schwerter hoch in die Luft; sie wirkten wie helle Stacheln aus Stahl. Lord Alcock rief zurück zu ihr: »Und wir werden versuchen, nicht zerquetscht zu werden.«

Kollanan trug seinen Kriegshammer. *So* sollten sich die Wreth an ihn erinnern: König Kollanan der Hammer, der für sein Volk kämpft.

Den Nachrichten zufolge, die von einem Utauk-Händler übermittelt worden waren, glaubte Conndur inzwischen den Warnungen vor den Wreth. Offenbar hatte ihn das überzeugt, was er beim Vada gesehen hatte. Der Konag war nun bereit, alles Erdenkliche zu tun und sich sogar mit Empra Iluris ausgerechnet auf der Insel Fulcor zu treffen. Auch wenn ihm die Vorstellung eines Bündnisses mit Ischara nicht gefiel, war Koll doch froh zu hören, dass sein Bruder nun die Gefahr bemerkte, und das stärkte ihm das Herz. Endlich bestand die Möglichkeit, dass die Armee des gesamten Staatenbundes Norterra zu Hilfe kam, und wenn sich die Streitmacht von Ischara den drei Königreichen an die Seite stellte und zusammen mit ihnen gegen die Wreth kämpfte, konnte die Menschheit sogar gewinnen.

Doch jeder Vorteil aus den Verhandlungen auf Fulcor würde viel zu spät für die Mission zur Rettung seines Enkels kommen. Erst einmal war Norterra auf sich allein gestellt, und Koll würde als Erster zustechen.

Nach ihrem spektakulären Aufbruch galoppierten die Pferde eine halbe Stunde lang über die Straße nach Norden, dann wurden sie langsamer, damit sie sich auf der langen Reise nicht zu sehr verausgabten. Während die Truppe in langgezogener Formation ritt, hatte sich Lasis abgesondert und schwieg. Der hagere Brava hatte sich zwar körperlich von seinem Martyrium erholt, aber er war eindeutig nicht erpicht darauf, den Wreth ein weiteres Mal zu begegnen. Dennoch hatte er sich nicht davon abbringen lassen, der Truppe beizutreten.

Lord Bahlen fiel mit seinem persönlichen Brava zurück, der neben ihm ritt. Bahlen hatte ein langes, dünnes Gesicht und trug einen dunklen Spitzbart, der seine hohen Wangenknochen hervorhob, und die gewölbten Brauen schienen zu tief an seiner Stirn zu sitzen. Der Lord spuckte den Staub der Straße aus, bevor er sagte: »Wenn wir noch weiter nach Norden kommen, Sire, sollten wir dann unsere Pferde nicht besser in der Nähe der Bäume halten und die Straße meiden? Es könnte Wreth-Spione in der Gegend geben.«

Koll schüttelte den Kopf. »Das würde uns mindestens einen Tag Verzögerung kosten. Unsere Späher haben uns bereits Bericht erstattet. Diese Feinde aus dem Altertum mögen zwar rätselhaft sein, aber sie sind auch anmaßend. Sie werden keinen Angriff von uns erwarten. Die Menschen sind unerheblich für sie.«

Er dachte wieder an die steif gefrorenen Kinderfinger, die sich um das geschnitzte Schweinchen geschlossen hatten, und an die beiden kleinen, vom Schnee bedeckten Gestalten. Waren das etwa Tomko und irgendein Nachbarsjunge gewesen? Er konnte kaum glauben, dass Birk noch lebte. Nun bedauerte er es, nicht zu den Leichen zurückgegangen zu sein, um seiner Tochter und deren Familie ein anständiges Begräbnis zu bieten. Sie hätten es verdient gehabt! Dann hätte er nämlich auch bemerkt, dass sich Birk gar nicht unter den Toten befand ... Koll kniff die Augen zusammen und ließ Heißsporn freien Lauf.

In Fellstaff hatten er und Tafira viele Stunden im Schrein der Erinnerung verbracht und alles über ihre Enkel niedergeschrieben, woran sie sich erinnerten: wie sie sich gestritten hatten und schon nach wenigen Minuten wieder beste Freunde gewesen waren, wie sehr Birk es geliebt hatte, auf Hühnerjagd zu gehen, wie stolz Tomko auf seine Fähigkeit war, Bäume zu erklettern, auch wenn er mehr als einmal hilflos in der Krone gesteckt und nicht mehr den Mut gehabt hatte, wieder hinunterzuklettern.

Er hielt sich an dem goldenen Faden der Hoffnung fest. Oh, wenn Birk noch lebte ...

Tafira hatte die Erinnerungen an ihre Tochter Jhaqi niedergeschrieben - an das große Mädchen mit den ischaranischen Gesichtszügen und dem großen Herzen, das so leicht zu brechen war. Jhaqis erste Liebe war der schöne Sohn eines berühmten Bäckers gewesen. Er hatte das dreizehnjährige Mädchen schwindlig vor Liebe gemacht und es dann in die tiefsten Tiefen der Verzweiflung gestürzt, nachdem sich seine romantischen Interessen einer anderen zugewandt hatten. Aber dann hatte ihr der junge Bürgermeister von Bakalsee den Hof gemacht, und Jhaqi hatte die wahre Liebe gefunden. Als sie und Gannon während eines Herbstfestes zu Koll und Tafira geritten waren, hatten sie ihnen mitgeteilt, dass Jhaqi ihr erstes Kind erwartete. Birk.

Während er voranritt, kniff Koll die Augen zusammen, als könnte er diese Erinnerungen in einem einzigen Punkt konzentrieren.

Als sie schließlich den bewaldeten Hügelgrat erreicht hatten, von dem aus Bakalsee zu sehen war, rief Koll die Krieger zum Halt. Die Nachmittagssonne sank bereits hinter ihnen. Vom Rücken ihrer Pferde aus betrachteten er und Lasis den gefrorenen See und berieten sich über den nächsten Schritt.

»Wir müssen uns im Schutz der Bäume halten«, sagte Lasis.

Koll stimmte ihm zu. »Selbst wenn die Wreth nicht mit einer Invasion rechnen, so haben sie doch Augen im Kopf, und das Sonnenlicht, das auf unseren Rüstungen glitzert, wird ihre Aufmerksamkeit erregen. Wir warten, bis es dunkler ist, bevor wir uns näher heranwagen.«

Gemeinsam beobachteten sie ihr fernes Ziel jenseits des Sees. Lasis beschrieb in allen Einzelheiten, was er über die Festung und die Siedlung wusste, auch wenn er vor seiner Gefangennahme nicht viel davon gesehen hatte, und nun war alles viel größer geworden. Vor den milchigen Festungsmauern standen viele hölzerne Gebäude, Vorratsschuppen, Lagerhäuser und elende Behausungen für die Arbeitsdrohnen. Die Mauern und Türme der Festung wiesen große Fenster aus durchsichtigem Kristall auf, sodass die Wreth-Kommandanten all das, was sie noch erobern wollten, bereits im Blick hatten.

Kolls Gedanken kehrten zu seinem Enkel zurück, der möglicherweise irgendwo dort drüben gefangen gehalten wurde. Lasis wusste nur, dass Birk lebte, aber nicht, wo er sich aufhielt. Koll begriff nicht, warum die Wreth ihn überhaupt in ihre Gewalt gebracht hatten. Doch er würde alles in seiner Macht Stehende tun, um den Jungen zu retten. Sein Enkel könnte sich bei den Drohnen in einer der Hütten befinden, oder im Innern der gewaltigen Festung ... oder irgendwo ganz anders. Der König hielt sich an seiner Hoffnung fest. Auf alle Fälle würde Kollanan über diese Wreth herfallen, die schon so viele Menschen umgebracht hatten.

Nicht weit entfernt unterhielt sich Elliel mit Urok, Lord Bahlens Brava. Beide steckten in den traditionellen schwarzen Rüstungen, und Thon stand ein wenig abseits von ihnen. Er wirkte abgelenkt und äußerst konzentriert. Der Wreth berührte eine der kahlen Espen und verschmolz mit den schraffierten Schatten der nackten Zweige. Er wirkte, als staune er über das einfache Wunder der grauen Borke. Dann hob er den Blick und starrte auf die Festung mit ihren festen Eiswänden und den hohen Türmen, als würde ihn auch dieser Anblick überraschen.

Lord Ogno legte seine massive Hand um den Griff seines Breitschwertes, während er sich der kleinen Gruppe näherte. Koll ahnte die Absicht des Vasallen-Lords; er stieg ab und kam näher, als sich Ogno vor Thon hinstellte. »Führt dich dieser Anblick in Versuchung, Wreth? Willst du zu ihnen gehen und uns verraten?«

Thon wandte sich ihm zu und sah ihn neugierig an. »Nein. Die Beobachtung der handwerklichen Fähigkeiten dieser Wreth verdeutlicht doch eines: Ich mag nicht wissen, wer ich bin und was ich bin, aber ich weiß ziemlich sicher, dass ich keiner von *ihnen* bin.«

»Gegenwärtig bist du unser Verbündeter«, sagte Koll. »Und das ist alles, was heute Abend zählt.«

Thon ergriff Elliels Hand. »Wir wissen, was zu tun ist, König

Kollanan der Hammer. Ich habe meine Anweisungen, und Elliel und Lasis haben die ihren.«

Lasis gesellte sich zu ihnen. »Sie und ich, wir werden den Jungen finden, wenn er dort ist. Und der Rest muss einfach nur gegen all die anderen Frostwreth kämpfen.«

Während die Soldaten auf den Einbruch der Nacht warteten, kümmerten sie sich um ihre Pferde und schraubten Bolzen in dafür vorgesehene Löcher in den eisernen Hufen, damit die Tiere besseren Halt bekamen, wenn sie über Eis galoppierten.

Koll und seine Lords standen oberhalb des Sees im Schutz der Bäume und besprachen die endgültigen Pläne für den Angriff. Als die Dunkelheit hereinbrach und die Sterne wie Eissplitter über ihnen funkelten, gab Elliel Thon zum Abschied einen Kuss. Er marschierte den Hang hinunter zum felsigen Ufer des Bakalsees. Er hatte dem König sein Wort gegeben, und Kollanan zählte auf ihn.

Als auch Elliel und Lasis zum Aufbruch bereit waren, sagte Koll den beiden Bravas Lebewohl. »Meine Hoffnungen begleiten euch. Findet Birk, wenn er dort ist. Und ... rettet ihn.«

Im Schutz der Bäume schlichen Elliel und Lasis zu Fuß um das Seeufer herum auf die Festung und den zerstörten Ort zu, an dessen Rand sie auf ihre Gelegenheit warten und sich in Bewegung setzen wollten, sobald das Ablenkungsmanöver begann. Der Hauptangriff sollte ihnen ausreichenden Schutz bieten.

Der König und seine Streitmacht - seine Wespen - ritten nun über den Hügelkamm und die Hauptstraße bis zum Ufer des Sees. Sie sammelten sich in einer kiesbestreuten Bucht, in der früher die Kinder geschwommen waren. Der gefrorene See war ein Feld aus dunklem Eis und vermutlich bis hinunter zum Grund erstarrt. Sie hatten keine Fackeln dabei, sondern verließen sich auf das Licht der Sterne, wenn sie ihren Weg über die weite Eisfläche hin zu den hohen Türmen nahmen.

Während sich die Soldaten am gefrorenen Ufer versammelten, knirschten die Bolzen unter den Hufen der Pferde über die Felsen, und Koll hob seinen Hammer hoch über den Kopf. »Sie werden unseren Stachel spüren. Zieht ihre Aufmerksamkeit auf euch, damit Lasis und Elliel ihr Ziel erreichen.«

»Die Frostwreth könnten uns alle töten«, brummte Lord Cerus. Er hatte schon immer Zweifel an dem Plan gehegt, war dann jedoch einer der Ersten gewesen, die sich freiwillig gemeldet hatten. »Aber früher oder später werden sie ohnehin versuchen, uns auszulöschen. Vielleicht gelingt es ihnen in dieser Nacht nicht, und eine solche Gelegenheit werden wir nie wieder bekommen.«

Urok schwang sich neben Lord Bahlen in den Sattel, und Koll nickte dem Brava anerkennend zu. »Zünde deinen Rammer an, wenn die Hälfte des Sees hinter uns liegt. Das Feuer wird unser Leuchtturm für den Angriff sein.«

»Ich werde dafür sorgen, dass die Wreth die Flamme zu sehen bekommen, Sire«, sagte Urok.

Die Pferde hatten nur wenig Gepäck zu tragen und liefen schnell. Die Soldaten trugen Mäntel mit Pelzbesatz und Lederrüstungen, und jeder hatte seine Lieblingswaffe mitgenommen. Jeder Bogenschütze führte eine ausreichende Zahl von Pfeilen mit, die in Pech getränkt waren, und eine Gruppe von Soldaten schleppte Ständer in Form eines »Y«, die bis an die Schulter reichten und deren Arme mit elastischen Kordeln bespannt waren. Sie hatten diese Schleudern, die Steine von der Größe einer kleinen Melone schwingen konnten, am Nachmittag zusammengefügt.

Koll betrachtete seine Kampftruppen im Sternenlicht und sah, dass sie genauso bereit waren wie er selbst. Vorsichtig führte er Heißsporn aufs Eis hinaus und schätzte dessen Tragfähigkeit sowie die Rutschfestigkeit der Bolzen unter den Hufeisen ab. Der Untergrund war so hart wie Granit, und die Bolzen verliehen dem Kriegspferd ausreichenden Halt. Er ritt über die große Eisfläche in Richtung des gegenüberliegenden Ufers, und der Rest seiner Truppe folgte ihm.

Fünfzig Kämpfer preschten im pfeifenden Wind über den erfrorenen See auf die Festung der Frostwreth zu.

Thon kauerte zwischen den Felsen am Ufer und beobachtete das Eis zwischen sich und dem gigantischen Gebäude. Die frostigen Türme erhoben sich über dem, was einmal ein friedliches Dorf gewesen sein musste. Auch wenn er es nie gesehen hatte, stellte er sich vor, dass es so schön wie Scharrdorf gewesen war.

Thon streckte die langen Finger aus und ertastete die Dicke des Eises und die Tiefe der Temperatur. Die langen Haare hingen ihm locker um den Kopf, und seine Saphiraugen glitzerten im Sternenlicht.

Von draußen auf dem See hörte er Schlachtrufe und das Klappern der Hufeisen und Stahlbolzen, als die Pferde auf ihr Ziel zu galoppierten. Er sah den Schwarm abgeschossener Feuerpfeile, die ihn an die Funken eines Mühlsteins erinnerten, und ein helleres Feuer erstrahlte, als Urok seinen Rammer entzündete.

Bei diesem Anblick dachte er an die süße Elliel. Er hoffte, dass sie und Lasis ihren Auftrag ausführen konnten. Sie musste unbedingt gesund und munter zu ihm zurückkehren.

Als die Wreth erwachten, wurden innerhalb der Festung kalt schimmernde Lichter greller. Von dort aus, wo er hockte, konnte er die Schreie von Kollanans Kämpfern hören. Sie zogen die Aufmerksamkeit des Feindes auf sich, sodass Elliel und Lasis nach dem Jungen suchen konnten.

Er bereitete sich darauf vor, die ihm zugewiesene Aufgabe zu erfüllen.

88

Sobald sich Conndur in sein privates Gemach in der Festung auf Fulcor zurückgezogen hatte, wusste Utho, dass er ein wenig Zeit für sich selbst hatte. Wachmann Osler hatte sein eigenes Quartier dem Konag zur Verfügung gestellt und war für die Zeit des diplomatischen Treffens in die Kaserne zu den anderen Soldaten gezogen. Utho würde seinen alten Freund Conndur später besuchen, denn er musste etwas Schreckliches tun, aber zuerst richtete er seine Aufmerksamkeit ganz auf Prinz Mandan.

Als der Donner über dem Ozean rumpelte, wurde der Prinz in seinem Zimmer spürbar nervös. Mandan zitterte trotz des Feuers im Kamin und der warmen Decke, die über seinen Schultern hing. Er wich von dem schmalen Fenster zurück und auch von den schwarzen Wolken und den Blitzen dahinter. »Ich mag keine Sturmnächte«, erklärte er, während Utho neben ihm stand. »Schlimme Dinge geschehen in solch stürmischen Nächten.«

»Euch ist vor langer Zeit einmal etwas Entsetzliches passiert, mein Prinz, doch der Sturm war gewiss nicht der Grund dafür. Denn - hättet Ihr jetzt Angst vor allen Sonnentagen, wenn Eure Mutter an einem sonnigen Tag gestorben wäre?«

»Zumindest würde ich immer noch den Umstand hassen, dass sie tot ist.« Etwas Gequältes lag in Mandans Blick.

»Versucht zu schlafen. Wir wissen nicht, wie viele Tage wir auf der Insel verbringen werden, aber ich bin mir sicher, dass wir schon recht bald wieder nach Hause gehen werden ... was auch immer hier geschehen mag.« Uthos Stimme wurde brüchig. Seit ihrer Ankunft hatte der Brava gegen seinen inneren Aufruhr angekämpft. Er durfte nicht zulassen, dass der Konag einen so schrecklichen Fehler beging, und er hatte gehofft – es war nur ein dünner, zum Zerreißen gespannter Hoffnungsfaden gewesen –, dass Conndur und Iluris sich streiten und voller berechtigtem Hass aufeinander rasch wieder abreisen würden.

»Ich wäre ruhiger, wenn ich meine Farben hätte.« Mandan zuckte ein weiteres Mal zusammen, als der Donner draußen das Tosen der Wellen übertönte. »Hier gibt es nichts für mich zu tun.«

»Vielleicht könnt Ihr Empra Iluris portraitieren und ihr die Zeichnung als Geschenk des Staatenbundes überreichen«, schlug Utho vor. Er wusste ganz genau, dass der Prinz dazu neigte, die feinsten Beleidigungen in seine Portraits zu schmuggeln.

Bei diesem Vorschlag runzelte Mandan die Stirn. »Ich kann sie kaum ansehen, weil ich weiß, dass die Ischaraner all jene Brava-Pioniere getötet haben, die sich in Valaera niedergelassen hatten. Was für eine schreckliche Geschichte.« Er wandte den Blick vom Fenster ab und sah Utho an. »Aber wenn deine Leute in Ischara geblieben wären, gäbe es jetzt keine Bravas im Staatenbund. Und wir brauchen euch – mehr denn je.«

»Ich würde nicht in einer Welt leben wollen, in der ich Euch nicht kennen würde, mein Prinz«, gab Utho zu, »aber ich wünschte wirklich, meine Brüder und Schwestern hätten damals nicht so furchtbare Verluste erlitten. Und denkt nur an all die armen Opfer in Mirrabay, die von diesen ischaranischen Tieren abgeschlachtet wurden.«

»Wir alle leiden«, murmelte der junge Mann verdrießlich und sackte auf seinem Bett zusammen. Er legte den Bleistift und das Papier beiseite, auf dem sich einige seiner Skizzen befanden. »Ich habe keine Lust zum Zeichnen. Und ich werde auch nicht schlafen können. Also liege ich wach im Bett und lausche dem Sturm.«

»Ihr müsst Euch ausruhen. Ich könnte zur Garnisonsapotheke gehen und einen Trank holen, der Euch beim Einschlafen hilft. Vielleicht ein paar Tropfen blaue Mohnmilch?«

Mandan erbebte. »Niemals!«

Die Reaktion des Prinzen beantwortete endlich eine Frage, die sich Utho schon oft gestellt hatte. Obwohl es offiziell hieß, die Lady Maire sei an einer rätselhaften »Schlafkrankheit« gestorben, hatte sie doch tatsächlich zu viel Mohnmilch zu sich genommen und war während einer stürmischen Nacht wie dieser in einen immerwährenden Schlaf gefallen. Als ihr sensibler junger Sohn ihren Leichnam gefunden hatte, war er am Boden zerstört gewesen. Bis jetzt war Utho davon ausgegangen, dass Mandan die höfliche, aber frei erfundene Geschichte geglaubt hatte, doch anscheinend wusste der Prinz genau, dass seine Mutter Selbstmord begangen hatte.

Der Brava hatte sich um den jungen Mandan von den Farben gekümmert und wusste seit jeher, dass der Prinz zu weich war, um in Zeiten des Krieges einen kühnen und gnadenlosen Führer abzugeben. Das musste sich ändern, und Utho würde dafür sorgen. Er würde Mandan die notwendigen Lektionen erteilen - die harten Lektionen. Frieden war etwas für die Schwachen, und der Prinz galt als die einzige Hoffnung für die Zukunft des Staatenbundes.

Das bedeutete jedoch, dass Mandan eine weitere sehr schwierige Nacht haben würde.

Der Prinz zuckte wieder zusammen, als es draußen erneut blitzte. Utho würde ihn stark machen und anleiten, und er würde dafür sorgen, dass der Prinz die richtigen Entscheidungen traf. Utho würde die Schwierigkeiten bereinigen, die Konag Conndur geschaffen hatte.

Doch jetzt musste er gehen. »Das Feuer im Kamin hat noch viel Holz, mein Prinz, und so wird es Euch in der Nacht warm genug sein. Ich will später noch einmal nach Euch sehen, aber jetzt muss ich erst Eurem Vater beistehen. Schließlich bin ich sein Brava.«

Mandan nickte, auch wenn er offenbar enttäuscht war. Utho verließ das Zimmer des Prinzen, zog die Tür fast ganz zu und ging still den Korridor entlang zu den Hauptgemächern. Er klopfte an die Holztür, wartete auf Conndurs Erlaubnis zum Eintreten und schritt in das Zimmer hinein.

Dieser Raum war zu einer annehmbaren Herrscherresidenz umgestaltet worden. Diener hatten die Laken gewechselt, neue Decken hinzugefügt und die Standarte des Konags, das waldgrüne Banner mit der offenen Hand, dem Symbol des Staatenbundes aufgehängt. Ein Teller mit Trockenfrüchten und geräuchertem Fisch stand auf dem Schreibtisch, aber Conndur hatte das Essen nicht angerührt. Er schrieb gerade seine Gedanken am Tisch nieder.

Die Miene des Konags hellte sich auf, als er seinen Brava eintreten sah. Er kratzte sich an dem grau werdenden Kinnbart. »Dieses Treffen verläuft gut, alter Freund. Ich weiß zwar, dass du Vorbehalte gegen ein Bündnis mit Ischara hast, aber ich glaube doch, dass wir annehmbare Bedingungen formulieren können, und dann sind die drei Königreiche in der Lage, alle militärischen Kräfte im Kampf gegen die Wreth einzusetzen. Für alle wird dies das Beste sein.«

Utho schloss die schwere Tür. Er stellte sich vor den Riegel, sodass Conndur nicht sehen konnte, was er tat, und schob den Riegel vor.

Conndur fuhr fort: »Mein Vermächtnis liegt schwer auf mir. Was wir hier tun, wird unsere Welt stärker verändern als alles, was die Konags der Vergangenheit getan haben. Wenn die Wreth den Drachen wecken und die Welt vernichten wollen, ist es an der Zeit, dass wir unseren gegenseitigen Hass begraben.«

»Die Welt hat sich bereits stark verändert, Sire.« Utho stand aufrecht da und zeigte keine Gefühle, auch wenn sich ihm der Magen umzudrehen drohte. Sein Herz hämmerte. »Konag Cronin hat vor dreißig Jahren Ischara den Krieg erklärt, und wir haben überlebt. Es waren schreckliche Zeiten, und wir werden auch die gegenwärtigen schrecklichen Zeiten überleben – wenn wir nichts Dummes tun.«

»Der Krieg meines Vaters ist sinnlos gewesen«, sagte Conndur voller Ungeduld. »Aber das hier ist etwas ganz anderes.«

»Sinnlos?«, flüsterte Utho ungläubig. Er hätte schreien mögen. Seine Frau und seine Familie waren in diesem Krieg gestorben, während er auf Befehl des Konags weit entfernt von zu Hause gewesen war! *Sinnlos?*

Mareka und seine Töchter waren ausgeweidet worden, und man hatte ihnen die Kehlen aufgeschlitzt, bevor ihre Leichen verbrannt worden waren. Als er nach der Rettung von Fulcor zurückgekehrt war, hatte man sie schon lange beerdigt, aber Utho musste noch immer daran denken, was diese Tiere ihnen angetan hatten. *Sinnlos?* Conndur begriff nicht einmal, was er soeben gesagt hatte. »Es muss doch für etwas gut gewesen sein, Sire!«

»Es tut mir leid. So viele Tragödien, so viel nutzloses Töten.« Der Konag blickte hinunter auf sein offenes Buch und verursachte einen Tintenklecks. »Die Krise, der wir uns nun gegenübersehen, könnte die Welt bis in ihr Innerstes erschüttern. Du hast den Vada gesehen! Dürfen wir sicher sein, dass die Streitkräfte des Staatenbundes und Ischaras imstande sind, gemeinsam etwas gegen Ossus auszurichten? Oder gegen die Wreth? Das hier ist weitaus wichtiger als der alte Krieg.« Conndur betrachtete die letzten Sätze, die er geschrieben hatte und blies auf die Tinte, damit sie trocknete. »Du weißt, was auf dem Spiel steht, und ich hoffe, dass du mich unterstützen wirst. Wenn die Ischaraner einer Allianz zustimmen, möchte ich, dass du mit ihnen zusammenarbeitest. Es wird für uns alle eine schwierige Übergangszeit sein, aber sie stellen die einzige Hoffnung dar, die uns noch bleibt.«

»Vermutlich werden sie uns verraten und allesamt töten«, sagte Utho. »Lasst Euch nicht von ihnen täuschen.«

Conndur gab ein nervöses Kichern von sich. »Du bist offen und ehrlich, genauso wie ich dich brauche. Ich schätze deine Weisheit und Erfahrung, alter Freund. Du bist ein kluger Gesprächspartner, aber du musst mir auch zuhören. Vielleicht kann ich deine Meinung ändern.«

»Die Fakten können nicht geändert werden, Sire.« Das Hämmern in Uthos Herz war lauter als der Donner draußen. »Die Geschichte kann nicht nachträglich verändert werden.« Er wusste, was er zu tun hatte, und er hasste es. Mit jedem Wort, das er sprach, bekam er mehr Angst, aber Conndur zwang ihn dazu. Seine Worte klangen scharf und barsch. »Ihr seid zu naiv. Ihr seid geradezu leichtgläubig. Ihr weigert Euch zu sehen, wie hinterhältig die Ischaraner sind.«

Conndur machte ein langes Gesicht. »Du glaubst das noch immer, obwohl du Empra Iluris begegnet bist? Sie scheint mir vollkommen vernünftig zu sein. Sie will das Beste für ihr Volk. Sie möchte, dass der sinnlose Konflikt zwischen unseren Ländern endlich aufhört.«

»Und sie hat ihren abscheulichen Hohepriester mitgebracht«, sagte Utho. »Was denn, wenn sie einen schrecklichen Gottling in einem ihrer Kriegsschiffe mitgebracht haben? Sie könnten dieses Ungeheuer entfesseln, damit es uns alle Glieder aus dem Leib reißt, so wie meine Brava-Gefährten damals in Valaera zerfetzt wurden - diese unschuldigen Menschen, die sich bloß eine neue Heimat schaffen wollten!«

Conndur runzelte die Brauen über die heftige Wut des anderen Mannes. »Das ist schon viele Jahrhunderte her und hat jetzt keine Bedeutung mehr. Was, wenn Iluris es ernst meint und sie uns gegen die Wreth helfen können? Ich kenne die wirkliche Gefahr, die meinem Volk droht. Als Brava hast du geschworen, den Staatenbund zu schützen. Wir müssen uns ganz auf die *Wreth* konzentrieren und alle Meinungsverschiedenheiten beiseitelegen.«

Utho zitterte innerlich, als seine Gedanken in ihm umherrasten. Er fühlte sich bereit, mit genauso viel Feuer und Zorn auszubrechen wie der Vada. Mit schmerzendem Herzen flüsterte er: »Ich fürchte, das darf ich nicht zulassen.«

Er hatte sich allein zu einer Entscheidung durchgekämpft und es nicht einmal gewagt, seine beiden Brava-Gefährten auf der Insel zu befragen, aber er wusste, dass Gant und Klea mit ihm übereinstimmen würden. Fulcor war ein Ort des Gleichgewichts, eine Insel auf halbem Weg zwischen zwei verfeindeten Kontinenten, und Utho musste dieses Gleichgewicht stören. Als Brava hatte er geschworen, das Land zu bewahren und zu verteidigen und darüber hinaus den Konag mit seinem Leben zu schützen. Doch manchmal waren diese beiden Pflichten nicht miteinander vereinbar, und Uthos Hingabe musste sich über diesen einen fehlgeleiteten Mann hinaus erstrecken. Seine Pflicht galt dem Staatenbund und der Zukunft.

Als er einen Schritt näherkam, sah Conndur ihn neugierig an. Utho sagte: »Ich habe Euch immer sehr gemocht, Sire. Ich habe Euch als meinen Freund betrachtet, aber wir alle müssen unsere Pflicht erfüllen, und Ihr habt als Konag die größte Pflicht von uns allen auf Euch genommen. Das ist unser Vermächtnis.«

Conndur schob das Buch und die Feder beiseite. Er wirkte beunruhigt. »Was willst du damit ausdrücken, Utho? Du machst mir Sorgen.«

»Es kann keinen Frieden geben, Sire.« Seine Stimme wurde härter, seine Muskeln spannten sich an. »Nicht bevor alle Ischaraner ausgelöscht sind.«

Conndur zuckte zurück. »Was redest du da?«

»Ihr müsst sterben, mein Konag, und ich werde dafür sorgen, dass es so aussieht, als hätten die Ischaraner Euch ermordet. Ihr Verrat wird für alle offenkundig sein.« Seine Hand schoss vor, und er packte den Konag an der Kehle. Obwohl Conndur austrat und sich zu befreien versuchte, ließ Utho nicht los. Sein Griff war so fest, dass er Conndur die Luft abschnürte, und so waren seine Hilferufe nichts als ein ersticktes Gurgeln.

Utho ragte hoch über ihm auf und drückte noch härter zu, während sich der Konag in seine Arme verkrallte und seinen Griff zu lockern versuchte. Nun, da Utho handelte und die Räder unwiderruflich in Gang gesetzt waren, fühlte er sich ruhiger und entschlossener. Er tat das, was für den Staatenbund das Richtige war, so wie er es als Brava geschworen hatte.

»Weil die Ischaraner so abscheuliche Tiere sind, kann ich es Euch nicht leichter machen. Es tut mir leid.« Seine Lippen bebten; seine Stimme klang heiser und brach unter der Anspannung. Er schenkte den Lauten, die Conndur von sich gab, ebenso wenig Beachtung wie auch dessen wirkungsloser Gegenwehr. Er drückte sogar noch härter zu und machte seinen Gegner bewusstlos, während er an die schrecklichen Dinge dachte, die die Ischaraner Mareka und seinen Töchtern angetan hatten. Er weinte nicht nur wegen dem, was mit ihnen geschehen war, sondern auch wegen dem, was er Conndur, dem Konag antun musste ... seinem Freund.

Die Tränen blendeten ihn, aber seine Entschlossenheit schwankte während der ganzen Stunde, die es brauchte, bis er Conndur langsam und schmerzhaft getötet hatte, nicht für einen Augenblick.

Zu Anfang hatte sich der Konag noch gewehrt und dabei das kleine Tintenfässchen umgestoßen, was einen schwarzen Fleck auf der Tischplatte hinterlassen hatte. Aber bald würde so viel Rot in dem Zimmer verspritzt werden, dass niemand auf den Tintenklecks achtete.

89

Während Wreth-Arbeiter das Wüstenlager aufschlugen, Pfähle in den Sand rammten und Zeltplanen darüber zogen, ruhten sich Königin Voo und ihr adliges Gefolge im Schatten aus. Das farbenfrohe Lager der Wreth war wie eine Wüstenblume nach einem Platzregen aufgeblüht.

Adan beobachtete, wie Penda alle Einzelheiten in sich aufnahm. Sie bemerkte, dass er sie anblickte. »*Cra*, noch nie in der Geschichte hat jemand aus unserem Volk so etwas gesehen. Ich hoffe, wir werden überleben und können es berichten. Ich möchte meinem Volk unbedingt mitteilen, was hier geschieht.« Xar krächzte zustimmend und plusterte sein grünes Gefieder auf.

»Ich hoffe noch aus vielen anderen Gründen, dass wir überleben werden.« Er streichelte ihren Arm. »Insbesondere für unser Kind.«

Eine Gruppe von Wreth-Magiern marschierte auf das flache, ausgetrocknete Bett des Sees hinaus, während sich andere zu der zerklüfteten Bergkette begaben und die steilen Felshänge erkletterten. Während die Magier über die salzige Ebene liefen, streckten sie die hohlen Hände hinter sich aus und zogen eine Linie aus Magie, die zu einer glasigen Spur wurde und dem mäandernden Kurs der Magier folgte. Gemeinsam zeichneten sie ein gigantisches magisches Symbol auf die Erde.

In den nahen Bergen stand Axus hoch auf einer Felszinne. Der kahlköpfige Magier hob die Hände und lenkte seine Gefährten unten auf der Ebene. Von seinem Aussichtspunkt konnte er die Zeichen und Linien des Zaubers deutlich erkennen, die in das Salz geschrieben wurden.

Von seiner Position unter dem Schatten des Baldachins aus vermochte Adan nur einen Teil des Musters zu sehen. Penda beugte sich vor. Ihre Haare und der größte Teil ihres Gesichts waren noch unter dem weißen Schal verborgen. »Ich erkenne die Art des Symbols. Wir haben ähnliche Zeichen in den Wreth-Ruinen gesehen, in denen die Utauk oft ihr Lager aufschlagen.«

Voo plauderte gerade mit ihrem Bruder und den Wreth-Adligen, als sich Adan an sie wandte. »Was tun denn die Magier da? Gehört das zur Jagd?«

»Natürlich gehört das zur Jagd«, sagte Quo verächtlich. »Wir können nicht erfolgreich jagen, wenn wir keinen Drachen haben.«

Voo erklärte geduldiger: »Die Magier haben mit dem Prozess begonnen, den Drachen zu rufen.«

Die Magier beendeten die Arbeit an ihrem Symbol, zogen noch einige spiralförmige Linien zu einem gemeinsamen Mittelpunkt im salzigen Sand und versammelten sich. Königin Voo und die Wreth-Adligen kamen unter dem Baldachin hervor und begaben sich zum Rand des Musters. Voo deutete auf Adan und Penda. »Kommt. Ihr wollt es Euch doch bestimmt ansehen. Ich bestehe darauf.«

Während die Hitze wie Schreie um sie herum brandete, richteten Adan und Penda ihre Kopfbedeckungen. Voos gebräunte Haut schimmerte im gelben Sonnenlicht, und ein Dunstschleier hing über dem ausgetrockneten See. Auch die anderen Wreth kamen herbei.

Die Magier, die sich in der Mitte des Zeichens versammelt hatten, hoben die Hände und senkten sie rasch gemeinsam, als würden sie mit einem unsichtbaren Hammer zuschlagen. Grelle Lichter schossen aus den magischen Linien empor, der glasige Sand brach auf und warf Schleier aus goldenem Licht in die Luft, die wie eine Aurora wirkten.

Der Wind frischte auf und blies in einem Kreis, der den Linien der magischen Zeichnung folgte. Staub kräuselte sich in der Luft, stieg höher und höher. Adan hielt Penda fest, während sie sich gegen ihn lehnte. Das weiße Tuch um ihre Gesichter flatterte, und Xar musste die grünen Flügel ausbreiten, damit er nicht das Gleichgewicht verlor.

Dann, nach einer langen Stille, drang ein Kreischen durch die Luft, ein Brüllen zusammengepresster Angst, gepaart mit Wut, Hass und Säure. Es war ein urtümlicher Laut, und Adan bekam eine Gänsehaut. Instinktiv tastete sich seine Hand zum Griff seines Schwertes. Adan war bereit, den Kampf seines Lebens zu führen, um seine Frau zu schützen, und Penda berührte ihr langes Messer, als wollte sie ihm beistehen.

Königin Voo jubelte und zeigte in den Himmel. »Er kommt!«

Die Sandwreth jauchzten und hielten ihre Speere sowie die Schwerter mit den Kristallklingen bereit. Voo hob ihren dreieckigen Schild, von dem sie behauptete, er sei eine einzelne Schuppe von Ossus.

Draußen auf der Ebene entfesselten die Magier weiterhin ihre Kräfte und entzündeten ein Leuchtfeuer aus goldenem Licht, das noch mehr magische Zeichen in den Himmel malte.

Der Drache segelte herbei. Er war ein scharfkantiger Umriss, der so hoch flog, dass Adan seine wahre Größe unmöglich abschätzen konnte. Er flatterte zornig mit den großen Schwingen, die wie die Segel eines Kriegsschiffes wirkten. Die Kreatur bog den schlangenartigen Kopf, riss die Kiefer auseinander und stieß ein weiteres Brüllen aus.

Die Wreth-Krieger hoben ihre Waffen, rannten zu den Augas und bestiegen sie. Unter ihnen waren Voo und Quo die eifrigsten. Die Wreth preschten in die Wüste hinein, und der Drache stürzte sich auf sie.

Der Ska kreischte, flatterte mit den Flügeln und flog von Penda weg. Er versuchte sich irgendwo zu verstecken.

Der Drache schoss ihnen entgegen; sein Kopf war voller Stacheln, die sich wanden und zuckten. Die grüne Haut war mit öligen schwarzen Flecken übersät, als ob die bösen Schatten seiner Existenz aus seinem Körper leckten. Die Facettenaugen glühten vor Hass.

Das goldene Licht des Zaubers verlosch flackernd, während die Wreth-Magier mit ihrem Angriff begannen. Sie erschufen milchige Wälle aus gekräuselter Luft und warfen sie in die Höhe, sodass der Drache gegen sie prallte. Er wurde zurückgeworfen, machte eine Drehung und setzte über das Hindernis hinweg, während sein stacheliger Schwanz hin und her schlug.

Zwei Magier blieben in der Mitte ihrer Spirallinien und versuchten einen neuen Zauber zusammenzuziehen, während die anderen auseinanderliefen. Der niederstoßende Drache packte einen von ihnen mit seinen langen Klauen und stieg wieder in die Luft. Die Kreatur war nicht zufrieden damit, den Wreth fallen zu lassen; sie schleuderte ihn so heftig auf den Boden, dass von dem Magier nichts außer einem blutigen Fleck auf der sandigen Ebene zurückblieb.

Die Wreth-Krieger donnerten auf ihren Augas heran. Quo riss den Arm zurück und warf seinen Speer. Seine Bewegung wurde durch Magie verstärkt, sodass die Waffe hoch und gerade flog und sich um den spiralförmigen Schaft drehte.

Der Drache flog zurück, änderte seinen Kurs, und so drang der Speer nur durch die gespannte Flügelmembrane. Die Kreatur schoss wieder herab wie ein Falke, der Jagd auf eine Taube macht. Er wäre beinahe auf die Erde geprallt, konnte sich gerade noch abfangen, packte einen weiteren Magier und zerschmetterte ihn.

Die panischen Augas zerstreuten sich, aber Königin Voo warf ihren Speer vom Sattel aus. Er drang in die Hüfte des Ungeheuers, nachdem er auf einer Schuppe Funken geschlagen hatte. Das Untier brüllte auf und griff erneut an.

Adan erkannte, wie ungeschützt sie waren, und packte Pendas Arm. »Wir müssen irgendwo Unterschlupf finden! Sie sollen allein gegen das Wesen kämpfen.« Obwohl sie über ihre eigenen Klingen verfügten, konnten diese Waffen doch nichts gegen eine solche Bestie ausrichten.

Die beiden rannten auf das farbenfrohe Lager mit seinen Baldachinen und Stoffzelten zu, aber der Drache erreichte es vor ihnen. Er flog niedrig, riss mit seinen Klauen die Zelte aus dem

Boden und zerstreute die ängstlich zusammengedrängten Augas, die in einem behelfsmäßigen Pferch zurückgeblieben waren. Er griff sich eines der reptilienartigen Reittiere und schleuderte es - als würde er kegeln - mitten unter die anderen.

Adan warf sich zu Boden und zog Penda mit sich. Staub und Sand umwirbelten die beiden, und er schaufelte rasch und verzweifelt noch ein wenig mehr über sich und Penda - in der Hoffnung, damit eine gewisse Tarnung zu erhalten. Die Gesichter bedeckten sie sich mit ihren weißen Tüchern.

Der Drache verwüstete das Lager der Sandwreth. Die Arbeiter packten zwar ihre Waffen, konnten dem Ungeheuer aber nur einige unbedeutende Wunden beibringen, bevor es sie abschlachtete. Adan sah zu, wie mindestens fünf Wreth zerrissen wurden.

Penda und er kauerten sich auf den Boden, und er packte sein Schwert und war bereit, auf die Krallen einzuhacken, wenn der Drache zu ihnen kam. Aber die Kreatur schien sich nicht um die Menschen zu kümmern, solange sie weiter von den Wreth gereizt wurde.

Der Drache stieg wieder in die Luft und näherte sich den schwarzen Bergen - und nun erschien Axus auf seinem hohen Aussichtspunkt. Der Magier hob schwere Steinblöcke aus den Felsspalten und schleuderte sie in die Luft, sodass sie wie ein gigantischer Hagelschauer herniederfielen. Einer dieser Felsen schlug gegen die Schwinge des Drachen und brach sie in der Nähe der Spitze. Das Ungeheuer stieg noch viel höher und schlug dabei heftig mit den Flügeln.

Axus schleuderte einen weiteren Felsschauer gegen ihn, und ein Stein traf die Schwanzwurzel. Der Fels zerbrach dabei - und auch der Schweif des Drachen. Obwohl sich das Ungeheuer so hoch am Himmel befand, sah Adan, wie sich ein großer Teil des stachelbesetzten Schwanzes einfach auflöste und zu kleineren schwarzen Stücken zerfiel, die wie aus eigener Kraft auf die vulkanischen Berge zustrebten.

Als der Drache vorbeigeflogen war, grub sich Penda aus dem Sand und zerrte an Adans Arm. »Solange wir noch die Möglichkeit haben, sollten wir zu den Bergen laufen und uns in ihren Schatten verstecken.«

Adan stimmte ihr zu. »Sollen doch die Wreth den Kampf selbst beenden. Es ist nicht unsere närrische Jagd, sondern ihre.«

Quo ritt auf seinem Auga herbei, während Voo neben ihm herlief. Ein grimmiges Grinsen teilte ihr Gesicht. Das Lager glich nur noch einer Ruine. Viele ihrer Leute waren getötet worden, doch begierig rief sie die Magier herbei. Sie warf Adan einen frivolen Blick zu und schwang sich hinter Quo in den Sattel eines neuen Reittiers. Dann rief sie ihre Gefährten mit einem Pfiff zusammen. »Kommt! Die Jagd hat gerade erst begonnen!«

Die überlebenden Sandwreth holten ihre Waffen. Ohne das geringste Anzeichen von Furcht stürmten sie hinter dem Drachen her.

90

Die Pferde galoppierten über das Eis. Die Bolzen unter ihren Hufeisen schlugen Splitter aus dem gefrorenen See, und es klang wie Donner und brechendes Glas. Nun würden die Frostwreth wissen, dass ein Überfallkommando näher kam. Kollanan trieb Heißsporn noch schärfer an.

Er hoffte, dass Lasis und Elliel - und auch Thon - inzwischen ihre Positionen erreicht hatten und sich bereithielten.

Kaltes blaues Licht leuchtete in der hoch aufragenden Festung. Koll fragte sich, wie viele Frostwreth sich darin befanden. Er hatte nur fünfzig Kämpfer und konnte nicht alle töten, aber er war in der Lage, ihnen einen Schock zu versetzen. Er konnte ihnen einen Stich zufügen. Er würde sie zumindest nachdenklich machen.

Urok ritt neben dem König. Während sie über das Eis preschten, legte sich der Brava den goldenen Reif um das Handgelenk und drückte ihn zusammen, damit sich das Feuer entzünden konnte. Er stieß einen urtümlichen Schrei aus, und das Feuer sprang in die Höhe und hüllte seine Hand ein, dann bildete es einen langen Speer - ein Leuchtfeuer, das unmöglich zu übersehen war.

Kollanans Bogenschützen setzten ihre pechgetränkten Pfeile in Brand, und Dutzende orangefarbene Flammen knisterten nun an den Spitzen. Ein Regen wie aus Sternschnuppen flog in einem vollendeten Bogen an das Ufer, auf die Lagerhäuser und die Hütten. Deren Holz fing rasch Feuer.

Urok setzte sein Pferd vor das des Königs und zog noch mehr Feuer in seine Hand. Furchtlos ritt er auf das hohe Tor der Festung zu. Es war aus ganzen Kiefernstämmen gezimmert.

Die anderen Reiter stiegen noch auf dem Eis ab, stellten ihre Katapulte auf und schleuderten mit den elastischen Bändern große Steinblöcke gegen die Festung. Die ersten vier Geschosse trafen die Eismauern und hinterließen ein Muster aus weißen Rissen. Die Kämpfer richteten ihre Waffen neu ein, zogen die Bänder weiter zurück und schossen die Steine höher. Eine Salve zerschlug ein gewaltiges Kristallfenster, das auf den See hinausblickte.

Vor der Festung schwang Urok seine sengende Hand und schoss einen langen Strom aus Feuer ab, der als Schwert begann und bald zu einer hochgefährlichen Peitsche wurde. Das magische Feuer prallte gegen das Holztor und hinterließ eine rauchende schwarze Wunde. Wieder holte er mit der Hand aus und legte all seine Kraft in den Schlag. Das Feuer fuhr von oben bis unten über das Tor, und schließlich gab es unter der Macht des Rammers nach. Das dicke Holz zerbarst zu einem Regen brennender Splitter.

Um den Fuß der Festungsmauern rannten kleine Gestalten in Verwirrung zwischen den brennenden Hütten und Lagerhäusern umher. Mittlerweile würden Lasis und Elliel bei den Drohnen sein und nach Birk suchen, und wenn es nötig sein sollte, würden sie sich auch in die Festung hineinwagen. Nirgendwo sah Kollanan die beiden anderen entzündeten Rammer – noch nicht.

Draußen auf dem Eis musste der Kriegstrupp nicht lange warten, bis die Wreth-Krieger reagierten und sich ihrer annahmen.

Während große Stücke geborstenen Kristalls aus dem hohen Fenster fielen, erschienen fünfzehn unheilvoll wirkende Gestalten an dem zerstörten Tor. Sie waren groß und bleich, und ihre langen Haare wirkten wie Schnee, vom Wind gepeitscht und von Nebel durchsetzt. Sofort erkannte Koll den Anführer der Frostwreth, Oberkrieger Rokk. Er trug einen silbernen und blauen Brustpanzer, einen langen Spiralspeer und einen Schild mit rasiermesserscharfen Kanten und führte seine Gefährten zum Kampf aus der Festung.

Die Wreth-Krieger ritten auf ungeheuerlichen zotteligen Pferden mit weißem Fell. Eine stachelige Mähne umgab ihre langen

Köpfe. Die scharfen Ohren waren aufgerichtet, und die Augen glühten. Die stämmigen Beine endeten nicht in massiven Hufen, sondern in Klauen.

Koll hob seinen Hammer hoch in die Luft. »Noch eine Salve! Jetzt spüren sie unseren Stachel!«

Mit wütendem Knurren schossen seine Bogenschützen Feuerpfeile auf die feindlichen Krieger, aber als die Frostwreth vorrückten, wurden die Flammen sofort gelöscht.

Urok preschte auf sie zu und holte mit seinem Rammer aus. Die Feuerklinge knallte wie eine Peitsche auf die Wreth-Gruppe zu, aber Rokk riss seinen rasiermesserscharfen Schild hoch und zerstreute die Flammen.

Inzwischen brannten zahlreiche Gebäude vor der Festung; darunter waren auch einige Hütten der Drohnen. Die Krieger mit den Espen-Katapulten schleuderten noch mehr Steine und zerschmetterten ein weiteres Kristallfenster im Hauptturm.

Rokk brüllte etwas in einer Sprache, die Koll nicht verstand, und die Wreth-Krieger griffen auf ihren zotteligen Wolfspferden an. Kollanan wusste, dass es Zeit war. Die Provokation war nur der erste und leichteste Teil des Plans. Nun mussten sie entkommen.

»Dreht um!«, rief er. »Zurück über den See - flieht um euer Leben!« Er musste hoffen, dass Thon zu dem instande war, was er versprochen hatte, und dass Elliel und Lasis genug Zeit gehabt hatten. Der Sieg konnte sich innerhalb weniger Augenblicke zu einem Blutbad wandeln.

Die Bogenschützen schossen ihre letzten Feuerpfeile ab, aber nur wenige trafen ihr Ziel. Koll riss Heißsporn herum, und seine Soldaten zogen sich unter lautem Hufgeklapper auf dem festen Eis zurück. Die Pferde schnaubten und galoppierten zum entfernten Ufer.

Kollanan und seine Truppe raste über die weite Ebene des Bakalsees, auf dem sie sich nicht verteidigen konnten. Die Feinde setzten ihnen nach. Rokk und seine mörderischen Frostwreth kamen auf ihren gewaltigen weißen Reittieren immer näher.

Als der Angriff begann und Elliel sah, wie die Reiter des Königs über das Eis preschten, wandte sie sich an Lasis. »Es ist Zeit.«

Ihr Gefährte kniff die blassen Augen zusammen; er wirkte, als hätte sich der reine Zorn in seinem Blick kristallisiert. »Ich weiß.«

Gemeinsam verließen sie den dichten Kiefernwald und rannten auf die Seite der hoch aufragenden Festung zu. Vor den Eismauern standen die einfachen Unterkünfte der Drohnen. Gebückt eilte der Brava auf die Hütten zu, die dort erbaut worden waren, wo vorher das Dorf gestanden hatte. »In ihrem Palast im Norden hat Königin Onn verfügt, dass die Drohnen über Birk wachen sollen. Wenn sie den Jungen zusammen mit Rokk an diesen Ort geschickt hat, dann befindet sich Birk vielleicht noch immer in der Obhut der Drohnen. Der Oberkrieger schien mir nicht gerade väterlich zu sein.« Er zog eine Grimasse. »Er wollte den Jungen nicht bei sich haben.«

Elliel griff nach den scharfen Kampfmessern an ihrer Seite. Sie wirkten beruhigend. »Zuerst durchsuchen wir die Hütten, solange die Wreth abgelenkt sind.« Sie warf einen Blick auf den See, wo die Kampfhandlungen heftiger geworden waren. Das helle Auflodern von Feuer war zu sehen, als Urok mit seinem Rammer zuschlug. Der Feind würde gewiss keinen heimlichen Angriff von einer anderen Seite erwarten.

»Wenn der Junge nicht bei den Drohnen ist«, sagte Lasis, »werden wir in die Festung eindringen müssen.«

Die beiden schlichen zu den Lagerhäusern und niedrigen Hütten. Unter dem Regen der Feuerpfeile, die Kollanans Krieger abschossen, waren die Drohnen in Aufruhr geraten, und kleinere Flammen schlugen bereits aus den Häusern und Dächern. Auf unheimliche Weise stumm huschten die Drohnen umher.

Lasis machte sich nicht mehr die Mühe, sich zu verstecken. Aufrecht schritt er voran; der schwarze, mit feinen Kettengliedern verstärkte Mantel lastete schwer auf seinen Schultern. Elliel begleitete ihn und zog nicht ihren Rammer, sondern ihr Kampfmesser. Als die Kreaturen sie bemerkten, erstarrten sie vor Verblüffung, dann schwärmten sie auf die beiden Bravas zu, eher neugierig als bedrohlich. Die größte Drohne reichte Elliel gerade bis zur Brust.

Lasis trat mitten in die seltsame Menge und sprach sie an. »Ich bin ein Feind der Frostwreth, ebenso wie diese Frau hier.« Die Drohnen wirkten nervös und verwirrt. Lasis' bleicher Blick glitt wie eine Waffe über sie, und die Kreaturen starrten ihn an, als hätte er sie hypnotisiert. Elliel war von der Verbindung fasziniert, die er zu ihnen zu haben schien. »Andere eurer Art haben mitgeholfen, als Königin Onn mich außerhalb ihres Palastes hoch im Norden zum Sterben zurückgelassen hat.« Er griff unter seinen Brustpanzer und holte einen blassen Gegenstand aus Elfenbein hervor, der für Elliel wie ein einfacher Knopf aussah. Seltsamerweise schienen die Drohnen ihn zu verehren. »Seht, ich habe einen Beweis. Einer der Euren gab mir dies. Und jetzt brauchen wir erneut Eure Hilfe.«

Plappernd sammelten sie sich um ihn, als wären sie von ihm bezaubert worden. Feuer breiteten sich zwischen den Gebäuden vor der Mauer aus, und die Flammenzungen hatten die Hütten erreicht, doch die Drohnen bemühten sich nicht, die Brände zu löschen.

Draußen auf dem See ritt ein Trupp Frostwreth auf Kollanans Soldaten zu und ließ die Festung hinter sich zurück. Elliel wusste, dass sie und Lasis sich nun beeilen mussten. »Wir werden keine bessere Gelegenheit bekommen, Birk zu finden.«

Lasis sagte drängend zu den Drohnen: »Königin Onn hält einen Menschenjungen gefangen. Wir sind hier, um ihn zu retten. Ist er bei euch? In einer eurer Hütten?« Die Drohnen plapperten und zirpten, als wären sie durcheinandergebracht worden. »Hat Onn befohlen, dass ihr euch um ihn kümmern sollt?«

Die Feuer breiteten sich aus und erreichten weitere Wohnhütten. Voller Ungeduld sagte Elliel: »Sie verstehen dich nicht. Wir müssen selbst suchen.« Sie rannte an ihnen vorbei und schob die zerfetzte Tierhaut zur Seite, die vor der Tür der nächsten Hütte hing. Im Innern stank es nach Verwesung, ranzigem Öl und etwas anderem, das sie nicht benennen konnte. Sie rief: »Birk! Wir sind hier, um dich zu retten!« Im Zwielicht sah sie keinen Menschenjungen. Niemand war hier. Eilig durchsuchte sie die nächste Hütte, ebenfalls ohne Erfolg.

Auch Lasis eilte nun von Haus zu Haus, und die Drohnen taten es den Bravas gleich, huschten umher und durchsuchten ihre eigenen Heime, als wüssten sie nicht, was sie darin finden mochten.

Bald war Elliel davon überzeugt, dass das Kind nicht bei den Drohnen war, und sie wandte sich den unüberwindlichen Eismauern zu. »Wenn der Junge wirklich nicht hier ist, dann müssen wir die Festung nach ihm absuchen, solange es uns noch möglich ist.« Die Schlacht tobte auf dem gefrorenen See weiter.

Lasis nickte. »Vielleicht hat ihn Rokk als Trophäe behalten.«

Nun schienen die Drohnen zu begreifen. Drei von ihnen bewegten sich auf einen Abschnitt der Eismauer zu, der nicht milchig blau, sondern durchscheinend war. Doch war hier keine Tür zu sehen, die in die Festung geführt hätte.

Elliel nahm den goldenen Reif von ihrem Gürtel. »Wir haben keine Zeit, feinfühlig zu sein. Wir schneiden uns einen Weg hinein.« Sie schob den Rammer um ihr Handgelenk zusammen und spürte, wie die goldenen Zähne in ihr Fleisch bissen und Blut und Magie aus ihr zogen. Lasis tat dasselbe, und gemeinsam entzündeten sie Fackeln um ihre Hände. Schulter an Schulter holten sie mit den Armen aus, als würden sie Feuerbeile schwingen. Sie hieben auf das Eis ein, und die Rammer-Klingen verwandelten die gefrorene Wand zu Dampf.

Sie hackten ein Loch durch die Mauer, und Elliel blickte hinein. Dann schlüpften die Bravas in die Wreth-Festung, während ihnen drei eifrige Drohnen wie Knappen folgten.

91

Wie Zaha auch aussehen und welche Uniform er auch tragen mochte, er war doch nichts anderes als ein Auftragsmörder.

Er ging die zugigen, vom Fackelschein erhellten Korridore des Nordflügels der Festung entlang und hörte jenseits der Mauern den Donner, den heulenden Wind und das Prasseln des Regens. Fulcor war ein elender Ort.

Die Soldaten und Diener des Staatenbundes, die für gewöhnlich in diesem Flügel lebten, befanden sich nun in den überfüllten Kasernen und warteten gewiss ungeduldig darauf, dass die unwillkommenen Besucher endlich wieder abreisten. In der Festung lagen die besten Quartiere der ganzen Garnison, und Empra Iluris schien mit ihrer Unterbringung zufrieden zu sein.

Zaha hatte seine Befehle vom obersten Hohepriester persönlich erhalten. Er sah wie ein gewöhnlicher ischaranischer Soldat aus und war wie die Wachen gekleidet, die in den Gängen patrouillierten. Iluris fühlte sich inmitten ihrer Wächter sicher und vertraute dem Konag.

Sie begriff nicht, welche Auswirkungen ihre Zusammenarbeit mit dem Feind hatte und erwartete daher nicht, dass Angehörige ihres eigenen Volkes für sie zur Bedrohung werden konnten. Die närrischen Handlungen der Empra würden die Gottlinge schwächen und Ischara unermesslichen Schaden zufügen. Die Schwarzen Aale waren von den Hohepriestern und für diese geschaffen worden, und die heimlichen, mächtigen Attentäter waren mit einer Magie aufgeladen, die sie aus dem Land zogen, dem sie dienten.

Und Zaha würde ihm dienen.

Er schritt auf die Gemächer der Empra zu, war nicht mehr als noch so ein ischaranischer Soldat auf Patrouille. Die Schwarzen Aale konnten sich in vollkommener Stille bewegen und zu ihrem Schutz Heimlichkeit nutzen. Doch gegenwärtig gab es keinen Grund für eine solche Heimlichkeit. In diesem Fall war die List seine schärfste Waffe. Er ging wie ein gewöhnlicher Mann, und seine Stiefel verursachten einen Widerhall auf dem Steinboden.

Dieser Frechdachs von Cemi hatte ihr Quartier auf der anderen Seite des Korridors bezogen. Da das Mädchen Iluris ständig begleitete, hatte Zaha ihre Neugier und ihren gefährlichen Eifer bereits bemerkt. Die Schwarzen Aale mochten keine aufmerksamen Menschen, die Dinge mitbekamen, die sie nicht mitbekommen sollten. Wenn sie in der Nähe war, musste er vorsichtig sein.

Es war schon weit nach Mitternacht, aber Cemi blieb manchmal sehr lange bei ihrer Lehrerin und diskutierte oder spielte mit ihr. Falls es auch jetzt so sein sollte, würde Zaha das Mädchen ebenfalls töten. Wenn er bereits die Empra umbrachte, spielte ein elternloses Straßenkind doch keine Rolle, oder?

In dem von Fackeln beleuchteten Gang begegnete er niemandem, bis er die geschlossene Tür zum Quartier der Empra erreichte. Zwei Falkenwächter waren davor postiert, einer rechts und einer links der Tür. Zaha näherte sich ihnen langsam, beobachtete ihre Augen, streckte seine inneren Sinne vor. Die Elite-Falkenwächter würden ihr Leben zum Schutz der Empra hingeben, doch dies war ein sinnloses Opfer.

Aber die Schwarzen Aale hatten vorausgeplant. Einer der beiden Wächter gab ihm ein heimliches Signal mit der Hand, und Zaha entspannte sich. Der Mann war ebenfalls ein Schwarzer Aal in der Verkleidung eines Falkenwächters, während der andere ein Adoptivsohn der Empra und ihr treu ergeben war. Früher am Abend hatte der Schwarze Aal den richtigen Wächter getötet und sein eigenes Gesicht sowie seinen Körper so verändert, dass er wie sein Opfer aussah und dessen Identität annehmen konnte.

Vermutlich war der Leichnam in einem Vorratsraum abgelegt oder über die Mauer geworfen worden, damit die Wellen ihn verschlangen. Zaha wusste, dass niemand zu viele Fragen stellen würde, sobald die Alarmrufe gellten.

Er trat auf die beiden Männer zu und sah, wie der echte Falkenwächter argwöhnisch wurde. Gleichzeitig spürte er die Tarnmagie, die im Fleisch des Schwarzen Aals und hinter seinen Augen simmerte. Der echte Falkenwächter zog sein Schwert und versuchte einschüchternd zu wirken, während der falsche neben ihm sein Kampfmesser zog.

Zaha trat ohne Zögern vor sie. »Ich habe eine Botschaft für die Empra.«

Der echte Wächter sagte: »Sie hat darum gebeten, nicht gestört zu werden. Die Botschaft wird bis morgen früh warten müssen.«

»Das hast nicht du zu entscheiden«, sagte Zaha.

Ohne ein einziges Geräusch zu verursachen, stieß der verkleidete Wächter seinem Kameraden das Messer in die Seite, durchstach Niere und Leber und traf das Rückgrat. Gleichzeitig sprang Zaha vor und presste ihm die Hand vor den Mund, damit er keinen Laut von sich geben konnte. Der sterbende Wächter wehrte sich noch, versuchte Alarm zu schlagen, während er kämpfte und ausblutete, aber er verlor und sackte mit leisem Knarzen gegen die Wand. Zaha und der andere Schwarze Aal legten ihn sacht auf den Boden.

»Er hatte schon Lunte gerochen«, sagte der Schwarze Aal. »Er hat mir zu viele Fragen gestellt, und ich habe nicht geantwortet. Anscheinend sind er und der andere Freunde gewesen.«

»Ein getöteter Wächter ist ein zusätzliches ... zweckmäßiges Detail«, sagte Zaha. »Sie werden seinen Leichnam finden, bevor sie auf den ihren stoßen. Wann findet der Wachwechsel statt?«

»Frühestens in einer Stunde. Du hast also genug Zeit.«

Zaha deutete mit dem Kopf auf die Tür. »Schläft sie?«

»Sie ist wach, aber leise. Ich vermute, sie liest Akten.«

Zaha nahm seinen Helm ab, stellte ihn auf den Boden und überprüfte das Krummschwert an seiner Hüfte. Er lockerte die lederne Rüstung ein wenig, damit er wachsen konnte. Dann holte er tief Luft, rief seine gestalterische Magie herbei, dehnte die Knochen und ließ sich größer werden. Wie ein Bildhauer gestaltete er sein eigenes Fleisch, weitete die Wangenknochen und auch die Augen, veränderte die Haarfarbe, bis er schließlich eine andere, deutlich erkennbare Person war: Utho vom Riff.

»Die traditionelle Brava-Kleidung hätte das Bild vervollständigt«, murmelte er, während er mit der Hand über die Wangenknochen, den Mund und das Kinn fuhr und die Einzelheiten in sich aufnahm. »Andererseits trägt jemand, der einen anderen Menschen töten will, keine so auffällige Kleidung.« Er betrachtete den zweiten Schwarzen Aal. »Du solltest jetzt gehen. Es gehört zu dem Plan, dass ich gesehen werde, damit es Zeugen gibt, die Utho der Tat anklagen können. Wenn sie aber dich bei mir sehen, werde ich dich in deiner Rolle als Falkenwächter ebenfalls töten müssen.«

Der andere Mann verstand. »Falls doch noch ein Leichnam benötigt werden sollte, diene ich gern.« Er betrachtete den erstochenen Falkenwächter auf dem Boden.

»Eine solche Verschwendung wäre traurig. Versteck dich, bis Alarm geschlagen wird, und dann kommst du zum Kampf für deine Mutter, die Empra, wie es jeder Falkenwächter tun würde.« Der andere Schwarze Aal zeigte keinerlei Erleichterung; er zeigte überhaupt kein Gefühl. »Es wird keine Zeit für Fragen geben, wenn wir die Flammen richtig anfachen und das nötige Chaos schaffen.«

Der falsche Wächter huschte davon und verursachte dabei nicht den geringsten Laut.

Zaha betrachtete die Tür, packte die Klinke, klopfte aber nicht an. Er würde Empra Iluris keine Warnung geben, auch wenn es bald nötig sein würde, dass sie schrie. Er drückte die Klinke herunter und zog an der Tür, aber sie ließ sich nicht öffnen. Offenbar war der hölzerne Riegel von innen vorgelegt; die Empra hatte sich eingesperrt. Leise fluchte er. Anscheinend war sie nicht so arglos, wie Klovus es erwartet hatte.

Ihre Stimme drang durch das dicke Holz: »Was ist los? Wer stört mich?«

Zaha überlegte, ob er sie durch eine List dazu bringen sollte, die Tür zu öffnen, aber er beschloss, einen direkteren Weg einzuschlagen. Es passte besser, wenn Utho ein brutaler Attentäter war. Also machte er seine Hand zu Stein, härtete das Fleisch an Fingern und Knöcheln und stieß die Klinke durch das Holz nach innen. Er vergrößerte das entstandene Loch in der massiven alten Tür, steckte die Hand hindurch und riss den Riegel von innen ab, solange sein Härtungszauber noch wirkte. Dann stieß er die Tür auf und stürmte in das Quartier der Empra.

Iluris trug ein Nachtgewand aus grauer Seide, und sie hatte ihre langen Haare gelöst. Sie stieß sich von einem Tisch ab, auf dem eine Kerze in einem Halter aus Zinn stand. Ihre vergoldete Reisetruhe stand offen an der Außenwand unter dem Fenster neben einer Steinbank. Draußen blitzte es. Die Laken auf dem Bett waren zerknüllt, als ob sie zu schlafen versucht hatte und wieder aufgestanden war, um andere Arbeiten zu erledigen.

Sie sprang auf die Beine »Wer bist du? Wie kannst du es wagen, hier einzudringen?« Sie machte einen Schritt zurück und sah sich nach einer Verteidigungsmöglichkeit um. »Wachen! Wo sind meine Falkenwächter?«

Sie sah den uniformierten Mann draußen vor der Tür in einer Blutlache liegen. Zaha sagte mit leiser Stimme: »Ich bin hier, um Euch im Namen des Staatenbundes zu töten.«

Die Worte erregten nicht den Schrecken, den er erwartet hatte. Stattdessen ergriff sie den Kerzenleuchter aus Zinn. »Du bist der Brava des Konags, Utho vom Riff. Ich kenne dich.«

»Ja, Ihr kennt mich.«

Sie schlug gegen die brennende Kerze, die auf den Tisch fiel. Die Flamme erlosch, und nun wurde der Raum nur noch von einer weiteren Kerze erhellt, die neben ihrem Bett brannte. Die Schatten wurden dichter, kantiger und sprunghafter. Sie hielt den schweren Leuchter als Waffe in der Hand, aber Zaha wusste, dass er ihr nicht helfen würde.

Er rief seine Magie herbei, entzündete das Feuer in seiner Hand und schleuderte es von sich. Die Flammenkugel schlug gegen die Seite ihres Bettes und setzte Kissen und Decke in Brand. Iluris duckte sich mit dem Leuchter in der Hand, aber er hatte sie absichtlich nicht getroffen. Er musste überzeugende Beweise hinterlassen. Ein weiterer Flammenstrahl traf die Steinwand und sorgte für einen schwarzen Rußfleck, so wie es bei einem Rammer üblich war.

»Was ist das für ein hinterhältiger Verrat!«, rief Iluris. »Hilfe ... Wachen! Ich werde angegriffen!«

Zaha vertraute nicht darauf, dass ihm so viel Zeit blieb, wie er gern gehabt hätte. Also zog er sein Schwert und erzeugte noch mehr Feuer. Er konnte sein Opfer so zerhacken und verbrennen, wie Utho es getan hätte. Es war leicht, diese Täuschung aufrechtzuerhalten, insbesondere da andere Personen »Utho« auf dessen Flucht vom Tatort erkennen würden. Mit sengendem Feuer in der linken Hand und dem Schwert in der rechten bewegte er sich auf Iluris zu und war bereit, sie zu töten.

Der Kerzenleuchter wog schwer, doch gegen einen Brava war er nutzlos. Iluris selbst war hingegen keineswegs nutzlos, und sie würde sich diesem Mann nicht ergeben. War er wirklich der grimmige Leibwächter des Konags? Die Bravas hassten die Ischaraner wegen ihrer tragischen Vergangenheit, und die noch immer schwärende Erinnerung hatte den Rachekrieg in Gang gehalten.

Aber an diesem Mann spürte sie etwas Seltsames. Sie konzentrierte sich auf die mandelförmigen Augen, die seine Wreth-Abstammung andeuteten. Räder drehten sich wie rasend in ihrem Geist, während sie versuchte, einen Sinn in diesem Angriff zu sehen. Was hatte Konag Conndur davon, wenn er sie jetzt umbringen ließ, insbesondere auf eine Art, die so offensichtlich erschien? Bisher waren ihre Verhandlungen gut verlaufen, und ihre Ermordung würde mit Sicherheit einen neuen Krieg zwischen den Ländern auslösen. Das war doch nicht das, was Conndur wollte. Es ergab einfach keinen Sinn.

Also musste die Antwort anderswo liegen.

Und dann wusste sie es.

»Du bist kein Brava. Was bist du?«

Der Mann mit Uthos Gesichtszügen zögerte. »Habt Ihr von den Schwarzen Aalen gehört?«

Das Blut gefror ihr in den Adern. »Die Schwarzen Aale sind nur ein Gerücht. Sie existieren gar nicht.«

»Unsere Opfer sind die einzigen, die uns je gesehen haben. Sie überleben nie.« Der Mann hob das Schwert und hielt das magische Feuer in der anderen Hand.

Ohne zu zögern warf sie sich mit einem wilden Schrei auf ihn und schwang den Kerzenleuchter. Sie schaffte es, ihn zu überraschen, und schlug ihm mit dem schweren Zinnleuchter auf die linke Schulter. Der Mann sprang aus dem Weg und hieb mit seinem Schwert zu.

Iluris duckte sich und entging nur knapp dem Schicksal, den Kopf aufgeschlitzt zu bekommen; es war eher Glück als Geschick. Der Mann schleuderte ihr einen weiteren Feuerball entgegen, der den Schreibtisch traf, das Holz schwärzte und die Papiere darauf in Brand setzte. Die Flammen zuckten umher, erreichten die graue Seide des Nachthemdes und steckten auch einen Teil ihrer Haare an. Sie kroch davon, schlug sich mit den flachen Händen gegen den Kopf und erstickte die Flammen.

»Der oberste Hohepriester Klovus hat mich ausgesandt.« Der Attentäter riss den Arm zurück und rief noch mehr Feuer herbei. »Ich handle zum Besten von Ischara.«

In Wut und Unglauben schrie sie ihn an: »*Ich bin Ischara!*«

Gerade als er erneut Flammen auf sie warf, spürte Iluris, wie eine äußere Kraft vorbeitrieb. Es war ein Umriss aus verzerrter, gekräuselter Luft und Wind, eine kaum beherrschte Präsenz, die um sie herum aufkochte, gegen ihren Angreifer prallte und ihn zurücktrieb.

Iluris wusste nicht, was hier geschah, aber sie spürte diese Präsenz deutlich. Doch dann verblasste sie, als sie an Iluris vorbeiflog.

Der Schwarze Aal sah sie verblüfft an, und sein falsches Gesicht verzerrte sich in Wut. Seine Züge lösten sich auf und formten sich kurz zu einem neuen Gesicht, bevor sie wieder zu dem von Utho wurden. Ihr Bett brannte, der Raum war von Rauch erfüllt.

Brüllend stürmte der Mann auf sie zu, und Iluris versuchte sich zurückzuziehen, aber ihr langes Nachtgewand verfing sich um ihre Fußknöchel. Als sie wegtaumelte, trat sie auf die Wachskerze, die inzwischen zu Boden gefallen war. Iluris stürzte nach hinten und ließ den Zinnleuchter fallen, während sie vergeblich versuchte, das Gleichgewicht zu halten.

Dabei schlug sie mit dem Hinterkopf gegen die Steinbank unter dem Fenster. Es verursachte ein knackendes Geräusch, das sich in ihrem Schädel wie eine Explosion anhörte, und sie tauchte in die Schwärze ein.

92

Der Donner rollte über das Meer, hallte über die tosenden Wellen, und die Blitze kamen dem Fenster des Prinzen Mandan immer näher. Er gab jede Hoffnung auf, an diesem elenden Ort schlafen zu können. Die Scheite im Kamin glühten nur noch orangefarben. Die Türme der Garnison waren so hoch, dass sie auf diesem kahlen, felsigen Eiland die Blitze gewiss anzogen. Sogar die Wachen, die draußen im Hof patrouillierten, konnten von einem Blitz getroffen werden. Er zog die Laken über sich und zitterte.

In einer stürmischen Nacht wie dieser, vor so vielen Jahren, war er zu seiner Mutter gelaufen, weil er Trost gesucht hatte, und er hatte sie auf ihrem Bett vorgefunden, mit offenem Mund und halb geschlossenen Augen. Es schien, als sei sie ganz schlaftrunken. Es war in einer Nacht wie dieser gewesen ...

Mandan jammerte leise und kehlig und bemühte sich, ruhig zu bleiben, aber dieser seltsame, düstere Ort vergrößerte seine Ängste ins Unermessliche. Vielleicht hätte er sich von Utho doch eine kleine Dosis Mohnmilch geben lassen sollen, um in ein segenreiches Vergessen abgleiten zu können. Der Schlaf würde ihn vor dem Sturm besser und wirksamer schützen, als es die Steinmauern vermochten.

Seine Mutter hatte einen solchen Schutz gesucht, nachdem ihre Tochter tot geboren worden war. Obwohl sie Mandan und Adan gehabt hatte, die sie lieben konnte, hatte der Tod des Kindes doch eine schwarze Leere in ihrem Herzen zurückgelassen, die nicht einmal ihr geliebter Sohn füllen konnte, wie sehr er es auch versucht hatte.

Wenn sein Vater Mandans Stimmung jetzt mitbekommen würde, gäbe es von ihm eine Standpauke darüber, dass er der zukünftige Konag des Staatenbundes sein würde, dass er schon fünfundzwanzig Jahre alt war, sich aber noch immer weigerte, eine Frau zu nehmen. Mandan hatte Politik, Landwirtschaft, Steuern, Handelsrecht, Geschichte und Kriegskunde studiert und konnte kaum alles behalten, was er bisher gelernt hatte. Und es gab noch so vieles mehr.

Er hatte über den Karten der drei Königreiche gebrütet, hatte die Bezirke und deren Vasallen-Lords auswendig gelernt, und auch die Namen und Standorte der Berge, Flüsse, Seen, Städte und Dörfer sowie die der Minen und die der Wälder. Er glaubte, den Staatenbund zu kennen, aber er fühlte sich fern von dem Land und den Menschen. Die Verwüstungen im Drachengrat-Gebirge hatten ihm den Unterschied zwischen echten Menschen - seinem Volk - und Statistiken, Vorratstabellen für die Kornspeicher und Lagerhäuser sowie Bevölkerungszahlen für die einzelnen Siedlungen, Bezirke und Reiche gezeigt.

Er hatte so schreckliche Zerstörungen am Berg Vada gesehen, und es würde nie eine genaue Zahl der Opfer geben ... und Mandan wusste nicht einmal, wie viele Menschen überhaupt dort gelebt hatten. Die Ergebnisse der ungenauen Volkszählung vor acht Jahren bedeuteten ihm wenig. Von den Mauern der Burg in Convera hatte er oft die Unterstadt, die beiden Flüsse und das Ackerland rechts und links des Zusammenflusses betrachtet. Er hatte geglaubt, die Straßen, die Dächer und die Märkte zu kennen. Er hatte immer geglaubt, er könnte seinen Abakus benutzen, Hochrechnungen anstellen und darauf Entscheidungen gründen, wie bei einem Strategiespiel. Aber er hatte nicht *verstanden*.

Als er in Scharrdorf gewesen war, hatte sein Herz weder das Leben noch die Persönlichkeit der Frau begriffen, die versucht hatte, eine Handvoll Wasser für ihr Kind zu bekommen. Beide waren über und über mit Asche bedeckt gewesen. Er hatte zugesehen, wie sie das brackige Flusswasser durch zahlreiche Stoffschichten hindurch gefiltert hatte, fünf oder zehn Mal, bis die trübe Flüssigkeit endlich trinkbar gewesen war. Dort in dem zerstörten Ort hatte Mandan das tiefe Mitleid im Gesicht seines Vaters erblickt und auch seine Entschlossenheit, diese Menschen zu retten oder ihnen wenigstens zu helfen, aber diese Art tiefer Sorge fand sich nicht in Mandan. Er wusste nicht, ob er je in der Lage sein würde, sie zu erlernen. Immerhin hatte er es versucht. Er hatte es wirklich versucht.

Ein Donnergrollen erschütterte die Mauern der Festung. Der Regen prasselte gegen Mandans Fenster.

In der Ferne hörte er Rufe und Alarmschreie, und eine Glocke läutete im Hof. Er warf die Wolldecken von sich und war plötzlich besorgt. Bestand Gefahr? Seine Blicke flogen im Zimmer umher, und er fragte sich, ob er den Riegel vor die Tür legen und sich in seinem Zimmer verbarrikadieren sollte. Was war, wenn die Ischaraner angriffen? Und wenn die Festung fiel! Vielleicht hatten die Ischaraner den Vorschlag seines Vaters als Vorwand genommen, die Festung in ihre Gewalt zu bringen.

Er wünschte, Utho wäre hier. Auf nackten Füßen und in seinem Leinen-Nachthemd schlich Mandan zur Tür, öffnete sie einen Spaltbreit und lauschte. Die Festung hallte von fernen Schreien wider, aber sie schienen aus dem Flügel der Ischaraner zu kommen. Er hörte die umherlaufenden Wachen; vermutlich waren es Soldaten der Garnison, die von Wachmann Osler zusammengetrieben wurden. Er wagte einen Blick den Korridor hinauf und hinunter und fragte sich, warum man ihm keine persönliche Wache gegeben hatte. Schließlich war er doch der Prinz! Wenigstens Utho sollte zu seiner Verteidigung hier sein.

Weiter hinten im Gang sah er die massive Tür, die zum Zimmer des Konags führte. Sie stand halb offen, helles Licht strömte heraus. Sein Vater war offenbar noch wach.

Mandan verließ sein Gemach und eilte den Gang entlang, dann aber, als er bemerkte, dass sich der Lärm zu einem Crescendo steigerte, hielt er inne. Die Glocke im Hof läutete und läutete. Gegenwärtig schien es in diesem Korridor sicher zu sein, aber er wusste, dass er beim Konag noch sicherer war. Also lief er zu der

Tür und stieß sie ganz auf, ohne vorher anzuklopfen. »Vater! Da draußen geht irgendetwas vor sich.«

Der Gestank schlug ihm wie eine Faust ins Gesicht. Eine Woge aus verbranntem Haar, aus versengtem Fleisch, und der erstickende, feucht-metallische Geruch von Blut - von so viel Blut!

Mandan schrie.

Im Licht der herabhängenden Leuchter und der beiden brennenden Kerzen glich das Zimmer des Konags einem Schlachthaus. Conndur der Tapfere lag ausgestreckt auf dem Bett, entsetzlich verstümmelt, und die einzelnen Teile seines Körpers befanden sich an den falschen Stellen. Mandan konnte gar nicht begreifen, was er da sah. Sein Vater war nicht ... das stimmte nicht.

Die Laken waren dunkel und nass, als hätte jemand Öl über sie gegossen - aber es war Blut, das Blut seines Vaters, das überall verspritzt worden war. Beide Augen waren ausgestochen worden und lagen wie kleine, runde Früchte neben einem Leuchter auf dem Schreibtisch. Sie starrten jeden an, der hereinkommen und den Leichnam entdecken mochte.

Die Arme und Beine des Konags waren ausgestreckt, aber die Hände waren abgeschnitten worden und lagen neben ihm auf dem Bett. Seine Haare waren versengt, und die Kopfhaut glich nur noch einer schwarzen Masse. Der Brustkorb war zerschlitzt und die Rippen waren aufgebrochen worden. Man hatte ihm das Herz entnommen und zwischen die Beine gelegt, als gehöre es dorthin, in seinen Schritt.

Mandan bemerkte, dass er kreischte. Seine Stimmbänder brannten, während er schrie und schrie, aber der Donner übertönte sein Entsetzen noch. Er wusste nicht mehr, wo er sich befand oder was geschehen war. Seine Gedanken, sein Blickfeld - alles hatte sich verengt. Eine neue Art von Donner hallte in seinem Kopf wider. Das hier war unendlich schlimmer als die Sturmnacht, in der er seine Mutter tot aufgefunden hatte. Er schrie wieder und wieder.

Bald spürte er, wie jemand seine Schultern schüttelte und kräftige Hände ihn packten. Er wandte sich von dem blutigen

Grauen ab und sah, dass Utho neben ihm stand. Das Gesicht des Bravas war aschfahl und voller Entsetzen. Er legte die Arme um Mandan. »Ich habe Euch, mein Prinz. Ich werde Euch beschützen. Ihr seid in Sicherheit.«

Mandan klammerte sich an den großen Mann, dann aber machte er sich los, sprang zur Seite, krümmte sich und musste sich übergeben. Das Erbrochene mischte sich unter wildem Platschen mit dem Blut, das überall klebte. Utho hielt ihn wieder fest und richtete ihn auf. Die Stimme des Bravas klang nun wie das Knurren eines Raubtiers. »Die Ischaraner ... sie sind Bestien. Jetzt haben sie uns allen gezeigt, dass es niemals Frieden zwischen uns geben kann.«

93

Hufe donnerten in die Richtung, in der Thon am Ufer von Bakalsee wartete, während er seine Magie verstärkte und den Anstieg in sich spürte. Eine klare und deutliche Erregung pulste durch seine Adern, und er begriff, dass er sich tatsächlich darauf freute. Er hatte eine fest umrissene Aufgabe.

Er sah, wie König Kollanan und seine fünfzig leicht bewaffneten Reiter über den gefrorenen See preschten, und eine Gruppe von Wreth-Kriegern in schweren Rüstungen setzte ihnen auf gewaltigen weißen Reittieren nach. Die Frostwreth stießen urtümliche Schreie aus, die entfernt an ein Wolfsrudel erinnerten, das sich einem verwundeten Reh nähert.

Kollanan und seine Kämpfer wurden noch schneller, flogen geradezu über das Eis ... und kamen auf Thon zu.

Ihm wurde kurz schwindlig, als er begriff, wie viel Vertrauen die Menschen in seine Magie setzten. Von ihr hing das Schicksal der gesamten Mission ab. Elliel baute auf ihn. Sie liebte ihn. Er würde sie nicht enttäuschen.

Thon beugte sich über die Eisfläche des Sees und spreizte die Hände. Er drückte die Handflächen fest gegen das Eis und spürte, wie Wellen der Macht von seinem Körper abstrahlten und die Luft zum Knistern brachten. Seine Hände schmolzen das Eis, und seine Arme sanken bis zu den Ellbogen ein.

Die Reiter der Frostwreth kamen näher. Auf ihren zotteligen weißen Tieren - gewaltige Wolfspferde mit dichtem Fell und den Pranken von Schneebären - überquerten sie das Eis mit unglaublicher Schnelligkeit.

Kollanan und seine Kämpfer trieben ihre leichten, flinken Pferde an und beugten sich dicht über sie. Die mit Eisenbolzen beschlagenen Hufe knirschten und klapperten über das Eis.

Rokk und seine Frostwreth-Krieger holten auf. Thon spürte, dass sie die Kühnheit dieser menschlichen Stechfliegen und die Jagd auf sie genossen. Koll der Hammer wollte eine Wespe sein, aber wie böse Kinder hätten die Frostwreth dieser Wespe liebend gern die Flügel ausgerupft.

Thon schloss die Augen, biss die Zähne zusammen und *drückte.*

Seine Hände glühten scharlachrot unter der trüben Eisschicht, als er die Hitze in den See zwang. Eine Welle heftiger Energie schoss durch das Wasser, verdampfte das Eis und bohrte Tunnel, bis die Oberfläche Risse bekam und splitterte. Dampf schoss hervor, und Geysire aus heißer Gischt brachen durch die gebrochene Eisfläche.

Obwohl Kollanan und seine Reiter wussten, was Thon vorhatte, stießen sie doch laute Alarmrufe aus. Aber die Hitzewoge, die das Eis blitzartig zum Schmelzen brachte, war nicht auf sie gerichtet. Er beherrschte sie und schickte sie an den Menschen vorbei – und lenkte sie dann nach oben.

Rokk und seine gepanzerten Gefährten donnerten voran, stießen Schlachtrufe aus und schwangen ihre Waffen. Ihre Wolfspferde bäumten sich auf, als das Eis um sie herum knackte, als sei es berstendes Glas. Dampf stieg auf und wurde zu blendendem Nebel. Die Frostwreth wendeten ihre Reittiere, und ihre Rufe hallten über den See, wurden aber vom Zischen des austretenden Dampfes und dem Grollen der aneinander scheuernden Eisblöcke übertönt, als die Mitte des Sees zu brodeln begann.

Kollanan führte die Kämpfer auf seinem schwarzen Schlachtross in blinder Hast ans Ufer, wo Thon auf sie wartete. Die helle Flamme von Uroks Rammer stellte das Ende des Kampftrupps dar, und hinter ihm hob sich der gefrorene See und brach auf.

»Hierher!«, rief Thon aufgeregt. »Zu mir!« Er schickte weiterhin Energie in den See und schmolz auch das Eis auf dem Grund.

Eines der Pferde in Kolls Gefolge verlor den Halt und stürzte.

Das Tier rutschte über das Eis, das um es herum brach. Der Reiter mühte sich auf die Beine, aber unter ihm öffnete sich eine Spalte, und kochendes Wasser schoss heraus. Kollanan drehte sich um und versuchte den Mann zu retten, doch Reiter und Pferd waren schon im nächsten Augenblick in der Tiefe verschwunden.

»Reitet!«, rief der König dem Rest der Truppe zu. »Reitet!«

Die höhnischen Schlachtrufe der Frostwreth-Verfolger waren zu Schreien der Wut und des Unglaubens geworden. Rokks Stimme drang deutlich hervor, als er seinen Reitern befahl: »Benutzt eure Magie! Holt das Eis zurück!«

Thon lächelte. Das würde nicht reichen. Er war stärker.

Dampf und Nebel umwirbelten die Frostwreth in einem kalten Zyklon, während sie versuchten, den See wieder zu vereisen. Aber am gegenüberliegenden Ufer beugte sich Thon weiter vor. Seine Arme sanken bis zu den Schultern ein, und er ließ eine weitere Welle der Magie frei.

Das Eis um die Frostwreth und ihre zotteligen Reittiere herum bäumte sich auf. Schollen schossen hoch und warfen die Reiter in das brodelnde Wasser. Unter einem Wutschrei fiel Rokk von seinem Reittier in den See, und das Wolfspferd sank hinter ihm her. Die in der Falle sitzenden Frostwreth versuchten zu schwimmen, aber überall um sie herum stieg pfeifend der Dampf auf. Das Wasser blubberte. Eisstücke trieben hoch.

Thon öffnete die Augen und zog die Arme aus dem Wasser. Die Hitze in seinen Händen trocknete sie sofort.

Die Frostwreth suchten zwischen den schaukelnden Eisplatten nach Halt.

Mit einem dünnen Lächeln der Befriedigung ballte Thon die Fäuste und hämmerte auf die Oberfläche des Sees ein. Eine Welle starker Kälte breitete sich wie ein Froststurm aus, der sich zu einer kristallinen Flut verdichtete, den geschmolzenen See um die treibenden Schollen herum versiegelte und den Bakalsee wieder vollständig einfror.

Die weiße Schockwelle flog auf Rokk und seine Krieger zu und umgab die Frostwreth mit Eis. Das Donnergrollen setzte sich bis zum anderen Ufer fort, wo die Woge aus Eis gegen das aufgebrochene Tor der Festung prallte. So musste es auch gewesen sein, als die Kälte über das Dorf gefahren war und all die unschuldigen Bewohner getötet hatte.

Erschöpft brach Thon auf den Felsen des Ufers zusammen. Er fühlte sich überraschend schwach und wünschte, Elliel wäre hier. Sie würde sich um ihn kümmern.

Aber er war allein - zumindest fürs Erste. Seine langen Haare waren nass vor Schweiß, und er zitterte. Dann erkannte er, dass dieses Zittern in Wahrheit *Gelächter* war - mehr als frohes Gelächter! Obwohl er sich nicht erinnern konnte, wer er war, hatte Thon sich selbst mit dem verblüfft, was er soeben getan hatte. Er hielt die Hände hoch, spreizte die Finger und betrachtete sie eingehend. Er konnte es kaum erwarten, Elliel zu berichten, dass ihm genau das gelungen war, was sie von ihm gewollt hatte ... genau das, was König Kollanan gebraucht hatte.

Er hoffte, dass sie bald zurückkehrte.

Thon riss sich zusammen, als der Trupp der Angreifer den restlichen Weg zum Ufer zurücklegte. Inzwischen sollten Elliel und Lasis den Jungen gefunden haben.

Wenn nicht, würde er die ganze Festung der Frostwreth für sie niederreißen, falls dies nötig wurde. Thon glaubte inzwischen, dass er dazu in der Lage war.

Die drei Drohnen eilten voran und führten die Bravas tiefer in die Eisfestung hinein. Während ihr Rammer loderte und sie durch die Gänge hasteten, versuchte Elliel noch immer, Antworten aus den eifrigen Kreaturen herauszulocken. »Ein Menschenjunge? Wird er irgendwo in diesen Räumen festgehalten?«

Als sie und Lasis um eine Ecke bogen, überraschten sie zwei Frostwreth. Es waren jedoch keine Adligen; sie stammten aus einer niederen Kaste. In ihren dünnen Armen trugen sie große Bücher, die sie vor Verblüffung fallen ließen, als sie die unerwarteten Bravas sahen. Sofort griffen die Wreth nach weißen Messern, die an ihren Hüften hingen.

Elliel und Lasis bewegten sich im Einklang, als hätten sie jede einzelne Bewegung zuvor geübt. Sie trafen die Wreth mit den Flammen ihrer Rammer und zerschnitten sie in dampfende Hälften. Noch während die Körper zu Boden stürzten, trieb Elliel die erstaunten Drohnen zu größerer Schnelligkeit an, auch wenn sie nicht wusste, wohin sie unterwegs waren. »Wir müssen den Jungen finden!«

Bei der nächsten Abzweigung trat ein Wreth aus einem großen, hell erleuchteten Zimmer. Er strahlte eine hohe Bedeutung aus und hielt sich steif und aufrecht. Er sah von den drei Drohnen zu den Bravas und ihren entzündeten Rammern hinüber. Dann brüllte er wütend, doch bevor er deutliche Worte aussprechen konnte, hatte ihm Elliel den Bauch aufgeschlitzt und bis zum Rückgrat verbrannt. Er brach zusammen.

»Den Nächsten sollten wir aber lieber befragen«, sagte sie. »Sonst finden wir den Jungen niemals rechtzeitig.«

Ein Wreth-Magier kam aus demselben hell erleuchteten Zimmer. Er trug ein Kleidungsstück aus gefrorenen Häuten und war von einer Aura der Macht umhüllt.

Lasis trat näher auf Elliel zu. »Der Wreth-Magier wird wissen, wo Birk zu finden ist.« Sie traten dem unheimlich wirkenden Mann entgegen.

Die Miene des Magiers verzerrte sich vor Wut, als er Lasis erkannte. »Du bist doch der Brava, den wir schon einmal gefangen haben! Erinnerst du dich an mich? Ich bin Eres, und beim ersten Mal habe ich dich mit Leichtigkeit besiegt. Ich war der Meinung, dass Königin Onn dich getötet hat.« Mit seinen eisigen Augen sah er Elliel einschüchternd an. »Und jetzt hast du mir noch eine von euch mitgebracht. Kämpft sie besser als du?«

Lasis schwang seine Rammer-Klinge gegen den Wreth-Magier, aber der Mann lenkte sie mit einem Schild aus Schatten ab. Elliel hieb gleichzeitig auf ihn ein, und Eres drückte ihre Klinge mit einer Welle aus Kälte beiseite. Eis drang ihr bis in die Knochen, und die Macht, die in ihrem Innern pulsierte, wurde allmählich schwächer. Das Feuer ihres Rammers flackerte.

»Wir sind gekommen, um den Jungen zu befreien - die Geisel, die Rokk in Bakalsee genommen hat«, sagte der schwitzende und angespannte Lasis. »Wo ist er? Sag uns, wo er gefangen gehalten wird.«

»Der Junge?«, höhnte Eres. »Noch immer bei Königin Onn im nördlichen Palast. Rokk wollte sich nicht mit ihm belasten.«

Elliel ächzte vor Bestürzung und griff wieder mit ihrem Feuer an, doch der Magier lenkte es noch einmal ab. Die drei Drohnen schienen vor Angst gelähmt.

Lasis taumelte zurück. »Die Königin hatte Rokk befohlen, ihn zurück nach Bakalsee zu bringen! Ich habe es selbst gehört.«

»Rokk war zu ungeduldig, und Königin Onn hatte befürchtet, er könnte den Jungen töten, weil er ihn störte. Daher hat sie sich anders entschieden und beschlossen, ein wenig mit dem Kind zu spielen und herauszufinden, ob sie es nach ihrem Willen formen kann.« Er lachte. »Der Knabe ist nicht hier!«

Mit einem Schrei der Wut drosch Elliel auf den Magier ein, aber Eres schleuderte sie zurück, als wäre dieser ganze Kampf für ihn bloße Zeitverschwendung. Die umherzuckende Flamme ihres Rammers schnitt eine tiefe Scharte in die Eisblöcke, aus denen die Wände des Korridors bestanden.

Plötzlich huschten die drei Drohnen wie auf einen stummen Befehl hin mit unerwarteter Schnelligkeit dem Magier entgegen. In ihren Händen hielten sie kleine Elfenbeinmesser, die ein wenig wie geschärfte Knochen aussahen. Eres hatte ihren Angriff nicht erwartet, und so stachen ihm die Drohnen in Waden und Schenkel und hinterließen kleine Wunden.

Der Magier schrie verärgert auf, klatschte in die Hände und rief seine Magie herbei. Ein Kräuseln aus Kälte breitete sich von ihm aus und fror die Drohnen einfach ein. Sie stürzten zu Boden und zerbrachen in fleischfarbene Eiskristalle.

Aber dieser Augenblick reichte aus, und Elliel und Lasis ließen das Opfer der Drohnen nicht ungenutzt. Gemeinsam sprangen sie den Magier an, hieben mit ihren Rammern zu, trennten ihm den Kopf vom Rumpf ab und hinterließen nicht mehr als einen rauchenden Stumpf auf den Schultern. Eres' Miene drückte Überraschung aus, als sein Kopf auf den gefrorenen Boden fiel. Mit einem weiteren Hieb teilte Lasis seinen Brustkorb in zwei Hälften. Der tote Magier brach zusammen, und das Blut aus seinen Wunden wurde rasch zu Rauch.

Die beiden Bravas tauschten einen Blick müder Enttäuschung. Lasis sagte: »Wenn sich Birk tatsächlich noch im Palast hoch im Norden befindet, können wir hier nichts mehr tun.«

Elliel betrachtete die gefrorenen Überreste der ermordeten Drohnen. »Aber wenigstens lebt der Junge noch. Wir werden nach Norden gehen müssen.«

»Jedoch nicht heute Nacht«, sagte Lasis. »Zuerst müssen wir König Kollanan Bescheid sagen.«

Sie ließen ihre Rammer brennen, für den Fall, dass sie sich den Weg aus der Festung freikämpfen mussten, und eilten durch die vielen Korridore zurück und hinaus in die Freiheit.

94

Die Sandwreth trieben ihre Augas durch die Wüste hinter dem verwundeten Drachen her. Königin Voo ritt schnell, in ihren Topasaugen glitzerte es, und ihre Miene zeugte von Besessenheit und Vergnügen. Sie befahl Adan und Penda, auf ihre eigenen Reptilien zu steigen und der Jagdgesellschaft zu folgen. »Hier draußen gibt es keinen sicheren Ort. Ich bestehe darauf, dass Ihr bei uns bleibt, sodass ich Euch beschützen kann.«

Sie schien ihnen keine andere Wahl zu lassen.

Die Augas wirbelten viel Sand und Staub auf, während sie durch die flache Wüste rannten und dem Rand der dunklen Bergkette folgten. Über ihnen brüllte der Drache und flog besonders hoch, auch wenn die Verletzungen an Schwinge und Schwanz dazu führten, dass er sich ruckartig durch die Luft bewegte.

Penda sagte: »Die Bestie ist zerrissen zwischen der Notwendigkeit zu fliehen und ihrem Verlangen, uns alle zu töten.«

»Die Wreth werden ihn nie davonkommen lassen«, meinte Adan.

»*Cra*, die Wreth haben in dieser Sache vielleicht nicht das letzte Wort - es sei denn, ihre Magie ist stärker, als ich erwartet hatte«, erwiderte Penda.

Der Drache stieß ein laut widerhallendes Brüllen aus, das seinen Ursprung in der Säure tief in seinen Lungenflügeln hatte. Die Wreth-Magier hoben die Arme und zogen die Magie der Wüste an, dann schickten sie sternenhelle Blitze in die Luft. Das Ungeheuer versuchte, ihnen auszuweichen.

»Angriff!«, brüllte Voo. Ihre Wreth-Krieger schwärmten aus und lenkten die Augas in einem weiten Bogen durch den Sand.

Adan hielt sich an seinem Sattel fest, während sein Reittier dahineilte. Er zog sein Schwert, und Penda holte ihr Kampfmesser hervor. Warum hatte Voo sie beide überhaupt mitgenommen? Sollten sich die Menschen bloß unwichtig vorkommen? Wie hätten sie denn beim Kampf gegen eine solche Kreatur helfen können? Falls Voo versuchte, die Kampfkraft der Menschen für den nahenden Krieg festzustellen, dann befürchtete Adan, dass sie furchtbar enttäuscht sein müsste.

Der Drache stürzte sich hinunter, schlug mit den gewaltigen zerfetzten Schwingen und streckte seine Krallen aus. Adan war sich sicher, dass die Bestie einen der Wreth-Krieger packen und ihn mitnehmen würde, doch als der Drache niederging und die Kiefer öffnete, schnappte die Falle der Wreth zu.

Mit einem widerspenstigen Lachen sprangen Quo und Voo von ihren Augas auf den Boden und rammten die Fäuste in den erhitzten Boden. Eine Säule aus Sand und Staub schoss unmittelbar auf den Drachen zu und blendete ihn. Zwei Wreth-Magier taten dasselbe; sie stampften auf den Wüstenboden, zogen die Magie aus den Tiefen der Welt und erschufen einen weiteren Sand-Geysir, der heftig gegen die große Bestie blies.

Der Drache zuckte in der Luft zurück, wedelte mit den Schwingen und bog den Schlangenhals. Kreischend vor Wut flog er in den Schutz der nahen Bergkette. Sofort verfolgten ihn die Sandwreth auf ihren Augas.

Als sich der Drache den zerklüfteten Felsen näherte, stand plötzlich Axus auf einem steinernen Vorsprung. Er schickte eine pulsierende Vibration durch den Berg selbst. Steine explodierten und brachen von den Hängen ab, und der Drache wurde mit einem Sperrfeuer aus Steinsplittern angegriffen, die in seine Schwingen und seine Haut eindrangen und die Kreatur schwer verwundeten. Adan fand, dass ihr Blut wie schwarzes Öl aussah.

Zwei fliegende Felsbrocken schlugen gegen die hohlen Stützknochen des einen Flügels und zerbrachen sie. Der Drache flatterte und taumelte in der Luft. Da er den einen Flügel nicht mehr einsetzen konnte, sank er in Spiralen, bis er am Rand der Berge zu Boden stürzte.

Adan beschirmte seine Augen vor dem Schimmern der Hitze und dem aufgewühlten Staub. Er glaubte, Stücke des Drachen wegbrechen und sich in fliegende Schatten auflösen zu sehen - in dunkle Bruchstücke, die wie seltsame Vögel davonschwirrten.

Königin Voo raste mit halsbrecherischer Geschwindigkeit auf ihrem Auga zu der Stelle, wo der Drache aufgeschlagen war. Er hob den Schlangenkopf, zuckte umher und schnappte mit seinen großen, zahnbewehrten Kiefern nach unsichtbaren Feinden.

Zwar hielt Adan Penda in sicherem Abstand, aber die Wreth zeigten keinerlei Vorsicht. Zwei Magier näherten sich dem zerschmetterten Untier und hielten knapp außerhalb seiner Reichweite an. Als sie ihre Magie riefen, hoben sich schimmernde grüne Linien aus dem Sand, die wie Seile aus Licht wirkten und sich miteinander verbanden und übereinanderlegten, bis sie schließlich ein Netz bildeten, in dem der sterbende Drache gefangen war.

Die gebrochene Schwinge der Kreatur war zerfallen; die ledernen Flughäute lösten sich auf.

Penda trieb ihren Auga vorwärts. »Wir müssen das beobachten, Sternenfall. Denk nur daran, was wir später unserem Kind erzählen können!« Sie schien von Königin Voos Eifer und Mangel an Vorsicht angesteckt.

Adan gesellte sich zu ihr. »Das sollten wir uns tatsächlich nicht entgehen lassen.«

Voo näherte sich dem besiegten Drachen; sie hielt ihren Speer mit der Spitze aus Obsidian in der einen Hand und das schwarze Schwert in der anderen. Den Speer trieb sie tief in die wogende geschuppte Brust. Das sterbende Untier kämpfte gegen die Fäden der Bindeenergie an, die es weiter am Boden hielten. Da kam Voo noch etwas näher und hob ihr schwarzes Schwert.

Quo trat neben sie und erhob seine eigene Klinge. »Warte auf mich, Schwester!« Ohne zu zögern schlug er zu und hieb den langen, schuppigen Hals der Bestie durch. Voo stieß ihr Schwert unter das Kinn des Drachen und mitten in seinen Kopf.

Das Ungeheuer erbebte erst, zuckte dann und brach zusammen.

Adan und Penda eilten auf ihren schwerfälligen Reittieren herbei und empfanden sogleich Ehrfurcht darüber, sich in so großer Nähe zu dem gewaltigen Drachen zu befinden. Der Reptilienkörper wand sich erst noch, dann *kochte* er, als wäre er an tausend verschiedenen Stellen lebendig geworden. Adan musste an einen Leichnam denken, in dem sich Maden wanden. Teile des toten Drachen zuckten und flossen davon und gruben sich schließlich in den Sand, als ob das Untier vor ihren Augen verweste und nur die ausgehöhlten Überreste blieben.

Als Adan und Penda abgestiegen waren, war der Kadaver des Drachen kaum mehr als ein Gefüge aus gebogenen Knochen und grünen Schuppen, die mit schwarzen Flecken übersät waren. Der Kadaver fiel in sich selbst zusammen, bis nur noch der Schädel, die Hörner, die Zähne und zahlreiche Schuppen übrig waren.

Das schimmernde grüne Netz aus Seilen verblasste zu einem Nebel aus Funken.

Königin Voo stemmte die Hände mit den spitzen Nägeln in die Hüften, stellte einen Fuß auf die Überreste des großen Drachenschädels und zermalmte ihn mit dem Absatz. Der Knochen, dünn wie eine Eierschale, zerbrach ganz leicht, und dann trat sie den Schädel beiseite. »Drachen mögen zwar zerbrechliche Wesen sein, aber sie selbst halten sich für furchterregend.«

Ihr Bruder watete in den Kadaver hinein, riss einen Rippenknochen heraus und schwenkte ihn durch die Luft.

»Was ist mit dem Drachen passiert?«, fragte Adan. »So etwas habe ich noch nie gesehen.«

Königin Voos Haar, ganz Elfenbein und Gold, flatterte in der Brise und war völlig frei von Schweiß und Staub. »Erinnert ihr Menschen euch an die Legenden? Begreift ihr, *was ein Drache in Wirklichkeit ist?*«

»Wir sind der Meinung gewesen, dass die Drachen nur ein Mythos sind«, antwortete Penda. »Offenbar haben wir uns geirrt.«

»Drachen sind die Verkörperung des Bösen und des Hasses. Sie stellen die Dunkelheit dar, die giftigen Empfindungen, von denen Kur sich selbst gereinigt hat. Ein Drache ist aus all diesen schrecklichen, zu Fleisch gewordenen Dingen zusammengesetzt. Wir können zwar die Verkörperung töten, doch das Böse, das er repräsentiert, bleibt weiterhin in der Welt bestehen.«

»Aber Ihr sagtet, dies hier sei nicht Ossus«, meinte Adan.

Quo kicherte. »Natürlich nicht. Sieh dir doch bloß dieses kümmerliche ... Wesen an.«

Der Kadaver, der sich immer weiter auflöste, war mindestens fünfzig Fuß lang; allein der Kopf war so groß wie ein Wagen.

»Das hier ist nur ein Splitter von Ossus«, erklärte Voo. »Aber er hat für großes Vergnügen gesorgt, nicht wahr? Nun, da sich der wahre Drache regt, wird es immer mehr von diesen kleinen geben. Also werden wir noch mehr Jagden genießen können.«

Sie beugte sich zu dem aufklaffenden Maul des zermalmten Schädels herunter und riss einen der spitzen Zähne heraus. Sie hielt ihn in der hohlen Hand und schlenderte am Hals des Drachen entlang bis zu der Stelle, wo die dicksten und größten Schuppen übrig geblieben waren. Dann entfernte sie eine der dreieckigen Schuppen, die so groß wie ein Menschenkopf war.

Voo trug noch ihren eigenen, weitaus größeren Schild. Sie hob die Schuppe in die Höhe. »Das hier ist ein kleiner Teil von Ossus.« Sie klopfte mit dem Fingerknöchel gegen ihren Schild und streckte ihm dann die kleinere Schuppe entgegen. »Ich schenke sie dir, König Adan Sternenfall von Suderra, als Trophäe zur Erinnerung an deine erste Drachenjagd mit uns.« Den Zahn überreichte sie Penda. »Und das ist für dich, Penda Orr, Königin von Suderra – möge dein Geist stets so scharf sein wie ein Drachenzahn.«

Penda nahm den Fangzahn entgegen, der ihre ganze Handfläche ausfüllte. Adan wog die Schuppe und wunderte sich, wie leicht sie sich anfühlte – und gleichzeitig so fest und hart.

»Eines Tages müsst Ihr uns wieder auf der Jagd begleiten«, sagte Quo. »Beim nächsten Mal werden wir Euch richtige Waffen geben, sodass wir wirklich Seite an Seite kämpfen können.«

Adan warf Penda einen Blick zu, in dem sich sein Unbehagen ausdrückte. »Wir werden vermutlich nicht in der Lage sein, an weiteren Drachenjagden teilzunehmen. Unser Kind wird bald geboren.«

Quo kicherte und sagte dann mit barscher Stimme: »Aber Euer Kind wird in eine Welt hineingeboren werden, in der die Menschen wissen müssen, wie man gegen Drachen kämpft.«

»Dann werden wir es unserem Kind zeigen«, erwiderte Penda.

Da der gewaltige Kadaver sie nicht länger interessierte, begab sich Königin Voo zu ihrem Auga zurück. Quo lief neben seiner Schwester her und sprang in den Sattel seines eigenen Reittiers. »Ich werde eine Eskorte für Eure Rückkehr nach Bannriya zusammenstellen«, sagte Voo. »Diese Jagd war höchst aufschlussreich. Ich bin sicher, dass Ihr Euch gut amüsiert habt.«

Adan und Penda dankten ihr und saßen auf, während sie noch zu begreifen versuchten, was sie da gerade beobachtet hatten.

Als Quo an ihnen vorbeiritt, streckte er die Hand aus und klopfte Adan auf die Schulter. »Nun sind wir Verbündete.«

95

Die Schreie der Empra wurden rascher beantwortet, als Zaha es erwartet hatte, und er musste um sein Leben kämpfen, aber das hatte er schon viele Male zuvor getan.

Iluris hatte sich den Kopf schwer auf dem Stein angeschlagen – ihr Schädel war gebrochen. Blut fleckte ihr aschblondes Haar und sammelte sich auf dem Boden. Noch mehr Blut tröpfelte aus ihren Ohren. Sie atmete noch, wenn auch sehr flach, aber er wusste, dass sie diesen heftigen Aufprall nicht überleben würde.

Größere Sorgen machte er sich um die seltsame Kraft, die sich so zielgerichtet und plötzlich im Zimmer manifestiert hatte. War diese Kraft von der Empra ausgegangen? Hatte sie einen Schutzzauber heraufbeschworen? Niemand sonst hatte sich in dem Raum befunden. Empra Iluris hatte nie zuvor ein Talent für Magie gezeigt, aber er hatte trotzdem das Gefühl, dass *sie* es gewesen war, die diesen unsichtbaren Schlag geführt hatte. Es war ein brodelndes, kaum sichtbares *Ding* gewesen, das ihn zurückgetrieben hatte ... es hatte einem Gottling geglichen.

Er würde sich später um Erklärungen bemühen. Gerade kamen laut rufende Soldaten den Gang herab. Zaha wirbelte in dem rauchgeschwängerten Zimmer herum und war bereit, jeden zu töten, der eintrat. Er durfte nicht zulassen, dass er gefangen genommen oder getötet wurde. Wenn er seine Tarnung verlor, würde das die Pläne des Hohepriesters durchkreuzen. Das war unannehmbar. Er musste gesehen werden, während er Uthos Gesicht trug, und dann musste er verschwinden, selbst wenn das bedeutete, dass er sterben musste ... solange niemand seinen Leichnam fand.

Obwohl es schon spät war, schlief Cemi nicht tief und fest. Das tat sie nur selten. Sie war auf den Straßen von Prirari aufgewachsen und hatte ihr Leben in andauerndem Argwohn und Misstrauen verbracht. Welches Schlupfloch oder welche von Unrat übersäte Seitengasse sie auch finden mochte, immer hatte es jemanden gegeben, der hinter ihr her gewesen war - Banden, die ihr wehtun wollten, Diebe, die sie ausrauben wollten, auch wenn sie nichts besaß, oder lüsterne alte Männer, die sich ein schlankes Straßenmädchen genehmigen wollten.

Cemi war zu allen Zeiten auf der Hut, auch unter dem Schutz von Empra Iluris, auch mit vollem Magen, sauberer Kleidung und einem eigenen geräumigen Zimmer. Sie traute ihrer neuen Situation noch nicht, und sie vertraute nicht darauf, dass es so bleiben würde.

Nun schreckte Cemi hinter ihrer geschlossenen Zimmertür auf. Würde sie überhaupt je lernen, sich zu entspannen? Vermutlich nicht. Trotz der Soldaten der Empra und der treu ergebenen Falkenwächter hatte Cemi ihre Tür verriegelt und dafür gesorgt, dass unter ihrem Kopfkissen ein Messer und in Reichweite ein schwerer Stein lagen.

Sie hörte die Geräusche eines Kampfes in der Nähe und dann einen erstickten Schrei. *Das* musste es sein, was sie geweckt hatte. Sofort befand sie sich in Alarmbereitschaft, holte ihr Messer unter dem Kopfkissen hervor und lief auf leisen, nackten Füßen zur Tür. Als sie das Ohr an das Holz legte, entfernte sie den Riegel nicht. Sie hörte Stiefelgetrappel, Kampflärm, und jemand schrie Alarm.

Dann folgte ein weiterer Schrei - die Empra!

Noch vor einem Monat hätte Cemi nun das Bett vor die Tür geschoben und sich mit erhobenem Messer in einer Ecke zusammengekauert. Aber weil sie nun befürchtete, dass Empra Iluris - ihre Lehrerin, ihre Freundin - Hilfe brauchte, schob Cemi den Riegel beiseite, riss die Tür auf und rannte den Gang hinunter, der von Fackeln erhellt wurde.

Alarmrufe hallten durch die Festung. Dann noch ein Schrei.

Stiefel trampelten über den gefliesten Boden. Ein Falkenwächter lag tot auf dem Gang vor dem Quartier der Empra, und die Tür war gewaltsam geöffnet worden. Cemi erschnupperte Rauch.

In dem Gemach kämpfte ein Angreifer gegen mehrere Wächter in einem Wirbelwind aus Schlägen und Klingenhieben, und als er aus dem Zimmer der Empra floh, sah sie ihn deutlich: einen großen Mann mit seltsamen Gesichtszügen, kein Ischaraner und noch weniger ein Falkenwächter. Sie erkannte das breite Gesicht, die mandelförmigen Augen, das stahlgraue Haar. Es handelte sich um Utho, den Brava von Konag Conndur, aber jetzt trug er die Rüstung eines gewöhnlichen ischaranischen Soldaten. Als er mit den Soldaten zusammenprallte, die der Empra zu Hilfe eilten, hielt er in der einen Hand Feuer.

Cemi wusste, dass die Bravas so etwas wie eine magische Wreth-Flamme zur Vernichtung ihrer Opfer einsetzten. Utho warf ihr einen raschen Blick zu - gerade so lange, dass sie sich seine Gesichtszüge einprägen konnte -, riss sich dann von den Soldaten los und rannte auf die Treppe am anderen Ende des Ganges zu.

Ohne das geringste Zögern hob sie ihr Messer und war bereit, den Soldaten zu folgen, die hinter dem Attentäter herrannten. Doch der tote Wächter auf dem Boden hielt sie auf. Wichtiger war es für sie, Iluris zu finden und zu schützen. »Empra!«

Der Rauch wogte dick im Zimmer, und sie sah, dass das Bett in Flammen stand. Der Schreibtisch war umgestürzt, und Asche von brennenden Papieren trieb durch die Luft.

Dann roch Cemi Blut, schwer und stark.

Falkenwächter stürmten hinter Zaha her und wollten Rache nehmen. Der Wächter, der ihm am nächsten gekommen war, schlug mit seinem Schwert aus, und der Schwarze Aal entfesselte weiteres Feuer in seiner Hand. Er war fast erschöpft; seine Magie wurde schwach, denn Fulcor lag so weit von Ischara entfernt, aber das Feuer versengte den Wächter trotzdem und trieb ihn zurück.

Der Mann war wegen der Flammen, die ihm gegen das Gesicht

geschlagen hatten, verwirrt und achtete plötzlich nicht mehr auf seine Verteidigung. Zaha stieß ihm das Schwert in die Brust. Er riss die Klinge wieder heraus und trat sein Opfer, sodass es gegen die anderen beiden Verfolger fiel. Das verhalf ihm immerhin zu ein paar Sekunden Zeit, aber hier in den engen Korridoren war er nicht imstande, richtig zu kämpfen. Noch mehr Soldaten würden kommen, und wenn Zaha bei seiner Mission versagte, würde Hohepriester Klovus äußerst unzufrieden sein, und das wiederum würde dem Gottling nicht gefallen.

Er hastete die steinerne Treppe hinauf, lief zwei Stockwerke höher und gelangte auf das offene Flachdach, das über die Wehrmauer hinausragte. Als er in die Nacht hineinhastete, sah der Schwarze Aal, dass Wachmann Osler und zehn Soldaten des Staatenbundes ihm von der anderen Seite des Daches entgegenkamen.

Die Alarmglocke läutete noch immer über dem dunklen Grollen des Donners und rief die Garnison zu den Waffen. Vom Dach aus sah Zaha, dass mehr als hundert Soldaten des Staatenbundes über den von Wind und Regen gepeitschten Hof der Festung eilten und durch die Pfützen platschten. Warum reagierten *sie*? Auch ischaranische Soldaten sammelten sich zur Verteidigung der Empra. Jeder auf der Insel schien sich auf Verrat und Hinterhalt eingestellt zu haben, aber niemand war auf *ihn* vorbereitet gewesen.

Er hielt sein Schwert hoch und erstickte den Flammenzauber. Zaha befürchtete, der echte Utho könnte herbeikommen und Zahas großartige Illusion zerstören. Er musste von hier verschwinden. Sofort.

Während Wachmann Osler und seine Garnisonssoldaten von der anderen Seite des Daches auf ihn zurückten, rannten Falkenwächter und gewöhnliche ischaranische Soldaten die Treppe hinter ihm hoch. Zaha wirbelte herum und hieb so schnell auf sie ein, dass sein Schwert nur noch verschwommen sichtbar war.

»Gottloser Bastard!« Ein Falkenwächter warf sich in einem überraschend geschickten Angriff auf Zaha. Dieser fuhr mit der Spitze seiner Klinge quer über den Hals des Mannes, und er brach zusammen, während das Blut zwischen seinen Fingern hindurch quoll.

Wachmann Osler, der graue Veteran, der Jahrzehnte auf Fulcor verbracht hatte, rückte mit den bewaffneten Soldaten im Gefolge dicht hinter ihm heran. Er hielt verblüfft an, als er Zahas Gesicht erkannte. »Utho vom Riff? Beim Blute der Ahnen, was hast du getan?«

»Er hat die Empra getötet!«, brüllte einer der Falkenwächter, als weitere ischaranische Soldaten auf das Dach strömten.

Osler mochte zwar vorsichtig sein, aber neugierig war er auch. »Hat dir der Konag das befohlen? Warum trägst du eine ischaranische Uniform?« Seine Lippen zuckten und entblößten die krummen Zähne. »Hast du diese Schlampe von Empra wirklich umgebracht?«

»Das ist Utho!«, riefen die anderen Soldaten des Staatenbundes, als ischaranische Kämpfer hinter ihm vorrückten.

Zaha stand an Rande des Daches. Es war ein Sprung von etwa zehn Fuß zu der breiten Verteidigungsmauer unter ihm, und dahinter lag der Abgrund der Klippen mit den brodelnden Riffen.

Gerötet und keuchend lief Hohepriester Klovus hinter den ischaranischen Soldaten auf das Dach. »Die Empra wurde angegriffen, ihr Quartier ist angezündet worden von ...« Zaha empfand sein gespieltes Entsetzen als recht überzeugend. »Es war der Brava, der Henker des Konags! Er hat diesen Angriff befohlen.«

Zahas Blicke kreuzten sich mit denen des Hohepriesters, und Klovus nickte knapp.

Zaha ließ die Flamme wieder in seiner Hand erscheinen; hell loderte sie auf. Wachmann Osler hob sein Schwert zur Verteidigung; sein Gesicht verzerrte sich in einer seltsamen Verwirrung. »Das ist nicht dein Rammer, und warum würde Utho ...? Du bist nicht ...«

Mit einem bösartigen Seitenhieb enthauptete er Wachmann Osler. Der graue Mann schrie noch, als sein Kopf schon zur Seite fiel. Zaha stieß einen Feuerblitz aus und hoffte, er würde die Männer in dem niederprasselnden Regen blenden.

Dann sprang er.

Dieser Tumult nach dem Angriff war genau das, worauf Klovus gehofft hatte, und ausreichend viele Personen hatten das Gesicht des Bravas gesehen. Der Plan war aufgegangen. Gewiss würde der echte Utho behaupten, ein Alibi zu besitzen, und Conndur würde für seinen Mann bürgen, aber das war bedeutungslos. Es gab einfach zu viele Zeugen. Angesichts einer solchen Gewalt und Verwirrung würde niemand spitzfindige Fragen stellen, und die Einzelheiten würden im Nebel der Ereignisse verloren gehen. Sobald auch nur eine Handvoll Ischaraner von der Geschichte überzeugt waren, würden sie diese in aller Welt verbreiten, nachdem sie Fulcor verlassen hatten. Der tief eingewurzelte Hass würde für den Rest sorgen.

Bevor die Soldaten des Staatenbundes und die ischaranischen Wächter ihn erreichen konnten, war Zaha vom Dach auf die Befestigungsmauer gesprungen, die zehn Fuß unter ihm lag. Wieder blitzte es auf, und Klovus beobachtete, wie Zaha auf den Füßen landete und sich aufrichtete. Weitere Garnisonssoldaten rannten mit gezogenen Schwertern den Wehrgang entlang auf ihn zu und kreisten ihn ein. Klovus sah, wie die Haut des Schwarzen Aals weiß und hart wurde, bevor er über den Rand der Mauer sprang. Er stürzte sich die Klippen hinunter.

Die Garnisonssoldaten liefen zusammen und starrten in das dunkle Wasser unter ihnen.

Auf dem Dach der Festung stießen die beiden erzürnten Gruppen Laute der Bestürzung aus. Einer der Garnisonssoldaten kniete sich neben den enthaupteten Leichnam von Wachmann Osler, dann sah er hasserfüllt die ischaranischen Soldaten und Falkenwächter an. Die Kämpfer des Staatenbundes gierten heulend nach Blut und griffen ihre natürlichen Feinde an. Und die Ischaraner bereiteten sich auf ihre Verteidigung vor.

Klovus wich zurück. Genauso hatte er es geplant. Nun musste er nur noch lebend das Dach verlassen.

Tief unten schäumten die Sturmwellen über die zerklüfteten Riffe am Fuße der Insel. Und wieder brandete eine Woge gegen die Felsen.

Zaha stieg an die Oberfläche und schwamm gegen die Strömung. Er konnte den Steinzauber, der seine Haut kurzzeitig in einen Panzer verwandelt hatte, nicht länger aufrechterhalten. Nachdem er den Aufprall überlebt hatte, hatte er seine Waffen von sich geworfen und sich auch der schweren Rüstung entledigt. Eine Welle spülte ihn gegen den Vorsprung eines scharfen Korallenriffs, und er spürte, wie seine wieder weich gewordene Haut riss.

Mit mächtigen Zügen schwamm er von den Riffen fort, um den Strömungen und der Gischt zu entkommen. Er ließ die gröbsten Wellen hinter sich, pflügte durch das sturmgepeitschte Wasser, rief alle Kraft zusammen, die ihm noch verblieben war. Er würde sie auch brauchen, denn ein Schwarzer Aal gab niemals auf. Er schwamm auf die fernen, vor Anker liegenden ischaranischen Schiffe zu.

Er hatte seine Aufgabe erfüllt. Hohepriester Klovus würde zufrieden sein.

96

Eine rote Morgendämmerung stieg über Bakalsee auf. König Kollanan und seine verbliebenen Kämpfer sammelten sich erschöpft am felsigen Ufer. Die Reiter glitten von ihren müden Pferden, standen unsicher im Schnee und holten tief Luft. Ein Mann fiel auf die Knie und übergab sich.

Lord Ogno brüllte etwas über den erneut zugefrorenen See hinweg, und dann rammte er die gepanzerte Faust in einer Geste des Sieges und der Erleichterung gegen die Borke einer Kiefer.

Koll stieg von Heißsporn ab, stand mit dem einen Fuß auf dem festen Eis des Sees und mit dem anderen am Ufer. Wie Ogno schrie auch er mit lauter Stimme, und sein wortloser Ruf verwandelte sich bald in ein schrilles, unbeherrschtes Lachen. Die Wespe hatte zugestochen! Sie hatten die Frostwreth-Krieger getroffen, und er hoffte, dass der Angriff Lasis und Elliel die Zeit verschafft hatte, die sie für die Suche nach Birk brauchten.

Lord Bahlen und sein Brava zitterten, als sie die überlebenden Kämpfer durchzählten und aufstellten, aber dann waren sie zufrieden. Im Tonfall eines Unbeteiligten erstattete Urok Bericht: »Wir haben nur zwei Männer verloren, Sire. Das ist im Hinblick auf den Schaden, den wir verursacht haben, hinnehmbar.«

Koll sah zu, wie sich seine Soldaten an dem felsigen, verschneiten Seeufer sammelten. Rotgoldenes Licht floss über den See und bestrahlte die gefrorene Oberfläche, die durch die Verwerfungen, die Thon verursacht hatte, uneben geworden war. An einer Stelle war das Eis zu einer makabren Skulptur erstarrt. Aus einem unregelmäßigen Block ragte ein Frostwreth-Speer hervor; der zottelige weiße Rücken eines Wolfspferdes erhob sich über den Eisspiegel; dazu war das Glitzern einer Wreth-Rüstung zu sehen, und eine gepanzerte Hand griff in die leere Luft hinein. Alles war festgefroren ... so wie die unschuldigen Bewohner von Bakalsee. Daraus zog Koll eine grimmige Befriedigung.

Lord Alcock lachte. »Ich wünschte, ich hätte die Gesichter der Frostwreth sehen können, als der See unter ihnen getaut ist.«

»Wenn Ihr Euch ihnen noch mehr genähert hättet, wäret Ihr mit ihnen ins Wasser gefallen«, betonte Koll.

»Es hat schon gereicht, sie schreien zu hören!«, prustete Lord Ogno. »Habt Ihr alles mitbekommen? Das Knacken des Eises war so laut, aber trotzdem ... Sie haben wie Katzen oder kleine Mädchen geklungen!«

Einige Soldaten kicherten, aber sie waren schwach und zitterten vor Erleichterung über das, was sie getan und gesehen hatten.

Kolls Herz wurde kalt und hart. Obwohl es ihn freute, den Untergang von Rokk und den Frostwreth-Kriegern miterlebt zu haben, reichte all das nicht als Rache für die erfrorene Hand eines kleinen Jungen, der ein Holzspielzeug festhielt. Tomko? Kein Sieg über die Wreth würde ihm seine Tochter und deren Familie zurückbringen.

Aber vielleicht war Birk ...

Zwei schwarz gekleidete Gestalten traten aus den Schatten der Kiefern; sie schienen den See umrundet zu haben. Ihre Rüstungen und Mäntel waren fleckig von Schmutz und mit Schnee bestäubt.

»Elliel!« Thon eilte auf sie zu; sein Gesicht strahlte wie die Morgenröte. »Ich habe das getan, was ich versprochen habe. Es ist wunderbar gewesen.«

Einen Augenblick lang tat Kolls Herz einen Sprung, doch dann – als er erkannte, dass die beiden Bravas allein waren – sank es wieder zurück. Er hatte gehofft, seinen Enkel in ihrer Obhut zu sehen, und er hatte sich darauf gefreut, ihn in die Arme seines Großvaters laufen zu sehen.

Lasis trat vor seinen König, und Elliel stellte sich neben ihn; sie unterbrach ihr Wiedersehen mit Thon für eine Weile. Kollanan konnte die Ungewissheit nicht länger ertragen und fragte: »Der Junge ist also tot?«

»Nicht tot, Sire«, antwortete Lasis. »Er lebt noch; zumindest hat das der Wreth-Magier gesagt, bevor wir ihn getötet haben.«

Elliel warf ein: »Königin Onn hat ihn zu einer weiteren Festung der Wreth hoch im Norden gebracht. Wir werden ihn auf andere Weise retten müssen.«

»Und das werden wir auch tun«, beharrte Lasis. »Er *lebt*, Sire. Aber *einen* Sieg haben wir heute Nacht immerhin errungen.«

»Einen Sieg«, sagte Koll mit leiser Stimme, als er sich vorstellte, welche Qualen Birk gerade durchmachte. Er versuchte es nur als Verzögerung und nicht als Niederlage zu betrachten.

Thon wirkte beschwingt. Grinsend streckte er die Hand nach Elliel aus und bog die langen Finger. »Ich benötige nicht meine ganze Erinnerung, wenn ich meine ganze Magie wirken will. Ich war in der Lage, sie herbeizurufen und mit ihr genau das zu tun, was ich wollte.«

»Ich wusste, dass du es kannst«, sagte Elliel. »Ich konnte die Macht in dir spüren.«

Der Wreth berührte ihre Wange und fuhr die verwickelten Linien der Runen-Tätowierung unbewusst nach. Dann wandte er sich Elliel mit einem seltsamen Gesichtsausdruck zu. »Ich frage mich, ob ich den Wreth gerade den Krieg erklärt habe. Glaubst du, dass ich das habe tun müssen?«

»Sie wissen nicht einmal, wer du bist«, versicherte Elliel ihm.

»Das weiß niemand«, sagte Thon.

Koll schritt auf das Eis hinaus, wo der Blick nicht von den Kiefern verdeckt wurde. Die Festung der Wreth erhob sich wie ein wunderliches Gewächs auf der anderen Seite des Sees. Rauchschlieren stiegen über den noch brennenden Hütten der Drohnen und den Lagerhäusern vor der Mauer in den klaren, kalten Himmel.

Die Festung war weder leer, noch war sie ein sicherer Ort. Auch wenn Rokk und seine Krieger tot waren, würden die Frostwreth die Norterraner gewiss irgendwann angreifen. Koll hatte keine

Ahnung, wie viele Personen in dieser grimmig kalten Festung lebten, aber nun hatte er sie jedenfalls gereizt und angestachelt.

Urok sagte: »Königin Onn wird uns nicht mehr als unwesentlich abtun, und sie wird nicht länger annehmen, dass die norteranischen Armeen unbedeutend sind. Unser Stachel schmerzt.« Er hielt kurz inne. »Und jetzt wird sie wütend sein.«

»Gut«, meinte Kollanan und fügte mit grimmiger Resignation hinzu, während er mit dem Kopf des Hammers gegen seine Handfläche schlug. »Wir müssen bereit dafür sein, dass die Wreth versuchen werden, uns zu verscheuchen.«

Die anderen Lords brummten zustimmend und bestiegen wieder ihre Pferde. Die Soldaten brüllten Beleidigungen über die unebene Eisfläche hinweg und verhöhnten die Festung in der Ferne.

Er empfand einen gewaltigen Hass darüber, dass die Wreth die Menschen so abfällig behandelten und einfach über sie hinwegtrampelten, wenn sie im Weg standen. Doch jetzt hatte Koll ihrer Königin gezeigt, dass die Menschheit gefährlich war. Vielleicht würde das die Wreth davon überzeugen, dass es besser war, sie in Ruhe zu lassen ... aber eigentlich wusste er ganz genau, dass dies nicht so war.

»Ihr habt sicherlich ihre Aufmerksamkeit erregt, Sire«, sagte Elliel, während sie in den Sattel kletterte und ihren Mantel richtete. Thon stieg neben ihr auf.

»Ich habe noch immer nicht meinen Enkelsohn zurückbekommen«, sagte Koll. »Es ist noch lange nicht vorbei.«

Der Stoßtrupp zog sich vom Seeufer zurück und begab sich in den Schutz des dichten Waldes. Der König streichelte sein schwarzes Kriegspferd und warf einen letzten Blick zurück auf den gefrorenen See und die hoch aufragende Festung. Kein Zweifel konnte daran bestehen, dass er den Wreth soeben den Krieg erklärt hatte.

97

Tagelang marschierte Glik weiter in die Wüste hinein – so lange, bis ihre Vorräte an Wasser und Nahrung schwanden. Ihre sonnenverbrannte Haut war rau vor Sand und Staub, und sie fragte sich, ob sie Penda oder die Wreth je finden würde.

Ari flog hoch über ihr und suchte die Gegend ab. Sicher würde die Ska irgendwann die Wreth entdecken. Glik hoffte, dass sie die Drachenjagd nicht verpasste. Sie stellte sie sich als ein außerordentliches Turnier mit Hunderten von Kriegern vor, alle im Kampf gegen eine gewaltige Reptilienbestie.

Sie kratzte ein weiteres Kreiszeichen auf den roten Felsen. »Der Anfang ist das Ende ist der Anfang.«

Ein seltsamer Ruf zog sie voran. Jede Nacht spürte Glik seine Macht in ihren Träumen. Sie spürte, dass ihre Bestimmung irgendwo dort draußen lag, aber sie hatte die enorme Ausdehnung des Schmelzofens unterschätzt. Diese gesamte Wüste war möglicherweise der verkohlte Überrest eines uralten Schlachtfeldes, wie es auch bei der Ebene des Schwarzen Glases der Fall war.

Sie wanderte weiter und beklagte schon bald den Zustand ihres Schuhwerks. Der felsige Untergrund hatte ihren Stiefeln hart zugesetzt, die Sohlen wurden immer dünner. Entmutigt blieb sie stehen, setzte sich auf einen Felsen, zog den linken Stiefel aus und schüttelte einen störenden kleinen Stein heraus. Bevor sie den Stiefel wieder anzog, betastete sie eine Blase. Jahre des Wanderns hatten ihre Füße hart werden lassen, aber anscheinend waren noch immer einige weiche Stellen übrig. Wenn sie Penda und den König gefunden hatte, würde sie vielleicht zusammen mit ihnen zurück nach Suderra ziehen dürfen. Ihre Ska setzte die Suche fort.

Das Mädchen blinzelte die Staubwolke an, die von einem ausgetrockneten See in der Nähe aufgestiegen war. Ari segelte weiter hoch über dem Land, aber nun spürte Glik durch ihre Herzensverbindung, dass sich auch der Reptilienvogel nach Bäumen und Flüssen sehnte. Als die Ska ihren vertrauten Ruf ausstieß, machte Glik ein ähnliches Geräusch tief in ihrer Kehle und durchbrach die Wüstenstille. Ja, sie beide wollten nach Hause gehen.

Sie erhob sich wieder, trat fest auf dem Absatz auf, damit der Fuß im Stiefel die richtige Position einnahm, und schritt durch eine Schlucht mit hohen Wänden.

Ari landete auf ihrer Schulter, und Glik streichelte das blaue Gefieder. »Was hast du von dort oben aus gesehen? *Cra*, wir können uns nicht vollkommen verirren, denn du findest immer heraus, wohin wir unterwegs sind, aber vielleicht sollten wir uns doch allmählich auf den Rückweg machen.« Die Ska summte, in ihren Facettenaugen spiegelte sich die Sonne. Damit Glik eine bessere Vorstellung von ihrer Position erlangte, nahm sie dem Tier das Halsband ab, das Shella din Orr ihnen geschenkt hatte. Sie weckte die Magie in der Muttertträne und setzte die Bilder frei, die darin gespeichert waren.

Die unerforschten Täler und Schluchten waren wunderschön, doch bei ihrem Anblick sank Gliks Herz. Die trockene Wüste dehnte sich vor ihr genauso weit aus wie hinter ihr. Das war kein gutes Zeichen. Sie vergrößerte die Bilder, betrachtete sie genauer und versuchte eine Oase, eine Siedlung oder ein Wreth-Lager zu finden.

Zu ihrer Überraschung und Erleichterung entdeckte sie eine große Ansammlung von Gebilden und Gestalten in einem Seitenarm der Schlucht, nicht weit von ihr entfernt. Obwohl Felsüberhänge die Einzelheiten verdeckten, sah sie Mauern, Gebäude, Zäune ... und auch Menschen. Die Utauk-Stämme würden ein Lager nur an einem Ort aufschlagen, an dem es auch Wasser gab, und Pflanzen, und etwas zu essen. Was sie in dem Bild sah, konnte daher nur eine Oase sein, wenn es so vielen Leuten möglich war, hier zu existieren. Hier eröffnete sich für sie eine Gelegenheit, und sie beschloss, die Suche nach Penda und der Drachenjagd abzubrechen.

Als sie Ari das Halsband wieder umlegte, flatterte der Reptilienvogel mit den blauen Flügeln. Glik ging weiter; nun hatte sie wieder Mut gefasst. Sie trank den größten Teil des verbliebenen Wassers, denn nun würde sie es nicht mehr so stark rationieren müssen. Sie hielt sich in den Schatten der Schluchtwand, die durch die hoch am Himmel stehende Sonne jedoch nur äußerst schmal waren.

Wegen der Bilder in der Muttertränе wusste sie, welchen Weg sie zu nehmen hatte. Als sie tiefer in die Schlucht eindrang und die Wände zu beiden Seiten immer höher wurden, sah sie endlich Fußabdrücke im Sand und Staub zwischen den losen Steinen. Es waren Stiefel, auch nackte Füße, und große Abdrücke von Reptilen mit drei Zehen.

Ihr Instinkt hatte Glik vorsichtig werden lassen. Statt sich offen und kühn dem Lager in der Oase zu nähern, hielt sie sich am Rande der Kluft. Sobald sie den Seitenarm betreten hatte, konnte sie die kleine Ansiedlung, die vor ihr lag, riechen: den Rauch von Kochfeuern, von alten Latrinen und den Gestank zahlloser ungewaschener Körper. Sie hatte schon viele große Utauk-Lager besucht. Die Stämme bestanden auf strenger Hygiene und entsorgten stets jeglichen Abfall. Doch dieses Lager hier schien verkommen und nachlässig geführt zu sein.

Vor sich hörte sie Rufe, das Klirren von metallischen Gegenständen auf Fels und gutturale Kommandos. Als sie um eine Kurve in der Seitenschlucht bog, öffnete sich der Blick auf Wände, Zäune und auch auf Barrikaden, die quer über den weiten Boden verliefen. Sie sah niedrige Hütten aus Lehmziegeln mit untergemischtem Sand, und Stoffdächer spannten sich als Schattenspender zwischen harten Felsspitzen.

Und Menschen – Hunderte, vielleicht Tausende – waren hier zusammengetrieben worden wie Vieh im Metzgerviertel von Bannriya.

Glik zog sich zurück. Die Ska auf ihrer Schulter schlug aufgeregt mit den Flügeln.

Die Menschen - Gefangene? Sklaven? - arbeiteten in mürrischen, schweigenden Mannschaften. Sie errichteten Bollwerke und hoben im Schluchtboden Gruben aus. Glik sah, dass ihre Wächter große, kupferhäutige Sandwreth mit elfenbeinfarbenem Haar waren. Sie trugen schuppige Lederrüstungen und verfügten über Speere, Piken und Äxte aus Obsidian und Knochen. Die Wreth brüllten Befehle, und die gefangenen Menschen bewegten sich düster und schwach umher.

Glik dachte an die leeren Bergdörfer, auf die sie am Rande der Wüste gestoßen war - verlassene Siedlungen, überdeckt von Sand und Staub. Sie hatte geglaubt - gehofft -, dass die Bewohner auf der Suche nach einem besseren Leben fortgezogen waren. Nun begriff sie, dass sie offenbar entführt und in dieses große und hässliche Lager gepfercht worden waren. Auch viele Utauk-Karawanen waren auf rätselhafte Weise in den Bergen verschwunden.

In ihrem Entsetzen stand sie einen Augenblick zu lange reglos da. Zwei Sandwreth-Wächter hatten sie erspäht und riefen nun etwas mit lauten Stimmen, die durch die Schlucht hallten. Glik rannte los, hastete über den steinigen Sand des Schluchtbodens. Sie stieß keinen Angstschrei aus, sie lief bloß. Ari hob sich mit den kräftigen Schlägen ihrer blauen Flügel in die Luft.

Die Sandwreth verfolgten Glik - sie sprangen über die Zäune und rannten den Seitenarm der Schlucht entlang.

Glik stürmte voran, aber als sie um die Ecke in die Hauptschlucht einbog, rutschte sie aus. Sie schlitterte, und ihre Stiefel wirbelten kleine Steine auf. Zwei weitere bedrohliche Sandwreth kamen ihr auf großen Augas von der anderen Seite entgegen. Die schlanken Krieger hoben ihre Speere und machten eine weitere Flucht unmöglich. Die anderen schlossen von hinten zu ihr auf.

Glik blieb stehen, ballte die Fäuste und drehte sich vor und zurück. Sie sah keinen Ausweg.

Verzweifelt blickte sie ihrer Ska nach. Wenigstens Ari würde weiter in Freiheit sein ...

98

Als Cemi in das Gemach der Empra lief und das Messer zur Selbstverteidigung hob, sah sie Iluris auf dem Boden vor der dicken Steinbank liegen. Die Haut der Empra war grau, und eine Blutlache hatte sich um ihren Kopf herum ausgebreitet. Sie war mit dem Schädel gegen eine scharfe Kante der Bank geprallt - hatte der Attentäter das getan? - und lag nun mit geschlossenen Augen da. Die linke Hand zuckte; die Finger zitterten. Ein Soldat beugte sich über sie und wirkte hilflos.

»Ist sie tot?«, wollte Cemi wissen. »Hat dieser Bastard sie umgebracht?«

»Sie hat überlebt, aber nur knapp, und ... vielleicht nicht für lange. Eine Wunde wie diese ...«

Cemi fuhr den Soldaten scharf an: »Hol einen Arzt - und jeden, der helfen kann!« Plötzlich begriff sie, dass es mehr als nur einen Attentäter geben könnte und die Gefahr vielleicht noch nicht vorüber war. »Hol Kaptani Vos und die Falkenwächter! Wir müssen die Empra schützen. Bewacht diesen Raum!« Sie ließ sich auf die Knie fallen, berührte Iluris' Wangen und zog ihre Lider hoch. Die Augen der Empra waren in den Kopf zurückgerollt und zeigten nur das Weiße. Blut tröpfelte aus ihren Ohren.

Nachdem der Soldat fluchtartig den Raum verlassen hatte, zerrte Cemi die versengten Laken vom Bett und riss einen Fetzen heraus, der viel zu groß für ihre Zwecke war. Sie knüllte ihn zusammen und hob ausnehmend sanft den Kopf der Empra vom Steinboden. Der hintere Teil des Schädels fühlte sich eingedrückt und viel zu weich an. Noch mehr Blut trat aus.

»O Iluris!« Sie drückte den Stoff behutsam gegen das verfilzte aschblonde Haar. Die Empra lag in tiefer Bewusstlosigkeit und befand sich am Rande des Todes.

Voller Wut stürmte der Kaptani der Falkenwache in den Raum, nachdem er über den Leichnam im Korridor hinweggeschritten war. Er hatte zwei rotgesichtige Falkenwächter mitgebracht. »Unsere Mutter wurde angegriffen, und Nedd liegt tot draußen im Flur.« Er kam herbei und war nicht in der Lage, den Blick von Iluris und all dem Blut abzuwenden. »Wir haben versagt. Sie ist tot!«

Cemi schaute auf und drückte gegen den Stoff, der inzwischen von Blut durchtränkt war. »Sie lebt, aber sie ist schwer verwundet. Ich weiß nicht genug von solchen Wunden wie dieser hier und kann ihr nicht helfen.« Obwohl sie noch jung war, hatte sie schon mehr als genug Tod, Verwundung und langsame Erholung gesehen. »Es ist möglich, dass sie von dieser Kopfwunde nie wieder erwacht.«

»Ich habe viele Kampfverletzungen behandelt«, sagte Vos und kniete sich neben Cemi. Er blickte zu den Falkenwächtern hoch, die ihn begleitet hatten. »Holt den Rest unserer Männer - alle! Ich möchte, dass sie an der Seite der Empra stehen - jetzt! Warum ist sie allein hier gewesen?«

»Einige Soldaten sind hinter dem Attentäter hergelaufen«, sagte Cemi. »Es war der Brava, der mit Konag Conndur hergekommen ist. Utho.«

»Dann sollte er zur Strecke gebracht und getötet werden«, sagte Vos. »Sicherlich hat er seinen Befehl von dem gottlosen Konag erhalten. Wir alle befinden uns in großer Gefahr. Wir müssen uns hier sofort in die Verteidigungsstellungen begeben.«

Aus dem fernen Lärm, der vom Donnern und Prasseln des Regens draußen untermalt wurde, schloss Cemi, dass irgendwo gekämpft wurde, möglicherweise in der gesamten Festung. Im Hof läutete eine Alarmglocke. Noch mehr Soldaten des Staatenbunds rannten auf die Festung zu.

»Es war eine Falle«, sagte Cemi. »Der Konag hat uns auf diese

Insel gelockt, weil er Iluris von Anfang an töten wollte.« Sie sah dem Kaptani ins Gesicht und erinnerte sich daran, wie sie ihn und seine Männer in Verlegenheit gebracht hatte, als sie in Prirari an ihnen vorbeigeschlüpft war. Doch das war ein Spiel gewesen. Seitdem hatte sie Vos und die übrigen Falkenwächter kennengelernt und verstanden, dass sie der Empra ganz und gar ergeben waren. Daher betrachtete sie die Männer nun als verwandte Geister.

Cemi bemerkte, dass sie in dem Kommandoton gesprochen hatte, den sie sich in den letzten Wochen von Empra Iluris abgehört hatte. Der Kaptani hatte sich über die ausgebreitete Gestalt der Empra gebeugt und tat das Gleiche, was Cemi schon vorher getan hatte. Er berührte Iluris' Schläfen und zog ihre Lider zurück. »Es steht schlimm um sie.« Er drückte die Fingerspitzen gegen ihre Kehle und fand den schwachen Puls. Ohne den Blick zu heben bellte Kaptani Vos den Falkenwächtern an der Tür zu: »Bereitet euch darauf vor, unsere Mutter mit eurem Leben verteidigen zu müssen. Vielleicht ist dies alles hier nur der Anfang. Sobald der Konag erfährt, dass sie noch lebt, wird er Verstärkung herschicken, die uns alle auslöscht.«

Gleich nach ihrer Ankunft auf Fulcor hatte Cemi die Garnison und die Kasernen eingehend beobachtet und den Soldaten des Staatenbundes draußen im Hof zugesehen. Sie wusste ungefähr, wie viele Kämpfer hier stationiert waren. Die Ischaraner wiederum hatten eine beträchtliche Ehrengarde mitgebracht, und ihre Kriegsschiffe lagen jenseits der Riffe vor Anker. Cemi rechnete nach, als hätte sie einen Abakus im Kopf.

»In der Garnison sind sie uns zahlenmäßig weit überlegen, Kaptani. Gewiss werden sie uns alle töten wollen. Wir sitzen hier in der Falle.« Für sie war offensichtlich, was nun zu tun war. »Wir müssen die Empra stabilisieren und zu den Landebooten tragen, während die Kämpfe toben. Der Sturm wird uns zusätzlichen Schutz vor Entdeckung bieten. Wir bringen sie auf das Kriegsschiff, das knapp außerhalb der Bucht liegt.«

Vos war entsetzt. »Es wäre Wahnsinn, jetzt zu fliehen. Sie wird sterben, sobald wir sie bewegen.«

Cemi schluckte schwer. »Sie ist stark. Es ist genauso gefährlich, wenn wir bleiben. Hier sind wir ungeschützt, und sie werden einen nach dem anderen von uns töten.« Cemi sah ihn eindringlich an. »Sollen wir etwa einfach aufgeben und uns töten lassen? Oder sollen wir etwas wagen, auch wenn nur geringe Aussicht auf Erfolg besteht? Wir müssen sie doch retten.«

Der Kaptani wurde blass und versteifte sich. »Und jemand muss nach Serepol reisen und berichten, was hier geschehen ist, sonst nämlich könnte der gottlose Konag behaupten, es sei nur ein Unfall gewesen.« Seine Stimme klang immer heiserer. »Er könnte unsere Schiffe versenken und Ischara glauben lassen, dass die Empra auf ihrer Heimreise gestorben ist! Er könnte alles behaupten, was ihm beliebt!«

»Wir müssen gehen«, beharrte Cemi, »was auch immer geschehen mag. Oh, ich hoffe wirklich, dass wir sie retten können.«

Als hätte sie ihre Wunde auf einem Schlachtfeld erhalten, wickelte Vos feste Stoffbandagen um den Kopf der Empra und wischte sich danach die blutbeschmierten Hände an einem zerrissenen Laken ab. »Ich habe geschworen, unsere Mutter Empra mit meinem Leben zu beschützen, und wenn dies der einzige Weg ist ...« Er stand auf. »Ruft unsere Soldaten herbei! Falkenwächter, zu mir! Bildet eine Keilformation. Wir tragen sie zum Tor, ziehen uns über die Klippentreppe zurück und bringen sie auf eines der Landungsboote. Wir müssen lange genug durchhalten, bis sie in Sicherheit ist.«

Einer der Falkenwächter ächzte. »Wir hätten einen Gottling mitbringen sollen. Hohepriester Klovus hat gesagt, wir hätten einen Gottling mitnehmen sollen!«

»Wir hätten auch tausend zusätzliche Kämpfer mitnehmen sollen, aber allein mit Wünschen lässt sich keine Schlacht gewinnen. Jetzt geht und bringt die Botschaft zu allen ischaranischen Kämpfern. Das Chaos kann uns nützen. Wir müssen uns zurückziehen, bevor die Falle ganz zuschnappt.«

Zwei Falkenwächter stellten eine behelfsmäßige Bahre her, auf der die Empra getragen werden konnte, und mit Cemis Hilfe hoben sie die schlaffe Gestalt vorsichtig an. Sie mochten zwar in größter Eile sein, aber sie behandelten die Empra mit höchster Vorsicht und bereiteten sich auf die Flucht vor.

Cemi folgte ihnen und wich Iluris nicht von der Seite, während die Wächter sie aus dem raucherfüllten Zimmer trugen. Ihre Hände waren von klebrigem Blut überzogen, und der Stoff um Iluris' Kopf war ebenfalls durchtränkt. Die Empra regte sich nicht. Ihre Gesichtszüge waren schlaff, die Haut war feucht.

Cemi machte einen verzweifelten Eindruck, aber sie holte tief Luft und riss sich zusammen. Sie würde nicht wie ein hilfloses, verängstigtes Mädchen handeln. Ihre einzige Hoffnung bestand darin, das Schiff zu erreichen, und das wussten sie alle. »Beeilung!«, flüsterte sie, und die Wachen bewegten sich in ihren Rüstungen so schnell durch die Festung, wie es ihnen möglich war.

Vermutlich mussten sie sich den Weg durch den Hof freikämpfen, und auch der Abstieg über die steile, regennasse Treppe an den Felsen hinunter würde für sie alle ausgesprochen gefährlich werden. Cemi ging davon aus, dass sie einige ischaranische Kämpfer zurücklassen musste, die ihnen den Rücken freihielten. Das würde Kaptani Vos gar nicht gefallen, aber die Empra musste unter allen Umständen in Sicherheit gebracht werden. Die Falkenwächter waren verpflichtet, sie zu retten.

Als sie durch die große Tür der Hauptfestung traten, prasselte der Regen auf sie nieder. Draußen kämpften die Soldaten gegeneinander, und Cemi hörte das Klirren von Schwertern auch auf dem Dach über sich. Die Falkenwächter brüllten Befehle, die an die ischaranischen Soldaten bei ihnen weitergegeben wurden. Die Männer lösten sich von der Gruppe, stürzten sich in den Kampf und verschafften den Falkenwächtern mit der Bahre Deckung, sodass diese den Hof durchqueren konnten. Schreie und das Klirren von Stahl hallten gegen den Donner an.

Cemi ergriff die kalte, reglose Hand der Empra und betete stumm, sie möge doch weiterleben. Sie wünschte sich, sie hätten einen Gottling zu ihrem Schutz, aber Iluris selbst hatte sich gegen die Gottlinge und damit auch gegen die Hohepriester gewendet.

Würden ihr die Gottlinge weiterhin helfen, selbst wenn sie überlebte und nach Serepol zurückkehren konnte? Während ihrer ganzen Herrschaft hatte sie die Macht dieser Wesen und ihrer Priester beschnitten. Vielleicht nahmen ihr die Gottlinge dies übel. Cemi fragte sich, wo Hohepriester Klovus nun sein mochte.

Der niedergehende Regen ließ die Dunkelheit beinahe greifbar erscheinen. Vom Dach her drang der Lärm verzweifelter Kämpfe, und brüllende Soldaten liefen den Wehrgang auf der Mauer entlang. Die Ischaraner verkündeten überall den Rückzug; ihre Soldaten kämpften bei den Kasernen und im Hof gegen die Krieger des Staatenbundes.

Kaptani Vos konzentrierte sich auf seine Mission. Seine Falkenwächter bildeten einen undurchdringlichen Keil um die verwundete Empra und bahnten sich einen Weg durch den schlammigen Hof. Die Soldaten des Staatenbundes strömten zusammen und wollten den verbliebenen ischaranischen Kämpfern den Weg abschneiden, aber sobald Kaptani Vos den Hof hinter sich gelassen hatte, wurde das Kämpfen leichter. Sie erreichten das Tor, das zur Kluft in der Felsklippe und über die freischwebende Treppe hinunter zur Hafenbucht führte.

Ein zerrissener, durchgeprügelter und wild aussehender Klovus eilte plötzlich hinter ihnen her. Sein Kaftan war durchnässt, Regentropfen glitzerten auf seinem kahlen Kopf. Zwei ischaranische Soldaten folgten ihm wie Leibwächter. Er sah die reglose Gestalt auf der Bahre und eilte herbei. »Ihr habt die Leiche der Empra geborgen? Wir müssen ihr in Serepol ein würdiges Begräbnis bereiten.«

»Aber sie ist nicht tot!«, rief Cemi. »Wir retten sie!«

Der Hohepriester war verblüfft. »Höre uns, rette uns! Ja, wir müssen sie sofort in Sicherheit bringen, wie schwer sie auch verletzt sein mag. Wenn wir uns nicht so weit entfernt von unserem gesegneten Ischara befinden würden, wäre ich in der Lage, Magie einzusetzen, und ich könnte uns in dem Kampf helfen. Ich hätte einen Gottling mitbringen sollen, gleichgültig was die Empra gesagt hat, aber sie hat sich gegen jeden Schutz von mir gewehrt.«

»Dann helft uns jetzt zu entkommen, Hohepriester«, knurrte Vos. Sie hasteten durch die Felsspalte; zwei Falkenwächter trugen die Bahre. Endlich hatten sie die Treppe erreicht, die außen an den Felsen entlang verlief, und stiegen sie hinunter. Einige Soldaten hatten sich freiwillig gemeldet, zurückzubleiben und Angriffe von oben abzuwehren.

Die Landeboote waren am Pier vertäut und mit Leinwand abgedeckt. Die hohen Klippen hielten den größten Teil des Regens ab, doch die Gischt machte die Stufen und Landungsstege rutschig und gefährlich. Drei Falkenwächter rannten vor der Empra hinunter. Sie entfernten die Leinwand von einem der Boote und banden die Seile los, damit das Boot sofort ablegen konnte.

Cemi hielt Iluris' Hand, bis sie das Pier erreicht und die blutende Frau vorsichtig an Bord des Bootes gebracht hatten. »Legt ab, sobald sie an Bord ist! Wartet nicht«, rief Vos.

Cemi sprang in das Boot und setzte sich auf das Dollbord neben die Empra. Der Kaptani rief: »Hohepriester, kommt mit uns in die Sicherheit des Kriegsschiffes. Uns bleibt nicht viel Zeit.«

»Ich habe zwei Leibwächter. Sie müssen ebenfalls mitkommen.« Klovus deutete auf die beiden schweigenden Soldaten, die ihn begleiteten. »Sie werden mich beschützen.«

Vos runzelte die Stirn, aber er hatte jetzt keine Zeit für einen Streit. »Nehmt sie mit, aber wir müssen nun ablegen!«

Cemi legte den Arm um die Empra und hörte die anschwellenden Rufe und das Klirren von Metall hinter ihnen. Der Kampf in der Kluft wurde heftiger, als die feindlichen Soldaten nachrückten. Einer der Falkenwächter sprang vom Landungsboot zurück auf den Kai. »Geh, Kaptani – und nimm unsere Mutter mit. Wir bleiben hier und sichern die Flucht.«

»Sobald wir fort sind, nehmt ihr ein anderes Boot«, sagte Vos. »Kommt zu dem Schiff, das draußen vor Anker liegt.« Unverzüglich lösten sie die letzten Leinen, und die Soldaten ruderten das Boot aus der Bucht auf das Kriegsschiff zu, das dicht hinter den Riffen wartete.

Sobald sie den schmalen Hafen verlassen hatten, wurde das

Wasser unruhiger. Kalter Regen ging nieder, und Cemi beugte sich über die Empra und schirmte sie mit ihrem Körper ab. Als ein Blitz über den Himmel fuhr, warf sie einen Blick auf das schlaffe, leere Gesicht der verwundeten Frau. »Lebt weiter«, flüsterte sie. »Bitte.« Cemi wusste, dass viele Menschen, die eine solche Kopfwunde erhalten hatten, nie wieder aufwachten. Manchmal kamen sie zwar zurück, hatten aber ihr Gedächtnis verloren. »Bitte lebt weiter. Bitte, werdet wieder gesund.«

Die Wächter ruderten heftig auf das vor Anker liegende Schiff zu, und hinter ihnen - auf Fulcor - wurde immer wieder Alarm gerufen. Vor ihnen auf dem ischaranischen Schiff sah Cemi das Licht der Laternen. Die Mannschaft wusste, dass etwas Schreckliches geschehen war.

Klovus saß im Heck des Landungsbootes, hatte die Knie an die Brust gezogen und schlang die Arme um seinen regennassen Kaftan. Er warf seinen beiden Leibwächtern einen raschen Blick zu und nickte, als hätte er ihnen etwas mitgeteilt, das Cemi nicht verstand.

Der Hohepriester murmelte: »Die Empra lebt noch.« Die Männer nickten, und er senkte die Stimme. »Aber es ist gut so.«

99

Die Festung von Fulcor war in vollkommenem Chaos versunken, und Utho schlang seine eisenharten Arme um den Prinzen Mandan. Der junge Mann schluchzte und war nicht in der Lage, etwas zu sagen. Utho brüllte mit einer Stimme, die laut aus Conndurs blutgetränktem Gemach heraushallte: »Wir sind verraten worden! Die ischaranischen Tiere haben den Konag getötet!«

Die Nachricht verbreitete sich in der Garnison genauso schnell wie der kalte Wind, der über die Insel fegte. Die Soldaten des Staatenbundes heulten nach Rache. Die Kämpfe auf dem Dach und im Hof wurden fortgesetzt.

Mandan jammerte, und Utho hielt ihn in einem käfigartigen Griff. »Ihr seid sicher, mein Prinz. Ich beschütze Euch. Ich werde niemals zulassen, dass Euch so etwas zustößt.«

»Er ... seine Augen! Das Blut, sein H... Herz!«

»Es hat ihnen nicht gereicht, ihn bloß umzubringen«, sagte Utho. »Diese Tiere mussten uns ihre ganze Verachtung zeigen. Erkennt Ihr jetzt die wahre Natur der Verbündeten, die Euer Vater sich schaffen wollte? Das sind unsere wahren Feinde und nicht irgendeine Legende über einen vergrabenen Drachen. Das müsst Ihr begreifen!«

Mandan drückte das Gesicht gegen den Brustkorb des Bravas und erstickte so sein Schluchzen.

Die beiden anderen Bravas auf der Insel waren zum Gemach des Konags geeilt und standen nun neben der Tür. Der dunkelhäutige, pockennarbige Gant stieß ein lautes Brüllen aus. »Ich werde sie alle eigenhändig töten!«

Klea sagte mit kalter Stimme: »Nein, wir werden sie alle gemeinsam töten.«

»Es gibt viel zu tun«, stimmte Utho ihr zu, »aber zuerst müssen wir Prinz Mandan in Sicherheit bringen. Was, wenn die Ischaraner einen Gottling dabeihaben? Das hier könnte nur der erste Schritt in einem viel größeren Angriff sein. Wir müssen ihn von der Insel und zurück nach Osterra bringen, und dann planen wir unsere nächsten Züge.«

»Ich will fort«, keuchte der junge Mann. »Ich will nach Hause.«

Utho machte sich von ihm frei. Obwohl Mandan zitterte und verloren und hilflos wirkte, zwang ihn der Brava, den verstümmelten Körper seines Vaters zu betrachten, und das Blut auf den Laken, an den Wänden und sogar an der Decke. Der Prinz musste sich jede Einzelheit einprägen. »Das ist ein entsetzlicher Verrat, aber was, wenn sie sogar noch Schlimmeres vorhaben? Mit uns allen? Auch dieser Sturm könnte durch ihre Magie heraufbeschworen worden sein.« Utho schüttelte den Kopf und fuhr die beiden Bravas an: »Bringt Mandan fort von hier!« Dann senkte er die Stimme und fügte mit Nachdruck hinzu: »Er ist jetzt der Konag.«

Tiefes Verständnis blitzte unter den anderen auf, als sie die Konsequenzen von Conndurs Ermordung begriffen, doch nicht einmal Uthos engste Gefährten hätten je geahnt, was er selbst dazu beigetragen hatte. Von Anfang an hatten die Bravas einer möglichen Allianz mit den Ischaranern Widerstand geleistet, aber er hatte gewusst, dass sie die Tat, die er zur Verhinderung eines solchen Bündnisses hatte begehen müssen, niemals gutheißen würden. Doch nun spielte es keine Rolle mehr. Er hatte den Bogen der Möglichkeiten gespannt und den Pfeil des Schicksals abgeschossen. Er konnte nicht mehr zurückgeholt werden.

Nach der heutigen Nacht würde der Staatenbund keinen Friedensvertrag mit den Ischaranern schließen. Niemals.

Als sich die Nachricht von der Ermordung des Konags verbreitete, strömten weitere rachelüsterne Soldaten aus den Kasernen über den schlammigen Hof. Schwerter klirrten in der Haupthalle und den Korridoren. Utho vermutete, dass die meisten Ischaraner im Verlauf der nächsten Stunde sterben würden, doch sie waren listig und verzweifelt. Vielleicht kamen einige davon.

Doch jetzt musste er Mandan erst einmal auf das Flaggschiff bringen - zur Sicherheit des jungen Mannes, und damit der Pfeil des Schicksals weiterfliegen konnte. Der Prinz durfte nicht hierbleiben, sonst könnte er zu viele Fragen stellen.

Zwei Soldaten Conndurs stürmten in das Gemach des Konags und blieben bleich und keuchend stehen. Der Anblick dieses Gemetzels ließ sie verstummen. Der eine Soldat wandte sich ab, bedeckte seine Augen und zitterte.

»Bericht!«, brüllte Utho sie an.

Der Soldat schluckte schwer. »Wir haben Nachricht vom Dach, wo ein heftiger Kampf tobt. Es ist nicht klar, ob die Empra überlebt hat oder nicht.«

Utho war überrascht, aber er vermochte seine Freude nicht zu verbergen, denn es wäre eine gute Sache, wenn sie starb. »Was ist passiert? Wurde sie angegriffen?«

Der Soldat schien verwirrt. »Aber ... Zeugen haben ausgesagt, dass *du* derjenige war, der versucht hat, die Empra zu töten. Wie ... kannst du jetzt hier sein?«

In seiner Ungeduld hätte Utho den Mann beinahe geschlagen. »Red keinen Unsinn. Ich bin hier, seit der Prinz seinen Vater gefunden hat. Wie hätte ich auf dem Dach sein sollen? Wird dort noch immer gekämpft?«

»Wachmann Osler und seine Garnison haben tapfer gefochten, aber der Wachmann ist tot, wie auch viele unserer Soldaten. Der Attentäter wollte sich nicht gefangen nehmen lassen und ist über die Mauer in die Tiefe gesprungen. Jetzt ist er tot. Aber die Zeugen ... wir haben geglaubt, dass du es warst, Utho. Sogar unsere eigenen Leute haben gesehen, dass ...«

Utho knirschte mit den Zähnen und versuchte zu verstehen, was der Soldat da plapperte. »Ich hätte Iluris sehr gern umgebracht, aber diese Tat kann ich mir leider nicht zurechnen.« Er erteilte Befehle, bevor der Schock den Soldaten vollständig zum

Erstarren brachte. »Wenn ihr heute Nacht Ischaraner fangt, dann werft ihr sie doch auch über die Klippe. Verfüttert sie an das Riff. Sie alle müssen sterben.«

Er wandte sich an die beiden Bravas, die angespannt im Gang standen. »Gant, Klea, ihr kommt mit mir. Wir geleiten Mandan sofort zum Schiff hinunter und schützen ihn mit unserem Leben. Außerdem ...« Seine Stimme versagte, als ihn ein Gefühl der Schuld durchfuhr, aber er drängte es zurück und hielt es hinter einer Wand aus Entschlossenheit zurück. »Wir müssen auch den Leichnam des Konags mitnehmen. Wir können ihn nicht hierlassen. Er wurde verstümmelt. Was würden diese Tiere wohl noch alles mit seinen Überresten anstellen? Conndur, mein geliebter Conndur, muss heim nach Osterra ziehen.«

Gant stieß ein leises Knurren aus. »Die Völker des Staatenbundes müssen sehen, was diese Ungeheuer mit ihm gemacht haben. Mein Lord Cade wird einen Ruf nach Rache durch das ganze Land schicken.«

Utho erkannte, dass auch diese Reaktion äußerst wichtig war. Ja, er konnte mit Cade zusammenarbeiten.

Die beiden Bravas machten sich an die schlimme Aufgabe, die einzelnen Teile, die zu Konag Conndur gehört hatten, einzusammeln und sie zum Torso zu legen; dann wickelten sie alles in ein großes Laken. Aus den Armen und Beinen schnürten sie ein zweites schreckliches Paket.

Mandan beobachtete benommen, wie die Überreste seines abgeschlachteten Vaters geborgen wurden, und Utho ließ es zu. Jeder Augenblick dieser Erfahrung musste sich in die Erinnerung des Prinzen einbrennen. Er durfte es nie vergessen.

Als die Kämpfe fortgesetzt wurden, bemerkte Utho, dass im Nordflügel der Festung ein Feuer ausgebrochen war. Normalerweise leerten die Soldaten der Garnison die Zisternen und holten Kübel mit Meerwasser zum Kampf gegen ein Feuer herauf. Doch in dem heftigen Regen schien sich niemand die Mühe machen zu wollen, die Flammen im Zaum zu halten. Die Soldaten waren weitaus mehr daran interessiert, einander umzubringen.

Utho, Mandan und die beiden Bravas traten in den Regen hinaus. Soldaten des Staatenbundes schleuderten den Ischaranern Flüche entgegen, und diese Worte spendeten Utho Kraft. Ihre Wut war angestachelt, und nun verstanden sie den Abscheu und das Misstrauen, die die Bravas seit jeher den Ischaranern entgegengebracht hatten. Das Furchtbare, das Utho seinem Freund angetan hatte, war nur ein Bruchteil dessen, was Mareka und seinen Töchtern sowie den ursprünglichen Brava-Siedlern in Valaera widerfahren war.

Ein Rachekrieg war keine schnell erledigte Angelegenheit, doch für sein Volk war er nötig. Und am Ende würde er seine Genugtuung bekommen.

Soldaten kämpften auf dem Hof, Schwert gegen Schwert. Als er sah, wie ein Verteidiger der Garnison seine Klinge tief in die Eingeweide eines ischaranischen Soldaten rammte, spürte Utho die Erregung, als hätte er den Feind selbst aufgespießt.

Blitze erhellten den Himmel, und Mandan stolperte im Schlamm und fiel auf die Knie, aber Utho packte ihn und riss ihn wieder auf die Beine. »Kommt, mein Prinz. Ich habe geschworen, Euch zu beschützen.«

Die beiden anderen Bravas rannten neben ihm her und trugen die schrecklichen, blutfleckigen Pakete, in denen sich Conndurs sterbliche Überreste befanden.

»Einige Ischaraner sind schon entkommen, Utho«, rief einer der Garnisons-Offiziere, der als Wachmann Oslers Stellvertreter gedient hatte. »Wir haben viele getötet, konnten aber nicht alle aufhalten. Sie haben die Empra auf einer Bahre weggetragen. Sie schien schwer verwundet zu sein.«

»Ich hoffe, sie stirbt.« Soweit Utho wusste, hatte die Empra ihre Nachfolge noch nicht geregelt und war ohne Erben. Das würde Ischara in Chaos und Bürgerkrieg stürzen. Die Hohepriester würden sich untereinander bekämpfen, und weitere Thronanwärter würden versuchen, den Palast von Serepol zu stürmen. Gut. Das würde sie schwächen, wenn die Marine des Staatenbundes über die neue Welt kam.

»Mein Vater wollte Frieden«, sagte Mandan, während er dahinstolperte, als könnte er nicht glauben, wo er sich befand.

»Und seht nur, was sie ihm angetan haben«, sagte Utho. Sie duckten sich durch das Tor, stiegen die rutschige offene Treppe hinunter und eilten zum Pier, wo das Flaggschiff des Staatenbundes vor Anker lag und bereit zum Ablegen war. Andere hatten hier bereits Alarm geschlagen und dem Kapitän befohlen, sofort die Segel zu setzen.

»Die Ischaraner waren einverstanden, auf den neutralen Boden von Fulcor zu kommen«, sagte Utho zu Mandan. »Man darf ihnen niemals vertrauen.«

Sie begaben sich zum Kai und trafen auf wenig Widerstand, denn die Mehrzahl der Ischaraner war entweder geflohen oder tot. Utho gab den Garnisonssoldaten und den meisten Kämpfern des Staatenbundes den Befehl, zu bleiben und die Insel zu verteidigen. »Es darf nicht geschehen, dass die Ischaraner aufgrund dieser Tragödie unsere Festung übernehmen. Vermutlich haben sie genau das von Anfang an geplant.«

Nachdem sie die blutigen Pakete an Bord gebracht hatten, wandte sich Utho an Klea. »Bleib auf Fulcor. Du hast jetzt hier die Befehlsgewalt inne. Wir werden mit kleiner Mannschaft sofort absegeln, und Mandan unverzüglich zurück in die Burg von Convera bringen, aber du ... du bist meine allererste Wahl für den nächsten Wachmann - die nächste Wachfrau - der Garnison. Halte die Festung stark und verteidige sie gut. Der Feind könnte jederzeit angreifen.«

Die eisenharte ältere Frau nickte. »Ich werde dafür sorgen, dass jeder Ischaraner, der die Schlacht der heutigen Nacht überlebt, über die Mauer springen wird.«

Mehr konnte Utho nicht verlangen.

Klea legte sich ihren goldenen Reif um das Armgelenk, entzündete den Rammer und entfachte die Flamme zu einem langen Schwert. Dann drehte sie sich zu der Felstreppe um. »Ich muss mich an die Arbeit machen.« Mit langen Schritten lief sie die Stufen hoch und verschwand bald in der ummauerten Festung.

Utho und Gant brachten den Prinzen an Bord des Schiffes, während der Kapitän den Befehl zum Lichten des Ankers gab. Die Eisenketten rasselten.

Mandan zitterte, als Utho ihn zu seinem Schutz zwischen Kisten und Fässern auf dem Deck absetzte. Noch würden sie nicht hinunter zu ihren Kajüten gehen. Utho wollte ihre Abreise vom Deck aus beobachten.

»Mein Vater hat nur versucht, der Menschheit zu helfen«, jammerte Mandan. »Was ist mit den Wreth? Und mit dem Drachen? Er hat eine Warnung ausgesandt. Wir haben den Vada doch mit eigenen Augen gesehen!«

»Und Ihr habt mit eigenen Augen gesehen, was heute Nacht hier geschehen ist.« Utho hockte sich neben den Prinzen. »Die Wreth sind mir herzlich egal, und das sollten sie Euch ebenfalls sein.«

Mandan zitterte, aber Utho packte ihn bei den Schultern und schüttelte ihn heftig durch. »Ihr seid jetzt der Konag. Ihr herrscht über den Staatenbund. Unsere Zukunft liegt in Euren Händen – und ich werde Euch helfen, soweit es mir möglich ist.«

Der junge Mann blinzelte mit seinen rot geränderten Augen, und sein Mund stand vor Unglauben offen.

Utho wiederholte beharrlich: »Mit diesen Tieren kann es niemals Frieden geben.«

Mandan weinte wieder, doch dann schluckte er schwer und holte tief Luft. Mit schwacher Stimme sagte er: »Kein Frieden. Niemals. Wir müssen die Ischaraner vernichten.«

Das Kriegsschiff des Staatenbundes segelte fort von den steilen Klippen und hinaus in die stürmische Nacht.

100

Im Hof des Schmieds beobachtete Schadri, wie Königin Tafira ein Messer nach dem anderen gegen den Übungspfosten schleuderte. Sorgfältig notierte sie die unterschiedlichen Arten der Klingen, da sie dieses Wissen vermutlich später noch benötigen würde.

Der Schmied sah der Königin ebenfalls zu; er war bleich vor Aufregung. »Der Pfosten ist sehr schmal, meine Königin, und wird eigentlich zum Üben des Nahkampfs mit Schwertern benutzt. Vielleicht sollten wir ein größeres Ziel aufstellen? Es könnte sein, dass eine Eurer Klingen in die Irre fliegt.«

Tafira nahm ein langes Messer mit scharfer Spitze. Sie hielt es an der Klinge fest, wog es, warf es in die Luft und fing den Griff mit der anderen Hand auf, dann schleuderte sie es mit einer abrupten Bewegung. Das Messer drehte sich in der Luft und bohrte sich in den weichen Kieferpfosten.

Der Schmied hatte der Königin eine ganze Reihe von Messern zur Verfügung gestellt, und Schadri begutachtete sie alle, während Tafira ihr die unterschiedlichen Klingenformen erklärte. »Während die Leute aus dem Staatenbund oft beide Seiten der Klinge schärfen, verstärken die Ischaraner den Erl und machen die eine Seite so scharf wie ein Rasiermesser.« Schadri war begeistert, dass endlich einmal jemand ihre zahlreichen Fragen klar und geduldig beantwortete.

Unter Tafiras Anleitung hatte der Schmied mit unterschiedlichen Modellen experimentiert. Die Königin betrachtete sie und hielt das eine oder andere Schadri hin. »Du brauchst ein gutes eigenes Messer, Mädchen. Jeder in Norterra sollte eine Klinge zum Selbstschutz tragen, insbesondere in der gegenwärtigen Lage.«

»Ich bin doch nur eine Gelehrte.« Schadri errötete. »Ich kann alles über Messer lernen, aber ich hatte nie die Gelegenheit, damit zu kämpfen. Wenn ich in eine gefährliche Lage gerate, laufe ich am besten so schnell wie möglich weg.«

»Dann musst du eben zu kämpfen *lernen*. Als ich eine junge Frau in deinem Alter war, waren die Leute in meinem Dorf sehr selbstgefällig. Sie glaubten, ihr Gottling würde sie auf ewig beschützen, und sie machten sich nicht die Mühe, ihn stark und kräftig zu halten, genauso wenig wie sich selbst. Und als der feindliche Stoßtrupp durch Sarcen fegte, musste jeder darunter leiden.«

Schadri hatte schon versucht, Messer zu werfen, aber obwohl ihre Finger gut dazu geeignet waren, lange Berichte zu schreiben, war sie im Führen einer Klinge gar nicht geschickt. Doch sie bemühte sich, alles zu lernen, und dabei summte sie vor sich hin und konzentrierte sich. Pokel übte zusammen mit ihr, und der junge Mann zeigte keine größere Begabung als sie selbst. Er war geschickt darin, kleine Wildtiere zu jagen, und zuerst hatten sich seine kämpferischen Fähigkeiten darin erschöpft, Holz zu hacken, aber er wurde mit jedem Tag besser. Beide wurden besser.

Stets hatte Schadri ihr in Leder gebundenes Notizbuch dabei, dessen Seiten mit Gedanken und Beobachtungen bedeckt waren. Doch es blieb noch immer Raum für zusätzliche Notizen am Rande, und König Kollanan hatte versprochen, ihr so viele leere Bücher zu verschaffen, wie sie benötigte. Schadri hatte schon etliche Gespräche mit Tafira geführt und von ihr eine ganze Menge über die ischaranische Kultur erfahren. Die beiden Frauen saßen oft beim Feuer zusammen, und Tafira erzählte Schadri wehmütige Geschichten und Teile ihres Vermächtnisses. Schadri erfuhr, wie Tafira als verängstigte junge Braut aus einem fremden Land hierhergekommen war und wie sie sich unsterblich in Koll den Hammer verliebt hatte.

Wenn die Königin Geschichten von ihrer Tochter erzählte,

wurden ihre dunkelbraunen Augen feucht. Sie berichtete, wie ungestüm Jhaqi auf Bäume geklettert war, flinker als jeder andere, wie sie einmal fast in einem schnellen Bergfluss ertrunken wäre, als sie versucht hatte, Forellen mit der bloßen Hand zu fangen, und dass die beiden Enkel eher nach ihrer abenteuerlustigen Mutter als nach ihrem ernsthaften Vater geschlagen waren. Schadri hatte ihr Buch mit Notizen gefüllt, während sie mit ganzer Aufmerksamkeit zugehört hatte. In ihrer neuen Rolle in Fellstaff fühlte sie sich fast wie eine Vermächtnishüterin. Sie war zwar nicht offiziell zu dieser Aufgabe bestimmt worden, übte sie aber tatsächlich aus.

Königin Tafira besaß auch eine harte Seite und eine eiserne Entschlossenheit, denn schließlich hatte sie vorübergehend die Verantwortung für das Königreich übernommen. Während Kollanan zum Kampf in den Norden gezogen war, hatte sie sich keinen Augenblick der Ruhe erlaubt. Täglich bewegte sich Tafira durch die Stadt und traf sich mit Grobschmieden, Schwertmachern, Rüstschmieden, Gerbern und Pfeilmachern, die allesamt an der Verteidigung Norterras mitarbeiteten. Und sie bereitete sich auch persönlich vor.

Nachdem sie nun die Messer des Schmieds geprüft hatte, wählte die Königin einen kleinen Dolch aus, der leicht in einen Stiefelschaft gesteckt werden konnte. Sie warf die Klinge in die Luft, fing sie auf und schleuderte sie gegen den Pfosten. Das dünne Messer riss einen Spalt in das Kiefernholz.

Von der entfernten Stadtmauer drangen Rufe herbei. »Reiter!«

Tafira sammelte ihre Messer ein und nickte dem Schmied knapp zu. »Diese werden für unsere Zwecke reichen. Stell von jedem hundert Exemplare her.« Dann wandte sie sich Schadri zu, und in ihrem Gesicht lagen Hoffnung und Angst. »Wir sollten die Reiter begrüßen und sehen, wie viele nach Hause zurückgekehrt sind.«

Pokel rannte in seiner zerknitterten Kleidung auf die beiden Frauen zu, und gemeinsam eilten sie die gewundenen Straßen zum Nordtor hinunter. Eine große Reitergruppe näherte sich auf der Straße. Schadri versuchte sie zu zählen, aber zu viel Staub lag in der Luft. »Es war wenigstens kein Massaker, Mylady«, sagte sie. »Anscheinend hat der größte Teil des Stoßtrupps überlebt.«

»Sie haben gegen die Wreth gekämpft!« Pokel lachte ungläubig und wand sich vor Aufregung. »Sie haben gegen die Wreth gekämpft und sind wieder nach Hause gekommen!«

»Schon ein einziger Todesfall wäre ein hoher Preis«, erklärte Tafira und fügte mit resignierter Stimme hinzu: »Aber es ist ein Preis, den wir zu zahlen erwartet haben.« Sie befahl, dass die Tore weit geöffnet wurden.

Vor dem Trupp ritt König Kollanan auf Heißsporn heran. Königin Tafira stand mit erhobenen Armen da, gab ihnen Signale, versuchte kühl und gelassen zu bleiben, schaffte es aber nicht. Schadri erkannte deutlich, dass sie am liebsten hinausgelaufen wäre und die Reiter begrüßt hätte. Freudentränen quollen in den Augen der Königin hoch.

Schadri keuchte auf, als sie sah, dass Elliel und Thon dicht neben dem König ritten. Grinsend winkte sie mit beiden Händen und erkannte erst jetzt, dass sie sich große Sorgen um ihre zwei Freunde gemacht hatte.

Die Gruppe war erschöpft und zerzaust, aber überaus froh, die Stadt erreicht zu haben. Lord Bahlen und sein Brava ritten hinter dem bärenhaften Lord Ogno, und der Rest der Kämpfer kam in einer Doppelreihe auf der Straße heran. Etwa in der Mitte hielt einer der Kämpfer stolz die Fahne Norterras hoch, und ein anderer trug das Banner des Staatenbundes. Als die Reiter ihre Pferde zügelten und langsam durch das Tor ritten, sah Schadri das Entsetzen auf ihren Gesichtern, den Dreck, den Schweiß, die zerrissenen Mäntel und die zerbeulten Rüstungen.

Tafira eilte auf König Koll zu, während er aus dem Sattel glitt. Er schlang die Arme um seine Frau und ließ sie eine ganze Minute lang nicht mehr los. »Die Schlacht war ein Erfolg«, sagte er. »Die Wreth-Krieger waren nicht auf uns vorbereitet. Sie haben nichts Schlimmes erwartet, als sie uns gesehen haben, und wir haben ihnen wehgetan. Entsetzlich weh.«

Schadri rannte zu Elliel und Thon und drohte vor Fragen schier zu platzen. »Wir waren erfolgreich«, sagte Elliel zu niemand im Besonderen. »Wir haben ihre Festung beschädigt und eine ganze Truppe von Wreth-Kriegern getötet.« In ihrer schwarzen Brava-Uniform wirkte sie beeindruckend, auch wenn Schadri ihr kurz geschnittenes Haar noch immer als seltsam empfand.

Kollanan warf dem dunkelhaarigen Wreth einen kurzen Blick zu und nickte anerkennend. »Thon hat eine Magie entfesselt, von der ich nicht einmal zu träumen gewagt hätte.« Er drehte sich wieder der Königin zu und schüttelte den Kopf. Seine Stimme klang gepresst. »Aber unser Enkel ist nicht dort gewesen. Allerdings lebt er noch, soweit wir wissen. Lasis und Elliel haben nach ihm gesucht, während wir ihre Verteidigung mit einem Frontalangriff abgelenkt haben. Die beiden haben einen Wreth-Magier töten müssen, aber die Informationen, die wir brauchen, haben sie erhalten.« Seine Miene verhärtete sich eher vor Entschlossenheit als vor Entsetzen. »Birk wird noch immer von der Königin der Frostwreth irgendwo im Norden gefangen gehalten.« Er drückte Tafira enger an sich. »Aber es besteht Hoffnung. Wir können ihn retten.«

In Tafiras Augen glitzerten die Tränen, und sie legte den Kopf an die Brust des Königs. »Ja, wir werden ihn retten.«

»Ich möchte die ganze Geschichte in allen Einzelheiten erfahren«, sagte Schadri so laut, dass jedermann sie hören konnte. »Ich kann als Vermächtnishüterin dienen und alles genau aufschreiben. Wir sollten eine vollständige Chronik der Ereignisse an all Eure Vasallen-Lords und auch an den Konag in Convera schicken. Jeder Erinnerungsschrein wird eine Kopie erhalten. Dann werden alle wissen, was wirklich geschehen ist.«

»Beim Blute der Ahnen, es gibt so vieles zu erzählen«, sagte Koll. »Hoffentlich kannst du schnell schreiben, denn schon sehr bald wird die Geschichte noch viel umfangreicher werden.«

Schadri verneigte sich und spürte, wie sich die Erregung in ihr aufstaute. »Ich stehe zu Eurer Verfügung, Sire. Ich werde die Chronik verfassen und sie dann wieder und wieder kopieren, sodass die Geschichte niemals vergessen werden wird.« Sie dachte an die strenge, so sehr von sich selbst eingenommene Hauptvermächtnishüterin Vicolia aus dem großen Erinnerungsschrein von Convera, die von der Neugier eines einfachen Putzmädchens völlig unbeeindruckt gewesen war. Nun wäre Vicolia gewiss sehr überrascht.

»Du wirst so viel Papier und Tinte zur Verfügung gestellt bekommen, wie du brauchst, Vermächtnishüterin«, sagte der König. Als sie diesen Titel hörte, wurde ihr warm ums Herz. »Ich werde dir meine Geschichte erzählen, und dann kannst du noch mehr von Elliel, Thon, den Lords und vielleicht auch von einem oder zwei Soldaten erfahren.«

»Von allen, Sire ... ich muss mit allen sprechen. Es ist zu wichtig. Das ist ein Vermächtnis für jedermann.«

Koll trat neben sein schwarzes Pferd. »Es könnte auch unser letztes Vermächtnis sein.« Neugierige Menschen kamen heraus und beobachteten die Rückkehr der Soldaten, und Schadri wusste, dass sich am Abend schon viele verschiedene Geschichten über die Ereignisse in den Tavernen verbreiten würden, wenn jeder Soldat seine eigene Fassung des Geschehens erzählte.

Koll legte den Arm um die Königin, während er die Gruppe zurück zur Burg führte. »Aber zuerst, meine Geliebte, muss ich einen langen Brief an Conndur schreiben. Es ist Zeit, dass die beiden Brüder wieder gemeinsam in den Krieg ziehen. Koll und Conn – so wie damals, als wir noch viel jünger waren. Wir müssen die Armeen von Norterra zusammenrufen und unser Land gegen die Frostwreth verteidigen.« Er senkte die Stimme. »Conn wird wissen, was zu tun ist. Ich kann nur hoffen, dass wir hier draußen durchhalten, bis seine Verstärkung bei uns eintrifft.«

101

Staubig und müde machten sich Adan und Penda auf den Rückweg nach Suderra, begleitet von Quo und einem Kriegertrupp. Nach der erfolgreichen Drachenjagd waren die Sandwreth glücklich und aufgekratzt.

Adan versuchte sich einzureden, dass die Wreth nicht übermäßig bedrohlich, sondern nur … seltsam waren. Königin Voo wirkte erstaunlich beflissen und wiederholte ihren Wunsch nach einem Bündnis mit den Menschen. Sie stimmte einem Treffen mit Konag Conndur zu, weil er den gesamten Staatenbund repräsentierte. Sobald sich Adan wieder in Bannriya befände, würde er Botschaften aussenden und für ein offenes Gespräch zwischen dem Konag der drei Königreiche und der Königin der Sandwreth sorgen. Überdies würde er König Kollanan mitteilen, dass es Hilfe für Norterra gab. Vielleicht würden sie auf diese Weise stark genug für den heraufziehenden Kampf sein.

Während sie durch die Wüste in Richtung Heimat ritten, behielt Penda ihre Gedanken für sich, aber Adan wusste nur zu gut, dass sie sich Sorgen machte. Ihr Ska – der nach dem Ende der Drachenjagd zu ihnen zurückgekehrt war, als sei nichts gewesen – saß auf ihrer Schulter. Xar knabberte zufrieden an einem großen Käfer, den er gefangen hatte.

Als sie schließlich die bewaldete Grenze zu Suderra erreichten, brachte Quo seinen Auga zum Stillstand. »Dort ist dein Königreich, Adan Sternenfall.« Er hob eine Braue. »Ich nehme an, ihr kennt den Weg von hier aus?«

»Bannriya liegt nur noch eine halbe Tagesreise entfernt«, bemerkte Penda rasch, als könne sie es kaum erwarten, endlich wieder allein zu sein. »Wir werden uns schon zurechtfinden.« Sie zeichnete einen Kreis über ihrem Herzen.

Als könnte er sich nun endlich einer störenden Pflicht entledigen, wendete Quo sein Reittier, und der Rest der Wreth-Eskorte folgte seinem Beispiel. »Wir werden bald wieder in Verbindung mit euch treten. Seid bereit für uns.« Er zögerte noch einen Augenblick, als ob er etwas erwartete. Adan verstand nicht, und Quo fügte ungeduldig hinzu: »Wir haben euch unsere Augas nicht geschenkt. Von hier aus könnt ihr zu Fuß gehen.«

Überrascht gab Adan zurück: »Aber meine Frau ist schwanger.«

»Deine Frau ist stark, mein Sternenfall«, sagte Penda und stieg ab. »Natürlich werden wir zu Fuß gehen.«

Als er ihren Gesichtsausdruck sah, wandte er nichts mehr ein. Auch Adan wollte so schnell wie möglich von den Wreth wegkommen. »Ich werde die Zeit allein mit meiner Frau genießen.« Er stieg ebenfalls ab, nahm sein Gepäck an sich und verabschiedete sich von Quo. »Vielen Dank für diese bemerkenswerte Erfahrung.«

Quo packte die Zügel von Adans Auga, während sich ein anderer Krieger um Pendas Tier kümmerte. Die Reptilien streckten die schwarzen gespaltenen Zungen heraus. Ohne einen Blick zum Abschied ritt die seltsame Eskorte davon und ließ den König und die Königin allein zurück.

Nun, da er mit Penda am Rande des Waldes stand, ergriff er ihre Hand, und erst jetzt erkannte er plötzlich, wie unruhig sie war. »*Cra*, sie haben mich bis ins Mark geängstigt!«

Auch Adan fühlte sich unbehaglich. »Ich habe aber auch gesehen, was die Frostwreth getan haben. Sollten wir zwischen die Fronten geraten, könnte Königin Voo unsere mächtigste Beschützerin sein.«

Penda führte sie durch die bewaldeten Hügel und lächelte, als sie eine blaue Mohnblume entdeckte, die blühte.

Unter großem Jubel kehrte das königliche Paar in die Stadt zurück. Adan und Penda erzählten ihre Geschichten von der Drachenjagd und zeigten die Schuppe und den Fangzahn herum – die Trophäen der besiegten Bestie. Hale Orr begrüßte sie mit einem herzhaften Lachen und vielen eigenen Geschichten über seine Reise von Convera nach Ischara und zurück. Er war gerade erst von einem Treffen mit anderen Utauk in den Bergen heimgekehrt, das mehrere Tage gedauert hatte.

Der junge Hom kümmerte sich um sie, hing an ihren Lippen, und Hale ärgerte den Jungen, indem er ihm befahl, sich um seine Pflichten zu kümmern. »Hol etwas zu essen aus der Küche, Junge! Und sag den Dienern, sie sollen Wasser erhitzen. König Adan und meine Tochter brauchen dringend ein Bad! Weißt du etwa nicht, was du zu tun hast?« Der Knappe eilte davon, und Hale setzte sich.

Penda stocherte in ihrem Essen herum und gab vor, sich nicht wohlzufühlen. »Ich habe gelernt, meinen Sinnen zu vertrauen, Vater. Die Sandwreth sind so … fremdartig.«

»Wir alle vertrauen deinen Sinnen, mein liebes Herz.« Hale zog einen Kreis mit dem Finger.

Adan genoss die Mahlzeit. Er hatte sich zu lange von Reisenahrung ernährt, und die sonderbaren Speisen, die ihm die Wreth vorgesetzt hatten, waren ihm auch nicht angenehm gewesen. »Eines kann ich dir sagen, Vater Orr: Wenn dieser Drache Bannriya angegriffen hätte, wären wir nicht in der Lage gewesen, ihn zu bekämpfen. Die Sandwreth haben eine beeindruckende Magie eingesetzt. Sie sind vielleicht stark genug, die Frostwreth zurückzutreiben, wenn sie nach Suderra marschieren. Auf jeden Fall sollten wir ernsthaft mit ihnen rechnen.«

»Das ist genau das, was Voo uns zeigen wollte«, sagte Penda. »Ein Versprechen und auch eine Drohung. Sie wollte dich davon überzeugen, dass wir sie im heraufziehenden Krieg brauchen.«

Adan nahm einen Schluck Wein. »Wir müssen diese Möglichkeit in Betracht ziehen. Es sind keine gewöhnlichen Zeiten, in denen wir leben.«

Eine Botin stürzte herein, eine junge Utauk-Frau, die den ganzen Weg von Convera bis hierher unter Strapazen geritten war.

Ihr Gesicht war staubverklebt, und sie wirkte, als würde sie gleich umfallen und hätte seit Tagen nichts gegessen. Bannergardisten führten sie in den Speisesaal.

»Adan Sternenfall ...«, keuchte die Botin. »Ich wurde vom Konag persönlich gebeten, Euch dies hier zu geben ... es unmittelbar in Eure Hände zu legen.« Sie öffnete eine Ledertasche, die an ihrer Hüfte hing, und zog einen gefalteten Brief hervor, der mit Wachs und einem stilisierten »M« gesiegelt war.

Nachdem Adan das Dokument entgegengenommen hatte, brach die Botin auf einem Stuhl zusammen, ohne vorher um Erlaubnis zum Sitzen gebeten zu haben. Penda bot der Frau ihre eigene Mahlzeit an, und die Botin verschlang die angebotenen Speisen mit Heißhunger.

Adan erkannte das Zeichen seines Bruders auf dem Wachssiegel, aber er bemerkte auch die bedeutungsvolle Veränderung. »Was soll das heißen? Konag ... Mandan?« Er erbrach das Siegel.

Als er den Bericht über die Ereignisse auf der Insel Fulcor las, empfand er jedes einzelne Wort wie einen Schlag gegen sein Herz. Er starrte den Brief lange an und flüsterte schließlich: »Mein Vater ist tot, ermordet von den Ischaranern.«

Penda und Hale traten neben ihn und lasen selbst die grausige Beschreibung von Conndurs Ermordung durch die Ischaraner und von Mandans und Uthos Kampf bei ihrer Flucht aus der Garnison, die ihnen nur knapp geglückt war.

Hales Gesicht wurde schlagartig grau. »Ich kann nicht glauben, dass Empra Iluris so etwas tun würde! Ich habe selbst mit ihr gesprochen. Das ist auf keinen Fall das, was sie wollte!«

»Mein Vater ist tot«, sagte Adan noch einmal, als ob er die Worte in ihr Gegenteil verkehren könnte, indem er sie immer wieder aussprach. »Sie haben ihn getötet, und jetzt ist Mandan der Konag.« Mit zitternden Händen und verschwommenem Blick las er den Brief erneut. »Nun herrscht mein Bruder über den Staatenbund. Er befiehlt, dass alle Armeen der drei Königreiche sich im Kampf gegen Ischara zusammenschließen. Er verlangt von mir, dass ich unsere Soldaten bewaffne und sie unverzüglich nach

Convera schicke, damit er einen gewaltigen Angriff gegen die neue Welt führen kann. Er ... er nennt es einen Rachekrieg.«

Nach allem, was er gerade in der Wüste beobachtet hatte - die Sandwreth und der Drache, einschließlich Königin Voos Kriegsgelüsten gegen ihre Todfeinde - hätte Adan so etwas nie und nimmer erwartet. »Aber wir können nicht ... das ist doch nicht möglich.«

Nichts davon konnte möglich sein. Ihm wurde schwindlig.

»Ich bin dabei gewesen, als die Kriegsschiffe beim Zusammenfluss ankamen, Sire«, sagte die Botin. »Es stimmt. Ich ... habe den Leichnam mit eigenen Augen gesehen. Schrecklich!«

Adans Herz stieß einen stummen Schrei der Trauer um all die niemals wiederkehrenden Beobachtungen des Himmels und der Sternschnuppen aus, die er zusammen mit seinem Vater unternommen hatte. Nun brach die Welt vor ihm zusammen.

Adan ging allein zur Beobachtungsplattform, obwohl es erst später Nachmittag war. Es würde noch lange dauern, bis es dunkel war und er die Sternbilder betrachten konnte, aber er wollte nun hier oben sein - er hatte den Wunsch, über seine Stadt zu schauen, über die Sandsteinmauern und auf die Berge der Umgebung.

Von hier aus hatte er vor nicht langer Zeit gesehen, wie der große Sandsturm von der Wüste herangeweht war. *Ein Vorbote*, hatte Penda ihn genannt und nicht gewusst, wie recht sie damit hatte. Nun wirkten die Berge undeutlich und ausgewaschen - war das der Dunst vor einem weiteren heraufziehenden Sturm? Als er sich die Augen rieb, erkannte er, dass er still geweint hatte. Kein weiterer Sturm, sondern die Tränen führten dazu, dass sein Blickfeld allmählich verschwamm.

Mandans Brief hatte in allzu vielen Einzelheiten beschrieben, wie Conndur in Stücke gehackt worden war - als wäre er ein Bulle in einem Schlachthof. *Mein Vater ist tot.*

In stiller Anmut stellte sich Penda neben ihn, und die Wärme ihrer Gegenwart hüllte ihn ein wie eine Decke. Sie hatte Xar drinnen auf seiner Stange gelassen. Nun legte sie von hinten die Arme um seinen Brustkorb und presste ihn an sich, ohne dabei ein Wort zu sagen. Er drückte ihre Arme und spürte dabei die Schwellung ihres Bauches in seinem Rücken.

Ein scharfer Schmerz fuhr durch Adans Herz. »Mein Vater wird seinen Enkel niemals sehen. Er wird nie den Staatenbund mit den Ischaranern vereinigen, sodass wir gemeinsam gegen die Wreth kämpfen können. Was ist, wenn Königin Voo die einzige Verbündete ist, die uns noch bleibt?« Ihm brach die Stimme, als er diese Worte aussprach. Er versuchte wie ein starker Anführer zu klingen, wie der König von Suderra. Politik war wichtig. Die Zukunft stand auf dem Spiel. Mandan hatte den Krieg erklärt – einen Krieg, der eigentlich unnötig sein sollte. Aber was konnte Adan jetzt noch dagegen einwenden?

Mein Vater ist tot. Sie haben ihm die Augen ausgestochen, das Herz herausgeschnitten …

»Was auch mit dieser Welt geschehen mag, wir werden das Vermächtnis deines Vaters bewahren«, sagte Penda.

Er hob den Blick und sah ein Aufblitzen von Blau am Himmel. Ein Ska mit saphirfarbenen Schuppen und blauen Federn flog auf die Burg zu. Auch Penda sah den Reptilienvogel und zeigte mit dem Finger auf ihn. »Sieh nur, er ist ganz allein, aber ich glaube nicht, dass es sich um einen wilden Ska handelt.« Sie stieß einen schrillen Pfiff aus. Sie zitterte, als ein seltsames Gefühl sie durchfuhr, und machte eine besorgte Miene. »Wir sollten uns darum kümmern.«

Der blaue Ska kreiste über ihnen und spürte, wie Penda ihn rief. Dann stieg er hinunter. Als würde er sie erkennen, landete er auf ihrer Schulter, schien voller Energie zu sein. Penda strich über die Federn des kleinen Reptilienvogels und bemerkte das Band mit der Muttertr äne um seinen Hals. »Das ist ein Junges …« Sie runzelte die Stirn. »Die Utauk sagten, meine Schwester Glik habe einen jungen Ska bekommen, einen blauen wie diesen hier.«

Der Reptilienvogel nickte, summte und gab klickende Geräusche von sich, dann richtete er die Facettenaugen auf Pendas Gesicht. »Glik? Du kennst den Namen?«

Der Ska plusterte sein blaues Gefieder auf.

»*Cra*, das ist nicht richtig.«

»Nichts im Universum ist richtig«, sagte Adan. »Jedenfalls nicht mehr.«

Penda nahm das Halsband ab, damit sie den glitzernden Diamanten besser betrachten konnte. »Sieh es dir zusammen mit mir an, Sternenfall. Wir wollen herausfinden, wo dieser Ska gewesen ist.« Mit ihrem Daumen löste sie die Bilder. Als die schwankenden Umrisse und Ansichten in die Luft stiegen, sahen sie das junge, staubige Mädchen in den zerfetzten Kleidern. »Das ist Glik!«

Adan lehnte sich näher zu ihr, damit er besser sehen konnte. Die Bilder zeigten, wie das Mädchen durch die Schluchten stapfte, während der Ska hoch über ihr kreiste. »Warum ist sie dort draußen in der Wüste gewesen? War sie in unserer Nähe?«

Penda nickte. »Die Diener in der Küche haben gesagt, dass Glik sie um Proviant gebeten und nach unserem Ziel gefragt hat. Sie schien an der Drachenjagd interessiert zu sein.«

»Es wäre närrisch, allein in den Schmelzofen hineinzumarschieren«, sagte Adan.

»Glik ist oft närrisch«, meinte Penda.

In den Bildern flog der Ska weiter von ihr weg und erreichte ein ausgedehntes Lager mit Zäunen, Lehmhütten, mit Sandwreth-Wächtern ... und Tausenden menschlichen Gefangenen. Sie waren zu Skeletten abgemagert, kaum ernährt worden, überzogen mit Staub und Dreck - und arbeiteten unter der Anleitung ihrer Herren. Die Sandwreth quälten sie, peitschten sie.

Pendas Hand, die das Halsband hielt, zitterte. Die Bilder aus dem Diamanten bebten in der Luft, als würden sie von einer starken Brise durcheinandergewirbelt. Das Bild zeigte den Reptilienvogel, der noch höher flog und auf Glik hinunterblickte, die voller Entsetzen floh. Wächter der Sandwreth jagten dem Mädchen nach, und noch mehr kamen von der anderen Seite der Schlucht herbei. Sie ritten auf Augas und hoben ihre bedrohlichen Obsidianspeere. Glik saß in der Falle.

»Sie sehen wie die Krieger aus, die mit uns auf der Drachenjagd waren«, sagte Adan.

Das Bild der Mutterträne zeigte, wie die Wreth Glik gefangen nahmen, wobei das Mädchen kämpfte und kratzte und austrat. Der Ska geriet in Panik und flog davon. Er kreiste durch den Himmel und flog über die Wüste hinweg, bis er schließlich Bannriya erreichte.

»Die Sandwreth haben all diese Menschen versklavt«, sagte Adan und konnte es einfach nicht glauben. »Die Königin will kein Bündnis mit uns eingehen.« Er erinnerte sich an die Geschichten, die sich die Utauk über leere Dörfer, verschwundene Menschen und verloren gegangene Karawanen erzählten. »Alles, was Königin Voo uns erzählt hat, ist eine Lüge gewesen.«

Danksagung

Eine neue Welt mit neuen Charakteren, neuer Magie und einer neuen Geschichte zu erschaffen, bedeutet eine Menge Arbeit, und diese Arbeit konnte ich nicht ganz allein bewältigen. Einige der Personen, die mir dabei geholfen haben, die Wake-the-Dragon-Reihe ins Leben zu rufen, waren: meine Frau und schärfste Kritikerin und Lektorin, Rebecca Moesta; meine erste Leserin Diane Jones; meine wundgetippte Schreibkraft Karen Haag; meine Lektorin bei Tor Books, Beth Meacham; und mein Agent John Silbersack.

Mein besonderer Dank geht überdies an Marie Whittaker, Josh Bennett, Kitty Krell für ihre Hilfe bei der Kleidung, an Bryan G. McWhirter für die wunderbaren Karten und an Tony D'Souza von der Lindenwood University, den Betreuer meiner Dissertation.

Und schließlich muss ich meine Bande von Vorab-Lesern erwähnen: David von Allmen, Eric K. Edstrom, Martin E. Greening, MaryJane Stricklin, Kristin Jackson, Andrew Bulthaupt, Joseph Bigane III, Daniel Clark, Jeff Evans, Daniel Davis, Richard Pulfer, Ray Tayek, John Everett und Bradley J. Birzer.

Brandon Sandersons

Sturmlicht-Chroniken

Der Weg der Könige
978-3-453-31710-9

Der Pfad der Winde
978-3-453-31768-0

Die Worte des Lichts
978-3-453-31823-6

Die Stürme des Zorns
978-3-453-31864-9

Der Ruf der Klingen
978-3-453-27038-1

Die Splitter der Macht
978-3-453-27039-8

Die Tänzerin am Abgrund
978-3-453-31769-7